탈북 문학의 도전과 실험

이 단행본은 2018년도 서울대학교 통일평화연구원의 재원으로 통일기반구축사업의 지원을 받아 수행된 결과물임.
This book was part of the project "Laying the Groundwork for Unification" funded by the Institute for Peace and Unification Studies (IPUS) at Seoul National University.

탈북 문학의 도전과 실험

–개념, 양상, 작품들

방민호 서세림 이지은 이상숙
이경재 배개화 정하늬 김영미 후이잉劉惠瑩

역락

책을 엮으며

탈북 문학이라는 현상 앞에서 필자는 상당히 곤란한 입장에 빠진 자신을 발견하지 않을 수 없다고 말해야 한다.

학문적 연구라는 것은 과연 현실과 어떤 관계에 놓이는 것일까. 다시 말해 연구는 현실과 어느 정도의 거리를 유지해야 하는 것일까. 필자는 한국현대문학 공부를 시작할 때부터 연구와 비평은 다른 것이며 그 말은 연구가 연구답게 되기 위해서는 비평과 달리 현실적 이해 관계에 구애받지 않으려는 노력이 필요함을 뜻하는 것이라고 배웠다. 어떤 해석도 가치중립적일 수는 없으며 따라서 특정한 입장에 서는 것이야말로 진정한 연구를 위한 전제 조건이라는 또 다른 생각에 의해 영향 받은 시기도 매우 길었으나 어느 시점부터인가 이와 같은 가치 중립적 태도의 요청은 현재의 필자의 연구 행위를 위해서는 아주 긴요한 덕목으로 수긍해야 한다고 생각해 왔다고 할 수 있다.

이름하여 디스인터레스티드니스(disinterestedness). 지금은 거의 사용되지 않는 매슈 아놀드의 이 용어는, 필자에게는, 어떤 학문적 연구자도 스스로 이해 관계를 초월하여 존재할 수는 없지만 그럼에도 이에 구애받지 않으려는 큰 노력을 통해서만 진실에 가까워질 수 있으리라는 사실을 지시하는 것으로 받아들여진다. 또한 이른바 특정한 정치적 입장을 가진다는 뜻에서의 '당파성'이라는 것이 진리 추구의 문제에 있어 필수 불가결한 요건이 아니라는 견해는, 있는 사실을 있는 그대로 드러내기 위해서는 성실하고 신중하면서도 세심한 노력만이 어떤 입장에 치우치기 쉬운 우리의 심성을 그나마 다스릴 수 있게 해 줄 것이라 말해주고 있다.

그러나 탈북 문학이라는 현상을 앞에 놓고 과연 우리는 얼마나 가치중립적일 수 있을까? 우선, 어떤 의미에서든 탈북 문학은 반체제문학, 저항문학, 난민문학, 분단문학 등의 용어와 겹쳐 읽지 않을 수 없고 그런 의미에서 문학 가운데 '현실 정치'에 가장 가까운, 그것에 근접하는 '동력학'을 가진 문학이다. 탈북 문학의 이러한 정치성은 그 독해에 있어서도 어떤 정치적 입장을 배제하기 어렵게 하는 것처럼 보인다. 탈북 문학과 그 독해는 '현실 정치'와 어떻게든 관련 맺지 않을 수 없다. 다음으로, 탈북 문학의 독해가 용케 '현실 정치'의 압력을 견뎌 내거나 그것에 저항할 수 있다 해도 '문학의 정치'라는 역설적 의미에서의 정치성으로부터도 자유로울 수 있는가는 매우 의문스럽다 하지 않을 수 없다. 탈북문학은 그 생산주체로서든 작중 인물로서든 탈북자들이라는 독특한 존재들을 통하여 이제까지 볼 수 없었던 세계를 가시화 한다. 무엇을 볼 것이며 무엇을 보이게 할 것인가 하는 문제를 둘러싼 탈북 문학의 '투쟁'이 있음을 의식하지 않을 수 없다.

『탈북 문학의 도전과 실험－개념, 양상, 작품들』에 참여한 사람들은 이와 같은 '문학의 정치'를 의식하지 않을 수 없었다. 특히 필자는 논의를 통하여 북한 체제나 현실을 냉정하게 평가하고 있는데, 이러한 '입장'은 북한 문제를 총체적, 포용적으로 살펴야 한다고 생각하는 사람들에게는 부담스럽게 느껴질 수도 있을 것이다. 필자의 생각은 어떤 '현실 정치'적 동기에 의해 이끌린 것이 아님을 명확히 해 두고 싶다. 필자는 한국의 제5공화국 시대에 대학에 다녔고 그 세대를 특징짓는 지표 가운데 하나는 전체주의에 대한 저항감이다. 필자는 이 세대의 일반적 특성에서 자유롭지 못할 뿐이다.

이 공동 연구서는 모두 네 개의 부분으로 나뉘어 모두 열네 편의 논문을 수록하고 있다. 1부는 탈북 문학의 개념이나 연구 방법론을 시험적으로 살펴보는 글들로 이루어져 있다. 2부는 탈북 문학이 여성 문제와 밀접한 관련성을 보이고 있는 점에 주목하고 있는 글들을 실었고, 3부는 이른바 북한 체제 문제와 관련되어 있는 글들을 수록하고 있다. 마지막으로 4부는 탈북 문학의 다양한 주제적 측면들을 조명하는 글들을 수록하고 있다. 필자의 글들은 문학잡지에 내각주를 가진 평론 형태로 쓴 글들을 개고한 것임을 미리 밝혀둔다. 최근에 필자는 학술지 논문의 '비좁은' 형식을 피해 학술지라 지칭되지 않는 지면에 학술적인 글들을 보다 자유로운 형식으로 써나가는데 관심이 있지만 이와 같은 공동 작업을 위해서는 불가피하게 오래된 형식의 외피를 다시 뒤집어써야 한다.

이 논의를 위하여 모두 아홉 사람의 연구자들이 참여해 주었던 바, 필자와 이지은, 서세림 등 세 사람의 연구 프로젝트에 힘을 보태준 분들에게 깊이 감사드린다. 요즘처럼 학술 출판이 어려운 시대에 성의를 내주신 역락 출판사에도 심심한 감사의 마음을 전해 드린다. 마지막으로 이 책은 이지은 선생의 세심한 살핌이 없었다면 나오지 못했을 것임을 밝혀둔다.

2019년 2월 15일

방민호

차 례

2부 탈북 문학과 여성의 문제

3부 탈북 문학과 북한 체제 문제

4부 탈북 문학의 다양한 주제들

脫北文學
挑戰
實驗

1부

탈북 문학 및 북한 문학의 현재

탈북 문학, 반체제문학과 '한국문학'의 새 지형*

방민호

1. 월남문학에서 탈북 문학으로

2018년 12월에 필자는 박경리 문학의 의미를 논의하기 위해 러시아 상트페테르부르크에 다녀왔다. '한러 대화'라는 프로그램의 일부로서 러시아와 한국의 대표 작가의 동상을 상대국에 건립하는 프로젝트가 진행 중이었고 한국 쪽 작가로는 박경리가 그 대상으로 선정된 바 있었다.

이 짧은 러시아 여행에 박미하일이라는 고려인 5세 작가가 동행했다. 그는 지금 한국의 파주에 머물면서 러시아 모스크바에도 집을 가지고 오가는 삶을 살아가고 있었다. 5세 때부터 그림을 그렸고 20대에 러시아 전역을 방랑하면서 글을 쓰기 시작한 그의 작품들 일부가 현

* 이 글은 『문학의 오늘(2018년 여름)에 게재된 것이다.

재 한국어로 번역되어 출판되어 있다.

러시아어를 '모국어'로 사용하는 그는 러시아어로 문학 활동을 해왔고 성년 이후에 익힌 한국어를 아주 능숙한 정도로 구사하지만 아직은 직접 한국어로 작품 활동을 하지는 않고 있다. 『밤 그 또 다른 태양』(북치는 마을, 2012), 『개미도시』(맵시터, 2015), 『발가벗은 사진작가』(수산출판, 2007), 『해바라기 꽃잎 바람에 날리다』(새터, 1995) 등이 한국에서 출판된 그의 번역소설집들이다.

박미하일의 존재는 한국문학에 관해 많은 시사를 해준다. 박미하일의 러시아어 문학은 한국문학인가? 라고 묻는다면 그렇다고 대답하기 곤란하다. 한국문학의 범주 또는 정체성에 대한 물음에 대해서 하나의 '속류적' 대답이 기다리고 있다. 한국문학이란 한국인이 한국어로 한국인의 사상과 감정을 표현한 문학이라는 것이다. 이러한 뿌리 깊은 사고는 조연현을 경유하여 조윤제에까지 소급되는 '역사'를 갖는 것으로 보인다. 예를 들어 조윤제는 '국문학사'를 논의하면서 "국문학은 조선 사람의 사상과 감정, 즉 심성 생활을 언어와 문자에 의하여 표현한 예술"[1]이라 하였고, 또 "조선문학이라 하면 첫째 조선말로서 조선의 사상·감정을 표현한 문학을 말하게 될 것은 물론"[2]이라고도 하였다. 이러한 범주 규정은 해방 이후 급격하게 대두된 '순혈' 민족주의적인 정서가 투영되어 있고 그만큼 개방화, 국제화가 심화된 오늘날의 맥락에서 심층적으로 재검토되어야 하지만 '한국문학'에 대한 새로운 심문은 요청되는 만큼 충분히 이루어졌다고는 할 수 없다.

이러한 상황에서 한민족문학이라는 개념도 제출되었던 것으로 기억

1) 조윤제, 『국문학사』, 동방문화사, 1949(단기 4282), 1면.
2) 위의 책, 4면.

된다. 예를 들면 박미하일은 한국어로 문학을 하지는 않지만 그는 고려인으로서 한민족의 일부이기 때문에 그의 문학은 한민족문학이 된다. 그러나 러시아 땅에 150년 전에 정착한 선조로부터 다섯 세대 째 삶을 이어가는 그를 한민족의 일부라 할 수 있는가, 하는 반문이 가능하다. 또 여기서 우리는 민족 또는 네이션이라는 골치 아픈 개념 범주에 관해 다시 한 번 논의하지 않으면 안 된다.

필자는 특히 1987년의 페레스트로이카(민주항쟁), 1988년의 글라스노스트(서울올림픽) 이래 한국문학에 관한 낡은 관념이 직접 해체를 요청받는 국면에 이르렀다고 생각하고 있다. 한국문학의 범주적 요소 가운데 하나인 한국어라는 규정만이 이제는 실체적인 힘을 가지고 있으며, 그런 의미에서 한국문학이란 거의 한국어문학을 의미하는 것이 되지 않으면 안 된다고 생각한다. 박미하일의 문학은 한국어 아닌 러시아어로 씌어졌다는 점에서 러시아어문학, 즉 노문학이며 그의 작품을 번역한 것들은 번역 한국문학이 될 수 있을 것이다.

그러나 박미하일의 문학은 한국문학 또는 한국어문학의 역동적 흐름을 시사하는 것이기도 하다. 이 범주들은 정태적이지 않은, 일종의 역사적 범주로서 생성되고 성장하며 이식, 확산되고 또 새롭게 회귀하기도 한다.

월북문학, 그리고 월남문학이라는 개념은 한국어문학의 이러한 역동적 흐름과 깊은 관계를 맺고 있다. 8·15 해방 이후 한국전쟁이 휴전협정 체제로 '해소'된 1953년 여름에 이르기까지 월남과 월북이 대규모로 이루어졌고 문학인들 또한 예외가 될 수 없었다. 1988년 월북문인 해금조치에 따라 월북문학인들에 대한 연구가 점차 확장, 심화되어 온 반면 월남문학에 대한 연구는 기존의 작가별 연구를 넘어서지 못했다. 최근 들어, 필자의 「월남문학의 세 유형-선우휘, 이호철, 최인훈의 소설을 중심으로」(『통일과 평화』, 2015)나 서세림의 「월남작가 소설 연구-'고향'의 의미를 중심으로」(서울대학교 대학원 박사논문, 2016) 등에 의하여 월남문학을 하나의 집합적 범주로 사유하려는 흐름이 나타나기는 했으나 더 많은 연구의 손길이 필요한 상황이다.

월남문학 범주의 중요성은 그것이 해방 이후 한국문학의 전개 과정을 복합적, 창조적으로 만들어 왔다는 데 있다. 전후 한국문학사에서 북한 체제를 버리고 월남한 문학인들은 고향을 상실한 작가들로서 남쪽에 고향을 가진 작가들과는 다른 존재론적 조건과 시각을 바탕으로 왕성한 창작활동을 벌여왔고 그로써 한국문학의 단조로움을 넘어설 수 있는 가능성을 제공했다.

이 월남문학 범주는 한국어문학의 긴 시간에 걸친 근대적 변화 과정에 대한 사유 속에서 성찰될 필요가 있다. 세종의 한글 창제는 한국어문학 범주의 형성에 결정적인 기여를 했고, 임병양란, 17, 8세기 영정조기, 그리고 1860년 최제우의 동학창건, 1876년 개항, 1910년 한일합방, 1945년의 해방 및 분단, 1950년 6월 25일부터 1953년 7월 27일까지의 한국전쟁 같은 역사적 사건들을 겪어 나오며 한국어문학은 한반도 안에서의 문학이기를 넘어서 만주문학, 고려인문학, 재일한인 및 재미주한인 문학 같은 디아스포라 문학들을 낳고 또 월북문학, 월남문학 같은 독특한 범주들을 자기 요소로 삼아왔다.

그리고 그 끄트머리에 나타난 새로운 현상이 바로 오늘의 주제인 탈북 문학이다. 탈북 문학은 북한지역에 고향을 가진 사람들의 문학이라는 점에서 월남문학에 연결되는 한편으로 그것과는 다른 동력학을 가진 개념으로서 한국어문학을 중심으로 삼지만 그 밖의 언어로도 실현되는 이질적 현상을 포괄한다. 그러한 점에서 탈북 문학은 박미하일을 하나의 사례로 삼는 고려인문학처럼 디아스포라 문학, 고향 상실 문학의 범주와 관련지어 연구될 수도 있고 북한체제에 대한 저항과 도피를 표현한다는 점에서 반체제문학의 범주 속에서 연구될 수도 있다.

필자는 1996년 가을 진천 페리 호를 타고 중국으로 향하던 중 선상에서 재 중국 한인 노인을 만났던 바, 그는 만주에 나온 북한 관헌들이 탈북자들의 코를 철사로 꿰어 끌고 가는 것을 직접 보았노라고 말했다. 동구사회주의가 몰락하고 북한의 경제적 위기가 심화되던 1990년대 전반기부터 탈북 현상이 점차 증가, 2000년을 전후로 하여 한반도에서 이전에는 볼 수 없던 대규모의 '인구 이동'이 이루어졌다. 황석영의 『바리데기』(2007)에 포착된 탈북 현상은 탈북 문학이라는 새로운 문학적 현상으로 연결되었고 이것이 지금은 하나의 집합적 현상으로 다룰 만한 근거를 이루어 놓은 것이다.

2. 북한문학 연구와 탈북 문학 연구

현재 국문학계에서 북한 문학 연구는 아주 활발하다고 할 수 없다. 그러나 하나의 분과 영역으로 인정되고 있고 연구들도 간헐적으로나마 이어지고 있다. 근년에 필자는 박사학위 논문 한 편을 받아보았는데, 그것은 탈북 문학에 관한 것이었다.

이항구의 『소설 김일성』, 김대호의 『영변에 약산 진달래꽃』, 김유경의 『청춘연가』 등 세 편의 장편소설을 상세하게 분석한 것으로 권세영이라는 젊은 학도가 쓴 「탈북 작가의 장편소설연구」(아주대학교 박사학위 논문, 2015)였다. 이렇게, 탈북 문학이 북한문학 연구 대상으로 박사학위 논문까지 나오는 마당이다. 북한문학 연구 방법이나 방향을 재검토할 때가 되었다.

필자의 판단에 의하면 지금까지의 북한문학 연구는 대체로 북한 당국의 정책변화에 따라 문학창작 및 비평이 어떻게 이루어져 왔는가를 시기별로 고찰하는 것이었다. 조금 더 구체적으로 말하면, 국문학계에서는 비교적 최근까지 월북문학연구나 북한 문단 형성과정 연구, 그리고 북한에서의 정책변화에 따라 문학이 변화해가는 과정을 정리, 분석, 설명하는 것으로 일관해 왔으며, 이러한 연구들은 문학연구가 기반을 두어야 할 가치의식이 분명치 못한 것이었다.

그러한 연구들도 물론 의미가 아예 없다고는 할 수 없다. 하지만 이렇게 되면 그 연구는 북한의 어용문학을 문학 전부로 놓고 연구하는 것 이상이 될 수 없다. 그와 다른 방향을 모색할 수 있어야 할 것인데, 이 자리에서 필자는 그 몇 가지를 제시해 보고자 한다.

첫째, 북한에서의 어용문학 생산 및 유통 메커니즘을 비판적으로 분석해 나가야 한다. 『조선문학』, 『청년문학』, 『통일문학』 등 북한 당국의 기관지들에 실리는 작품들은 표면상 북한문학의 주류를 이루고 있다. 이 작품들은 '하나같이' 어용, '가짜' 문학으로 일제말기에 총독부의 메시지를 전달하는 역할을 하던 문학들과 일맥상통하는 것이다. 이 사이비문학의 생산, 유통 메커니즘을 밝히고, 그 문학적 '범죄'들이 어떻게 이루어지고 있는지 드러내 보여야 한다. 물론 이렇게 평가하는 것은 지나치게 냉정하다는 반론에 직면할 수도 있겠고 체제 협력에도 숨겨진 다른 의도가 함축되어 있을 가능성은 없지 않다. 이 점을 밝히는 작업은 섬세하면서도 주밀한 접근법을 필요로 한다.

둘째, 이제 북한문학 연구는 이러한 방향에서 벗어나 북한에서 진정한 문학이 어떻게 존립 가능한가를 묻고 그러한 문학의 존재를 확인, 분석하고, 평가하는 쪽으로 변모해야 한다. 즉, 북한에서 생존 가능한 진짜 문학의 양식들에 대해 고찰해 나가야 한다. 문학에는 authenticity(진정성)라는 개념이 있다. 믿을 만하다는 것, 신빙성이 있다는 것, 작품에 나타난 작가의 생각을 받아들일만하다는 것, 이를 가리켜 authenticity라고 한다. 북한에서 진정성 있는, 즉 진정한 문학은 어떤 방식으로 존재할 수 있을까? 그것은 우선 공간되는 역사소설이나 아동문학 같은 것에서 일부 발견될 수 있다. 예를 들어, 몇 년 전에 한국에서도 출판된 홍석중의 장편소설 『황진이』는 문학적 완성도가 높았고 이데올로기적으로도 노골적인 선전 의도는 적은 작품이었다. 북한에서 역사소설 또는 아동문학은 '부역'을 꺼려하는 작가들의 도피처가 될 수도 있다고 가정해 볼 수도 있다. 이와 같은 문학작품들은 문학적 애매성(ambiguity)이나 양가성(ambivalence) 같은 개념들을 탄력적으로 활용하여 접근해 볼 수 있을 것이다.

다음으로, 북한에 대해서는 문학의 개념을 확장해 볼 수 있어야 한다. 사실, 문학이란 시대에 따라 그 존재방식이 달라지기도 하고, 여기서는 문학이 아니거나 문학적으로 미달형인 것이 저기서는 중요한 문학이 되기도 한다. 북한문학 연구를 위해서는 문학범주를 일반적인 허구적 장르 이상으로 확장해서 볼 수 있어야 한다. 각종의 비허구 문학 장르들, 즉, 르뽀, 일기, 편지, 수기, 벽보, 전단지, 낙서 같은 것, 그와 같은 일종의 언더그라운드 글쓰기들이 진정한 문학작품이 될 수 있는 곳이 바로 현금의 북한의 문학 상황이다. 이 '지하 문학'은 공간되는 출판물에는 등장할 수 없을 것이다. 그러나 은밀하게 쓰이고 유통되고 대중들의 마음을 사로잡을 수도 있다.

이런 문학작품이 과연 존재하겠느냐는 반문이 있을 수 있다. 그러나 탈북 작가 장진성은 『내 딸을 백원에 팝니다』(2008)의 머리글에서 이렇게 썼다. "두만강을 넘을 때 신분 노출이 우려되는 그 어떤 흔적도 남기지 않는 것이 상식이다. 그러나 나는 남한으로 가면 반드시 300만 아사를 폭로해야 한다는 사명감으로 북한에서 메모했던 글들을 품고 넘었다."[3] 이 숫자는 시인의 주관적 추론으로 사실과 거리가 있는 것일 수 있으나 그 십분의 일인 30만이라 해도 희생자의 숫자는 결코 작은 것이 아니다.

또 한 가지 중요한 문학사의 사례가 있다. 이른바 일제말기 암흑기라 불리어온 1942년경 전후의 시기에도 우리 문학인들은 시를 쓰고 은밀하게 감추어 읽고 훗날에 남겼다. 이육사와 윤동주의 유고시집들, 박목월, 박두진, 조지훈의 시집 『청록집』, 오장환의 시집 『나 사는 곳』, 이병기의 일기들, 그 밖의 많은 사례들은 강력한 통제와 감시 속에서도 진정한 문학은 시도되고 나타난다는 것을 알려준다. 이렇게 존재 가능한 '잠재적' 문학을 위한 연구방법이 고안되어야 하며, 이때, 증언문학(testimony literature) 또는 증인문학(witness literature) 개념과 그 하위 유형들에 대한 논의는 중요한 도구가 될 수 있다. 또한 한국문학이나 다른 나라의 특정한 시기의 문학에 나타난 '비허구' 문학 양식들을 참조하는 것도 좋을 것이다.

넷째, 현재로서는 탈북 문학이야말로 진정성을 갖춘 북한문학을 대표한다고 할 수 있다. 흔히 탈북자라 말해지는 북한이탈주민은 북한 경제가 악화된 1990년대 중반을 전후하여 급증하기 시작했고, 이들 중에는 문화예술 방면에 종사했던 사람들도 많다. 일종의 디아스포라 상

---

3) 장진성, 『내 딸을 백원에 팝니다』, 조갑제닷컴, 2008, 7면.

태를 보여주는 이들은 주로 한국으로 넘어오고 있지만 일본이나 유럽에 정착하는 경우도 있으며, 정착한 사회의 언어로 자신의 삶을 증언하는 여러 형태의 문학 활동을 하고 있다. 한국에서 이들은 '북한 망명 펜클럽'에 모여 있기도 하고 그 밖의 개별자로 존재하기도 한다. 이러한 상황을 염두에 두고 이 탈북 문학인들이 생산하는 문학작품에 관심을 기울여 볼 필요가 있다. 지금으로서는 이들의 문학이 최량의 북한문학인 때문이다. 이 문학은 물론 한국문학의 일부이지만 망명 북한문학이며, 북한문학의 가능성을 측정할 수 있게 해주는 시금석으로 간주되어야 한다.

3. 북한 문학 기관지의 한 단면

이 장에서는 북한문학에 대한 하나의 접근방법으로 『조선문학』 2013년 7월호에 실린 작품들을 읽어보고자 한다. 이 7월호는 북한당국이 주장하는 '전승 60돐' 기념호가 되도록 상투적인 선전 문구들과 시론, 비평, 시, 시조, 가사, 단편소설, 수필 등을 편집해 놓고 있다. 그 목차란은 사진에 보이는 것과 같다.

여기서는 이 가운데 강철이라는 작가의 「맑은 시내 흐르는 곳」과 석남진이라는 작가의 「어머니의 품속에서」를 살펴보기로 한다.

북한문학의 어용적 특질을 가장 극명하게 보여주는 것이 이른바 '수령형상문학'이라는 것이다. 글자 그대로 수령의 모습을 작품에 담는다는 것으로, 김일성, 김정일, 김정은에 걸친 독재자들의 모습을 논픽션적임을 부각시키면서 그려나가는, 오로지 북한에서만 볼 수 있는 최악의 장르라고 할 수 있다. 물론 이러한 필자의 시각에 대해서는 반

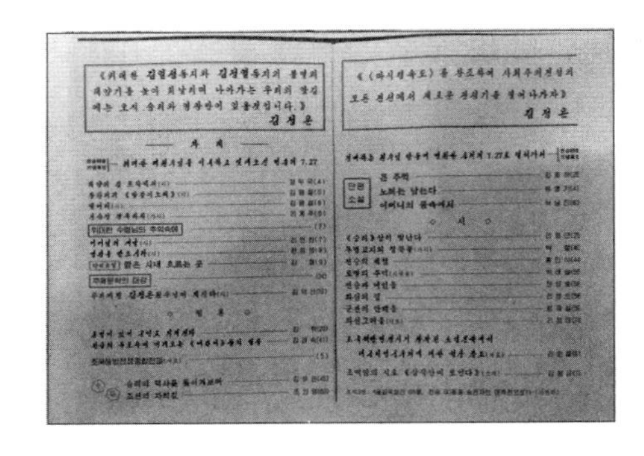

김정은

차 례

맑은 시내 흐르는 곳

김정은

단편소설

노래는 남는다

어머니의 품속에서

◇ 시 ◇

론도 가능하지 않다고는 할 수 없을 것이다. 예를 들면 근년의 한 논문은 필자와 견해를 같이 하는 논리에 대하여, "역설적이게도 '수령형상문학'은 북한의 체제 원리와 작동 방식간의 거리, 문학과 정치의 상호작용, 이념과 욕망의 갈등 양상 등을 가장 총체적으로 담아내고 있는 텍스트"[4)]라는 반론이 제기되기도 했다. 그런데 이는 '수령 형상 문학'에 대한 현상론적, 현상분석적 평가이며 가치론적 평가라고는 할 수 없을 것이다.

근년의 북한 소식에 따르면 북한에서 한설야가 작가로서도 복권되기에 이르렀다 하며, 그 이유는 그가 수령형상문학의 선구자라는 것이었다고 한다. 북한 계간 학술지 『사회과학원 학보』 2월호에 실린 「한설야와 장편소설 『역사』」라는 논문에서 한설야의 이력과 문학세계를 소개하면서 그를 "수령형상소설 창작의 초행길을 개척한 선구자"라고 평가했다는 것이다.[5)] 한설야는 함흥 태생으로 일제 강점기에 카프에서 활동한 작가로서 해방 이후 북한 정권 내에서 중요한 역할을 했으나 권력투쟁 와중에서 1960년대 초에 숙청된 것으로 알려져 있었다. 그가 정치적으로 복권된 것은 1990년대 초였다.

「맑은 시내 흐르는 곳」은 한설야로까지 거슬러 올라가는 수령형상문학에 속하는 작품이다. 전승 60주년을 기념하는 특집호답게 이 소설

4) 김경숙, 「북한 수령형상문학의 역사적 변모양상: 1960~1990년대 북한 서정시를 중심으로」, 『민족문학사연구』 51, 2013, 479면.

5) 「북, 월북 작가 한설야 칭송, "수령 소설" 선구자」, ≪연합뉴스≫, 2014.4.20.

은 한국전쟁이 한창이던 1950년 7월로 거슬러 올라가 살아있는 김일성과 김책(1903.8.14~1951.1.30), 강건(1918~1950.9.8) 등 실존인물을 등장시켜 만주 시절부터 동지적 관계를 맺어온 김일성과 이들의 끈끈한 관계를 집중적으로 부각시킨다.

함경도 학성 태생으로 만주 길림에서 성장한 김책은 어려서부터 항일운동에 뛰어들었고 동북항일연군, 소비에트 극동군 88국제여단 등에서 김일성과 행동을 같이 한 인물이다. 또, 경상북도 상주 출신의 강건 역시 길림에서 성장하여 동북항일연군, 소비에트 극동군 제88국제여단 등을 거쳐 가며 김일성의 핵심 측근으로 활동했다.

「맑은 시내 흐르는 곳」은 이들 3인의 한국전쟁 중 모습을 논픽션 기법으로 제시한다. 액자형 소설의 앞부분 바깥이야기에서 화자인 '나'는 "지난 조국해방전쟁을 빛나는 승리에로 이끄신 수령 김일성 대원수님의 불멸의 업적에 대한 글을 쓰기 위해"[6] 장령 김덕수를 찾아간다. 그는 '나'를 만난 자리에서 "김책 동지, 강건 동지… 잊지 못할 그분들이 다 없으니 어차피 그날의 일은 내가 말해야 할가 보오."[7]라는 말과 함께 지난날의 이야기를 들려준다. 말하자면 일종의 증언 형식을 빌리고 있는 셈이다.

이 소설은 서울, 수안보, 문경, 상주 등 6·25전쟁의 초기 전개 과정을 따라가며 전황의 답보상태를 괴로워하는 강건과 지도자로서의 자애로움과 엄격함을 함께 가지고 있는 영웅적 존재로서의 김일성의 형상을 제시한다. 고향 상주를 지척에 두고도 전쟁에서의 승리만을 생각하는 강건에게 김일성은 고향의 소중함을 일깨워준다. "고향은 결코

6) 강철, 「맑은 시내 흐르는 곳」, 『조선문학』, 2013년 7월, 조선작가동맹, 9면.
7) 위의 글, 같은 면.

지리적 개념만이 아니요, 혁명가의 첫 언약이 깊이 새겨진 마음 속의 별과도 같은 그런 것"[8]이라는 것이다. 이러한 말과 행동을 통해서 드러나는 김일성의 모습에서는 동족상잔의 전쟁을 도발하고 또 전쟁 책임을 물어 지난날의 동료들을 무자비하게 숙청한 권력의 화신의 모습은 찾아볼 수 없다. 작가는 증언이라는 형식을 빌려 권력의 신화를 덧입히는 작업을 하고 있을 뿐이다.

한편, 석남진의 「어머니의 품속」에서는 이른바 국방과학연구에 종사하는 엄정화라는 여인을 등장시켜 음악대학에 다니는 딸 현주와 갈등을 겪게 한다. 딸이 친구들을 집으로 초대하기로 한 날 정화 여인은 공교롭게도 김정일 장군을 모시고 인공지구위성 제작, 발사에 참여한 과학자, 기술자, 노동자들과 함께 사진을 찍게 된다.

이야기의 결말은 일종의 해피엔딩이다. 딸을 어려서부터 잘 돌보아 주지 못했다는 자책감에 시달리면서도 나랏일을 버릴 수 없는 어머니와, 어머니의 충분한 보살핌을 받을 수 없었으면서도 구김살 없이 성장한 딸이다. 이 두 사람은 이야기의 결말에 이르러 자신들의 행복한 삶을 확인하기에 이른다. 정화 여인은 선군시대 공로자로서 김일성의 이름을 새긴 금반지를 수여받는다. 현주는 학급 친구들을 집으로 데리고 와 엄마의 영예를 축하해 준다.

그런데 이 이야기의 중심적인 주제는 이 어머니와 딸의 갈등과 해결에 있지 않다. 이 이야기의 핵심부에는 엄정화 여인이 '북한제' 인공위성인 광명성의 개발에 참여한다는 모티프가 놓여 있고, 이 인공위성들은 국제적으로는 그 성공이 인정되지 못하고 있음에도 불구하고 매우 성공적으로 발사된 것으로 처리되어 있다. 이 작품은 과장되거나

8) 위의 글, 18면.

거짓된 신화에 기반을 둔 이야기다.

이 작품의 더 심각한 문제는 인공위성 이야기를 중심에 놓으면서 북한사회를 일종의 유토피아로 그려내고 있다는 사실이다. 작중에서 딸에 있어 엄마의 빈자리는 그녀의 과제를 중히 여겨주는 친척, 이웃들과 학교 선생님들에 의해 확실하게 메꾸어진다. 현주를 둘러싼 사회 전체가 어머니 역할을 대행한다는 점에서 북한 사회는 육아와 교육의 사회화가 완전하게 구현된 사회로 윤색, 치장된다.

작중에서 정화 여인의 친구인 한선희의 부친이 하는 말이 이 작품이 말하고자 하는 바를 명쾌하게 드러낸다. "넌 우리가 얼마나 고마운 제도에서 살고 있는가를 명심해야 한다. 모든 사람들이 당을 받드는 그 한길에서 하나의 대가정이 되는 이 제도를 목숨으로 지켜야 한다."[9] 북한 사회는 하나의 대가정이고, 노동당은 모든 이들의 어머니와 같고, 그 품속에서 북한 땅은 "행복의 화원"[10]이 될 수 있었다는 것이다.

그러나 이 사랑 깊은 어머니는 자신의 자식과도 같은 인민들이 굶주리며 수많은 이들이 기아와 빈곤에 시달리는 사이에 군사력 강화와 인공위성 실험에 돈을 쏟아 붓고 있었다.

4. 탈북 문학의 한 사례 – 장진성의 시와 수기

필자가 2014년 여름에 「북한인권선언 초안」(『경인일보』, 2014.3.7)을 재발표한 일이 몇몇 신문에 오르내릴 때쯤 학교 연구실로 한 통의 전화가 걸려 왔다. 북한 억양이 강하게 남아 있는 남자의 목소리였고 탈

9) 석남진, 「어머니 품속에서」, 『조선문학』, 2013년 7월, 조선작가동맹, 71면.
10) 위의 글, 73면.

북자들에 대한 필자의 선입견 때문인지 그것은 침착하면서도 침중하게 들렸다.

그는 자신이 북한에서 나온 작가라고 소개하며 한번 만났으면 한다고 했다. 필자는 선선히 제안을 받아들였지만 필자도 바쁘고 그쪽은 더욱 바빠 보였다. 아마도 두 사람이 약속을 세 번씩이나 바꾸고 나서야 우리는 신사동의 어느 주점에서 얼굴을 마주 대할 수 있었다. 그는 내가 예상했던 것과 달리 키는 별로 크지 않고 동글동글한 얼굴에 야구 모자를 쓰고 반팔 셔츠를 입고 있었다. 아마도 필자는 양복을 걸치고 나올, 이발소에서 머리를 다듬은 듯한 '정숙성'을 가진 남자를 상상했던 것도 같다.

그가 바로 장진성 씨였다. 그는 앞에서도 말했지만 시집 『내 딸을 백 원에 팝니다』(조갑제닷컴, 2008)의 시인이기도 하고, 영역판으로 먼저 출간되어 수백만 부가 팔린 수기 『Deer Leader 경애하는 지도자에게』(2014)를 펴낸 작가이기도 하다.[11] 필자 쪽으로 보아서는 탈북 문학인에 대한 선의와 북한의 현실에 대한 우려로 인해, 장진성 씨 쪽으로 보면 신문 기사를 보고 선뜻 전화를 걸어 만나자고 말할 수도 있는 적극적, 개방적인 성격 덕분에 우리는 일곱 살의 나이 차이에도 불구하고 금방 가까워질 수 있었다.

그는 필자가 자신의 작품을 접했는지 궁금해 했지만 그렇지는 못한 상황이었다. 어떻든 필자는 한번은 그의 작품을 읽어보겠다고 생각했

11) 장진성의 작품을 출간한 출판사를 둘러싼 이념적 차원의 논란에 대해서는 또 다른 상론이 필요할 것이다. 다만, 북한문학이나 탈북 문학 연구자들은 한국에서의 정치와 문학의 관련 방식이 매우 복잡 미묘하다는 점을 인식할 필요가 있다. 한국 내부에 대해서는 민주주의의 촉진을 지지하는 입장이 북한 민주주의에 대해서는 외면하는 경우가 비일비재하고 그 반대의 경우 또한 상존한다는 사실을 인정해야 하며, 연구자들은 이러한 현실 속에서 균형과 냉정을 취할 수 있어야 한다.

다. 그의 문학은 탈북 문학의 중요한 사례 가운데 하나로서 하나의 시금석 역할을 할 수도 있을 것이기 때문이다.

우선 그의 시집은 김정일의 이른바 '고난의 행군' 시대를 '사실 그대로' 증언하는 측면을 보여준다. 이 시집은 인민들의 아사라는 북한 실정을 폭로하기 위해 목숨을 걸고 메모들 수첩을 들고 두만강을 건넜다는 고백이 말해주듯이 문학적 기법을 최소화 한, 단순 명료한 스타일로 자신이 보고 듣고 겪은 일들을 몽타주들처럼 엮어나갔다.

전체가 5부로 이루어진 이 시집은 굶주림에 시달리다 죽어가는 북한 주민들의 참상을 적나라하게 보여주고 있을 뿐 아니라 1996년에 공식화되었다는 고난의 행군이라는 선전 구호며, 선군정치나 강성대국 같은 구호들, 정책 같은 것이 명백히 북한 주민들을 향한 선전포고이자 '겁박'임을 필요충분하게 드러내 보였다. 다음은 이 시집에 실린 시들 가운데서 선별한 것이다.

(가)

그는 초췌하였다
내 딸을 백원에 팝니다
그 종이를 목에 건 채
어린 딸 옆에 세운 채
시장에 있던 그 여인은

그는 벙어리였다
팔리는 딸애와
팔고 있는 모성을 보며
삶들이 던지는 저주에도

땅바닥만 내려다보던 그 여인은
그는 눈물도 없었다
제 엄마가 죽을병에 걸렸다고
고함치며 울음 터치며
딸애가 치마폭에 안길 때도
입술만 파르르 떨고 있던 그 여인은

그는 감사할 줄도 몰랐다
당신 딸이 아니라
모성애를 산다며
한 군인이 백 원을 쥐어주자
그 돈을 들고 어디론가 뛰어가던 그 여인은

그는 어머니였다
딸을 판 백원으로
밀가루 빵을 사들고 허둥지둥 달려와
이별하는 딸애의 입술에 넣어주며
용서해라! 통곡하던 그 여인은

—「내 딸을 백 원에 팝니다」, 전문[12)]

(나)

석 달 전에 내 동생은
세상에서 제일로 맛있는 건
새하얀 쌀밥이라 했다

두 달 전에 내 동생은

12) 장진성, 앞의 책, 84-85면.

세상에서 제일로 맛있는 건
불에 구운 메뚜기라 했다

한 달 전에 내 동생은
세상에서 제일로 맛있는 건
어젯밤 먹었던 꿈이라 했다

내 동생이 살아있다면
세상에서 제일로 맛있는 건
이 달에는 뭐라고 했을까……

―「세상에서 제일로 맛있는 건」, 전문[13]

(다)

사람들이 모인 곳엔
반드시 총소리도 있다

오늘도 대중 앞에서
누군가 또 공개처형 당한다

절대로 동정해선 안 된다
죽었어도 격분으로 또 죽여야 한다

포고문이 다 하지 못한 말
총소리로 쾅 쾅 들려주는 그 앞에서

어째서인가 오늘은

13) 위의 책, 34면.

사람들의 침묵이 더 무거웠으니
쌀 한가마니 훔친 죄로
총탄 90발 맞고 죽은 죄인

그 사람의 직업은
농사꾼

—「사형수」, 전문[14)]

(라)

꿈속에서
아이는 무엇을 보았기에
간밤에 밖으로 나갔을까

꿈속에서
아이는 무엇을 보았기에
총을 쏘는 군대도 무서워 안했을까

꿈속에서
아이는 무엇을 보았기에
손에 그걸 꼭 쥐고 죽었을까

그 꿈은
죽으면서도 놓지 않은 그 꿈은
작은 옥수수 하나

—「아이의 꿈」, 전문[15)]

---

14) 위의 책, 113면.
15) 위의 책, 43면.

(가)의 표제시 「내 딸을 백 원에 팝니다」는 자신의 딸을 팔아서라도 살려내고자 하는 어머니의 모습이 드러나 있으며, (나)의 「세상에서 제일로 맛있는 건」에는 굶주림에 지쳐 죽어가는 아이의 비참한 꿈이 동생을 그리는 화자의 목소리를 통하여 생생하게 전달되고 있다. 특히 (가)의 시에 나타나는 어머니의 모성애는 앞 장에서 논의한 소설 어머니의 품속에서에 나타나는 지극히 허구적인 어머니 및 모성애의 이미지와는 전혀 다른, 아이의 생존을 절박하게 희구하는 어머니의 모습이 생생하게 포착되어 있다.

또 (다)와 (라)의 시는 공개처형과 총살 같은 극한적인 폭력수단에 의해서만 체제를 유지할 수 있는 김정일 북한 정권의 인권 유린의 진상을 '단번에' 드러낸다. 선군정치나 강성대국 같은 구호들은 북한 고립정책을 쓰고 있다는 외부 세력을 향한 것이라기보다도 보다 직접적으로는 북한 주민들을 향한 위협에 가깝다. 자신들의 안위를 위협하는 어떠한 행동도 용납하지 않겠다는, 대국민 선전포고나 다름없는 것이 바로 김정일 정권의 구호들이라고 볼 수도 있는 것이다.

그리고 그 연장선상에서 1990년대 전반기에 전개된 북한에서의 기근 및 아사 현상을 새롭게 해석할 수 있다. 연구자들에 따라 그 숫자는 매우 다르지만 신뢰할 수 있는 조사방법에 따르면 희생자들은 1993~1998년 사이에 약 34만 명, 1998~2008년 동안에는 약 15만 명 정도로 분석된다고 한다.[16] 그와 같은 미증유의 아사 사태는 북한당국의 방치와 외면, 조장 없이 이루어질 수 없으며, 이 '범죄적' 행위에 대한 책임은 극히 중하다고 하지 않을 수 없다. (다)의 시에서 쌀 한

16) 정진선, 「기근과 죽음: 고난의 행군 시기 인민의 죽음」, 북한대학원 석사학위논문, 2015, 22면.

가마니를 훔쳤다는 이유로 공개처형을 당했다는 노인이 바로 그 쌀을 키워내는 농사꾼이었다는 사실은 놀랍기 그지없다. 노동자와 농민을 위한다는 당과 정권이 실제로는 그들 위에 군림하며 무법적인 통치를 자행하고 있는 것이며, 그 야만성은 (라)의 시가 보여주듯이 서슴지 않고 아이들을 죽음으로 내모는 데까지 이르러 있다.

한편으로, 먼저 영문판 *Dear Leader*로 세계에 북한의 참상과 탈북자들의 생존 위기를 알린 『경애하는 지도자에게』는 탈북 문학의 가능성을 새롭게 인식하도록 한다. 시집의 경우도 그러했지만, 이 수기는 한국문학의 일부이자 북한문학의 일부인 탈북 문학이 세계문학의 맥락에서 논의될 수 있음을 보여주었다. 이 수기의 증언적 성격은 북한 문제에 관한 세계인들의 관심을 이끌어낸 면이 있다. 바로 이러한 맥락에서 탈북 문학은 양질의 한국문학으로 자리 매김될 수도 있다. 최근에는 장진성 씨 외에도 다양한 작가들이 단행본 형태로 장편소설과 수기를 발표하고 있다.

5. 『국경을 넘는 그림자』 수록 작품들과 『고발』

2015년에 출간된 『국경을 넘는 그림자』는 '북한 인권을 말하는 남북한 작가의 공동소설집'이라는 부제와 함께 출간되었다. 한국 출신의 작가로는 윤후명, 이청해, 이평재, 이성아, 정길연, 신주희와 필자 등이 참가했고 탈북 작가로는 윤양길, 이지명, 도명학, 설송아, 김정애, 이은철 등이 작품을 발표했다.

이 가운데 윤양길의 「꽃망울」은 꽃제비라 불리는 어린 소년, 소녀의 죽음을 그린 것이다. 이지명의 「불륜의 향기」는 탈모증에 걸린 아내

대신에 보석 밀수를 하는 여성과 '불륜' 관계를 맺게 된 탈북자의 이야기를 그린 것이다. 도명학의 「책도둑」은 작가동맹위원장의 아내가 남편이 아끼는 책들을 빈궁 끝에 팔아버렸다는 에피소드를 다룬 것이다. 설송아의 「진옥이」는 북한 체제 아래서 생존 본능 하나로 험난한 세상의 파고를 넘어가는 여인의 삶을 그린 것이다. 김정애의 「소원」은 늙은 아내가 딸의 행방을 찾아 탈북해 버린 한 노동당원의 말로를 그린 것으로 그는 소 도둑질을 한 친구를 당국에 밀고했고 자기 또한 친구의 밀고를 받아 당국에 끌려가는 것으로 그려진다. 이은철의 「아버지의 다이어리」는 탈북하여 한국에 정착한 아버지와 아들의 이야기를 그린 것으로 아들인 화자는 췌장암에 걸려 세상을 떠난 아버지의 다이어리를 통해 그의 내면적 흐름을 엿볼 수 있게 된다.

이러한 작품들이 탈북 문학을 대표할 수 있는 것으로 아니다. 지금 단행본 장편소설로 작품을 발표해 가는 탈북 작가들도 있고 장편수기들도 다수 간행되고 있으므로 이러한 작품들에 대한 분석, 검토가 필요할 것이다. 여기서는 『국경을 넘는 그림자』에 실린 탈북 작가들의 작품을 각각의 사례로 다룰 것이다.

이 작품들은 몇 가지 특징을 보여준다. 첫째, 작품들은 북한에서의 빈궁과 기아, 죽음을 증언적으로 전달하며 나아가 북한체제의 비인간성을 명료하게 드러낸다. 각각의 작품들은 북한 현실 속에서 언제나 직면할 수 있는 사건들을 제시한다. 둘째, 작중에 나타난 인물들은 극한적인 삶의 상황 속에서 일상적인 범죄에 노출되어 있으며 스스로 범죄를 행할 때에도 도덕적 죄책감과는 다른 감정 상태를 보인다. 셋째, 작중에 나타난 북한 사람들은 한국에 대해 경제적으로 부유하게, 그리고 자유롭게 살아간다는 환상을 품고 있으며 작가 자신도 그러한 판단에서 자유롭지 않은 경우를 보인다. 남한과 북한 체제를 비교의 시선으로 바라보게 될 때 작품은 정치적 이데올로기에 의해 간섭받게 된다. 넷째, 단편소설들은 인물, 사건, 배경에 대한 묘사가 균형적으로, 경제적으로 배치된 '전형적' 단편소설 구성을 취하며, 특히 문체 면에서 단순하면서도 명쾌한 인상을 전달하는 단문 위주의 문장들을 구사한다.

이 작품들 가운데 필자가 특히 인상적으로 본 작품은 윤양길의 「꽃망울」, 도명학의 「책도둑」, 설송아의 「진옥이」 등 세 작품이다. 작가들이 작품을 얼마나 많이 써보았는가에 상관없이 이 작품들은 구성 면에서 완결성이 있고, 문체 역시 깔끔하고도 구어적인 생기를 보이고 있으며, 인물의 면모가 선명하게 전달되는 특성을 보인다. 단순하면서도 선명한 스타일은 오늘의 한국 단편소설이 상실해 버린 요소이며 이 점에서 한국문학의 다면성과 복합성을 보충해 줄 수 있을 것으로 믿어진다.

한편 반디라는 필명으로 출간된 창작집 『고발』은 북한 체제 내부에서 집필된 본격적인 저항문학이자 증언문학이라는 점에서 각별히 중요한 의미를 부여할 수 있다. 반디라는 작가에 관해서 도희윤 피랍탈북인권연대 대표는, "반디는 조선작가동맹 중앙위원회 소속으로 1950년 태어나 전쟁을 겪으면서 부모님을 따라 중국 땅까지 피난을 가 유년 시절을 보내고 다시 북한으로 돌아와서 생활을 하였습니다…… 1994년 김일성 사망 기점에 시작된 이른바 고난의 행군으로 자신과 인연을 맺고 살아왔던 많은 사람들이 죽어나가고, 먹고 살기 위해 고향땅을 등지고 떠나는 이들의 뒷모습을 보면서, 자신이 지금껏 살아왔던 북한 사회에 대한 깊은 성찰을 책을 통해 세상에 알려야겠다고 굳게 결심하게 됩니다."[17]라고 다소 추상적으로 소개하고 있다. 또한 이 소설집 원고가 북한 바깥으로 나올 수 있게 된 것에 관하여 "평소 반디와 교분을 나누고 있던 함흥에 사는 친척 중 한 명이 조용히 반디를 찾아와 중국으로 가겠다는 결심을 털어놓"[18]은 것이 계기가 되어 이후 귀중한 원고가 북한을 벗어나 한국으로 오게 된 것이라고 한다. 반디라는 작가의 신원에 대해서는 이 '소개'의 말을 다 믿을 수는 없을 것이다. 현재로서는 출판물 내용의 신뢰성보다는 반디라는 작가의 신변 보호가 더 중차대한 문제일 것이기 때문이다. 현재 북한 망명펜 이사장으로 활동하는 김정애 작가에 따르면 도희윤 대표와 반디 작가 사이의 교신은 단절될 상태라고 하는데, 이는 그의 신변을 위해서일 가능성도 있고, 달리는 그가 위험에 처해 있기 때문일 수도 있다. 문학을 늘상 접하는 사람으로서 생각해 보면 북한 당국이든 그 작가동맹에서든 『고발』에 실린 작품들의 독특한 문체는 아주 쉽게 알아볼 수 있을 만한 것이다. 이 글에서 더 자세히 쓸 수는 없지만 그를 소개한 글이 밝히고 있는 것과 달리 반디는 이미 북한을 탈출해 있을 수 있고, 중국 같은 곳에 머무르고 있을 가능성도 없지 않다고 보아야 할 것이다. 물론 이 소설집에 실린 일곱 편의 작품들은 그 집필 시기가 1989년부터 1995년에 걸쳐 있는 것으로 보아서도 북한 체제 아래서 은밀히 쓰여졌던 것이라 확신할 수 있고, 또 작중 내용들을 두루 참고해 보건대 반디의 연령은 적어도 현재 70세 이상에 다다라 있어야 하며, 전문적인 작가적 활동 이력을 '분명히' 가지고 있어야 한다.

이 글에서 이 문제적 소설집에 대해서 일일이 언급하기는 어려우며

17) 도희윤, 「출간에 부쳐—어둠의 땅, 북한을 밝히려는 반딧불이 되어……」, 반디, 『고발』, 조갑제닷컴, 2014, 6-7면.

18) 위의 책, 7면.

다만 첫 번째로 실린 「탈북기」라는 작품에 대해서만 논의해 보기로 한다. 이 「탈북기」는 작중에 제대로 밝혀져 있듯이, 1925년 3월 『조선문단』에 발표된 최서해의 단편소설 「탈출기」와 상호텍스트적인 세계를 형성한다. "자네도 최서해의 「탈출기」를 읽었겠지. 그런데 그 1920년대가 아닌 1990년대, 그것도 식민지가 아닌 해방 년륜을 50돌기나 감는다는 내 나라 내 땅에서 이런 탈출기를 쓰고 있단 말이네. 참으로 기막힌 일이 아닌가!"[19]라는 작중 주인공 화자 일철의 말은, 이 소설을 쓴 작가가 최서해의 소설 세계에 대한 문학사적 안목을 갖춘 사람임을 알려준다. 그는 최서해가 「탈출기」에서 아이를 가진 아내가 굶주림을 견디지 못해 귤껍질을 몰래 주워 먹는 이야기를 한 것을 환기하듯이 일철의 아내로 하여금 남편 몰래 그 남편의 좋은 식사를 위해 자기는 굶다시피 하면서 "퍼런 시래기 쪼가리들 속에 약간의 강냉이와 쌀알들이 뒤섞여 풀썩거리고 있는 것은 틀림없는 개머거리", 곧 "개죽"을 쑤어 먹게 한다.[20] 또한 작중에서 일철은 「탈출기」에서와 마찬가지로 친구인 상기에게 보내는 편지 속에서 "「탈출기」의 '나'가 부모처자를 이끌고 '오랑캐령'을 넘을 때는 그래도 비운 중에도 행여나 하는 일말의 희망이나마 있었"다며 "산 설고 물 선 이곳으로 '이주'당해 오던 우리 가정의 그 참상"을 환기키시기도 한다.[21]

이 「탈북기」는 결국 일철이 형의 식솔까지 합쳐 모두 다섯 사람의 목숨을 걸고 북한 체제를 탈출하는 이야기다. 집필 시기가 1989년 12월 12일로 명기된 이 소설에서 일철은 부친의 대에서부터 이어져 내

19) 위의 책, 14면.
20) 위의 책, 22면.
21) 위의 책, 19면.

려오는 "반당 반혁명 종파분자"[22] 집안의 멍에를 짊어지고 살아가는 사람이다. 그의 부친 리명수는 일제시기 부농으로서 "당의 농업협동화 정책에 불만 품고" "논벼 랭상모에 대한 해독행위 감행한" 작자였다는 것이다.[23] 일철의 가계는 "아버지가 해방 전에 손발이 닳도록 일한 값으로 땅마지기가 가지고 있었고 협동조합 조직 때 그 땅을 첫마디에 고분고분 내놓지 못했"다는 이유로 원산으로 끌려가고, 그의 일족은 다시 부친이 처단당한 후 "내각 결정 149호에 의해" "압록강 여울 물소리 소란한 생소한 이곳으로 '이주'까지" 당한, "당에서 아주 역적으로 보며 대대로 계산하는 계층"[24]이라는 것이다. 일철과 그의 아내는 온갖 신분 '토대'의 고통에서 벗어나고자 당원이 되는 꿈을 꾸지만 이는 부문당비서의 아내에 대한 야욕만을 부추길 뿐이다.

이 소설은 계급이 사라졌다고 선전되는 체제 아래서 집요하게 자행되는 신분 계급화, 계급 사이의 칸막이, 감시와 동원, 당원들의 특권화와 부패, 부조리를 일철과 그의 아내 명옥의 갈등 구조를 통하여 전형적 재현의 수법으로 효과적으로 묘출한다. 최서해의 소설 「탈출기」의 호소, 즉 어디까지나 세상에 대하여 충실하려 하였던 태도를 바꾸어 험악한 제도의 희생자로서의 자기를 직시하고 그러한 현실에서 탈출하고자 하는 주인공의 목소리를 호소력 있게 전달하는 것이다. 최서해의 「탈출기」에서 주인공 '나', 즉 '박군'의 목소리는 이러했다.

> 우리는 여때까지 속아 살앗다. 포학하고 허위스럽고 요사한 무리를 용납하고 옹호하는 세상인 것을 참으로 몰낫다. 우리 뿐 아니라 세상

22) 위의 책, 같은 면.
23) 위의 책, 43면.
24) 위의 책, 44면.

> 의 모든 사람들도 그것을 의식지 못하엿슬 것이다. 그네들은 그러한 세상의 분위긔에 취하엿섯다. 나도 이 때까지 취하엿섯다. 우리는 우리로서 살아온 것이 아니라 엇던 험악한 제도의 희생자로서 사라 왓섯다.[25)]

이 「탈출기」의 주인공이 굶주린 노모와 아내를 버리고 세상을 바꾸기 위한 행동에 나선 것과 달리 「탈북기」의 주인공은 식솔들을 이끌고 부조리한 독재 체제를 떠나기 위한 비상한 결단을 내리는 것으로 나타난다. 「탈출기」의 주인공이 오랑캐령 너머의 세상 또한 제도적 부조리가 판치는 곳임을 깨닫고 가족을 '버리고' 투쟁에 나선 것과 달리 「탈북기」의 주인공은 아내와의 사랑을 지키기 위해 목숨을 걸고 창파 위에 한 점 쪽배를 띄우는 것이다.

이러한 「탈북기」의 이야기, 그리고 『고발』의 이야기들은 지금 북한의 반체제 문학과 탈북 문학이 '한국문학'의 가장 중요한 일부로 취급되어야 함을 말해준다. 『경애하는 지도자에게』 영문판이나 『고발』 불어판에 대한 서구의 반응은 탈북 문학이 가장 중요한 한국문학으로 인정되어 가고 있음을 알려주는 '사건'이다. 이들의 문학작품이 큰 반향을 불러일으키는 이유는 한반도 바깥의 사람들이 볼 때 여기서 일어나는 가장 중요한 사건은 바로 북한체제의 야만과 폭력 외에 다른 것이 없기 때문일 것이다. 서구와 일본에서 한국의 민주화 문제는 더 이상 중요한 흥밋거리가 아니며 이 빈 공간을 채운 것이 바로 북한 문제다. 정치, 군사적으로도 서구인들에게 북한은 중요한 논점이 되고 있으며, 이 때문에 탈북 문학에 대한 조명은 순문학적인 관심사가 아

---

25) 최서해, 「탈출기」, 『삼천리』, 1935.1, 288면. 원래 이 작품은 『조선문단』 1925년 3월호에 게재되었다.

닌 수준에서도 당분간 지속될 것으로 믿어진다.

또 그렇다면, 북한의 현실을 깊게 이해하고 그곳에서의 삶을 인간학적 관점에서 깊이 있게 다루는 것은 한국의 작가들의 '의무'이기도 하다. 북한은 한반도의 일부이고, 북한인들은 같은 민족적 구성원, 동포들이다. 이들의 삶은 우리의 삶과 뗄 수 없으며, 북한의 현실은 우리 현실의 중요한 일부다. 북한은 가장 긴급한 인권 유린의 현장이다. 이러한 필자의 판단은 북한 현실을 너무 비판적으로, 냉정하게 평가한 것이라는 반론이 있을 수 있겠으나, 한국의 독재적 현실을 비판적으로 취급해 온 필자로서는 피할 수 없는 논리적 귀결점이라 하지 않을 수 없다.

탈북 작가들, 북한 현실에 관심을 가진 한국 작가들 가운데서 북한의 현실과 삶을 깊게 파헤치는 작가들이 출현해야 한다. 그들은 가오싱 젠, 밀란 쿤데라, 파스테르나크, 솔제니친, 조지 오웰 등과 같은 작가들의 문학과 문학사적 궤도를 같이하게 될 것이다. 그런 작가들이 우리 앞에 존재해야 한다.

탈북 작가의 글쓰기와 자본의 문제*

서세림

1. 서론

본고는 탈북 작가의 글쓰기와 자본의 문제에 대하여 고찰하는 것을 목적으로 한다. 이를 위해 탈북 작가들의 소설에 나타나는 탈북 이전 북한의 현실에서부터 탈북의 요인과 과정, 탈북 이후의 삶을 연계적으로 분석하여, 그들의 글쓰기에서 드러나는 탈북 행위와 자본의 영향 관계 및 그에 대한 탈북자로서의 인식에 대해 탐색할 것이다.

1990년대 중반 이른바 '고난의 행군' 시기를 거치며 탈북자들의 수는 이전에 비해 급격히 증가하였다. 1990년대 초반까지만 하더라도 '귀순 용사' 등으로 불리던 북한이탈주민들은, 남한 사회의 입장에서는 매우 특수하고 흥미로운 대상으로 여겨졌던 것이나, 탈북자 증가가

* 이 글은 『현대소설연구』 68호(한국현대소설학회, 2017)에 게재된 것이다.

점차 현실화하면서 이제 그들은 특별한 정치성의 영역이 아니라 일상성의 영역으로 받아들여지게 되었다.[1] 남한 사회에서 그들은 지속적으로 동화와 경계 사이에 놓인 새로운 일원으로 인식되고 있다. 이렇듯 2000년대 들어 탈북 문제와 관련한 사회적 논의의 증가와 함께 탈북과 관련한 문학적 성과, 즉 '탈북 문학'에 대한 관심도 늘고 있다.[2] 탈북 행위 및 탈북자들을 주요 대상과 주제로 탈북자들의 험난한 탈북 과정과 중국 등지에서의 고통스러운 유랑, 이후 정착의 어려움 속에서 드러나는 한국 사회의 모순과 문제들을 비판하는 한국 작가들의 작품들이 여러 차례 생산되었고, 탈북자 출신 작가 스스로도 자신들의 목소리를 이전보다 다양한 장르의 작품들로 형상화하고 있다. 이 과정에서 탈북 작가들은 북한 인권 문제 및 정권 상황 고발, 탈북 과정에서의 고통 등을 주요 주제로 표현하고 있다. 특히 북한에서 작가로 활동하던 문인들은 탈북하여 한국에 정착한 이후에도 지속적으로 창작활동을 펼쳐 왔다. 대표적으로 조선작가동맹 출신으로서 한국에서도 활발히 활동하고 있는 이지명, 장진성, 김유경, 최진이 등이 있다. 탈

1) 우리나라에서 탈북에 대한 인식은 1990년대 중반을 전후로 하여 크게 바뀌었다고 할 수 있다. 남북 분단 이후 1993년 이전까지는 이들을 대개 귀순자, 귀순용사라 칭했다. 귀순(歸順)은 '적이었던 사람이 반항심을 버리고 복종하거나 순종한다'는 뜻이다. 현재는 귀순자 대신 탈북자라는 용어가 주로 쓰이고 있다. '탈북자'라는 용어는 2003년에 국립국어원 '신어 자료집'에 등재되었다. '새로운 터전에서 삶을 시작하는 사람들'이라는 뜻에서 새터민이라는 순우리말로 쓰기도 한다. '귀순자'라는 용어에는 정치적 관점이, '탈북자'라는 용어에는 정치성을 탈피한 객관적 시각이 의도되고 있다고 이야기된다. (박덕규 · 이성희, 「민족의 특수한 경험에서 전지구의 미래를 위한 포용으로」, 『탈북 디아스포라』, 푸른사상, 2012, 14면.)

2) 1995년을 전후하여 진행된 '고난의 행군'이 초래한 북한 사회의 경제적 · 정치적 불안이 탈북자 양산 및 탈북 문학 형성에 가장 큰 영향을 미친 요인이었음은 여러 연구자들에 의해 공통적으로 지적되고 있다. 이 시기 대량 탈북을 그려낸 일련의 소설들이 기존의 분단문학과 다른 양상을 보여주기 시작하였으며, 그것이 탈북 문학의 시초라고 할 수 있다는 것이다. (박덕규, 「탈북문학의 형성과 전개 양상」, 『한국문예창작』 14-3, 한국문예창작학회, 2015, 90면.)

북 작가들의 작품은 강렬한 체험을 기반으로 탈북 전후의 특별한 기억의 형상화와 증언에 대한 욕망을 공통적으로 드러낸다.

이와 함께 탈북 문학에 관한 연구도 진전되고 있다. 탈북 문학의 개념과 범주, 전개 양상에 대한 고찰을 비롯하여,[3] 탈북자 소재 한국 작가의 소설들에 대한 연구가 지속적으로 진행되고 있다.[4] 남한 작가와 탈북 작가, 조선족 작가들의 작품에 대한 비교 연구,[5] 탈북 작가의 작품에 대한 논의도 최근 이어지고 있다.[6] 탈북 문학에 대한 연구는 북한 사회와 탈북자의 인권 유린, 여성 문제, 정치범 수용소, 남한 사회에서의 적응, 탈북 디아스포라 등 다양한 주제의식들을 보여준다. 탈북자 문제와 관련하여 인권, 민족, 분단 현실, 국제법 등 복잡하게 얽혀 있는 시각들은 현재 대한민국 분단 현실의 특수성과 소수자 인권

3) 박덕규, 위의 글, 89-113면.

4) 고인환, 「탈북자 문제 형상화의 새로운 양상 연구-「바리데기」와 「리나」에 나타난 '탈국경의 상상력'을 중심으로」, 『한국문학논총』 52, 한국문학회, 2009; 김효석, 「'경계'의 보편성과 특수성-탈북자를 대상으로 한 최근 소설들을 중심으로」, 『다문화콘텐츠연구』 제2호, 중앙대학교 문화콘텐츠기술연구원, 2009; 김세령, 「탈북자 소재 한국 소설 연구-'탈북'을 통한 지향점과 '탈북자'의 재현 양상을 중심으로」, 『현대소설연구』 53, 한국현대소설학회, 2013; 양진오, 「국민국가의 경계를 가로지르는 분단의 상상력-2000년대 한국소설을 중심으로」, 『우리말글』 64, 우리말글학회, 2015; 최병우, 「탈북이주민에 관한 소설적 대응 양상」, 『현대소설연구』 61, 한국현대소설학회, 2016.

5) 김소륜, 「탈북 여성을 향한 세 겹의 시선-한국현대소설에 나타난 탈북 여성의 문학적 형상화에 관한 고찰」, 『여성문학연구』 41, 한국여성문학학회, 2017.

6) 권세영, 「소수집단 문학으로서의 북한이탈주민 창작 소설 연구」, 『한중인문학연구』 35, 한중인문학회, 2012; 김효석, 「탈북 디아스포라 소설의 현황과 가능성 고찰-김유경의 『청춘연가』를 중심으로」, 『어문논집』 57, 중앙어문학회, 2014; 이성희, 「탈북자의 고통과 그 치유적 가능성-탈북 작가가 쓴 소설을 중심으로」, 『인문사회과학연구』 16-4, 부경대학교 인문사회과학연구소, 2015; 서세림, 「탈북 작가 김유경 소설 연구-탈북자의 디아스포라 인식과 정치의식의 변화를 중심으로」, 『인문과학연구』 52, 강원대학교 인문과학연구소, 2017; 정하늬, 「탈북 작가 도명학과 이지명의 단편소설에 나타난 '인간'의 조건」, 『통일인문학』 69, 건국대학교 인문학연구원, 2017; 이지은, 「'교환'되는 여성의 몸과 불가능한 정착기-장해성의 『두만강』과 김유경의 『청춘연가』를 중심으로」, 『구보학보』 16, 구보학회, 2017.

문제라는 보편성이 변증법적으로 결합된[7] 한국 사회의 중요한 사안이라는 점에서 주목된다.

특히 탈북자와 자본의 문제도 중요한 지점이다. 이와 관련, 1990년대부터 탈북자를 주인공으로 여러 편의 소설을 발표한 박덕규의 작품을 통해 탈북자들이 겪는 자본주의 체제에서의 이질감과 한국자본주의의 문제점이 분석되었고,[8] 권리, 강희진의 소설을 중심으로 역시 자본주의의 모순과 탈북자 현실 적응의 문제들이 논의된 바 있다.[9] 또한 강영숙, 황석영, 정도상, 이대환 등의 작품에 나타난 탈북자 형상화를 통해 신자유주의 시대의 자본주의 문화와 제3세계 난민의 지속적인 디아스포라 상황이 탐구되었다.[10] 이들은 한국의 기성 작가가 관찰한 탈북자의 모습을 기반으로 한국 자본주의의 모순을 비판하는 데에 주목하고 있다.

그런데 탈북자들을 단지 한국 사회의 모순을 관찰하고 비판하기 위해 기능하는 도구적 존재로만 볼 수는 없을 것이다. 이들은 대기근으로 인해 사회주의 독재 체제의 균열이 발생한 지점에 틈입해온 자본의 실체에 맨몸으로 맞부딪힌 경험과 기억을 갖고 탈북해 왔다. 이것은 체제 현실과 경제 상황 등 거시적인 요인들의 종합적 결과에 해당한다. 이를 참고하며 본고에서는 탈북자 출신 작가들의 2000년대 이후 소설 작품들을 대상으로, 탈북 작가들이 직접 서사화하고 있는 글쓰기

7) 김인경, 「탈북자 소설에 나타난 분단현실의 재현과 갈등 양상의 모색」, 『현대소설연구』 57, 한국현대소설학회, 2014, 271-272면.

8) 이성희, 「탈북자 소설에 드러난 한국자본주의의 문제점 연구-박덕규 소설을 중심으로」, 『한국문학논총』 51, 한국문학회, 2009, 261-288면.

9) 김인경, 앞의 글, 267-293면.

10) 오윤호, 「탈북 디아스포라의 타자정체성과 자본주의적 생태의 비극성-2000년대 탈북 소재 소설 연구」, 『문학과환경』 10-1, 문학과환경학회, 2011, 235-258면.

욕망과 자본의 문제에 대하여 고찰하고자 한다. 이를 위해 김유경, 이지명, 장해성, 도명학 등 지속적으로 소설 작품을 발표하며 남한에서 작가로서의 활동을 꾸준히 전개하고 있는 탈북 작가들의 작품을 중심으로 논의할 것이다. 이전까지 주로 한국 작가의 소설 속에 등장한 탈북자들의 모습과 그들의 자본 인식이 남한 사회 비판으로 이어지는 양상에 대해 주목해왔다면, 탈북 작가가 직접 서사화하고 있는 북한 장마당 경제에서부터 탈북 과정의 교환성 인식 및 남한(혹은 타국)에서의 자본주의 탐색 등에 대해 살펴보고, 탈북 작가의 글쓰기와 시장성이 맺는 관계에 대해서도 분석하고자 한다. 그리고 이를 통해 탈북 작가들의 작품에 나타난 자본에 대한 인식과 함께, 새로운 구성원으로서의 탈북자들과의 접점에서 발견할 수 있는 한국 사회 공동체의 또 다른 지향점에 대해서도 탐색할 것이다.

2. 장마당의 교환경제와 자본 축적의 딜레마

북한 사회의 억압적 현실에 조금씩 균열을 일으키고 있는 것이 바로 '장마당'으로 대표되는 경제적 상황이라고 할 수 있다. 이와 관련해 북한 사회에 틈입하고 있는 자본의 실체와 현실 및 그것이 북한 주민들에게 미치는 영향에 대해 생각해볼 필요가 있다. 특히 탈북 작가들이 서사화하고 있는 북한 사회 경제 현실의 모습은, 그것이 어떻게 사람들의 생활과 인식에 변화를 이끌어가고 있는가를 알 수 있게 한다.

북한 사회에서도 이미 '장마당'을 통해 형성된 교환경제가 활발히 진행되고 있음은 주지의 사실이다. 애초에 장마당이 형성된 것은 고난의 행군 시기를 겪으며 체제의 통제력이 이전보다 느슨해진 틈을 파고든 것인데, 장마당을 통한 주민들의 경제 활동이 증가할수록 체제의 통제력은 점점 더 균열을 드러낼 수밖에 없다는 점에서도 문제적이다. 또한 그곳에서도 소수의 노멘클라투라(nomenklatura)가 장마당을 지배한다.[11] 반면 대다수의 평범한 사람들은 돈을 어떻게 벌어야 할 것인가를 미처 제대로 익히기도 전에 굶주림의 극한 고통을 느끼거나 어떻게든 교환의 과정에 끼어들기 위해 고군분투하며 자신의 목숨을 내던지기도 한다.

탈북 작가들의 소설에서 장마당은 북한 주민들이 생존을 위해 경제 활동에 참여하는 현실적 공간으로 빈번히 제시된다. 장마당의 경제 활동은 주민들의 생계를 보전해주지만 동시에 갖가지 형태의 고통을 초래하는 요인이 되기도 한다. 이때 장마당의 경제 활동은 사실상 생산의 증가가 아닌 교환의 확대를 통해 초과 가치를 창출하고 외부 자본에 접촉하는 것이다.[12] 따라서 이러한 주민들의 호구지책은 경제난의 본질적 해결과는 무관하지만, 장마당은 북한 사회 고난의 행군 시기를 상징하는 존재라 할 수 있다. 장마당을 통해 보이기 시작한 꽃제비나 거지 등은 과거에는 겪지 않아도 되었던 여러 고난의 지표로 여겨지는 동시에, 북한 주민들의 생활 및 사고방식 자체를 변환시킨 계기로

11) 2006년부터 2012년까지 2년 간격으로 실시한 탈북자 인터뷰 조사에 의하면, 성분에 따라 식량권 부여의 감소 혹은 증가의 정도가 정해지는 것으로 나타났다. 이 성분은 3계층 51개 부류에 기초한 계급차별정책에 의해 형성된 것이므로 '식량권 부여의 감소'는 결국 북한 사회 내부 뿌리 깊은 계급차별정책에 근본원인이 있다고 볼 수 있다. 이것은 1990년대 중후반 이후 식량난과 북한 주민의 고통에 있어 특히 북한 사회 취약계층의 고통이 더욱 심각한 것이 사실이었음을 드러낸다. 이러한 양상은 장마당에서도 예외가 아니며, 당 간부의 가족들이 사실상 장마당 경제를 지배하는 구조라고 증언된다. (허만호, 『북한 인권 이야기-현안과 국제적 논의』, 경북대학교출판부, 2014, 32-33면 참조)

12) 이지은, 앞의 글, 528면.

기능한 것이다.

"나 오늘에야 김정일이의 덕을 내가 봅니다."
"그래 왜요?"
"거기 닭이 뫼이(닭 모이)처럼 그냥 줬으면, 나 지금도 안 오고 그기 세상 단가 싶어 앉아 있갔는데, 닭이 뫼이처럼 주는 거도 안 주니까, 오늘 보라! 나 오늘 같은 날 세상을 내가 다 보지 않냐?"[13]

탈북자 구술 연구를 위한 대담에 응한 위의 탈북자는 북한의 경제난으로 배급체계가 무너진 것이 오히려 잘 된 일이었다고 이야기한다. 그것은 북한 주민이 나라에서 공급되지 않는 물자들을 스스로 찾아내어 거래하기 시작했기 때문이며, 그렇듯 스스로 '시장'을 만들어 물품을 거래하게 되니 배급 시절에는 아예 상품이 없어서 물품을 구입하지 못했는데, 이제는 주민들이 알아서 물품을 거래하게 되어 필요한 상품의 유통이 가능해졌다는 것이다.[14] 궁핍한 곤경 속에서도 오히려 '시장'이 그러한 곤경을 해소해줄 수 있는 공간으로 인식되면서, 정부가 통제하지 못하는 경제, 사회적 현실의 자리를 장마당이 대신해 줄 수 있다는 생각이 퍼지게 된 것이다. 견고하고 억압적인 사회주의 독재 체제를 구축하고 있던 북한 사회에 장마당이야말로 가장 이질적인 존재인 것으로, 장마당을 통해 틈입하는 자본의 흐름은 주민들이 억압과 통제 이외의 것을 삶에 들여놓게 하는 계기적 요인으로 기능한다.

탈북 작가들의 작품에서도 이러한 장마당 교환경제의 단면이 여러 차례 나타난다. 이지명의 단편 「금덩이 이야기」에서는 이러한 자본의

13) 김종군 · 정진아 편, 『고난의 행군시기 탈북자 이야기』, 박이정, 2012, 260면.
14) 위의 책, 146면.

틈입 과정이 우화적으로 제시된다. 국보급 문화재 절도 사건에 얽혀 관리소(수용소)에 잡혀온 영수는 그곳에서 윤칠보 영감을 만난다. 가난한 시골 농부 윤칠보 영감 역시, 고난의 행군 시기 가족 전체가 극한의 굶주림에 시달린 끝에 강냉이 몇 알을 훔치다 잡혀온 신세이다. 병에 걸린 윤칠보 영감은 죽기 전 영수에게, 자신의 집 부엌 밑에 금덩이를 숨겨놓았으니 퇴소하게 되면 자신의 고향집에 찾아가 찾아줄 것을 부탁한다. 영감이 죽은 후 영수는 영감의 고향집으로 찾아가지만, 이미 영감의 가족들도 죽음을 맞게 되었음을 알게 된다.[15] 애초에 관리소에 수감된 등장인물들의 모든 죄목이 경제사범이라는 점뿐만 아니라, 모든 갈등의 연원과 종말이 경제 상황에 기인하고 있다는 사실이 주목된다.

탈북 작가 설송아의 소설에서는 이러한 장마당 교환경제와 자본의 틈입 과정이 성적 일탈 행위와 함께 상당히 극단적으로 제시된다. 단편 「진옥이」에서 젊고 순진한 처녀였던 진옥이는 한 번의 경험 이후 점차 성(性)을 이용해 자신의 이익을 챙기는 행위에 익숙해져간다. 급기야 그녀는 임신 후 8개월이나 지난 아이를 낙태로 없애버린다. 오로지 돈을 벌기 위하여 출산이 임박해오는 데도 아무런 죄의식 없이 강제로 아이를 사산시키는 진옥이의 모습이 북한 사회의 현실에서는 이제 그다지 이상하게 느껴지지 않는다는 것을 작가는 담담하게 서술한다.[16] 윤리 의식조차 돈의 힘 앞에서는 무력해지고 있는 것이며, 그것이 특수한 어떤 개인의 문제가 아니라, 상당수 북한 주민들이 경험하게 되는 일이라는 것이다. 평범한 인물들이 극단적으로 돈에 대한 집

---

15) 이지명, 「금덩이 이야기」, 이경자 외, 『금덩이 이야기』, 예옥, 2017, 99-125면.
16) 설송아, 「진옥이」, 윤후명 외, 『국경을 넘는 그림자』, 예옥, 2015, 221-250면.

착과 일탈로 이어지는 것은 통제 구조의 균열이 상당 수준에 이르렀음을 드러낸다.

도명학의 「재수 없는 날」에서 주인공 창수와 이웃집 과부 금옥의 합작으로 탄생한 돈벌이의 모습도 장마당이라는 공간이 과거의 사회주의 체제에서는 상상조차 할 수 없었던 일, 즉 돈이 돈을 벌어들이는 이윤 창출을 가능하게 하고 있다는 것을 보여준다. 도명학의 다른 단편 「책 도둑」에서는 그러한 장마당의 구조와 지식인의 환멸이 맞물려 묘사된다. 작가가 대접받지 못하는 시대, 작가동맹위원장은 여전히 책을 애지중지하며 숨겨놓는다. 그런데 어느 날 그가 아끼던 책을 몽땅 도둑맞는 일이 벌어지고, 위원장은 앓아눕는다. 작가 동맹 소속 작가인 나와 친구는 딱한 위원장을 위해 책 도둑을 찾아 나서는데, 도둑은 결국 위원장의 부인으로 밝혀진다. 생활고 때문에 책을 남편 몰래 팔아넘긴 것이다.[17] 글쟁이, 즉 작가는 노골적인 조롱의 대상이 되어버렸고, 이제 더 이상 돈도 이념도 낭만도 찾기 힘든 시대에 '책'으로 상징되는 작가의 자부심마저 장마당에 내다팔아 버리게 된 것이 현실이다.

이와 같이 장마당은 북한 주민들이 생계를 마련하기 위해 고군분투하는 과정에서 자본의 자연스러운 틈입을 보여주는 공간으로 제시된다. 그런데 동시에 이곳이 일종의 '광장'으로, 인간들의 다양한 '행위'가 가능한 장소로 볼 수 있다는 점에서도 문제적이다.[18] 구조적 폭력에 대한 철저한 타자화를 기반으로 유지되었던 정권의 통제력이 틈을 보이게 되는 공간이 존재하게 되면서, 이들은 처음으로 스스로 삶을 이끌어가야 한다는 것을 체감하게 된 것이다. 이지명은 장편 『삶은 어

17) 도명학, 「책 도둑」, 윤후명 외, 앞의 책, 157-180면.
18) 정하늬, 앞의 글, 42면.

디에』를 통해 지속적으로 이러한 현실에 주체적으로 대응해나가야 하는 개인에 대하여 고찰한다.

"오빠. 꼭 이렇게 살아야만 이 세월을 이겨 나가는 건 아니잖아요. 둘이 힘을 합치면 아무려면 굶어 죽기야 하겠어요."

"바보같은 소리, 어느 누군들 그런 생각 못해 봤겠어. 신미 눈엔 굶어 죽은 사람들이 다 바보같이 보여? 천만에, 그 중엔 자기들이 이제 곧 먹지 못해 죽으리라고 생각한 사람은 단 한 사람도 없었어. 지금 먹는 걱정 별로 없다고 앞으로도 계속 그렇게 되리라고는 생각하지 말라구. 할 일을 놓치면 죽는 게야. 지금 어디 돈 나올 곳이 있겠어. 우리가 사는 이 땅은 일만 하면 품삯을 받을 수 있는 곳도 아니야. 일거리도 없어. 모든 공장이 다 문을 닫고, 무척 힘들어. 모든 것이 죽어간단 말이야. 이런 일이라도 우리 손에 맡겨진 것이 천만다행이야. 복 중의 복이지. 신미, 정신 좀 차리고 현실을 보라구. 뭐 둘이 힘을 합치면 굶어 죽기야 하겠냐구? 힘이 있다고 살 수 있다면 얼마나 좋겠어. 신미에게 가슴 아픈 소릴 좀 해야겠어. 다른 데 멀리 볼 것도 없이 신미 아버지 어머니가 어떻게 돌아가셨어. 부모님들이 게을러서, 힘을 합치지 않아서 돌아가셨다구 생각하는 건 아니겠지?"[19]

배급이 제대로 되지 않는 상황에서 체제를 신뢰할 수 없으며 모든 생산 수단이 제대로 작동하지 못하고 있는 현실에서는 직접 돈벌이를 마련하는 것만이 최선이라는 것은 이 작품 내 모든 인물들의 공통적 인식이다. 경제 파탄에서 비롯한 생활고가 체제에 대한 불신으로 이어지는 과정을 이 소설에서는 집요하게 추적하고 있다. 국경 지대에서의 아편 밀수로 돈을 버는 주인공들은 얽히고설킨 악연의 끝에 결국 대다수가 비극적 죽음을 맞이하지만, 살아남은 이들은 자신들의 주체적

19) 리지명, 『삶은 어디에』, 아이엘앤피, 2008, 24-25면.

인 힘으로 운명을 개척할 것이라는 다짐을 한다. 그러한 '개척'의 과정에 자본이 중요한 역할을 담당하게 될 수밖에 없다는 것이 작품에서 지속적으로 드러난다.

그런데 이지명의 단편 「복귀」에서는 이렇듯 북한 사회 이중 균열을 초래하는 자본에 의해 오히려 인간성 회복을 시도할 수도 있다는 시각이 흥미롭게 제시된다. 평양에서 무역업을 하던 서장우는 가족들과 함께 갑자기 정치범 관리소로 끌려와 인간 이하의 대접을 받고, 관리소 소장에게 거래를 제안한다. 자신이 숨겨 놓은 30만 달러를 바치는 대신 그곳을 빠져나가게 해달라는 것이다. 엄격한 정치범 관리소이지만 30만 달러의 힘 앞에서 그 제안은 단번에 수락되고 서장우는 가족들을 피신시킬 수 있게 된다.[20] 폐쇄적인 사회주의 체제가 오히려 돈의 힘 앞에서는 이념도 체제도 뒷전이 되는 아이러니한 상황인 것이다.[21] 그러나 그는 미리 돈을 빼돌려 가족들을 중국으로 탈출시키고, 자신들을 버린 국가와 직장으로 돌아가지 않을 것이며 오직 '인간'으로 돌아갈 것임을 천명한다. 돈 때문에 곤경에 빠진 서장우지만, 결과적으로 돈의 힘을 빌려 가족을 구출하고 자신의 '인간으로서의' 존엄성을 지키게 된다. 이렇듯 무비판적 구성원으로 기능하는 것이 당연하게 여겨지는 사회의 국민이, 자신들을 통제할 수 있는 힘이 약화되고 있는 것을 느끼는 데에 자본은 중요한 요인으로 기능한다. 또한 새롭게 자본의 흐름을 접해야 하는 북한 주민의 입장에서의 혼란이나 그 과정에서의 고난은 많은 탈북 작가들이 관심을 기울이는 부분이며, 이러한 자본의 문제가 탈북 작가 스스로의 작가 의식과 어떠한 관계를

20) 이지명, 「복귀」, 『망명북한작가PEN문학』 창간호, 국제PEN망명북한작가센터, 2013, 217-239면.

21) 정하늬, 앞의 글, 53면.

맺고 있는가에 대해서 더 탐구해볼 필요가 있다.

자본에 대한 인식이 비롯되는 지점 및 그 과정에서의 모순적 현실에 대하여 진지하게 고찰하고 있는 또 다른 작품으로 장해성의 장편 『두만강』을 들 수 있다. 평양에서 존경받는 의사로 일하던 홍준석은 갑자기 누명을 쓰고 반동죄로 정치범 수용소로 잡혀가게 된다. 준석의 두 딸 은영과 혜영도 학교와 직장에서 쫓겨나 자강도로 추방당한다. 요덕 15호 관리소로 끌려가던 준석은 열차에서 뜻밖의 사고로 탈출하고, 은영과 혜영은 장마당에서 두부를 팔며 고생하다 중국인 왕가의 노림수에 당한 혜영이 결국 1만2천원에 중국 시골에 팔려가 인신매매의 피해자가 되고 만다. 가까스로 탈출한 혜영과 가족들은 천신만고 끝에 재회하여 함께 강을 건너며 국경 탈출을 꿈꾸지만 탈출 과정에서 혜영은 목숨을 잃는다. 혜영이라는 인물을 중심으로, 등장인물들의 고난과 개척의 서사에 가장 주요한 기능을 하는 것 역시 다름 아닌 자본이다. 그런데 이때 특히 혜영의 미모와 몸, 즉 여성의 신체야말로 가장 값있는 교환 조건이 된다는 것이 이 작품 전반에서 지속적으로 서술된다. 끊임없이 인신매매의 위험에 빠지며 인권의 박탈 및 인간의 사물화를 경험하는 위기에 놓이는 탈북 여성들의 삶에 대해 직설적으로 그리고 있는 것이다. 자본의 틈입은 체제의 균열 지점을 인식할 수 있는 계기가 되지만, 동시에 자본을 매개로 한 교환 과정에 뛰어든 탈북자들에게 있어 그것이 타개의 수단이 되는 한편으로 스스로를 인간 이하의 삶으로 밀어 넣는 올가미가 되기도 한다는 것이 드러난다. 『두만강』의 혜영은 장마당에서 두부를 팔기 시작하며 희망을 꿈꾸었지만, 또한 동시에 장마당에 나서는 순간 두부가 아닌 자신의 몸을 팔아야만 하는 상황으로 몰릴 수밖에 없게 되는 것이 현실이다.

이렇듯 장마당의 교환 시장에 나서게 되었을 때, 탈북자들이 경험하게 되는 현실은 단지 가난을 벗어나는 것만이 아니라 훨씬 복잡한 모순적 상황에 처할 수 있음을 알게 된다. 또한 공식적으로 자본의 축적이 인정되지 않는 사회 시스템 하에서, 화폐개혁 등과 같은 형태로 언제 불안정한 변화를 맞게 될지 알 수 없는 것이기도 하다. 본래 한시적으로만 운용될 예정이었던 장마당이 지속적으로 확대되고 북한 주민의 시장 활동 추세를 막을 수 없는 실정이 되자, 2009년 12월 북한 당국은 신구권 화폐교환비율을 100대 1로 반영하는 파격적인 화폐개혁을 단행하여 인플레이션 억제와 시장 활동을 통한 주민들의 부의 축적을 막아보려고 했지만, 오히려 이는 사재기로 인한 물가폭등, 전 재산을 잃은 주민들의 반발 확대 등의 역효과를 낳으며 북한 사회 혼란을 더욱 부추긴 것으로 알려져 있다.[22] 이 과정에서 드러나는 것은 단지 자본의 축적만이 문제가 아니라 장마당으로 대표되는 교환경제의 양상은 여전히 강력한 독재 체제 속에서 오히려 주민들의 삶을 더욱 위협하는 불안 요인이 될 수도 있다는 딜레마이다. 장마당을 통해 자본에 접근하게 된 주민들의 삶은 변화를 맞을 수밖에 없으며, 그 변화에 대응하는 과정은 여러 가지 변수들로 인해 혼란스러운 양상을 보인다. 그리고 그 혼란의 과정에서 드러나는 모순적 현실의 모습은 체제의 균열과 자본에 대한 인식이 밀접한 관련을 맺고 있음을 알게 한다.

22) 천혜정 · 서여주, 「북한이탈주민이 남한사회에서 경험하는 소비행위의 의미」, 『소비자정책교육연구』 10-3, 한국소비자정책교육학회, 2014, 112-113면.

3. 비판 행위의 구성과 시장성

북한 사회 내의 억압적 구조는 사회 전체에 학습된 무기력과 폭력의 용인을 요구하며, 그 과정에서 구성원들은 무비판적 수용자가 된다. 강력한 통제 아래 권력과 체제에 대한 복종의 태도만이 강요되는 상황에서 구성원들은 스스로의 가치 판단과 책임보다 무비판과 무책임의 태도를 드러내게 되는 것이다. 탈북 작가들의 작품에서도 이러한 현실은 당연히 중요한 비판 대상이 된다. 그것이 북한 사회 전체의 본질적 고통이기 때문이다. 철저히 계획된 공포 정치가 확립되어 있는 북한 사회 전반에서, 정권의 목적은 더욱 강력한 통제에 있으며, 거기에는 폭력을 제도적으로 공고화하는 작업이 필수적으로 수반된다. 집단의 명령 내지는 상부의 명령이라는 것은 북한 사회 전체에 가장 큰 힘을 지니는 것이 되며 조직 내 구성원들이 폭력의 일상화에 노출되는 일도 흔하게 벌어진다. 개인들의 세밀한 영역까지 지배하려는 전체주의의 구조는 북한 사회 전반을 지배하는 가장 강력한 힘인 것이다. 전체주의적 지배의 본질은 인간성을 박탈하고 인간을 완전히 배제하고자 하는 태도에 있으며, 그리하여 궁극적으로 사유하지 않는 인간, 정치적 행위로부터의 배제를 노리는 것이다.[23] 개인이 그것에서 탈주하거나 저항하기가 쉽지 않은 것이 북한 사회의 현실이기 때문에 사회 내부의 구성원들이 그러한 구조화된 폭력 자체에 비판적 의식을 갖기 어렵고, 모든 비인간적 행위들을 철저히 타자화하는 기계적 삶으로 내몰리게 된다. 정치 행위에서 소외된다는 것은 결국 각자에게 공동의 책임이 있다는 것을 의식하지 못하는 것이며 방관과 무조건적인

23) 한나 아렌트, 이진우・태정호 역, 『인간의 조건』, 한길사, 2005, 83-99면.

복종의 행동으로 이어지게 된다. 그것을 개인의 힘으로 일거에 바꾼다는 것도 어려운 일이다.[24]

정치적인 것은 언제나 주체화의 문제와 연관된다. 그러나 북한의 정권에서는 이렇듯 질문을 할 수 없는 현실이며 그러므로 당연히 비판도 할 수 없다. 그러한 억압된 세계를 벗어나 비로소 질문을 제기하는 문학을 맞닥뜨린 탈북 작가들의 입장에 대해 주목해볼 필요가 있다. 이와 관련해 중요한 것은 탈북자의 정치 인식과 죄책감을 비롯한 복잡한 의식들이 글쓰기에 발현되며 그것이 자본과 관련을 맺고 있는 양상이다.

장해성의 단편 「단군릉과 노 교수」에서는 자신의 목소리를 전혀 낼 수 없는 북한의 사정이 학문의 영역에서 제시된다. 김일성종합대학 역사학부 학부장인 주인공 박상민 교수는 6·25전쟁 전 서울대학교 역사학 교수였다가 월북한 인물이다. 어느 날 김일성대 역사학부에 단군릉에 대한 재고증을 실시하라는 김정일의 교시가 내려온다. 1960년대 초 김일성에 의해 단군릉이 부정되자 모든 연구가 중단되었던 것이지만, 수십 년 만에 다시 김정일에 의해 단군릉 복원이 지시되자 고증이나 검증은 아랑곳없이 오로지 위대하신 수령님의 지시에 따라 단군릉은 순식간에 다시 '건설'되고, 그 현장에서 학자로서 박상민 교수는 괴로워한다. 진리와 학문의 영역에서조차 진실이나 진리 탐구 대신 오직 수령님의 지시만 따라야 하는 북한의 현실을 풍자하고 있는 것이다.[25]

김유경의 장편 『청춘연가』에서도 침묵할 수밖에 없는 지식인의 모습이 제시된다. 주인공 정선화의 아버지 정학민은 대학 교수로 북한

---

24) 카를 야스퍼스, 이재승 역, 『죄의 문제』, 앨피, 2014, 90-91면.
25) 장해성, 「단군릉과 노 교수」, 『망명북한작가PEN문학』 창간호, 국제PEN망명북한작가센터, 2013, 126-142면.

사회에서도 비교적 존경 받는 인물이었으나, 고난의 행군 시기를 거치며 강냉이 한 알 배급받기 힘든 것은 마찬가지이다. 그럼에도 '김일성의 혁명력사와 당의 정책'을 세상의 유일한 진리로 학생들에게 가르쳐야 하는 그의 얼굴에는 언제나 표정이 없다.

> 아버지는 그렇게 옥수수쌀 한 자루를 가족에게 남기고 얼마 안 되어 처량하게 저세상으로 갔다. 정학민은 숨을 거두기 전에 딸의 손을 꼭 그러쥐고 겨우 한마디를 했다.
>
> "이 험악한 세상에 너를 두고 가는구나."
>
> 그때 선화는 처음으로 험악한 세상이라는, 그 사회에 대한 부정적 평가를 아버지에게 들었다. 지금 돌이켜 생각하면 아버지는 철저히 영혼을 드러내지 않았다. 딸 앞에서 이 사회에 대해 한 마디의 독설도 하지 않았다. 그러던 아버지도 마지막에 깊은 고뇌를 드러내신 것이다. 푹 꺼진 눈구멍에서 사그라져가던 아버지의 서글픈 눈빛을 선화는 기억하고 있다. 되돌아보면 참으로 허무한 일생이다. 아버지가 유창하게 강의해주어 선화는 김일성의 혁명력사라는 것과 당의 정책이라는 것을 그리도 진실로, 정의로 믿어버렸는지도 모른다. 그러나 아버지도 진실로 믿었는지, 그래서 그렇게 열정적으로 강의하셨는지 선화는 지금도 알 수 없다.26)

표정이 없는, 영혼 없는 눈빛의 대학 교수 아버지가 상징하는 것은 북한 사회의 닫힌 구조 그 자체이다. 그곳에서는 제아무리 엘리트라도 스스로의 표정을 가질 수가 없으며, 혈육이지만 각자 진심으로 무슨 생각을 하고 있는지조차 알기 힘들다. 그런 아버지가 죽기 직전 '험악한 세상'이라고 북한 사회를 표현한 것만으로도 정선화에게는 충격적

---

26) 김유경, 『청춘연가』, 웅진지식하우스, 2012, 74-75면.

인 일인 것이다.

장해성의 단편 「32년 전과 후」는 비판을 허용하지 않는 북한 사회가 만들어낸 괴물 같은 개인에 대한 또 다른 소고이다. 경선은 최고대학을 나와 중앙텔레비전 기자가 된 인물이다. 그는 사실 전쟁고아로 젊은 시절 평안남도 회창의 막장에서 고생하다 친구 명수가 무너진 바위에 깔려 죽는 사건을 목격한다. 명수는 하반신이 바위에 깔려 아직 숨이 붙어 있었으나, 노동자의 생명은 안중에도 없는 당에서 어떻게든 빨리 생산계획을 끝내기 위해 아직 살아있는 명수의 몸을 누르는 바위를 발파했으며, 이에 회의를 느낀 경선은 도망치듯 그곳을 떠난다. 32년 만에 출장차 회창을 다시 찾은 그는 아직 그곳에 살고 있는 옛 친구 최호를 찾아간다. 형편없이 초라한 단칸방에서 가족들과 초췌한 삶을 살고 있는 최호는 견디기 어려운 궁핍 속에서도 여전히 친애하는 지도자 김정일 동지 덕분에 언젠가는 꼭 잘 살게 될 것이라고 진심으로 믿고 있다. 그런 친구의 모습을 보며 경선은 비로소 자신의 삶과 글에 대해 후회를 느끼게 된다.

> 경선은 머리를 한 대 되게 얻어맞는 것 같았다. 누구를 탓하랴. 경선이 자신이 이제까지 썼던 글이 바로 이런 말들이 아니었던가? '김일성과 김정일은 우리 인민이 수천 년 역사에서 처음으로 높이 모신 위대한 수령이다. 물론 지금 당장은 어려울 수 있다. 미제와 남조선 괴뢰들이 공화국을 봉쇄하기 때문에 어쩔 수 없다. 그러나 언젠가 친애하는 지도자께서는 우리 인민들을 반드시 승리의 길로 이끌 것이고, 그러면 고난의 행군도 낙원의 행군으로 바뀌게 될 것이다.' 라고 시도 때도 없이 써대지 않았던가?
>
> 물론 경선이 그렇게 쓰고 싶어 쓴 것은 아니었다. 혼자서만 그렇게 쓴 것도 아니었다. 그렇다고 이 참혹한 현실 앞에서 그게 자신에 대한

> 변명이 될 수 있을까? 경선은 자기가 무슨 일을 저질렀는지 절실히 느꼈다. 결국 그는 앞으로 나가기 위해 시키는 일만 했다. 그런데 그것이 최호까지 이 모양으로 망가트리고 만 것이다.[27)]

글쓰기 행위를 통해 무지한 인민들을 지속적으로 현혹시키고 있었던 자신의 삶에 대하여 반성적으로 성찰하는 지식인 경선의 모습을 통해 변화하고 있는 의식 구조의 한 단면을 볼 수 있다. 이렇듯 닫힌 사회에서 비판 행위를 영위하지 못하던 인물들이 비로소 새로운 시각을 접하는 계기는 탈북 작가의 서사에서 중요한 지점이다. 그런데 이와 같은 비판 행위의 구성 과정에서, 지식인의 침묵이 무기력하게 이어진 모습을 탈북 작가 스스로 비판적으로 묘사하고 있다는 데에 의미가 있다. 북한 주민들의 인식 변화나 인권 개선 등을 위해 그들이 사실상 할 수 있는 일이 없었으며, 그럴 수 있는 의지조차 없었던 점에 대해 반성적으로 성찰하고 있는 것이다. 실제로 장해성은 장편 『두만강』의 작가의 말을 통해 지식인이자 언론인으로서 북한에서의 자신의 삶에 대해 다음과 같이 밝히고 있다.

> 나는 북한에서 기자·작가를 하던 사람이다. 하지만 바른대로 말하면 대단한 기자·작가는 아니고 그저 적당히 제 앞가림이나 하던 사람이다. 한때는 군에서 김일성의 경호부대에도 있었고 또 제대 후에는 그곳에서는 최고 대학이라고 할 수 있는 김일성대학도 졸업했다. 그리고 기자·작가가 되어 나름대로 북한 당 선전부문의 최첨단이라고 할 수 있는 언론부문에서 어용 나팔수를 했다.
>
> 그때 나로서는 북한 체제에 충성을 다하는 것이 조국과 인민을 위

27) 장해성, 「32년 전과 후」, 『망명북한작가PEN문학』 제2호, 국제PEN망명북한작가센터, 2014, 193-194면.

> 하는 길이고 또 민족을 위하는 길이라고 생각했다. 아니, 나뿐만 아니라 많은 사람들도 나름대로 그 체제를 위해 충성을 다하는 길이 곧 조국과 인민을 위하는 길이고 민족을 위하는 길이라 생각했다.[28]

저항과 비판의 어려움과 함께, '충성을 다하는' 것이 곧 인민을 위하는 길이라고 믿었던 체제 안주의 과거에 대한 반성적 성찰은 탈북 지식인들의 서술에서 자주 발견된다. 이 과정에서 이들은 지식이나 명예만으로 채우기 어려웠던 비판 행위의 구성 계기에 생활고의 형태로 맞닥뜨리게 된 자본의 흐름을 다양한 방식으로 드러낸다. 특히 과거 귀순용사가 이분법적 대결 구도의 체제에서 명확한 정치성의 영역으로 받아들여졌다면, 고난의 행군 이후의, 즉 2000년대의 탈북의 현실에서는 일상적 삶에 대한 고민이 훨씬 깊어질 수밖에 없다. 이는 정치적 비판의식과 함께 지속적으로 자본의 흐름에 대한 고민이 병행되어야만 하는 상황임을 의미한다. 따라서 탈북자의 비판 행위 구성과 자본의 결합에 대한 진지한 고찰이 필요하다.

이들은 일상적 삶의 고난을 이기기 위해 탈주한 개인이지만 또한 동시에 북한 주민들의 고통을 외부에 알릴 수 있는 대표성을 지닌 존재이기도 하다. 이렇듯 집단적 속성을 대변할 수 있는 개인일 때, 즉 공적 측면과 사적 측면이 지속적으로 교차하는 존재일 때, 그 과정에서 자본의 개입은 이들의 글쓰기에 왜곡이나 과장을 불러일으킬 수도 있다. 특히 이들이 자신의 목소리를 낼 때 상업 출판의 메커니즘이나 낯선 존재들에 대한 서구 세계의 상업적 호기심에 부응하는 방식을 다양하게 찾을 수 있다는 비판적 시선도 이와 관련된다. 외국에서 인

28) 장해성, 『두만강』, 나남, 2013, 4면.

기를 얻고 있는 탈북 작가들의 사례를 들어, 많은 출판물들이 자발적으로 남한에서 출판된 내용이 아니라, 북한을 탈출한 이들의 경험이 북한 문제와 관련되어 전세계적으로 관심을 얻어가는 과정의 상호문화적 소산이었다고 분석되기도 한다.[29] 즉 해외의 출판사가 기획한 내용을 탈북자가 증언하고 외국 작가가 집필하는 방식으로 수기 등의 출판이 다수 진행되고 있는 상황에 주목한 것이다. 이러한 방식으로 증언에 임한 탈북자 저자들의 저술은 탈북자로서의 자기 삶에 대한 말하기인 동시에 독자의 수요를 예측한 기획자에 의해 선택된 말하기이기도 하다는 점에서 그 층위가 단순하지만은 않다. 또한 탈북 작가들이 직접 서사화한 소설 작품들도 한국에 비해 해외에서 주목받고 더 잘 팔리게 되는 경우가 많다는 점도 이와 관련된다. 서구 출판계와 독자들이 북한에 대해 품고 있던 두려움과 궁금증에 동시에 답해줄 수 있는 것이 탈북 작가 및 탈북자 저자들인 만큼, 그들이 자본주의 체제가 요구하는 시장성을 누구보다 명민하게 인지하여 자신의 삶을 상업 자본의 부름에 답하여 이용하도록 했다는 것이다.

왜 쓰는가의 문제와 왜 출판되는가 혹은 왜 증언하는가와 왜 듣는가의 문제가 맞부딪히는 지점이 발생하는 것이다. 도덕적 구획과 시장의 관계는 그리 단순하지 않다. 탈북 작가의 비판 행위와 시장성의 문제는, 직접적으로 비판 행위 및 질문을 제기하는 문학이 가능하지 않은 사회에서 살아야 했던 이 작가들에게 이중의 고민을 안겨준다. 체제 비판과 출판 행위의 상업성이 맞물리는 지점에서 탈북 작가들이 내는 목소리의 정체를 분명히 인식할 필요가 있다. 외부 세계에서 기

29) 이영미, 「탈북자 소설에 나타난 북한의 문학정체성 연구」, 『현대문학이론연구』 64, 현대문학이론학회, 2016, 228면.

대하는 탈북자의 소명 및 상업적으로 기대되는 서사와 그들 자신이 내고자 하는 인간으로서의 목소리가 어떻게 다를 것인가도 생각해보아야 하기 때문이다.

탈북 작가들의 글쓰기는 정치적, 이념적 논란으로부터 결코 자유로울 수 없는 북한이라는 폐쇄국가를 주요 주제로 다룰 수밖에 없다는 점에서 볼 때, 탈북자로서의 진실성을 스스로 변론해야 하는 의무와 작가로서의 정체성을 끊임없이 재확인, 재발견해내야 한다는 사실까지 지속적으로 문제시된다. 또한 엄밀히 말해 그들이 벗어나고 싶은 것은 정치적 억압보다도 빈곤의 문제일 가능성이 클 수 있지만, 국내외를 막론하고 북한 외의 독자들은 북한의 폐쇄적 억압 구조에 대해 계속하여 관심을 갖고 있는 것이 사실이다. 결국 탈북 작가들의 서사의 지향점도 이와 무관할 수 없기 때문에 이들은 빈곤을 벗어나 이주한 한 개인이자 정치적 소명의식을 지닌 탈주자로서의 의식을 반복적으로 교차하며 재확인해야 하는 입장에 놓인다.

4. 호모 이코노미쿠스의 재탄생과 상생(相生)의 노마드

북한 체제 내부에 대한 비판이나 탈북 과정에서의 고통에 대한 형상화와 함께 중요한 의미를 지니는 것은 탈북 이후의 삶과 적응 문제일 것이다. 사실 탈북 작가들이 더욱 변별성을 지닐 수 있는 것도 이 지점이라고 할 수 있다. 바로 여기에 대한 고찰이 결여된 상태에서는, 이들이 양 체제를 모두 경험한 비판적 경계인으로서의 가능성을 온전히 살리기 어렵게 된다.

탈북 이후의 삶에 대하여 가장 진지하게 고찰하고 있는 작품은 김유경의 『청춘연가』이다. 이 작품에서는 선화, 복녀, 경옥, 그리고 성철로 표상되는, 탈북을 통해 새로운 삶을 꿈꾸는 인물들의 선택의 방향에 대하여 묘사하고 있다. 북한에서 중학교 교사였으며 아버지도 대학교수였던, 그야말로 엘리트 출신인 선화는 고난의 행군 시기 이후 배급이 끊겨 가난에 허덕이다 아버지를 잃고 병에 걸린 어머니의 치료비를 마련하기 위해 중국 돈 천 원에 시골 마을 중국인의 집으로 팔려간다. 중국인 남편과 가족들의 지속적인 학대와 성폭력은 6년간이나 이어졌고 어린 딸을 남겨놓은 채로 그녀는 결국 홀로 탈출한다. 이후 한국에 들어와 오랜 트라우마를 간신히 극복하며 새로운 삶을 시작해 보려는 것이다. 선화와 하나원 동기인 복녀와 경옥의 경우도 비슷하다. 중국에서 인신매매와 성적 학대를 당하다 탈출해 들어와 한국에서의 새로운 삶을 꿈꾼다. 꽃제비였던 성철도 마찬가지이다.[30)]

특히 이 작품의 주인공 정선화야말로 탈북자들이 원하는 남한 사회 안착기의 이상형이라 할 수 있다. 한국 사회에서 기자가 되어 보람 있는 하루하루를 보내는 그녀를 자랑스러워하는 복녀는 남한 남자와의 결혼이 선화의 남한살이에 궁극적 완성이 될 수 있을 것이라고 생각한다. 겉으로는 당당한 북한 사투리를 말하지만, 사실은 완전한 남한 사람으로 재탄생할 수 있을 때 비로소 탈북의 여정이 '성공'으로 끝날 수 있다는 믿음을 그녀도 갖고 있기 때문이다.

> 복녀는 선화가 앞으로 멋진 인생을 살기를 바랐고 능히 그런 자질이 있다고 믿고 있었다. 앞으로 좋은 남자를 만나 행복한 가정을 꾸리기를 진심으로 바란다. 그러되 꼭 남한 남자를, 그것도 자기는 감히

30) 서세림, 앞의 글, 88-89면.

> 바라보지 못할 그런 멋진 남자를 만나 결혼하기를 희망했다. 자신은 북한 여자임을 조금도 거리낌 없이 드러내고 북한 사투리를 절대로 부끄러워하지 않으면서도 선화만은 꼭 남한 사람으로 '진화'하기를 바라는 것이다. 자기에게는 그럴 능력이 없지만 선화에게는 있어 보였다.
>
> 복녀는 그렇게 선화에게서 자기와는 다른 것을 희망했고 그녀라면 능히 그럴 수 있다고 자신했다. 복녀가 아무리 아니라고 해도 그녀 역시 남한 사람을 부러워하는 것이다.[31]

북한 사투리와 남한 사람에 대한 동경 사이에서 복녀의 겉모습은 두 가지 조건을 모두 충족시킨 삶을 유쾌하게 살아가고 있는 것으로 보이지만, 실상은 위태로운 저울질의 끝에 결국 '선화만은 꼭 남한 사람으로 진화하기를 바라는' 진심이 숨겨져 있는 것이다. 그것이 '진화'라고 표현될 때, 그러한 이중적 의식은 한국에서의 새로운 생존 조건에 대한 탈북자들의 어려움과 소망을 동시에 표출한다.

경옥이라는 인물이 드러내는 남한 자본주의 체제에 대한 적극적 감응도 주목된다. 기존의 탈북 작가들이 강력한 정치적 비판 의식에 집중하며 좀처럼 형상화되지 못했던 탈북 이후의 자본주의 동경을 숨김없이 드러내는 인물이기 때문이다. 북한 체제에 대한 정치적 비판의식을 기대 받는 탈북자들의 상황에서 탈북 이후의 중요 목적에 자본을 공공연히 노출하는 것은 쉽지 않은 일이다. 또한 자본 자체를 부정하는 체제에서 평생을 길들여져 온 입장에서, 그것은 도덕적으로도 죄책감을 불러일으키는 요인이 된다. 그러나 경옥은 오히려 더욱 적극적으로 '돈'에 대해 발화한다.

31) 김유경, 앞의 책, 191면.

> "언니, 한국에서는 정말 노력한 만큼 돈을 벌 수 있을까요? 난요, 이제 나가면 기를 쓰고 돈을 벌 거예요. 돈이 최고예요."
> 경옥은 제법 확고한 어조로 그동안 기막힌 인생 체험을 통해 얻은 생활관을 피력한다. 경옥은 하나원에서 생활비로 준 4만 원도 한 푼 건드리지 않았다.[32)]

한국에 들어와 가장 쉽게 많은 돈을 벌 수 있는 방법을 찾는 경옥은 선화와 복녀의 만류에도 불구하고 노래방 도우미로 일하면서 '돈이 최고'라는 자신의 새로운 신조를 누구에게나 숨김없이 천명하는 존재이다. 그것은 그녀가 자본을 적대시하는 체제의 틀에서 완전히 벗어나기 위해 새로운 인간으로 재탄생하고자 하는 선택의 과정에 놓여 있기 때문이다. 탈북자들이 대한민국의 국민으로 원만히 살아가기 위해서는 호모 이코노미쿠스(homo economicus)로서의 삶에 온전히 적응할 준비를 해야 한다. 효용(utility) 혹은 자기이익(self-interest)의 극대화를 합리적으로 추구하는 경제주체, 즉 경제적 인간(economic man)으로 기능할 수 있어야 하는 것이다. 이것은 아무리 장마당이 형성되어 있다 해도 북한에서는 결코 선취할 수 없었던 삶의 조건이다. 북한 체제에서는 교환의 행위가 통치성 자체를 완전히 대체할 수 없는 것이지만, 자본주의 체제에서는 시장을 기반으로 하는 효율성의 증진과 합리성의 추구라는 새로운 이념이 통치성을 존립시키는 가장 중요한 맥락 중의 하나이기 때문이다.[33)] 이것은 탈북자들에게는 본질적인 사고관의 전환이 필요한 지점으로, 이로 인해 남한 자본주의 체제에서 탈북자는 어

32) 김유경, 앞의 책, 32면.
33) 서세림, 「호모 이코노미쿠스의 감각과 1960년대의 고현학」, 이승원 외, 『한국 현대문학의 향연』, 역락, 2017, 208-209면 참조.

떤 존재인가를 생각해 보게 된다. 야스퍼스가 말하듯이 우리 사이에 존재하는 거대한 차이를 인식한 연후에야 진실로 대화하는 법을 터득할 수 있으며,[34] 차이와 불일치는 논쟁을 통해 합의해야 하는 것이 아니라 단지 이해해야 하는 것일 터이기 때문이다.[35]

> 탈북자들은 평생 북한의 가족과 친척들에 대한 짐을 벗지 못한다. 그곳의 삶이 어떤지 잘 알기에 북한의 가족들을 절대로 외면하지 못한다. 남한에서 조금만 더 아껴 북에 보내면 그 돈으로 사람의 목숨을 살릴 수 있는 것이다.
>
> "회령에서 올해에도 배급을 하나도 안 줬다고 하기에 내가 김정일 그 새끼 썩어져야 한다고 했더니 우리 엄마가 뭐라는지 알아요? 니 잘살면 됐지 우리 장군님은 왜 욕하니? 장군님 욕하지 말라, 하고 오히려 날 나무라더라니까. 정말 기가 막혀서……."[36]

위와 같은 상황은 탈북자들이 자본주의 체제에 접근하는 과정에 몇 단계의 심리적 장애물이 놓여져 있음을 잘 드러내준다. 아우슈비츠의 생존자들이 살아남았다는 사실 자체에 죄책감을 가졌듯이,[37] 궁핍을 벗어나게 되었다는 것은 분명 그토록 바랐던 일이었으면서도 가족과 친지를 두고 떠나왔다는 점에서 그 자체로 죄책감이 생겨나게 되는 것은 어쩔 수 없다. 두고 온 가족의 현실은 바뀔 수 없고 나의 희생이 그들을 살릴 수 있다는 실질적 상황뿐 아니라 '장군님을 욕하지 말아야' 하는 세계에 남겨진 이들과의 연결고리를 완전히 끊는다는 것은

34) 카를 야스퍼스, 앞의 책, 72면.
35) 콰메 앤터니 애피아, 실천철학연구회 역, 『세계시민주의』, 바이북스, 2009, 109면.
36) 김유경, 앞의 책, 205-206면.
37) 조르조 아감벤, 정문영 역, 『아우슈비츠의 남은 자들』, 새물결, 2012, 22면.

불가능한 일이기 때문이다.

김유경의 『청춘연가』에서도 결국 선화가 죽음에 이르게 됨으로써 탈북인의 입으로 직접 자본주의 사회에서의 재탄생 실패를 상징적으로 그려내고 있다는 점에서 문제적이다. 그만큼 호모 이코노미쿠스로의 재탄생이 힘겨운 것임을 알리는 동시에,[38] 한국 사회로의 진입을 위해 고군분투하는 이들에 대한 이해를 우리 사회에 요청하는 것이기 때문이다.

이와 함께 이들의 고난과 도전을 통하여 한국 사회를 살아가는 남한 주민들의 인식에도 영향을 줄 수 있다. 탈북자들은 한국 사회에서 '차이'를 보여주는 존재들이지만, 그러한 차이로 인해 한국 사회에 새로운 창조적 노마드로서 기능할 수 있다. 그들은 생존과 더 나은 삶을 위해 인간으로서의 근원적 외로움과 이방인에 대한 사회구조적 소외 및 미래의 불안 등 실존적 불안정성을 모두 감수하고 새로운 도전을 해왔다. 탈북자들을 단지 문젯거리로만 보는 것, 즉 그들에 대한 지원이냐 비지원이냐의 여부 혹은 이득이냐 손해냐의 여부로만 볼 것이 아니라, 남북주민 모두에게 상호 교류적 담론을 이끌어낼 수 있는 '상생(相生)'의 존재로 볼 수 있을 때, 우리 사회 역동적 변화의 매개체로 기능할 수 있을 것이다.[39] 한국 사회의 구성원들에게 상생의 가능성을 시험하는 동시에, 도전적 삶의 자세로 한계를 넘어온 그들의 타자적 삶을 통해 열린 세상에 대한 지향과 추구를 인식할 수 있게 된다. 따

38) 실제로 탈북자들은 고실업과 저고용, 높은 비경제활동, 저임금, 잦은 이직과 고용불안상태에서 벗어나지 못하고 있다. 기본적으로 생필품도 배급제로 시행되는 사회에서 돈만 있으면 원하는 모든 것을 소비할 수 있는 환경으로의 변화는 그들에게 매우 혼란스러운 상황이다. 즉, 시장경제체제의 근간에 대한 이해는 여전히 부족한 것이 그들의 어려움인 것이다. (천혜정 · 서여주, 앞의 글, 111면)

39) 엄태완, 『디아스포라와 노마드를 넘어』, 경남대학교출판부, 2016, 34-97면.

라서 그들은 경계에서 사유하는 노마드로서,[40] 주변과 중심의 모호함을 동시에 인식하며 이분법적 구분을 넘어 한국의 다문화사회에 기여할 수 있는 존재로 볼 수 있다. 그것은 한국 사회 공동체의 새로운 삶의 양태 중 하나로, 기존 구성원들의 평면적 사유를 넘어서는 계기로 기능할 수 있으며 이를 통해 한국 사회에 또 다른 상생의 기회를 부여할 수 있을 것이다. 탈북 작가들의 작품에서 고통의 증언뿐만 아니라, 입체적 타자성의 면모를 발견할 수 있을 때 한국 사회의 독자들에게 새로운 인식의 장을 열 수 있다. 이는 분단 현실의 문학이 지닐 수 있는 또 다른 의미라는 점에서 주목된다.

5. 결론

본고에서는 탈북자의 글쓰기 과정이 자본과 맺고 있는 관련성을 중심으로 고찰하였다. 이를 위해 김유경, 이지명, 장해성, 도명학 등 지속적으로 작품을 발표하며 남한에서 창작 활동을 전개하고 있는 탈북자 출신 작가들의 2000년대 이후 소설에 나타난 글쓰기 욕망과 자본의 문제를 분석하였다. 기존의 논의에서 주로 한국 작가의 소설에 나타난 탈북자와 자본의 문제를 통해 남한 사회를 비판적으로 성찰하는 점에 주목하였다면, 본고에서는 탈북 작가가 직접 목소리를 내는 지점을 탐색하였다. 탈북 작가가 서술하고 있는 북한 장마당 경제와 탈북 과정에서의 교환성 인식, 한국 사회에서의 자본주의 탐색 등에 대해 살펴보고, 이를 통해 탈북자의 비판적 정치의식 및 죄책감 등의 다양

40) 엄태완, 「북한이탈여성 이동(移動)의 재해석-노마드(nomad)로서의 의미는 무엇인가」, 『여성연구』 88, 한국여성정책연구원, 2015, 26-37면.

한 양상이 자본과 연관되어 글쓰기에 나타나는 방식을 연구하였다.

탈북자들을 단지 남한 사회의 모순을 관찰하고 비판하기 위해 기능하는 도구적 존재로만 볼 수는 없을 것이다. 본고에서는 그들이 계획경제와 억압적 독재 체제를 벗어나 완전히 다른 체제로 나아가기까지의 과정을 여실히 보여주는 존재이자, 새로운 삶을 시작하는 한국 사회의 구성원들에게도 영향을 미칠 수 있는 존재라는 점에 주목하였다. 그들은 체제와 경제 상황 등 거시적인 요인들의 종합적 결과로서 우리 사회에 새로운 문제제기를 하고 있다.

탈북 작가들의 소설에서는 '장마당'을 중심으로 북한 주민들이 자본에 대한 인식 변화를 겪는 과정이 자주 나타난다. 장마당의 형성은 고난의 행군 시기를 겪으며 체제의 통제력이 느슨해진 틈을 파고든 것인데, 장마당을 통한 주민들의 경제 활동이 증가할수록 체제의 통제력은 점점 더 균열을 드러내게 된다. 그러한 균열의 과정은 각 개인들이 주체적으로 삶을 이끌어가야 한다는 인식으로 이어진다. 이때 장마당을 중심으로 하는 교환경제의 양상은, 원칙적으로 금지된 자본의 축적 문제뿐만 아니라 강력한 독재 체제 속에서 오히려 주민들의 삶을 더욱 위협하는 불안 요인이 될 수도 있다는 딜레마를 내포하고 있다.

그러나 그러한 균열의 지점에서 이전에는 경험하지 못했던 비판 행위의 가능성이 열리게 된다는 점도 의미가 있다. 닫힌 사회에서 비판 행위를 영위하지 못하던 인물들이 비로소 새로운 시각을 접하는 계기는 탈북 작가의 서사에서 중요한 지점이다. 북한 사회의 인식 변화나 인권 개선을 위한 비판적 시도를 행하지 못하였던 점에 대한 반성적 성찰이 나타난 것이다. 탈북 작가들의 글쓰기는 정치적, 이념적 논란의 중심에 있는 북한이라는 체제의 폐쇄성을 다루면서 탈북자로서의 진실성과 정치적 소명의식을 동시에 담지하고 있어야 하는 것뿐만 아니라 빈곤을 벗어나 이주한 한 개인으로서의 인식도 지속적으로 영향을 미친다는 점에서 그 층위가 단순하지 않다.

북한 체제 내부에 대한 비판이나 탈북 과정에서의 고통에 대한 형상화와 함께 탈북 이후의 삶과 적응 문제도 중요한 의미를 지닌다. 한국 사회로 진입하기 위해 고군분투하는 탈북자들의 형상화는 그들이 자본주의 체제의 호모 이코노미쿠스로 재탄생하는 것이 얼마나 어려운가를 보여주는 동시에, 한국 사회의 기존 구성원들에게도 새로운 이해를 요청하는 것이다. 이들의 고난과 도전을 통하여 한국 사회를 살아가는 시민들의 인식에도 영향을 줄 수 있다. 탈북자들은 한국 사회에서 '차이'를 보여주는 존재들이지만, 그러한 차이로 인해 그들은 한국 사회에 새로운 창조적 유목민으로 기능할 수 있다. 이를 통해 한국 사회에 또 다른 상생의 기회를 부여할 수 있을 것이다.

유동하는 텍스트(fluid text)와 북한 재현 양상*

–반디의 『고발』과 데보라 스미스(Deborah Smith)의 번역 *The Accusation*을 중심으로

이지은

1. 유동하는 텍스트 『고발』의 문제성

『고발』은 조선작가동맹 중앙위원회 소속의 재북 작가 반디의 단편집이다. 여기엔 1989~1995년 사이에 쓰인 것으로 보이는 총 7편의 단편 소설이 실려 있다. 각 소설은 1994년 김일성의 죽음을 전후로 하여 북한의 현실과 인민의 삶을 그리고 있다. 익명의 작가 반디에 관해서는 1950년 생 조선작가동맹 중앙위원회 소속이라는 것만이 알려져 있고, 작가는 북한에 남은 채 피랍탈북인권연대(대표 도희윤)의 도움을 받아 텍스트만을 북한 외부로 반출했다고 한다. 이 원고는 『고발』이라는 이름으로 2014년 조갑제닷컴에서 처음 발간되었고, 이후 27개국 20개

* 이 글은 『춘원연구학보』 13호(춘원연구학회, 2018)에 게재된 것이다.

언어권에서 출판되었다.[1] 유럽의회 안드레이 사하로프 인권상, 미국 아스펜 문학상 후보에 올랐으며, 특히 데보라 스미스(Deborah Smith)가 번역한 영역판은 2016년 영국 펜(PEN) 번역상을 수상했다. 영역판 출간과 더불어 국내에서도 『고발』은 대중문예물 출판사인 다산북스로 판권을 옮겨 재출간 되었다.

반디의 『고발』을 한국문학 연구의 대상으로 포함할 때 몇 가지 난점이 발생한다. 첫째는 『고발』이 한국문학연구의 장에서 놓일 위치의 애매함이다. 최근 '탈북 문학'이 한국문학 연구의 한 범주로서 자리매김하고 있다.[2] 1990년대 중·후반 탈북자의 급증이라는 사회적 현상과 연동하여 이를 재현한 작품에 대해 한국문학계에서 논의되고 있다. '탈북 문학'은 탈북자가 창작한 문학과 탈북자를 재현한 문학을 아울

1) 도희윤, 「반디의 꿈」, 반디, 『붉은 세월』, 조갑제닷컴, 2018, 128면.

2) 탈북 문학의 개념과 범주 및 전개 양상에 관해서는 박덕규(「탈북문학의 형성과 전개 양상」, 『한국문예창작』 14-3, 한국문예창작학회, 2016)의 논의를 참조할 수 있으며, 권세영, 김세령의 연구는 탈북자를 그린 작품군을 목록화하고, 재현 양상을 분류함으로써 '탈북 문학'이 하나의 연구 분야로 설정되고 있음을 보여준다(권세영, 「북한이탈주민 형상화 소설 연구」, 『2012 북한 및 통일관련 신진연구 논문집』, 통일부 정세분석총괄과, 2012; 권세영, 「탈북 작가의 장편소설 연구」, 아주대학교 박사학위논문, 2015; 김세령, 「탈북자 소재 한국 소설 연구」, 『현대소설연구』 53, 현대소설학회, 2013). 주제적 차원의 논의를 살펴보면, 탈북 문학은 디아스포라, 여성문제, 인권문제 등의 시각에서 연구되기도 했으며, 최근에는 지구적 자본주의 체제 내에서 탈북문제를 이해하거나, 영미 저널리즘과의 관계 속에서 이해되기도 한다. 기존 연구를 주제별로 순차적으로 제시하면 아래와 같다.
김효석, 「탈북 디아스포라 소설의 현황과 가능성 고찰-김유경의 『청춘연가』를 중심으로」, 『어문논집』 57, 민족어문학회, 2014; 서세림, 「탈북작가 김유경 소설 연구-탈북자의 디아스포라 인식과 정치의식의 변화를 중심으로」, 『인문과학연구』 52, 강원대학교 인문과학연구소, 2017; 소영현, 「마이너리티, 디아스포라 국경을 넘는 여성들」, 『여성문학연구』 22, 여성문학학회, 2009; 김은하, 「탈북여성과 공감/혐오의 문화정치학」, 『여성문학연구』 38, 여성문학학회, 2016; 정하늬, 「탈북 작가 도명학과 이지명의 단편소설에 나타난 '인간'의 조건」, 『통일인문학』 69, 건국대학교 인문학연구원, 2017; 이지은, 「'교환'되는 여성의 몸과 불가능한 정착기」, 『구보학보』 16, 구보학회, 2017; 배개화, 「탈북의 서사화와 문학적 저널리즘」, 『구보학보』 17, 구보학회, 2017.

러 지칭하는데,[3] 이는 한국문학의 특수성인 분단 상황을 전제하고 있으면서도 신자유주의 체제하 발생하고 있는 난민과 국제이주의 지구적 문제와 연동하고 있기에 보편성을 획득한다.[4] 한편, 제한된 자료 접근에도 불구하고 북한 내에서 창작・발표되고 있는 북한 문학에 관한 연구도 이루어지고 있다.[5] 이러한 학계의 지형 속에서 재북 작가가 북한 현실과 주민의 삶을 그린 문학이 남한에서 출간되고, 외국어로 번역되었을 때, 이는 한국문학 내에 어떤 자리를 차지할 수 있는가. 더욱이 『고발』이 1990년대 중후반 이후의 '탈북 문학'과는 거리를 둔 채, '수령-당-인민'의 권력 구조에 놓인 북한 주민의 삶을 다루고 있다고 할 때, 『고발』의 문학적 정체성은 무엇인가.[6]

둘째는 익명의 작가의 작품에 대한 문학연구가 가지는 어려움이다. 근대 이후의 (한국)문학연구에서 작가(론)가 차지하는 비중은 실로 크다. 그런데 『고발』의 경우 텍스트만이 탈출하여 남한에서 출간되었으며, 세계 각국으로 번역되었다. 각 판본마다 텍스트는 분명한 물질성

---

3) 이영미, 「탈북자 소설에 나타난 북한의 문학정체성 연구」, 『현대문학이론연구』 64, 현대문학이론학회, 2016, 218면.

4) 고명철, 「분단체제에 대한 2000년대 한국소설의 서사적 응전」, 박덕규 외, 『탈북 디아스포라』, 푸른사상사, 2012, 114면.

5) '고난의 행군' 이후의 북한문학에 관한 논의로는, 오창은, 「'고난의 행군' 시기 북한 문학평론 연구-수령형상 창조・붉은기 사상・강성대국건설을 중심으로」, 『한국근대문학연구』 15, 한국근대문학연구회, 2007; 이성천, 「『주체문학론』 이후의 북한시 연구」, 『한민족문화연구』 19, 한민족문화연구회, 2006.

6) 『고발』이 한국문학연구 내에 놓일 위치의 애매성은 '한국'문학이 내포하고 있는 국민국가의 경계를 드러나게 한다. 이는 2000년대 한국문단이, 황석영의 『바리데기』(창비, 2007), 강영숙의 『리나』(랜덤하우스코리아, 2006) 등을 통해 한국 문학의 '탈경계적 상상력'을 시험했던 것을 떠올린다면 『고발』의 애매한 위치는 시사하는 바가 크다. 당대의 논의가 서사적 상상력의 층위에서 '북한→(중국)→제3국'의 경계 넘기를 보여준다면, 『고발』은 텍스트라는 물질이 몸을 바꾸어 가며 언어와 국가 경계를 넘어가고 있고, 이러한 '텍스트의 탈경계적 이동'이 '한국'문학 연구에 놓일 자리가 애매하다는 점은 문제적이다.

을 가지고. 독자, 출판시장, 저널리즘 등 텍스트가 접촉하는 담론의 장에 따라 다른 의미를 발생시켰다. 보수적 성향이 강한 조갑제닷컴에서 출간된 판본과 대중 문예물 출판사인 다산북스에서 출간된 판본은 각기 다른 맥락 속에 놓였고, 따라서 다른 '책'으로 수용·소비되었다. 뿐만 아니라 『고발』은 외국어로 번역·출간되면서 또 다른 지형에 놓이게 된다. 특히 재현하고 있는 대상이 북한일 때, 서구 독자 앞에 놓인 『고발』은 좀 더 복합적인 권력의 구조 속에서 의미를 생산할 수밖에 없다.

이러한 문제는 『고발』이 '유동하는 텍스트(fluid text)'로서 국가와 언어의 경계를 횡단하고, 텍스트가 접촉하는 담론의 장에 따라 다른 의미를 발생시키고 있다는 데에서 연유한다. 유동하는 텍스트란 작가의 초안, 출판사의 교정판, 개정판, 영화 각색 등과 같이 여러 버전으로 존재하는 문학 작품을 의미하는데, 버전 사이의 변화는 작품과 사회 사이의 상호작용을 기록하기 때문에, 텍스트의 변화를 고찰하는 것은 텍스트가 접촉한 사회의 문화적 맥락과 텍스트를 의미화 하는 방식을 유추할 수 있게 한다. 문학 작품은 고정된 것으로 여겨지지만, 사실 그것들은 문화적 상황에 따라 움직이고 변화시키는 유동적인 작업이다.[7] 특히 북한 사회를 재현하고 있는 『고발』은 텍스트가 횡단하는 사회적·문화적 맥락에 매우 민감하게 변화할 수밖에 없다. 『고발』의 궤적을 쫓는 일은 좁게는 『고발』이 재현하는 북한의 표상을 각 담론의 장 속에서 살펴보는 일이고, 넓게는 한국문학의 '탈경계적 상상력'을 서사의 층위가 아닌 텍스트의 물질성을 통해 고민할 수 있는 계기가

7) John Bryant, *The fluid text: A Theory of Revision and Editing for Book and Screen*, Ann Arbor : University of Michigan Press. 2002.

될 것이라 생각한다. 이러한 목적을 가지고 이 글은 『고발』의 세 가지 판본(국내 2종, 영역판)을 대상으로,[8] 텍스트를 둘러싼 각종 '소문'-작가의 신변, 텍스트의 반출 경위 등-이 어떻게 텍스트의 의미를 변화시키고, 그것이 또 다시 『고발』의 해석에 간섭을 일으키는지, 더불어 『고발』이 유동하는 과정 속에서 북한의 이미지를 어떻게 (재)생산하는지 살펴보고자 한다.

2. 탈북기로서의 『고발』: 체제 비판과 인민의 탈-주체화

『고발』은 7편의 단편소설을 수록하고 있으며, 작품 말미에 붙어있는 부기를 통해 추정하건대 1989년 12월 12일에서 1993년 7월 3일 사이에 집필된 것으로 보인다. 가장 앞선 작품은 「탈북기」(1989.12.12.)로, 주인공 일철이 탈북을 결심하기까지의 과정을 친구에게 토로하는 편지글 형식으로 되어 있다. 일철의 아버지는 하루아침에 '반당 반혁명 종파분자'로 낙인찍혀 버렸고, 이로 인해 일철의 가족은 고향을 떠나 압록강변 마을로 강제 이주를 당하게 된다. 아버지의 낙인은 일철에게 '적대군중'이라는 신분으로 세습되었고, 가족은 은근한 따돌림과 부당한 대우를 감수하며 살아간다. 일철의 아내 명옥은 남편이 당하는 불이익과 어린 조카가 당하는 설움을 목격하면서, 이러한 신분을 대물림하지 않기 위해 남편 몰래 피임을 한다. 뿐만 아니라 남편의 입당을 바라는 명옥의 정성을 악용하여 당비서는 명옥에게 부당한 요구를 한

8) 이 글이 대상으로 하는 1차 텍스트는 다음과 같다.
반디, 『고발』, 조갑제닷컴, 2014.
반디, 『고발』, 다산북스, 2017.
Bandi, *The Accusation*, trans. by Deborah Smith, London: Serpentstail, 2017.

다. 일철은 명옥의 일기를 통해 이 모든 것을 알게 되고 "그 어떤 성실과 근면으로써도 삶을 뿌리내릴 수 없는 기만과 허위와 학정(虐政)과 굴욕의 이 땅에서의 탈출"[9]을 결심한다. 소설에는 아내가 남편 점심을 남기기 위해 자신은 '개머거리'로 끼니를 떼우는 모습이 나타나긴 하지만, 일철의 탈북은 '굶주림의 땅'으로부터의 탈출이 아니라 '기만과 허위와 학정의 땅'으로부터의 탈출이다.

이외의 작품은 모두 93년과 95년에 쓰인 작품들이다. 「유령의 도시」(1993.4)는 국경절 행사를 배경으로 하고 있어 흥미롭다. '9·9절'이라고도 불리는 국경절은 북한정권수립일로, 당일에는 예술공연, 야회, 문화오락행사 등이 열려 명절 분위기가 조성된다. 특히 정주년(5의 배수해)일 때에는 평양에서 수십만, 또는 100만 명의 군중시위, 집단체조 등이 성대히 개최되기도 한다.[10] 「유령의 도시」는 이러한 국경절 행사를 위해 분주한 김일성 광장을 배경으로 하고 있다. 그러나 국가 주도의 대규모 행사를 묘사하는 것이 소설의 주된 관심사는 아니다. 주인공은 김일성 광장 바로 앞 아파트에 살고 있는 한경희로, 그녀의 갓난아기가 광장에 걸린 마르크스와 김일성의 대형 초상화를 보고 경기를 일으킨다는 데서 문제가 시작된다. 할 수 없이 경희는 규정을 어기고 청색 덧커튼을 낮 동안 쳐 놓았고, 이것이 빌미가 되어 경희 가족은 평양에서 쫓겨나게 된다. 당국의 규정에 일사분란하게 움직이는 100

---

9) 「탈출기」, 조갑제닷컴, 43면.
필자가 대조한 결과 조갑제닷컴판과 다산북스판은 완전히 일치하지 않았다. 낯선 북한어를 고치거나 신변문제 때문에 등장인물의 이름을 바꾼 정도의 차이를 보이는데, 필자는 이것이 해석의 차이를 발생시키지는 않는다고 판단하였다. 이 글의 본문에는 최초 판본인 조갑제닷컴판을 인용하고, 차이가 있을 경우 대괄호 안에 다산북스판의 표현을 표시하도록 하겠다. 각주에서는 차이가 있을 경우 양쪽 판본의 서지사항을 모두 표시하되, 이후부터는 약식으로 '「작품명」, 판본, 면수'의 형식으로 표기하도록 한다.

10) 「북한의 정권 수립일 '9·9절'」, ≪NK조선≫, 2001.9.8.

만 군중과 사소한 규정마저 지키지 못하는 한경희가 대비되면서 체제의 감시와 규율이 전 인민에게 얼마나 엄격하게 적용되고 있는지, 그 규율 속에 길들지 않은 인민은 어떻게 축출되는지 단적으로 보여준다.

한편, 「준마의 일생」(1993.12.29.)은 인민이라면 "누구나 이밥에 고깃국을 먹으며 비단옷 입고 기와집에서 살게 될 공산주의의 미래"[11]를 꿈꾸며 당을 위해 헌신한 마부 설용수가 가난에 찌든 말년을 보내며 "신념, 기대가 한갓 신기루에 불과한 것임을 깨닫"고[12] 실망과 회오의 괴로움을 안은 채 삶을 마감한다는 이야기다. 「빨간 버섯」(1993.7.3.)도 유사한데, 처남의 월남이 발각되어 장공장 기사장으로 좌천된 고인식은 악조건에도 불구하고 맡은 직분에 최선을 다한다. 그러나 당 간부의 책임 전가로 인해 고인식은 공개 재판에 처해진다. 자기도 모르게 고인식을 제거하는 데 이용된 기자 허윤모는 "독재의 칼을 품고도 겉으로만 평등이요, 민주주의요, 역사의 주인이요, 지상 낙원 건설이요 하는 허울 좋은 그 간판에 속"았다고 한탄한다.[13] 고인식은 소설의 말미에서 평생 헌신한 당을 타도하자고 외친다. 또 「지척만리」(1993.2.7.)의 경우 어머니가 위독하다는 전보를 받고도 당으로부터 여행 허가증을 받지 못하여 어머니의 임종을 지키지 못한 주인공의 한을 다루고 있다. 이상의 네 작품은 모두 1993년의 날짜가 붙어있다. 이들은 공통적으로 당의 요구에 성실히 응했던 인민주체들이 자신의 믿음을 배신당하고, 당의 이념에 회의를 품으며, 끝내 '수령-당'으로부터 탈각해 가는 과정을 그리고 있다.

특히 「유령의 도시」와 「지척만리」는 북한 당국의 인민 통치의 주요

11) 「준마의 일생」, 조갑제닷컴, 81면.
12) 「준마의 일생」, 조갑제닷컴, 95면.
13) 「빨간 버섯」, 조갑제닷컴, 223면.

개념인 '프롤레타리아 독재', '빨치산' 등을 전유하고 있어 더욱 문제적이다. 「지척만리」의 '나'가 당국의 감시를 피해 무단으로 장거리 여행 중인 자신을 '빨치산'이라 지칭함으로써 북한 건국의 공식 서사인 '빨치산 투쟁'을 전유하고 있다면, 「유령의 도시」는 100만 군중을 단 45분 만에 집결시킬 수 있는 북한 정권을 "프롤레타리아에 독재"라고 지칭함으로써, 인민 프롤레타리아에 의한 통치라는 '프롤레타리아트 독재'라는 것이 실상 '인민에 대한 독재'에 지나지 않음을 폭로한다. 두 작품은 '극장국가', '유격대국가(partisan state)'로 지칭된 북한의 특수한 성격을 떠올리게 한다.[14] 김일성의 만주 빨치산이 북한을 세웠다는 것은 북한의 공식적인 건국서사이며, 북한 당국은 이를 국가주도의 대규모 공연으로 재현함으로써 카리스마적 권력을 국내외에 과시했다. 북한은 이러한 서사적 구도를 통해 '어버이 수령-인민'의 관계를 만들어 내는데, 흥미로운 점은 이 두 소설이 모두 '어머니-자식' 간의 정을 '(아버지)수령-당' 권력이 방해하는 것으로 설정함으로써 기존의 '효-충'의 유비관계를 해체하고 있다는 것이다.

나머지 두 편인 「복마전」과 「무대」는 1995년의 날짜가 부기되어 있

14) '유격대국가'는 와다 하루키(和展春樹)가 제안한 것으로, 그에 따르면 1967년 5월 당 내부의 권력투쟁이 끝나고 '북한은 김일성과 그의 만주 빨치산들이 세웠다'는 이야기가 북한의 공식적이고 합법적인 건국 서사가 된다. 이는 이후 피바다국립극단의 대표적 연극 「꽃 파는 처녀」(1972) 등의 주된 골격이 되어 문화적 재현물로 반복된다. 국가 건국 서사는 김정일 시대에 훨씬 더 의례화 되었고 유격대국가의 힘과 권위를 과시하기 위한 목적으로 상징적이고 연극적인 수단에 더더욱 의존하게 되었다. 인류학자 클리퍼드 기어츠(Clifford Geertz)는 정치권력이 강제적 힘(관료, 군대, 경찰)의 독점만이 아니라 의례화된 상징으로 만들어질 수 있음을 인도네시아 역사를 통해 발견하고, 이를 정치가 문화적인 방식으로 창조되는 '극장국가'라고 규정했다. 아리랑축전과 같은 국가적 의례와 국가 주도의 대규모 스펙터클은 권력이 의례화된 상징으로서 북한 내부의 문화적 이데올로기를 형성할 뿐 아니라, 바깥 세상에 보여주는 거대한 층위를 형상하고 있는 점에서 북한의 '극장국가'적 성격을 지적할 수 있다(권헌익 · 정병호, 『극장국가 북한』, 창비, 2013, 62-98면 참조).

는데, 두 작품 모두 체제의 위선을 폭로하고 있다는 점에서 공통적이다. 「복마전」(1995.12.30.)은 '1호 행사'로 인해 철도역이 통제되고, 그 바람에 손녀딸이 크게 다친 사건을 다룬다. 김일성 행렬에 의해 사고가 날 정도로 인민들이 불편을 겪는데도 불구하고 '어버이 수령님'의 덕을 찬양해야하는 아이러니한 상황을 그리고 있다. 소설에서 제목 '복마전'은 '마귀의 마법으로 웃을 줄밖에 모르는 사람들의 마을'이라는 의미로 사용되고 있는데, 이는 북한의 현실을 풍자하는 알레고리다. 한편, 「무대」(1995.1.29.)는 김일성의 장례(大國喪) 당시 전 인민이 추도의 기간을 보내고 있는 풍경이 배경으로 제시된다. 보위부 주재원이었던 홍영표는 아들의 반항에 의해 조금씩 현실에 눈을 뜨게 되는데, 그가 직시한 현실인즉, 배급을 못 타 굶주리고 있는 사람도, 조의장에 바칠 꽃을 구하려다 뱀에 물려 죽은 아이의 엄마도, 남편이 정치범 수용소로 끌려간 아내도 김일성 조의장에서 애도의 눈물을 흘리고 있는 모습이었다. 북한 당국이 마련한 무대 위에서 전 인민이 연극 배우와 같이 그 역할을 수행하고 있었던 것이다. 주인공은 체제의 위선을 직시한 후, 자신 역시 당과 체제가 만든 무대 위에서 연기를 하며 살아왔음을 깨닫고 자살하고 만다.

요컨대, 『고발』의 수록작품을 시기에 따라 정리하면 1989년 「탈북기」를 시작으로 인민이 당의 이념에 회의를 품고 그로부터 이탈해 가는 과정, 그리고 후기로 갈수록 체제의 위선을 폭로하는 이야기로 나아간다. 반면, 수록 순서로 보면 「탈출기」를 처음에, 「빨간 버섯」을 맨 마지막에 배치함으로써 당의 지배 체제로부터 벗어나려는 시도로 시작하여 공산당을 타도하라는 외침으로 끝난다. 『고발』의 마지막 문장 "저 빨간 버섯(시당 청사-인용자), 저 독버섯을 뽑아버려라. 이 땅에서, 아

니 지구 위에서 영영!"은 '수령-당'으로부터의 완전한 '탈북' 선언이라 하겠다.[15)]

그런데 『고발』을 해석함에 있어 주의해야 할 것은 1989년엔 현재와 같은 '탈북(脫北)'이라는 용어가 사용되지 않았다는 점이다.[16)] 1990년대 이전까지는 체제 선전을 위해 귀순(歸順), 월남(越南)이라는 말이 사용되었고, 남한사회에서 '탈북'이라는 용어가 공식적으로 사용되기 시작한 것은 1997년 법률 제5259호 「북한이탈주민의보호및정착지원에관한법률」에 의해서이다.[17)] 1990년대 형성된 '탈북'이라는 개념에는 고난의 행군과 관련하여 생존의 절박에서 비롯된 탈출이라는 의미를 강하게 내포하고 있다. 그런데 1989년에 쓰인 「탈북기」의 일철은 '굶주림의 땅'을 떠나는 것이 아니라 '기만과 허위와 학정의 땅'을 떠난다고 말한다. 『고발』의 다른 작품에서도 가난과 굶주림이 나타나기는 하지만, 인물의 내적 갈등을 만들어내는 주된 요인은 신분의 낙인과 당에 대한 불신과 분노다.[18)]

---

15) 조갑제닷컴 판본 해설에서 조갑제는 단편집 수록 순서가 작가 반디의 의도라고 밝히고, 이를 "탈북이란 소극적 저항에서 독재타도의 외침으로 발전하도록 순서를 매긴 것 같다"고 해석한다(조갑제, 「피눈물에 뼈로 적은 고발장」, 반디, 『고발』, 2014, 조갑제닷컴, 243면). 단행본의 작품 수록 순서는 세 판본 모두 동일하다.

16) ≪동아일보≫, ≪경향신문≫에 '탈북'을 키워드로 검색했을 때 70-80년대에는 단 한 건의 용례도 검색되지 않는다. 60년대에 세 건 정도가 있을 뿐이다. '탈북'이라는 용어가 현재와 같은 의미로 처음 사용된 것은 1994년 4월 12일 ≪동아일보≫에 실린 남시욱(南時旭)의 「脫北난민과 北韓 자극론」이다. 이 글은 시베리아 벌목공의 탈출을 계기로 쓰인 글로, 제목에서 알 수 있듯 '탈북자=난민'으로 인식하고 있으며, 본문에서는 '망명요청자', '북한탈출자'라는 표현이 쓰이고 있다. 반면, '귀순'이라는 1990년대 후반까지 지속적으로 사용된다.

17) 국제사회에서 '탈북자' 개념이 형성된 것은 이보다 조금 앞선 1995년인데, 1994년 북한 벌목공 세 명이 시베리아 벌목장에서 탈출, 1995년에 '유엔난민고등판무관실(UNHCR)'이 이들에게 '난민(refugee)'의 지위를 부여함으로써 처음으로 '탈북민(North Korea defectors)'이라는 개념이 형성되었다.

18) 『고발』의 특수성은 1990년대 중·후반 이후의 '탈북 문학'과 비교하면 더욱 선명하

따라서 『고발』을 이해하기 위해서는 '탈북'이라는 말에 담긴 현재의 함의를 비워내고 이 작품이 쓰인 역사적 맥락 위에서 살펴볼 필요가 있다. 먼저, 「탈북기」가 쓰인 1989년엔 세계사적 시각에서 보면 몰타미소정상회담(Malta Conference)으로 냉전체제의 종식이 선언되었고, 독일이 통일되었으며, 1991년엔 소비에트가 붕괴되었다. 이러한 국제 정세 속에서 북한 내부 정치의 흐름을 살펴보면, 1985년 소련의 페레스트로이카, 중국의 개혁개방으로 인해 북한 당국은 '주체사상'을 쇄신하였고, 이를 위해 민족주의를 대대적으로 동원했다. 이때 주체사상은

게 드러난다. 탈북 과정을 다룬 소설에는 '가난 · 기아 · 인신매매'가 빠지지 않고 등장한다. 대표적으로 장해성의 『두만강』(나남, 2013)은 아버지가 보위부로 끌려 간 후 남은 두 딸이 온갖 고생 끝에 북한을 탈출한다는 이야기이며, 김유경의 『청춘연가』(웅진지식하우스, 2012)는 배급시스템이 붕괴된 후 부모를 위해 중국으로 팔려 갔다가 남한 입국에 성공하는 여성의 이야기다. 이들 작품에서는 고난의 행군 시기 기아에 허덕이는 북한 주민들의 모습, 구걸을 하는 꽃제비들의 모습 등을 어렵지 않게 발견할 수 있다. 특히 탈북 서사에는 여성의 수난사가 빠질 수 없는데, 『두만강』과 『청춘연가』에도 공통적으로 굶주림을 벗어나기 위해 또는 가족부양을 하기 위해 팔려가는 여성이 등장한다. 한편, 백이무의 『꽃제비의 소원』(2013), 장진성의 『내 딸을 백원에 팝니다』(2008) 등 탈북시의 경우도 꽃제비, 기아, 인신매매 등 북한의 비참한 현실과 그로부터의 탈출을 그려낸다. 물론 현재 창작되고 있는 탈북 문학을 가난의 문제로만 접근하는 것은 폭력적일 것이다. 다만 본고에서 강조하고 싶은 것은 '탈북'이라는 용어가 만들어진 세계사적 맥락에서 '고난의 행군'과 북한 경제의 고립, 지구적 자본주의의 문제는 연동될 수밖에 없다는 것이다. 그런 점에서 김일성 사망 직전 정권교체기에서 김일성 사망 직후까지, 북한 1세대 정권의 마지막 시대를 통과하면서 당이 선전한 이념과 비전이 얼마나 허구적이고 위선적인지를 폭로하고 있는 『고발』은 현재 '탈북기', '탈북 문학'으로 지칭되는 소설과는 성격이 다르다고 할 수 있다. 더불어 『고발』은 북한 문학과도 구별되는데, 기존의 북한 문학이 '수령형상'의 공식적 문법을 가지고 있었다면, 『고발』은 체제에 대한 비판적 시각을 견지하면서 북한 주민의 삶을 그리고 있다. (이와 관련해서는 오태호, 「북한 문학의 새로움, 억압적 체제와 통제된 현실에 대한 비판–반디의 『고발』론」, 『민족화해』, 2017년 11-12월호; 오창은, 「북에서 온 탄원서-북한 소설 『고발』을 읽고」, 『녹색평론』, 녹색평론사, 2017년 11-12월호 참조) 이는 북한의 작가가 공식적으로 북한 현실을 그릴 수 없는 현실, 그리고 탈북자가 북한 사회를 증언할 때 직면하게 되는 정치적 · 사회적 제약 둘 모두를 벗어난 위치에 작가가 있었기에 가능하다고 할 수 있다(이상숙, 「사회주의 유령과 존엄한 선택-반디의 『고발』분석」, 『우리어문연구』 62, 우리어문학회, 2018, 144-148면 참조).

전체주의적 성격이 강한 '사회정치적 생명체론'이었는데,[19] 이는 권력 승계를 위한 사전 작업이기도 했다. 1994년 김일성이 사망하였고, 이를 전후하여 90년대 후반까지는 '고난의 행군' 시기로 기억된다.[20]

다시 『고발』로 돌아가보면, '1989.12.12.'이라는 부기가 붙어 있는 「탈북기」의 '탈북'은 주인공이 북한을 탈출한다는 의미이기도 하지만, 세계체제의 '탈사회주의적 전환(postsocialist transition)'과 연관하여 해석될 필요가 있다. 『고발』이 탈북의 성공과 정착을 그려내는 서사가 아니라, 「탈북기」를 시작으로 당의 이념으로부터 이탈해 나가는 인민의 모습을 반복적으로 그려내는 것은 이러한 사정과 관련이 깊다. 지배 당국은 주체사상을 수령 중심의 사회정치적 생명체론으로 이론화, 즉 '수령-당-대중'의 유기체적 일체화를 요구하고 있었으나 『고발』에 등장하는 인민들은 '수령-당'으로부터 탈각해가는 탈-주체화의 모습을 보인다.[21] 그리고 그 탈각의 양상들은 '프롤레타리아 독재'에 대한 허

19) 당시 북한은 연대할 수 있는 사회주의 국가를 잃었고, 체제의 위기 속에서 주민들은 간부들의 부정부패, 세도주의, 관료주의에 대한 불만을 품기 시작했다. 북한은 '우리식사회주의' 구호를 내걸고 주체사상을 쇄신했는데, 이는 조선민족제일주의, 인민대중중심, 사회정치적 생명체론의 수령중심주의로 요약할 수 있다. 특히 사회정치적 생명체론은 '수령-당-대중'을 결코 분리 될 수 없는 하나의 생명을 가진 유기체적 통일체로 인식하는 것이다(서재진, 「주체사상의 형성과 변화에 대한 새로운 분석」, 통일연구원, 2001, 92-108면 참조.).

20) 고난의 행군은 국제적 고립과 자연 재해 등으로 극도의 경제적 어려움을 겪은 시기를 일컫는다. 그 기간에 대해서는 학자마다 견해를 달리하는데, 좁게는 김일성 사망 이후부터 김정일 체제 공식출범 이전인 1994-1997년을 말하나 넓게는 북한의 총체적 체제위기 기간인 1980년대 후반부터 1990년대 후반까지를 의미한다(김갑식·오유석, 「'고난의 행군'과 북한사회에서 나타난 의식의 단층」, 『북한연구학회보』 8-2, 북한연구학회, 2004, 92면).

21) 이상숙 역시 "반디의 숨겨진 소설쓰기는 단순히 식량난과 경제난을 목격한 회의감에서 시작되었다기보다는 좀더 깊이 있는 각성으로부터 촉발된 것"이라 지적하고, 『고발』에는 "동유럽과 소련 사회주의 연방이 해체되어 사회주의 유토피아의 환상이 몰락했음에도 유독 북한에만 남아 유령처럼 배회하며 주민들을 지배하는 비정상 국가에 대한 두려움"이 투영되어 있다고 해석한다(이상숙, 앞의 글, 151-152면).

구 폭로(「유령의 도시」), '빨치산'이라는 북한 건국의 공식 서사를 북한 당국에 대한 '빨치산'으로의 전유(「지척만리」), 당이 제시했던 전망이 더 이상 유효하지 않음을 깨달은 인민의 절망(「준마의 일생」), 당국과 인민이 기만적인 연기에 몰두하고 있을 뿐이라는 각성(「무대」, 「복마전」) 등으로 나타난다. 그리고 당 간부의 부패와 세도주의, 신분 낙인으로 인한 억압은 「탈출기」를 비롯해 전 작품에 고루 나타난다.

3. 텍스트 바깥의 탈북기와 의미화 양상 : 반공주의에서 불순한 호기심까지

이러한 사정에도 불구하고 『고발』은 가난과 기아로부터의 탈출 기록인 '탈북기'처럼 소개되고 인식된다. 텍스트의 반출을 도운 피랍탈북인권연대 대표 도희윤은 작가 반디가 "1994년 김일성 사망 시점에 시작된 소위 고난의 행군으로 자신과 인연을 맺고 살아왔던 많은 사람들이 죽어나가고, 먹고 살기위해 고향땅을 등지고 떠나는 이들의 뒷모습을 보면서, 자신이 지금껏 살아왔던 북한 사회에 대한 깊은 성찰을 책을 통해 세상에 알려야겠다고 굳게 결심하게" 되었다고 말한다. 이 글은 거의 동일한 내용이 제목만 달리 하여 국내 두 판본과 영역본 *The Accusation* 모두에 실려 있다. 그러나 『고발』 텍스트 안에는 '사람들이 죽어나가고, 먹고 살기위해 고향을 등지고 떠나는 이들'의 모습이 존재하지 않는다.

이는 『고발』에 수록된 「탈북기」와는 다른 '텍스트의 탈북기'라고 지칭할 수 있다. 최초 출간본인 조갑제닷컴 판본에서 '텍스트의 탈북기'는 텍스트 『고발』을 감싸 안고 있는 외화(外話)로 선명하게 드러난다. 언급한 도희윤의 글이 추천사로 맨 앞에 실려있고, 소설 뒤에는 '祕話', '해설', '독후기' 등을 통해서 '텍스트의 탈북기'가 반복하여 강조된다. '祕話' 코너에는 월간조선 기자 김성동의「북한현역작가의 북한체제 비판 小說은 이렇게 넘어왔다」가 실려있는데, 이 글에는 "몸보다 작품을 먼저 탈출시키다", "≪김일성 선집≫에 싸여 넘어오다", "목숨을 담보로 먼저 탈출시킨 작품" 등의 자극적인 소제목이 포함되어 있다. 이 글에서도 반디의 집필 동기를 "배고픔과 체제 모순으로 죽음을 맞이하는 이들의 모습과 먹고살기 위해서 고향땅을 떠나야 하는 이들의 모습을 기록하기 시작"[22]한 것이라 말한다.

조갑제닷컴 판본에서 『고발』 텍스트의 외부를 감싸고 있는 여러가지 글-도희윤의 추천사. 조갑제의 해설, 김성동의 '비화' 등이 다산북스 판본과 영역본에서는 선택적으로 남는다. 조갑제의 해설은 두 판본 모두에서 삭제되고, 도희윤의 글은 일부 삭제된 채로 두 판본 모두에 실린다. 김성동의 '비화'는 일부가 삭제되어 영역판에 '후기(Afterword)' 형식으로 실려 있다. 정도의 차이는 있을지언정 세 판본 모두 '텍스트의 탈북기'를 전면에 내세워 출판사 마케팅에 이용하고 저널리즘은 이를 적극 활용한다. 다산북스 판본은 "북한에 살고 있는 작가가 목숨을 걸고 써서 반출시킨 소설!"(책표지), "'김일성 선집' 등에 싸여 중국을 거쳐 자유의 희망의 땅 대한민국에 들어왔으며…"(북트레일러)와 같은 광고 문구를 빠트리지 않았다.[23] 영역본을 출판한 서펜트스테일(SERPENT'S TAIL)도 사정이 다르지 않다. 이들은 작가 반디를 아직 고향 북한에 살

22) 김성동,「북한현역작가의 북한체제 비판 小說은 이렇게 넘어왔다」, 반디,『고발』, 조갑제닷컴, 2014, 233면.

23)『고발』북트레일러 주소
https://www.youtube.com/watch?v=6UNCALdg970#action=share(2018.11.15.검색)

고 있는 반체제 작가라고 소개하고, *The Accusation*이 “가장 비밀스러운 국가들의 독특하고 충격적인 창(a unique and shocking window on this most secretive of countries.)”이 될 것이라 선전한다.[24)]

『고발』을 둘러싼 이러한 수사는 관련 기사나 리뷰에서도 반복된다. ≪가디언(The Guardian)≫에 실린 『고발』 리뷰는 비교적 소설 자체에 주목한 글임에도 불구하고, 이 글의 처음과 끝은 텍스트 입수과정과 작가의 신변에 관한 이야기로 채워져 있다.[25)] 이처럼 세 판본 모두 텍스트 입수 과정을 강조함으로써 『고발』의 증언문학, 반체제문학, 고발문학으로서의 가치가 배가된다. 그러나 이러한 수사 속에서 『고발』에 등장하는 각성하는 주체들이 누락되고, 대신 북한 체제가 얼마나 비인간적이고 폭압적인지, 북한 주민들이 가난하고 굶주려 있는지가 반복된다. ‘텍스트의 탈북기’의 역경과 가치가 강조되려면 그 반대편에 ‘악’으로서의 체제 또한 부각되어야 하기 때문이다.

그런데 ‘텍스트의 탈북기’를 전략적으로 활용하는 점은 동일하지만, 이를 통해 『고발』을 의미화하는 방식은 각 출판본이 차이를 보인다. 먼저, 조갑제닷컴은 『고발』을 반공서사로 강하게 몰아간다. 해설에서 조갑제는 “서구 지식인의 가장 큰 타락이 스탈린의 대학살을 비호한 것이었듯이 한국 지식인의 가장 큰 타락은 김일성을 비호하고 주체사상을 비판하지 못한 것”이라고 말하며, 반디의 ‘고발’은 “북한체제뿐 아니라 남한 지식인에 대한 고발장”이라고 평가한다.[26)] 『고발』의 맨

24) 서펜트스테일의 The Accusation 소개 페이지
https://serpentstail.com/the-accusation.html(2018.11.15.검색)

25) RO Kwon, “The Accusation by Bandi review—forbidden stories from inside North Korea”, The Guardian, 2017.3.11.
https://www.theguardian.com/books/2017/mar/11/the-accusation-forbidden-stories-from-inside-north-korea-by-bandi-review(2018.11.15.검색)

마지막 문장인 "저 빨간 버섯, 저 독버섯을 뽑아버려라, 이 땅에서 아니, 지구 위에서 영영!"[27]은 소설 속에서는 일차적으로 부패한 '시당위원회'를 규탄하는 말이지만, 해설자는 이를 "마르크스라는 유령을 향해 쏘"아진 말이라고 해석한다.[28] 뿐만 아니라 도희윤의 글은 세 판본 모두에 실려 있지만, 오직 조갑제닷컴판에만 "반디는…공산주의 종말을 향해 필봉을 높이 들고 글을 써 나갈 것입니다"라는 마지막 문단이 덧붙어 있다.[29]

한편, 영미권 매체는 억압적 체제에 대한 불순한 호기심을 자극한다. 가령, 앞서 소개한 ≪가디언(The Guardian)≫의 리뷰 마지막 부분에는 작가 신변의 위기에 대한 우려가 나타난다. 현재 작가 반디의 생사가 확인되지 않는다고 전하면서, 이 책의 출간이 원인이 되지 않았을지 염려한다.[30] 심지어 마지막 단락의 "반디의 소식을 들은 지 몇 달이 되었다(Do Hee-yun, *said he hadn't heard from Bandi in months*)"라는 문장은 VOA(Voice of America) 웹페이지에 실린 또 다른 『고발』 리뷰 「북한 작가 출간으로 인한 죽음의 위기」(N. Korean Writer Risks Death to Publish Book)로 연결된다. 링크된 기사에서도 『고발』은 작가 반디가 여전히 북한에 살고 있다는 점에서 다른 비판들과 구별된다고 특징짓는다. 『고발』에 대한 내용보다는 작가의 신상과 텍스트 입수 과정, 남한에서의 반응 등에 더 많은 지면을 할애하는데, 제목과 달리 '죽음의 위험'에 대한 상세한

26) 조갑제, 앞의 글, 255면.
27) 「빨간 버섯」, 조갑제닷컴, 229면.
28) 조갑제, 앞의 글, 253면.
29) 도희윤, 「어둠의 땅, 북한을 밝히려는 반딧불이 되어…」, 반디, 『고발』, 조갑제닷컴, 2014, 9면. 이 글은 세 판본에 모두 실려있지만 마지막 문단인 해당 구절을 다른 두 판본에 삭제되어 있다.
30) RO Kwon, 앞의 글.

정보는 없다.[31] 이 기사들은 표면적으로 작가의 안위를 걱정하고 있지만, 이와 동시에 '알 수 없는', '위험한' 국가라는 북한의 표상을 만들어낸다.

'베일에 싸인', '알 수 없는', '위험한' 국가에 대한 불순한 호기심이 시각적으로 선명하게 구현된 것이 바로 영역판 표지다. 불어역, 독어역 판본과 대조해 보면 영역판 *The Accusation*이 북한의 이미지를 어떻게 (재)생산하고 있는지 분명하게 드러난다.

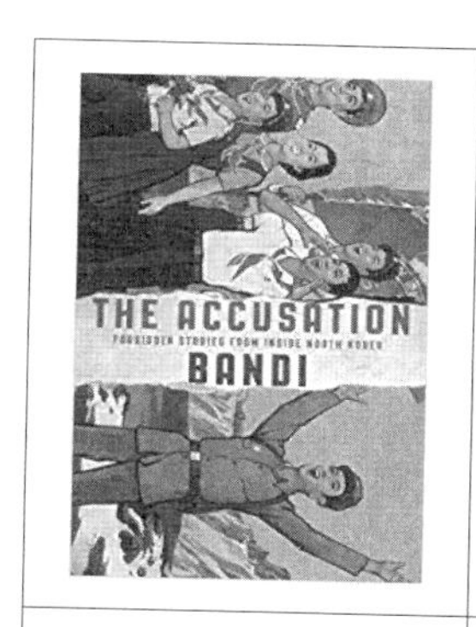		
데보라 스미스(Deborah Smith) 번역의 『고발』 영어판 표지 Bandi, *The Accusation*, trans. by Deborah Smith, London: serpentstail, 2017.	이기향(Ki-Hyang Lee) 번역의 『고발』의 독일어판 표지 Bandi, Denunziation, trans. by Ki-Hyang Lee, Munchen: piper, 2017.	임영희(Lim Yeong-hee) 번역의 『고발』 프랑스어판 표지 Bandi, Dénonciation, trans. by Lim Yeong-hee, Philippe Picquier, 2016.

세 판본의 표지 이미지를 살펴보면, 독일어 번역판 표지는 소녀들이 훌라우프를 들고 있는 모습이고 프랑스어 번역판 표지는 군복을 입은 여성의 모습이다. 전자는 수령의 압도적인 권력을 가시적으로 드러내

31) Brian Padden, "N. Korean Writer Risks Death to Publish Book", VOA, 2015.10.8. https://www.voanews.com/a/north-korean-dissident-writer-risks-death-to-publish-book/2996572.html (2018.11.15.검색)

는 대규모 마스게임 장면으로, 이는 아리랑축전 등으로 서구에 잘 알려진 북한 권력의 특징, 곧 권력을 대규모 스펙터클로 드러내는 북한 특유의 '과시의 정치'를 의미한다. 후자는 군인을 표지로 내세움으로써 1998년 김정일의 국방위원장 취임과 함께 북한의 핵심적 통치방식으로 정착한 선군정치(先軍政治)와 병영국가로서의 북한을 표현한다. 이때 군인이 여성인 것은 서구에 반디가 여성으로 알려져 있기 때문일 것이다. 이에 반해 영어판 표지는 백두산 천지를 배경으로 북한의 소년, 소녀들이 밝게 웃고 있는 일러스트다. 그런데 그 그림의 가운데가 가로질러 찢겨 있다. 찢긴 틈으로 보이는 속지에는 제목 '고발(The Accusation)'과 부제 '북한 내부로부터의 금지된 이야기(Forbiden Stories From Inside North Korea)'가 쓰여있다. 곧, 아이들이 밝게 웃고 있는 것은 북한의 겉모습이고 그 '내부'의 '금지된 이야기'가 바로 *The Accusation*인 셈이다. 한눈에 확인할 수 있듯 이러한 부제는 영어판에서만 불쑥 생겨난 것이다. 프랑어 판은 부제가 없으며, 독일어 판에는 '북한의 서사(Erzählungen aus Nordkorea)'라는 객관적인 부제가 붙어 있을 뿐이다. 영어판 표지는 '김일성 선집에 싸여' 넘어 왔다는 '텍스트의 탈북기'를 의미할 수도 있고, 소설 「복마전」에서 직접적으로 서술되어 있는 바와 같이 '마귀의 마법으로 웃을 줄밖에 모르는 사람들의 마을'이라는 의미로서 북한을 가리킬 수도 있다. 어느 쪽이든 '내부로부터의 금지된 이야기'를 시각화한 이 표지는 거꾸로 금지된 곳을 엿보는 바깥의 시선을 만들어낸다.

더불어 제목 '고발'의 번역어 상의 차이도 지적할 필요가 있다. 영역본 제목은 'The Accusation'인데 반해, 독일어 번역본(Denunziation)과 프랑스어 번역본(dénonciation)은 영어의 'denounciation'에 해당하는 단어를

'고발'의 번역어로 삼았다. 캠브리지 영어 사전의 단어 풀이를 참고하면, 'accusation'은 "누군가가 도덕적으로 잘못되었거나, 불법적이거나 불친절하거나, 누군가를 비난 한 사실을 말한 진술(a statement saying that someone has done something morally wrong, illegal, or unkind, or the fact of accusing someone)"이라는 뜻이며, 'denunciation'은 "무언가 또는 누군가에 대한 공공의 비판(public criticism of something or someone)"이라는 뜻이다. 두 단어를 비교해 보면, 영어 번역본은 '공공의 비판(public criticism)'이라는 의미보다 북한 정권의 '비도덕적(morally wrong)', '불법적(illegal)'이라는 뜻을 강조하는 번역어를 선택했다고 할 수 있다.

다산북스판 표지는 두 종이 있으나 현재 판매되고 있는 것은 영역판과 동일한 표지를 하고 있다. 이는 다산북스가 『고발』의 주요 광고 전략을 해외에서의 '성과'에 치중하고 있는 것과 밀접한 관련이 있어 보인다. 그런데 다산북스판은 영역판과 표지를 동일하게 꾸며놓았지만 영역판 서문에 실려있는 반디의 서시(序詩)는 누락시켰다. 이 시는 반디가 『고발』과 함께 별도로 묶어 보낸 시 원고 중 한 편으로 '서문을 대신하여'라는 제목이었다고 한다.[32] 시적 화자가 반디 자신으로 설정되어 있으며, 말하고자 하는 바가 명확하다. "저 유럽의/ 옛 털보가 주장하기를/ 자본주의는 암흑천지요/ 공산주의는 광명천지라 하였거늘", "광명천지의 나 반디는/만 천하에 고발하노라/ 그 암흑이 그믐밤이라면/ 천만길 먹물 속인/ 털보의 그 광명천지를"[33] 곧, 공산주의 세계에 사는 반디는 마르크스가 말했던 자본주의의 암흑보다 훨씬 어

32) 조갑제, 앞의 글, 242면.
조갑제의 해설에 의하면, 소설 원고와 함께 별도의 시 원고가 있었던 것 같다. 별도의 시 원고는 2018년에 출간된 시집 『붉은 세월』(조갑제닷컴)로 추정되는데, 이 시는 시집에 수록되어 있지 않다.

33) 반디, 「序詩」; 위의 글, 같은 면에서 재인용.

두운 현실을 살아가고 있음을 고발한다는 것이다. 조갑제닷컴판에는 이 시가 해설에만 인용되어 있으며, "털보 마르크스가 지구상에서 만들겠다는 계급 없는 광명천지의 사기성을 폭로하겠다는 게 반디의 글쓰기 목적"[34]이라는 해석이 덧붙어 있다.

반면, 다산북스판의 서문 자리에는 "북녘땅 50년을/ 말하는 기계로./ 멍에 쓴 인간으로 살며", "잉크에 펜으로가 아니라/ 피눈물에 뼈로 적은/ 나의 이 글"을 읽어달라는 반디의 시가 삽입되어 있다. 다산북스판은 재편집을 통해 조갑제닷컴판에서 소설을 감싸고 있던 각종 글과 영문판 서문으로 실려있는 반-마르크스적 반디의 시를 삭제하고, 대신 기계로 전락한 작가의 울부짖음만을 남겨 놓았다. 이는 다산북스판이 국내에서 '북한 고발'이 휩쓸려가기 쉬운 정치성을 회피하고, 그 자리에 인권이라는 보편적 가치를 내세우고자 했음을 의미한다. 대중문예 출판사의 편집 전략은 이념과 정치의 진공상태에서 '반인권적 체제'라는 거대하지만 성격이 모호한 폭력만 남겨놓은 채, 이에 대한 고발을 보편 가치를 수호하는 문학, 반인권적 폭력을 증언하는 문학으로 위치시킨다. 이때 『고발』이 획득하는 문학성은 정치적 입장이나 이데올로기 지형에서 벗어난 순수하고 보편적인 문학이다. 그러나 선택과 배제는 그 자체로 정치성을 배태하고 있다. 탈이데올로기/탈정치의 산물로서 만들어진 '문학성'은 북한체제에 대한 비판을 단순화시키고, 나아가 북한을 '순수'(문학)의 반대편에 위치한 모호한 '악'으로 인식하게 만들 우려도 있다.

---

34) 조갑제, 앞의 글, 같은 면.

4. 영역본 *The Accusation* : 북한 표상의 (재)생산과 불량국가 엿보기

영역판은 『고발』을 북한 '내부의 금지된 이야기'로서 전략적으로 의미화함으로써, 전체주의 국가에 대한 세계 시민의 감시의 시선을 유도해 내기보다는 오리엔탈리즘적 호기심을 자극하고 있다는 혐의를 불러일으킨다.[35] 그런데 이러한 변형은 편집의 층위에만 머물고 있는 것이 아니기에 문제적이다. 데보라 스미스(Deborah Smith)가 번역한 영역판의 경우 텍스트 자체가 뚜렷한 경향성을 가지고 변화하고 있다.[36] 다음의 인용된 단락은 영역본 전체를 통해 나타나는 변형의 대표적인 예이다.[37]

---

35) 서구 세계에서 북한의 불량국가(rogue state) 이미지는 냉전체제의 유산과 오리엔탈리즘에 기인한다. 이에 관한 논의로는 정영철, 「미국에서의 북한 연구: 냉전의 재생산」, 『현대북한연구』 13, 북한대학원대학교, 2010, 67-101면.

36) 참고로 번역가 조재룡은 『채식주의자』의 데보라의 번역이 '패러프레이징(paraphrasing)과 변형(transform)' 곧, "번역가의 주관에 따라 원문의 길이가 조절되거나, 그 사이, 무언가가 첨가되거나, 단문이 복문으로 변화"하고 있다고 지적한다. 나아가 영어권 독자에게 낯설 것이 틀림없는 한국문화의 고유성이 독서의 편의를 위해 삭제되고, 한국어 특유의 주어 없는 문장이 오역되기도 한다고 지적한다. 『채식주의자』 프랑스어 번역판과의 대조 끝에 조재룡은 데보라의 번역을 "전체를 조망하고, 뛰어난 영어로 작문하는 것, 그래서 원문을 읽고 제 심상에 떠오른 것을 영어로 버무려 풀어"낸 '다시쓰기(rewriting)'이라는 매우 비판적인 평가를 한다(조재룡, 「번역은 무엇으로 승리하는가?」, 『문학동네』, 문학동네, 2017년 봄, 696면).

37) 필자는 『고발』의 저작권을 가지고 있는 피랍탈북인권연대 대표 도희윤 씨에게 영역판의 저본이 된 한국어판이 국내에 유통되고 있는 『고발』 외에 다른 판본이 있냐고 전자메일을 통해 문의하였다. 필자는 그로부터 『고발』의 다른 판본이 존재하지 않고, 영역 당시 번역자가 프랑스어 번역판을 참조했다고 확인을 받았으며, 그 외의 차이는 번역가의 특징이라는 설명을 들었다. 국내에서 유통되는 조갑제닷컴 판본과 다산북스 판본 사이에도 약간의 표현상의 차이가 존재한다. 본문에는 조갑제닷컴판을 인용하고, 둘 사이의 차이가 있을 때에는 대괄호 안에 다산북스 판본을 제시하기로 한다. 둘 사이의 유의미한 차이가 있다고 판단될 때에만 본문에서 설명하겠다.

(1)-가

한경희는 아들이 잠시 장난감에 혹하는 사이 창문들에다 **청색 덧커튼**을 쳐 놓았다. 그의 집은 아파트 6층의 맨 앞집이어서 창문들이 각각 남쪽과 서쪽을 향하고 있었다. 하여 남쪽 창으로는 광장 남쪽 **무력부 청사**[**무역부 청사**] 측면에 붙은 카를 마르크스의 초상화가[내다보였고]. 서쪽 창으로는 광장 **주석단** 후면에 걸린 김일성의 초상화가 내다보였다. Ⓐ지금 명식의 눈에는 그 초상화들이 보이지 말아야 했다. Ⓑ그런데 이미 쳐 있는 **흰 나일론 커튼**만으로는 그 초상화들을 완전히[원만히] 가려낼 수가 없었다. 가릴[가려낼] 수 없을 뿐더러 어렴풋이[어릉어릉] 커튼에 비쳐드는 화상은 오히려 더 오싹함을 자아냈다. 더구나 마르크스의 초상화를 곁에서 직접 보고 기겁했던 명식의 [두뇌인] 경우에는 상상력까지 동원되어 더 무섭게 표상될 수 있었다.

(「유령의도시」, 조갑제닷컴, 50면. / 다산북스, 55-56면)

(1)-나

Leaving him to his own devices, Gyeong-hee moved quickly to the windows and drew **the curtains** she'd put up. Their apartment was at the very front of the block, with one window facing south and another west. The south-facing window looked out onto the portrait of Karl Marx hung on the wall of the **military department building**, while the west facing window framed a similar portrait of Kim Il-sung, hung near the **VIP balcony of the Grand People's Study House**. ⒶGyeong-hee had to keep Myeong-shik from seeing those portraits.

ⒷBut the **white nylon under-curtain, provided as standard** and kept drawn during the day, wasn't there to block the portraits out, and of anything the hazy shapes created by the curtains' thin gauze were even more frightening than the solid reality. Myeong-shik's initial terror had come from a face-to-face encounter with Marx's portrait, and with his stressed mind and active imagination, the picture loomed larger by the day. ("City of Specters", pp.39-40)

(1)은 「유령의 도시」의 한 부분으로 김일성 광장이 내다보이는 아파트에 사는 한경희가 마르크스와 김일성 초상화에 겁을 먹는 아들을 위해 커튼을 치는 장면이다. 한경희네 아파트는 중심거리에 위치했기 때문에 외국인 등에게 보여주기 위해 통일된 흰색 커튼을 쳐야 한다. 그런데 흰 나이론 커튼은 초상화를 완벽하게 가려주지 못하기 때문에 엄마 경희는 어쩔 수 없이 규정을 위반하고 청색 커튼을 친다.

원문과의 차이를 열거하자면 첫째, 한 눈에 보이는 것처럼 문단이 나누어져 있다. 문단 나누기는 영역본 전반에 걸쳐 자의적으로 변형되어 있다. 둘째, 두 문장이 한 문장으로 합쳐지기도 한다(Ⓑ). 소설의 다른 장면에서는 인물의 대화가 원문과 달리 절단·분리되기도 한다. 셋째, 문장의 의미가 변하기도 한다(Ⓐ). 원문은 "지금 명식의 눈에는 그 초상화들이 보이지 말아야 했다"(가-Ⓐ)인데 번역문은 "경희는 명식이 그 초상화를 보지 못하게 해야 했다"(나-Ⓐ)로 바뀐다. 넷째, 원문과 다른 단어가 사용되거나, 원문의 단어가 빠지기도 한다. 굵게 표시된 단어들이 차이가 생긴 부분이다. '청색 덧커튼'이라는 말을 삭제되는 대신, 나이론 커튼에 "낮동안 칠 수 있도록 제공된 표준(provided as standard and kept drawn during the day)"이라는 구절이 첨가되어 있다. 아파트 6층은 삭제되어 있고,[38] 주석단은 '인민대학습당의 주석단(VIP balcony of the Grand People's Study House)으로 바뀐다.[39] 단어·구절의 오류는 위의 장면

38) 다른 장면에서는 5층으로 오역되어 있다. 대표적인 예로, 이 글의 인용문 (5) 장면 참조

39) 마르크스 초상화가 걸린 건물은 군부건물(military department building)이라고 번역되어 있는데, 이는 조갑제닷컴의 '무력부'를 옮긴 때문으로 보인다. 다산북스판에는 무역부라고 되어 있다.

뿐 아니라 한국인의 성씨 '최(Choi)'와 '채(Chae)'를 혼용해서 쓰고 있다거나,[40] 노동청년을 젊은 농부(young farmers)로 옮기는 것 등에서도 나타난다.[41] 또 낯선 한국 문화가 나오는 경우 부연하는 문장이 소설의 일부인 것처럼 첨가되기도 한다.[42]

노동자를 농부로, 무역청사를 군부건물로 바꾸는 번역이 의도치 않은 오역인지 의식적인 변형인지는 단언하기 어렵다. 그러나 다음과 같은 예들에서는 좀 더 분명한 변형 및 왜곡이 나타난다. 아래에서는 영역본에 나타나는 왜곡의 양상에 따라 서술하도록 하겠다.

---

40) 영역판에서는 동일인이 'Chae Gwang'으로도 쓰이고 간혹 'Choi Gwang'으로 표기되기도 한다("City of Specters", p.62). 영역판에 이러한 오류가 나타나는 이유는 조갑제닷컴 판에서는 '최광'으로 표기되어 있고, 다산북스판에서는 '채광'이라 표기되어 있기 때문이다. 두 판본 사이의 차이는 작가의 신변문제 때문인 것으로 보인다. 혼란을 빚을 만한 상황이나, 한 페이지에서 동일인의 이름이 달리 표기되는 것은 한국인 성씨 '채'와 '최'의 구별이 철저하지 못한 탓이라고 할 수 있다.

41) "가장물 부품을 맞든 노동 청년들"(「유령의 도시」, 조갑제닷컴, 46면/ 다산북스, 51면)은 "young farmers hefting models for the ceremony"("City of Specters", p.35)으로 번역되어 있다.

42) 아내가 무릎을 꿇고 [무릎꿇이로 일어나] 앉으며 눈물주머니가 된 얼굴로 나를 올려다보았네. 지금까지는 아내가 조카 이름을 빌려 나를 민수 [민혁] 삼촌이라고 부르는 것이 무난히 들려왔지만 그 순간만은 아내가 정말 나를 딴사람으로 치부하며 그렇게 부르는 것만 같았네(「탈북기」, 조갑제닷컴, 24면/ 다산북스, 23면).

My wife struggle to her knees, raising her head to reveal a mask of tears. I'd used to like the way she referred to me using our nephew's name–it felt intimate, <u>preparation for the day when we'd have a child of our own and I'd be "So–and–so's father."</u> In that moment, though, it seemed a slap in the face, a sharp reminder of where I ranked in her affections("Record of a Defection", p.13).

밑줄 친 부분은 첨가된 부분이다.(우리가 아이를 가지고 '누구의 아버지'될 것을 준비하며<u>preparation for the day when we'd have a child of our own and I'd be "So–and–so's father."</u>) 통상 'ㅇㅇ의 아버지/어머니'라고 부르는 한국의 관습을 설명하기 위해서 덧붙인 것으로 생각된다.

1) 가난의 강조

(2)-가

하기야 아버지가 해방 전에 **손발이 닳도록** 일한 값으로 땅마지기나 가지고 있었고 협동조합 조직 때 그 땅을 첫마디에 고분고분 내놓지 못했으니 **이복자식이 장독 깬 격이** 되고 만 셈이긴 했지만 말이네. 그래서 아버지는 결국 쇠고랑을 차고 ⓒ주소도 없는 그 어디론가 끌려가게 되고 우리는 ⓓ감나무 푸르던 고향집에서 쫓겨나 압록강 여울물소리 소란한 생소한 이곳으로 '이주'까지 당하게 됐던 것이네. (「탈출기」, 조갑제닷컴, 18면/ 다산북스, 16면)

(2)-나

There was also the matter of his land, **a scant few acres which he'd carved out for himself before liberation, all through his own blood and sweat**, and which, when collectivization began, he hadn't relinquished as meekly as he might have. **In this, he was like the child of a second wife, whose position in the household is already so precarious that it needs only the slightest trip to topple over into disaster**. Ultimately, he was arrested, hauled off to a place whose location ⓒ we would never know, while we, his wife and children, were turned out of our home, ⓓ where we'd often been able to **sate our hunger** by simply reaching up to pluck a ripe persimmon, and sent on forced "migration" to this **barren** unfamiliar land, so **close to the border with China** that the clamor of the **Yalu**'s rapids seemed constantly in our ears. ("Record of a Defection", p.6)

위의 인용문은 「탈북기」의 아버지가 '반당 반혁명 종파분자'로 낙인찍혀 일철의 가족이 고향을 떠나 압록강변으로 이주하게 된 사연을 전달하는 장면이다. "손발이 닳도록"이나 "이복자식이 장독 깬 격"과 같은 관용구는 번역하기가 까다로운 표현이다. 굵은 글씨가 해당 부분인데, 이는 상당히 길게 풀어서 번역되어 있다. 여기에 수반되는 미묘한 어감차이는 차치하고라도 위의 장면은 굉장히 문제적이다. 원문은 일철이 "감나무 푸르던 고향집에서 쫓겨나 압록강 여울물 소리 소란한 생소한 이곳"으로 강제 이주하게 되었다고 서술하는데(가-Ⓓ), 영역본에서는 "단지 손을 뻗어 익은 감으로 **굶주림**을 채울 수 있는 집에서" "**불모**의 낯선 땅", "**중국 국경에 가까운**" 곳으로 강제 이주를 하게 된다.(나-Ⓓ) 배고픔(hunger), 불모의(barren), 중국 국경 가까운(close to the border with China)과 같은 단어가 추가되어 '푸른 감나무'는 '배고픔을 채울 수 있는 감나무'로, '생소한 이곳'은 '중국 국경에 가까운 불모지'로 의미가 바뀐다. '푸른'이라는 미적 대상으로서의 감나무는 오직 기아(hunger)를 면할 수 있는 수단으로 전락하고, 새로 정착하게 된 낯선 땅은 최소한의 원초적 식량자원마저 상실한 '불모지'로 묘사된다.

이 외에 「탈북기」에서 일철의 아내가 남편의 점심 도시락을 마련하기 위해 자신은 '개머거리'를 쑤어 먹는 장면이 나온다. 이때 "퍼런 시래기 쪼가리들 속에 약간의 강냉이와 쌀알들이 뒤섞여 풀떡거리고 있는 것은 틀림없는 개머거리"[43]라는 원문은 "적은 옥수수와 쌀 몇 알이 마른 무 잎과 뒤섞인, **인간은 어떤 영양도 얻을 수 없는** 엉망인 개밥(insipid mess of dog food: a scant handful of corn and some grains of rice jumbled up with dried radsh leaves that **no human could have got any nourishment from**.)"[44]으로, "그렇게 내 아침밥을 남편의 점심으로 남

43) 「탈북기」, 조갑제닷컴, 20면.

44) "Record of a Defection", p.9.

겨놓는 대신 남편이 출근하자 나는 다시 두벌 식사를 끓여야 한다"[45]는 "내 음식을 아껴서 남편의 점심을 마련했지만, 나는 **허기를 막기 위해** 부스러기를 끓여야 했다.(The food that was meant for me gets saved for my husband's lunch, but I have to boil up some scraps **for myself to stave off the hunger pangs**.)"[46]로 바뀐다. 아내가 제 몫을 남편에게 주고 자신은 좋지 못한 음식을 먹는 상황인데, 영역판은 아내가 먹는 음식에 관해 "인간은 어떤 영양도 얻을 수 없는", "허기를 막기 위해"와 같은 구절을 삽입하여 주인공의 가난하고 비참한 처지를 강조한다.

> (3)-가
> 철 따라 냉온풍기가 돌고 남방 화분 향기가 그윽하던 방 안 냄새가 아직도 그대로 배어 있을 그의 생활필수품이 어떻게 석기문화 시기의 거주지[거처지]를 방불케 하는 이런 곳에 있을 수 있단 말인가! (「빨간 버섯」, 조갑제닷컴, 202면,/ 다산북스, 238면)

> (3)-나
> How could they be in such a place as this, completely open to the elements, in truth little better than some Stone Age dwelling? Ⓔ In the winter, the winds from Siberia would howl through this room, while in summer the air hung thick and stifling, heavy with the scent of pollen from the south. ("The Red Mushroom", p.199)

위의 인용문은 「빨간 버섯」의 한 부분이다. 해당 장면은 기자 허윤모가 기사장 고인식이 좌천된 후 처하게 된 열악한 환경을 보고 놀라

45) 「탈북기」, 조갑제닷컴, 40면.
46) "Record of a Defection", p.31.

는 장면이다. 인용문에서 허윤모는 본래 안락한 환경에 있었을 고인식의 생필품이 석기시대를 방불케 하는 곳에 놓여있는 것을 보고 안타까워 하고 있다. 그런데 번역문에는 원문에 없던 구절까지 첨가하여 현재 고인식이 처한 환경을 "겨울에는 시베리아에서 불어오는 바람이 울부짖고, 여름에는 공기가 두꺼워지고 숨이 막히며, 남쪽의 강한 꽃가루 향기로 가득한"(나-Ⓔ) 곳이라고 설명한다. 번역문에서는 고인식이 한 때 잘 살던 모습이 삭제되고 현재의 열악한 사정만이 과장되어 있다.

2) '은밀한 독재자의 나라' 이미지 (재)생산

한편, 영역본에는 '베일에 싸인 나라', '가장 비밀스러운 국가', '가장 은밀한 독재자의 나라' 등의 수식어에 부합하는 이미지를 (재)생산하는 변형이 나타난다.[47] 앞서 제시한 인용문 (2)의 경우, 원문에서 일철의 아버지는 "주소도 없는 그 어디론가"로 끌려갔다고 되어 있는데

47) 이향진은 2001년 유럽 연합과 북한의 외교 관계 수립 이후, 북한에 대한 영국 미디어 담론을 분석한 바 있다. 북한-유럽연합의 외교 정상화는 유럽으로 하여금 미국의 시각으로부터 거리를 둔, 좀 더 객관적이고 중립적인 국제사회의 시각을 확보할 계기가 될 수 있었으나, 영국의 미디어는 불량국가 담론을 제공한 미국의 입장을 완전히 벗어나지는 않는다. 영국의 미디어 담론은 지지와 비판의 양가적 입장을 보이긴 하지만, "정치적인 독립성과 주체적 시각을 강조하는 경우에도 문화적 차원에서 보이는 오리엔탈리즘적 사고는 보수와 진보 성향과 관계없이 노골적으로 표현된다." 영국 언론은 이라크나 이란을 소개할 때와는 달리 북한의 경우 수식어를 나열하는데, "'지구상에 남은 마지막 스탈리니스트 국가', '가장 폐쇄적인 국가', '가장 비밀스러운 국가', '가장 은밀한 독재자의 나라' 등의 수식어로 시작되는 감각적 소개와 특집기사는 상대국을 미개하고 낙후된 이미지국으로 보는 자신들의 입장을 은폐하려는 은밀함조차 보이지 않는 문화적 편견으로 가득 차 있다."(이향진, 「북한-유럽 연합 외교 정상화와 불량국가 미디어 담론」, 『한국정치외교사논총』 26, 한국정치외교사학회, 2005, 100-101면.)

(가-Ⓒ) 이는 "우리는 결코 알지 못할 장소"(나-Ⓒ)라고 옮겨져 있다. (2)의 장면은 영어로 번역되면서 '알 수 없는 나라 북한'(Ⓒ), '굶주린 불모의 국가 북한'(Ⓓ)의 이미지를 만들어낸다.

위의 장면은 명백한 왜곡이 나타나는 대목인데, 데보라 스미스는 이와 관련하여 자신의 견해를 밝힌 바 있다. 다음의 구절을 통해서 위와 같은 결과가 나타난 이유를 짐작할 수 있다.

> 그러나 반디의 구어체 스타일을 포착하기 위해 내가 선택한 문구가 실수로 북한 상황의 특수성을 저해하지는 않았는지 조심해야했다. "아무도 알지 못하는 노동 수용소"를 번역 할 때, "지도에서도 찾을 수 없는 어떤 곳"을 선택할 수 있었지만 -이동의 자유가 엄청나게 높은 사람들을 위해 마련된 사치품인 나라에서, 그런 구절이 내 마음에서 그런 것만큼 쉽게 떠오를까? 이 책의 출판물에 관련된 사람은 아무도 그와 연락하지 않거나 그가 누군지 모른다.(번역-인용자)
>
> But I also had to be wary that the phrases I chose to capture Bandi's colloquial style didn't inadvertently efface the specificity of the North Korean situation. Translating "a labour camp whose location was known to no one", I had the option of "a place not found on any map" - but in a country where freedom of movement is a luxury reserved for those of impeccably high standing, would such a phrase spring to mind as easily as it had to mine? Consulting the author was impossible; nobody involved in the book's publication is in contact with him or knows who he is.[48]

이 글에서 번역자는 북한의 방언, 반디 특유의 구어체, 다양한 문화

48) Debora Smith, "Do North and South Korea speak the same language? Yes, but not quite", *The Guardian*, 2017.2.24.

코드 등을 번역하는데 따르는 고충을 털어놓는다. 특히 구어체를 옮기다가 '북한의 특수성'을 해칠까봐 조심해야 했다고 말한다. 그러나 인터뷰에서도 드러나지만 번역가는 '북한의 특수성'을 해칠까봐 조심한 것이 아니고, '북한의 특수성'을 드러내기 위해 주력했음을 알 수 있다. 번역가가 예로 들고 있듯, '지도에서 찾을 수 없는 곳'이라는 구절은 '북한의 특수성'을 고려하여 '아무도 알지 못하는 곳'으로 번역된다. 문맥 상 이 구절을 위해 번역가가 고려한 '북한의 특수성'이란 '이동의 자유의 제한'인데, 이동의 자유가 보장되지 않는 것과 번역어 선택 사이에는 논리적 관계가 없으며, 더하여 자유가 제한된 곳에 살았기 때문에 더 적극적인 표현을 떠올릴 수 없었을 것이라는 편견이 덧대어져 있다. 결국 해칠까봐 두려웠던 '북한의 특수성'이란 번역가 스스로 가지고 있었던 북한 표상이며, (2)의 단락에서 그것은 '가난한 국가', '알 수 없는 나라'라는 의미이다.

이러한 변형은 번역가 개인의 특성에도 얼마간 기인하겠지만, 그 변형의 양상이 서구 미디어에서 북한을 바라보는 오리엔탈리즘적 시선과 유사하다는 점은 번역가 스스로도 미디어 담론에서 자유롭지 않을 뿐더러, 해당 언어권・문화권 독자의 욕구가 출판전략에 반영되어 있다고 할 수 있다. 출판물이 편집, 번역, 각색되면서 나타나는 변화는 텍스트와 그 텍스트가 접촉하는 사회와의 상호작용을 기록하고 있다. 따라서 위의 인터뷰에서 발견되는 '북한의 특수성=알 수 없는 나라'라는 도식은 단지 번역가 개인의 편견이라기보다 영미권에서 북한을 재현하는 방식이며, 동시에 '베일에 싸인 나라'를 엿보고자 하는 독자의 욕구에 부응하는 것이다.

독재자의 권력을 부각하고, 그에 따라 인민은 '알 수 없는 곳'으로 끌려가는 '은밀한 독재자의 나라'라는 이미지는 인민재판을 다루는 장면에서도 강조된다.

(4)-가

고인식에 대한 공개 재판은 뒷산 언덕에 자리 잡은 공설 운동장에서 진행되었다. 기관 기업소와 가두(주로 살림집이 많은 주택지구-原註)에까지 흩어져 있던[포치한] 조직 군중이 아침부터 내린천 성천교를 건너 운동장으로 모여들고 있었다. (「빨간 버섯」, 조갑제닷컴, 224면/ 다산북스, 262면)

(4)-나

The hearing regarding Ko Inshik took place in a public sports ground at the foot of the mountain. From early in the morning, a steady stream of people began to file across the Seongcheon Bridge and into the stadium: Ⓕ a mix of officials, factory employees, and ordinary citizens. **Similar** crowds were **always** organized for such events. ("The Red Mushroom", p.221)

인용문 (4)는 「빨간 버섯」의 한 부분으로, 당의 요구대로 성실하게 살았던 고인식이 당의 버림을 받고 공개재판에 회부되는 장면이다. 번역문에는 원문에 없는 "공무원, 공장 직원, 일반 시민들이 섞인 군중. 그와 같은 행사들을 위해 **항상 비슷한** 군중들이 조직되었다."(나-Ⓕ)라는 문장이 첨가되어 있다. 첨가된 문장의 '비슷한 군중', '항상'라는 어구를 통해 부당한 공개 재판이 반복적이고 일상화되어 있는 듯한 의미를 전달한다.

3) 전체주의 스펙타클의 강조

「유령의 도시」에서 국경절 행사 예행연습을 묘사하는 장면에서는 전체주의적 스펙타클을 부각하려는 의도를 확인할 수 있다.

(5)-가

한경희는 승리역에서 내려 집을 향해 걷는 동안에도 줄곧 이런 생각에서 벗어나지 못하고 있었다. 적위대원(일반 시민들로 구성된 민간 방위 조직-原註)들이 Ⓖ 만세를 외쳐대며 사열 훈련을 하고 있는 김일성광장 근처에 이르러서야 그는 생각을 멈추었다. Ⓗ 적위대원들의 머리 물결 너머로 **5호 아파트 6층**인 그의 집의 창문이 빤히 건너다보였다. 여기서 광장만 질러 나가면 곧장 그의 집에 다다를 수 있었다. [가닿게 되는 그의 집이었다.] 그러나 오늘은 그럴 수가 없었다. 사열 훈련자들 때문이 아니었다. 광장에 들어서는 경우 Ⓘ 오늘따라 자지도 않고 눈이 말똥말똥해 있는 아들애가 필경 그 Ⓙ '어비'(광장 옆에 있는 마르크스의 초상화-原註)를 또 보게 될 수밖에 없기 때문이었다.

(「유령의 도시」, 조갑제닷컴, 48면/ 다산북스, 53면)

(5)-나

And yet, after she'd got off at Seungri station and made her way back up to street level, the same thoughts began to crowd back in. Only when she arrived at Ⓖ Kim Il-sung Square, where an army drill was taking place, did a new realization come to her, one that trumped all her precious worries. Ⓗ Over the sea of heads and fists raised in salute, the window of her apartment was clearly visible, on the **fifth floor** of their building. All she had to do was cross the square to find herself at home. Today, though, this wasn't an option. Not because of the drill, but because entering the square would bring her son—Ⓘ already alarmed by the thousand-strong cries of "Long live Kim Il-sung! Long live North Korea!"— face-to-face with the Ⓙterrifying Eobi. ("City of Specters", p.37)

위 단락은 전반적으로 새로 쓰기에 가까운 번역을 보여주므로 여기에서는 의미의 미세한 차이를 넘어서는 명백한 첨가와 변형만 지적하도록 한다. (5)는 주인공 한경희가 김일성 광장을 가로질러 집에 가려다가 업고 있는 아들이 광장 내의 대형 초상화('어비')에 놀랄 것을 걱정해 돌아가기로 마음먹는 장면이다. 민간방위 조직의 사열훈련은(가-Ⓖ) 군인 훈련(army drill)으로 바뀌고(나-Ⓖ), 이 군인들은 "경례를 위해 주먹을 들어 올리고" 있는 것으로 묘사된다.(나-Ⓗ) 이는 원문에 없는 장면으로 감각적인 묘사를 위해 첨가되었다. 뿐만 아니라 군인들의 만세소리는 "김일성 만세! 북한만세!"라는 육성을 획득하여 묘사되고, 급기야 등에 업힌 갓난아기를 놀라게 한다.(나-Ⓘ) 그리하여 원문에 "오늘따라 자지도 않고 눈이 말똥말똥해 있는 아들"(가-Ⓘ)은 김일성 광장에 모인 수천 명의 군인들이 외치는 만세소리에 놀란 아이가 된다.(나-Ⓘ) 결과 원문에서 두 판본 모두 '어비'를 마르크스의 초상화라고 괄호로 밝혀두었으나(가-Ⓙ) 번역문에서는 이 부분이 삭제되고 문맥상 김일성의 초상화가 "무서운 어비"(나-Ⓙ)로 지칭된다. 이는 앞서 조갑제닷컴이 『고발』을 반공주의 서사로 몰고간 것과 대비되는데, 영역판에서 겁나고 무서운(terrify) 이미지는 마르크스보다 김일성에게 집중된다. 영미권 미디어 담론이 생산한 북한의 이미지에 비추어 볼 때, "주먹을 들어 올리고", "만세" 제창을 받으며, 아기에게 위협적으로 다가오는 국가 권력자의 모습은 김일성에게 더욱 적합한 것이다.

5. 결론

이 글은 『고발』의 세 판본을 대상으로, 텍스트가 흘러가는 궤적을 좇으며 텍트스의 변화 및 텍스트가 (재)생산하는 북한 재현에 대한 의미를 탐구하였다. 『고발』은 국가, 언어, 담론을 횡단하며 흐르는 텍스트이고, 텍스트가 놓이는 환경에 따라 다른 의미를 생산하기도 하고, 그 환경에 의해 텍스트가 변화하기도 하였다. 최초 출간본인 조갑제닷컴 판본의 경우, 『고발』은 반공서사로 해석되었다. 조갑제닷컴 판본의 『고발』은 '액자소설'에 비유할 수 있을 만큼 '외화(발간사, 비화, 해설 등) - 내화(소설)'의 형식으로 만들어졌고, 텍스트 바깥에서는 '텍스트의 탈북기'와 반공이데올로기가 반복되었다. 한편, 대중문예물 출판사 다산북스에서 재판된 『고발』은 기존의 조갑제닷컴 판본과 다른 '책'으로 만들어졌다. 반공이데올로기를 지우고 북한 인권이라는 보편가치를 내세웠다. 정치성이 사라진 자리에 '문학성'을 강조했으며, 이때 '문학성'은 『고발』이 해외에서 받은 주목에 의해 보증되었다.

이에 반해 영역판 *The Accusation*은 표지, 광고 문구 등 텍스트 바깥의 변화뿐만 아니라 번역 과정에서 본문에도 변형이 일어난다. 『고발』이 영어로 번역되고, 영미 저널과 출판시장에 놓이면서 생긴 변화 양상을 간략하게 정리하면, 1)가난의 강조, 2)'은밀한 독재자의 나라' 이미지 (재)생산, 3)전체주의 스펙타클의 강조이다. 한국어 판본과 차이를 보임에도 *The Accusation*은 '재북' 작가의 존재에 의해서 리얼리티를 획득했고, 이렇게 획득된 북한 '내부'의 사정은 거꾸로 '베일에 싸인 알 수 없는 나라'를 엿보는 불순한 호기심의 시선을 만들어냈다.

이 글은 세 가지 판본을 대상으로 대조작업을 하였으나, 이는 단지 출판물(print-words)의 정본을 가려내고, 번역의 부정확함을 지적하려는 것이 아니다. 출판물은 고정된 형태로 나타나지만, 이는 텍스트 내부적 조건에 따라, 혹은 텍스트를 둘러싼 맥락에 따라 구성 및 변형된 것이다. 뿐만 아니라 작가의 저작은 편집, 번역, 저널리즘의 광고 등과의 협업의 결과이다. 따라서 출판물이 출판사, 사회, 국가, 언어 등을 횡단할 때에는 해당 사회・문화와의 상호 작용이 텍스트를 변형시키기도 한다. 따라서 유동성과 불안정성이 기록된 텍스트는 단일하고 고정된 텍스트보다 더 역동적으로 사회 및 독자와의 상호작용을 보여준다.

이러한 점에서 『고발』은 유동하는 텍스트(fluid text)의 성격을 매우 잘 보여준다. 익명의 작가가 쓰고 북한 외부로 반출된 텍스트는 최초 출간본부터 출판자본, 저널리즘, 편집자, 번역자 등과의 공동 작업(collaboration)의 결과로 나타났으며, 텍스트는 그것이 접촉하는 사회문화적 배경과 정치적・이데올로기의 지형에 따라 다른 의미를 생산해내고 있다. 대개 고정된 출판물(print-words)은 그것이 작가의식의 결정체(結晶體), 또는 '정본'이라 의식하도록 한다. 그러나 이는 텍스트를 역사화하고, 현재 진행 중인 변형과 텍스트에 기록된 문화적 상호작용을 삭제하는 효과를 낳는다.[49] 다시 말해 『고발』의 판본 사이의 차이는 텍스트가 각 맥락에서 생성된 의미가 기록되어 있는 것는 것이라 하겠다. 이러한 변형 양상은 텍스트를 둘러싼 맥락에서 텍스트 내부까지

49) John Bryant는 변종을 분류하고 텍스트를 선택하는 것이 불가피하게 정치적인 행위라고 하면서, 이러한 행위가 저자의 의도에 근거한다고 하지만, 사실은 하나의 판본이 다른 것보다 더 타당하다는 것은 편집상의 가정이며, 이는 텍스트를 역사화하고, 현재 진행 중인 작가의 의도와 문화적 상호작용을 삭제한다고 지적한다. 이러한 논의는 특정 작가의 여러 판본의 텍스트 중 편집자들이 정본을 선정하는 맥락에서 지적된 사항이나, 『고발』의 특성을 이해하는 데에 중요한 시사점을 준다고 생각한다(John Bryant, "POLITICS, IMAGINATION, AND THE FLUID TEXT", *Studies in the Literary Imagination*, Vol.29 No.2, 1996, p.103).

다양하게 나타나며, 여기에는 곧 북한 재현에 대한 해당 사회의 프레임, 독자의 욕구, 출판전략 등이 기록되어 있기에 중요하다.

脫北文學
挑戰
實驗

2부

탈북 문학과 여성의 문제

탈북 여성시 연구의 의미와 한계*

-상처받은 여성(女性)과 형상화되지 못하는 트라우마

이상숙

1. 서론

이 논문은 여성 탈북자[1]의 시를 고찰하는 것을 목적으로 한다. 현재 30여 명의 탈북자가 개인시집을 내거나 문예지에 시를 발표하는 탈북 시인으로 활동하고 있는데 이중 남성시인 김성민, 장진성, 도명학 등을 제외하면 대부분이 여성이다. 이 비율은 북한이탈주민 중 60-70%가 여성이라는 것을 감안하더라도 압도적이다.[2] 최근 통일 문예, 북한

---

* 이 글은 『현대북한연구』 21권 2호(북한대학원대학교, 2018)에 게재된 것이다.

1) 공식 명칭은 '북한이탈주민'이나 문학론을 다루는 이 논문에서는 '탈북', '탈북자', '탈북 여성' 등의 명칭을 쓴다.

2) 현재 탈북자, 탈북인, 새터민, 북한이탈주민 등으로 명명되는 탈북자의 수는 3만 명에 이르고 이중 60-70%가 여성이다. 「북한이탈주민 관련 추이」, 『통계청』, <http://www.index.go.kr/potal/main/EachDtlPageDetail.do?idx_cd=1694>(2018.4.16. 검색)

인권문학상 등의 문예 공모 과정을 통해 탈북문인, 탈북시인들이 꾸준히 늘어나고 있는데 이들 대다수도 여성이다. 따라서 여성탈북인들의 시를 전반적으로 고찰하는 것은 탈북시 전반은 물론 탈북 문학의 주요한 부분을 살피는 일이기도 하다. 탈북인들의 문학 창작과 그에 대한 연구는 통일문학, 민족문학 등의 문학적 범주에서 의미있기도 하지만 우리 사회의 현재를 반영하는 현실로서도 의미가 있다. 비록 이들의 작품이 주제, 소재의 다채로움이나 예술적 성취의 차원에서 한계가 있더라도 그 자체가, 인간의 마음과 현실을 그려내는 문학의 모습이기 때문이다.

탈북 여성시는 '북한이탈주민 여성이 쓴 시'로 한정한다. 탈북 여성시를 정의하고 범주를 한정할 때 고려해야 할 많은 사항이 있다. 시인의 나이, 탈북 시기, 이유, 현재 거주지, 현재 경제 상태와 같은 개인적이고 외형적인 조건부터 경험, 트라우마의 종류, 망명자 혹은 탈주자로서의 의식, 작가 의식 등 정서, 정체성에 관련된 조건까지 다양한 분류와 구분이 가능할 것이다. 또 창작자의 성별, 나이, 출신지와 관계없

(출처 통일부, ·지표 담당 : 통일부, 최근 갱신일 : 2018-03-16)

〈표 1 - 북한이탈주민 관련 추이〉

단위 : 명

	2013	2014	2015	2016	2017
인원(전체)	1514	1397	1276	1418	1127
남	369	305	251	299	188
여	1145	1092	1025	1119	939

통계청 자료에 의하면, 북한이탈주민은 1990년대 중반 소위 '고난의 행군' 시기의 북한 식량난을 계기로 꾸준히 증가하기 시작하였다 한다. 1998년도까지 국내 입국자가 947명이었으나 이후에 폭증하여 2007년에는 1만 명, 2010년에는 2만 명을 넘어 2017년에도 3만 명에 이른다 한다. 이중 여성의 입국비율은 1989년 이전에는 7%에 불과하였으나, 1997년 35%, 2000년 42% 등 꾸준한 증가 추세를 보이다가, 2002년을 기점으로 남성비율을 넘어서 현재는 북한이탈주민 중 60-70%에 달한다 한다.

이 탈북 여성 소재, 형상에 집중한 작품을 포함시키는 문제도 생각해 볼 수 있다. 이러한 조건들은 탈북 여성시의 내용, 주제, 경향을 설명해 줄 중요한 시작이 될 수 있을 것이다. 탈북 여성시에 대한 본격적인 논의는 이제 시작 단계라 할 정도로 소략하고 이 논문 또한 그에 속하여 위의 조건들까지 세심히 반영하여 논의하지 못했다. 다만 탈북 여성시에 대한 기본적 고찰로써 전반적 양상과 주제적 특징, 의미와 한계, 탈북 여성의 삶과 시의 관계 등을 중심으로 살펴볼 것이다.

2. 탈북 문학, 탈북시, 탈북 여성시

탈북 문학은 북한문학과는 또 다른 의미로 우리문학의 분단을 방증하는 동시에 통일 문학의 모습을 '미리' 보여준다. 탈북자들을 '미리 온 통일'이라고 부르는 것처럼 탈북 문학은 오늘의 한국문학인 동시에 내일의 한국문학이 된다. 북한이탈 과정과 북한이탈주민의 이야기를 담은 문학,[3] 고향 상실의 디아스포라 문학,[4] 체제 저항의 문학[5] 북한이탈주민이 창작한 문학[6] 등 탈북 문학의 범주는 논자마다 다양하게 설정되었는데, 이 논문에서는 '작가로 활동하는 북한이탈주민이 창작한 문학작품'으로 한정한다. 작가로 활동한다는 것은 작품집을 내거나

3) 고인환, 「탈북자 문제 형상화의 새로운 양상 연구」, 『한국문학논총』 52, 한국문학회, 2009; 강정구, 「탈북이주민(脫北移住民) 문화의 시적 수용-탈북이주민 시의 개념과 특질을 중심으로」, 『외국문학연구』 35, 한국외국어대학교 외국문학연구소, 2009.

4) 박덕규 · 이성희 외, 『탈북 디아스포라』, 푸른사상, 2012.

5) 방민호, 「한국어문학, 북한문학, 탈북 문학, 분단문학, 전후문학-해방 이후 문학 연구 방법 및 개념적 도구들-」, 『국제학술대회 탈북문학 연구의 새로운 지평 자료집』, 서울대학교 신양문학관 국제회의실, 2017.8.26.

6) 이상숙, 「탈북시에 나타난 시쓰기의 역할과 의미」, 『아시아문화연구』 46, 아시아문화연구소, 2018.

문예지 등에 꾸준히 작품을 발표하는 것, 문인 단체에 소속되어 활동하는 것을 의미한다.

탈북 소설에 대한 연구는 활발한 편이다. 탈북 소재와 주제,[7] 디아스포라문학,[8] 탈북 작가[9]에 대한 논의를 바탕으로 정체성과 소외의 문제,[10] 차별, 소외, 자본과 같이 자본주의 사회 정착 과정에서 드러나는 문제,[11] 탈북 여성의 형상화와 정체성[12]에 이르기까지 북한 사회 고발이나 기아 경험, 탈북 과정의 고초를 드러내는 유형적 주제를 넘어 남한 정착 과정에서 느끼는 정치적, 사회적, 개인적, 정서적, 경제적 문제까지 광범하면서도 심도있게 논의되고 있다.

이에 비해 탈북시에 대한 논의는 매우 소략하면서도 평면적이다. 출판된 작품 수가 많지 않기도 하고 소설처럼 구체적 인식과 현실을 드

---

7) 박덕규, 「탈북문학의 형성과 전개 양상」, 『한국문예창작』 14-3, 한국문예창작학회, 2015; 고인환, 「탈북자 문제 형상화의 새로운 양상 연구」, 『한국문학논총』 52, 한국문학회, 2009; 김세령, 「탈북자 소재 한국소설연구」, 『현대소설연구』 53, 한국현대소설학회, 2013.

8) 박덕규・이성희 외, 『탈북 디아스포라』, 푸른사상, 2012; 이미림, 『21세기 한국 소설의 이방인들』, 푸른사상, 2014; 이영미, 「현대소설교육에서의 또 하나의 다문화성 : 탈북자 소설에 나타난 북한문학정체성의 의미화와 관련하여」, 『평화학연구』 15, 한국평화통일학회, 2014.

9) 권세영, 「소수집단문학으로서의 북한이탈주민 창작 소설 연구」, 『한중인문학연구』 35, 한중인문학회, 2012. 권세영, 『탈북작가의 장편 소설 연구』, 아주대학교 대학원 박사학위논문, 2015.

10) 서세림, 「탈북작가 김유경 소설 연구」, 『인문과학연구』 52, 강원대학교 인문과학연구소, 2017.

11) 이성희, 「탈북자 소설에 드러난 한국자본주의의 문제점 연구」, 『한국문학논총』 51, 한국문학회, 2009; 서세림, 「탈북 작가의 글쓰기와 자본의 문제」, 『현대소설연구』 68, 현대소설연구학회, 2017.

12) 이덕화, 「탈북여성 이주 소설에 나타난 혼종적 정체성」, 『현대소설연구』 52, 현대소설학회, 2013; 이지은, 「'교환'되는 여성의 몸과 불가능한 정착기」, 『구보학보』 16, 구보학회, 2017; 김소륜, 「탈북여성을 향한 세겹의 시선」, 『여성문학연구』 41, 한국여성문학회, 2017; 배개화, 「한 탈북 여성의 국경 넘기와 초국가적 주체의 가능성」, 『춘원연구학보』 11, 춘원연구학회, 2017.

러내기 어려운 장르적 특성도 있을 것이다. 또 작가군의 진입 장벽이 높지 않아 여러 시인이 유입되지만 같은 이유로 그 문학적 수준의 편차가 있는 것도 사실이다. 배고픔, 죽음, 고향과 가족에 대한 그리움, 탈북의 소회로 유형화되어 획일적으로 보이는 시의 소재와 주제 또한 한 요인이다. 내밀한 개인의 정서나 인식적 변화를 담기보다 정치, 정책 이슈의 구호를 담는 고양된 언어 형식으로써 시라는 장르를 학습하고 경험한 탈북인들의 장르 의식의 영향도 있을 것이다.[13)]

탈북시에 관심을 가진 연구자가 적고 대상이 되는 텍스트도 한정적이기 때문에 관련 연구 또한 소략하다. '탈북 1호 시인 김성민' 시의 주제를 살핀 류신,[14)] 탈북이주민의 개념으로 탈북시의 개념과 특질을 논의한 강정구,[15)] 고난의 행군 시절 북한의 참상을 그린 장진성의 시집과 수기를 대상으로 한 임도한[16)]과 박덕규 · 김지훈,[17)] 탈북시의 주제 유형을 살피고 시쓰기의 의미를 논의한 이상숙[18)]등의 연구를 들 수 있다. 이들은 탈북시의 개념과 주제적 특징과 같은 일반론과 김성민, 장진성 등 초기 탈북하여 대표적 탈북시인으로 활동하는 시인에 한정된 논의이다. 탈북 소설 연구에서 보여주는 탈북인들의 정체성, 트라우마, 정치적 의식, 여성, 소외, 적응 등의 다면적 주제론까지는

---

13) 이는 다른 논문을 통해 논증이 필요한 복잡하고 섬세한 문제이므로 여기서는 다루지 않을 것이다.

14) 류신, 「대동강과 한강을 잇는 시적 상상력의 가교」, 『실천문학』, 실천문학사, 2006 가을.

15) 강정구, 「탈북이주민(脫北移住民) 문화의 시적 수용—탈북이주민 시의 개념과 특질을 중심으로」, 『외국문학연구』 35, 한국외국어대학교 외국문학연구소, 2009.

16) 임도한, 「극심한 기아 체험과 욕망 억제의 가능성—탈북 시인 장진성의 『내 딸을 백원에 팝니다』를 중심으로」, 『문학과 환경』 8-2, 문학과 환경학회, 2009.

17) 박덕규 · 김지훈, 「북한이탈주민 시의 '그림자(Shadow)' 형상화 문제—장진성의 시집과 수기를 중심으로」, 『한민족어문학』 67, 한민족어문학회, 2014.

18) 이상숙, 앞의 글.

나아가지 못했다.

김대호가 『가장 슬픈 날의 일기』(동해, 1997)를 발간한 이후 김성민, 장진성, 도명학 같은 초기 탈북 시인들과 김옥애, 김옥, 백이무,[19] 이수빈, 이가연, 오은정, 김수진에 이르기까지 16권의 시집[20]을 낸 10여 명의 시인들과 『통일코리아』, 『북한』, 『문학에스프리』 등의 문학지에 발표하는 시인들, 여기에 정식 국제PEN 클럽 단체로 인정받아 활발히 활동하는 탈북문인 단체 <국제 PEN클럽 망명북한 작가센터> 발행 『PEN』이 시행하는 북한인권문학상[21]과 같은 문예공모에서 발굴된 새로운 시인군을 합쳐 현재 30여명의 탈북시인들이 작품 활동을 하고 있다. 이중 비교적 최근에 작품 활동을 시작한 백이무, 이가연, 이수빈, 오은정, 김수진, 김혜숙, 박영애, 박주희, 설송아, 송시연, 주아현, 지현아는 모두 여성시인이다.

탈북 여성시는 탈북 전 북한에서의 곤궁하고 속박된 생활, 탈북 과정에서 겪은 고초와 두려움, 한국 입국 후 정착의 어려움, 북에 두고 온 가족들에 대한 죄의식과 그리움 등으로 유형화된다.[22] 여기에 종교 귀의 후 신앙심을 드러낸 시, '자유세계'에 정착한 안도감과 기쁨을 피상적으로 드러낸 시 등을 더할 수 있는데 활동하는 시인의 수가 많지 않고 등단 장벽이 높지 않아 엄격한 문학성의 잣대를 적용하기 어려

19) 백이무는 탈북 여성이지만 한국이 아닌 제 3국에서 생활하며 한국에 원고를 보내 두 권의 시집을 낸 시인이다. 한국에 거주하지는 않지만 탈북 여성으로 시집을 발간한 시인으로서 이 논의 대상에 포함시켰다.

20) 최근, 자세한 신상은 알려지지 않고 북한 내에서 체제저항의 글을 쓰는 작가로만 알려진 반디가 소설 『고발』(다산책방, 2016)에 이어 시집 『붉은 세월』(조갑제닷컴, 2018)을 출간했다. 필명 '반디'는 재북 작가로 알려져 있기에 여기서 『붉은 세월』은 다루지 않았다.

21) 망명북한작가PEN센터 주최, 2014년 12월 수상작 작품집 발간.

22) 이상숙, 앞의 글.

운 점을 고려하더라도 매우 유형화된 주제 의식을 보인다. 북한의 기아 상황과 배고픔의 기억에 대한 시들[23]이 압도적으로 많고 가족과 고향을 그리워하는 시,[24] 자신은 자유세계에서 잘 살고 있는데 그렇지 못한 북한주민이 안타깝다는 내용과 통일이 되어 민족이 서로 잘 살았으면 좋겠다는 내용의 시[25]가 대부분이다.

유형화되고 획일적인 주제 유형은 어느 특정 시인에게만 나타나는 것이 아니라 보편적인 특징이어서 문학적 한계일 수도 있다. 북한에서 또 탈북과정과 정착 과정에서 상당한 고초를 겪었을 그들이지만 시 안에 직설적 토로와 막연한 고통 이상으로 형상화되어 내면과 깨달음, 현실을 묘파하는 시가 많지 않다. 그에 대한 정확한 원인은 문학 분석과 함께 상담, 심리 분석의 도움으로 드러날 수 있겠으나 현재로서는 그 진단도구와 방법이 마련되지 않다. 따라서 시에 드러난 모습만으로 판단할 뿐이어서 한계가 있지만, 경험의 객관화, 예술적 형상화의 측면에서 원인을 찾아볼 수는 있다. 트라우마의 무게가 시라는 문학적 도구에 담길 수 없을 정도로 무거워 경험에 압도된 시 창작의 전형성이 드러난 것으로 판단한다. 또 탈북자는 시를 통해 그런 소재와 주제를 다루어야 한다는 자의식이 작용했다고 생각한다. 북한에서부터 작가였던 것이 아니라 남한에 정착하면서 창작을 시작한 그들에게 경험을 승화한 문학, 예술 창작자로서의 작가 의식은 시간을 필요로 한다. 트라우마 수준의 개인 경험이 문학적으로 형상화되기까지 작가의 예

---

23) 김옥애의 『죽사발 소동』(삼우사, 2005), 김옥의 『눈물 없는 그 나라』(서울문학출판부,2009), 이가연의 『밥이 그리운 저녁』(마을, 2014), 『엄마를 기다리며 밥을 짓는다 ―꼭 한번만이라도 가봤으면』(시산맥사, 2015)

24) 오은정의 『고향을 부르다』(작은통일, 2015)

25) 이수빈의 『힐링 러브』 (북마크, 2012), 김수진의 『天國을 찾지 마시라 국민이여 우리의 대한민국이 天國이다』(조갑제닷컴, 2015), 『꽃같은 마음씨』(조갑제닷컴, 2016)

술성 세련과 경험의 예술적 객관화가 이루어져야 하고 사회주의 문학의 도구적 기능이 아닌 예술적 도구로서의 시를 체득하고 시인의 의식과 소명을 정립하는 과정이 필요하기 때문이다.

김성민, 도명학 등 몇몇 남성탈북 작가들은 탈북 전에도 북한에서 작가, 기자 등 글쓰는 직업을 가졌었고 탈북 후에도 관련된 일을 하는 전문 작가군인데 비해 탈북 여성시인들은 그렇지 않은 경우가 대부분이다.[26] 보통 남한에 정착 후 탈북인들의 문예지를 통해 작품을 발표하고 있어 그들 시의 문학적 성취와 수준에 대해서는 엄격할 수가 없다. 또 그들 모두가 시인이라는 작가적 정체성을 가지고 있는지, 시쓰기를 문학적이고 예술적 행위로 인식하고 있는지와 같은 문제도 전문적인 작가, 작가의식의 기준보다는 더 포용적으로 이해해야하는 것이 사실이다. 그러나 전문 작가 수업을 받지 않고 직업으로서 작품을 창작하는 것이 아니라 그야말로 자신을 표현하는 언의 수단으로 시를 선택하고 창작한다는 것은 시를 통해 탈북 여성의 내면과 우리 사회의 현실을 담은 말로서 더 의미 있는 것일 수 있다.

이들이 작품을 발표하는 매체와 출판하는 경로 또한 일반적이지 않은 데에도 원인이 있다. 탈북인들의 글이 반공 정책의 일환으로 귀순용사의 탈북기, 탈북수기류로 보급되고 특정 매체, 특정 출판사를 통해 탈북인들의 글이 유통되었던 것처럼 아직 탈북 여성시 또한 제한적인 매체를 통해 발표되고 있다. 물론 이는 탈북 문학 전체의 상황이기도하다. 1990년대 후반 탈북자 수가 급증하면서 탈북 문학, 탈북문인의 범주가 논의되기는 했지만 탈북인들 스스로 자신의 문학 활동의

26) 에세이집 『국경을 세 번 건넌 여자』(북하우스, 2005)의 저자 최진이는 북한에서 작가동맹 소속 시인이었지만 탈북 후 시집을 내거나 시를 쓰기보다는 에세이 작가, 잡지 편집에 힘쓰고 있다.

의미와 위상을 정치적 사회적 효용성에 두는 것 같다. 사회주의 체제의 적대 국가에서 넘어온 이방인으로서 북한의 참상을 고발하고 북한 주민의 고통을 호소하는 것을 자신들의 소명이나 임무로 인식하고 남한 사회의 요구라고 인식하는 것이다. 그러다 보니 남한 정착과정에서 겪는 어려움을 생생하게 드러내기보다는 가족과 고향에 대한 그리움으로 치환하는데 이것은 '남한에 대한 비판은 곧 사회주의를 버리지 못한 자'로 인식될까하는 방어기제의 결과이다.

탈북 여성은 탈북자, 여성으로서 몇 겹 더해진 고통을 겪었으면서도 탈북 여성시에는 구체적 생활과 정서의 문제가 언급되기보다는 전형적이고 유형화된 내용이 많은 편이다. 탈북 작가들이 "개별적 체험에 치우친 나머지 여타의 탈북자들이 지닌 다양한 의식지향을 객관적으로 서사화하지 못"[27]하는 이유가 시에도 적용된 것이다. 북한사회의 고발이나 배고팠던 기억들은 격앙된 목소리로 토로하지만 여성이기 때문에 겪었어야할 고통에 대해서는 심도있게 파헤쳐지지 못하고 있으며, 고향과 가족에 대한 그리움은 절절하게 드러나 있지만 남한에서 정착하는 어려움과 현재의 불안정한 심리와 인간관계의 어려움은 잘 드러내지 않는다. 북한, 남한, 탈북, 새로운 결혼과 가족, 어머니의 의무, 소수자, 이방인, 사회주의 체제에서 살다온 사람 등 그들에게 부여된 다양하고 복잡한 정체성은 피상적으로 유형화된 주제를 다르게 분석하기를 요구한다.

---

27) 이성희, 「탈북자의 고통과 그 치유적 가능성 - 탈북작가가 쓴 소설을 중심으로」, 『인문사회과학연구』 16-4, 부경대학교 인문사회과학연구소, 2015, 3면. 여성탈북자들이 끔찍한 기억의 장소인 중국을 찾아 숨겨왔던 자신의 이야기를 털어놓는 "말할 수 없을 과거의 기억을 발설하는 행위와 뒤도 돌아보기 싫을 만큼 끔찍한 장소로의 회귀는 이미 자신의 상처를 스스로 치유하기 시작했음"으로 판단한다. (9-10면.)

3. 드러내는 것과 드러내지 않는 것

300만의 아사자가 발생했다는 '고난의 행군' 시기, 굶주림과 죽음의 공포는 북한 주민의 강력한 체험이자 두려운 기억이다. 이미 20년 전 일이지만, 굶주림으로 죽을 수 있다는 것, 어떤 참혹한 광경도 배고픔 때문이라면 쉽게 벌어지고 용인된다는 것은 열패감으로 자리잡는다. 또 그것이 언제든 재현될 수 있다는 두려움은 그 자체가 트라우마이다. 김옥애,[28] 백이무[29]와 같이 '고난의 행군'의 기억을 가진 탈북 여성시인뿐만 아니라 이가연[30]과 같은 젊은 세대의 시에도 굶주림은 여전히 강력하고 두려운 기억으로 재현된다. 또 가족을 두고 탈북한 이들에게 고향과 가족에 대한 그리움은 김옥,[31] 오은정,[32] 설송아[33]와 함께 거의 모든 탈북시인에게 공통적으로 드러나는 주제이다.[34] 가족과 이웃의 죽음을 목격한 실제의 경험, 북한을 고발하고 증언해야한다는 사명감, 북한의 참상을 들려주는 작품을 창작하는 것이 남한 정부

28) 김옥애, 『죽사발 소동』, 삼우사, 2005.

29) 백이무, 『꽃제비의 소원』, 글마당, 2013; 『이 나라에도 이제 봄이 오려는가』, 글마당, 2013.

30) 이가연, 『엄마를 기다리며 밥을 짓는다』, 시산맥사, 2009; 『밥이 그리운 저녁』, 마을, 2014.

31) 김옥, 『눈물 없는 그 나라』, 서울문학출판부, 2009.

32) 오은정, 『고향을 부르다』, 작은통일, 2015; 「고향의 겨울」, 『통일코리아』, 통일코리아, 2013 1권, 16면; 「고향길」, 「그곳에 가게 된다면」, 『통일코리아』, 통일코리아, 2014 3호, 14면.

33) 설송아, 「말없는 두만강아」, 「압록강 가에서」, 『문학에스프리』, 문학에스프리, 2015 겨울, 61-63면.

34) 박영애, 「엄마 생각」, 『망명북한작가PEN문학』 제2호, 국제PEN망명북한작가센터, 2014, 129면; 지현아, 「아버지」, 『망명북한작가PEN문학』 제2호, 국제PEN망명북한작가센터, 2014, 121면; 박주희, 「기다려다오」, 「고향으로 가는 편지」, 『문학에스프리』, 문학에스프리, 2015겨울, 208-212면; 이수빈, 「자유를 찾아」, 『힐링 러브』, 북마크, 2012.

와 사회가 원하는 것이라는 판단 등이 탈북 작가의 작가적, 정치적 정체성을 결정하고 이런 주제 유형을 강화하고 있는 것이다.

사람이 사람을 잡아먹는
인류사상 류례없는 비극앞에서
사람들은 웬 일인지 혀만 찰뿐
누구도 분개하지 않는다

사람이 사람을 먹어야 사는
그 처절한 최후의 몸부림 앞에
사람들은 저마다 할말을 잃어간다
사람들은 이미 더는 사람이 아니다.

―백이무, 「최후의 몸부림」 부분[35)]

백이무는 탈북 후 중국에서 꽃제비 생활을 하다 현재는 제 3국에 정착해 살고 있는 젊은 여성이다.[36)] 남한에 입국하지는 않았지만 남한으로 시 원고를 보내 『꽃제비의 소원』, 『이 나라에도 이제 봄이 오려는가』 라는 두 권의 시집을 낸 바 있다. 이 시에는 사람이 사람을 먹는, 인간 세상에서는 있을 수 없고 있어서는 안되는 상황이 드러나 있다. 시인은 이 '비극'을 바라보는 사람들에 대해 얘기한다. 사람들은 있을 수 없는 '비극' 앞에 혀를 찰 뿐 분개하지 않는다. 그리고 이내 사람들은 할 말을 잃어간다. 사람이 사람을 먹는 일은 인간임을 포기하는 일이다. 때문에 아직 인간인 사람들은 이를 만류하거나 비판하거나 분개

35) 백이무, 「최후의 몸부림」, 『이 나라에도 이제 봄이 오려는가』, 글마당, 2013, 26-27면.
36) 도명학에 따르면 2013년 당시 20대 여성이라고 한다. 도명학, 「이 가련한 '꽃제비 시인'과 함께 울어 주세요!」, 『꽃제비의 소원』, 앞의 책, 4-9면.

해야한다. 그것이 자연스럽고 당연한 일이다. 그러나 그들은 그렇게하지 않고 "할말을 잃어간다" 아마도 망연자실하고 어이없고 참혹한 광경이어서 그럴 것이지만 그 이면에는 자신이 그 처지가 될 수도 있다는 사실과 자신이 그렇게 할 것 같은 두려움이 자리잡고 있다. 시인은 혀를 차다 말을 하지 않는 그들의 변화를 꿰뚫어 본다. 분개하지 않고 아무 말 않는 것이 헐거워진 윤리적 잣대 때문이 아니라는 것을 알고 있다. 그들의 침묵에 깃든 스스로에 대한 두려움, 굴복할 수밖에 없는 배고픔이라는 거대한 고통을 '사람들'도 시인도 알고 있는 것이다. '살기'위한 '최후의 몸부림'때문에 그들은 더 이상 사람답게 '살 수 없음'을 알게 된다. '최후의 몸부림'은 인간이기를 포기한 최초의 행위가 된다. '최후의 몸부림'을 행한 자, 그들의 행동을 목격하고 듣게 된 자, 그들의 행동에 더 이상 말할 수 없는 자, 이들 모두 인간과 비인간의 경계에 서 있다.

수용소 규정대로 그 즉시
나무에다 꽁꽁 묶어 매달아놓기
아무리 애원해도 소용이 없어
도망친 놈을 도로 잡아들여
극형에 처해야만 내리워진다

아니면 열흘이고 보름이고
도주자가 다시 앞에 나타날 때까지
그렇게 나무에 매여달린채
참담하게 죽어야 할 가족의 운명…

아낙네는 아이들이 너무 불쌍해

이제라도 새끼들을 살리고저
차라리 남편이 잡혀오길 바라지만
아이들은 아버지가 죽을가봐
제발 멀리 어서 빨리 도망치세요
눈을 감고 기도하듯 중얼댄다…

―백이무, 「탈주자 가족 매달기」 부분[37]

탈주(탈북)자를 검거한 북한 수용소는 '탈주자 가족 매달기'로 다른 수용자들에게 경고를 보낸다. 대부분의 수용소 탈주자나 탈북자들은 상대적으로 용이한 단신으로 탈주(탈북)하여 나중에 가족을 데려오려 한다. 그때까지 남아있는 가족들은 고통을 당한다. 탈주자가 돌아올 때까지 나무에 가족을 매다는데, 아내는 아이들 생각에 급기야 남편이 돌아오기를 바란다. 아이들은 아버지가 돌아와도 목숨부지가 어려움을 알기에 자신들이 고통을 당하더라도 차라리 아버지가 돌아오지 않기를 바란다. 자신을 희생하겠다는 결심이다. 탈주한 아버지 역시 남아있는 가족이 겪을 고초를 모르지 않으므로 다른 곳에서 괴로워한다. 이 가족이 고통받고 괴로워하는 이유는 자신 때문이 아니라 서로 때문이다. 한 명 한 명의 신체와 정서, 목숨을 위협하는 행위 이상으로 가족이라는 절대적 사랑의 관계를 이용해서 가족의 목숨을 위협하는 인권유린의 상황이다. 가족의 사랑과 유대가 아무리 크더라도 이들의 결말은 비극이다. 사람이 사람을 먹는 상황만 비극이 아니라 차라리 남편이 돌아와 아이들대신 죽기를, 아버지대신 내가 죽기를 바라는 상황 또한 해결할 수 없는 비극이기 때문이다. 이 비극 속에서 이 가족

37) 백이무, 「탈주자 가족 매달기」 부분, 『이 나라에도 이제 봄이 오려는가』, 글마당, 2013, 48-49면.

은 목숨을 위협받으면서도 가족의 사랑이라는 존엄함은 지켰다. 그러나 수용소는 존엄한 가족의 유린을 일상적으로 행하고 때로는 승리한다. 멀리서 가족의 고통을 지켜보던 탈주자가 돌아오고 수용자들은 탈주를 포기한다. 북한주민에게 이런 일을 일상으로 행하는 수용소, 국가, 체제는 무엇인가?

빌어먹을 곳 없고
얻어먹을 곳 없고
지옥시계도 멎은
고향을 떠나

이국살이 얼마던가
설움으로 배를 채워
숨어 산 지 어언 9년……

오늘도 잡혀간다.
갑자기 달려든 공안에
앞집에선 영희
뒷집에선 임신한 순이

못 가요!
우린 잡혀가면 죽어요.
제발 ……
살려주세요!
우리 스스로 두만강 건너갈게요.

끌고가는 자와
끌려가는 자의

생사의 줄다리기

그때 보았다.
끌려가면서도 다시 오리라 다짐하는 것을……

그리고 나도 끌려갔다.

조국은
임신한 순이의 야윈 등에
시멘트 포대를 지워
뱃속의 아이를 죽였다.

조국은
주린 배를 채우려
국경을 건넌 죄로
나무각자에 맞아 굳어진
어느 할아버지를 보게 했다.

나는 보았다.
남의 나라 종자라며
갓 태어난
아기를 엎어놓아
죽이는 살인귀들의 눈빛에서

밥에 굶주린 인민과
인민의 피에 굶주린 조국을 보았다.

－지현아, 「피에 주린 조국」 전문[38]

38) 지현아, 「피에 주린 조국」, 『망명북한작가PEN문학』 제2호, 국제PEN망명북한작가센터, 2014, 122-123면.

이 시에는 식량난으로 탈북하여 9년 간 이국에서의 서러운 삶을 살다 결국에는 공안에 검거되어 송환되는 화자의 눈에 비친 '조국'의 모습이 드러나 있다. '나'는 빌어먹을 수도 얻어먹을 수도 없어 고향을 떠났다. '조국'으로 타자화된 북한의 체제, 당국, 정치 권력의 눈에는 반역자이며 체제 저항분자겠지만 이들은 주린 배를 채우려 국경을 건넜던 할아버지, 이국땅에서 설움받으며 사는 영희, 중국인과 결혼하여 임신한 죄밖에 없는 순이일 뿐이다. 배 속의 생명도 갓 태어난 생명도 '남의 나라 종자라며' 죄의식 없이 죽여버리는 군인과 수비대는 살인귀와 같다. 그들의 눈빛 그들의 배후에는 '인민의 피에 굶주린 조국'이 있었다. 선량한 인민을 쉽게 죽이고 그 피를 거래하고 흥정하는 이 들이 사는 곳, 그들의 행위로 체제를 지키려는 '조국'은 살인귀가 사는 지옥과 같다. 이미 '지옥시계'도 멎었다 하니 이곳은 지옥을 넘어선 지옥이다. 주민의 목숨, 재산, 안녕을 보호해야하는 '조국'은 없다. '인민'으로서의 인권은 물론 배고픔도 해결되지 못하고 '여성'을 보호받을 수도 없다. 이 '조국'의 여성들은 자의든 타의든 생존을 위해 결혼을 해야 했고 '남의 나라 종자'를 품고 낳아야 했으며 자신의 아이들을 강제로 빼앗겨야 했다. 모두 그 원인 제공은 '조국'이 한 것이다. '남의 나라 종자'는 이 여성들이 품은 소중한 생명이며 '조국'의 생명이다. 그들을 죽이는 것은 자신들의 생명을 스스로 부정한다면 그것은 더 이상 조국일 수 없는 '지옥'일뿐이다. 이 시를 통해 지현아는 '조국'이 버린 '조국'에 핍박당하는 인민의 모습, 여성의 모습을 표현했다. 그러나 순이는 왜 조국을 떠났는지, 순이는 왜 '남의 나라 종자'를 임신했는지, 아이를 잃은 순이는 어떤 모습이었는지. 지현아는 더 이상 말하지 않는다.

거주 이동의 자유와 같은 기본적 인권조차 보장받지 못하는 북한 주민 중에서도 여성은 약자이다. 남성위주의 분배체계, 남성중심의 가부장적 이데올로기, 가족주의적인 국가관에 의해 여성은 가부장제에 종속되어 교육, 노동, 기회의 불평등을 감수하는 '이등국민' 계급에 놓여있다. 1990년대 경제난 이후에는 장마당 경제 활동에 내몰려 실질적으로 생계를 책임을 지면서도 국가, 관료의 처벌, 가족 내 남성에 의한 착취와 폭력으로 북한 여성과 그들의 모성은 인정되지도 보호되지 못하는 상황이었다.[39] 국가 배급이 끊긴 상황에서 비공식적 장마당 경제는 여성들의 몫이었고, 여성에 대한 수요가 큰 중국으로 북한여성들은 쉬이 넘어간다. 탈북 여성들은 중국인과의 혼인, 인신매매에 의한 강제혼, 성매매, 성폭력의 상황에 처해진다. 남의 나라 종자를 임신한 순이는 이렇게 생겨난 것이고 공안에 발각되어 강제북송된 것이다. 가부장제 속 이등국민, 위험을 무릅쓴 장마당 경제 활동, 생존을 위한 결혼과 임신, 검거와 강제 송환, 조국이 짓밟은 어미의 권리. 어느 과정에도 인간, 여성에 대한 존중은 없다. 이들이 남한에 입국한 후에도 이전의 혼인관계에서 오는 갈등, 자녀 양육과 한 부모 가정의 경제적 어려움 등 어려움과 고통은 끝나지 않는다고 한다.[40] 상황이 이러한데도 지현아는 "밥에 굶주린 인민과 / 인민의 피에 굶주린 조국을 보았다."며 인민과 조국의 관계로 마무리한다. 지현아가 여성시인이지만 북한의 '이등 국민'의 계급적 입장에서 벗어나 아직 사회정치적 관점에서 또 젠더적 관점에서 생각과 의식을 발전시킬 시간과 기회가 없었던

39) 국가인권위원회, 「북한이탈주민 인권피해 트라우마 실태조사」, 2017, 30면. <표 3-1> 탈북 여성의 공간별 인권침해 목록 참조.

40) 박소연, 「북한이탈여성의 생애사 재구성 : 주체사상에서 벗어나 자본주의 사상의 미망으로」, 『한국사회복지질적연구』 11-2, 한국사회복지질적연구학회, 2017, 5-10면.

것이다. 그들이 북한을 벗어났지만 북한여성의 자의식은 여전히 그들에게 작용하는 강한 체제 원심력이다.

무서워요
거기 누구 없나요

여긴 지옥인데
거기 누구 없나요

아무리 애타게 불러도
아무도 저 문 열어 주지 않네요
거기 아무도 없나요

제발 우리의 신음소리
들어주세요
짓밟히는 우리의 아픔들
들어주세요
거기 아무도 없나요

사람이 죽어요
내친구도 죽어가요
불러도 불러도 왜 대답 없나요
거기 정말 아무도 없나요

-지현아, 「정말 아무도 없나요」 전문[41]

이곳은 신음으로 가득차 있으며, 짓밟히고, 아프고, 두려운 곳이다.

---

41) 지현아, 「정말 아무도 없나요」, 『망명북한작가PEN문학』 제3호, 국제PEN망명북한작가센터, 2015, 59-60면.

사람이 죽어가는 이곳 안에 갇힌 화자는 '거기'에 호소한다. '아무도 없냐?' 반복적으로 묻고 있지만 사실은, '거기'에 누군가 있는 것을 아는데 들리지 않느냐고? 대답을 하지 않을 거냐고? 정말 모르는 척 아무 일도 하지 않을 것이냐고? 절규하고 채근하는 것이다. 북한이 비정상적 권력 구조의 군대국가이고 그 때문에 주민들이 고통 받는 것은 주지의 사실이다. 군사국가 군대국가인 북한이 군사력에 몰두할수록 그들의 경제는 봉쇄되고 주민의 삶은 피폐해지며 억압과 통제는 심해진다. 그곳에서 인권이 지켜지기를 기대하지 않으면서도 우리는 그들의 짓밟힘, 신음, 아픔을 해결하는 일 앞에 무능력하고 무기력하다. 세계의 여러 기관과 단체가 노력하고 있지만 이 시의 독자인 남한의 일반인들에게 지현아의 절규는 전형적인 탈북시의 수사로 인식될 수 있다. 「피에 주린 조국」처럼 이 시 또한 여성, 인권, 고통에 대한 심도있는 인식과 사고가 선명하지는 않기 때문이다.

그러나 우리들의 신음, 아픔을 제발 들어달라는 외침과 절규는 공허하고 힘없는 문학적 수사로 보이지만 그렇게 치부할 수만은 없다. 이 말은 구체적이거나 핍진하지는 않지만 고통받고 상처받은 자의 오늘의 '말'이기 때문이다. 이 시는 북한주민들이 외부세계에 보내는 구조신호로 보이는데, 외부세계에 있는 '문을 열어 주지 않는' 사람들이 막연히 북한 밖의 사람들만은 아니다. 세계 여론, 인권 단체뿐 아니라 남한의 이웃일 수도 일터의 동료일 수도 있다. 마음의 문을 열어주지 않는 한국 사회, 이웃, 동료들에게 하는 호소일 수 있다. 우리가 이 호소를 알아듣지 못하고 지나친다면 한국에서의 그들의 삶은 새로운 지옥이 될 수 있다. 지현아의 공허하고 수사적인 호소는 '대한민국 국민'으로 만들어지는 과정에서 얻은 새로운 트라우마에 대한 토로이기도 하다. 탈북과정에서 겪은 심리적 외상만큼이나 탈북인들이 남한 정착 과정에서 느끼는 어려움도 적지 않은데[42] '분단국가라는 환경으로 인한 불안감', '정치적 상황에 따른 긴장감, 정치적 희생물이 될 것같은 두려움, 공개적 활동에 대한 위협감'[43] 등의 정치적 입장 또한 탈북인들의 심리와 행동 방식에 영향을 끼친다고 한다. 남한에서의 고통을 토로하는 것이 곧 반사회적 반국가적 행위로 받아들여질까 하는 두려움이 탈북시인들에게 작동하고 있는 것이다. 그들은 정착 교육과정에서 수동적인 존재로 길들여진다는 느낌을 받고 있으며 일상생활에서 적대 국가에서 온 사람들이라는 차별과 배제의 시선을 받고 있다. 여기에 탈북 여성들에게는 여성의 몸으로 탈북하면서 말 못할 큰 상처를 받았을 것이라는 '낙인'의 시선이 더해진다.[44] 이러한 중층의 편견과 차별 안에서 그들은 과거의 고통을 드러내고 토로하지만 현재 이곳의 모순과 어려움은 자기검열의 과정을 거쳐 피상적이고 소극적으로 표현할 뿐이다.

4. 이식의 삶과 존재 증명

대부분의 탈북자들은 한국에 들어오기까지 중국과 같은 경유지를 거친다. 그 중 많은 수가 어려움을 겪었다 한다. 가족을 잃거나 가족을

---

42) 서보혁 · 정상우 · 김윤나, 「북한인권주민 인권교육의 당위성 고찰」, 『교육문화연구』 23-6, 인하대학교 교육연구소, 2017, 50-60면.

43) 임희경 · 한재희, 「고학력 지식인 탈북자가 경험하는 심리사회적 현상」, 『상담학연구』 18-4, 한국상담학회, 2017, 114면.

44) 국가인권위원회, 「북한이탈주민 인권피해 트라우마 실태조사」, 2017, 30면. <표 3-1> 탈북 여성의 공간별 인권침해 목록 참조.

버렸으며 가족과 헤어졌고, 인신매매, 강제혼으로 인간 자존을 침해받고 존엄한 영혼에 상처를 입었다. 영혼의 상처인 가족에 대한 그리움이 주는 결핍과 죄책감은 내내 그들을 사로잡고 있다. 그 가운데서 그들은 남한에 이식된 정체성, 정서, 지식, 사회적 인성, 자존감을 정립하는 어려움과 혼란을 이겨내야한다. 무한경쟁과 각자도생의 남한사회에서 살아남기 또한 만만한 것이 아닌데 이들은 이방인이다. 같은 말을 쓰는 같은 민족들과 같은 나라에서 함께 살고 있지만 외국인보다 더 이질적인 세계에서 온 이방인처럼 살아가며 스스로의 존엄과 가치를 회복하기 위한 싸움을 하고 있다. 국가인권위원회가 발간한 보고서에 나타난 대로 탈북 여성은 탈북자의 고통과 함께 한국에서 이룬 가정 안에서도 상처받는 약자인 경우가 많다. 탈북경유지에서 맺은 결혼 관계의 유지와 갈등, 탈북남성과 이룬 가정에서 재현되는 북한가족제도의 가부장적 성역할, 경험과 교육의 부족으로 제한적인 직업, 탈북 2세대 혹은 1.5 세대 자녀들 교육, 부양, 관계의 문제,[45] 경제적 어려움 등은 '적대국가에서 온 가난하고 열등한 소수자이자 가족 안에서도 억압된 성역할로 고통받는 여성'을 만들고 있다.[46]

어디선가 많이 본 눈이다.
어미를, 오라비를
누이를 잃은 눈이다.

---

45) 김혜숙, 「아들이 왔다」, 『망명북한작가PEN문학』 제2호, 국제PEN망명북한작가센터, 2014; 지현아, 「미안하다, 애들아!」, 『망명북한작가PEN문학』 제2호, 국제PEN망명북한작가센터, 2014; 박주희, 「기다려다오」, 『문학에스프리』, 문학에스프리, 2015겨울. 이 시들에는 북한에 있는 가족, 자녀를 탈북시켜 데리고 온 후에도 그들의 적응과 자신의 부재로 겪은 고초에 미안해하는 어머니의 모습이 들어있다. 새로운 세대인 탈북자녀와의 관계는 탈북 여성 시에서 포착되는 새로운 문제이다.

46) 국가인권위원회, 「북한이탈주민 인권피해 트라우마 실태조사」, 2017. 참조

버림을, 모멸을
학대를 당한 눈이다.

그런 눈들이
하나, 둘 모여
미지의 도시 속에서
함께 동거를 한다.

—송시연, 「거울」 부분[47)]

시인과 화자의 거리를 인식할 수 없는 독백조의 이 시에서 송시연은 거울 속에 담긴 자신을 들여다 본다. '소싯적에 백합처럼 예쁘고', '순결'한 '너', '호수같이 맑았던 시원한 두 눈'이 보인다. "바깥 저 쪽에서 / 누군가 훔쳐" 보자 "너는 주눅 들어 기가 죽"었고 너는 '가족을 잃고 버림받고 모멸당하고 학대당한 눈'을 가지게 되었다. "바깥 저 쪽"은 지현아 시 「정말 아무도 없나요」의 "거기"처럼 단순한 외부의 시선이 아니다. 그를 탈북하게 했던 상황, 검거하여 송환하려는 힘, 탈북 여성을 보는 차별적 시선 그리고 불쑥불쑥 떠오르는 모멸과 학대의 기억, 그것을 애써 참아내고는 있지만 자신이 겪은 일을 모를 리 없는 자신의 시선만은 무시할 수도 참을 수 없다. 거울보기라는 일상의 행위 중에도 문득문득 재현되는 트라우마와 예뻤던 시간을 잃듯 자존감을 잃은 눈들은 낯선 도시에 이식되어 살아간다. 그들은 이 도시를 그알 수 없다고 말한다. 모멸받고 학대받은 이들에게 이해하기 어렵고 정착하기 어려운 곳에서 사는 삶, 그곳에 이식되는 삶은 또 하나의 트라우마이다.

47) 송시연, 「거울」, 『문학에스프리』, 문학에스프리, 2015 여름, 270-271면.

너를 보내며

슬픈 인연이었다면
다음 생애에서는
즐거운 인연으로 만나자

끝내 너를 놓는구나
무엇이 너를 놓게 하는 건지
무엇이 우리를
슬픈 인연으로 만들었는지

지금은 말 못해도
다음 생애에선 꼭 말할게

한이 맺혀도 이젠 눈 감어
억지로 감긴다고
뭐라하지마

나도 힘드니까

그리고 나도 곧 갈게
기다려!

-지현아, 「너를 보내며」 전문[48]

'나'는 '너'에게 이번 생애에서 슬픈 인연이었지만 다음 생애에서는 즐거운 인연으로 만나자며 나는 너를 떠나보낸다. 내가 너를 '억지로'

48) 지현아, 「너를 보내며」, 『망명북한작가PEN문학』 제3호, 국제PEN망명북한작가센터, 2015, 60면.

'놓'으므로 하게 되는 이별이다. 그 이유는 말할 수 없다며 이유도 듣지 못하고 떠나야 해서 한이 되더라도 '눈 감'으라고 한다. 눈 감다는 죽음의 의미이지만 이들의 이별은 죽음과도 같은 이별, 분리, 포기, 상실, 망각의 은유로 보인다. '너'가 누구이든 혹은 무엇이든 내가 너를 보낸다고 질책하지 말라한다. "나도 힘드니까". 힘들어서 놓았고, 보내는 것이 힘들고, 왜 보내느냐는 항변을 듣는 것도 힘들고, 지금 나의 상황이 매우 힘들다는 의미가 이 안에 함축되어 있다. "그리고 나도 곧 갈게 / 기다려!"라는 표현은 상처받은 이의 오열처럼 들린다. '너'가 구체적 대상일 수도 있지만 단순히 생명있는 존재의 죽음으로만 이 시를 해석할 수 없는 이유는 지현아의 다른 시편들을 통해 보여준 상처받은 여성의 목소리를 이미 들었기 때문이다. 새로 시작해야하는 삶이 쉽지 않은 상황에서 이전의 내 모습 즉, 추억, 지식, 경험, 기호, 정체성 등과 같이 굳건히 나를 증명해주던 '사회적 존재 증명'을 잊어야 하는 것이 이식(利殖)의 삶이다. 탈북만큼이나 남한에서의 정착과 삶의 지속은 쉽지 않은 '힘든' 일이다. 그 삶에 대한 희망과 의욕은 크지 않아 보인다. 구체적으로 개인의 내면과 일상을 드러내는 말하기가 아니라 많은 말을 숨기는 방식으로 쓰여진 이 시에서 더 절절한 외로움, 공허, 상실감을 느낄 수 있다.

실제 여성탈북자들이 임상적으로 외상후 스트레스 장애 유병률[49]이

49) 홍창영, 전우택 외, 「북한이탈주민들의 외상경험과 외상 후 스트레스 장애와의 관계」, 『신경정신의학』 44-6, 2005 참조. 이 연구에 따르면 PTSD(Post-Traumatic Str ess Disorder) 유병률이 여성들은 37.4%, 남성은 23.9%로 13%이상 높게 나타났다. 김연희, 전우택 외, 「북한이탈주민 정신건강 문제 유병률과 영향요인: 2007년 입국자를 중심으로」(『통일정책연구』 19-2, 2010)에서는 48.4 %가 불안, 우울 등의 외상 후 스트레스 장애와 관련된 증상을 보이고 있다고 한다. 탈북자의 스트레스를 다룬 모든 연구에서 여성의 유병률이 높은 것으로 나타났다.

높다고 한다. "탈북 트라우마보다 지금 현재의 남한에서 감당해야하는 인간관계 문제가 시급하다"[50]는 문학치료 결과도 있다. 탈북 여성의 생애사,[51] 구술사 연구[52] 등으로 밝혀진 바에 따르면 탈북 여성은 정착 지원, 사회복지 서비스를 받지만 사회적 편견과 배제로 매우 복잡한 정신세계를 가질 수밖에 없고 그것을 트라우마로 가지고 있는 비중이 상당하다고 한다.[53] 심리, 상담, 집단 활동, 문학치료,[54] 예술치료, 종교[55] 등의 다양한 사회적 프로그램과 연구[56]가 진행되고 있지만 탈북인의 의식과 무의식에 각인된 트라우마는 쉽게 해소될 수 없는 무거운 것으로[57] 알려져 있다.

탈북 여성시에 전형적으로 토로된 고통과 말하지 못하는 숨겨진 맥락, 상처받은 자신을 들여다보면서 재현되는 트라우마, 이식된 삶의 버거움 등이 포착되었다. 그것은 토로하고 외치고 숨기고 독백하는 방

50) 박재인, 「탈북과 적응이 남긴 문제에 대한 문학 치료적 접근」, 『고전문학과 교육』 30, 한국고전문학교육학회, 2015, 412면.

51) 김종군 · 정진아 편, 『고난의 행군시기 탈북자 이야기』, 박이정, 2012.

52) 정성미, 「자기 삶 이야기와 자아정체성-<북한이탈주민을 위한 인문학교실>의 언어 표현자료를 중심으로」, 『어문논집』 69, 중앙어문학회, 2017.

53) 박소연, 앞의 글. 27면.

54) 박재인, 앞의 글.

55) 김재영, 「탈북자의 상처와 치유」, 『Studies in Humanities and Social Sciences』, 55, Studies in Humanities and Social Sciences, 2017.

56) 건국대 통일인문학연구단, 『탈북민의 적응과 치유 이야기』, 경진출판, 2015.

57) 성정현은 「탈북여성들의 남한사회에서의 차별 경험과 트라우마 경험의 재현에 관한 탐색적 연구」(『한국콘텐츠학회논문지』 14-5, 한국콘텐츠학회, 2014)에서 탈북 여성이 경험한 외상 사건으로 투옥, 도망과 체포, 인신매매와 성폭력, 차별과 배신, 죽음의 목격과 죽음에 대한 두려움을 들었고 PTSD(외상 후 스트레스 장애) 증상으로 악몽과 수면장애, 회상과 기억의 반복, 경험의 회피가 일어난다고 보고한다. 또 이러한 PTSD가 한국에서의 생활에서 차별과 부당대우, 낙인, 적과의 동침: 인신매매로 강제결혼한 배우자와 공생하는 현실, 끝나지 않는 빈곤, 육체적 고통, 용서불가, 관계단절, 자살의도(충동)로 재현되고 후회와 분노, 무 희망 등의 심리적 반응으로 나타난다고 했다.

식으로 드러나 있었다. 이들의 시는 중층의 트라우마에 짓눌린 이들의 말이기에 그것을 이해하는 방법으로 예술치료, 심리, 상담, 페미니즘 등의 다양한 영역에서 도움을 받아야한다.

배고픔에 지쳐 탈출을 했다
한 끼 밥을 위해 기꺼이 빠져 버렸다.
피가 맺히도록 입술을 깨물고
수난의 강에 거꾸로 쳐박히었다.

그리고
탈출, 방랑, 수감, 치욕, 죄인, 죽음
이런 단어들과 익숙해졌다.

따스한 가슴을 내어 주었던
어머니는 주지 않았던 단어들이
나와 친숙해진 것은
그 나라의
위대한 어버이의 선물이었다.

난 그 나라의
불온한 딸이어서
아무 데나 던져졌다
온 몸이 너덜너덜 찢기었다.
아, 다시 태어난다면
독재가 없는 세상에서
사랑으로 태어나고 싶다.

생명을 부르는

어머니의 달콤한 젖줄을 물고
따스함, 온정, 사랑, 풍요
이런 단어들과 친숙한
인간으로 태어나고 싶다

진정 사람이고 싶으니까

—송시연, 「진정 사람」 전문[58)]

'탈출, 방랑, 수감, 치욕, 죄인, 죽음'과 같은 '수난의 강'에 빠진 이유는 배고픔 때문이다. 한 끼 밥은 이것들을 기꺼이 받아들이게 한다. 따스함, 온정, 사랑, 풍요와 같은 인지상정(人之常情)의 감정과 조건은 사치스러운 동경의 대상이다. 쉽게 인간의 존엄성이 흔들리는 이 상황이 '그 나라의 위대한 어버이의 선물'이라는 비아냥과 냉소는 '아무 데나 던져지'고 '온 몸이 너덜너덜 찢'긴 딸이 할 수 있는 당연한 비난이다. 그 나라의 어버이는 배고픔, 방랑, 수치, 죽음에서 딸을 지켜주지 못했기 때문에 딸의 분노는 불온할 수 없다. 이것들은 그저 보통의 사람이라면 겪어서는 안되는 것이다. 송시연 시인은 따스함, 온정, 사랑, 풍요가 있어야 '진정 사람'이라고 하지만 이것들은 '그저 사람'에게 필요한 최소한의 것이다. 이 시의 '진정 사람'이란 '그저 사람'과 같은 말이다. 사람이 되는 조건은 따스함, 온정, 사랑의 근원인 '어머니'이다. 거꾸로 쳐박히고 너덜너덜해진 자신이지만 이 시에는 스스로에 대한 자의식과 긍정의 맹아가 있다. 바로 자신이 '불온'하다는 것을 인정하는 것이다. 볼온해서 내팽개쳐졌지만 그것을 인정하는 것에서 따스

58) 송시연, 「진정 사람」, 『망명북한작가PEN문학』 제3호, 국제PEN망명북한작가센터, 2015, 55-56면.

함, 온정, 사랑, 풍요와 같은 보통 인간의 조건을 동경하는 인간선언의 당당함이 생겨날 수 있다. 독재를 배척하고 어머니의 생명과 사랑을 갈구하는 것이 인간임을 송시연은 깨닫고 있고 그것을 당당히 드러내고 있다. 이 시에서 겹겹으로 쌓인 트라우마와 그것을 드러내는데 미숙하거나 짐짓 숨기거나하는 탈북 여성시의 당당한 전진을 보게 된다. 여성으로서의 고통과 기억만을 강조하는 것이 아니라 인간인을 선언하고 당당히 자신의 불온함을 이해하는 것이 트라우마를 극복하고 새로운 삶을 대면하는 힘이기 때문이다.

5. 결론

여태까지 탈북 여성시의 전반적 특징, 의미, 한계를 트라우마의 드러냄과 숨김을 중심으로 살펴보았다. 북한체제에 대한 신랄한 고발과 증언, 탈북 과정에서 목격하고 경험한 참상과 고통의 토로, 가족과 고향에 대한 애상적 그리움, 남한 정착 과정에서 느끼는 외로움의 정서가 탈북시의 유형적 주제인데 탈북 여성시 역시 그 이상의 자의식과 정치의식, 구체적 생활감정, 내면의 목소리가 핍진하게 드러나지는 않았다. 여성이기에 겪어야하는 이중 삼중의 고통이 탈북 여성시에서 보편적인 주제, 내용으로 형상화되거나 심도있게 파헤쳐지지 않은 것이다.

배고픔과 가족의 목숨 앞에서 인간의 경계에 서야했던 비인간의 기억, 국가로부터 보호받지 못한 '인민'의 고발과 토로는 높은 목소리로 드러나 있지만 여성의 운명과 여성을 핍박하는 국가에 대한 깨달음은 탐구되지 못했고 젠더적 관점에서 북한 여성의 고통은 묻혀있었다. 탈북과정에서 받은 상처와 정착의 어려움을 핍진하게 드러내지 못하는 것에는 적대국가에서 온 이방인, 소수자, 상처받은 자신에 대한 연민, 달라지지 않은 성역할, 경제적 어려움 등과 같은 제한된 사회적, 정치적, 심리적 맥락이 틈입해있었다.

탈북 여성들의 시와 시쓰기는 감성, 예술만의 영역에 있는 것은 아니라 상처받은 이의 오늘의 '말'이기 때문에 문학, 예술, 감성을 넘어선 정치, 사회, 복지, 심리적 언어로 다루어져야 한다. 이 또한 분단 극복의 노력에 속한다. 분단이 역사적 민족적 외상이라면 개인에게는 생명의 위협, 죽음 목격, 인신 구속, 성매매, 가족과 이별, 낯선 곳에 이식, 소수자 이방인의 처지, 정치적 방어기제 발동 등은 명백한 심리적 외상이며 아직도 살아있는 분단의 소산이기 때문이다.

‘교환’되는 여성의 몸과 불가능한 정착기*

–장해성의 『두만강』과 김유경의 『청춘연가』를 중심으로

이지은

1. 월경(越境)의 비법지대

반세기 이상 지속되고 있는 분단 체제로 인해 한반도는 ‘경계’의 상징적인 공간이 되었다. 그러나 경계는 역설적으로 월경자(越境者)를 낳았다. 해방 공간에서 남한 단정 수립 후 ‘월남인’이라는 개념이 형성되었고, 남북한의 이적 대립이 치열했던 60-80년대에는 서로의 체제의 우월성을 강조하기 위해 ‘귀순’이라는 용어가 주로 사용되었다. ‘탈북’이라는 개념이 본격적으로 등장하기 시작한 것은 1994년 북한 벌목공 세 명이 시베리아 벌목장에서 탈출하면서부터이다. 1995년에 ‘유엔난민고등판무관실(UNHCR)’이 이들에게 ‘난민(refugee)’의 지위를 부여함으

* 이 글은 『구보학보』(구보학회, 2017)에 게재된 것이다.

로써 처음으로 '탈북민(North Korea defectors)'이라는 개념이 형성되었다. 1997년 남한 정부는 법률 제 5259호 「북한 이탈주민의 보호 및 정착지원에 관한 법률」을 공포함으로써, '북한 이탈주민'이라는 용어를 공식적으로 사용한다. 이로써 월경자들은 한국 사회 내에서 체제 선전을 위한 이데올로기적 상징이 아닌 '난민'으로 의미화 된다.

1990년대 이후 급증한 탈북자의 수에서 뚜렷이 나타나는 특징은 여성 탈북자의 증가다. 북한 이탈주민 입국 현황을 볼 때, 80-90년대에 비해 2000년대로 넘어서면서 여성 탈북자의 수는 남성의 수를 초월한다. 2002년에는 55%로 전체 인원의 절반을 넘고, 2006년 이후로는 전체 남한 입국자 중 70% 이상을 유지한다.[1] 특히 연령별로 보았을 때, 20-30대 여성이 다른 연령대 보다 많게는 5배, 동일 연령 남성보다 2~3배 많다.[2] 불법체류 신분으로 중국에 거주하는 인구를 포함하면 여성 비율은 이보다 훨씬 상회할 것으로 생각된다. 북한과 중국이 체결한 '밀입국 범죄자 상호인도협정'과 '국경지역 관리협정'에 따라 중

1) 입국현황('16.9월말 기준)(자료 출처: 통일부)

구분	~'98	~'01	~'02	~'03	~'04	~'05	~'06	~'07	~'08	~'09
남(명)	831	565	510	474	626	424	515	573	608	662
여(명)	116	478	632	811	1,272	960	1,513	1,981	2,195	2,252
합계(명)	947	1,043	1,142	1,285	1,898	1,384	2,028	2,554	2,803	2,914
여성비율	12%	46%	55%	63%	67%	69%	75%	78%	78%	77%

구분	~'10	~'11	~'12	~'13	~'14	~'15	~'16.9 (잠정)	합계
남(명)	591	795	404	369	305	251	213	8716
여(명)	1,811	1,911	1,098	1,145	1,092	1,024	823	2,1114
합계(명)	2,402	2,706	1,502	1,514	1,397	1,275	1,036	2,9830
여성비율	75%	71%	73%	76%	78%	80%	80%	71%

2) 연령대별 입국현황('16.9월말 기준)(자료 출처: 통일부)

구분	0-9세	10-19세	20-29세	30-39세	40-49세	50-59세	60세 이상	계
남(명)	622	1,558	2,378	2,017	1,269	476	323	8,643
여(명)	619	1,901	5,972	6,585	3,701	1,127	916	20,821
합계(명)	1,241	3,459	8,350	8,602	4,970	1,603	1,239	29,461

국내 탈북자는 적발 시 북한으로 강제 송환되고 있다. 탈북 여성은 북한과 인접한 중국을 경유하거나 혹은 중국에 체류하는 경우가 많기 때문에 많은 여성들이 중국에서 인신매매, 불법 감금의 위험에 처해 있다.

이러한 정세와 함께 2000년대 한국 문단은 이들을 통해 '탈경계의 상상력'을 시험했다.[3] '탈북 문학'은 한국 문학의 특수성인 분단 상황을 전제하고 있음은 물론이고, 문학의 오랜 주제인 디아스포라를 내포하고 있기에 문제적이다. 뿐만 아니라 '탈북 문학'은 현재 신자유주의 체제하 발생하고 있는 난민과 국제이주의 하나의 형태라는 점에서 자본주의에 대한 비판과 국민국가의 경계를 다시 사유하게 하는 계기가 된다.[4] 한편, 여성 탈북자의 수가 급증하고, 전 세계적으로는 '이주의

3) 가장 많은 비평과 논문이 쏟아진 작품으로 강영숙의 『리나』(랜덤하우스코리아, 2006)와 황석영의 『바리데기』(창비, 2007)를 꼽을 수 있고, 최근 조해진의 『로기완을 만났다』(창비, 2011), 강희진 『유령』(은행나무, 2011), 『포피』(나무옆의자, 2015), 전성태의 「로동신문」(『두 번의 자화상』, 창비, 2015) 등에 이르기까지 관심이 이어지고 있다. 또한 탈북자의 증가와 함께 탈북자들의 문학 참여도 활발해졌다. 영어로 번역·출간된 장진성의 *Dear Leader*(2014, 한국어판 『경애하는 지도자에게』, 조갑제닷컴, 2014)는 세계적인 관심을 받았고, 김유경의 『청춘연가』(웅진, 2012)와 반디(필명)의 『고발』(초판 조갑제닷컴, 2014, 재판 다산책방, 2017) 역시 한국문단의 주목을 받았다. 권세영, 김세령의 연구는 탈북자를 그린 작품군을 목록화하고, 재현 양상을 분류함으로써 '탈북 문학'이 하나의 연구 분야로 설정되고 있음을 보여준다.(권세영, 「북한이탈주민 형상화 소설 연구」, 『2012 북한 및 통일관련 신진연구 논문집』, 통일부 정세분석총괄과, 2012; 권세영, 「탈북 작가의 장편소설 연구」, 아주대학교 박사학위논문, 2015; 권세령, 「탈북자 소재 한국 소설 연구」, 『현대소설연구』 53, 현대소설학회, 2013.)

4) 대표적으로 고명철은 '분단체제'라는 시각으로 2000년대 한국소설의 서사적 대응을 살핀다. 그에 따르면 '분단체제'는 백낙청의 개념을 이은 것으로, "세계자본주의 체제의 하위체제로서 남북한 민중을 억압하는 남북한의 반민중적 기득권층과 한반도를 둘러싼 세계정치의 역학구도 아래 분단시대의 질곡을 … 총체적으로 인식하고자 하는 데서 비롯된 문제틀"이다.(고명철, 「분단체제에 대한 2000년대 한국소설의 서사적 응전」, 박덕규 외, 『탈북 디아스포라』, 푸른사상사, 2012, 114면.) 더 논의가 필요하겠지만 이는 신자유주의라는 세계사적 문제와 분단 상황이라는 한국 특수의 문제를 총체적으로 살펴보려는 시도라고 할 수 있다.

여성화(Feminization of migration)' 문제가 대두되었다. 이러한 상황과 함께 한국 문단에도 탈북 여성을 주인공으로 한 소설이 등장했으며, 여성주의 문학 연구는 탈북 여성의 재현 방식에 문제를 제기하는 연구를 진행해 왔다. 소영현, 김은하, 허윤은 공통적으로 탈북 여성의 표상이 가부장적 상상력에서 벗어나지 못함을 지적한다. 탈북 여성들을 형상화한 소설들이 그녀들을 정주자의 존재방식과 경계의 안정성에 균열을 가하는 주체로 그리기보다 공간적·시간적으로 외부화하고, 이들이 다시 '가부장적 세계' 질서 안으로 편입되는 것으로 서사를 맺는다는 점에서 탈-경계를 감행하는 여성들을 가부장적 내셔널리즘 문법 속에 가두어 놓고 있음을 지적한다.[5)]

탈북 여성 재현의 근저에서 작동하고 있는 가부장적 무의식에 문제 제기를 하는 것은 합당하다. 그러나 더욱 중요한 것은 가부장적 무의식을 지탱하고 있는 '가부장제-자본주의'의 이중 착취 구조이다. 바로 이 이중의 착취구조가 가부장제를 '무의식'으로 내면화될 수 있도록 떠받쳐 준다. 뿌리 깊은 가부장적 무의식은 난민 여성의 수난을 직시하지 않는다. 그녀들이 국경을 넘으면서 겪는 고난은 환상적이고 모호하게 처리되며, 이는 현실을 가리는 장막이 된다. 따라서 이를 간과해서는 가부장제 비판의 최종 심급에 닿을 수 없다. 다시 말해 난민 여성이 어떻게 유동하는지, 그녀들의 몸이 어떻게 자본주의 교환 구조 속에 놓이게 되는지, 그 교환 체계에 대한 고찰 없이는 '가부장제의 무의식'의 동력을 확인할 수 없다는 뜻이다. 나아가 난민 여성의 수난

5) 소영현, 「마이너리티, 디아스포라-국경을 넘는 여성들」, 『여성문학연구』 22, 여성문학학회, 2009; 김은하, 「탈북여성과 공감/혐오의 문화정치학」, 『여성문학연구』 38, 여성문학학회, 2016; 허윤, 「포스트 세계문학과 여성-이주-장편서사의 윤리학」, 『여성문학연구』 38, 한국여성문학학회, 2016.

이 신자유주의 아래 경제적 난민으로 전락해 가는 모든 개인들의 문제와 연동하고 있음을 발견함으로써 그들의 문제는 타자만의 문제가 아니라 보편적 문제로 확대될 수 있다.

이 글은 김유경의 『청춘연가』(웅진하우스, 2012)와 장해성의 『두만강』(나남, 2013)을 통해 북한 여성의 탈북 과정에서 발견되는 여성의 몸에 대한 자본의 집요한 추적을 분석한다. 두 소설 모두 주인공 여성은 '가장(아버지)의 몰락—장마당에서 호구 해결—인신매매와 탈북—정착의 실패(혹은 탈북의 실패)'라는 과정을 겪는다. 두 작품은 여성이 자본주의에 노출되는 과정과 그 결과 인신매매를 당하기까지, 즉 상품・화폐의 교환 구조 속에 자신의 몸을 '상품'으로 놓기까지를 보여준다. 상품의 자리에 놓인 여성들은 교환의 중지를 통해 죽음을 맞이하거나 혹은 계속해서 매매춘에 종사함으로써 교환 구조에서 벗어나지 못한다. 소설은 이러한 일련의 과정과 정착 실패를 순결 이데올로기와 결부된 서사로, 혹은 국민 되기의 과정으로 재현한다. 그러나 서사의 결말과 달리 텍스트의 침묵 속에서 말해지고 있는 것은 국민되기의 불가능성이며, 이 불가능성은 그들만의 문제가 아니라는 것이다. 이 글의 목적은 이미 자본주의가 포화된 우리의 삶의 영토에 '탈북자'라는 낯선 얼굴이 내포하고 있는 자본주의 메커니즘을 독해하는 것이며, 동시에 그들의 이야기가 단지 이방인의 문제가 아니라 남한 사회에 증가하고 있는 무수한 경제적 난민의 문제라는 것을 확인하는 것이다.

2. 상품·화폐의 교통(traffic)과 인신매매(human traffic)

한반도에서 '월경자'의 '난민화'에는 1990년대 '고난의 행군'이라는 북한 내부의 참혹한 경제난이 결정적 계기로 작용했다. 북한이 1990년대 중후반에 경험한 '고난의 행군'[6]은 흔히 '냉해'와 '수해'로 인한 장기간의 기근으로 이해되고 있지만, 실질적으로 북한의 경제가 고사(枯死)의 위기에 처한 것은 20여 년 간 지속된 세계 자본체제로부터의 고립이었다.[7] 동구권의 몰락과 중국의 시장 개방 이후, 북한과 제 2세계 국가들의 경제적 공조 체제는 무너질 수밖에 없었다. 1990년대 자본의 지구화가 이루어지면서 자본주의는 외부가 없는 제국의 형태로 나타나는데, 이러한 와중에 '내핍'의 전략을 취한 북한은 신자유주의라는 세계 경제체제 속에서 철저히 고립될 수밖에 없었다. 이 시기 북한에서 탈주했던 이들은 자본의 지구화 속에서 '예외(ex-cepted)' 존재였으며, 따라서 '고난의 행군'은 진정한 의미에서의 '탈-북(ex-north korea)'이라는 개념을 만들어 내는 결정적 계기다.[8]

---

6) '고난의 행군'을 규정하는 시기는 명확하게 확정되지 않았다. 연구자들은 각기 1991-2006년까지 광범위하게 시기 규정을 하고 있다. 북한 당국에서는 '고난의 행군'을 공식적으로 1996년에 처음 언급하고 1999년에 마감되었다고 선언한다. 이우영, 「고난의 행군과 북한주민의 마음: 국가가 기억하는 고난의 행군」, 『통일문제연구』, 평화문제연구소, 2016.

7) 차문석, 「'고난의 행군'과 북한 경제의 성격 변화-축적 체제와 조정 기제의 변화를 중심으로」, 『현대북한연구』 8, 북한대학원대학교, 2005, 41-45면.

8) '예외(ex-ception)'는 'ex(밖으로)'-'cept(잡다, 포획하다)'라는 조어가 보여주듯, 단순히 배제가 아니라 배제-포함의 이중 운동을 수반한다. 아감벤은 『예외상태』(김항 역, 새물결, 2009)에서 포함/배제의 '예외상태'에 놓인 이들로 '벌거벗은 자'를 보여준다. 그러나 이보다 전에 레비스트로스는 원시 사회에서 이방인을 받아들이는 두 가지 방식을 관찰한다. 하나가 식인의 방식으로 이방인을 자기 안으로 '섭취(in-cept)'하는 것이라면, 다른 하나는 뱉어버림으로써 포함하는 방식이다.
"한편 우리들 사회 같은 두 번째 유형의 사회는, 이른바 앙트로포에미아(anthropémie: 특수 인간을 토해버리는, 즉 축출 또는 배제해버리는 일. 그리스어의 émein(토하다)으로부터 나왔음-옮긴이)를 채택하는 사회이다. 동일한 문제에 직면하여 그들은 정반대의 해결을 선택했다. 그들은 이 끔찍한 존재들을 일정 기간 또는 영원히 고립시킴으로써 그들을 사회로부터 추방한다. 이 존재들은 이 특별한 목적을 위해 고안된 시설들 가운데서 인간성과의 모든 접촉을 거부당한다."(레비스트로스, 박옥줄 역, 『슬픈열대』, 한길사, 1998, 696면.) 탈북자들은 세계 자본 체제에서 '뱉어진 존재', 즉 예외적 그러나 유념해야 할 점은 자본은 언제나 배제하면서 포함하는 방식으로 자신의 영역을 확장시켜 나간다는 것이다.[9] 자본의 지구화 과정에서 북한의 내핍 전략은 철저히 '고립'된 것처럼 보이지만 실제로는 배제되면서 포함되는 방식으로 이루어졌다. '고난의 행군'을 전후로 한 배급 체제의 붕괴 이후, 북한 내부에서는 '장마당'으로 불리는 '시장(market)'이 자생적으로 출몰하기 시작했다.[10] '시장'의 탄생은 '고난의 행군' 시기 고사 상태에 빠진 북한이 자본의 영역과 접촉(contact)하는 방식이었다. 북한의 '장마당'은 단순히 생필품을 중심으로 한 재화 교환의 장이 아니라 자본의 이윤창출 공간으로 바뀌면서, 북한 체제가 배급제로 대변되는 국가사회주의의 형태가 아니라 자본과 시장의 원리로 변질되었음을 보여준다. 다음 증언을 통해 북한의 '장마당(market)'의 의미가 어떻게 변화하고, 인식되었는지 알 수 있다.

> "그런데 그전에는, 상인이라 하면 이기주의라 하면서 아주, 상인이면 저건 장사꾼이라 하면서 에이-장사꾼! 장사꾼! 이런 애들도 자기 그 보무가 장사한다면 놀려줬어. 그랬는데 이제 최근에는 너나없이 장사를 못하면 못 사니까 다-장사를 해."

> "'네가 너는 떡을 팔고 나는 만약 소금을 판다하면, 너도 나를 착취하고 너 여기에 20원에 지금 10원짜리를 내다 팔고, 너는 떡을 쌀을 사서 했을 때는 5원짜리를, 떡을 만들어서 팔면 10원 받잖아. 너는 내 소금을 사고, 떡을 또 내가 사 먹고, 너도 착취하고 나도 착취한다.' 그기란 말이에요. 그러니까 '장사를 안 하는게 착취당하는 바보다.'

(ex-cepted) 존재로서 다시 포획되게 된다.

9) 안토니오니 네그리 · 마이클 하트, 윤수종 역, 『제국』, 이학문선, 2001, 303-307면.

10) 정은이, 「북한의 자생적 시장발전 연구-1990년대 "고난의 행군"이후를 중심으로」, 『통일문제연구』, 평화문제연구소, 2009.

결론은 그렇게 나온단 말이야."(강조-인용자)[11]

증언은 '착취'라는 말을 통해 '장마당'이 초과 이윤을 창출하는 자본주의적 시장임을 증명하고 있다. 그런데 지구화된 자본에 북한이 포섭되는 과정이 당국의 경제정책으로 인한 것이 아니라 북한 주민들의 개별적인 활동이었다는 점을 주목해야 한다. 북한 주민들의 월경이 이중적인 의미에서 '목숨을 건 도약'이 되기 때문이다. 북한의 국경을 넘어서 지구화된 자본과 접촉한다는 것은 실제 목숨을 담보한 것이었고, 북한의 화폐를 세계 자본을 연결시킨 다는 것 곧, 'M(화폐)-C(상품)-M(화폐)'의 체제를 만들어낸다는 것 또한 목숨을 담보한 도약이다.[12]

그런데 국제 사회에서 '태환성(兌換性, convertibility)'을 인정받지 못하는 북한화폐로 재화를 교환한다는 것은 실상 북한 주민들에게 불가능하다. 이 지점에서 탈북의 의미가 구체화되기 시작한다. '고립'된 북한을 벗어난다는 것은 세계 자본시장으로 나아감을 의미하며, 이는 자신들에게 태환성이 보증되는 상품이 있어야 한다는 것을 의미한다. 태환성이 없는 북한 통화를 가지고 교환이라는 시장 경제체제에 들어서기 위해서 이들은 '벌거벗은 육체'를 활용할 수밖에 없다. 이들은 스스로를 하나의 상품으로 만들어야지만 안전하게 북한의 국경을 넘어 설

---

11) 김종군 · 정진아 편, 『고난의 행군시기 탈북자 이야기』, 박이정, 2012, 369-370면.

12) "화폐에는 상품과 교환할 권리가 있지만 상품에는 화폐와 교환할 권리가 없습니다. 게다가 상품은 팔리지 않으면(화폐와 교환되지 않으면) 교환가치를 가지지 않을 뿐만 아니라 사용가치도 가지지 않습니다. 그것은 그저 폐기되어 버립니다. 그렇기 때문에 마르크스는 상품이 화폐와 교환될지 어떨지를 '목숨을 건 도약'이라고 부르고 있습니다. 그런데 합리적인 수전노인 자본가는 화폐→상품→화폐(M-C-M')라는 과정을 통해서 화폐를 증식시키려고 하는데, 그때 상품→화폐(C-M')라는 '목숨을 건 도약'을 경유하지 않으면 안됩니다." (가라타니 고진, 조영일 역, 『세계공화국으로』, 도서출판b, 2007, 90-91면.)

수 있다. 탈북민 중 여성들의 비율이 높은 것은 그들의 '몸'이 남성 중심의 사회에서 화폐의 흐름에 참가할 수 있는 '태환성'을 가진 육체로 기능하고 있기 때문이다.

일찍이 엥겔스는 모권 공산사회에서 가부장 세계로 전환되는 '여성의 세계사적 패배'의 계기를 잉여 가치와 사적 소유의 발생에서 찾았다.[13] 마리아 미즈는 여기서 나아가 "자본주의 생산양식이 유명한 자본-임금노동 관계와 동일하지 않으며, 자본주의는 계속 팽창하는 성장 모델을 유지하기 위해 다양한 식민지 범주들, 특히 여성, 다른 민중, 그리고 자연과 같은 식민지 범주를 필요로 한다"[14]고 주장한다. 그녀가 엥겔스의 작업을 재수행하면서 발견한 것은 '남성-사냥꾼'의 자연에 대한 지배관계가 자본주의 경제의 뿌리라는 것이다. '남성-사냥꾼'의 약탈적 전유 양식은 임금-관계를 통한 새로운 노동 통제 형태를 수립하고, 직접적 폭력을 구조적 폭력으로, 혹은 경제 외적 강제를 경제적 강제로 변동함으로써, 인간 사이의 모든 착취관계의 패러다임이 된다. 이때 이러한 경제를 지탱하는 것은 자율적인 인간 생산자를 타인을 위한 생산의 조건으로 변형시키는 것, 혹은 그들을 타인을 위한 '자연 자원'으로 규정하는 것이다.[15] 여기서 '자연 자원'으로 규정되는 인간은 여성과 식민지민이다.

이상의 고찰이 보여주는 것은 부권제 '남성-사냥꾼'의 경제체제가

13) "재부(財富)가 증대함에 따라 가족 내에서 한편으로는 아내보다도 남편이 더 유력한 지위를 차지하게 되었으며, 다른 한편으로는 이 강화된 지위를 이용해 남편은 자녀들을 위해 기존의 상속 순위를 폐지하려는 충동을 느끼게 되었다. 그러나 모권에 의해서만 혈통을 따졌던 시기에는 그것이 실현될 수 없었다. 그러므로 이 모권은 폐지되어야 했으며 또 폐지되었다." (프리드리히 엥겔스, 『가족, 사유재산, 국가의 기원』, 두레, 2012, 92-93면.)

14) 마리아 미즈, 최재인 역, 『가부장제와 자본주의』, 갈무리, 2014, 104면.

15) 위의 책, 162-166면 참조.

여성의 '몸'을 '자연 자원'이라는 약탈의 대상으로서 위치 짓는다는 것, "구조적 폭력과 경제적 강제"로 번역하여 말한다면 '교환'과 '거래'의 대상으로 위치 짓는다는 것이다. 이렇게 본다면 가부장제는 자본주의의 공모자가 아니라 일종의 '생산 양식'이다. 한 몸으로 결합된 '가부장제-자본주의'의 생산약식 위에서 성 착취가 가능해지며, 성 착취의 집약된 형태가 성매매이다. 오늘날 여성의 대상화 방식은 '섹슈얼리티의 매춘화'이며,[16] 이때 성애화된 여성은 섹스를 위한 몸-'자연'으로만 남는다. 탈북 여성들이 고립된 북한 경제를 넘어 자본주의 체제에 접촉하자마자 그녀들의 몸이 '거래'의 대상이 되는 까닭이 여기에 있다. 그녀들이 가진 모든 것 중에 '가부장적 자본주의' 체제에서 가장 거래가 용이한 것이 그녀들의 몸이기 때문이다. 곧, 그들은 화폐 교통(traffic)의 장인 자본주의 체제에 자신의 몸을 담보로, 즉 인신매매(human trafficking)의 방식으로 편입되는 것이다.[17]

자본이 지구화된 세계에서 여성들의 육체는 운송수단이자, 움직이는 통로이다. 그녀들은 인신매매라는 형태로 국경을 넘고 이곳저곳으로 흘러 다닌다. 그녀들은 자신들의 길을 자신들의 몸으로 만들어 간다.[18] 90년대 이후 등장한 '탈북자'들은 그런 의미에서 '(여성)탈북자'

16) 캐슬린 배리, 정금나 · 김은정 역, 『섹슈얼리티의 매춘화』, 삼인, 2002. 참조.

17) 가라타니 고진은 마르크스가 '교환'이라는 의미로 '교통'을 사용했음을 지적한다. ("우리는 마르크스가 말한 것이 '생산'이 아니라 '교환'이라는 관점에서 다시 보고, 또 교환을 넓은 의미로 생각하려고 하고 있습니다. 그러나 이것은 꼭 마르크스를 부정하는 것은 아닙니다. 사실 마르크스는 젊은 시절 '교환'과 같은 넓은 의미로 '교통'이라는 개념을 빈번하게 사용하고 있습니다." 가라타니 고진, 앞의 책, 36-37면.)

18) 한국 문학사에서 여성들의 신체가 전면화되었던 것을 우리는 이미 경험한 바 있다. 이인직의 『혈의누』로 대변되는 신소설은 여성의 몸이 어떤 방식으로 작동하는 지 보여준다. 제국주의로 인해 자본이 식민지를 형성할 때, 여성들의 육체는 국경을 넘는 과정에서 납치를 당하거나 인신매매를 당하고 강간을 당한다. 그들이 움직였던 여행은 제국주의 자본을 통해 탈국경하는 서사였다.

이며, 따라서 탈북 문학은 여성의 서사가 주를 이룰 수밖에 없다. 설령 남성 주체를 내세우더라도 거기엔 '화폐'로 유동하는 여성의 육체가 존재한다. 가령, 조해진의 『로기완을 만났다』(창비, 2011)에서 '로기완'은 노래방 도우미로 나가서 돈을 벌어오는 '어머니'에게 전적으로 의존하고 있다. 그가 벨기에까지 갈 수 있었던 것은 어머니의 몸값 덕이다. 자본이 전지구화된 사회에서 남성인 로기완은 일을 하지도, 자신의 육체를 팔지도 못한다. 그가 할 수 있는 일은 그저 어머니의 몸값을 최대한 아껴 쓰는 것이다. 즉, 탈북 여성의 서사는 '가부장적 자본주의'의 이중 착취의 구조가 여성의 몸을 어떻게 교환 체계 속에 포획하고 있으며, 그것을 어떻게 은폐하고 있는지를 보여준다.

3. 목숨을 건 도약: 장마당으로

탈북 여성의 수난은 '장마당'에서 시작된다. 북한의 배급 시스템이 붕괴된 90년대 경제난 이후 가족 부양을 남성이 아닌 여성들이 책임지는 것이 보편적인 현상이 되었다. 이때, 여성들이 호구를 마련하는 방법은 장사를 하는 것이다.[19] 탈북 여성의 험난한 행로를 그리고 있는 소설에서 여성들이 생계를 마련코자 장마당으로 장사를 나가는 장면은 인신매매의 전단계로서 반드시 등장한다.

키스방 아르바이트를 하고 있는 탈북 여대생의 이야기를 그린 강희진의 『포피』(나무옆의자, 2015)에는 북한 식량난이 극심해질 무렵 가족의 생계를 책임지기 위해 아편장사를 하는 엄마의 모습이 나타난다. 엄마

19) 여성들이 생계 마련을 위해 장사를 한 증언에 관해서는, 김종군·정진아 편, 앞의 책, 박이정, 2012, 146-147, 231-233, 369-375면 참조.

는 아편을 팔아 식량과 동생의 약을 마련하는데, 그마저도 실패하자 중국 장사꾼이나 당간부에게 성을 판매하는 여자들을 부러운 눈빛으로 바라보게 된다. 김유경의 『청춘연가』(웅진지식하우스, 2012)에도 비슷한 장면이 나온다. 주인공 선화는 대학 교수의 외동딸로 비교적 좋은 집안에서 자란다. 그러나 배급이 중단되자 어머니는 야채 장사를 나가기 시작한다. 아버지의 급여는 벌써 중단되었으나 그는 대학 교수의 체면도 있고 하여 생계에 어떤 대책도 마련하지 못한다. 선화의 가족은 어머니의 야채 장사로 근근이 살아가고, 마침내 선화마저도 교원생활을 그만두고 야채 장사에 나선다. 그러나 야채장사는 결국 실패하고, 어머니는 앓아눕게 된다. 집을 팔아 마련한 장사 밑천마저 모두 잃었을 때, 선화가 선택한 것은 스스로를 파는 일이다. 선화는 중국인 남성에게 팔려가는 조건으로 어머니의 일 년 치 식량과 약값을 마련한다. 어머니의 끼니며, 약을 마련하기 위해서 팔 수 있는 것은 자신의 '젊은 여성의 몸'밖에 없었던 것이다.

이러한 일화들은 가족 부양을 위해 장마당으로 나선 여인들이 최종적으로 팔게 되는 것이 자신의 몸이라는 것을 공통적으로 보여준다. 장마당은 북한 배급제 체제가 붕괴하고 'M-C-M'의 화폐・상품의 교통(traffic)이 등장한 공간이다. 여성들은 장마당에서 두부, 야채 따위의 '상품'을 돈으로 바꾸어 생계를 이어가지만 종국에는 자신의 '몸'을 상품으로 내놓아야 할 상황에 이른다. 탈북 서사에서 '장마당'이 여성들의 수난이 시작되는 공간으로 나타나는 것은 여성들의 '몸'이 '교환' 즉, '이동'하는 최초의 장소이기 때문이다.

장해성의 『두만강』(나남, 2013)은 누명을 쓴 주인공 준석과 그의 두 딸 혜영, 은영이 북한을 탈출하는 과정을 그리고 있다. 아버지(준석)가

억울하게 보위부로 끌려가고 은영과 혜영은 자강도 위연으로 추방된다. 가는 길에 혜영은 어머니의 유품이나 다름없는 고온 밥가마를 강냉이로 바꾸러 장마당에 나간다. 미래를 알 수 없는 상황에서 식량을 마련해 놓는 일이 가장 급했던 것이다. 중국인 왕가는 밥가마를 강냉이와 바꿔 주겠다며 집으로 유인한다. 은영과 혜영은 미심쩍은 기분을 느끼면서도 강냉이를 마련코자 왕가를 따라가는데, 왕가가 노린 것은 밥가마가 아니라 혜영의 몸이었다. 그는 자매를 자신의 집으로 유인하여 혜영을 강간하려 했다. 물론 왕가는 자신의 행위를 강간이라 여기지 않고 '매매'라 생각한다.

> "망할 년! 조선 여자는 100원이면 충분해! 그런데 네년이 300원이나 주겠다는데도 거절을 해?"[20](『두만강』, 76면)

혜영은 밥가마와 강냉이의 물물교환에 실패한다. 부자로 소문난 중국인 왕가가 원한 것은 밥가마가 아니라 혜영의 몸이었기 때문이다. 이후에 혜영은 두부 장사를 해서 돈을 벌며 상품·화폐의 교환의 장에 잘 적응해 간다. 그런데 어느 날 또 다시 왕가가 찾아온다. 이번에 그는 혜영이 팔고 있는 두부를 모두 사겠다고 말한다. 물론 그가 원한 것은 두부가 아니다. 두부 값을 가장하여 혜영의 '몸값'을 지불하겠다는 것이다. 이때에도 혜영은 완강히 거절한다. 그녀는 왕가를 거절한 대가로 사경을 헤맬 만큼 건강을 잃는다. 이처럼 혜영의 몸을 교환 체계로 편입하려는 자본의 힘은 혜영을 집요하게 쫓아온다.

소설은 '왕가'라는 중국 자본이 어떻게 북한 여성의 몸을 '상품'으

20) 장해성, 『두만강』, 나남출판사, 2013, 76면. 이하 서명과 면수만 표기.

로 만드는지 보여준다. 혜영이 가진 상품 중 가장 태환성이 높은 것은 밥가마나 두부보다도 그녀의 몸이었다. 소설에서 '장마당'은 혜영이 호구를 마련하고 수난을 겪는 장소로만 그려지지만 '장마당'은 훨씬 복잡한 의미를 지닌다. '장마당'이 보여주는 것은 북한의 '고난의 행군'이 '생산'의 문제가 아니라 '교환'의 문제였다는 점이다. 세계 경제로부터의 고립이 '고난의 행군'이라는 재앙적 경제난을 초래하였고, 그 위기에서 북한의 현실 경제는 생산의 증가가 아니라 '교환'의 공간을 마련하는 방향으로 나아갔다. '장마당'은 상품과 화폐가 교환을 통해 초과 가치를 창출하는 곳이며, 왕가와 같은 외부 자본과의 접촉이 이루어지는 공간이다. 이 공간은 폐쇄된 북한에 자본주의의 교환 체계를 마련하고, 이것이 마련되자마자 태환성을 가진 여성의 몸은 경계 너머로 이동하게 된다. 여성의 탈북기를 그리는 소설에서 장마당이 탈북의 시작점으로 그려지는 것은 이러한 교환 관계를 함축하고 있는 것이다.

장마당에서 시작된 혜영의 수난은 결정적인 위기를 맞이한다. 그녀는 동생 은영, 약혼자 철민과 강 건너 중국으로 가려다 경비대에 붙잡히고, 다시 중국으로 건너가려 할 때 그녀에게는 어떤 선택지도 남지 않는다. 자력으로 중국을 건너갈 수 없고, 또 건너가서 살아갈 방법이 없는 혜영은 브로커에게 의탁할 수밖에 없는데, 같은 북한 여성인 브로커는 이렇게 혜영을 위로한다.

> "아무튼 그런데 한 가지 각오할 게 있소. 나를 통해 중국엘 가면 우선 홀아비든, 영감탱이든 그곳 사내에게 팔려가게 되오. 나쁘게만 생각할 것 없소. 가서 몇 달 지내며 돈도 모으고, 중국말이나 슬슬 배워가지고 기회를 봐서 냉큼 도망치시오. 다들 그렇게 하오."

> 혜영은 철민을 염두에 두고 남편이 있는 몸이라 그렇게는 안 된다고 버텼다. 하지만 연락조차 알지 못하는 판에 어디 가서 그를 찾는단 말인가. 중국은 또 얼마나 커다란 나라인가. 순결? 갑자기 한없이 초라한 단어로 생각되었다.[21)]

인용문에서 알 수 있듯, 탈북 여성들의 월경을 주선하는 이들은 '결혼'이라는 이름으로 '매매'를 은폐한다. 혜영의 타고난 미색 때문에 "흥정"은 꽤 길게 이어진다. "함경도 아주머니가 목청을 세우"고, "여자들 값을 매기며 흥정"한다. 혜영은 "몇 번이나 자리에 일어서 빙 돌았다. 팔려가는 물건, 그 이상도 이하도 아니었다."[22)] 이렇게 혜영을 '사간' 사람은 처음 장마당에서 혜영을 사려고 했던 중국인 왕가였다. 여러 번 혜영을 사려고 했던 왕가는 결국 '결혼'이라는 형식을 빌려 그녀를 '산다.' 왕가는 혜영을 데리고 집으로 가는 길에 "너나 사는 데 8천 원이나 들었다"며, "니나 이젠 내 거라는 걸 알아야 한다"라고 주의를 준다.[23)] 왕가에게 혜영은 매매를 통해 구입한 완전한 소유물이 되는데, 그것보다 중요한 것은 혜영이 자신의 몸을 상품의 자리에 놓자마자 국경을 넘어 섰다는 것이다. 그러나 혜영은 왕가에게 완강히 반항하고, 화가 난 왕가는 혜영을 다른 곳에 '되팔아' 버린다. 더욱 문제적인 것은 왕가가 혜영을 8천 원에 사서, 1만 2천 원에 다른 곳에 넘겨 버렸다는 것이다. 여기서 혜영의 몸은 교환체계에 흡수된 '상품'을 넘어서서, 잉여가치를 창출하는 '화폐'로 기능하게 된다.

『청춘연가』의 '선화'나 『두만강』의 '혜영'은 공통적으로 '결혼'이라

21) 『두만강』, 346면.
22) 『두만강』, 349면.
23) 『두만강』, 352면.

는 '인신매매'를 통해 북한 국경을 넘어 중국에 도착한다. 이들은 북한 내 상품·화폐의 유통공간인 '장마당'에서 중국이라는 국경 밖의 자본에 접촉하며, 이때 이들이 중국이라는 세계 자본과 접촉하는 방식은 자신의 '몸'을 통해서다. 중국은 탈북자들을 난민으로 규정하지 않기 때문에 인신매매를 통해 중국으로 탈북한 여성들은 완전히 법이 닿지 않는 지대에 놓인다. 이곳에서 여성들을 지배하는 법은 오직 교환의 법칙이며, 그녀들의 '몸'은 교통(traffic)의 장에 속함으로써(human traffic) '목숨을 건 도약'을 하게 된다.

4. 교환의 중지와 불가능한 정착

상품은 팔리지 않으면, 곧 화폐와 교환되지 않으면 교환 가치를 가지지 않을 뿐만 아니라 사용가치도 가지지 못하고 폐기되고 만다. 그렇기 때문에 마르크스는 상품이 화폐와 교환될지 어떨지를 '목숨을 건 도약'이라 불렀다. 여성의 '몸'이 한 번 '화폐(M)-상품(C)-화폐(M)' 구조에 종속되는 순간, 다시 말해 '상품화'되는 순간 그녀들은 끊임없이 목숨을 건 도약을 감행해야 한다. 다시 말해 상품 자리에 놓인 여성의 '몸'이 교환이 중지되는 것은 곧 죽음을 의미한다. 『두만강』 혜영이 끝내 북한 국경을 넘어 남한에 안착하지 못하는 것, 혹은 『청춘연가』의 선화가 중국에서 탈출해 남한에서 직장을 갖고 정착했음에도 불구하고 갑작스러운 죽음을 맞이할 수밖에 없는 이유가 이러한 까닭이다.

『두만강』의 혜영은 중국인 집에서 도망쳐 나와 약혼자 철민, 동생 은영, 아버지 준석과 극적으로 재회한 후, 다른 탈북자 일행과 함께 제3국을 거쳐 남한으로 들어가기로 한다. 그러나 중국에서 베트남으로 건너가는 강가에서 혜영이 탄 배가 군인들에게 발각된다. 그러자 혜영은 자진해서 일행과 반대편으로 도주하고, 군인들의 추적을 따돌린다. 혜영의 희생에는 가족애도 물론 있겠지만, 무엇보다 자신을 '버린 여자'라고 생각한 탓이 크다. 이미 '버린' 자신을 희생하여 사람들을 구하자는 생각인 것이다. 그러나 혜영의 서사가 죽음으로밖에 막음될 수 없다면, 그것은 '순결'에 대한 부채감 때문이 아니라 'M-C-M'의 교환체계에서 순환을 멈추는 것, 즉 '목숨을 건 도약'을 중지하는 것에서 비롯된 것이라 해야 한다. 혜영의 순결에 대한 부채감으로 돌리는 순간 혜영을 종속한 자본주의의 억압적 착취를 보지 못하게 된다.

순결 이데올로기를 (무)의식적으로 투영함으로써 텍스트는 여성에 대한 자본주의의 착취구조를 은폐하고 있는 것으로 보이지만, 도리어 은폐된 서사에서 적나라하게 드러나는 것은 화폐의 '순결성'이다. 혜영은 왕가에게 팔렸다가 또다시 다른 남자에게 팔린다. 이 과정에서 혜영의 '몸'은 잉여가치를 창출함으로써 '상품'을 넘어 '화폐'로까지 기능하게 된다. 이때에는 순결의 문제가 전혀 제기되지 않는다. 화폐가 여기저기로 쓰이는 것은 화폐의 가치를 훼손하지 않으며, 오히려 유통은 화폐의 가치를 보증하기 때문이다. 곧 화폐는 침해받지 않는 극단적인 '순결성'을 가지고 있으며, 따라서 혜영이 화폐로 취급되는 동안 그녀는 역설적으로 순결 이데올로기에서 자유로워진다. 그러나 혜영이 '화폐'가 아니라 철민의 약혼녀가 되었을 때 그녀는 스스로를 '버린 여자'라 인식하게 된다.

『두만강』이 탈북하기까지의 과정을 그리고 있다면, 하나원에서 탈북 여성들이 함께 생활하는 장면으로 시작하는 『청춘연가』는 이들이 남한 입국 이후, 탈북 과정의 트라우마를 극복하고 남한에 정착해 가는 이야기가 주를 이룬다. 작가 김유경은 『청춘연가』에서 자매애로 뭉쳐진 보기 드문 여성 공동체를 그려낸다. 하나원에서 교육받는 탈북 여성들은 대개 유사한 경로를 통해 남한으로 입국하기에 비슷한 상처를 간직하고 있다. 인신매매로 중국 한족에게 시집갔다가 겨우 도망쳐 나온 선화, 비슷한 사정이었지만 딸까지 데리고 도망친 복녀, 노래방으로 팔려 다니면서 매춘을 강요당한 경옥, 세 여성의 우애를 바탕으로 주변의 탈북 여성들의 남한 생활이 삽입된다.

이중에 남한 정착에 가장 성공한 사람은 복녀인데, 그녀는 타고난 익살과 너스레로 당당히 북한 식당 안주인이 된다. 그러나 선화나 경옥의 서사는 완전한 남한 정착기로 귀결되지 않는다. 먼저 주인공 선화는 갑작스럽게 자궁암 말기 진단을 받고 죽는다. 선화는 북한에서도 엘리트 계층이었던 탓에 남한에 와서도 괜찮은 직업을 가질 수 있었다. 그러나 인신매매로 시집 간 중국에서의 기억은 집요하게 그녀를 쫓아온다. 그녀는 성공적인 정착기를 만들어내는 듯했으나 결국엔 병으로 죽고 만다. 그런데 흥미롭게도 그녀는 자신의 죽음을 보험금 처리를 통해 준비한다.

> 복녀의 선견지명으로 보험을 두 개나 들어 암 진단비도 받고 치료비도 꼬박꼬박 나온다. 참으로 다행이다. 국민 건강보험에서도 치료비가 나온다. 선화는 돈 때문에 안달복달하지 않고 항암 치료와 방사선 치료를 받을 수 있었다.[24)]

> 선화는 종이에 뭔가를 한참 쓰더니 손도장을 찍는다. 그리고 맨 위쪽에 유언장이라고 쓴다. 사망보험 수익자를 하나는 경옥으로 하나는

24) 김유경, 『청춘연가』, 웅진지식하우스, 2012, 264면. 이하 서명과 면수만 표기.

> 딸로 한다는 것과 현재 임대주택 전세금 2500만 원은 자기가 죽은 다음 김성철과 조복녀에게 각각 나누어 가게 해달라는 내용이다.[25)]

선화는 '국민 건강보험'의 적용을 받는 어엿한 '국민'이 되었다. 그녀는 난민으로서 자신의 몸을 상품의 자리에 놓고 '국가' 경계 안에 도착할 수 있었고, 성공적인 안착으로 '국민'이 될 수 있었다. 그러나 죽음 앞에서 밝혀지는 그녀의 '국민 되기'는 과연 '난민'과 얼마나 다른 존재방식인지 의문스럽다. 탈북 과정 동안 그녀의 '몸'은 '화폐'와 교환되었는데, 죽음을 앞둔 지금 역시 그녀는 자신의 '생명'과 '화폐'를 교환하고 있기 때문이다. 물론 이때 교환되는 '화폐'는 '국민'의 자격으로 주어지는 의료보험이나 연금의 형태가 아니다. 남한에 와서 그녀가 일하여 번 돈으로 그녀는 자신의 '몸값'을 마련하고 죽는 것이다. 더욱이 선화는 자신의 보험금을 중국에 두고 온 딸 앞으로 돌려놓고 나자, 딸과 연결된 느낌을 갖는다. 어머니를 위해 인신매매의 길로 들어섰던 선화는, 이번엔 딸과 경옥을 위해 자신의 보험금을 남긴다. 둘 사이에는 많은 차이가 있겠으나, 다른 한편으로는 '몸/생명'과 '화폐'의 교환이 이루어진다는 점에서 동일하다.

이 지점에서 탈북 여성의 서사는 지구적 자본주의 체제 하의 모든 경제적 난민들, 바우만의 용어를 빌려 '인간 쓰레기(wasted human)'의 문제로 확장된다. 언급했듯 자본주의는 식민지를 착취하면서 지탱된다. 로자 룩셈부르크는 이미 백 년 전에 자본주의가 '타자성(otherness)'의 마지막까지 착취한 채 사멸할 것이라 예언했다. 오늘날 과포화 상태에 이른 지구적 자본주의는 더 이상 식민화될 '외부'를 잃어버렸고, 이제

---

25) 『청춘연가』, 282면.

자본주의 내부에서 실업자, 빈민 등 '인간 쓰레기'를 뱉어내고 있다. 『두만강』의 혜영과 달리 『청춘연가』의 선화와 경옥은 성공적으로 남한 사회의 법적 지대 안으로 진입한다. 그러나 M–C–M의 구조 속에서 이들의 위치는 동일하다. 다만 어느 정도의 합법적 형식을 갖춘 채 '몸'을 '화폐'와 교환하고 있는 것이다. 선화가 생명보험이라는 형태로 생명을 화폐로 교환하고 있다면, 경옥은 더욱 극단적으로 남한 사회에서 경제적으로 재난민화 되는 여성의 삶을 보여준다.

경옥은 선화와 달리 '결혼'을 했던 것이 아니라 노래방으로 팔려갔고, 중국에서 지내는 3년 동안 몇 번이나 다른 노래방으로 팔려 다니면서 매춘을 강요당했다. 경옥은 하나원에서 누구의 아인지도 모르는 아이를 낳았다. 경옥은 탈출과정에서 '결혼'이라는 기만적인 허울도 없이 인신매매와 성매매에 직접적으로 노출되었던 것이다. 문제는 경옥이 남한에 와서도 그러한 생활에서 벗어나지 못하는 것이다. 소설은 경옥의 허영과 불성실이 그녀가 노래방을 전전하는 이유인 양 묘사한다. 그러나 문제의 본질은 그녀의 사치스러운 성향이 아니다. 이를 개인적인 성향으로 돌리는 것 자체가 그녀를 둘러싼 착취 구조를 은폐하는 기능을 한다. 그녀는 '목숨을 건 도약'을 멈추지 않고(못하고) 있을 뿐이다. 그 덕에 그녀는 소설에서 끝까지 살아남는다. 동시에 그녀는 끝까지 경계 넘기를 멈추지 않는다.

2016년 초부터 여름까지, 남한에서는 탈북 여성들의 매매춘 문제가 사회 문제로 제기되었다. 2016년 3월, 청와대 홈페이지 자유게시판에 올라온 '탈북자 성매매에 관하여'라는 제목의 글을 시작으로, 매매춘으로 내몰리는 탈북 여성들에 대한 대책 마련이 촉구되었다. 언론사들의 취재 결과, 게시판에서 제보한 충북 음성뿐만 아니라 경기도 용인

시 수지에 형성된 '다방촌'에도 탈북 여성과 조선족 여성이 상당수 종업원으로 고용되어 불법 매매춘을 하고 있었던 것으로 밝혀졌다. 이들이 매매춘으로 몰리는 까닭은, 남한 사회 내에서 직업을 구하기 어렵고, 북에 남은 가족을 부양하거나, 남은 가족을 탈출시키기 위한 돈이 필요하기 때문이다.[26] 이들이 구할 수 있는 직업으로는 이 돈이 충당되지 않는다. 『청춘 연가』에서 경옥이 일본으로 몸을 팔러 가듯, 많은 탈북자, 조선족 여성들이 자신의 몸을 교환 체계 속으로 밀어 넣는다.

탈북 여성의 서사가 오늘날 신자유주의에서 소외된 모든 경제적 난민의 문제와 연동될 수 있는 지점이 바로 여기다. 1997년 일명 IMF를 겪은 후, 한국 사회는 세계 자본에 무자비하게 노출되었다. 거대한 해지펀드에 의해 완전 노출된 남한 사회는 '구조 조정'이란 미명 하에 수많은 '잉여 인간들(human surplus)'을 만들어 냈다. 북한이 자본주의의 지구화 과정에서 고립됨으로써 탈북민이라는 난민을 만들어 냈다면, 비슷한 시기 경계 너머 남한은 세계 자본을 적극 유치함으로써 실업자라는 경제적 난민을 만들어냈다고 할 수 있다. 다시 말해, 경옥은 '탈-북(ex-north korea)'를 통해 'M-C-M'이 순환하는 남한 사회로 진입했지만, 그녀는 이 교환체계 내에서 다시 '경제적 난민'으로서 '예외적(ex-cepted)' 존재가 되고 마는 것이다.

남한 도착 이후의 삶에서 경옥에게는 '조선족/탈북/남한' 여성이라는 위계보다 경제적으로 '벌거벗겨진 자'라는 점이 더 중요하다. 북한 출신이라는 것이 경옥을 경제적 난민으로서 위치 짓는데 일조할 수는 있지만, 그것이 본질은 아니다. 경옥은 고립된 북한 체제에서 몸을 '상

26) 「JTBC 뉴스 10」, 2016.4.19, 「티켓다방 떠도는 탈북 여성들 "자립 지원책 도움 안 돼"」, ≪중앙일보≫, 2016.7.28. 참조

품' 삼아 화폐 · 상품의 교환 체제인 남한에 편입되지만, '경제적 난민'으로서 다시 자신의 몸을 교환체계 속에 밀어 넣게 된다. 그리고 이번에는 다시 남한에서 일본으로 월경을 시도하고 있는 것이다. 이 지점에서 탈북 여성의 문제는 신자유주의 하 모든 경제적 소수자의 문제와 연동한다. 북한의 (정치적) '난민'이나 남한의 '경제적 난민'은 동일한 구조 속에 놓이기 때문이다. 'M-C-M'의 흐름 속에 자신의 몸을 상품으로 만들고, 교환 가치를 획득하는 것이다. 이때에도 여성의 몸이 세계 자본의 '태환성'을 갖는 것은 물론이다.

> 탈출한 사람들은 일단 조국의 국경을 넘어서면, 그들을 지켜 주고 외국 세력에 맞서 권리를 보호해 주며 그들을 위해 중재에 나서 줄 공인된 국가 권위의 지원마저 받지 못하게 된다. 난민들에게는 국적이 없다. 그러나 여기서 국적이 없다는 말은 새로운 의미이다. 국적을 잃은 그들의 상태는 국적이 있을 때 의지할 수 있던 국가의 권위가 전혀 존재하지 않거나 단지 유령처럼 존재하게 됨으로써 완전히 새로운 차원으로 들어선다. (중략) 그들은 표류가 일시적일지, 영원할지 알지도 못하고 알 수도 없다. 비록 그들이 어떤 곳에 잠시 머문다 해도 그들은 결코 끝나지 않는 여행을 하고 있는 것이다. 왜냐하면 그 목적지가 (도착할 곳이든 되돌아가야 할 곳이든) 영원히 불분명한 상태로 남아 있으며, 그들이 '종점'이라고 부를 수 있는 장소는 영원히 접근 불가능한 장소이기 때문이다. 그들은 어떤 곳에 정착하든 그것이 확정적이지 않은 일시적인 정착일 뿐이며, 무한히 계속될 것이라는 생각에 가슴 졸여야 할 것이다.[27)]

경옥과 함께 일본으로 떠나는 이들은 남한 사회에서 경제적 약자이

27) 지그문트 바우만, 한상석 역, 『모두스 비벤디』, 후마니타스, 2010, 65-66면.

며, 이들은 몸을 근거로 하여 국가 경계를 넘는다. 남한에서 경제적 소수자들은 "법의 혜택을 박탈당하고 버림받은 새로운 유형의 추방자이고, 지구화가 낳은 산물이며 변경 지역 사람들"이다. 따라서 그들이 "어떤 곳에 정착하든 그것이 확정적이지 않은 일시적인 청착일 뿐" 그들의 표류는 계속된다. 경옥의 삶은 북한에서 중국으로, 중국에서 남한으로, 그리고 남한에서 또다시 일본으로 그녀의 몸을 통해서 표류한다. 탈북 여성의 서사가 완전히 정착기로 귀결될 수 없는 지점이 바로 여기에 있다. 탈북자가 남한 사회 내로 성공적으로 진입한다고 하더라도, 그들은 이곳에서 또다시 '경제적 난민'이 될 가능성이 농후하다. 그 경우, 그들에게 남은 선택지는 또다시 자신의 몸을 상품의 자리에 밀어 넣는 난민이 되는 것이다. 그들에겐 끊임없는 '탈-(ex-)'만 남게 되고, 더불어 탈출의 서사는 종결될 수 없는 것이다.

이것이 말하는 바는 자본주의 안에서 성공적인 정착기가 불가능하다는 것이며, 탈북의 서사가 보여주는 것이 제한된 일부의 이야기가 아니라 세계 자본 속에 살아가는 우리의 삶의 방식과 연동한다는 것이다. 안타깝게도 불가능한 정착의 서사가 우리에게 보여주는 것은 자본주의 내 우리의 삶이 종국에는 '몸/생명'과 '화폐'의 교환으로 막음된다는 것, 그래서 우리의 죽음은 불가능한 정착 서사의 봉합과도 같다는 것이다. 『로기완을 만나다』에서 불법체류자 신분으로 노래방을 전전하다 죽은 로기완의 어머니, 『두만강』의 혜영, 『청춘연가』의 선화, 이들은 모두 영구적 정착의 불가능성을 보여주는 인물들이다. 이들은 자신의 죽음으로써 정착 서사를 봉합하고 만다. 죽음이 아니라면 『청춘연가』의 경옥, 『포피』의 포피, 포피 엄마와 같이 남한 사회 내에서 또 다시 상품・화폐의 교환 속에 자신의 몸을 적극적으로 밀어 넣어야 한다. 이 경우 여성들은 끝없이 경계의 문턱에서 월경(越境)의 서사를 만들어 내야만 한다.

5. 결론

이 글은 김유경의 『청춘연가』와 장해성의 『두만강』을 대상으로 탈북 여성의 서사를 분석하였다. 두 소설 모두 주인공 여성은 '가장(아버지)의 몰락—장마당에서 호구 해결—인신매매와 탈북—정착의 실패(혹은 탈북의 실패)'라는 과정을 겪는다. 두 작품은 여성이 자본주의에 노출되는 과정과 그 결과 인신매매를 당하기까지, 즉 상품・화폐의 교환 구조 속에 자신의 몸을 '상품'으로 놓기까지를 보여준다. 두 소설은 남한 정착에 실패하는 여성 인물을 통해 순결 이데올로기나 '국민 되기' 서사를 그려낸다. 그러나 서사의 이면에는 공통적으로 교환 구조에 내몰린 여성이 교환을 중지했을 때 맞이하는 파국이 있다. 북한의 제한된 시장경제 공간인 '장마당'에서 여성들의 '몸'이 '교환'의 대상이 되었을 때, 그녀들의 이동이 시작된다. 젊은 여성의 '몸'은 가부장제와 자본주의가 결합한 세계시장이 보증하는 '상품'이므로, 그녀들이 가진 상품 중 가장 태환성이 높은 것은 스스로의 몸이었던 것이다. 상품에서 화폐로의 교환 즉, '목숨을 거너 도약'을 감행한 이상 그녀들에게 교환의 중지는 곧 죽음이다. 그리하여 『두만강』의 '혜영', 『청춘연가』의 '선화'는 죽음에 이른다. 소설은 이들의 죽음에 순결성이라든가, '국민 되기'라는 허울을 붙이지만 실제 이러한 비극의 원인은 그녀들을 둘러싼 가부장제 자본주의 구조다. 서사의 표면은 이러한 허울이 우리를 둘러싼 교환 구조를 어떻게 은폐하고 있는지를 보여준다. 반면

『청춘연가』의 경옥은 남한 도착 후 합법적 매매춘을 위해 다시 일본으로 월경한다. 경옥이 보여주는 것은 여성에게 '교환'과 '월경'이 하나라는 점, 죽음으로 막음되지 않는 한 그 구조에서 벗어날 수 없다는 점을 보여준다. 또한 끝없이 표류하는 모습을 통해 현재 신자유주의하 모든 경제적 난민들과 같은 처지를 보여주기도 한다. 이 점에서 탈북 여성의 서사는 모든 경제적 소외자의 문제와 만난다.

탈북 작가 소설에 나타난 여성 표상 연구*

이경재

1. 서론

이 글은 탈북 작가들의 소설에 나타난 여성상이 성별에 따라 구별되어 표상되는 양상을 살펴보고자 한다. 현재 대한민국에 거주하는 탈북자[1]는 2017년 12월을 기준으로 약 3만 1천명에 이른다. 탈북자들 중에서 많은 이들이 개인적 트라우마로도, 난민/이주민의 트라우마로도 환원되지 않는 그들만의 '탈북 트라우마'에 시달린다.[2]

* 이 글은 『통일인문학』 76(건국대학교 인문학연구원, 2018)에 게재된 것이다.

1) 대한한국 정부는 1997년 1월 제정된 '북한이탈주민의 보호 및 정착지원에 관한 법률'에서 북한이탈주민을 "군사분계선 이북지역에 주소, 직계가족, 배우자, 직장 등을 두고 있는 사람으로서 북한을 벗어난 후 외국 국적을 취득하지 아니한 사람"이라고 정의하고 있다. 본고에서는 북한이탈주민이라는 말 보다는 한국 사회에서 일반적으로 사용되는 '탈북자'라는 용어를 사용하고자 한다.

2) 탈북자의 경우 대다수는 ① 탈북 전 조선, ② 탈북 과정, ③ 제3국 체류, ④ 정착국이라는 크게 4단계의 이동 과정에서 여타의 트라우마와는 구분되는 독특한 외상 경험을

지금까지 탈북자 제재 소설에 대한 논의는 대부분 남한 출신 작가들의 작품에 집중되어 왔다.[3] 이 글에서는 탈북자 당사자의 서사에 주목하고자 한다. 수만명의 탈북자가 살아가는 지금의 남한에는, 여러 명의 탈북 작가들이 창작 활동을 하고 있다. 2015년에 발표된 권세영의 박사논문에 따르면, 탈북자가 발표한 수기와 에세이는 94편, 시집은 10권, 그리고 장편 소설은 19편이 출판되었다고 한다.[4] 이제 탈북자 문학에 대한 논의는 탈북 작가들이 직접 창작한 작품들에 대해서도 적극적인 관심을 기울여야 할 단계에 도달했다고 볼 수 있다. 나아가 서사란 인간관계의 형성과 위기와 회복에 대한 이야기로서[5], 탈북자들의 소설을 살펴보는 것은 문학 연구 이상의 사회적 의미를 지닌다고 할 수 있다.

지금까지 탈북 작가에 대한 논의가 전무했던 것은 아니다. 대부분의 논의는 김유경의 『청춘연가』(웅진지식하우스, 2012)에 드러난 탈북자의 경험과 정체성을 해명하는데 집중되었다.[6] 이외에 도명학과 이지명의

한다는 것이다. (김종곤, 「남북분단 구조를 통해 바라본 '탈북 트라우마'」, 『문학치료연구』 33, 한국문학치료학회, 2014, 207-208면.)

3) 그동안 발표된 탈북자 제재 소설에 대한 논의는 크게 네 가지 유형으로 나누어 볼 수 있다. 탈북자가 탈북 이후 겪는 자본주의적 현실의 문제점에 초점을 둔 논의, 탈북자들의 이주를 디아스포라의 관점에서 살펴본 논의, 분단체제에 따른 분단문학의 새로운 유형으로 접근하는 논의, 탈북자가 겪은 북한 현실에 대한 비판에 관심을 둔 논의 등이 그것이다.

4) 권세영, 『탈북 작가의 장편 소설 연구』, 아주대학교 박사학위논문, 2015, 1면.

5) 정운채, 「인간관계의 발달 과정에 따른 기초서사의 네 영역과 <구운몽> 분석 시론」, 『문학치료연구』 3, 한국문학치료학회, 2005, 9면.

6) 김효석, 「탈북 디아스포라 소설의 현황과 가능성 고찰」, 『어문논집』 57, 중앙어문학회, 2014; 이성희, 「탈북자의 고통과 그 치유적 가능성」, 『인문사회과학연구』 16-4, 부경대 인문사회과학연구소, 2015; 서세림, 「탈북 작가 김유경 소설 연구」, 『인문과학연구』 52, 강원대 인문과학연구소, 2017; 백지윤, 「탈북작가의 '몸' 형상화와 윤리적 주체의 가능성-김유경의 소설을 중심으로」, 『한국문예비평연구』 54, 한국현대문예비평학회, 2017.

단편소설에 나타난 북한 사람들의 인권 문제에 주목한 정하늬의 논의,[7] 탈북 여성 작가의 작품에 나타난 탈북 경험을 살펴본 연남경의 논의,[8] 탈북 작가 작품에 나타난 "글쓰기 욕망과 자본의 문제를 분석"[9]한 서세림의 논의를 들 수 있다. 또한 문학치료적인 관점에서 탈북자의 구술에 초점을 맞춘 연구들[10]과 본고와 직접적으로 연관성을 지니는 탈북 여성의 형상화와 정체성을 다룬 연구들[11]도 주목할 만하다. 기존에 탈북 여성에 대해 고찰한 논문들이 탈북 여성의 탈북 과정과 남한 내에서의 삶에 초점을 맞추었다면, 이 글은 주로 북한 내 여성의 삶을 집중적으로 살펴보고자 한다.

이 글이 북한 여성들의 삶에 초점을 맞추는 이유는 탈북자들 중에서도 여성이 겪는 정신적 고통이 남성보다 더욱 크기 때문이다. 남한 내에 거주하는 탈북자 200명을 분석한 연구에 따르면 200명 중에서 29.5%가 외상 후 스트레스장애로 진단되었으며, 이 중에서 남성은

---

7) 정하늬, 「탈북 작가 도명학과 이지명의 단편소설에 나타난 '인간'의 조건」, 『통일인문학』 69, 건국대 인문학연구원, 2017, 33-63면.

8) 연남경, 「탈북 여성 작가의 글쓰기 연구」, 『한국현대문학연구』 51집, 한국현대문학회, 2017, 421-449면.

9) 서세림, 「탈북 작가의 글쓰기와 자본의 문제」, 『현대소설연구』 68, 한국현대소설학회, 2017, 95면.

10) 김종군, 「구술을 통해 본 분단 트라우마의 실체」, 『통일인문학논총』 51, 건국대 인문학연구원, 2011; 김석향, 「1990년 이후 북한주민의 소비생활에 나타나는 추세 현상 연구 : 북한이탈주민의 경험담을 중심으로」, 『북한연구학회보』 16-1, 북한연구학회, 2012; 김종군, 「구술생애담 담론화를 통한 구술 치유 방안」, 『문학치료연구』 26, 한국문학치료학회, 2013; 강미정, 「북한이탈주민의 탈북경험담에 나타난 트라우마 분석」, 『문학치료연구』 30, 한국문학치료학회, 2014.

11) 이덕화, 「탈북여성 이주 소설에 나타난 혼종적 정체성」, 『현대소설연구』 52, 한국현대소설학회, 2013; 이지은, 「'교환'되는 여성의 몸과 불가능한 정착기」, 『구보학보』 16, 구보학회, 2017; 김소륜, 「탈북여성을 향한 세겹의 시선」, 『여성문학연구』 41, 한국여성문학학회, 2017; 배개화, 「한 탈북 여성의 국경 넘기와 초국가적 주체의 가능성」, 『춘원연구학보』 11, 춘원연구학회, 2017.

23.9%에 머물렀지만 여성은 37.4%가 외상 후 스트레스장애를 앓고 있다고 한다.[12] 이러한 연구 결과는, 탈북 여성이 탈북남성보다 더욱 심각한 정신적 장애를 경험한다는 점을 보여준다. 이 글은 이러한 현실에 바탕하여 탈북 작가들이 형상화 한 북한 여성의 삶에 초점을 맞춰 보고자 한다. 남한 내 탈북자 여성들이 겪는 정신적 고통의 이면에는 북한에서의 삶과 이후의 탈북 과정에서 겪은 신산한 삶이 구체적인 병인(病因)으로 존재한다고 판단되기 때문이다. 또한 식량난과 경제 위기로 인해, 1990년대 중반 이후 여성이 북한 사회에서 독특한 위상을 차지하게 된 점도 고려하고자 하였다.

이러한 문제의식에 바탕해 이 글에서는 최근에 간행된 '북한 인권을 말하는 남북한 작가의 공동 소설집'인 『국경을 넘는 그림자』(예옥, 2015), 『금덩이 이야기』(예옥, 2017), 『꼬리 없는 소』(예옥, 2018)를 본격적으로 논의하고자 한다.[13] 이 작품집들을 통해 탈북 작가 소설에 대한 논의가 특정 작가에 치우쳐 있던 기존의 연구경향에서 벗어나, 가능한 다양한 탈북 작가의 소설을 살펴보는 것이 가능하기 때문이다. 세 권의 소설집에는 총 17편의 탈북 작가 소설이 수록되어 있는데, 이 중 11편의 작품이 탈북 이전 북한 여성의 삶을 형상화하고 있다. 그럼에

12) 홍창형 외 5인, 「북한이탈주민들의 외상경험과 외상 후 스트레스 장애와의 관계」, 『신경정신의학』 44-6, 대한신경정신의학회, 2005, 716면.

13) 『국경을 넘는 그림자』에는 탈북 작가인 윤양길의 「꽃망울」, 이지명의 「불륜의 향기」, 도명학의 「책 도둑」, 설송아의 「진옥이」, 김정애의 「소원」, 이은철의 「아버지의 다이어리」가, 『금덩이 이야기』에는 탈북 작가 윤양길의 「어떤 여인의 자화상」, 이지명의 「금덩이 이야기」, 도명학의 「잔혹한 선물」, 김정애의 「밥」, 곽문안의 「코뿔소년」, 설송아의 「제대군인」이, 『꼬리 없는 소』에는 탈북 작가인 이지명의 「확대재생산」, 도명학의 「꼬리 없는 소」, 김정애의 「서기골 로반」, 설송아의 「초상화 금고」, 박주희의 「꿈」이 수록되어 있다. 앞으로 이들 작품에서 인용할 경우 본문 중에 페이지수만 기록하기로 한다.

도 굳이 재현이 아닌 표상이라는 단어를 제목으로 사용한 이유는, 작품 속의 여성 형상은 객관적이고 중립적인 결과가 아니라 성 이데올로기와 권력의 문제에 민감하게 영향을 받아 이루어진 것이라고 생각하기 때문이다.[14] 따라서 이 연구는 탈북 작가들의 작품에 나타난 여성 형상을 통하여 북한 여성들이 겪는 삶의 실상을 파악하는 동시에, 이러한 여성 표상을 낳은 작가의 욕망과 정치적 무의식 등에도 관심을 기울이고자 한다. 같은 탈북 작가라고 하더라도 남녀라는 성별의 차이에 따라 다르게 나타나는 여성 형상에 대하여 살펴본 후에, 같은 성별 내에서도 확인되는 개별 작가들의 차이를 확인해 볼 것이다.

2. 탈북 남성 작가 소설에 나타난 여성상

북한은 남성 중심의 젠더적 위계가 심한 국가이다. 이것은 역사적 상황에 의해 발생한 것이다. 본래 해방 이후 북한에서는 소련의 젠더 전략을 거의 그대로 따라 여성이 노동자 역할과 어머니 역할을 훌륭하게 조화시켜야 한다고 강조하였다. 대부분의 현실 사회주의 국가에서 여성의 역할은 가족과 사회 두 차원을 모두 중시하는 방향이었다. 이것은 기존의 여성 영역이었던 가사의 책임은 그대로 짊어지면서 노동자 역할까지 추가한 것이다. 북한에서는 한국전쟁과 전후 복구, 산업화 시기를 거치면서 이러한 이중의 부담이 더욱 강화되었다.[15] 이후 1967년 갑산파 숙청과 1968년 푸에블로호 사건으로 조성된 국내외적 긴장 관계는 절대지도자에 대한 충성을 제도화하고 북한의 전시체제

14) 이효덕, 박성관 역, 『표상 공간의 근대』, 소명출판, 2002, 10-124면.
15) 박영자, 『북한 녀자-탄생과 굴절의 70년사』, 앨피, 2017, 87-100면.

를 강화하는 계기가 되었다. 이러한 정치사회적 분위기를 배경으로 남성 중심적이고 위계적인 군사문화와 함께 남녀 간 성별 위계가 사회 전반에 제도화되었다. 1970년대 이후에는 김정일에게 혈연적 권력 이양이 제도화되는 과정에서, 북한은 체제 전반에 가부장적 위계가 구조화되었다. 북한 체제의 가부장성은 전체 주민에 대한 국가권력의 위계성을 극도로 강화했으며, 이 과정에서 젠더 위계 역시 사회 위계와 연계되어 제도화된 것이다.[16]

탈북 남성 작가 중에서도 이지명은 권위주의적 남성 문화와 이에 바탕한 이상적 여성상을 일관되게 작품화하고 있다. 이지명의 「금덩이 이야기」에도 권위주의적 남성문화에서 떠받들여지는 여성상이 등장한다. 정치범관리소에서 영수와 윤칠보 노인은 절친한 사이가 된다. 죽음을 앞둔 윤칠보 노인은 자신의 집 부엌바닥에 금덩이가 두 개나 묻혀 있다는 말을 남기고 죽는다. 이후 관리소에서 풀려난 영수는 윤칠보 노인의 집에 가서 금덩이를 찾으려고 한다. 그러자 윤칠보 노인의 아내는 윤칠보가 평소에 늘 자신을 보고 금덩이라고 했다며, 노인이 말한 부엌 바닥의 금덩이가 바로 자신이라고 말한다. 그렇다면, 과연 "움푹 들어간 눈, 자글자글한 주름을 뚫고 솟아오른 검은 흙빛의 광대뼈, 깁고 덧기워 남루한 옷, 이가 다 빠져버린 홀쭉한 볼"(120)을 하여 "사람 얼굴이 아닌 어떤 초상"(120)을 하고 있는 노파는 어떻게 '금덩이'가 될 수 있었을까? 그 대답은 다음의 인용문 속에 담겨 있다.

> 조용한 성품이고 남편 말이라면 팥으로 메주를 쓴다 해도 예, 그렇지요. 이를 말이나유, 하고 대답하는 어질어 빠진 여자였다. 노인은

16) 위의 책, 79-116면.

> 그런 아내의 숫진 성품이 얼마나 예쁘고 대견한지, 또 얼마나 복덩이 같은지 집에만 들어오면 얼싸안고 쩝쩝 입을 맞추며 돌아갔다.
> 숫제 말없이 입술을 내주면서도 잘 익은 꽈리처럼 활딱 붉어진 얼굴을 아내는 내내 쳐들지 못했고, 내려 깐 눈도 밥상을 물릴 때까지 들 줄을 몰랐다. 그 모양이 또 너무 귀엽고 가슴이 싸해 발끝까지 쩌릿쩌릿했고, 어떤 때는 가슴이 환희로 들끓어 오줌까지 찔, 싸지른 줄도 몰랐다며 노인은 제풀에 클클 웃었다. (102-103)

> "마누라는 말이지 끔찍이도 날 위해 살았어. 내가 농장 일을 하고 집에 들어가면 말이야. 늘 밥 차린 상에 신문지를 덮어 놓고 기다렸지. 손 씻고 상에 앉으면 신문질 내리고 가마에서 김이 문문 나는 국 그릇을 두 손으로 잡아 꺼내고는 아 따가, 하고 덴겁해 귓불을 쥐면서도 마누라는 날 보고 활작 웃었어. 허허허." (109)

위에 드러난 것처럼, 노파는 남편의 말과 성적인 요구를 무조건 따르고, 가사일을 전담하는 순종적인 여성이다. 이러한 모습이야말로 '금덩이'가 될 수 있는 조건이었던 것이다. 동시에 노파의 이러한 모습은 가부장제에 길들여진 남성의 판타지(fantasy)에 해당한다고 볼 수 있다.

이지명의 「불륜의 향기」에도 가부장적인 남성의 판타지에 해당하는 북한 여성이 등장한다. 김문성은 북한인민보안성 정치대학졸업생으로서 S시 보안서 감찰과로 발령된 후, 영옥과 결혼하고 아들까지 낳으며 행복한 삶을 산다. 그러나 아내는 첫 아이를 낳은 후 탈모증에 걸리고, 둘째 아이까지 임신한 후에는 발작 증상까지 보일 정도로 우울증이 심해진다. 직업이 뭐든 시장에 나가 자체적으로 식량을 해결해야 하는 시절이 오자, 병든 아내와는 점차 사이가 멀어지고 대신 한유진이라는 여성과 가까워진다. 보안원인 문성은 황금 수십 킬로그램을 국경 너머로 밀수하다가 적발된 한유진을 수사하게 된다.[17] 범죄자의 집 수색을 위해 한유진의 집을 찾았을 때, 그녀의 집은 "결혼하고 아내와 오순도순 웃으며 살던 그때가 지금 보는 방 안에 그대로 재현됐다."(112)고 이야기 될 정도로 정갈하고 윤기가 돈다. 문성은 한유진을 무죄로 풀려나게 힘을 쓰고, 이후 한유진은 문성에게 물질적 지원을 아끼지 않는다.

결국 한유진은 자신을 법망에서 피해가도록 만들어준 문성과 살림을 차리는 순간에 "법망은 결코 스쳐가지 않을 것"(120)을 예감하면서도, 이혼한 문성과 결혼한다. 그녀는 "나에겐 지금 아무것도 안 보인다. 그냥 그 사람만 보인다."(121)고 일기장에 쓸 정도로 문성을 사랑하는 것이다. 나중 생활이 어려워지자 한유진은 자신은 북에 남고 문성만을 탈북시킨다. 문성이 탈북하는 것은 유진에게는 커다란 위험이며, 장애인인 유진에게 "징역은 곧 죽음을 의미"(122)하는 것임에도 그러한 결단을 내린 것이다. 한유진은 문성이 탈북한 후에도 문성의 전처와 아이들에게 매달 돈을 보내기까지 하며, 그들을 탈북시켜 한국으로 보낸다.

한유진은 문성에게 일종의 어머니라고 할 수 있다. 한유진과 동침하기 직전 "문성의 모습은 분명 엄마 앞의 철없는 막내"(117)로 표현되고, 동침하는 순간 한유진은 "문성에게는 따뜻했고 한없이 부드러운 엄마 품 같았다."(117)고 이야기된다.[18] 가부장제 이데올로기가 여성에게 부여하는 정체성은 '성모(聖母)'와 '매춘부'라는 두 가지 뿐이다. '성모'가 전통적 성 역할을 받아들이고 가부장적 규범들에 순종하는 '착한 여

17) 고난의 행군 시기 이후 시장경제를 여성이 주도하다 보니 경제사범의 약 80퍼센트 정도가 여성이라고 한다. (위의 책, 574면)

18) 문성이 병든 아내를 차갑게 버리는 모습도 책임감 있는 성인의 모습과 거리가 먼 것이다.

자'라면, '매춘부'는 전통적 성 역할과 가부장적 규범들을 거부하는 '나쁜 여자'라고 할 수 있다.[19] 그녀는 곱사등이이며, 문성을 만나기 전까지 이성을 모르고 살아왔던 것으로 묘사된다. 곱사등이라는 설정은 외모보다 순종과 헌신의 내적인 태도가 더 중요하다는 것을 강조하려는 의도를 갖는 것으로 보이며, 순결에 대한 강조도 '성모'로서의 유진이 지닌 이미지를 더욱 부각시킨다고 볼 수 있다.

지금 김문성의 고백을 듣고 있는 탈북 작가인 '나'는 한유진이 다음과 같은 글을 쓸 것이라고 생각한다.

> - 이젠 모두 떠나버렸다. 다시 오지 못할 곳으로…… 한데 난 왜 외롭지 않을까? 나는 내가 한 일을 후회하지 않는다. 죽어서도……이유가 뭐냐고 물으면 난 서슴지 않고 대답할 것이다. 내 가슴엔 아직 그 사람의 향기가 남아 있다고, 그 향기가 있어 난 너무 행복하다고…… (125)

한유진은 마지막까지 문성을 위해 모든 것을 바치고 그것에 만족하는 모습으로 남는 것이다. 그러한 모습은 마지막까지 서술자인 '나'에 의해서도 긍정적인 것으로 의미부여 된다.[20]

---

19) Lois Tyson, 윤동구 역, 『비평이론의 모든 것』, 앨피, 2012, 206면. 이러한 이분법은 보편적인 것으로서, 남한 사회도 예외는 아니다. 한국 사회는 여성을 정상적 질서와 규범을 존중하는 현모양처와 질서와 규범에서 벗어나 늘 유혹의 눈길을 보내는 위험한 여성으로 이분화시켰다. (이임하, 『계집은 어떻게 여성이 되었나』, 서해문집, 2004, 62면.)

20) 북한의 대가정 사회주의는 가족주의에 기반하여 성차별적 구조를 재생산해 왔는데, 가족주의는 전통적인 젠더구조의 이분법에 도전하지 않으면서 아버지를 정점으로 하는 가족내 권위구조를 전제로 하기 때문이다. 이런 점에서 북한여성은 독립적인 주체가 아니라 남성에게 소속되는 부차적, 종속적 지위를 부여받아왔다. (김혜영, 「북한 가족의 특징과 변화의 불균등성: '고난의 행군기' 이후를 중심으로」, 『가족과 문화』 29-1, 한국가족학회, 2017, 74면.)

이지명의 「확대재생산」은, 1990년대 이후를 배경으로 한 「금덩이 이야기」나 「불륜의 향기」와는 달리 1980년대 후반의 북한을 배경으로 한 작품이다. 비사회주의 현상을 사찰하기 위해 은광탄광에 내려온 검열단은, 김은옥이 채탄공 강철무와 연애를 한다는 이유로 그녀를 심문한다. 이 검열단은 김은옥에게 강철무와 관계를 맺은 횟수까지 캐묻고, 김은옥은 횟수는 물론이고 관계를 맺은 장소까지 이야기 한다. 이러한 검열단의 어이없는 질문은, 검열단의 손이 아무런 꺼림 없이 김은옥의 "봉긋한 가슴을 짚고 구부러진 등을 눌"(42)르기도 하는 행동과 병존한다. 강철무는 여리고 순진한 김은옥과는 달리 당차게 검열단에 맞선다. 검열단 앞에서도 "당신들은 여기 선선한 곳에 앉아 남녀관계나 캐며 그렇게 바쁜 나를 충성의 사금장에서 불러들였소?"(56)라고 항의하는 것이다. 그러나 검열단은 위축되기는 커녕, 강철무가 자신들에게 대든 것까지 포함하여 "강철무 동무를 안일부화, 그리고 당 조직에 대한 무차별 반항, 안하무인의 독단적 판단에 따른 무지한 행패에 준하여 엄중한 처벌"(61)을 내리고자 한다.

이 순간 강철무는 궁지에 몰려 옛 상관이기도 한 초급당 비서를 찾아간다. 초급당 비서는 강철무가 구제받는 유일한 길은 은옥과의 관계를 돈독히 해 나가는 것이라고 충고한다. 강철무는 김은옥이 모든 것을 이야기했다고 하자, 둘 만의 비밀을 얘기했다며 절교를 선언한 상태였다. 비서는 은옥의 고지식함이 "당에서 바라는 성품"(64)이며, 은옥처럼 "당 조직을 존엄 있게, 어머니처럼 대하는 것이 자신을 확대재생산할 필수의 지름길이라는 걸 명심"(65)하라고 충고한다. 그리고 이를 강철무도 받아들인다. 그렇다면 이지명 소설에서 헌신적이며 수동적인 여성은 북한 인민이 따라야 할 이상적인 모습에, 그러한 여성의 무

조건적인 떠받듦을 받는 남성은 당과 지도자의 모습에 부합한다고 볼 수도 있다.[21)]

윤양길의 「어떤 여인의 초상화」도 고난의 행군 시기를 전후로 하여, 일방적으로 헌신하고 희생하는 북한 여성의 초상을 보여준다. 음악 교원으로 앞날이 촉망되는 심일옥은 농촌지원을 갔다가 군인인 광호를 사랑하게 된다. 그런데 광호는 군사임무수행 중 뜻밖의 사고로 하반신을 못 쓰게 되고, 주변에서는 반대하지만 일옥은 광호와의 결혼을 감행한다. 광호와 결혼한 일옥을 두고, 인민군신문은 "전선에 찾아온 아름다운 꽃"이라는 제목으로, 노동신문은 "우리 당의 효녀"(43)란 제목으로 보도를 한다. 광호를 배신하는 것이 "당 조직"(46)을 배신하는 것이라고 여기는 일옥은 광호를 헌신적으로 돌본다. 결혼 생활에서도 일옥은 언제나 광호의 취향을 우선적으로 고려한다. '고난의 행군' 시기가 되면서 "돈을 위한 살인, 절도, 사기, 강도 행위가 난무"(49)하고, 사람들은 탈북을 감행한다. 일옥은 몰래 옷가지들을 팔면서까지 자신의 집 울타리 안에서만은 고난의 행군의 비정함이 스며들지 못하게 하려고 노력한다. 그러나 결국 일옥도 장마당에서 장사를 시작한다. 이 와중에도 "남편을 홀로 두고 나가는 것"(53)을 걱정하거나, "남편에게 고깃국물이라도 대접할 수 있다는 생각"(55)에서 순대 장사를 하거나, 힘들 때면 "'여보 너무 힘들어'하는 대신 '여보 고마워요'라고 말"(56)할 정도로 남편에게 헌신적이다. 일옥의 모습은 북한에서 이상화 된 여성

21) 현실 사회주의에서 가부장은 당이 되고, 인민은 아이가 되기를 요구받는다는 주장도 있다. 코르나이에 의하면 고전적 사회주의에서 가부장제는 권력의 자기 정당화 기제이다. 위계 의식에 기초한 가부장의 역할은 사회 구성원을 규율한다는 점에서 관료조직에게 이데올로기적 정당화를 가능케 한다는 것이다. (Janos Kornai, *The Socialist System:The Political Economy of Communism*, Princeton:Princeton University Press, 1992, pp. 56-57.)

상에 그대로 일치한다.

일옥은 남편의 제안에 따라 남편의 고향 땅에 가서 살게 된다. 일옥은 당의 부름을 받고 온실 관리를 맡지만, 그곳에서 비서에게 성폭행을 당하고 임신까지 한다. 광호는 “이렇게 늦은 선택을 용서하오.”(68)라는 유서를 남긴 채 목숨을 끊고, 일옥은 남편의 사진 앞에서 “여보, 이 애를 당신의 성을 가진 애로 잘 키울게요. 당신처럼 나라를 위해 한 몸 바칠 영웅으로 만들게요.”(69)라는 다짐을 하는 것으로 작품은 끝난다.

그런데 문제는 일옥이 성폭력에도 큰 저항을 하지 않는 모습으로 그려진다는 것이다. 성폭행을 당하고도 일옥은 “비서에게 무례하게 굴지는 않”(65)는다. 이후에도 일옥은 리 당 비서에게 몸을 허락하는데, “아마도 직책 없는 사람이었다면 내가 그런 생각까지 하진 못했을 것”(67)이라는 말에서 알 수 있듯이, 비서라는 권위가 일옥의 태도에 큰 영향을 미친 결과이다. 「확대재생산」에서도 은옥은 자신을 성추행하는 검열단은 물론이고, 자신의 남자친구에게도 맹목적으로 복종한다. 강철무는 은옥이 모든 것을 이야기했다고 하자, 둘 만의 비밀을 얘기했다며 “에잇, 내 너 같은 거 다시 상종하나 봐라. 이거야 더러워서 내 살겠?”(53)이라며 절교를 선언하는 폭력적인 모습을 보여주었다.[22] 이러한 상황에서 은옥이와 같은 순종적인 여성상이 결국에는 모든 인민들에게도 귀감으로 받아들여진다는 것은 커다란 문제라고 할 수 있다.

22) 북한에서 여성의 노동계급화는 점차 심화되어 1987년에는 여성 경제활동 인구가 남성보다 약 200만명이 더 많은 것으로 보고될 정도이다. (Eberstadt & Banister, *North Korea:Population Trends and Prospects*, Center for International Research, 1990, p.135) 그러나 산업화 시기 중공업 우선주의에 따라 남녀 노동자 간의 위계가 존재했다고 한다.

3. 탈북 여성 작가 소설에 나타난 여성상

선군정치(1995년부터 시작되어 2000년대 김정일 정권의 생존 전략으로 구조화됨) 이전 북한 권력이 여성에게 요구한 여성적 정체성은 보은과 섬김, 헌신, 근면 알뜰이라는 여성 도덕률에 집중되었다. 여기에 더해 경제난과 선군정치 시대 이후 두 가지 새로운 여성성이 추가되었다.[23] 바로 '돌봄'과 '이악함'이다. 정권이 강조한 돌봄의 윤리는 개인적인 차원의 헌신을 사회적으로 확장한 개념으로, 자원이 부족한 상황에서 전쟁 준비와 국방사업에 자원 분배를 집중해야 하는 선군시대에, 국가의 부양 의무를 여성에게 전가한 것이다. 이악함은 국가권력과 남성이 주민 생존을 책임지지 못하는 선군정치 상황에서, 공동체의 의식주 해결을 책임지게 된 여성들이 '생존경쟁의 전사'로서 물질 및 실리에 민감해지고 경쟁적인 시장성을 체화한 결과물이라 할 수 있다.[24] 탈북 여성 작가인 김정애와 설송아는 선군 시대 이후 강조된 두 가지 여성성, 즉 '돌봄'과 '이악함'의 모습을 체화한 여성들을 지속적으로 형상화하고 있다.

---

23) 선군시대 북한 여성의 여성성(Feminine)은 은혜에 보답하는 보은의 도덕, 김정일 장군을 우러러 받드는 섬김의 자세, 가정뿐 아니라 군대 및 사회 취약 계층까지 돌보는 돌봄의 윤리, 자신을 바쳐서 공동체를 돌보는 헌신성, 어려운 생활 조건에서도 근면하고 알뜰하며 이악하게 주민 생존을 책임지는 억척스러움 등이다. (「녀성들은 강성국가 건설의 최후승리를 향하여 억세게 싸워나가자」, 『조선녀성』, 2014년 3호, 3-4면.)

24) 박영자, 앞의 책, 616-617면.

3.1. 돌봄의 윤리를 체현한 여성상

김정애는 고난의 행군 시기 북한 여성에게 요구되었던 돌봄의 윤리를 체현한 여성들을 반복적으로 형상화하는 작가이다. 김정애의 「소원」에서 명선은 지금 걸인이 되어 아들인 형철과 길 옆의 커다란 콘크리트관 속에서 생활한다. 명선의 소원은 남편이 "잡아 온 고기 팔아 쌀 사 오구 그걸루 부뚜막에 앉아 도란도란 말하며 살림이란 걸"(306) 해보는 것이다. 이러한 명선의 소원은 깨진 콘크리트관이 아닌 "불 땐 뜨뜻한 구들에서 자는"(307) 어린 형철의 소원을 들어준다는 것도 의미한다. 이 소원을 이루기 위해서 명선은 자기 아버지의 소도둑질을 밀고하여 5년 전에 아버지를 처형당하게 한 우진 영감의 아내가 되고자 한다. 이것은 딸과 아내가 모두 탈북하여 어려운 상황에 처한 우진 영감을 돌본다는 의미도 지니고 있다. 딸과 아내의 탈북 사실이 드러날 것이 두려워 우진 영감은 명선을 죽이려고 몸 위에 올라앉아 목을 조르지만, 명선은 그것이 자신에게 "정을 주려 그러는 것으로 착각"(302) 할 정도로 자신의 소원을 이루려는 의지가 강하다. 이 의지는 아들인 형철과 혼자 된 우진 영감을 돌본다는 의미가 포함된다. 그러나 결국 우진 영감도 딸과 아내가 탈북한 사실을 친구가 밀고하는 바람에 보안원에게 끌려가고, 명선의 소원은 끝내 이루어지지 못한다.

김정애의 「서기골 로반」은 서기골이라는 중국의 산골 마을이 배경이며, 이 마을의 로반(사장)은 여자로서, 피골이 상접한 늙은 남자와 함께 살고 있다. 로반은 중국조선족으로 알려져 있고, 그녀는 탈북자를 보호해 주는 동시에 탈북자를 착취하며 자신의 부를 쌓는다. 탈북자들과 로반은 서로에게 "똥뙈놈 같은 중국조선족 간나새끼들"(174)과 "탈북자인 주제들이"(174)라고 험한 말을 주고받을 정도로 반목한다. 그러나 결국 로반도 신분증이 있는 조선족이 아니라 불법월경자인 탈북자임이 드러난다. 로반은 "강 건너에 사고를 당해 운신을 못하는 남편과 앓는 아들을 두고 온 여자"(181)였으며, "앓는 남편과 아기를 살리려면 돈이 필요"(182)해서 어쩔 수 없이 탈북자들에게 거짓말을 했던 것이다. 작품 속의 로반은 탈북해서도 자신의 모든 것을 바쳐 북한의 '운신을 못하는 남편과 앓는 아들'을 돌보는 것이다.

이 작품은 중국에서 불법월경자에 불과한 북한 탈북 여성과 엄연한 공민인 조선족의 위계가 얼마나 큰 것인지를 분명하게 보여준다. 또한 북에 두고 온 '앓는 남편과 아기를 살리'기 위해 피골이 상접한 늙은 여자와 함께 사는 로반의 존재 방식은 중국을 떠도는 탈북 여성의 비참한 삶을 보여준다. 실제로 중국거주 탈북 여성은 신변 보장을 위해 어쩔 수 없이 중국인 남편을 받아들일 수밖에 없다고 한다. 중국인 남편은 대부분 농촌에서 농사를 짓거나 건설현장에서 일용직으로 일하는 경우가 많으며, 신체적으로 장애가 있거나 「서기골 로반」의 여주인공처럼 나이 차이가 서른 살 이상 차이나는 중국인 남자와 사는 경우도 적지 않다고 한다.[25]

김정애의 「밥」은 북한 사회에서 '착한 여자'에 대한 요구가 얼마나 강력한가를 잘 보여준다. 선옥의 친정은 북한에서 가장 문제시 되는 월남자 가족이기에, 나이가 아홉 살이나 많지만 당성(黨性) 하나는 남들이 따라올 수 없다는 시골 총각 상철에게 "감지덕지 서둘러"(225) 시집을 간다. 상철은 힘세고 일 잘하는 농사꾼과는 거리가 먼 선옥을 "머저리"(225)라고 부르고, 선옥은 차차 상철의 입에서 나오는 "머저리라

25) 강동원・라종억, 『북조선 환향녀』, 너나드리, 2017, 285-317면.

는 호칭조차 정감 있게"(225) 듣는다. 선옥의 삶은 그야말로 "착한 아내, 착한 며느리, 착한 엄마"(237)가 되기 위해 최선을 다하는 삶이다. 선옥은 시어머니를 모시는 것은 물론이고, 정신지체자인 시아주버니 상진의 대변까지 받아내며 살아간다.

선옥은 "당성이 강한 남편의 뜻을 헤아리다 보니"(227) 돈 될 만한 장사에 손을 대지 못해서 생활이 매우 어렵다.[26] 이러한 상황에서 선옥이 생존의 전략으로 선택한 것은 극단적인 내핍이다. 1990년대 중반을 넘기면서 배급이 아예 끊기자, 선옥은 남편에게만 간신히 밥을 싸주고, 자신은 옥수수쌀과 무를 섞은 무밥을 도시락으로 싸간다. 결국 선옥은 배급도 끊기고, 장사도 할 수 없는 막다른 상황에 처한다. 결국 그녀는 딸 향이만을 데리고 탈북한다. 탈북은 "착한 아내, 착한 며느리, 착한 엄마"(237) 중의 어느 것도 될 수 없는 상황에서, 딸 향이를 위해 그나마 '착한 엄마'라도 될 수 있는 유일한 방법인 것이다. 탈북마저도 김정애의 소설에서는 북한 체제에 균열을 가하는 행동이라기보다는 북한 체제가 강요한 돌봄의 윤리를 실천하는 행동에 가까운 것으로 그려진다고 볼 수 있다.

선옥은 탈북한 이후에도 여전히 북한 체제가 요구하는 여성상에서 한치도 벗어나지 못한다. 탈북한 지 10년이 넘었지만 남편과의 통화에서도 오직 시집 식구들의 안부만을 묻고, "여보, 정말 미안해요. 염치없지만, 용서해주세요. 당신이 모르게 떠나서 너무 죄송해요."라며 울

26) 선옥이 장사에 손을 대지 못하는 이유는 실제 북한 사회의 분위기를 반영한 것이다. 고난의 행군 시기까지도 북한 사회에서는 장사에 대한 인식이 좋지 않았고, 장마당에 나서는 걸 부끄러워하고 심지어 천하게 여겼다고 한다. 이것은 계획경제와 봉건적 사회 문화 속에서 장사를 천시하는 의식이 강했기 때문에 일어난 현상이다. (박영자, 앞의 책, 566면.)

먹이는 것이다. 그리고 남편은 목소리에 힘을 보태 "머저리……."(246) 라고 한마디를 한다. 탈북한 선옥은 남편의 "확고부동한 당성 앞에서는 한갓 배신자에 불과할 뿐"(242)인 것이다.[27]

김정애는 어떻게든 아이와 홀아버지를 돌보려는 여인(「소원」), 중국에서 노인과 살면서 북한의 남편과 아이를 돌보는 여인(「서기골 로반」), 이북에서는 물론이고 남한에서도 가족만 걱정하는 여인(「밥」)을 통해 북한에서 강요한 이상적인 여성상에 대한 강박이 얼마나 강고한 것인가를 보여준다. 이처럼 돌봄의 윤리를 내면화한 착한 여성에 집착하는 것은 탈북 여성의 건강한 삶을 가로막는 커다란 장애물이다. 문제적인 것은 이러한 여성을 형상화하는 작가 김정애의 시각에는 별다른 거리감이나 비판의식이 드러나지 않는다는 점이다. 이것은 김정애 자신 역시 북한이 강요한 이상적인 여성상에서 벗어나지 못한 결과일 수도 있다.

3.2. 이악함을 무기로 시장의 주체가 된 여성상

식량난과 경제 위기를 맞은 1990년대 중반부터 북한에서는 군사주의가 전면화된다. '선군정치'로 불리워지는 이 시기에 북한 군대는 체제 운영의 핵심 조직이 되고, 이에 따라 군대를 구성하는 남성은 국가

27) 가정 경제와 양육을 돌보지 않으며 당성만을 강조하는 남편의 모습은 "북한에서 아버지라는 존재는 양육의 주체라기보다는 일제강점기와 한국전쟁 시기의 고통을 알려 주고 자식들이 현실에 만족하며 노동당과 김일성에게 충성하도록 독려하는 일반적인 '권위자'의 모습을 하고 있다."(위의 책, 494면)나 "1990년대 중반 이후 배급제가 마비되어 시장의 공급 기능을 통하지 않고서는 생존 자체가 불가능한 상황이었음에도, 당시 북한 남성들은 여전히 장사에 나서는 것을 부끄럽게 여겼다. 따라서 생존 책임은 온전히 북한 여성의 몫이었다." (위의 책, 537면)라는 설명에 부합한다.

를 보위하는 주체로, 여성은 의・식・주를 중심으로 사회공동체의 일상생활을 책임지는 주체로 젠더 역할이 구성되었다. 남성은 전방의 전사로, 여성은 후방의 전사로 살아야 하는 젠더정책이 강제되었으며, 선군시대 북한 여성들은 준(準)전시 상황에서 헌신적이며 이악스러운 생활력으로 가족의 생존을 책임지도록 강제받은 것이다. 군사주의가 강화되는 과정에서 불평등한 젠더 위계는 이전보다 더욱 심화되었다.[28] 본래 군사주의 문화는 여성에게 "수동성과 공격성을 겸비하고, 적과 맞서 싸울 때는 공격적이며, 남녀간에는 남성에게 복종할 수 있는 여성"[29]을 강요한다. 이러한 상황에서 북한 여성에게는 이악함이 중요한 성격 특성으로 강조된다. '이악함'은 '헌신적인 모성' 또는 '강한 생활력'만으로는 설명할 수 없는, 억척스러움을 넘어선 특유의 승부욕과 이익에 대한 민감함 등을 의미한다. 정권으로부터 생존에 대한 책임을 부여받은 여성들은 이악함을 무기로 시장의 주체가 되었다고 할 수 있다.[30]

설송아는 '이악함을 무기로 시장의 주체'가 된 북한 여성을 반복적으로 형상화한다.[31] 설송아의 작품에서 가장 주목해야 할 것은 북한 여성의 이악함이 바로 성(性)을 통해서 나타난다는 점이다. 그녀들은 성을 도구로 생존의 고해를 헤쳐 나가는 것으로 그려진다.[32] 진옥은

28) 박영자, 앞의 책, 116-119면.

29) 와카쿠라 미도리, 심지연 역, 『전쟁이 만들어낸 여성상』, 소명출판, 2011, 80면.

30) 박영자, 앞의 책, 532-536면.

31) 경제난 이후 북한주민의 생계는 공식소득보다는 장마당과 같은 자생적인 소득활동에 의존하며, 이러한 자가 소득의 획득은 주로 자녀양육과 가정살림을 도맡아온 여성들에 의해 수행되고 있다. (김병연, 『7・1 경제관리 개선조치 이후 북한 경제와 사회』, 한울, 2009, 75-79면; 장은찬・김재현, 「경제난 이후 북한여성의 실질 소득격차 분석」, 『아시아여성연구』 53-1, 숙명여대 아시아여성연구원, 2014, 33-64면.)

32) 고난의 행군 시기 이후 생존 자체가 위기를 맞은 상황에서 북한 여성들이 선택한 생

건설자재전문학교를 졸업하고 처음 설계실 사도공으로 일할 때만 해도 얌전하고 교양 있는 처녀라는 평판이 있었다. 그러나 간부 과장은 간부라는 위압으로 진옥을 성폭행한다. 이후 둘은 내연관계가 되고, 이후 진옥이네 집 살림은 펴기 시작한다. 간부 과장은 진옥과의 관계를 유지하기 위해 자신의 아들을 소개하고, 진옥도 이를 받아들인다.

친정 아버지가 장사 하라며 준 돈을 밑천 삼아 진옥은 시장에서 돈을 벌기 시작한다. 진옥은 처음 약장사를 하고, 나중에는 우연히 기름 파는 곳을 물어본 운전사를 만난 후 자신이 직접 기름 장사를 한다. 진옥은 연유공급소 사장과 인간관계를 맺기 위해 간부 과장이였던 시아버지를 이용하고자 한다. 진옥은 스스로 돈을 벌게 되면서 거절했던 시아버지와의 성관계를, 연유공급소 사장과의 관계를 맺기 위한 목적으로 다시 시작한다. 진옥은 이러한 과정을 거치며 "섹스가 돈과 권력보다 힘이 있다는 원리를 터득"(234)한다. 점차 장사 발판이 넓어질수록 진옥은 성이 가지는 힘과 세상 이치를 배워간다. 진옥은 돈을 벌기 위해 필요한 남자에게 성을 제공하며 그들을 자신의 손발로 삼는 것이다.[33]

진옥의 돈벌이가 절정에 이르렀을 때, 진옥은 "재수 없이 임신되었다는 것을 확인"(238)한다. 진옥의 장마당 야망은 끝이 없이 오르고 있었기에, 그녀는 "태아를 없애는 것이 최선의 선택"(238)이라고 여긴다. 진옥은 "엄마가 되려는 본능을 죽이고"(245) "오직 돈을 벌어야 하고,

존 전략은 크게 내핍과 출혈노동, 관계망 극대화, 출산 기피, 성매매 등이다. (위의 책, 554면.)

33) 처음 기름 파는 곳을 물어보았던 운전수와 불륜을 맺으며, 진옥은 운전수와의 섹스는 "다른 남자들과 달리 이해타산 별로 없이 최소한 정이 통한 것"(237)이라고 생각하지만, 운전수도 진옥의 중요한 사업 조언자라는 점을 고려하면 다른 사람들과의 성관계와 별반 다르지 않다.

살아야 하기 때문"(245)에 낙태 수술을 감행한다. 북한 사회에서 낙태가 흔한 일이라는 것은, 산부인과 의사로 삼십 년 동안 일해 온 정임 선생의 집으로 낙태를 하려는 여성들이 끊임없이 찾아오는 것을 통해 드러난다.[34]

주인공의 이름이 진옥이인 「초상화 금고」는 「진옥이」에 이어지는 속편이라고 볼 수 있다. 진옥은 억척스럽게 장마당을 통해 고난의 현실을 헤쳐 나간다. "돈을 포기하는 건 삶을 포기하는 거나 마찬가지"(233)라고 생각하는 진옥은 연유 장사에 이어 항생제를 제조해 팔기로 한다. 북한 사회 분위기도 장마당을 더욱 권장하는 분위기이다. 진옥은 특유의 사업 수완으로 약학을 자습하고 뇌물까지 요로에 적당히 뿌려대며 큰돈을 번다. 진옥은 지도자들 초상화 뒷벽에 금고를 설치하여 약장사로 번 돈을 보관한다. 마지막에는 보위부에서 사람들이 나와 항생제 약품들과 금고를 모두 가져가고, 이 일에 남편이 공모했음을 암시하며 작품은 끝난다.

「진옥이」와 「초상화 금고」에서 북한 여성들은 이악함을 바탕으로 무섭게 성장한다. 그것은 특히 성을 수단으로 하여 인간관계망을 확대시킴으로써 가능해진 것이다.[35] 설송아의 「제대 군인」에서는, 여성(화순)이 장바닥에서 남자(철혁)를 가르치는 스승의 자리에까지 오른다. 제대 군인 철혁은 입대하기 전과는 완전히 변화된 현실을 맞이한다. 제대 군인인 철혁은 아버지가 죽고 아무런 삶의 희망도 보이지 않는 상

34) 북한의 경제적 어려움은 점차 자녀 출산을 미루고 기피하는 현상마저 낳고 있다. 실제로 2010년 이후 북한을 떠난 이탈주민들의 진술에서는 출산기피관련 이야기가 자주 언급되고 있다. (김혜영, 앞의 논문, 90면)

35) 1990년대 중반 이후 발생한 생존 위기는 "성의 수단화를 증폭시켰고, 성 상납을 넘어 성매매가 일종의 생존 수단으로 자리잡게 되었다."(박영자, 앞의 책, 562면)고 한다.

황에서, 살기 위해 군복을 입고 범죄를 저지른다. 이 와중에 철혁은 만원열차에서 자신이 구해준 바 있는 여인을 만나는데, 그 여인의 이름은 화순으로서 그녀는 일종의 장물아비 역할을 한다. 화순은 많은 돈을 벌어 “쌀이 없어 굶어 죽어 가는 지금, 별세계와도 같은 극락세계”(363)에 살고 있으며, 20만 원짜리 배터리를 철혁에게 사면서 오십만 원을 지불한다. 이후에도 화순은 철혁의 장물을 처리해준다. 여성이 남성보다 경제적 위계에서 더 높은 곳에 서 있음을 보여주는 것이다. 이 작품에서도 시장에 잘 적응한 화순은 성적인 모습으로 형상화된다.[36] 철혁은 화순을 안고 싶은 욕망을 느끼며, 실제로도 둘은 사랑을 나누는 사이가 된다.[37]

이처럼 설송아는 선군 시대 이후 체제가 강제하는 이악스러움을 체화하여, 북한 사회에서 나름의 성공가도를 달리는 여성들을 형상화한다.[38] 설송아는 이러한 성공이 주로 성의 무기화를 통해 이루어지는

36) 화순은 “사십 대치고는 생기가 끓어 넘쳤고 연한 화장으로 느낄 수 있는 옅은 향기는 이성을 흡인할 만큼 넉넉했다. 생긋이 웃을 때 드러난 덧니가 퍽 귀여운 인상을 준다.”(364)고 묘사되는 것이다.

37) 그러나 설송아의 소설 속 모든 여성 인물이 이악스러움으로 현실에 성공적으로 적응하는 것은 아니다. 「제대 군인」에는 이악스러움과는 거리가 먼 여인들도 등장한다. 철혁의 어머니는 해마다 돼지 스무 마리를 길러 군부대에 지원하고 김정일의 감사문을 받았다. 그러나 철혁이 편안하게 군생활을 할 수 있었던 것은 아버지 수완 때문이지 “어머니가 받은 장군님 감사문은 하등의 가치도 없었”(349-350)다. 철혁의 어머니는 남편이 죽은 후에는 친정집으로 돌아온 딸들과 함께 두부 장사를 하지만 밥 한 그릇 배불리 먹지 못한다.

38) 북한에서 창작되는 소설에서도 여성들의 위상은 매우 상승했다고 한다. “2010년부터 2012년까지의 소설을 분석해보면 최근 북한에서 여성들의 위상은 매우 상승했으며, 상당수의 여성들이 슈퍼맘과 슈퍼우먼의 역할을 주문받고 있는 실정이다. 2007년의 7.1 경제 조치 이후 북한여성들은 단순히 어머니나 내조하는 아내 역할에 머무를 수 없었다. 그렇게 했다가는 식량 배급 체계가 무너진 현실에서 가족들이 굶어죽을 실정에 처하게 된다.”(박태상, 『북한소설에 나타난 여성의식과 성역할』, 한국문화사, 2018, 200면.)

과정을 치밀하게 그리고 있다. 성을 도구로 삶을 유지하는 여성의 모습은 그 자체로 참된 인간성의 자리와는 한 참 거리가 먼 도구화 된 부정적 인간 형상이라고 할 수 있다.

그러나 놓치지 말아야 할 것은 설송아의 소설 속 여성인물은, 정권으로부터 생존에 대한 책임을 부여받아 시장의 주체가 되기 위해 필요로 되는 이악함의 정도를 훨씬 뛰어넘은 존재라는 점이다. 이것은 그녀들이 정권의 지배논리를 그대로 따르는 순종적인 신민(臣民)의 차원을 넘어서 그것에 도전한다는 의미를 지닌 것으로 이해할 수도 있다. 또한 설송아의 소설 속 여성들은 방법이 옳다고는 할 수 없지만, 사유재산의 축적과 기존 성규범의 파괴를 통해 북한이라는 사회의 가부장적 규범에 균열을 가져오는 존재들이기도 하다. 이러한 체제 비판적인 여성 형상은 북한의 변화된 현실에 바탕한 것이라고 볼 수 있다. 실제로 고난의 행군을 경과하며 시장 주체로 자리매김한 북한 여성들의 의식과 행위는 이전과 달라지는 중이다. 기혼 여성들은 북한 사회에서 어렵다고 알려진 재판이혼을 감행하거나 집을 나가기도 하며, 미혼 여성의 경우에는 아예 결혼을 기피하거나 북한이 아닌 새로운 사회(혹은 남성)을 찾아 떠난다는 것이다.[39] 설송아는 이러한 북한 현실을 일정 정도 반영하는 것으로도 이해할 수 있다.

김정애의 소설과는 달리 설송아의 소설에 북한체제에 대한 강렬한 비판정신이 드러나는 것도 설송아 소설 속 여성들의 과도한 이악함이 지닌 정치적 의미와 연관된 것으로 보인다. 「진옥이」에서 진옥은 연유공급소 사장을 이용하기 위해 계산적이고 목표가 분명한 간부과장과의 성관계를 맺은 후에 "철든 섹스를 하고 나니 이제는 간부 과장이

39) 박영자, 위의 책, 550면.

된 기분이었다."(235)고 느낀다. 간부 과장이란 어느새 '타산적이고 계산적인 그리고 목표가 분명한 섹스'나 하는 존재가 되어 버린 것이다. 「초상화 금고」에서도 '선량하고 능력 있는 보통 사람 對 사악하고 무능한 간부 출신'이라는 이분법이 성립한다. 여기에 덧보태 이 이분법에는 '능력 있고 순종하는 여성 對 무능하고 권위적인 남성'이라는 이분법이 포개져 있다. 여성들의 이러한 불평등한 처지는 북한 여성들 일반에 해당하는 것으로 설명된다.[40]

「제대 군인」에서 철혁은 "선군시대를 이용하여" 군복을 입은 채 도둑질을 하여 많은 돈을 만진다. 철혁은 열차 안에서 "군복 입은 자신을 무서워하던 승객들이 떠올랐"(355)던 것이다. 군복을 입고 도둑질을 하는 모습은 '군인=도둑'이라는 작가의 인식을 드러낸 것으로 이해할 수도 있다. 나중 친구들과 함께 군복을 입고 도둑질을 할 때는 "반듯한 국복을 입은 이들의 머리에는 군모의 군별까지 달빛에 반사하고 있어 품위 있는 친위부대(수령을 옆에서 보위하는 호위국)를 방불케 했다."(365)고 묘사될 정도이다. 선군시대 사회의 가장 전위적 집단인 군인을 고작 도둑으로 인식하는 비판적 시각이 생생하게 드러나 있는 것이다.

4. 결론

이 글은 탈북 작가들의 소설에 나타난 여성상이 성별에 따라 구별되어 표상되는 양상을 살펴보았다. 북한에서는 남성 중심적인 권위주

40) 이 부분에 대한 상세한 논의는 이경재의 「탈북 작가 소설의 새로운 이해」(『학산문학』, 2018년 가을호, 104-105면)를 참조할 것.

의 문화 속에서 여성들에게 수동적이고 헌신적인 여성상이 강제되고 있다. 이것은 이지명이나 윤양길과 같은 탈북 남성 작가들의 작품을 통해서 일정 부분 확인할 수 있다. 이러한 여성상의 상당 부분이 가부장제를 내면화 한 남성들의 판타지에 기인한 가상일지라도, 북한 여성들이 실제로 겪는 젠더적 고통은 결코 작은 것이 아니다. 또한 탈북 여성 작가들의 작품을 통해서는 선군 시대 이후 여성들에게 강요된 이상적인 여성상이라고 할 수 있는 '돌봄'과 '이악함'이 어떤 식으로 작용하는지를 알 수 있다. 김정애의 소설에는 북한에서는 물론이고, 중국에서도, 남한에서도 가족을 돌봐야 한다는 사명감으로 구속받는 여인이 등장한다. 설송아의 소설은 시장의 주체가 되기 위한 이악함을 갖춘 결과, 자신의 성을 도구화하여 참된 인간성에서 한참 멀어진 모습을 보여주고 있다.

다음으로 탈북 작가들의 작품에 나타난 남성들의 모습에도 주의를 기울일 필요가 있다는 점을 말하고 싶다. 위에서 살펴본 작품들 중에서도 여성이 시장의 주체로서 새로운 시대에 가장 잘 적응한 모습을 보여주는 설송아의 소설에서 남성은 매우 폭력적인 모습으로 그려진다. 이것은 남편이 아내를 강간하는 끔찍한 모습으로 나타나고는 한다.[41] 특히 「초상화 금고」에서 진옥은 힘들게 돈을 벌어 남편은 물론이고 시집까지 먹어살리다시피 하지만, 돌아오는 것은 "나쁜 죄가 아

41) 다음의 인용을 고려할 때, 이러한 모습은 북한 여성이 실제로 겪는 삶의 모습을 어느 정도 반영한 것으로 볼 수 있다. "가정에서는 '아버지(남편)가 모든 것의 주인이고 모든 것을 결정하는 존재'이다. 대부분의 가정은 자율성과 통제감을 침해당하며 무력감을 경험한 남성들이 남자다움을 과시하는 '남자의 왕국'이 되기도 한다. 이 남자의 왕국에서 여성폭력, 아동학대 등은 충격적이고 유별한 경험이 아니라 매일의 일상적인 경험이 된다."(김경숙, 「탈북여성의 가정폭력 경험과 트라우마에 관한 연구」, 『한국기독교상담학회지』 29-3, 한국기독교상담심리학회, 2018, 59면.)

닌데 세상이 여자를 나쁜 년으로 만든다."(233)는 말처럼, 늘 폭력과 학대이다. 진옥은 가족을 위해 돈을 벌고 헌신하지만, 진옥의 남편은 짜증을 부리고 습관적으로 폭력을 행사한다.[42] 진옥이 낙태했을 때도 위로는 커녕 "너 왜 낙태했어? 아이 낳기 싫어?"(230)라는 폭언을 하며 (성)폭행을 할 정도로 인간 이하의 모습을 보여주는 것이다.[43] 그런데 이러한 폭력의 이면에는 변화된 세상에 적응하지 못한 남성의 소외감과 박탈감이 적지 않은 비중을 차지하고 있다. 「초상화 금고」에서 남편은 간부 집안 출신으로서, 노동자 집안 출신인 진옥을 보면서 자신의 무능력에 대한 자괴감을 매우 크게 느끼는 것이다.[44] <진옥이」에서 남편은 돈버는 법을 아예 모른다. 그렇기에 비법(非法)만이 돈이 된다는 세상 묘리를 깨달은 아내에게 "남편의 말은 무식한 자의 언어로 들"(232)릴 뿐이다. 남편이 진옥을 완력으로 범하는 순간은, 진옥이가 세상 물정을 모르는 남편이 "차라리 죽었으면 좋겠다는 생각"(232)을 할 때이다. 어떤 의미에서 북한 남성들은 선군권력의 젠더 전략에 따른 또 다른 희생자이다. 사회변동의 주체라는 측면에서 보면 남성들이 여성들보다 훨씬 소외되어 있는 것이다. 실제로 북한 남성들의 무력감과 무기력은 심각한 수준이며, 이로 인해 남성들은 살인 등의 강력 범

42) 여성을 가정에 묶어두는 것과 여성 개인의 자각을 막는 것은 예로부터 이어져 온 가부장제 질서를 유지하는 마차의 두 바퀴라고 할 수 있다. (와카쿠와 미도리, 김원식 역, 『사람은 왜 전쟁을 하는가-전쟁과 젠더-』, 알마, 2006, 87면.) 사회활동을 하는 진옥에 대한 남편의 이러한 태도는 가부장제를 내면화한 모습에 해당한다.

43) 남편의 폭력적인 모습은 계속 해서 이어진다. 진옥은 시집도 잘 챙겨주고, 도당 간부부에 뇌물을 질러주어 남편이 간부 발령이 나도록 하지만, 남편은 바람을 피고 이에 항의하는 진옥이를 무차별적으로 폭행한다.

44) 김정애의 「밥」에서 남편은 설송아의 소설에서처럼 직접적인 폭력을 행사하지는 않지만, 과거에 고착되어 있어서 아내를 전혀 이해하지 못하고, 극단의 고통을 주면서도 당성만 강요하는 방식으로 정신적인 폭력을 행사한다고 볼 수 있다.

죄와 자해적인 행태를 보인다고 한다.[45] 이를 고려할 때, 탈북 여성 작가의 소설에 등장하는 폭력적인 남편은 분명한 가해자인 동시에 또 하나의 피해자로서 한국문학이 관심을 가져야 할 또 하나의 중요한 존재라고 할 수 있다.

마지막으로 북한은 '신의 얼굴을 한 타자'라는 사실을 강조하고 싶다. 우리의 자아상이 그러하듯이, 북한은 가장 익숙한 얼굴로 나타나기도 하지만, 때로는 가장 낯설은 모습으로 등장하기도 한다. 분명 탈북 작가들은 남한에서 나고 자란 이들에 비해서는 비교할 수도 없이 북한 사회를 잘 아는 존재들이지만, 그들 역시 '강(국경)'을 건넌 순간 더 이상 온전한 북한 사람일 수는 없다는 것도 잊어서는 안 된다. 그렇기에 이들의 작품이 곧바로 북한의 실제와 일치한다고 주장하기는 어려운 일이다. 이 글이 굳이 재현이 아닌 표상이라는 개념에 바탕해 여러 가지 작품들에 나타난 북한 여성상을 정리한 이유도, 바로 표상되는 것과 표상하는 주체 사이의 복잡한 맥락을 염두에 두고자 한 의도에서 비롯된 것임을 밝혀둔다.

45) 박영자, 앞의 책, 624면.

한 탈북 여성의 국경 넘기와 초국가적 주체의 가능성*

-이현서의 영어 수기를 중심으로

배개화

1. 서론: 탈북 여성의 적극적 주체성 모색

탈북자들의 수기는 수기, 탈출기, 실화, 체험기, 증언, 에세이 등 다양한 장르명으로 90편 이상이 지금까지 출판되었다. 최근 북한의 인권 문제에 대한 국제 사회의 관심이 고조되면서 탈북자들의 수기들이 영어로 출판 되고 있으며, 탈북 여성의 수기도 4권 정도 있다.[1] 이 논문

* 이 글은 『춘원연구학보』 11호(춘원연구학회, 2017)에 게재된 것이다.

1) 고난의 행군 시기(1994-2000)부터 탈북이 본격화되면서 1998년부터 국제사회에서 북한의 인권에 대한 논의가 본격화되었고, 이는 유엔인권위원회의 북한인권결의안으로 이어졌다. 북한인권결의안은 2003년 제59차 유엔인권위원회부터 3년 연속 채택되지만, 북한인권 상황이 별다른 진전을 보이지 않게 되자, 2005년부터는 유엔총회에서도 채택되고 있다. 2016년 7월 7일에는 미국 정부는 김정은을 포함한 북한인권 유린 제재

은, 이중에서 양강도 혜산시가 고향인 탈북 여성 이현서(Hyeonseo Lee)의 The Girl with Seven Names: A North Korean Defector's Story(William Collins: 2015)에 나타난 희생자-난민이 아닌 초국가적 주체로서의 탈북 여성의 한 사례를 살펴보도록 하겠다.2)

연구자가 이현서의 수기를 연구의 대상으로 삼은 것은 그녀의 탈북 이후 중국에서의 생존전략과 남한으로의 입국 동기 그리고 영문 탈북 수기를 쓰고 북한 인권 운동가가 되는 과정에 대한 서술의 (다른 탈북자들이 쓴 국문 수기나 영문 수기에서 발견되지 않는) "비-전형성" 때문이다. 대부분의 탈북 수기들은 북한을 독재국가, 인권 유린 국가로 비판하거나, 탈북자들의 희생자-난민으로서의 고통과 새로운 시민권, 주로는 대한민국 시민권의 획득 과정에 관해 서술한다. 이와 달리 이현

대상자를 발표하였다. 이런 국제사회의 움직임을 뒷받침하기 위한 증언 자료로서 북한 이탈주민들의 문학들이 최근 몇 년간 영어로 출판되었다. 이중 영어로 된 탈북 여성문학은 4권 정도 출판되었다; Lucia Jang의 *Stars Between Sun and Moon: One Woman's Life in North Korea and Escape to Freedom* (Norton & Company, 2015), Hyeonseo Lee의 *The Girl with Seven Names: A North Korean Defector's Story* (William Collins: 2015), Yeonmi Park의 *In Order to Live: A North Korean Girl's Journey to Freedom* (Penguin Book, 2016) 그리고 Eunsun Kim의 *A Thousand Miles to Freedom: My Escape from North Korea* (St. Martin's Griffin: Reprint edition, 2016)이 있다.

2) 현재 영미권 연구자들은 이 같은 글쓰기를 문학과 저널리즘의 중간에 존재한다는 의미에서 '문학적 저널리즘'이라고 부른다. 또한 탈북자의 수기는 국경을 넘어서 다른 나라로 이주를 다룬 것이기 때문에 '국경을 넘는 문학적 저널리즘'(cross-borderland literary journalism)의 한 유형이다; Norman Sims, "International Literary Journalism in Three Dimensions," *World Literature Today*, Vol. 86, Iss. 2, Mar/Apr 2012, pp.32-36.

서의 수기는 이름 바꾸기와 새로운 시민권의 구매/획득을 통해 자신의 가치를 높여가는 적극적인 면모, 그리고 인류애에 토대를 둔 '세계시민권'의 가능성을 모색하는 '초국가적인 주체'의 모습을 그려내고 있다.

이현서는 1980년 1월 북한 혜산시에서 태어나서 만 18살이 되기 직전인 1998년 1월 북한을 탈출하였고, 중국에서 10년가량 지낸 후 2008년 남한으로 입국하였다. 2011년부터 시작된 채널 A의 탈북 여성 토크쇼인 "이제 만나러 갑니다"에 출연하였다. 또한 2013년 2월, 그녀는 TED 강연에서 탈북 경험을 증언하였으며, 이 TED 토크는 현재까지 1000만 명이 시청했다. 그녀는 미국인 남편과 결혼하여 한국에 거주 중이다.

수기를 출판한 2015년은 그녀가 북한을 떠난 지 17년 정도 된 때이다. 그 사이에 그녀는 중국에서 10년 그리고 한국에서 7년을 살았다. 그녀는 탈북자로서 자신을 이 세계의 이방인, 혹은 유배자이며, 중국인도 북한인도 한국인도 아니라고 생각한다. 이제 그녀는 어느 한 국가에 속하려고 애쓰기보다는 '세계시민'으로 살아갈 것을 생각한다. 그녀에게 수기는 이러한 깨달음(awakening)에 이르는 과정에 대한 기록이다.3)

1990년 초부터 시작된 북한의 대기근으로 인해서 북한 주민들이 북

3) "As I read back through this book, I see that it is a story of my awakening, a long and difficult coming of age. I have come to accept that as a North Korean defector I am an outsider in the world. An exile. Try as I may to fit into South Korean society, I do not feel that I will ever fully be accepted as a South Korean. More important, I don't think I myself will fully accept this as my identity. I went there too late, aged twenty eight. The simple solution to my problem of identity is to say I am Korean, but there is no such nation (···) The next step is to identify with humanity, as a global citizen." (location 110). 이 논문은 이현서의 수기의 킨들 전자책 버전을 인용하고 있다. 인용문의 출처는 킨들의 전자책 버전의 위치이다.

한을 이탈하여 중국으로 유입되었고, 그들 중 일부분은 대한민국으로 입국하였다. 지금 대한민국에는 3만 명가량의 탈북자들이 거주하고 있으며,[4] 중국에도 약5-10만 명가량의 탈북자들이 있다.[5] 탈북 여성의 입국비율은 1989년에는 7%에 불과하였으나 2002년에는 남성비율을 넘어서서, 지금은 전체 북한이탈주민의 70%가 여성이다.[6]

탈북 여성들은 생존을 위해서 중국으로의 국경을 넘는 경제적 이주자들이 절대다수이다. 이들은 배급 중단으로 인한 생활고-기아 상태에서 벗어나기 위해서라는 직접적인 원인 외에도, 북한의 남성 세대주 중심의 배급체제와 이로 인한 남성 우월적인 가부장적 문화 때문에 북한을 떠났다.[7] 이들은 중국에서 상당 기간 불법으로 체류하면서 임금 노동자로 일하기도 하지만, 주로는 인신매매로 농촌 지역의 중국인이나 조선족과 매매 결혼을 하거나, 성매매에 종사한다.[8]

기존의 연구는 "이주의 여성화"(feminization of migration)라는 세계적인 현상 속에서 북한 여성의 이동 현상을 조명하고, 탈북 여성들을 구조를 기다리는 희생자-주체(victim-subjects)로 보았다.[9] 이런 관점은, 한국

---

4) 통일부의 조사에 따르면 1998년까지 남한에 입국한 탈북자는 947명 정도였으나 이후 3년간 1,043명이 입국하였고, 2016년 3월까지 2만 9137명이 입국하였다; 통일부, 「북한이탈주민 입국현황」, 통일부 홈페이지 자료 참조. <http://www.index.go.kr/potal/main/EachDtlPageDetail.do?idx_cd=1694>

5) 김석우, 「재중 탈북자 문제와 중국의 책임」, 『신아세아』 19-1, 신아시아연구소, 2012년 봄, 55면.

6) 통일부, 「북한이탈주민 입국현황」, 통일부 홈페이지 자료 참조 <http://www.index.go.kr/potal/main/EachDtlPageDetail.do?idx_cd=1694>

7) 이화진, 「탈북여성의 이성 관계를 통해본 인권침해 구조와 대응-탈북 및 정착과정을 중심으로」, 『평화연구』 19-2, 고려대학교 평화연구소, 2011, 375-378면.

8) 김성경, 「북한이탈주민의 월경과 북・중 경계지역-감각되는 '장소'와 북한이탈여성의 '젠더'화된 장소 감각」, 『한국사회학』 47-1, 2013, 247면.

9) Hae Yeon Choo, "Gendered Modernity and Ethnicized Citizenship: North Korean Settlers in Contemporary South Korea," *Gender and Society,* Vol. 20, No. 5, Oct., 2006, p. 579에서 재

문학이 탈북 여성을 탈-경계를 감행하지만, 시민권 획득과 결혼을 통해 대한민국이라는 새로운 가부장적 질서에 편입되거나,[10] 자본주의적 교환 구조 속에 편입되어 '상품'이 되고, 결국은 국민 되기에 실패하는 것으로 묘사하는 것으로 재생산 된다.[11]

이와 달리, 인류학자 주해연(Hae Yeon Choo)은 탈북 여성을 희생자-주체로만 보는 관점을 비판하고 한국인의 민족적 표지를 습득하고 내면화함으로써 대한민국의 시민권에 동화되는 데에 적극적인 주체로서 보아야 한다고 주장한다.[12] 주해연은 탈북 여성들은 북한과 남한 사람을 구별하는 젠더 표식-서울 말씨, 세련된 옷차림-과 현대적인 젠더 관계를 체득하는 데 적극적이며, 북한의 가부장적 젠더 관계와 인신매매, 성매매의 희생자라는 이미지와 자신을 구분하려고 한다고 주장하였다.[13]

이 논문은 주해연(Hae Yeon Choo)의 관점, 탈북 여성들이 구원을 기다리는 희생자가 아니라 자기의 새로운 정체성을 만들어가는 데에 "적극적인 주체"라는 관점에 공감하면서도, 그러한 주체성을 국민국가의 관점에서가 아니라 초국가적인(transnational) 관점에서 생각해 보고자 한다. 다시 말해, 이 논문은 이현서의 영어 수기에 나타난, 탈북 여성이 '세계시민'을 상상하는 초국가적 주체로 되어 가는 과정을 살펴보고,

---

인용.

10) 소영현, 「마이너리티, 디아스포라-국경을 넘는 여성들」, 『여성문학연구』 22, 여성문학회, 2009; 김은하, 「탈북여성과 공감/혐오의 문화정치학」, 『여성문학연구』 38, 여성문학학회, 2016.

11) 이지은, 「'교환'되는 여성의 몸고 불가능한 정착기-장해성의 『두만강』과 김유경이 『청춘연가』를 중심으로」, 『구보학보』 16, 2017, 520-521면.

12) Hae Yeon Choo, op.cit., pp.579-580.

13) Ibid., pp.590-592.

이주 여성의 적극적인 주체성의 '가능성'을 검토하고자 한다. 또한, 이 논문은 불법체류자나 난민의 인권을 일국적 차원이 아니라 초국가적인 차원에서 옹호할 수 있는지를 생각해 보고자 한다.

2. 사회적 가면과 교환가치로서의 이름

이현서는 수기의 제목이 말하는 것처럼 이름을 7번 바꾸었고, 이중에 5번은 북한을 떠난 이후로 바꾸었다. 그녀의 첫 번째 이름은 김지해이다. 김씨는 그녀의 생물학적 아버지가 물려준 성씨이다. 하지만 어머니는 생물학적 아버지와 이혼하고 그녀를 키워준 아버지와 재혼하면서 그녀의 이름을 박민영으로 바꾸었다. 어머니와 가족들은 박민영으로 저자를 부르기 때문에 이것이 그녀의 실질적인 이름이다. 이후 그녀는 중국 심양에서 채미란과 장순향으로 그리고 상하이에서는 채인희와 박선자로 살았고, 대한민국에서 이현서로 살고 있다.

인간에게 얼굴과 몸매가 비언어적인 정체성의 상징이라면 이름은 언어적으로 가장 강력한 정체성의 상징이다. 심리학자들은 개명을 심리적 성형 욕구에서 나온 것이라고 설명한다. 개명 욕구는 자신의 문제를 가감 없이 드러내지 않고 반사회적으로 은폐하고, 축소하려는 방어기제가 작용한 것이다. 많은 경우, 사람들은 자신의 약점을 상대방에게 보이지 않으려고 이름을 바꾼다.[14]

이현서에게 감추고 싶은 약점은 '북한 사람'이라는 것이다. 중국은 북한 여권과 중국 비자 없이 월경한 북한 주민들을 불법체류자로 규

---

14) 김치중, 「이름만 바꾸면 새 인생? 개명은 심리적 성형 욕구」, ≪한국일보≫, 2015.8.1.

정하고 북한으로 강제 송환하고 있다. 그런데 탈북과 송환 횟수가 누적되면 탈북자들은 '국가의 배신자'로 낙인찍히고, 북한으로 송환되면 '교양소'나 '정치범 수용소'에서 수감된다. '교양소'와 '수용소' 수감자들의 높은 사망률 때문에 탈북자들은 강제송환을 죽음으로 인식하고 이를 피하려고 하였다.[15] 강제 송환의 공포 때문에 탈북자들은 중국에서 북한 사람이라는 사실을 숨기려고 한다.

처음, 이현서는 강제송환을 피하려고 '북한 사람 박민영'이라는 자신의 정체성을 지우고 가짜 정체성을 만들었다. 그런데 시간이 지날수록 이현서는 이름을 철저하게 사회적 교환 체계에 편입하기 위한 하나의 개체 구분 표지로 이용하였으며, 여러 번의 이름 바꾸기와 중국 시민권의 구매를 통해서 직업과 임금의 수준-사회적 지위-을 높이는 적극적인 생존 전략을 구사했다. 그녀는 자신이 속한 지역 공동체에 대한 소속감이 적고 타인과 의미 있는 관계를 맺을 생각이 없었기에 가짜 정체성으로 살아가는 것에 죄의식을 그다지 느끼지 않는다.

1998년 2월 이현서가 중국의 심양에서 도착했을 때, 아버지의 사촌은 그녀에게 채미란이라는 이름을 주었다. 이는 북한의 보위부에 걸려 강제 북송되는 것을 피하고, 북한에 남아있는 가족들에게 피해를 주지 않기 위해서였다. 심양의 친척 아저씨는 이현서에게 근수라는 부유한 조선족 남자를 결혼 상대자로 소개해준다. 그녀는 근수와 1년 넘게 만나고 약혼까지 했음에도 그에게 자신의 본명-박민영-을 알릴 필요를 느끼지 못했다.

---

15) 강철환의 『수용소의 노래: 평양의 어항』(시대정신, 2005)과 지현아의 『자유찾아 천만리』(제이앤씨커뮤니티, 2011)는 각각 요덕수용소와 증산11호교양소의 체험을 기술하였다. 지현아는 자기와 함께 수감되었던 강제송환자의 90프로가 사망하였다고 증언하였다.

> 근수는 내가 북한 사람이라는 것을 알지만 내 이름이 채미란이라고 믿고 있었다. 나는 그에게 내 진짜 이름을 알릴 이유를 알지 못했다. 사실 나는 미란으로 불리는 것에 너무 익숙해져서, 마치 내가 민영이라는 이름을 탈피하고 있는 것 같이 느꼈다.[16]

이러한 태도는 근수와 진실한 관계를 맺을 생각을 하지 않았기 때문이다. 이것은 나중에 그녀가 한국 남자친구-그는 한국에서 가장 부유한 지역인 서울 강남 출신이다-에게 자신의 본명과 북한 사람임을 밝힌 것과는 대조적이다.

이후 근수의 부모는 혼인신고를 위해서 중국 신분증을 만들어서 준다. 그들이 보여준 신분증에는 이현서의 사진이 장순향이라는 이름과 중국 공민 번호와 함께 있었다. 하지만 본인의 의사를 무시한 강압적인 결혼과 북한의 가족들과는 만나서는 안 된다는 시댁의 태도에 그녀는 파혼하고 가출하였다. 이것은 대부분의 탈북 여성들이 생존을 위해서 한족이나 조선족과의 매매혼을 순순히 받아들이는 것과는 다른 선택이었다.

이현서는 장순향이라는 이름과 공민 번호를 이용하여 심양의 중국인 식당에 웨이트리스로 취직한다. 이후 그녀는 자신이 탈북자라는 것을 친한 동료들에게 밝혔다가, 누군가의 고발로 공안에게 단속되었다. 다행히 공안의 심문에서 자신이 연변 조선족이라고 주장한 것이 받아들여져 풀려난다. 하지만 이 검거 때문에, 이현서는 탈북자에 대한 중국 공안의 추적과 강제 북송에 대해 큰 공포를 느끼게 된다. 또한, 그

16) "Geun-soo knew that I was North Korean, but believed my name was Chae Mi-ran. I saw no reason to reveal my real name to him. In fact, I was getting so used to being called Mi-ran, it felt as if I was shedding the name Min-young like a former skin." (location 1858)

녀는 자신이 다른 사람을 믿고 자신의 정체성-북한 사람-을 말했기 때문에 중국 공안에게 검거되었다고 생각하고, 이제는 누구에게도 자신의 진실을 말하지 않기로 결심한다.

2002년 1월 저자는 심양보다 더 큰 대도시에 숨기로 하고, 심양에서 만난 다른 탈북 여성과 함께 상하이로 이주한다. 상하이에서 이현서는 채인희라는 새로운 이름을 만든다. 이렇게 한 이유는, 장순향이라는 이름이 중국 공안에게 노출되었기 때문에 이 이름으로 살아가는 것이 안전하지 않다고 판단했기 때문이다:

> 이 새로운 출발을 위해서, 나는 이름을 다시 바꾸었다. 이번에는 나를 채인희-나의 다섯 번째 이름-라고 부르기로 결정했다. 나는 심양에서 너무 많은 사람에게 내가 북한 사람이라고 말했다 나는 순향이라는 이름을 지워버릴 필요가 있었다. 예은은 믿을 수 없어했다. '에? 왜? 순향이라는 이름에 무슨 문제 있어?' '점쟁이가 이 이름이 나에게 행운을 가져다 줄 거라고 말했어.' 나는, 나랑 친하다고 생각하는 사람들에게조차도 능수능란한 거짓말쟁이가 되었다.[17]

상하이에서 이현서는 좀 더 나은 직업을 얻고 안정된 생활을 하기 위해서는 중국 공민 신분증(ID)이 필요하다고 생각했다. 그래서 그녀는 하얼빈에 사는 중국 국적 조선족 여성, 박선자의 신분을 샀다. 이현서는 박선자의 신분으로 한국인이 운영하는 LED 회사의 사무원으로 취

17) "To mark this new start I changed my name again. This time I decided to call myself Chae In-hee. My fifth name. I had told too many people in Shenyang I was North Korean. I needed to bury the name Soon-hyang. Yee-un was incredulous. 'Eh? Why? What's wrong with Soon-hyang?' 'The fortune-teller said this name would bring me luck.' I have become an accomplished liar, even to the people who thought they were close to me." (location 2474)

직하여, 회사의 대표가 중국 사람들을 만날 때 중국어를 한국어로 통역하는 일을 하였다. 식당 웨이트리스로 일을 할 때 그녀는 한 달에 60달러를 받았는데, 여기서 일하면서 4배 즉 240달러의 월급을 받았다.

이후 2년 동안, 이현서는 박선자라는 이름으로 상하이의 코리아타운에서 생활하면서 인맥을 쌓았다. 덕분에 그녀는 일본인이 운영하는 화장품 회사에 취직하게 된다. 일본인 사장은 한국말도 중국말도 하지 못하기 때문에 이현서는 웨이트리스의 월급보다 10배 많은 월급을 받았다. 봉급이 올라가면서 그녀의 사회적 관계도 수준이 높아지고 생활도 윤택해진다.

이현서는 우연히 참석한 파티에서 '김'이라는 상하이에 부동산 투자를 하러 온 젊고 잘생긴 미혼 한국 남성을 만난다. 그녀는 직장을 그만두고, 2년 정도 그와 동거를 하였다. 이현서는 이 남자와 결혼하기 위해서 한국 사람이 되어야겠다고 결심하고, 박선자의 신분으로 중국 여권과 비자를 만들어서 한국에 입국한다.

이현서는 국정원의 심문을 받는 동안에는 자신이 진짜 탈북자임을 증명하기 위해서 '박민영'이라는 이름을 다시 쓴다. 하지만 대한민국의 주민등록증을 만들 때 그녀는 '이현서'라는 새로운 이름을 사용했다. 여기에는 중국에서의 삶을 지우고 북한의 가족을 보호하기 위해서라는 이유도 있지만, 자신의 운을 좋게 하기 위해서라는 이유도 있었다. 그녀는 작명소에서 이현서를 포함한 여러 개의 이름을 받는다. 이 이름을 선택한 것에 대해서 이현서는 "현은 햇빛, 서는 행운. 나는 햇볕 속에서 따듯하게 살고, 다시는 그늘로 돌아가지 않기 위해서 이 이름을 선택했다"고 말한다.

이현서에게 이름은 필요에 따라서 바꿔 쓸 수 있는 사회적 가면과 같은 것으로 자신과 타인을 구분하고 구직과 직장 생활 등의 경제활동에 필요한 사회적 표식일 뿐이다. 또한 잦은 이름 바꿈은, 중국에서 그녀가 철저하게 임금-노동의 교환 체계에 편입되어 자신을 상품으로 취급하고 있음을 보여준다. 이현서는 탈북 이후 거주 공간이 바뀔 때마다 이름을 바꾸는데, 그때마다 그녀의 교환가치-직업과 임금-는 점점 커졌다.

무엇보다 이름을 바꾸는 것은 이현서가 북한 사람이라는 약점이 타인에게 노출되는 것을 막아주는 안전장치이다. 상하이에서 6년 정도 거주했음에도 그녀가 북한 사람이라는 것을 아는 사람은 오직 두 명이었는데, 그 중 한 명인 한국 남자친구도 그녀가 한국으로 오기 직전에야 그녀의 정체를 알게 되었다. 한국 입국 이후에 그녀가 이현서라는 새로운 정체성을 만든 것도 자신이 북한 사람이고 중국에서 불법체류 생활을 오랫동안 했다는 것을 숨기기 위해서이다. 이처럼 이현서는 북한 사람 박민영을 철저하게 '비-실재'(non-entity)로 만들어서 보호하고자 한다.[18] 그 결과, 북한 사람 박민영은 오직 고향의 가족과 그녀의 기억 속에만 존재한다.

3. 가면 쓰기의 기원과 북한 사람의 '아비투스'

이현서는 이름과 거주 장소를 바꾸고 친밀한 사람들을 만들지 않는

18) 한나 아렌트는 난민(refugee) 혹은 불법 이민자(undocumented immigrant)가 본국이나 이주국의 공적 영역-정치적 의사소통의 영역-으로부터 소외되었다는 의미에서 비존재(non-entity)라는 개념을 사용한다. 중국에서 이현서의 정체성인 북한 사람 박민영은 한나 아렌트적인 의미에서뿐만 아니라 자신의 의지로 비존재가 되었다(양창아, 「한나 아렌트의 '혁명론'의 시작: 배제된 자들의 관점과 정치적 경험의 회복」, 『코기토』 71, 부산대학교 인문학연구소, 2012, 350면).

것이 모두 생존을 위해서라고 주장한다. 그녀는 거짓 정체성으로 사람들을 속이는 것에 대해서 한두 번 정도 죄의식을 느낀 적이 있지만, 대체로 불가피한 선택이었다고 생각한다. 무엇보다 그녀는 이런 생존 전략이 북한에 있을 때 어머니로부터 학습된 것임을 숨기지 않는다.

이현서는 어머니의 높은 신분 덕분에 자신도 매우 좋은 신분을 갖고 있음을 매우 강조한다. 북한은 송반(songban)이라는 신분제도를 통해서 북한 주민들을 관리하는데, 신분은 노동당 입당, 간부진급, 상급학교 진급, 입대뿐만 아니라, 연애와 결혼 등에도 영향을 미친다.[19] 이현서의 어머니는 좋은 송반에 속했으며, 그 덕분에 북한 사회에서 윤택하고 미래를 보장받는 생활을 할 수 있었다. 어머니는 신분의 유지를 원하는 할머니의 뜻에 따라 비슷한 신분의, 저자의 생물학적 아버지와 결혼하였다. 어머니는 이현서를 낳은 직후 이혼하고, 전부터 사랑하는 사이였던 아버지와 재혼하였다.

이현서의 아버지는 군인이고 어머니는 지방정부 공무원이었기 때문에 그녀의 가족은 상당히 여유 있는 생활을 하였다. 고난의 행군 시기에도 아버지는 국가의 배급을 계속 받았고 뇌물도 받아서 무리 없이 가족을 부양하였다. 어머니는 지방 공무원의 지위를 이용하여 국가의 비축물을 시장-장마당에 몰래 팔거나 중국 상품을 밀수하여 팔았다. 이 때문에, 저자는 고난의 행군 시기 중에도 다른 사람들이 굶고 있다는 것을 모를 정도로 배고픔과는 거리가 있는 생활을 하였다.

---

19) 1966년부터 1970년까지 주민 재등록 사업의 결과를 토대로 북한은 전 주민들의 성분을 핵심계층, 동요 계층 그리고 적대계층의 3대 계급 51개 계층으로 분류하고 그에 따라 각기 계층별로 상응하는 정책을 시행하였다. (북한연구소, 『북한총람』, 북한연구소, 1983, 878-879면; 찰스 암스트롱, 김연철 역, 『북조선의 탄생』, 서해문집, 2006, 124면 참조.)

그녀 어머니의 사교 원칙은 타인들과 깊은 관계를 맺지 않고 누구도 믿지 않는 것이다. 이것은 상호 감시와 밀고가 일상화된 북한에서 자신과 가정의 비밀을 지키고 법과 이데올로기의 단죄를 피하는 방법이다.

> 아버지처럼 어머니도 사람들과 어울리는 것을 피했다. 그녀는 사람들과 거리를 유지하는 방법을 잘 알았다. 이것은 사람들을 많이 알수록 비판 당하거나 비난받을 수 있는 이 나라에서 그녀를 잘 보호했다. 만약 내가 친구를 집으로 데려오면 그녀는 환영하기보다는 적대적이었다. 그러나 이것은 그녀가 진짜로 그런 사람이어서가 아니다. 북한 사회의 비극은 모든 사람이 위험에 빠지지 않도록 **가면을 쓰고 있다**는 점이다.[20]

저자가 중국에서 이름을 계속해서 바꾸고, 자신의 정체성을 타인과 공유하지 않는 것은 모두 북한에서 학습된 '아비투스'의 결과이다. 이것은 심양에서 자신의 진실을 타인에게 말했다가 중국 공안에게 검속된 이후 더욱 강화된다.

이현서의 어머니는 '신분의 유지'를 최고의 가치로 여겼으며, 법률이나 사회 규칙 위반으로 생기는 문제들–체포나 처벌의 위험은 언제든지 뇌물로 해결될 수 있는 것으로 생각했다:

20) "Like my father, my mother avoided being sociable. She knew how to keep her distance from people. This reserve served her well in a country where the more people you knew the more likely you were to be criticized or denounced. If I brought a friend home to the house, she would be hospitable rather than welcoming. But this was not really the person she was. One of the tragedies of North Korea is that everyone wears a mask, which they let slip at their peril."(location 426)

> 나의 어머니는 사람들에게 뇌물을 먹이는 법을 잘 알고 있었다. 뇌물을 주고받은 것이 걸리지 않는 한 뇌물로 해결되지 않는 것은 없었다. 북한에서 뇌물은 무엇이든지 일어나게 하거나, 가혹한 법이나 말도 안 되는 이데올로기를 피하는 유일한 방법이다.[21)]

어머니는 뇌물을 효과적으로 사용할 수 있는 덕분에 자신과 가족의 신분이 하락하는 것을 막을 수 있었다. 아버지는 군인 신분으로 중국과 무역을 하고 있었는데, 이현서의 어머니가 석유를 몰래 빼돌려서 장마당에 팔려고 집에 보관하고 있다가 폭발한 후부터 보위부의 감시를 받았다. 결국, 아버지는 보위부에 체포되어 고문을 받았고, 고문 후 유증으로 병원에 입원했을 때 음독자살을 하였다. 이현서에 따르면 북한에서 자살은 국가에 대한 심각한 배신행위로서 자살자의 가족들은 신분이 하락하게 된다. 이 때문에 어머니는 병원장에게 뇌물을 주고 남편이 병사한 것으로 사망 증명서를 조작하였다. 어머니는 또한 이현서가 중국으로 탈출한 것이 들키자 뇌물을 써서 그녀가 실종된 것으로 서류를 조작하였다.

어머니는 이현서가 중국으로 간 후 직장이나 마을에서 감시가 심해지자, 직장을 그만두고 거주지를 옮긴다. 원칙적으로 북한에서 거주지의 임의 이전은 금지되어 있지만, 그녀는 뇌물로 이 문제를 해결한다. 이웃 사람들은 이 가족이 마을에서 사라지자 감옥에 갔을 것으로 생각했고, 이것은 이들을 보호하는 데에 도움이 되었다.

이현서도 어머니처럼 중국에서 거주지를 계속 옮겨 특정 커뮤니티

---

21) "My mother bribed people confidently. There was nothing unusual in this, as long as you weren't caught. In North Korea, bribery is often the only way of making anything happen, or of circumventing a harsh law, or a piece of nonsense ideology."(location 426)

의 사람들에게 계속 노출되는 것을 피한다. 그녀는 생존을 위해서 가면을 쓰고 사는 삶을 자연스럽게 생각할 뿐만 아니라, 누군가를 믿는 것은 죽음을 의미하는 것으로 생각했다. 이런 의미에서 그녀에게 중국에서의 불법체류는 북한 생활의 연장일 뿐이었다. 북한에서 어머니가 사회적 혹은 심리적 가면을 쓰고 타인을 대하는 태도나, 뇌물을 이용하여 법을 피하는 것, 그리고 자기 보호를 목적으로 거주지를 바꾸는 것 등은 이현서에게 그대로 학습되었다고 할 수 있다.

4. 어디에도 속하지 않는 '적극적인 이방인'

1) 자본주의 문화의 경험과 이방인 의식의 형성

이현서는, 다른 탈북자처럼 배고픔 때문에 탈북한 것이 아니라, '호기심' 때문에 탈북하였다고 주장한다. 그녀의 탈북에는 밀수를 통해서 들어오는 외국 상품이나 한국과 중국의 문화콘텐츠의 영향이 컸다.

이현서의 고향인 혜산은 북한과 중국이 접하고 있는 대표적인 경계지역(borderland)이다. 경계지역은 중국에 접해 있고 고난의 행군 이후 밀무역의 성행으로 중국과 같은 생활권이라고 볼 수 있는 지역이다.[22] 혜산은 압록강을 사이에 두고 중국의 창바이현(長白縣)과 맞닿아 있어 밀무역이 성행하고, 뙈기밭 등 제한적인 개인 영농이 이루어져 북한의 지방 도시 중 생활 형편이 비교적 넉넉한 편이다. 고난의 행군 이후

22) 북한과 중국이 1964년 체결한 "국경 지역에서 국가 안전과 사회질서 유지 업무 중 상호협정에 관한 의정서"에 따르면, 북한에서는 평안북도(신의주), 자강도(만포), 양강도(혜산), 함경북도(나선특별시)가, 그리고 중국에서는 랴오닝성(단둥시), 지린성(연변 조선족 자치주, 백산시, 통화시)가 경계지역에 해당한다; 김성경, 앞의 글, 232면.

북한 정부가 장마당을 묵인하면서, 혜산은 중국의 공산품이나 남한의 문화 상품들이 들어오는 대표적인 상업 지역이 되었다.

이현서는 사춘기 때부터 중국으로부터 밀수되는 남한 대중문화와 접촉하였다. 그녀는 비슷한 가정환경을 가진 중학교 친구들과 한국 대중가요 테이프를 몰래 들었다. 이는, 그녀의 주장에 따르면, 북한에서 남한 대중가요를 제일 먼저 들은 것이다. 그녀는 친구들과 함께 모여 주현미나 현철의 노래를 들으면서 노래를 부르거나 춤을 추었고, 가장 좋아하는 노래는 '바위섬'이었다. 남한의 대중음악은 이현서가 북한 너머에 존재하는 세상을 막연하게나마 인식하게 하였다.

1996년 이후부터 이현서는 중국 TV 방송을 통해서 한국이나 중국의 문화콘텐츠를 접하면서 자본주의 문화에 호기심이 생겼다. 즉, 그녀는 중국 TV 방송을 통해 서태지와 아이들이나 H.O.T의 공연을 볼 수 있었다. 그리고 그녀는 중국 TV 드라마에서 아름다운 가구로 꾸며진 집이나 가정부, 운전사, 그리고 전자레인지나 세탁기가 있는 화려한 부엌 등을 보면서 자본주의적인 '스위트 홈'의 이미지를 학습하게 되었다. 더불어 북한에서 부자임에도 불구하고 어머니가 강에서 빨래하는 것을 보면서 '중국에서 사람들은 정말 저렇게 사는 것일까?' 하는 호기심이 생겼다.

북한의 경제 붕괴는 이현서가 북한 체제에 대한 의문과 다른 세계에 대한 호기심을 갖도록 부추겼다. 1989년 소련의 붕괴로 소련으로부터 식량과 원료 등의 원조를 받지 못하자 북한의 경제는 급속도로 침체하였다. 또한, 비료 공급의 부족과 대홍수로 인해서 북한의 식량 사정은 급속도로 나빠졌다. 1992년부터 북한 정부는 함경도 지역에 식량 공급을 중단하였으며, 특히 공장지대인 함흥은 사람들이 죽어 나가는 곳이 되었다. 길거리에서 굶어 죽어가는 사람들을 직접 본 이연서는 "북한이 세상에서 가장 좋은 나라"라는 선전에 대해 의문을 갖기 시작하였다. 무엇보다 1994년에 아버지가 북한 보위부에 체포되었다가 심한 고문을 받고 풀려난 뒤 병원에서 자살한 것을 계기로 그녀는 북한 사회에 대해 더욱 의문을 갖게 되었다.

이런 이유로 이현서는 고등학교를 졸업하자 중국으로 가서 그곳의 생활상을 자신의 눈으로 확인하자고 결심하였다. 1998년 1월, 이현서는 만 18세 생일과 대학 입학을 눈앞에 두고 심양에 있는 아버지의 친척을 방문하기 위해서 압록강(Yalu River)을 건넜다. 그녀는 어머니의 밀수 파트너의 도움으로 장백현에서 택시를 타고 심양의 친척 집에 갔다. 하지만 며칠 뒤 선거를 위한 인구조사에서 부재중인 것이 발각되어 그녀는 북한으로 돌아오지 못하게 되었다.

중국에서 불법체류 생활은 그녀에게 북한에서는 없었던 돈에 대한 애착을 만들었다. 2000년 여름부터 이현서는 심양에서 장순향이라는 이름으로 웨이트리스로 일하면서 '힘들게 일해서 돈을 버는 것'의 의미를 이해하게 된다: "중국의 노동력으로 몇 년 보낸 후에, 나는 돈에 대한 감정적 애착을 발달시켰다. 나의 수입은 나의 고된 노동이었고 긴 [노동] 시간이고, 나의 저축은 유예된 위안이었다. 북한 사람들은 이런 애착에 연결될 수 없다. 바깥세상에서는 돈이 모든 사람이 쓸 만큼 충분하다고 그들은 믿었다."[23)]

이현서는, 탈북의 목적이 한국행이 아니었기 때문에, 중국에서 10년

23) "After years in the Chinese workforce, I had developed an emotional attachment to money. My earnings were my hard work and long hours; my savings were comforts deferred. North Koreans have no way to relate to this. In the outside world, they believe, money is plentifully available to all."(location 2621)

동안 불법체류를 했다. 그녀는 오랫동안 중국에서 불법체류 하면서 자본주의적인 생활 감각을 익히게 되고, 샤넬 향수로 상징되는 자본주의적 사치품에 익숙해졌다. 그러면서 그녀는 자신이 북한 사회의 '이방인'(stranger)이라고, 북한은 고향이고 사랑하는 나라이지만 그곳에서 살 수 없는 사람이라고 느꼈다.

2) 어디에도 없는 나라의 시민 되기

보통 난민들이나 이주자들은 서로 다른 두 개의 문화와 사회를 경험하고, 이식된 사회에 적응하기 위해서 과거의 자신을 지우고 부정하는 과정을 경험하며, 이로 인해서 정체성의 혼란을 겪는다. 이현서의 경우에는 중국 공안의 단속과 강제 북송을 피하려고 의도적으로 이름을 바꾸고 거주지와 체류 국가를 바꾸면서 다른 이민자에게는 발견할 수 없는 독특한 정체성의 혼란 양상을 보였다.

앞에서 잠깐 언급한 것처럼, 그녀에게 정체성의 상징인 이름은 필요하면 언제든지 교체할 수 있는 가면과 같은 것, 혹은 타인과 나를 구별하는 사회적 표지일 뿐이다. 중국으로 온 후, 그녀는 중국 공안의 검거와 강제 북송을 피하려고 자신이 '북한 사람 박민영'이라는 사실을 숨겼다. 이현서는 다른 사람의 신분으로 살아가는 삶에 대해서 큰 위화감을 느끼지는 않는데, 자신[의 진실]을 숨기는 것은 북한에서부터 익숙했기 때문이다.

하지만 가끔 그녀는 자신이 거짓말쟁이라고 생각하고 괴로워할 때가 있는데, 이것은 자신의 거짓이 타인에게 드러났을 때이다. 이현서는 상하이에 있을 때 북한 사람이라는 사실을 숨기고, 고향이 심양인 조선족이라고 말했다. 하지만 회사 동료들이 연 파티에서 그녀는 심양에서 웨이트리스로 일할 때 친하게 지냈던 사람들을 만나게 된다. 심양의 남자 지인은 그녀를 순향이라고 부르며 반가워하지만, 그녀는 직장 동료가 함께 있었기 때문에 자신이 순향임을 부정한다. 하지만 다른 여자 지인이 그녀-순향을 알아보자, 그녀는 자신이 순향인 것을 인정할 수밖에 없었다.

> 내가 어디로 가든지, 이처럼 큰 나라에서조차 진실은 나를 따라올 것이다. 내가 할 수 있는 모든 것은 거짓과 속임수로 진실보다 한걸음 앞서가는 것이다. 그날 저녁 침대에서 나는 처음으로 오랫동안 울었다. 내가 가장 그리워하는 것은 내가 의지할 수 있고 믿을 수 있는 북한 친구, 내가 왜 그런 식으로 행동할 수밖에 없는지를 이해할 수 있는 사람, 그런 행동이 내 잘못이 아니며, [그 상황에서는] 자신도 똑같이 행동할 것이라고 말할 사람이다.[24]

이런 괴로움은 그녀가 대한민국으로 가서 시민권을 획득해야겠다고 생각하게 만든다. 한국에서는 자신이 북한 사람임을 숨기지 않아도 된다고 생각했기 때문이다. 이현서는 중국에서는 아무리 중국어를 잘해도 외국인일 뿐이지만, 한국인과 북한인은 같은 민족이니까 한국 사회에서는 이방인으로 살지 않아도 될 것이라고 기대한다. 이런 기대 때문에 한국에서 국정원 조사와 하나원 생활을 끝내고 주민등록증을 받

24) "Where ever I go, even in a country as big as this, the truth will catch up with me. All I could do was stay one step ahead of it by lying and deceiving. In bed that night I cried for the first time in a long time. What I missed most was a North Korean friend I could confide in and trust, someone who would understand why I'd behaved in the way I had; who would tell me that it wasn't my fault, that she would have done the same." (location 2575)

을 때만 해도 그녀는 한국에 고마움을 느끼며, 한국이 자신을 자랑스럽게 생각하게 만들겠다고 결심했다.

하지만, 시간이 지날수록 이현서는 한국 사회에 동화되어 한국 사람처럼 살아가는 것이 불가능하다고 생각하게 된다. 그녀는 한국인과 북한인 사이의 문화적 차이로 인해 둘을 한 민족으로 보기 어렵다는 것을 깨달았다; "60년 동안의 분단과 0에 가까운 상호 교류 때문에, 북한과 남한은 서로 다른 방향으로 언어와 가치들을 진화시켜왔다는 것을 알았다. 그들은 더는 같은 민족이 아니다." 무엇보다 한국 사회의 탈북자에 대한 은근한 차별은 그녀가 자신을 이방인이라고 느끼게 했다.

> 탈북자들은 일반적으로 낮은 봉급과 낮은 수준의 직업을 갖기 때문에, 그들은 한국 사회에서 업신여김을 받는다. 차별과 생색내는 듯한 태도는 좀처럼 드러나지는 않지만 느껴진다. 이런 이유로 많은 탈북자는 자신의 말투를 바꾸려고 하고, 일자리를 찾을 때 자신의 정체성을 숨긴다. 이것을 알게 되었을 때 나는 깊은 상처를 받았다. 나는 중국에서 수년 동안 나의 정체성을 숨겼다. 여기서도 나는 그것을 또다시 숨겨야 하는 걸까?[25]

무엇보다 그녀가 한국에 대한 애정을 잃은 결정적인, 그리고 개인적인 이유는 현재 자신의 조건으로는 강남 출신의 남자친구와 결혼할 수 없다는 점이다. 이현서는 강남의 부유층들이 자신들의 부유함과 상류층의 지위를 유지하기 위해서 매우 노력하고 있으며, 다시 바닥으로

25) "Because North Korean defectors are usually in low-paid, low-status job, they are looked down upon in South Korea. The discrimination and condescension is seldom overt, but it is felt. For this reason many defectors try to change their accents and hide their identity when looking for work. I was deeply hurt when I learned this. I had kept my identity secret for years in China. Would I have to hide it here, too?"(location 3338)

내려가지 않기 위해서 교육을 매우 중시한다는 것을 알았다. 이런 기준에 맞추기에는 이현서의 학력은 북한의 고등학교 졸업이 전부이고 이것은 한국에서 인정받지 못한다. 결정적으로 그녀는 남자친구의, '약사나 의사가 되면 좋겠다'는 말에 그와의 결혼을 포기한다. 이 사건은 그녀에게 한국 사회가 자신을 거절한다는 느낌을 주었다.

특히 2008년 베이징 올림픽 경기를 관람하면서, 이현서는 결코 대한민국을 자신의 국가로 생각할 수 없다고 느꼈다. 그녀는 남자친구 그리고 그의 친구들과 함께 대한민국 축구 대표팀의 경기를 함께 응원하였다. 하지만 다른 사람들과 달리 자신은 대한민국을 우리나라라고 부르지 못하였다. 그녀는 우리나라라고 말하려고 했지만, 그 말은 나오지 않았다.[26] 이런 경험은 그녀가 어디에도 속하지 못한 사람이라고 생각하게 했다.

> 나는 북한 사람인가? 거기는 내가 태어나서 자란 곳이다. 혹은 나는 중국인가? 나는 거기서 어른이 되었다. 그렇지 않은가? 혹은 나는 남한 사람인가? 나는 여기에 있는 사람들과 같은 피를 가진 같은 민족이다. 하지만 남한의 신분증이 있다고 내가 남한 사람이 될 수 있는 걸까? 여기의 사람들은 북한 사람들을 하인이나 열등한 사람으로 대한다.[27]

---

26) "They chanted 'uri nara!'(our country!) and 'daehan minguk!'(Republic of Korea!) I was cheering, too, but I couldn't shout uri anra. I tried to, because I wanted to fit in, but my heart went quiet, and words would not come out."(location 3372-3377)

27) "Am I North Korean? That's where I was born and raised. or Am I Chinese? I became an adult there, didn't I? or Am I South Korean? I have the same blood as people here the same ethnicity. But how does my South Korean ID make me South Korean? People here threat North Koreans as servants or inferiors."(location 3382-3387)

이처럼 이현서는 자신을 떠나온 나라-북한-에도, 그리고 정착한 나라-중국이나 한국-에도 속하지 않는 존재, 즉 '비-국민'(non-nation)이라고 생각한다.

탈북자 대부분은 한국 시민권을 얻은 것을 생의 승리로 생각하고, 한국인의 민족적 표지(ethnic markers)에 맞춰 자신의 말투를 고치고 옷차림을 바꾸고 한국 사회에서 통용되는 젠더 관계를 내면화하려고 적극적으로 노력한다.[28] 이것은 한국 사회 내부에 속하기 위해서 노력하고 그 사회가 요구하듯 탈북자도 자신의 정체성을 낮게 보고, 자신에게 그런 정체성이 없는 것으로 행동하는 태도이다.[29] 이런 식의 동화(assimilation)는 탈북자들이 명실상부한 민족화 된 시민권(ethnicized citizenship)을 획득하기 위해 필수적이다.[30]

그러나 이현서는 한국 사회에 '동화' 되려고 하지 않는다. 이현서는 한국 사회에 자신을 맞춘다고 하더라도, 자신을 한국 사람이라고 생각하기는 힘들다고 생각한다. 한국 사람이 되기에는 너무 늦게, 28살의 나이에 한국에 왔기 때문이다. 이에 대한 대안은 남한/남조선도 북한/북조선도 아닌 코리안(Korean)이 되는 것이지만, 코리아(Korea)라는 나라

28) Hae Yeon Choo, op.cit., pp. 588-592.

29) 한나 아렌트는 난민들이 다른 사회에 적응하는 유형을 '파브뉴'(parvenu)와 '파리아'(pariah)로 나눈다. 파브뉴는 벼락부자라는 의미의 용어로서 유대인을 하층민(pariah)로 여기는 사회에 동화되려고 노력하는 부유한 유대인을 가리킨다. 그는 상류 사회에 속하기 위해서 자신의 정체성을 낮게 보고, 자신에게 유대인의 정체성이 없는 것처럼 생각하고 행동해야 한다. 반면에 파리아는 자신이 서 있는 사회의 낮은 자리를 전유한다. 그는 사회가 차별을 통해 어떤 유혈 사태도 없이 사람들을 죽일 수 있음을 발견하고, 그런 사회의 가치 체계에 대항하여 사회가 억압하는 바로 그 자신의 이름으로 자신의 정치적 '권리'와 '자유'를 위해 투쟁한다; 양창아, 앞의 글, 351-352면.

30) Hae Yeon Choo, op.cit., pp. 601-602; Choo는 한나 아렌트와 달리 탈북자들이 한국인이라는 민족화 된 시민권에 동화되는 것을 부정적으로 보는 대신에 적극적이고 자발적인 행위로 본다.

는 세상 어디에도 존재하지 않는다. 결국, 그녀는 한국 사회가 북한 사람을 동등하게 인정하지 않는 한 이 사회의 '이방인'으로 살겠다고 결정하였다.

이러한 비국민 의식은 이현서에게 북한의 가족을 남한으로 이주시키려는 욕망으로 발전한다. 그녀에게 일관된 정체성을 부여하는 것은 그녀를 민영으로 부르는 가족뿐이기 때문이다. 가족은 고향의 추억, 그리고 행복했던 곳의 추억을 그녀와 공유하는 사람들이다. 그녀는 남한으로 가족과 고향의 추억을 이식하는 것이 자신을 다시 사랑할 수 있는 유일한 길이라고 생각하고, 어머니와 남동생의 탈북을 계획하였다.

5. 인류애를 토대로 한 세계시민의 상상

세계시민(global citizen)은 특정 국가의 시민으로서 그들의 정체성 위에 글로벌 커뮤니티의 정체성을 위치시키는 사람으로서, 지구공동체의 일원이 됨에 따라 생기는 권리, 책임감, 의무를 중시한다. 세계시민이라는 정체성은 지리적, 정치적인 경계를 초월한 인간성(humanity)에 토대를 두며, 그의 책임감이나 권리 역시 지리적, 정치적인 경계에서 벗어나는 것으로 상상된다. 그런데 어머니와 남동생을 탈북시키는 과정에서 이현서는 새로운 정체성의 가능성, 즉 인간애에 토대한 세계시민의 가능성을 발견한다.

이현서는 탈북 브로커를 고용해 가족을 캄보디아를 통해서 탈출시킬 계획을 세웠지만, 그 과정에서 탈북자에 대한 심각한 인권 유린을 경험한다. 브로커 비용이 충분치 않다는 이유로 캄보디아인 탈북 브로커는 어머니와 남동생을 캄보디아 국경에 버렸다. 곧 둘은 캄보디아

경찰에 검거되어 감옥에 갇혔다. 이현서는 1400달러의 벌금이 없었기 때문에 가족을 감옥에서 꺼낼 수 없었다. 최악의 경우 어머니와 남동생이 북한으로 강제 송환될 수 있었다.

그때 호주에서 온 관광객 딕(Dick)이 이현서에게 아무런 대가 없이 돈을 빌려주었다. 그의 조건 없는 도움에 그녀는 사람들을 믿어서는 안 된다는 오래된 아비투스가 깨지고 새로운 세상이 열리는 경험을 하였다:

> 왜 당신은 나를 도와주나요? 나는 당신을 돕는 것이 아니에요. 그는 당황스러운 웃음을 지었다. 나는 북한 사람을 도와주고 있어요. 나는 그가 가는 것을 보았다. 내가 [카페] 밖으로 걸어 나갈 때 무언가 놀라운 일이 일어났다. 내가 이 나라에서 본 아름다움이, 하지만 나를 거절하고 있다고 느꼈던 아름다움이 갑자기 나에게 열리는 것처럼 느꼈다. 나는 재스민 나무의 냄새를 맡을 수 있었고, 태양과 하얀색의 큰 구름들이 나의 기분을 축복하고 있었다. 갑자기 세상이 달라 보였다.[31]

이현서는 북한에 있을 때 어머니로부터 "가족 이외의 사람들은 모두 위험하고 해를 입힐 수 있다"라고 배웠다. 그리고 중국에 있을 때 이현서는 자신의 생존을 위해서 진실을 숨기고 자신에 대해서 거짓말을 하면서 살았다. 심양에서 그녀가 누군가를 믿었을 때는 경찰에게

31) "Why are you helping me? I'm not helping you. He gave an embarrassed smile. I'm helping the North Korean people. I watched him go. Something marvelous happened as I walked outside. All that locked-up beauty I'd seen in this country, and felt I was being denied, suddenly opened. I could smell the scent of jasmine in the trees, the sun and the stately white clouds were celebrating my mood. The whole world had just changed." (location 4072)

잡혀 북한 사람인지 심문을 받았다. 하지만 호주인 딕은 이현서에게 낯선 사람이 조건 없이 다른 사람을 도와줄 수 있는 세상이 있다는 것을 알려주었다.

무엇보다, 호주인 딕과의 만남을 통해서 이현서는 좀 덜 냉소적인 세계의 일원이 될 가능성, '세계시민'(global citizen)으로 살아갈 가능성을 발견했다. 이현서는 딕과 그의 친구들, 즉 독일인 부부와 중국인 다큐멘터리 작가, 그리고 타이 여자와 독일 남자의 커플과 대화를 하면서 처음으로 타인과 대화하는 즐거움을 느꼈다. 여기서 그녀는 따뜻하고 즐거운 세계의 가능성을 발견한다. 그래서 그녀는 영어를 공부해서 이 세계의 일원이 되어야겠다고 결심한다.

이런 결심을 실천하기 위해서 이현서는 한국외국어대학교에 영어, 중국어 복수 전공으로 입학하였다. 이후 그녀는 연세대 대학원생인 미국인 브라이언을 만나 결혼하게 된다. 이현서는 브라이언과의 결혼으로 미국 시민권을 갖게 되면서 남한 사회에서 북한 사람이라고 업신여김을 받을 일이 없어졌다. 더불어 북한 사람이라는 사실을 숨겨야 한다, 혹은 북한 사람이라는 티를 내야지 말아야 한다는 마음의 부담감도 줄어들었다.[32] 이런 모든 것들은 그녀가 자신을 좀 더 사랑하고 심리적 안정감을 느끼는 데 도움이 되었다.

이처럼 마음의 여유가 생기면서 이현서는 탈북자나 북한 주민의 인권문제에 관심을 기울이기 시작하였다:

32) 이 논문의 심사자들은 이현서가 미국인과 결혼하여 '미국 시민권'을 획득한 것에 대해서 그녀가 제국주의적 가부장제로의 편입을 적극적으로 선택한 것이 아닌가는 의문을 제기하고 있다. 하지만 이현서는 결혼 이후 남편과 함께 한국에서 살고 있으며, 미국 사회로부터 여성 차별적이고 인종 차별적인 대우를 받았다는 어떤 증거도 없다. 하지만 탈북 이후 이현서는 줄곧 시민권의 구매/교환을 통해서 자신의 사회적 지위를 높이는 전략을 써왔기에, 미국 시민권의 획득도 그런 것으로 해석할 수는 있다.

> 나는 인권에 대해서 깊이 생각하기 시작했다. 압제자와 희생자 사이의 구별이 북한에서 불분명한 가장 큰 이유 중 하나는 그곳 사람 중 누구에게도 권리에 대한 개념이 없기 때문이다. 당신의 권리가 침해당하고 있음을, 혹은 당신이 다른 사람의 권리를 침해하고 있음을 알기 위해서, 먼저 당신은 권리를 갖고 있고 그 권리가 무엇인지 알아야만 한다. 그러나 북한에는, 이 세상의 다른 사회에 대한 [북한 사회와] 비교할 만한 정보가 없기에, 그러한 자각이 존재할 수 없다.[33]

그녀는 2013년 2월 TED에서 자신의 탈북 경험을 영어로 발표하였고, 북한의 인권문제를 세상에 알렸다. 이처럼 북한 인권 운동가로서 북한 주민의 권리와 자유를 찾는 운동에 참여함으로써 이현서는 북한에서뿐만 아니라 중국, 한국 어느 곳에서도 가진 적이 없었던 '정치적 경험을 회복'하고 있다.[34]

난민은 어느 국가에도 속하지 않은 사람, 즉 시민권이 없는 사람을 의미한다. 이에 비해서 이현서는 시민권의 과잉 상태에 놓여있다. 그러나 시민권의 과잉은 그녀가 어느 한 국가의 시민으로서 '공적 영역'에 적극적으로 참여한 적이 별로 없으며, 매우 빈곤한 '정치적 경험'을 갖고 있음을 역설적으로 보여준다. 한 국가의 시민으로서 혹은 한 공동체의 구성원으로서 민주주의에 대한 훈련과 경험이 별로 없는 사람

---

33) "I started thinking deeply about human rights. One of the main reasons that distinctions between oppressor and victim are blurred in North Korea is that no one there has any concept of rights. To know that your rights are being abused, or that you are abusing someone else's, you first have to know that you have them, and what they are. But with no comparative information about societies elsewhere in the world, such awareness in North Korea cannot exist."(location 4536)

34) 한나 아렌트는 "정치적 경험의 회복"이야 말로 무국적 난민의 상태 혹은 세계로부터 버려진 상태를 극복할 수 있는 실질적인 방법이라고 주장했다(양창아, 앞의 글, 360-352면).

이 인류 공동체의 가치-인간의 보편적 권리를 옹호하고 추구하는 주체가 금방 될 수 있는지 의문이다. 이런 점에서 이현서의 '세계시민'이라는 정체성은, 자신도 인정하듯이, 아직은 미완성인 것으로 보아야 할 것이다.[35] 그리고 북한 인권 운동가로서의 활동은, 그녀가 보편적 인권에 토대한 '세계시민'이 되는 훈련의 과정이라고 할 수 있다.

6. 결론: 초국가적 시민권에 토대한 인권의 가능성

이 논문의 목적은, 탈북 여성이 국경을 넘는 과정에서 적극적인 의미에서 새로운 유형의 초국가적인 정체성을 형성할 가능성을 살펴보는 것이다. 이를 위해 이 연구는 탈북 여성을 희생자-주체로 보는 관점이 아니라 초국가적인 정체성을 추구하는 적극적 주체로 보는 관점을 취하였다. 이런 관점에서 이 논문은 탈북 여성이 자신을 한 국가의 시민이 아니라 세계시민임을 자각하고, 그런 입장에서 탈북자의 인권을 옹호할 가능성을 탐색하였다.

국경을 넘는 과정에서 이현서는 한나 아렌트가 말하는 파리아(pariah)적 주체[36]가 되었다. 그녀는 중국에서 '북한 사람 박민영'이라는 정체성을 철저히 숨기고 이방인으로 살았다. 그녀는, 한국에서는 거짓 정체성으로 살기 싫었기 때문에, 이 사회에 동화되기 위해서 북한 사람이라는 정체성을 낮게 생각하고 마치 그런 정체성이 없는 것처럼 행동하는 것을 거절한다. 대신에 그녀는 그 어디에도 속하지 않는 정체

35) "The next step is to identify with humanity, as a global citizen. But in me this development got stuck. I grew up knowing almost nothing of the outside world except as it was perceived through the lens of the regime."(location 110)

36) 양창아, 앞의 글, 351-352면.

성을 적극적으로 추구한다. 더 나아가 이현서는 캄보디아에서 탈북자를 조건 없이 돕는 호주인을 통해서 국경과 인종을 초월한 '인류애'를 느끼고, 북한 사람이라는 정체성을 숨기지 않고도 타인과 연결될 수 있는 새로운 세계를 발견했다. 이제 그녀는, 자신이 북한 사람도 남한 사람도 아닌 '세계시민'이라고 생각하고, 이러한 입장에서 북한 인권을 옹호하는 활동을 하고 있다.

이현서의 사례는, 어느 국가에도 속하지 않기 때문에 새로운 시민권의 획득을 갈망하는 희생자로서의 탈북 여성이 아니라, 세계시민의 정체성을 적극적으로 추구하는 탈북 여성의 새로운 유형을 보여주고 있다. 한마디로, 이현서의 사례는 이주의 여성화가 전 지구적인 현상인 상황에서 여성 이주자의 적극적인 주체성을 생각하고 그것의 형성을 촉진하는 데에 참조가 될 수 있다.

實驗 挑戰 脫北文學

3부

탈북 문학과 북한 체제 문제

1장

'수용소 문학'에 관하여*

-『아우슈비츠의 남은 자들』, 『수용소 군도』, 『인간 모독소』를 중심으로

방민호

1. 아감벤의 '벌거벗은 생명'과 남북한 사회

문학은 더 고통스럽고 힘겨운 세상을 말할 때 존재 가치가 더 크게 빛난다. 삶은 다른 모든 생명들이 그러하듯 행복이나 기쁨보다 슬픔과 고통이 더 본질적이기 때문이다. 하늘이 사람을 세상에 낼 때 어디 가서 '살아있음'의 아픔을 실컷 겪어 보라 한 것이다.

탈북 문학이 지금 주의 깊게 읽혀야 하는 까닭은 그것이 평속함에 떨어진 한국문학보다 슬픔과 고통을 더 환히 밝혀 줄 수 있기 때문이리라. 그것이 단순한 비판이나 고발을 넘어 이 현대의 야만과 역설과

* 이 글은 『문학의 오늘』(2018년 가을)에 게재된 것이다.

아이러니를 깨닫게 할 때 우리는 삶의 근본을 향한 질문에 닻을 내린 문학을 보게 된다.

아감벤이 프리모 레비의 작품들을 중심으로 논의한 『아우슈비츠의 남은 자들』을 통해서 밝히고자 한 것은 의미심장하다. 그는 니체가 '위버 멘쉬', 즉 초인을 말한 것을 상기하게 하면서 그러나 아우슈비츠 수용소 시대 이래로 현대 인간의 '근본문제'라는 것은 인간적인 것, 인간성의 한도를 뛰어넘는 니체적 물음 대신에 그 최저한을, 인간성의 밑바닥을, 인간과 인간 이하 또는 이전의 경계를 탐사하는 것임을 논의했다.[1)]

니체의 이상은 고매했다. 그는 자본주의, 돈과 권력욕과 위계의식이 지배하는 현대를 넘어 인간이 그보다 낫게 되는, 현대 초극의 새로운 차원을 꿈꾸었다. 도시는 자본을 떠받드는 세속적인 가치들, 척도들에 더럽혀지고 평등과 노동을 숭상하는 또 다른 세속주의가 밀려들고 있다. 발자크가 『고리오 영감』에게서 엿보았던 숭고함, 자본주의, 평민주의 이전의 희생과 헌신, 한없는 사랑은 사라졌다. 니체는 인간이 제 본연의 빛을 잃고 평균 속에 속물화 되어가는 자신의 시대를 눈 크게 바라보며 신의 지배 아래 놓여 있던 인간 자체의 숭고함을 역설하고자 했다.[2)]

아감벤은 이제 현대의 시계가 빠르게 돌아 도달한, 인간이 대규모로 처분되는 수용소 시대로 눈을 돌린다. 인간에 대한 권력의 지배는 엄

1) 조르조 아감벤, 정문영 역, 『아우슈비츠의 남은 자들』, 새물결, 2012, 70-71면 및 104-105면 참조.

2) 니체의 '초인'에 관해 필자가 참조한 텍스트는 프리드리히 니체, 장희창 역, 『차라투스트라는 이렇게 말했다』, 민음사, 2004. 특히 15면, "그대들에게 초인을 가르치려 하노라. 인간은 극복되어야 할 그 무엇이다."

밀, 정교해졌다. 나면서부터 즉각 정교한 현대 국가 장치에 편입되는 인간 조건을 아감벤은 "호모 사케르", 곧 "벌거벗은 생명"이라 불렀는데,[3] 이것은 단순히 현대에 시작된 기제가 아니라 먼 고대 그리스 도시국가 체제에 이미 '시작점'을 엿볼 수 있는 것이었다.

현대는 가장 문명적인 외관을 띤 국가조차 이 생명 통제 장치를 쉼 없이 작동시킨다. 또한 야만적 사회는 그것대로 현대의 야만다운 통제 방식을 거느린다. 이 두 극단 모두를 함께 볼 때 비로소 현대라는 것의 전체를 충분히 살필 수 있다. 야만을 가리켜 이쪽은 자유롭다고 자위하는 태도는 나이브하다 못해 비지성적이다. 우리는 눈 크게 뜨고 문명에 대한 냉정함을 유지한 그대로 현대의 야만을 분석할 수 있어야 한다.

한편으로, 오늘의 한반도는 문명과 야만이 남북으로 나뉘어 극단적으로 대립하는 것 같지만 그것은 단지 표면상으로만 그러할 뿐이다. 필자는 어느 글에선가 거금 15년을 가리켜 '위선과 교활과 야만'의 시대였다고 명명한 적이 있다. 이 시대를 가로지르는 문명의 이면은 다시 볼드체로 써야 할 야만 그것이라 할 수 있는데, 그 마지막 야만의 단계에 한국인들은 한반도의 남쪽 국가가 누리는 문명의 이면을 실컷 경험할 수 있었다. 이 시대를 특징짓는 것 가운데 하나는 생명이 처분되는 미스테리컬한 방식이었다고 말할 수 있다. 2014년의 세월호 참사는 지금까지 대량 살상의 이유와 과정이 철저히 베일에 가려져 있다. 안산 단원고 학생들을 비롯한 삼백 명 넘는 생명이 티브이 카메라가 지켜보는 가운데 수장되고 말았는데, 왜 이런 일이 벌어졌는가는 아직도 밝혀지지 않았고, 무엇보다 정부가 진실 규명을 모든 수단을 동원

3) 조르조 아감벤, 박진우 역, 『호모 사케르』, 새물결, 2008, 45면.

해서 가로막았다. 단순히 세월호의 죽음뿐 아니라 이와 때를 같이하여 학교 교감의 의문사, 요양원 화재, 헬리콥터 사고에 각종 의문사가 잇따랐지만 어느 하나 죽음의 진실이 제대로 밝혀진 것은 없다. 노동자들, 빈민들은 쌍용, 용산, 삼성 등의 사태들이 보여주듯 늘 가혹한 처분에 노출되어 있다.

사태가 전혀 간단치 않음은 정부가 바뀐 후에도 이와 같은 상황이 근본적으로 달라진 것 같지 않다는 데 있다. 필자는 지금 한반도의 북쪽에서 일어나고 있는 일들에 관해 논의하기 위한 어떤 '인식론적' 전제에 관해 논의하는 중이다. 많은 사람들은 아직도 현실에 관한 모든 견해를 좌우니, 진보, 보수니, 애국, 매국이니 양단하는 습벽에 철저히 길들여져 있지만, 그 양극적 타자의 악이 이편의 선을 보증해 주는 법은 없고, 특히 자신을 선하다고, 문명한 쪽에 서 있다고 간단히 믿는 사람이나 세력치고 악을, 야만을 범하지 않는 경우가 없다.

어떻게 괴테와 베토벤의 독일인들이 아우슈비츠 수용소를 고안해 낼 수 있었으며, 지금 그토록 평화를 말하고 그 군국 제국주의 시대에도 가네코 후미코 같은 여성을 가진 일본인들이 어떻게 1910년대의 한국에서의 숱한 학살과 난징에서의 대학살, 731부대의 실험을 자행할 수 있었는가? 미국은 쿠웨이트를 침공한 후세인의 대량살상 무기체제를 응징한다는 명분 아래 이라크 전쟁을 일으켰지만 그것은 차라리 대량 살상이라고 해야 할 것이었고, 그 후 9·11 테러 같은 악순환을 야기한 고리를 만든 셈이었다.

그러나 한반도의 양쪽 체제만큼 자국민을 철저히 통제, 관리, 처분하는 권력의 논리를 극명하게 드러내 보이는 사례는 드물다고 필자는 생각한다. 남쪽에서 정부가 바뀌었다 해도 사태가 근본적으로 달라진 것은 아니라는 필자의 불안은 한갓 기우에 불과하기를 바란다. 그러나 상황은 전혀 낙관적이지 않다. 이런 점에서 필자는 체제와 권력 문제에 관한 히스테리컬 한 반응 기제를 당분간은 예민하게 작동시켜야 한다고 생각하며 이러한 판단은 텍스트 독해에도 영향을 미친다. 우리는 양극단의 어느 한쪽에 설 수 없다. 이 부조리한 상황이 해소된 먼 미래로부터 오는 빛살에 의지하여 남북한 두 개의 현재를 밝혀내야 한다.

2. 『인간 모독소』의 비교 장치로서 『수용소 군도』

김유경의 『인간 모독소』는 2016년 2월에 카멜북스라는 출판사에서 출간되었다. 작가에 관해서는 많은 것이 베일에 가려져 있다. 2010년대에 북한에서 벗어났다고 하고, 북한에서는 조선작가동맹 소속이었다 하며, 남쪽에 내려온 후 2012년 『청춘연가』를 출간하기도 했는데, 한국 문학계에서 탈북 작가들은 일종의 문학적 게토(ghetto)를 이루고 있을 뿐 아니라 이 작가는 이 소외된 작가 그룹에조차 명확히 '편입되어' 있지 않다.

탈북 문학은 지금 한국문학의 일부이자 동시에 망명 북한문학이라 할 수 있고 그런 의미에서 일종의 난민문학, 그리고 저항문학이라 할 수 있다. 이승만, 박정희, 전두환 체제를 거치고 지난 두 정부의 교활과 야만을 두루 겪은 한국의 비판적 문학 경향이 이 탈북 문학에 그토록 냉담한 것은 아이러니하다 못해 이른바 저항적 지성의 편식과 마비가 얼마나 심각한 상태에 다다라 있는가를 증명한다. 한쪽 눈을 가리고 뛰는 말, 보고 싶은 것만 보고 비판하고 싶은 것만 비판하라, 이것이리라.

『인간 모독소』는 북한의 정치범 수용소를 그린 작품으로 작가는 직접 수용소를 경험했거나 경험한 사람으로부터 그 상세한 실태에 관한 정보를 구할 수 있었을 것이다. 이 소설의 주인공은 전직 기자이자 남파간첩을 아버지로 둔 한원호라는 사내, 작중 이야기는 그가 정치범 수용소에 끌려갔다 극적으로 탈출, 한국에 들어오기까지, 그리고 한국에서 과거의 사람들을 다시 만나게 되기까지의 사연들을 담고 있다.

이 작품이 문제적인 것은 먼저 정치범 수용소라는 '전대미문'의 북한의 야만적 국가 장치의 실상을 적나라하게 고발, 비판하고 있다는 것이다. 북한에서는 1990년대 이후 국가안전보위부 관리 5개소와 인민보안성 관리 1개소 등 모두 6개 정치범 수용소에 20만 명으로 추산되는 정치범들이 수용되어 있는 것으로 알려져 있다.[4] 국가안전보위부 산하에는 평안남도 개천(14호), 함경남도 요덕(15호), 함경북도 화성(16호), 회령(22호), 청진(25호) 등의 5개소가, 인민보안성 산하에는 평안남도 북창(18호)의 1개소가 있다는 것이다.[5] 이 수용소들은 몇몇 조명에도 불구하고 아직까지 베일에 가려져 있으며 북한 정부는 이들의 존재를 공식적으로 부인하고 있다.

프리모 레비의 아우슈비츠 증언을 분석한 조르조 아감벤이 『아우슈비츠의 남은 자들』에 인용해 놓은 장면들 중에 한 나치 장교가 유태인 수용자들을 향해 자신한 것이 하나 있다. 그것은 수용소의 존재와 진실이 외부에 알려지지 않으리라는 것이며 설혹 알려진다 해도 믿어지지 않으리라는 것이다. "전쟁이 어떻게 끝날지언정 너희들에 대한 전

4) 허만호, 「국제 인권법을 기준으로 바라 본 북한의 정치범 수용소」, 『사회과학 담론과 정책』 4권 1호, 2011, 108-109면.

5) 위의 논문, 7-10면, 참조.

쟁에서 이긴 것은 우리다. 너희들 중 누구도 살아남아 증언하지 못할 것이다. 하지만 설령 누군가 살아남게 될지라도 세상의 그의 말을 믿지 않을 것이다. 아마도 의심과 토론, 역사가들의 조사가 있을 것이지만 확실한 증거는 아무 것도 없을 것이다. 왜냐하면 우리는 너희들과 함께 증거들도 죄다 없애버릴 것이기 때문이다."[6] 그러나 차마 믿을 수 없는, 믿고 싶지 않은 진실의 극히 작은 일부가 지금도 폴란드 크라쿠프 서쪽 50킬로 오시비엥침에 남아 사람들을 숙연하게 한다. 2018년 6월, 필자는 이 아우슈비츠 수용소 건물들에 남겨진 희생자들의 신발더미, 가방들, 머리카락 뭉치들, 햇살 하나 들어오지 않는 지하 징벌방 같은 곳들에서 나치들이 얼마나 잔인했는지 뿐만 아니라 또 얼마나 정교하고 엄격하고 '완벽했는지도' 깨달을 수 있다. 아우슈비츠는 그렇게 불문에 붙여졌지만 결국 세상에 알려졌고 역사적 기록으로 충당될 수 없는 진실은 그 죽음의 장소에서 살아남은 이들의 '증언'에 힘입어 세상의 빛을 쏘였다.

그와 아주 유사한 일이 일찍이 구 소련에서도 있어, 서신으로 스탈린을 비판했다는 죄목으로 8년 동안 수용소를, 그 후 3년은 유형지를 전전한 솔제니친이 『수용소 군도』(ArkhipelagGulag, 1958~1967)를 써서 그 존재를 외부세계에 알렸다. 이 소설 첫머리에서 작가는 이렇게 말했다.

> 꼴리마는 <수용소>라는 불가사의한 나라의 가장 크고 가장 유명한 섬이며 잔혹의 극지이기도 했다. 이 나라는 지리적으로 보면 군도로 산재해 있지만, 심리적으로는 하나로 결합되어 대륙을 형성하고 있다.

6) 조르조 아감벤(2012), 앞의 책, 231-232면.

거의 눈에 띄지도 손에 잡히지도 않는 나라_바로 이 나라에 수많은 죄수들이 살고 있었던 것이다.

이 <군도>는 전국 방방곡곡에 점점이 얼룩져 산재해 있었다. 이 군도는 여러 도시로 파고들기도 하고 거리 위에 낮게 도사리고 있기도 했다. 대부분의 사람들은 그 사실을 어렴풋이 듣고 있었으나, 어떤 사람들은 전혀 그런 것을 짐작도 하지 못했다. 오직 그곳에 다녀온 사람들만이 그 실정을 알고 있었던 것이다.

그러나 그들마저도 <수용소 군도>에서 말하는 능력을 상실 당했는지 한 결 같이 모두 침묵만을 지켜 왔다.[7)]

이로써 존재의 침묵이야말로 이 비인간적 체제의 제1의 존재 조건임을 확인할 수 있다. 원래 『수용소 군도』의 원제목 아르히펠라크 굴라크에서 앞은 다도해를 뜻하고 뒤는 교정 노동수용소 관리본부의 약자라고 한다. 북한의 정치범 수용소는 소련보다 나라가 작디작은 만큼 다도해의 '군도'들처럼 흩뿌려져 있기는 어려웠을 것이다. 여섯 개 지역에 산재한 정치범들은 줄잡아 20만 명을 헤아린다고 하지만 제대로 알려진 것은 없다.

김유경의 『인간 모독소』에서 주인공 원호는 나중에 나타나는 탈출 경로에 비추어 함경남도 요덕 수용소, 즉 15호 관리소에 수용된 것으로 나타난다. 이곳은 여러 문헌과 작품을 통해 그 실상이 조금씩 밝혀지고 있는 곳이다. 원호는 대학을 갓 졸업하고 평양의 큰 신문사에 배치 받았고 신혼생활을 즐기고 있었다. 그런 그는 아주 평범한 날 퇴근한 직후 아내와 함께 보위부로 끌려갔고 그곳에서 먼저 끌려간 어머니와 합류, 새벽바람에 수용소로 직행한다. 이 소설은 경험적으로 쓰

7) 알렉산드르 솔제니친, 김학수 역, 『수용소 군도』 1, 열린책들, 2017, 10면. (이하 권수와 페이지만 표기)

였기에 주석적 서술이 극히 적다. 『수용소 군도』는 그렇지 않다.그 작품은 소설 아니라 사실적 증언이며, 자신의 경험 한계를 넘어 후루쇼프 체제 아래서 가능했던 '모든' 자료를 망라한 거대한 자료 집적소다. 여기서 체포에 관해 말한다. "수많은 생물이 우주에 살고 있지만, 이 우주에는 생물의 수효만큼의 중심이 있다. 우리 모두도 각자가 우주의 중심이다. 그러나 <당신은 체포되었습니다>라고 속삭이는 음성을 들었을 때, 당신의 그 우주는 산산조각이 나고 만다."[8] 체포란 그러니까 자기라는 우주의 중심이 철저하게 붕괴되는 시작점이다. 이 체포는 물론 예외들이 많지만 될수록 야간에 이루어져야 한다. 솔제니친의 소련에서 그랬듯이 북한에서도 그것은 하나의 습관이다. 밤에 끌어내는 것은 체포자들에게 여러 가지 편리를 제공할 뿐 아니라 밤에 벌어진 일에 관해 낮에 체제가 시치미 뗄 수 있도록 해주기 때문이다. 이조차 체제가 필요로 할 때는 백주 대낮 중인환시리(衆人環視裡)에 이루어질 수 있지만.

『인간 모독소』에서 보위부 요원들은 체포 직전 아내 이수련에게 이혼을 한다면 면죄부를 받을 수 있다 한다. 이 이혼의 면죄는 국가 사회주의 체제 깊이 각인된 속류 유전학의 힘을 드러낸다. 한국에서 오랫동안 존속했던 연좌제가 북한에서는 여전히 현실이며, 원호 역시 부친이 남파된 후 체포되어 전향했다는 이유로 정치범 수용소로 끌려간다. 이 유전학에 따르면 유산계급이나 무산계급 체질은 어떻게든 끈질기게 유전되며 그밖에 숱한 반혁명적 유전학적 요소들이 있다. 이른바 재일 경력의 북송 교포들 같은 것, 구 소련 스탈린 시대에 이것은 히틀러 나치 독일의 유태인들과 마찬가지로 특정 민족에게 가해지는 무

8) 위의 책, 24면.

차별 폭력의 근거가 되기도 했다. 솔제니친의 다음과 같은 서술이 있다. "동만 철도 직원들. 소련의 동만 철도 직원은 여자, 아이, 노파까지 포함하여 모두가 일본의 간첩으로 몰렸다. 그러나 그들에 대한 체포, 투옥은 이미 몇 년 전부터 진행되어 왔음을 상기할 필요가 있다. 다음으로 극동지방의 한국인들은 까자흐스탄으로 추방했다. 이것은 <민족적인 혈통에 따른> 체포의 첫 케이스였다. 레닌그라뜨 거주 에스토니아인들. 이들은 에스토니아 특유의 성만 보고 백색 에스토니아의 앞잡이라 하여 모조리 잡혀 들어갔다."[9) 『수용소 군도』는 적어도 네 차례에 걸쳐 스탈린 체제가 고려인(재러 한국인)들을 어떻게 다루었는지 보여준다. 이 작품의 제6부 4장 '민족의 강제 이주'를 중심으로 한 솔제니친의 한국인 관계 서술은 그의 '기록'이 얼마나 성실한 것인지 방증한다. 그러나 그는 한국인만 아니라 라트비아, 우크라이나를 위시한 모든 억압된 민족, 종족들에 공평하려 했다. 그러니까 이처럼 유전적인 해독을 가진 자들은 마르크시즘의 물신성, 당파성, 프롤레타리아 독재론에 따른 부르주아, 유산자 계급에 국한되지 않는다. 솔제니친에 따르면 그처럼 광범위한 독재를 창출한 것은 다름 아닌 레닌이었다. 그는 1918년에 쓴 「어떻게 사회주의적 경향을 조직할 것인가」라는 글을 통해 러시아 땅에서 모든 해충을 일소할 것을 주창했는데, 이 해충의 범위는 실로 광범위하다고 말할 수 있었다. 혁명 정권을 위태롭게 할 잠재적 가능성을 지닌 모든 계급, 계층, 직업, 지식인, 종교인, 소수 민족들이 모두 혁명을 위협하는 해충이 될 수 있었다. 만약 얼마 전 작고한 대작가 최인훈이 레닌의 이런 문장들을 접할 수 있었다면 『화두』는 절대로 레닌의 네프 신경제 정책에 관한 이야기로 매듭지어지

9) 위의 책, 119-120면.

지 않았을 것이다.

『인간 모독소』에서 원호는 아버지가 혁명의 배신자이기 때문에 그 스스로는 아무 죄도 저지르지 않았는데도 정치범 수용소에 가야 한다. 설상가상, 아버지가 저질렀다는 전향도 나중에 알려진 바에 따르면 와전된 소식에 지나지 않았다. 이수련은 남편과 이혼하지 않았기 때문에 그 유전과 감염의 잠재성으로 말미암아 같은 처분에 맡겨져야 한다. 그들 사이에 수용소에서 생긴 아들 선풍도 수용소 속에서 그곳만을 절대적 세계로 인식하며 성장해야 한다.

3. 수용소 체제의 '새로운' 윤리학

아감벤의 『아우슈비츠의 남은 자들』에서 제2장의 논의는 이른바 '이슬람 교도'라는, 수용소에 갇힌 사람들이 죽어가는 사람들을 부르는 별칭에 관한 이야기로부터 시작한다. 굶주림과 추위와 고문과 학대에 시달린 끝에 수용소의 유태인들은 서서히 또는 급속히 죽음에 가까워진다. 살아 있으되 죽은 것과 다르지 않은 듯한 상태에 놓인 자들, 넋이 나갔다고나 표현될 수 있을 그들은, 누가 불러도 반응하기를 멈추고 오로지 자기 자신만의 상태에 짓눌려 먹을 것을 찾고 웅크리고 이슬람 교도처럼 쭈그리고 앉아, 마치 죽어가는 노인처럼 어머니의 자궁 속에 들어있는 듯 모든 감각을 상실해 간다. 삶의 끝 죽음에 직면한 이슬람 교도들은 출생 직전의 아이처럼 몸을 움츠리고 서서히 활동성을 잃어간다. 이를 가리켜 '무젤만 der Muselmann', 곧 이슬람 교도라 한다.[10] 무젤만은 그러니까 아우슈비츠에서 영양실조와 고문, 노역 등으로 마치 시체처럼 돌아다니는 죄수들을 가리키는 당대의 은어였다.

아우슈비츠 수용소에 관한 프리모 레비 등의 언술을 분석하면서 아감벤은 현대 정치의 새로운 역학을 발견했다. 그에 따르면 미셸 푸코는 생명 정치에 관한 통찰을 밀어붙였던 바, 현대 이전의 권력은 피치자들을 죽이거나 살도록 내버려 둔 반면 현대 권력은 이제 사람들을 살리거나 죽게 내버려 둔다고 했다.

> 전통적인 형태, 즉 영토적 주권 형태에 있어 권력이란 본질적으로 삶과 죽음에 대한 권리로 정의된다. …… 그러한 권리는 다만 간접적으로만, 죽일 권리의 자제로서만 삶과 관련되는 것이다. 푸코가 주권을 죽이거나 그대로 살게 놔두는 것이라는 표현을 통해 정의하는 것은 바로 이 때문이다. ……주권 권력은 점차 푸코가 '생명 권력 biopower'이라고 부르는 것으로 전화되었다. 고전주의 시대의 죽이거나 살게 놔두는 권리는 그 역의 모델에 자리를 내주는데, 이 모델은 근대 생명 정치학을 규정하는 것으로서 살리거나 죽게 놔둔다는 공식으로 표현될 수 있다.[11]

이 말은 통상의 현대 정치 체제에 의해 관리되는 자들은 관리 되면서 살아가지만 관리를 벗어난 곳에는 죽음이 기다린다는 뜻이겠다. 그러나 오늘날의 정치학은 이제 아우슈비츠라는 또 다른 차원을 조명해야 하는데, 이곳에서 권력은 생명, 즉 살아 있는 자들을, 부단히 죽음 쪽으로 밀어붙여 죽게 하거나 죽음을 살게 한다. 아감벤은 이렇게 말했다. "히틀러의 독일에서는, 살리는 생명권력의 유례없는 절대화가 그만큼 절대적인 죽이는 주권 권력의 일반화와 교차하며, 그래서 생명의 정치biopolitics가 죽음의 정치thanatopolitics와 직접적으로 일치한

10) 조르조 아감벤(2012), 앞의 책, 61면.
11) 위의 책, 125-126면.

다."[12] 이러한 언급은 죽음을 통한 생명 통제, 관리가 현대 정치의 강력한 특징임을 말해주며, 왜 민주주의의 표면상 증대가 전체주의적 경향을 배제할 수 없는지 가늠하게 해준다.

무젤만은, 아감벤은 생각하기를, 인간에 대한 새로운 이해를, 따라서 윤리학의 '새로운' 지평을 열어 보인 것이었다. 앞에서 언급했듯이 니체의 새로운 인간학이 인간적인 차원을 뛰어넘는 '위버멘쉬'의 윤리학, 인간 초극의 윤리학이었다면, 아감벤은 아우슈비츠의 '최저' 인간 무젤만을 통해 인간, 곧 살아 있는 생명은 어디까지, 어떻게 내려갈 수 있는지 보여준다. 아우슈비츠 수용소는 지금도 그 대표적인 사례로 남아 있다고 할 수 있다. 거기서 유태인들은 독일인의 순수성을 오염시키는 주된 요인으로 분류되어 살게 하는 역학에서 배제되고 산 채로 죽음에 수렴되며 가스실의 죽음으로 마무리된다. 김유경의 『인간 모독소』가 보여주는 수용소 풍경 역시 그에 비견될 수 있다. 요덕 수용소로 추정되는 그곳은 아우슈비츠보다는 훨씬 넓은 지역을, 그곳은 영흥군 서부 고원 쪽인데, 차지하고 여러 골짜기에 펼쳐져 있다. 수용한 이들을 순차적으로 가스실로 보내도록 예정된 아우슈비츠에 비해 훨씬 긴 시간을 수용해야 하며, 그 안에서 의식주의 자급자족이 가능하도록 해야 한다. 물론 최저한의 삶이다.

먼저 주거 공간, 그곳 "골짜기마다 자리 잡은 정치범들의 반토굴들은 수려한 자연 속에 마구 던져버린 쓰레기 같다."[13] 그 각각은 "부엌과 방이 하나로 붙은 약 14평방 정도의 작은 집이다. 바닥과 벽이 전부 진흙으로 돼 있다. 방바닥에는 피나무 껍질로 만든, 모서리가 너슬

12) 위의 책, 127면.
13) 김유경, 『인간 모독소』, 카멜북스, 2016, 49면.

너슬한 헌 돗자리 한 장이 뎅그렇게 놓여 있다. 매캐한 먼지와 곰팡이 냄새가 코를 찌른다. 가만히 있어도 천장이며 벽에서 흙먼지가 푸실푸실 떨어진다. 판자로 된 천장은 썩어 금방이라도 무너져 내릴 것만 같다. 부엌이라는 것도 가마 두 개만 걸 수 있게 진흙으로 부뚜막을 대강 만들어 놓은 것이다."[14)]

다음으로 먹는 문제, 정치범들은 그곳에서 만성적인 굶주림에 시달린다. 이를 작중에서는 이렇게 표현한다. "항시적인 굶주림은 인간을 나약한 식욕의 동물로 만들어버린다. 언제부터인가 원호는 체면을 가릴 새 없이 죽 찌꺼기를 손가락으로 박박 훑어 쫄쫄 빨아먹는다. 가마를 가신 숭늉도 두 그릇이나 훌쩍거리며 마신다. 끊임없이 먹여줄 것만을 요구하는 치사하고 쇠약한 육체를 마구 두들겨 패고 싶을 때가 한두 번이 아니다. 그 완강하고도 솔직한 욕구에는 그 어떤 이성적인 논리도 맥을 추지 못한다. 머리는 단순하게 변해 버린다. '배고프다, 먹고 싶다'라는 단조로운 명령어만이 맹렬하게 머릿속을 뜀박질한다. 이성적 의지는 초겨울의 풀잎처럼 맥없이 스러져 간다. 원호는 먹으려는 육체의 욕망에 끌려다니며 지쳐갔다."[15)] 진술은 절을 바꾸어 계속된다. "수용소에 들어오면 누가 강요하거나 재촉하지 않아도 겉모습도, 생각도, 행동도, 철저히 수용소 사람이 되어간다. 원호네 식구들도 어느새 본능으로, 무의식으로 살아간다. 보위원을 만나면 기계적으로 허리가 구십 도로 굽어지고 먹을 수 있는 풀을 보면 날쌔게 손이 먼저 나간다. 수용소 사람들은 이성보다 오감이 먼저 반응한다. 제일 먼저 예민해지는 것은 후각이다. 먼 곳에서 풍겨오는 미세한 옥수수죽 냄새

14) 위의 책, 27-28면.
15) 위의 책, 92-93면.

에 머리는 온통 죽 생각으로 하얘지고 코가 벌름거린다. 희멀건 두 눈은 식탐으로 번들거린다. 언제부터인가 원호네도 쥐를 잡아먹는다."[16]

혹독한 환경은 이른바 '수용소 사람'이라 할 인간형을 만들어낸다. "수용소의 시간은 사람들을 흐물흐물 삼켜서는 멍청한 표정에 짐승 같은 촉각만을 가진 새로운 인간형, 수용소의 사람들을 뱉어낸다."[17] 그들은 정치범이라는 꼬리표를 달고 이곳에 끌려왔지만 정작 정치범 다운 구석은 아무데도 없다. 수용소 사람이 처한 상황, 수용소 인간을 작가는 이렇게 정리했다.

> 수용소 사람들은 그 어떤 이념 같은 것은 안중에도 없다. 그냥 생존을 위해 하루, 한 시간을 간신히 버티고 있을 뿐이다. 원호는 인간이 마지막 바닥에 떨어지면 과거와 미래를 쉽게 망각한다는 것을, 현실에 빠르게 굴복하는 놀라운 본성이 있다는 것을 깨달았다. 운명에 대한 비탄도, 과거에 대한 애수와 미련도 얼마 가지를 못한다. 앞날에 대한 고민도 곧 사라진다. 내일을 생각할 겨를도 없고 먼 미래는 중요치 않다. 코앞의 현실이 가혹하고 숨을 조인다. 현재의 순간에 전력을 다해도 견디기 힘들다. 목욕탕에서 발가벗은 이들끼리 부끄러움을 모르듯이 이 골짜기 안에서는 그 어떤 비굴하고 철면피하고 추한 짓도 당연하게 여겨진다. 이 골짜기는 인간을 허무와 무의미, 냉담과 자기 멸시로 재빨리 물젖게 한다.[18]

수용소 인간은 기억도 전망도 품지 않는 인간, 현재의 생명 기제를 유지해 나가는데 온 정신이 팔린 무의식적 의식의 인간인 것이다. 그

16) 위의 책, 93-94면.
17) 위의 책, 96-97면.
18) 위의 책, 97면.

렇다면 이들에게 공식 사회주의가 찬양해 마지 않는 노동은 또 어떤 의미를 가지는가.

> 수용소의 노동 강도는 인간이 견딜 수 있는 마지막 한계를 훨씬 넘어서 정해져 있다. 수용소의 노동은 그저 노동이 아니라 고통을 주기 위한 일종의 고문이다. 수용소 노동은 사람들의 살을 저미고 뼈를 깎기 위해 필요한 칼날 같은 것이고, 사람들의 뇌를 진공 상태로 무력하게 만들기 위한 독약 같은 것이다. 일할 때는 오직 아지랑이 아물거리는 밭머리 휴식 장소가 얼마나 가까워졌는가에만 신경이 집중된다. 비 오듯 흐르는 땀에 짜증을 내며 늘어지는 팔다리를 끊임없이 재촉할 때에 머릿속이 텅텅 비어간다. 해가 지면 오두막의 잠자리에 누울 생각만이 간절하고, 죽이나마 저녁을 먹는다는 생각에 심장이 뛴다.[19]

우리는 이러한 현상이 마르크스를 따라 노동의 숭고함을 현창(顯彰)하는 세계의 내부에서 만연하고 있다는 사실을 특별히 의식해야 한다. 소비에트 체제 수립 이후 현재의 북한 체제에 이르는 국가 사회주의 '세계' 체제는 노동의 존엄에 그 이념적 뿌리를 가진 것으로 주장되지만 거기서 벌어지는 일들은 그 세계에서 노동이 얼마나 천한 염오의 대상이 되고 있는지 말해준다. 바타이유는 마르크스와는 다른 견지에서 인간 또한 생명의 보편적 원리로서의 쾌락과 사랑에 탐닉하지 않을 수 없는 존재이며 노동은 비록 문명, 문화 형성을 가능케 하지만 이를 위해 생명의 원리를 근본적으로 유보시키는 인위적 행위라고 생각했다.[20] 조르주 바타이유의 노동설이 반드시 옳다고만 할 수도 없겠

19) 위의 책, 98-99면.

20) 바타이유의 마르크스주의적 노동관 비판은 『에로티즘』의 주된 논지 가운데 하나다. 이에 관해서는 김겸섭, 「바타이유의 에로티즘과 위반의 시학」, 『인문과학 연구』 36, 2011, 90-92면, 참조.

지만, 문제는 마르크스와 그의 뒤를 따르는 속류 사회주의, 공산주의에서 이 문제가 근본적으로 성찰되지 않았다는 점이다. 그 결과 체제는 노동을 표면에서 신성시하면서 이면에서 가장 천한 행위로 존속시킨다. 그것이 『인간 모독소』의 정치범 수용소이고, 『수용소 군도』의 2부 '영구운동' 장을 이루는 '노예 행렬' 등의 절에 나타나는 중계 형무소에 관한 서술들, 그리고 3부의 형무소, 수용소 묘사 전체에 걸쳐 아주 잘 나타나 있다. 주인이 아닌 노예들은 노동에 짓눌려 마땅하고, 이를 통하여 비로소 혁명적으로 '교화된다'. 그러나 교화는 '영원히' 미래 진행형이다. 현재에 있어 그들의 노동은 다만 인간을 인간의 최저한에까지 반복적으로 끌어내리며 죽음에 이르게 하는 기제일 뿐이다.

그리하여 일찍이 조지 오웰이 예견한 생명 정치의 제3단계가 바야흐로 가장 가혹한 형태로 출현한다. 오웰은 고전적인 명작이 된 『1984』에 이렇게 썼다. "구 전제주의자들의 명령은 <너희들은 이렇게 해서는 안 된다>는 것이었고 전체주의자들의 명령은 <너희들은 이렇게 해야 한다>는 것이었지만, 우리의 명령은 <너희들은 이렇게 되어 있다>는 것이지."[21] 빅 브라더가 통치하는 조지 오웰의 1984년 오세아니아는 이제 '너희들은 이렇게 되어 있다'는 정언명령이 지배하는 세계다. 이와 같이 '아우슈비츠 단계'에 들어선 『수용소 군도』와 『인간 모독소』 세계의 인간들은 바야흐로 체제 논리의 내면적 자동화 단계에 들어선다. 그러나 그 창출은 그들 국가의 '빈약한' 수리 및 기술 공학적 능력 덕분에 그 대부분 과정이 지극히 수공업적으로, 즉 강제적으로 이루어져야 한다. 그들이 컴퓨터와 인터넷을 먼저 가질 수 있었다면 이 자동화는 훨씬 더 세련된 방식, 즉 환면의 속임수를 즐겨 구사

21) 조지 오웰, 박경서 역, 『1984』, 열린책들, 2009, 297면.

하는 방식으로 이루어졌을 것이다.

4. '수용소'를 어디까지 그려낼 수 있나?

이쯤에서 우리는 수용소 문학의 성취도랄까 치밀성에 관해 검토해 볼 필요가 있다. 사실, 솔제니친은 그토록 불운해서 형무소에서 8년을 살고도 이후 3년 동안이나 유형 생활을 했지만 작가로서는 그런 '참척'의 경험이 숭고한 완성을 위한 운명적 허여로 작용했다고 할 수 있다. 더구나 그는 풀려난 후 물리학 교사로 일하면서 후루쇼프의 스탈린 격하 시대에 지하작가 생활도 영위할 수 있었다. 그러나 그 모든 호조건을 대작의 완성으로 귀결 지은 것은 역시 솔제니친이라는 한 인간의 의지와 성의였다.

그는 그 자신이 직접 경험한 모든 것을 되살리면서 수집할 수 있는 '모든' 자료를 망라하고자 했다. 죄수들뿐 아니라 그들 위에 군림한 제복들에 잊혀진 역사적 자료들, 전언들 모두를 그는 재생시키고자 했다. 그럼으로써 그는 『수용소 군도』 제3부의 첫머리에서, 아감벤이 프리모 레비를 이야기하면서 언급한 증언의 '불가능성'을 꼭 같이 이야기한다. 즉, "이 야만적인 뜻을 이해하고 파악하기 위해서는 어떤 특별대우가 없다면 한 형기도 제대로 마칠 수 없는 그 수용소에 있었던 수많은 사람들의 삶을 끌어내야 한다. 그도 그럴 것이 이 수용소는 <박멸>을 목적으로 창조된 것이기 때문이다. 그러므로 한층 깊이 쓰라린 체험을 맛보고, 한층 많은 것을 이해한 사람들은 이미 무덤 속에 잠들어 있어서 아무 말도 하지 못한다. 이들 수용소에 관해 <중요한 사실>을 이야기해 줄 수 있는 사람은 이미 아무도 없고 앞으로도 없을 것이다. 따라서 이 역사의 진실의 전모를 한 사람의 글로 밝히기란 도저히 불가능한 일이다. 그러므로 나는 탑 위에서 군도의 전경을 내려다 본 것이 아니라 군도의 일부를 틈바귀 구멍으로 들여다본 데 지나지 않는다."[22] 이와 같은 문장은 아감벤의 다음과 같은 문장을 겹쳐 놓음으로써 그 의미를 한층 더 깊게 이해할 수 있을 것이라 믿어진다.

> 증인은 통상 정의와 진실의 이름으로 증언하며, 그렇기 때문에 그/그녀의 말은 견고함과 충만함을 얻는다. 하지만 여기서 증언의 가치는 본질적으로 증언이 결여하고 있는 것에 있다. 증언은 깊은 곳에 증언될 수 없는 무언가를, 살아남은 이에게서 자격을 내려놓게 하는 무언가를 담고 있다. '참된' 증인, '온전한 증인'은 증언하지 않았고 증언할 수 없었던 사람들이다. 그들은 '맨 밑바닥에 떨어졌던' 사람들, 즉 이슬람교도들, 그러니까 익사한 자들이다. 생존자들은 그들 대신에, 대리인으로서, 의사 증인으로서 말한다. 즉 그들은 사라진 증언을 증언한다. 그런데 여기서 대리인에 대해 말하는 것은 이치에 맞지 않다. 익사한 자들은 아무 것도 말할 것이 없을뿐더러 전해 줄 교훈이나 기억도 갖고 있지 않기 때문이다. 그들에게는 '이야기'도, '얼굴'도 없으며, '생각' 따위는 더더구나 없다. 그들의 이름으로 증언의 부담을 지는 누구라도 자신이 증언의 불가능성의 이름으로 증언해야 함을 알고 있다. 그러나 이는 증언의 가치를 결정적으로 바꾸어 놓는다.[23]

『수용소 군도』 전6권을 앞에 놓고 솔제니친과 위의 아감벤의 문장들을 상기하다 보면 문학은 얼마나 철저해야 하며 작가는 또 어디까지 겸허해야 하는지 다시 생각하게 된다. 한국에서 문학 작품은 나라가 작은 만큼 규모와 내실이 딸리는 경우가 많고, 더러 대작을 만나더

22) 『수용소 군도』 3, 13면.
23) 조르조 아감벤(2012), 앞의 책, 51면.

라도 분량 전체를 한껏 당겨진 활처럼 팽팽하게 감당하고 있는 경우를 찾기가 어렵다. 그만큼 여분이 많고 또 전체를 감당할 '활경험'과 '활사상'이 빈약한 것이 한국문학인 것이다. 솔제니친은 자신이 밝혀내고자 하는 일들을 향해 상상 가능한 최대의 성실함으로 박물학적 보고를 행한다. 멜빌이 『모비딕』에서 고래에 대한 모든 것을 조사해서 이슈마엘의 이야기 사이사이에 백과사전 갈피처럼 끼워 놓았듯이, 솔제니친은 체포부터 석방에 이르는 집단 강제 수용소의 모든 것을 백과사전식으로 제시한 사이사이에 자기 이야기를 밀어 넣었다. 같으면서도 사뭇 다르되, 자신이 쓰고자 한 것에 대한 성실함이라는 측면에서는 대단한 사람들이다. 그들은 이야기의 상상적 완성을 위해 사실 또는 진실을 가감한다는 식의 소설적 원리를 따르지 않았다.

이런 식의 백과사전적 서술을 통해서 몇 가지 중요한 인식상의 소득을 얻을 수 있다. 그 하나는, 국가 사회주의 체제에 관해서라면 어느 정도는 면죄부를 주고 싶어 했던 레닌조차도 전혀 예외가 될 수 없다는 것이다. 레닌 시대에 그의 지시에 따라 이미 집단 수용소가 고안되고 범죄 사실에 의해서가 아니라 의심된다는 이유로 사람들을 처분하는 것이 가능해졌고, 수용소에서 벌어진 많은 일들이 바로 그 혁명가 레닌에 의해 시작되었다.[24] 이러한 사실은 필자 자신에게 아주 중요한데, 1990년의 세계사적 일대 격변에도 불구하고 필자는 상당 기간 동안, 여전히, 마치 『화두』(1994)를 발표한 최인훈처럼, '그' 사회주의의 이상만큼은 낭만적이라 할 만큼 아름다운 측면이 있으며, 적어도 레닌 시대에는 그 '미(美)'가 작동하고 있었는지도 모르고, 따라서 우리는 그의 시대로 돌아가 무엇이 어떻게 잘못되기 시작했는지 따져볼 필요도

24) 『수용소 군도』 3, 20면.

있을지 모른다는, 모호한 생각에 대한 판정을 미뤄둔 채 계류시켜 온 측면이 없지 않았기 때문이다. 그러나 사실은 솔제니친의 작업을 통하여 이미 오래 전에 모든 것이 명료해져 있었던 것이다.

다음으로, 이른바 아우슈비츠로 대표된 수용소라는 것이 예외 체제가 아니라 국가 사회주의 체제의 공통적, 보편적 체제라는 점이다. 나치 독일과 레닌, 스탈린, 후루쇼프의 소련은 윤리적으로 어떤 차이가 있는가? 수용소, 즉 군도 체제는 세계 '사회주의' 양식이 존립하기 위한 필수적 구성 부분으로 움터 자라고 번지고 이식되며 이형동질의 종양들을 길러나간다. 왜냐? 온갖 종류의 수용소, 노동 교화소 등이야말로 국가 사회주의 경제라는, 태어나자마자 낡디 낡은 사각 수레바퀴가 돌아갈 수 있게 해주기 때문이다. 그것 없이는 절대로 그들이 자화자찬해 온 사회주의 속도 따위가 있을 수 없기 때문이다. 이에 관하여 솔제니친은 이미 놀라운 통찰력을 보여 주었다. "우리는……제끄(군도의 죄수)들이 사회의 한 <계급>을 구성하고 있음을 쉽사리 증명할 수 있다. 이 수많은 사람들의 (수백만에 이르는) 집단은 <생산>에 대하여 동일한(전원 공통의) 관계에 있다. (즉, 그것은 속박되고 예속된 채 그 생산을 지도할 권리를 전혀 갖지 못한다는 뜻이다). 동시에 이 집단은 <노동 생산물의 분배>에 대해서도 동일하고 공통적인 관계에 있다. (즉, 그것과는 아무런 관계도 없으며, 최저 수준으로 생명을 유지하기 위해 필요한, 생산물의 미미한 부분밖에는 받지 못하고 있다는 것이다). 더욱이 그들이 하는 일은 결코 미미한 것이 아니라 국민경제 전체에서 가장 중요한 부분을 차지하고 있다."[25]

이 국가 사회주의 체제라는 수레바퀴가 노동이라는 '숭고한 대상'으

25) 『수용소 군도』 4, 229면.

로 인간을 얼마나 처절하게 말살하는가에 관해서는 『수용소 군도』의 제3부 '박멸—노동 수용소'를 반드시 읽어 볼 필요가 있다. 거기에 이 사회주의 필수 양식으로서의 수용소의 모든 것이 들어 있기 때문이다. 『인간 모독소』는 이것대로 의미와 가치가 있지만, 그 모든 것의 지극히 일부만 보여주었을 뿐이다. 마지막으로 또 하나, 확실히 수용소는 아감벤이 프리모 레비를 통해 분석, 통찰한 인간의 '최저' 상태가 현대적인 윤리학의 중핵 가운데 하나일 수 있음을 입증한다. 솔제니친은 이렇게 썼다.

> 철학자, 심리학자, 의학자, 작사가들이라면 우리나라의 수용소에서 인간의 지적 또는 정신적 시야가 좁아져 가는 특별한 과정을, 또 인간이 동물로 전락하여 살아 있으면서 죽어가는 과정을 어디서보다도 면밀히, 다수의 실례를 가지고 관찰할 수 있을 것이다. 그러나 수용소에 갇힌 대부분의 심리학자인 경우는, 그것을 관찰할 여유가 없었다—그들 자신이 인격을 똥이나 먼지로 바꿔버리는 흐름에 몸을 내맡겼던 것이다.
>
> 생명이 있는 것은 소화 후에 배설하지 않고서는 살 수 없는 것과 같이 군도도 또 자기의 중요한 배설물, 즉 생기를 빼앗긴 <폐인>을 그 바닥에서 내버리지 않고는 생명을 부지할 수 없었을 것이다. 그리하여 <군도>에 의해 건설된 모든 것은 폐인의 근육에서 짜낸 것이다(그가 폐인이 되기 이전에).
>
> 그것은 <폐인들 자신의 책임이다>라고 비난하고 있는 살아남은 자는, 자기의 생명을 보전하고 있는 데 대한 수치를 간직하는 것이다.[26]

예를 들어, 그는 야만적인 의식주 상태와 강제노동이라는 것이 어떻

---

26) 『수용소 군도』 3, 269면.

게 이루어졌는가를, 그것이 인간들을 어떻게 변모시키는가를 절대로 지치지 않고 줄기차게 보여주는데, 그 관찰과 묘사란 읽는 이가 오히려 고개를 돌리고 싶을 정도다. 그렇게 해서 인간은 조지 오웰이 말한 제3단계, '너희들은 그렇게 되어 있다'의 상태에 도달하는데, 이것은 빅 브라더들이 기대했던 것과 달리 전혀 혁명적이지도, 의식적이지도 않은 상태, 본능에 가까워진, 그러면서도 의식으로 무의식을 표출하는, 동물에 가까워진 인간이 된다. 인간이 얼마나, 어디까지, 비참하게 학대당할 수 있는가를 『수용소 군도』는 믿기지 않을 만큼 적나라하게 보여준다. '솔로프끼 제도' 시절부터 확대, 심화되어온 이 죽음의 통치는 죽음을 일상화 하고 삶과 동거하게 한다. 중계 형무소와 죄수 호송단 숙박지에서 온갖 형태의 형무소와 수용소들 속에서 중노동과 추위, 굶주림, 총살형으로 무수히 많은 이들이 죽고, 산 자들이 시신들과 동거한다. 온갖 학대를 겪으며 죽을병에 걸린 인간은 어떻게 죽어 가는가? 다음과 같다.

화면으로 포착하기 적합하지 않은 부분은 느리고 착실한 산문으로 묘사될 것이다. 산문은 괴혈병이라든가, 펠라그라 피부병이나, 영양실조라고 부르는 죽음의 여로의 뉘앙스 차이를 분명하게 할 것이다. 깨물었던 빵 자국에 혈흔이 묻는 것이 괴혈병이다. 그리고 나서 이가 빠지면서 잇몸이 썩고, 다리에 궤양이 생기고, 몸의 조직이 차츰 넝마처럼 벗겨지고 떨어져서, 몸에서 부패하는 냄새가 풍기기 시작하고, 커다란 혹 때문에 다리를 움직일 수 없게 된다. 이런 사람들은 병원에 수용하지 않기 때문에 그들은 네 발로 구내를 기어 다닌다. 햇볕에 탄 것처럼 얼굴이 검게 되며, 피부가 벗겨지고, 그리고 심한 설사를 하게 되는 것이 펠라그라다. 어떻게 해서든지 설사를 멈추게 해야 한다. 그래서 하루에 세 숟가락씩 분필을 먹이거나 또 다른 사람은 청어를 구해서 먹이면 멎을 거라고 했다. 그런데 어디서 청어를 구하겠는가? 사람은 점차 쇠약해지고, 병자의 키가 크면 클수록 쇠약해지는 속도가 빠르다. 체력이 약해지면, 이제 위쪽 침상으로 오르지도 못하고 가로지른 통나무를 넘을 수도 없게 된다. 다리를 두 손으로 들어올리거나, 팔다리로 기어 다닐 수밖에 없다. 설사는 사람이 힘을 잃게 하면서 동시에 어떤 관심도, 남에 대한 관심도, 살겠다는 관심도, 자기 자신에 대한 관심도 잃게 만든다. 그 사람은 귀머거리가 되고, 바보가 되고, 울 능력마저 잃게 된다. 썰매에 달아서 땅 위를 끌고 다닐 때도 울지 못하게 된다. 그는 이제 죽음을 두려워하지 않고, 모든 것을 장밋빛으로 보게 된다. 이런 사람은 모든 한계를 초월하여 자기 아내의 이름도, 자식의 이름도 잊고, 자기 자신의 이름마저 잊어버린다. 때로는 굶어 죽어가는 사람의 몸 전체에 안전핀의 머리보다 조금 작은 고름이 차오른 콩알만 한 검푸른 종기가 생긴다. 얼굴에, 팔에, 다리에, 몸에, 음낭에마저 생긴다. 아파서 그것을 건드릴 수도 없다. 종기는 익어서 갈라지고, 그 속에서 지렁이 같이 진한 고름 덩어리가 흘러나온다. 인간이 산 채로 썩어가는 것이다.

만일 침상 옆 사람의 얼굴이나 머리에 검은 이가 어정거리며 기어 다니면 그것은 죽음의 확실한 징조였다.[27)]

이와 같은 맥락에서 김유경의 『인간 모독소』의 정치범들 역시 어떤 한계 상황에 처해 있다. 그들 모두 어떤 "국민권도 박탈당하고 인간적인 모든 대우도 사라진다."[28)] 수용소 안에서는 어떤 관용도 찾아볼 수 없다. "실수는 혹독한 대가를 초래한다."[29)] 채찍은 물론 고문, 감금, 즉결 처분이 언제든 가능하며, 그보다 더한 "귀신골"[30)]이라 불리는 혹

27) 위의 책, 271-273면.
28) 김유경, 앞의 책, 28면.
29) 위의 책, 같은 면.
30) '귀신골'은 정치범 수용소 내에서도 "완전통제 구역"을 가리킨다. 위의 책, 143-144

독한 수용 시설이 도사리고 있다. 이 골짜기에서 수용자들은 바깥세상의 "노란 물"[31]이 다 빠져나갈 때까지 혹독한 규율과 처벌 아래 순종과 굴종을 배워 익힌다. 육체의 내구력은 생각 이상으로 약하다. 원호는 산에 나무를 해오는 첫 작업 수행부터 "무의식으로 현실에 순종"[32]하는 자가 되어 "죽음에 직면한 나약한 짐승마냥 처량하고 슬프게"[33] 흐느낀다. 고원의 겨울은 사납고 심술궂다. 남자들은 냄새 나는 넝마를 걸치고 산에 올라 하루 종일 눈과 사투를 벌인다. 얼어 죽거나 동상으로 죽어나가는 이들이 속출한다. 죽을 제대로 끓일 수조차 없어 생 날알이 서걱거리는 비린 죽물을 들이키고 하루 종일 설사를 한다. "죽지 못해 이어가는 수용소의 목숨들은 티끌처럼 가볍고 산골짝 겨울 해처럼 짧다."[34]

이 『인간 모독소』를 성의 있게 논의하기 위해서는 하나의 척도로서 『수용소 군도』를 떠올려야 한다. 국가 사회주의 체제의 사상적 부자유를 논의에 올리는 작품을 이야기하기 위해서 가오싱 젠의 『나 혼자만의 성경』 같은 작품이 필요한 것과 같은 이치에서일 것이다. 적절한 비교의 척도는 애착이 가는 작품도 한결 더 냉철하게 독해하도록 한다.

면 참조. 완전 통제구역이란 "피수용인들이 공민권을 박탈당하고 종신 수용되는" 구역을 말하는데 북한의 대부분의 정치범 수용소가 이에 해당하며, 이와 대비하여 요덕 수용소의 일부 지역과 18호 수용소는 "피수용인들이 공민권을 유지하며 일정한 형기를 마친 후 출소할 수 있는 '혁명화 구역'(혁명화 대상 구역)이라고 한다. 허만호, 앞의 논문, 6-7면, 참조

31) 김유경, 앞의 책, 54면.

32) 위의 책, 56면.

33) 위의 책, 57면.

34) 위의 책, 66면.

5. 『인간 모독소』의 '위치 감각'에 관하여

솔제니친이 세상을 떠난 것은 불과 십 년밖에 되지 않았다. '수용소 군도'는 유구한 역사를 자랑하지만 결코 먼 과거사만은 아니었던 것이다. 역사를 추상화 하고 산 인간이 어떻게 이 추상으로 남은 국가, 권력, 장치들에 의해 처절하게 짓밟혔는가를 망각하는 것처럼 위험한 것은 없다. 후루쇼프가 눈물을 흘리면서 『이반 데니소비치의 하루』 출판을 허락한 이야기를 전하면서, 솔제니친은 그러나 이 소설은 단순히 스탈린 시대의 이야기만은 아님을 강조했다.[35] 한국 사회가 지난 정부들의 시대에 천안함 참사와 세월호 4 · 16 참사를 겪은 것은 결코 단순치 않다. 여러 팟캐스트들, 유가족 단체가 오래 전부터 지속적으로 그 밖의 대량 살상 사건들의 진상을 밝히라고 요구한 것은, 최근에 있었던 한 정치인의 죽음까지 포함하여, 한국 사회에 각종 국가폭력에 의한 정치 '관성'이 완전히 불식되지 않고 있음을 말해준다.

필자는 지금 『인간 모독소』를 독해하는 '위치 감각'에 대해 이야기하고자 하는 것이며, 『인간 모독소』는 북한 수용소 체제 비판을 어디까지 밀어붙이는지 살펴보겠다는 것이다. 솔제니친의 소련에서 수용소에 갔다온 사람들의 자녀들도 잡아들였던 것처럼 북한에서도 자식들, 아이들까지 연좌제 적용 대상이 된다.[36] 또 소련에서처럼 북한에서도 아내가 남편을 버리지 않으려 한다는 죄로 체포된다.[37] 그렇게 하여 원호와 어머니, 그의 아내 수련은 한밤중을 달려 깊은 수용소 산골짜기로 들어간다. 전기 철책이 둘러쳐진 요덕 정치범 수용소는 솔제

35) 『수용소 군도』 6, 239면 참조
36) 『수용소 군도』 1, 145면 참조
37) 위의 책, 127면 참조

니친이 말한 군도처럼 바깥 나라와 동떨어진 또 하나의 나라다. 『수용소 군도』에는 형무소, 수용소, 유형지 등으로 세분되어 있는데 이에 따르면 원호의 수용소는 유형 수용소라는 새로운 말이 필요할 수도 있다. 그 작은 나라에서 정치범 낙인이 찍힌 자들은 수도에서 추방, 즉 유형을 받으면서 산골짜기 수용소에 갇혀버리는 것이다. 추방이나 유형, 유배 등은 옛날 한국에서도 아주 전통적인 형벌의 하나이기는 했다. 조선시대에 형벌은 데, 태(笞), 장(杖), 도(徒), 유(流), 사(死)의 다섯 가지가 있었으며, 여기서 '유'라 하는 것이 곧 추방, 유배에 해당한다. '도'란 징역형에 처함을 말하며 『수용소 군도』의 제5부는 유형 도형수들에 대한 치밀하고도 유장한 서술들과 맞닥뜨리게 된다. 한국전쟁에 대한 소식이 들려오는 이 5부에서 솔제니친은 노예노동과 탈옥에의 시도들과 처형들을 이야기한다. 요덕의 『인간 모독소』 역시 일종의 유형 수용소다. 수용소장과 관리위원회, 보위부원들, 죄수 중에서 선발된 작업반장, 통계원, 그리고 천대받으며 언제라도 처형 대상이 될 수 있는 정치범들로 이루어진 별세계가 원호의 식구들을 기다리고 있다. 처음부터 주인공이 등장하는 이 이야기의 작가는 날것으로서의 증언 또는 소설적 플롯과 문체를 차용한 수기나 회상록 양식 대신에 증언적 내용들을 함유한 소설적 양식을 선택했다.

증언과 소설은 겹치면서도 본질상 다른 점이 있다. 이 소설적 구성을 따라 원호의 아내 수련은 그녀는 모르고 상대편에서는 아는, 보위대학을 나와 평양에서 근무하다 수용소 관리 보직으로 떨려난 고향 남자 최 대위 민규를 만나게 된다. 가야금 연주자였던 수련이 성장하는 과정을 오랫동안 멀리서 지켜보아 온 민규는 수련을 향한 사랑의 감정을 품는다. 그로써 작가는 보위부원을 '인간적으로' 묘사하는 주관적 '편향'을 노정하는데, 이런 사랑의 설정은 솔제니친의 '증언록'에서는 수많은 에피소드 중의 하나로, 그것도 거의 성적인 욕망의 문제로나 슬쩍 끼워 놓여졌을 뿐이다. "달빛에 의지해 톱질을 하는 그녀의 모습"을 "그녀가 톱질을 다 끝낼 때까지 잠자리에 들지 못하고 불을 끈 창문 앞에서 지켜" 보는 식의 민규 최대위의 설정은 솔제니친의 소비에트에서는 아예 존재하지 않는다.[38] 그곳에서는 너무 많은 죄수들이 너무 많은 곳에서 끌려와 서로 뒤얽힌다. 사랑하는 마음 때문에, 국가 보위 기관의 무자비한 수행 요원일 뿐이며 수련이 아닌 모든 정치범들을 향해서는 보위부원 특유의 포악성을 얼마든지 드러내온 그는 수련을 작업장에서 빼내 줄 궁리를 한다. 이러한 제복들을 솔제니친은 지극히 냉담하게 묘사했었다. "그들은 자기 직무를 수행함에 있어서 높은 교양이나, 깊은 문화적 소양이나, 사물에 대한 넓은 안목 같은 건 필요도 없으며, 그들 자신이 그런 인간도 못된다. 그들에게 필요한 것은 명령의 정확한 수행 능력과 고통 받는 자에 대한 무자비함뿐이다. 그들은 바로 이런 인간들이고, 또 그것이 그들에게는 어울리는 것이다. 그들의 손을 거쳐 온 우리는 인간의 공통적인 면모를 완전히 상실한 그들의 본질만을 숨막히게 느낄 뿐이다."[39] 최대위 민규 역시 그러한 기관원의 한 사람, "정치범은 계급적 원수이고 짐승보다 못한 자들이라는 인식"[40]을 품고 있건만, 권위와 규칙과 무자비함의 체현자여야 할 그가 한갓 정치범의 아내를 사랑하게 된 것이다.

그럼으로써 소설은 수용소 세계에 관한 작가의 보고적 서술들에도

38) 김유경, 앞의 책, 85면.
39) 『수용소 군도』 1, 224면.
40) 김유경, 앞의 책, 81면.

불구하고 다큐멘터리보다는 확실히 멜로드라마에 가까워진다. 최 대위와 아내의 관계를 알게 되면서 원호는 자신의 아들이 그의 아들일지도 모른다는 번민에 휩싸인다.

원호와 수련 사이에서 아들 선풍이 태어나 자라고 비극적인 죽음을 맞이하는 과정은 『인간 모독소』 이야기의 가장 중요한 에피소드의 하나다. 그것은 가혹한 국가 폭력 속에서도 생명의 원리가 예외 없이 작동함을 보여주며, 동시에 이 원리가 얼마나 쉽게 왜곡될 수 있는가를 말해준다. 『수용소 군도』에서처럼 『인간 모독소』에서도 수용소에서 난 아이들은 수용소 사람이 되어야 한다. 가혹한 연좌제다. 아이들은 골짜기에서 태어나 학교에 다니며 골짜기 세계를 배운다. 이 수용소의 아이들에 관해 솔제니친은 이미 이렇게 말했다. "그러나 군도에서 연소자들이 본 세계는 네 발 가진 짐승의 눈에 비치는 세계, 바로 그것이었다. ― 여기서는 힘만이 정의다! 맹수만이 살 권리가 있는 것이다! 우리 어른들의 눈에도 수용소의 세계가 그렇게 비치는 것은 사실이지만, 그래도 우리는 아이들과는 달리 우리 자신의 체험과 사고력, 자신의 이상, 여태까지 책을 통해 얻은 지식 등을 수용소에서의 현실에 대치시킬 수가 있는 것이다. 그러나 아이들은 그 순수한 감수성만을 가지고 군도의 세계를 받아들인다. 그리하여 <며칠> 사이에 아이들은 짐승으로 변해버리고 만다! 아니, 짐승만도 못한, 윤리 관념이라곤 털끝만큼도 없는 존재가 되고 만다. (말의 그 유순하고 큰 눈을 들여다볼 때, 잘못을 저지른 개가 귀를 잔뜩 늘어뜨리고 있는 것을 쓰다듬어 줄 때, 그들의 윤리관념을 인정하지 않을 수 없지 않을까?) 만약에 네 이빨보다 약한 이빨을 가진 자가 있거든 그자 것을 빼앗아라, 그것은 네 먹이다! ― 연소자들은 대번에 이 원칙을 터득하는 것이다."[41]

『인간 모독소』의 아이들 역시 금수 세상의 원리를 체득하며 자라난다. 비루먹은 짐승들 같은 아이들, "대부분의 아이들이 펠라그라에 걸"려 "눈 주위가 흰 테 안경을 쓴 것처럼 허옇게 벗겨져 있다."[42] 서로 쥐어박고 싸우는 아이들을 학교 감독이 달려가 채찍을 휘두른다. 드센 발길질에 나동그라진 아이는 꿈틀거리며 일어날 줄 모른다. 부모를 교육받은 대로 악인이라 생각하여 자는 사이에 칼로 찌르기도 한다. 이 세계에서 나고 자라는 선풍은 일찍부터 "전혀 아이답지 않게 무표정하고 눈빛이 매섭다." "사랑이 결핍된 아이는 어른보다 더 냉혹하고 맹랑해져 간다. 영악하게 자기 이익만을 챙긴다."[43] 수용소의 서열을 당연한 것으로 인식하며 속임수와 증오와 굴종, 비열함, 잔인함, 기회를 얻기 위한 맹렬함을 배운다. 선풍이 종교를 믿는다는 죄목으로 적발된 이웃집 여자에게 돌을 던지고 불이 난 최 대위의 사무실에서 수령의 초상화를 건져오려다 최후를 맞는 과정은 끔찍한 수용소 현실의 축도라 하지 않을 수 없다. 수련을 둘러싼 원호와 민규의 갈등이 깊어지는 가운데 원호는 "귀신골"이라 불리는 "완전통제구역"에서 발가락을 잃고 돌아오고, 아들 선풍이 감독이 되려는 꿈을 이루지 못하고 죽고, 원호의 어머니가 손자의 뒤를 따라 생을 마감하고, 수련은 이번에는 민규의 아이를 가진다.

이 『인간 모독소』의 구성상 특이점 가운데 하나는 삼각관계의 갈등을 빚는 세 인물 모두가 수용소에서 벗어나 탈북, 한국에서 다시 만나게 된다는 설정이다. 원호는 민규에게 고개를 숙인 대가로 참나무 숯

41) 『수용소 군도』 4, 154면.
42) 김유경, 앞의 책, 177면.
43) 위의 책, 207면.

굽는 일에 배치 받은 후 만난 강형으로부터 외부 세계의 소식을 듣고 함께 수용소를 탈출, 북상을 거듭하여 압록강을 건넌다. 이 이야기는 마치 시베리아에서 오스트리아 빈까지 탈출을 시도했던, 『수용소 군도』의 어느 이름 모를 사내의 이야기를 연상시킨다. 민규는 자살을 생각하는 수련의 마음을 되돌려 중국으로 빼돌린 후 제대, 탈북을 거쳐 한국으로 온다. 민규의 중국 먼 친척집으로 빠져나간 수련은 아이를 낳고 몸이 팔리는 위기 끝에 한국으로 들어온다. 북한의 수용소를 탈출하여 한국에 '헤쳐 모인' 세 사람은 어떤 관계를 맺게 되는가 하는 문제는 이 소설의 큰 주제에 직결된다.

북한의 정치범 수용소에서 보위부원과 정치범, 사랑의 적수로 뒤얽힌 한원호와 최민규의 갈등은 어떻게 해소될 수 있는가? 작가는 여기서 결국에는 하나의 길로 통하는 두 가지 해법을 제시한다. 하나는 수련의 두 번째 아이, 곧 민규의 아들 수남을 두 사람 사이에 개입시키는 것으로, 수남은 원호로 하여금 세상 떠난 선풍의 존재를 환기하게 함으로써 부모 세대의 원한과 복수를 자녀세대에는 물려주지 말 것을, 새로운 바닥 위에서의 화해와 용서를 주문한다. 다른 하나는 한원호를 뺑소니 사범으로 조사하던 형사로 하여금 그에게 종교적 구원을 권유케 하고, 원호와 민규 모두 "사회적 희생자"[44]라는 인식을 갖도록 권유하게 하며, 나아가 수련으로 하여금 두 사람의 화해를 중재하도록 한 것이다. 작가는 수련과 아들 수남, 그리고 두 사람이 크리스마스 날에 'ㅅ랜드'에서 산타 할아버지의 선물을 받듯 아버지를, 아이 아빠를 만나게 하고, 화해를 이루게 함으로써 기독교적인 종교적 메시지를 한층 강조한다. 그렇게 함으로써 『인간 모독소』는 북한 수용소 체제를

44) 위의 책, 371면.

비판하는 데서 '나아가' 수용소의 상흔을 안고 북한을 탈출해 온 사람들이 한국 사회에서 작중 형사로 대표되는 체제의 '원조'에 힘입어 원한과 복수의 위기를 극복하고 화해를 이루는 해피엔딩 이야기가 된다. 그리고 이러한 종국적 매듭은 수용소 문학으로서의 이 소설의 진정성을 얼마간 '훼감'하는 측면이 있다고 생각한다.

과연 현재 삼만 명을 헤아린다는 탈북민들은 한국 사회에 합류하여 어떤 상황에 맞닥뜨렸던가? 작중에서 화자는 뺑소니 혐의를 받고 있는 원호의 시각을 빌려 "탈북자에게 사건이 터지니 담당 형사는 마치 변호사 같은 자세다. 고마운 일이다."[45]라고 평가했다. 형사는 영화 『뷰티플 차일드』를 들어 원호에게 원한, 복수 대신에 용서와 화해를 주문하고, 원호는 복수를 향한 번민 속에서도 수련을 학대한 자신의 '죄'를 의식하고 용서를 구해야 함을 깨닫는다. 또 민규는 수련과 아들 수남을 만나기 전에 성당에 나가 예수의 성상 앞에 무릎을 꿇고 용서를 구한다.

『인간 모독소』는 이렇게 탈출을 매듭지음으로써 북한 수용소 체제에 대한 강렬한 비판 의식의 지속적인 작동 대신 종교적 화해와 구원이라는, 어쩌면 일종의 '상투적인' 결말에 다다랐다 할 수 있다. 두 가지 점에서 무척 아쉬운 일이다. 첫째, 작가는 북한 수용소 문제에 뛰어든 이상 비록 그 멜로 드라마식의 이야기 전개 방식에 의해 불가피하게 강제된 측면이 없지 않다 해도 끝까지 문제를 물고 놓치지 말았어야 하며, 더욱 심층적인 차원으로 들어가야 했고, 이를 위한 고안을 준비했어야 한다.

예를 들어 작중에는 '혁명화 지역'과는 전연 대비되는 '완전 통제구

45) 위의 책, 358면.

역', 즉 '귀신골'에 관한 이야기가 여러 번 등장하는데, 거기서 석회석 광산 광차에 깔린 원호는 "곧 죽을 자들을 분리하고 목숨이 끊어질 때까지 격리하는 막사"[46]에 들여보내진다. "병자들만 모아 놓고 아무런 대책도 세우지 않는" 이 "아비규환의 생지옥"에서 "항생제를 쓰지 못한 상처는 썩어 들어가고 사람들은 패혈증으로 곧 죽어나간다."[47] 어쩌면 '귀신골'은 죽음으로 가는 마지막 비상구를 가리키는 대명사인지도 모른다. 왜냐하면 바로 옆에 길주 풍계리 핵 실험장을 끼고 있는 만탑산 16호 화성 수용소 사람들은 이른바 '귀신병'에 걸려 죽어간다는 말이 이미 여러 해째 떠돌고 있기 때문이다. 이 완전 통제 구역과 혁명화 구역으로 '구성되는' 수용소와, 그 '악성 종양'이 번져 사회 전체를 수용소화 하는 메커니즘에 대한 전면적인 탐사가 없이는 수용소 문학은 제대로 매듭지어질 수 없을 것이다. 그리고 이것이 바로 솔제니친이 일찍이 일구어 놓은 수용소 문학의 경지다.

둘째, 작가는 원호와 민규, 수련이 수용소라는 지옥의 현장을 탈출하여 닻을 내린 이 한국 사회에 대해 이 소설의 플롯이 보여준 것보다 훨씬 깊은 해부적 시선을 견지했어야 한다. 과연 이 사회는 탈북민들에게 따뜻하기만 한가? 지난 두 정부 아래서 활용 가능한 탈북민들이 여러 가지 혜택을 누릴 수 있었다면 현재의 정부는 적대 관계의 청산과 통일이라는 '현안'의 요청 아래 탈북민들에 대해 눈에 뜨일 정도로 냉담해져 가고 있다. 그러나 그보다 중요한 것은 여러 수용소들로 대표되는 북한의 야만적 국가 기구와는 여러 모로 차별적이기는 해도 이 한국 사회의 '벌거벗은 생명'들 역시 여전히 다종다양한 국가적 폭

46) 위의 책, 195면.
47) 위의 책, 196면.

력과 처분에 내맡겨져 있다는 사실이다.

이것이 현재의 한국 사회에 대한 필자의 솔직한 판단이다. 이 슬픔과 고통에, 그에 상응할 만한 근거가 없지 않다면, 우리는 현실을 대함에 있어 정신적 긴장을 풀 수 있는 여유를 갖지 말아야 하는지도 알 수 없다. 바로 그와 같은 이유에서 필자는 『인간 모독소』의 인물들이 한국에서 벌이는 화해와 용서, 사랑의 '향연'을 어떤 위화감 없이 읽어내기 어렵다고 생각한다. 그렇다면 한국 사회는 북쪽 사회에서는 상상도 할 수 없는 보위부원과 정치범 사이를 연결해 주는 행복한 장치를 갖고 있단 말인가? 그럴지도 모른다. 소설을 이른바 개연성을 펼쳐놓는 장이라고 보면 그 정도쯤의 일이야 그렇게 일어나기 어려운 일이랄 수도 없다. 필자가 생각하는 문제는 이러한 사건 전개 속에 나타난 이 작품 속의 한국 사회가 너무 평온하고 자애로워 보인다는 사실이다. 북쪽은 아비규환의 지옥인데 반해 남쪽에서는 뺑소니 교통사고를 일으킨 게 아니냐는 누명 따위는 CCTV 등과 변호사 같은 형사의 호의를 통해 간단하게 벗겨지고, 외나무다리에서 만난 원수 같았던 두 남자의 원한이라는 것도 앞으로 눈 녹듯이 씻어질 수도 있을 것 같다, 적어도 티 없이 맑은 수남을 통해 둘이 연결되는 설정을 감안하면 말이다.

북한의 정치범 수용소를 천신만고 끝에 벗어나 남쪽으로까지 올 수 있었던 한원호는 그 특이한 경험 덕분에 이곳저곳에 불려다니며 강연도 하고 증언도 하면서 새로운 삶을 산다. 현실 속에서 탈북민들 가운데 다행스럽게도 그와 같은 상황에 놓인 사람들이 있다. 그러므로 그것은 소설적으로 보면 응당 있을 법한 일을 내놓은 것이라 할 수 있다. 하지만 여기서 문제는 개연성 같은 것일까?

경험적으로 그와 같은 인물들을 얼마든지 설정할 수 있다 해도 내게는 원호나 민규라는 인물이 한국에 내려와 그 자신들의 삶을 추구하는 광경이 매우 불편하게 읽히는데, 이는 그들이 한국 사회의 사회정치적 상황에 전혀 둔감하거나 또는 아예 관심을 품지 않는 것처럼 보이기 때문이다. 반면에 필자가 아는 탈북민들을 둘러싼 상황은 그때그때, 즉 한국의 정치권력을 누가 쥐는가에 따라 매우 달라지고, 그들의 삶, 생활, 생존의 조건마저도 널뛰기를 할 수 있다. 탈북민이라는 존재적 기반은 한국 사회 전체에 있어서는 일종의 게토처럼 고립되어 있으되 특정 정치 세력에 의해서는 얼마든지 환대받고 활용될 수 있는 특성이 된다. 그런데 이 정치세력은 사실상 북한에서 탈북민들을 수용소 체제에 밀어 넣었던 국가 사회주의 체제의 상층부'만큼'이나, 용산 참사나 세월호 참사 등에 비추어 볼 때 비윤리적, 반인권적이다. 그들 또한 거슬러 올라가면 민중들을 억압하고 언론출판을 제한, 검열하고, 숱한 정치범들을 폭력사범, 파렴치범으로 전환시키고, 불법 연행과 고문으로 '빨갱이'를 창조했다.

시대가 바뀐 것 같았을 때, 솔제니친은 "나는 개의 조련사들의 습성을 간과하고 있지 않았던가? 수용소 군도의 연대기 작가이기를 바라던 내가, 그것이 우리나라의 분신이며, 없어서는 안 되는 존재라는 것을 이해하고 있었을 게 아닌가? 나에 대해서만은 / <배부르게 먹을수록 기억은 멀어진다.> / 이런 법칙이 적용되지 않을 거라는 자신이 있지 않았는가? 그러나 나는 통통해졌다. 틀에 박혀 버렸다. 믿어버렸다…… 수도의 관대한 마음씨를 믿어버렸다. 나 자신의 새로운 생활을 위하여 믿었던 것이다 — 부드러워졌어! 규율이 완화되었어! 석방되고 있어, 모두 석방되고 있어! 수용소 구내마다 폐쇄되어 가고 있어! 내무부 직원이 차차 잘리고 있어……. / 아니, 우리는 쓰레기와 같다! 우리는 쓰레기의 법칙에 지배되고 있다. 공통의 슬픔을 분간할 능력을 잃지 않기 위해 우리들이 체험하지 않으면 안될 불행에는 한계가 없다. 우리들이 자기 자신 안에 있는 이 쓰레기를 이기지 않는 한, 이 지상에는 그것이 민주주의건, 전제주의건 어떤 제도도 공정한 것이 못 된다."[48]라고 썼다.

한국 사회는 분명 북한보다는 훨씬 나은 사회다. 이것은 단순히 양적으로 표현할 수 없는 심원한 차이를 갖는다. 북한은 지금도 이미 몰락해 버렸지만 여전히 강력한 힘을 구가하는 국가 사회주의 세계 체제의 일부이며 현재로서는 그 가장 극단적인 특징들을 보여준다. 반면에 한국 사회는 사회 체제의 뿌리도 달랐을 뿐더러 여러 차례의 혁명을 거치면서 오늘날 우리가 보는 것과 같은 꼴을 갖추었다. 그러나!, 이 한국사회 체제의 어떤 습성은 사라지지 않았고 또 얼마든지 재활될 수 있다. 심지어 그것은 현 정부의 어떤 부면들에서 이미 새로운 힘을 발휘하기 시작했는지도 모른다. 그렇지 않고서야 어떻게 2018년 7~8월 현재 우리가 목도하고 있는 일들이 일어날 수 있을까? 또한 한국을 북한에 비교해 놓고서 이 나라는 참 좋은 사회라고 자위하는 안일함으로는 이 사회가 어떤 심각한 사회적 질병들을 앓아 왔는지 또 앓고 있는지 알래야 알 수 없다.

『인간 모독소』는 북한 정치범 수용소를 다루고 있는 문제작이다. 작가는 결코 간단치 않은, 쉽게 말하기 힘든 이야기를 썼다. 나와 같은 무경험자들에게 이 소설은 많은 것을 알게 했다. 그런데 우리는 더욱 철저해져야 하며 긴장을 잃지 말아야 한다. 탈북 작가들은 북한과 한

48) 『수용소 군도』 6, 240면.

국 사회의 문제들을 연결해서, 함께 사유할 때만 '전체적' 사유에 도달할 수 있다. 우리는 진공지대에도, 낙원에서도 살고 있지 않다. 이 한국사회에서 생명들은 여전히 벌거벗었다.

탈북 작가 김유경 소설 연구*

-탈북자의 디아스포라 인식과 정치의식의 변화를 중심으로

서세림

1. 서론

1990년대 중반 이른바 '고난의 행군' 시기 이후 북한이탈주민, 즉 탈북자들의 수는 급격히 증가하였다. 이들은 한국은 물론 미국, 유럽, 중국 등 세계 각지로 나아가 생활하고 있다. 우리나라에서도 1990년대 후반 이후 탈북 문제와 관련한 사회적 관심이 점차 증가하였고, 탈북과 관련한 문학적 성과, 즉 '탈북 문학'에 대한 논의도 진전되고 있다.[1)]

* 이 글은 『인문과학연구』 52호(강원대학교 인문과학연구소, 2017)에 게재된 것이다.

1) 창작과 연구를 통해 탈북 문학의 개념에 주목해온 박덕규는 고난의 행군 시기부터 일어나기 시작한 대량 탈북 사태를 그려낸 일련의 소설들은 종래의 분단문학과는 확연히 다른 양상을 보여주기 시작하였으며 이를 탈북 문학의 시초라 할 수 있다고 분석한다. 1995년을 전후한 고난의 행군이 초래한 북한 사회 경제적·정치적 불안이 탈북자 양산 및 탈북 문학 형성에 가장 결정적인 요인이었음은 분명하다. (박덕규, 「탈북문학의 형성과 전개 양상」, 『한국문예창작』 14-3, 2015, 한국문예창작학회, 90면.)

현재의 탈북 문학은 탈북을 주요 소재로 하여 탈북자를 대상화하고 있는 한국 기성작가들의 작품과 탈북자 작가들이 직접 창작한 작품으로 분류해볼 수 있다. 탈북자를 대상으로 하는 한국 내 기성작가들의 작품들에서는 주로 탈북자들의 탈북 과정과 유랑 경험, 뿌리내리기 등을 주요 소재로 삼으면서 한국 사회의 불모성과 이데올로기 대립을 우회적으로 비판하는 양상을 보이는 경우가 많다.[2] 이들은 한국 사회의 새로운 구성원으로 기능하게 될 탈북자들을 매개로 하여 분단체제의 정치, 사회적 현실에 대한 거시적 이해를 시도하고 있는 것이다. 이와 함께 탈북 작가들의 작품 활동도 점점 더 활발해지고 있는데, 소설, 수기, 자서전, 시집 등 다양한 장르의 출판물을 발표하며 자신들의 목소리를 내고 있다. 이 과정에서 탈북 작가들은 북한 인권 문제 및 정권 상황 고발, 탈북 과정에서의 고통 등을 주요 주제로 표현하고 있다. 특히 북한에서 작가로 활동하던 문인들은 탈북하여 한국에 정착한 이후에도 지속적으로 창작 활동을 펼치고 있다. 대표적으로 조선작가동맹 출신으로 한국에서도 활발히 활동하고 있는 이지명, 장진성, 최진이, 김유경 등을 꼽을 수 있다.

탈북자 문제와 관련하여 인권, 민족, 분단 현실, 국제법 등 복잡하게 얽혀 있는 시각들은 현재 대한민국 분단 현실의 특수성과 소수자 인권 문제라는 보편성이 변증법적으로 결합된 한국 사회의 중요한 사안이다.[3] 따라서 향후 탈북 문학에 대한 논의도 점차 확장되어야 할 것이다.

---

2) 김효석, 「탈북 디아스포라 소설의 현황과 가능성 고찰-김유경의 『청춘연가』를 중심으로」, 『어문논집』 57, 2014, 307-308면.
3) 김인경, 「탈북자 소설에 나타난 분단현실의 재현과 갈등 양상의 모색」, 『현대소설연구』 57, 2014, 271-272면.

한국 기성작가들의 탈북 문학은 1990년대 이후 그 양과 질에서 상당한 누적을 보여 탈북 디아스포라의 중요한 의미에 대한 지속적 문제제기에 크게 기여하고 있다. 그런데 앞서 언급하였듯이 기성작가들의 관심을 가장 많이 받은 지점은 탈북을 매개로 채워지는 정치적 판단의 가능성인데, 이 과정에서 탈북자 내부의 시선까지 명확히 형상화하는 데에는 일정한 한계가 존재할 수밖에 없다.[4] 반면 탈북 작가들의 작품은 그 체험의 강렬성이 오히려 문제가 된다. 탈북자들이 직접 발표한 작품들의 상당수가 수기 형식을 취하고 있는 것도 그러한 이유에 의하며, 강렬한 기억의 형상화와 증언에 대한 욕망은 그 내용의 유사성, 단순함 등을 초래하는 요인이 되고 있다. 체험의 강렬함에 대한 경사가 탈북 작가들 간의 변별 지점을 구축하는 데에 부정적 영향을 미친 부분이 많기 때문이다. 특히 탈북 과정의 고통이나 북한 정권 및 현실에 대한 충격적 고발 등의 양상에 집중되어 한국을 선택한 탈북자로서의 독창적 문제의식을 제대로 펼치지 못한 점은 개선의 여지가 있다. 고난의 행군 시기 이전에는 북한 체제에 대한 고발이나 자기 체험 고백, 남북한 생활의 비교 등을 내용으로 하는 수기나 수필이 탈북자들의 문학 활동의 주종을 이루었으나, 1995~2000년을 기준으로 변화의 조짐을 보여 2000년대 들면서 일반 소설, 시 창작 등으로 점차 전이되고 다양화되어 온 것으로 이해된다.[5] 그러나 2000년대 이후의 탈북 작가들의 소설 창작에 있어서도, '수기와 유사한' 서사 구조를 형성하는 경향은 여전히 강하게 남아 있다. 북한이탈주민 창작 소설의 공통적 경향성을 서술방식과 서사구조에서 나타나는 수기와의 유사성

4) 이성희, 「탈북자의 고통과 그 치유적 가능성-탈북 작가가 쓴 소설을 중심으로」, 『인문사회과학연구』 16-4, 2015, 3면.

5) 박덕규, 앞의 글, 106면.

으로 지적한 권세영의 논의는 그러한 상황을 잘 보여준다. 1인칭 주인공의 독백적 서술방식이 대다수의 작품에서 빈번히 나타난다는 것이다.[6)]

그러한 상황에서 2012년 장편소설 『청춘연가』를 발표하며 한국 문단에 등장한 탈북 작가 김유경의 작품은 중요한 의미가 있다. 그의 데뷔작 『청춘연가』는 탈북자의 다양한 뿌리내리기 과정과 새로운 정체성 찾기를 허구적 인물의 다성적 목소리를 통해 소설화하여 탈북자의식의 다양성과 탈북자의 전형을 보여주는 성과를 낳았다는 평가를 받게 되었다.[7)] 특히 김유경의 작품이 문제적인 것은, 앞서 언급하였던 탈북 작가들의 재현 욕망에 따른 수기 중심성에서 상당 부분 탈피할 수 있는 가능성을 보여주었다는 점이다. 경험 자아와 서술 자아의 객관적 거리가 확보되지 못했던 여타 탈북 작가들의 많은 수기류와 다른 지점에 김유경의 작품은 놓여 있는 것이다.

그리고 4년 후 2016년에 발표한 두 번째 장편소설 『인간모독소』에서는, 탈북자의 자기 정위(定位)를 위한 고통스러운 탐색의 작업이 정치범 수용소라는 소재와 맞물리며 독특한 문학적 성과를 보이고 있다. 북한 인권 문제와 탈북 과정의 고통 등에 대한 성실한 기억의 작업을 넘어서는, 즉 폭로를 넘어서는 성찰을 보여주기 위해 김유경의 작품은 지속적으로 도전해오고 있다. 단순한 회상의 기록이 아니라, 탈북자들이 북한 체제 내부의 일원인 동시에 한 인간으로 '욕망'을 지니고 있는 존재였음을 문학적으로 형상화하는 작업이 중요하게 펼쳐지고 있는 것이다.

이러한 탈북자들의 모습은 현대적 의미에서의 디아스포라(Diaspora)로

6) 권세영, 「소수집단 문학으로서의 북한이탈주민 창작 소설 연구」, 『한중인문학연구』 35, 2012, 297면.

7) 김효석, 앞의 글, 312-313면.

파악해 볼 수 있다는 점에서도 문제적이다. 디아스포라는 본래 그리스어로서 '씨를 뿌리다'를 뜻하는 '스페이로'(speiro: sow)와 '넘어서다'라는 의미인 '디아'(dia: over)의 합성어이다. 성서의 『구약』 신명기에서 그것이 유대 민족의 이산을 가리키는 용어로 사용되었다고 알려진 이래, 아주 오래전부터 이 용어는 자의적 혹은 타의적으로 고향을 떠났던 가장 오래된 인종적・민족적 디아스포라를 지칭하는데 사용되었던 것이다.[8)]

그런데 현대적 상황에서 디아스포라라는 용어는 점차 그 개념의 외연이 확대되고 있다.[9)] 디아스포라 개념의 정립을 시도한 코헨에 의하면 현대적 의미로 디아스포라(Diaspora)는 같은 민족적인 기원을 지닌 사람들이 흩어져 살게 된 것, 흩어져 살면서 같은 신념을 지닌 사람들, 외국에 살면서도 집단적인 정체성을 강하게 유지하는 사람들이 자신들을 규정하는 용어로 정의된다.[10)] 1990년대 이후 디아스포라 연구가 활발해지면서 디아스포라는 그 개념의 어원이 된 유대인의 경험뿐만 아니라 다른 민족들의 국제이주, 망명, 난민, 이주노동자, 민족공동체, 문화적 차이, 정체성 등을 아우르는 포괄적인 개념으로 사용되고 있는 것이다.[11)]

이러한 관점에서 볼 때, 1990년대 중후반 이후 한국을 비롯한 전세계로 흩어져 새로운 터전을 탐색하고 있는 탈북자들의 모습은 현대적

---

8) 가브리엘 셰퍼, 장원석 역, 『디아스포라의 정치학』, 온누리, 2008, 28-29면.

9) 서세림, 「디아스포라 지식인의 사유와 무국적 텍스트들의 향방-최인훈의 『화두』론」, 『현대소설연구』 62, 2016, 129면.

10) Robin Cohen, *Global diasporas*, Seattle, WA: University of Washington Press, 1997, pp. 10-11.

11) 윤인진, 「한민족 이산(Diaspora)과 한민족공동체 형성방안」, 『동방학지』 142, 연세대학교 국학연구원, 2008, 186면.

디아스포라의 전형으로서의 중요한 의미를 내재하고 있다. 탈북자 문제의 문학적 형상화는, 탈북자들의 정체성을 통해 남북한 사회의 구조적 모순을 비판적으로 바라볼 수 있는 시각을 제공하는 것과 동시에, 탈북자들의 문제가 인권, 전지구적 자본주의 등 근대 국민국가의 의미와 한계를 동시에 보여줄 수 있으며 이산의 고통을 절실히 체험하는 디아스포라 문학의 하위 범주로 분석 가능하다는 점을[12] 주목해 보아야 한다. 김유경의 소설에서는 그러한 탈북자들의 디아스포라 인식을 다각적으로 살펴볼 수 있다.

이에 따라 본고에서는 탈북 작가 김유경의 소설에 대한 분석을 통해 탈북자의 의식 성장과 탈북의 영향 관계를 살핌으로써 탈북자들의 경계 인식과 정치의식의 변모 과정에 대한 탐구를 진행하였다. 이는 탈북 작가들의 문학적 형상화 과정에서 나타나는 정치적 소명 의식과 폭력적 제도의 상충 문제 및 사랑과 욕망 등의 내적 사유들에 대해서도 탐색해 보는 것을 목적으로 한다.

2. 假名 작가의 욕망과 디아스포라 인식

'김유경'은 작가가 假名으로 발표한 이름이다. 그녀는 북한에서 20대에 조선작가동맹원이 되어 작가로 활동하다가 2000년 탈북한 40대의 여성 작가로만 알려져 있고 그 외의 전력은 전혀 밝혀져 있지 않은 상황이다. 이것은 탈북 작가들의 문학에 나타난 또 다른 중요한 특징 중 하나라고 할 수 있는 익명성과 관련이 있다. 북한에 가족 및 친지

12) 고인환, 「탈북자 문제 형상화의 새로운 양상 연구」, 『한국문학논총』 52, 2009, 한국문학회, 218-219면.

를 두고 온 상황, 분단체제의 현실에서 자신의 모습을 드러내기 쉽지 않은 상태와 글쓰기에 대한 욕망이 합치될 때 이러한 가명 작가의 형상이 나타난다. 실제로 데뷔작인 『청춘연가』(2012)를 발표하며 그녀는 다음과 같이 밝히고 있다.

> 작가란 생리적으로 글을 쓰지 않으면 못 견디는 사람들일 것이다. 나는 탈북하여 한국으로 들어오자 곧 글을 쓰고 싶은 욕망으로 달아올랐다. 하지만 두려웠다. (중략)
>
> 나는 자유 세상으로 왔지만 스스로 자유를 속박하지 않으면 안 된다. 실명은 물론 나의 과거 행적을 밝힐 수 없으며 숨어서 손만 간신히 내밀고 세상에 이 소설을 보낸다. 그것은 나의 몸 절반이 아직도 북에 묶여 있기 때문이다. 그래서 슬픔은 늘 함께 존재한다. 그렇게 북한은 여전히 나를 옥죈다.[13]

이렇듯 실명을 감추고 가명을 사용할 수밖에 없는 상황에서 등장한 『청춘연가』는 이전의 기록·증언 서사에서 한발 더 나아간 문학적 성과를 보여주었다는 점에서 주목받았다. 탈북 작가들의 작품에 한 전환적 지점으로 이해된 것이다.[14] 김유경에게 가명의 존재는 강렬한 체험 고백에의 욕구보다 문학적 형상화에 더욱 집중하게 만든 요인이었다. 북한에서의 자신의 실제 모습을 알리고 부당한 과거의 모습을 그대로 보이는 것보다, 자신의 체험을 자양분으로 만들어진 허구적 세계를 통해 북한 사회 전반과 그 내부의 사람들에 대해 이야기하는 것이 작가

13) 김유경, 「작가의 말: 숨어서 손만 간신히 내밀고 이 소설을 보낸다」, 『청춘연가』, 웅진지식하우스, 2012, 315-318면.
14) 이영미, 「탈북자 소설에 나타난 북한의 문학정체성 연구」, 『현대문학이론연구』 64, 현대문학이론학회, 2016, 229면.

에게는 더 큰 목적이 되었다.

그리고 4년 후 발표한 두 번째 장편소설 『인간모독소』(2016)에서는 정치범 수용소 체험이라는 주제를 통해 탈북자들의 정체성 형성에 영향을 미친 폭력적 인권 현실과 함께 사랑과 욕망의 문제에 대해서도 본격적으로 형상화하고 있다. 체제의 일원이자 욕망을 가진 인간으로서 탈북자의 모습이 그려진 것이다.

북한을 벗어난 후 비로소 북한인의 삶을 재형성해보는, 탈북인으로서의 북한에 대한 시각이라는 측면을 김유경의 작품에서는 중요하게 다루고 있다. 『청춘연가』를 펴내며 작가의 말을 통해 그녀는 "북한 문학은 사람들의 삶에 말을 걸지 않는다. 권력을 향한 아부만을 해야 한다. 하여 세상의 빛을 쪼이면 백지로 무용지물이 되는 인화지 같은 존재가 바로 북한 문학이다."[15]라고 이야기한다. 현실의 삶이 거세된 문학과 언어의 자장 속에서 벗어나 어떻게 인간의 삶을 논할 것인가가 이제 그녀에게는 중요한 문제인 것이다. 그것은 기본적으로 불안정한 존재일 수밖에 없는 디아스포라적 속성과 연관되어 탈북 이후 지속적인 고민과 성찰의 원동력이 되는 것이기도 하다. 북한에서 중국으로, 다시 중국에서 한국으로 이동하게 되면서 겪게 되는 온갖 고난과 고통의 시간 속에서 가장 본질적인 물음은 바로 북한 그 자체에 대해서 시작된다.

그러면서 자신이 나서 자라고, 청춘 시절을 보낸 조국이었던 북한 사회를 처음으로 세세히 해부해보게 되었다. 선화는 날이 갈수록 자신의 무지를 소름 끼치게 느꼈다. 단순히 세상과 문명에 대한 무지만

15) 김유경, 앞의 책, 315면.

> 이 아닌 삶에 대한 총괄적인 무지에 창피함을 느꼈다. 인생관, 사회관, 대인 관계 등 모든 면에서 부족함을 깨달았다. 사회적인 몽매함이 한 인간에게 그토록 철저히 침투된다는 것에 전율을 느꼈다. 북한에서 살아온 28년 세월 동안 단 한 번도 다른 세상의 빛을 쪼인 적도 본 적도 없이 살았다. 그러나 이제는 북한에서의 삶은 죽은 사람의 삶과 같다는 것을 명백히 깨달았다. 그러나 정학민도 정선화도 북한에서는 그 세상에 헌신적으로 복무했다.[16)]

즉, 북한의 외부로 뿔뿔이 흩어지게 된 이후에야 비로소 북한의 내부에 대해 온전히 성찰해 볼 수 있는 힘이 생겼음을 고백하는 것이다. 이것은 갇힌 사회를 탈출한 이후 탈북자들의 디아스포라로서의 인식이 한국 사회 내・외부에서 어떤 기능을 할 수 있을 것인가를 고민해 보게 한다. 그런 점에서 볼 때 『청춘연가』는, 탈북 과정 자체의 고난에 집중하여 개인의 수난사로서 읽히는 측면이 강했던 이전의 탈북자 작품들과 달리 북한 내부에서부터 밀려나와 계속하여 이동함으로써 새로운 삶을 형성하고 개척할 수밖에 없는 입장에서의 나아감과 되돌아봄을 동시에 고찰한다는 점이 주목된다. 다시 말해 떠나왔다고 해서 북한의 정체성이 일시에 소멸되는 것이 아니며, 그와 동시에 한국인으로서 새롭게 시작해야 하는 입장에서 그것이 어떠한 방식으로 적응 내지는 동화되어 갈 것인가를 이 작품은 몇 가지 측면으로 유형화하고 있는 것이다. 아렌트에 따르면 무국적 난민은 법 앞의 평등을 못 누린다기보다 아예 법 자체를 누리지 못하는, 다시 말해 "권리를 가질 수 있는 권리"마저 박탈당한 존재라고 할 수 있다. 고향과 국적을 상실함으로써 "인류로부터 추방"당한 것이나 마찬가지라는 것이다.[17)]

16) 김유경, 앞의 책, 119-120면.

북한 체제의 의지에 반하는 상태에서 북한을 벗어난 북한인, 탈북자들의 존재는 곧바로 그러한 무국적 난민의 상태와 같은 그것이 되며 모든 권리에서 추방 및 박탈당한 이후의 삶을 그려내는 것은 중요한 문제이다.

따라서 데뷔작인 『청춘연가』에서는 선화, 복녀, 경옥, 그리고 성철로 표상되는, 탈북을 통해 새로운 삶을 꿈꾸는 인물들의 선택의 방향에 대하여 관심을 기울이고 있다. 북한에서 중학교 교사였으며 아버지도 대학 교수였던, 그야말로 엘리트 출신인 선화는 고난의 행군 시기 이후 배급이 끊겨 가난에 허덕이다 아버지를 잃고 병에 걸린 어머니의 치료비와 생활비를 마련하기 위해 중국 돈 천 원에 시골 마을 중국인의 집으로 팔려간다. 중국인 남편과 가족들의 지속적인 무시와 학대, 성폭력은 6년간이나 이어졌고 어린 딸을 남겨놓은 채로 그녀는 결국 탈출한다. 이후 한국에 들어와 오랜 트라우마를 간신히 극복하며 새로운 삶을 시작해보려는 것이다. 복녀와 경옥의 경우도 비슷하다. 중국에서 인신매매와 성적 학대를 당하다 탈출해 들어와 한국에서의 새로운 삶을 꿈꾼다. 꽃제비였던 성철도 마찬가지이다.

『청춘연가』에서 사랑은 중요한 의미를 지닌다. 꽃제비 출신으로 탈북자들을 한국으로 입국시켜 주고 돈을 받는 브로커 일을 해오던 성철은, 첫사랑의 대상인 선화를 보게 되자 부끄러운 삶을 청산하겠다는 결심을 하게 된다. 방통대에 다니고 성실한 직장인의 삶을 살며 그가 꿈꾸는 것은 사랑의 순수성 앞에 당당한 사람이 되고자 하는 것이다. 그것은 북한에서의 삶에서는 생각해 본적이 없는 영역이며, 삶에 대한 강렬한 동력이 된다.

17) 한나 아렌트, 이진우・박미애 역, 『전체주의의 기원 1』, 한길사, 2006, 534면.

> 어찌 보면 그녀도 모진 광풍에 일찍이 나무에서 떨어진 이 은행나무 잎과 다를 바 없었다. 줄기에서 부러져 땅에 떨어졌고 거친 바람에 몰려 정처 없이 떠다녔다. 진흙탕이 발리고 본색을 잃고 누렇게 말라갔다. 그렇게 말라 부서지고 땅으로 스며들고 있었다.
>
> 그러나 선화는 이 땅에서 다시 생명력을 느끼기 시작했다. 결코 남보다 우뚝하거나 화려하지 않고 미미하고 작은 삶이지만 지금의 삶은 너무 감격스러운 것이다. 그 환희는 오직 체험으로만 가능한 것이다. 선화는 이 잎들만이라도 자신처럼 그렇게 되살리고 싶었다. 다시 나무에 달려 바람에 춤추게는 못 하지만 본연의 색채를 잃지 않게 오래오래 간직하고 싶었다.[18]

그것은 선화도 마찬가지이다. 북한 사회라는 본래의 나무에서 떨어져 나온 말라붙은 나뭇잎 같은 존재이지만, 땅에 떨어지고 바람에 날린 이후에도 스러지지 않은 생명력이 있음을 한국에서 선화는 다시 느끼게 되는 것이다. 삶에의 욕구와 불치병의 선고라는 안타까운 모순이 작품의 결말에 합치되면서 결국 작가는 더욱 강렬한 열망으로서 '새로운 삶'에 대해 토로한다. 이것은 탈북 디아스포라의 한 열정적 면모로 읽히는 동시에, 한국 사회 내부에 새로운 일원을 받아들일 준비가 되었는가를 되묻게 하여 성찰의 문제제기를 하게 되는 것이기도 하다. 가브리엘 셰퍼에 따르면, 이주국에 도착한 후 맞게 되는 이주자의 운명은, 즉 동화될 것인가 혹은 자신의 정체성을 유지할 것인가는 대개 그들 자신의 선택에 달려 있지만, 디아스포라적 존재들은 모국과 이주국의 동시대 정치에 적극적으로 관여하고 그곳의 정치발전에 의해서 영향을 받는다고 할 수 있다. 따라서 장기적으로 보았을 때 디아

18) 김유경, 앞의 책, 134면.

스포라 집단의 국내적, 지역적, 세계적 분산이 이주국이 국내적, 지역적, 세계적 정치 문제를 해결하기 위해서 운영하는 제도의 기능에 어떠한 영향을 미치는지 검토할 필요가 있다는 것이다.[19] 탈북 디아스포라의 문제도 마찬가지이다. 한국 사회 이방인들의 이야기이기만 한 것이 아니라, 한국 사회 내부의 이야기라는 점에 주목해야 한다. 북한에서의 정체성과 한국 사회 진입 이후의 새로운 적응 양상이 파열음을 낼 수도 있지만, 그 과정에서 탈북자 스스로가 지속적으로 강인한 생명력과 의지를 표출할 수 있음을 김유경은 그리고 있다. 이주국 사회에서 디아스포라 공동체에 대해 적대감이나 반감을 드러낼 수 있는 것이 현실이지만, 디아스포라적 존재들의 생존 투쟁은 어떻게든 그 사회 내부로 진입하고자 하는 의도의 소산이기 때문이다.

김유경의 두 번째 장편 『인간모독소』에서는 북한체제 내부에서 배제된 개인이 겪은 사회적 추락 및 고난의 현실과 함께 주인공 세 남녀의 인생역정을 통해 인간적 고민과 성장의 가능성에 대해서도 모색하고 있다. 목숨을 건 탈북과 중국 불법 체류 등의 고통에 대해 이야기하는 것을 넘어 그것이 탈북자 스스로의 성찰에 어떠한 영향을 주었는가를 고민하게 되었다는 것은 의미가 있다. 이를 통해 탈북 작가들에 대한 새로운 문학사적 이해가 시도될 수 있을 것이다. 광범위한 탈북이 시작된 것이 20년을 넘어 한국에 입국한 탈북자들이 3만 명에 이르고 유럽, 미국 등지에도 북한 난민이 적지 않은 현재까지도 초창기의 탈북이주민 제재 소설들과 크게 다르지 않은 제재로 유사한 주제의 작품을 생산하는 것은 반성해야 할 때가 되었다는 평가를[20] 상기

19) 가브리엘 셰퍼, 앞의 책, 39-74면.

20) 최병우, 「탈북이주민에 관한 소설적 대응 양상」, 『현대소설연구』 61, 한국현대소설학회, 2016, 345-346면.

해 볼 때, 이러한 새로운 시도들은 2000년대 이후 한국 문학사의 다양성 확보를 위해 꼭 필요한 지점이다.

『인간모독소』의 신혼부부 이수련과 한원호는 평양에서 평범하고 행복한 일상을 보내고 있었지만, 어느 날 갑자기 정치범 수용소로 끌려간다. 두 사람 모두 북한 고위 계급의 자제로서, 한원호는 신문사 기자로, 이수련은 평양국립교향악단 연주자로 유복한 생활을 하고 있었으나 아무런 예고도 없이 갑작스럽게 정치범 신세로 추락한 것이다. 그들이 갇히게 된 정치범 수용소의 관리자인 보위원 최민규 대위는 과거 자신이 연모했던 수련이 정치범으로 체포되어 들어온 것을 알게 된 후, 서서히 수련에 대한 자신의 마음을 드러내며 급기야 자신의 지위를 이용하여 그녀와 육체적 관계를 맺게 된다. 수련의 남편 원호는 그러한 사실을 알고 절망하며 수련에게 냉담하고, 아들 '선풍'도 자신의 아들이 아니라 최 대위의 아들일 것이라는 생각에 철저히 외면한다. 그러다 선풍이 자신의 친아들임을 알게 된 원호는, 아들에 대한 사랑을 깨닫고 새로운 희망을 꿈꾸지만 수용소 내 사고로 아들 선풍이 죽자 다시 좌절하고 만다. 선풍의 죽음 이후 수련, 민규, 원호는 모두 수용소를 탈출하여 탈북을 감행한다.

수용소의 삶에도 인간의 욕망과 사랑이 꿈틀거리고 있음을 표출하는 것은 『인간모독소』의 가장 큰 특징이다. 동료들을 짓밟으면서도 오로지 자신의 영위만을 추구하는 작업반장들, 수용소의 젊은 여성 수인과 성적 관계를 맺다 임신한 그녀를 목 졸라 살해하는 보위원 조 대위 등이 일차적 욕망에 휩싸인 삶을 보여준다면, 역시 보위원이면서 수련에 대한 사랑의 감정에 고민하는 최민규의 모습은 또 다른 욕망의 형태를 보여준다.

> 그에게 있어서 수련은 오랜 세월 억눌러 온 갈망 같은 것이다. 그녀만 생각하면 속 깊은 곳에서 불시에 흐느낌 같은 것이 치솟고 한없이 마음이 나약해진다. 지금껏 한 번도 느껴보지 못한 야릇한 감정이다.
> '그래서는 안 돼! 절대로!'
> 그녀와 마주설 때마다 민규는 수련이 넌 정치범이야! 하고 스스로 주문을 건다. 일부러 그녀를 거칠게 대하고 돌아서면 아무 사람이나 붙들고 욕설을 퍼붓고야 만다. 그는 스스로의 위선에 점차 지쳐 가고 있다.[21]

사회에 있을 때부터 오랜 동안 연모해온 수련이 정치범의 입장이 되어 보위원인 자신의 눈앞에 나타났을 때, 민규는 그녀를 여전히 자신의 사랑하는 대상으로 인식하는 양상을 보인다. 그런데 이는 사실 보위원인 민규의 입장에서는 상당히 큰 모험에 해당한다. 계급적 성분이 다른 정치범에게 그러한 사적 감정을 갖고 있다는 사실이 들통 나는 것만으로도 자신의 정치적 생명은 크게 타격을 입을 수밖에 없기 때문이다. 그럼에도 불구하고 수련을 남몰래 돌봐주던 그는, 자신의 사랑과 욕망에 그들의 정치적 입장을 결합시키며 결국 위계에 의해 그녀와의 관계를 맺게 된다. 정치범 수용소라는 환경 요인은, 순수한 사랑으로 믿었던 민규의 감정을 폭력과 접합하게 한 것이다. 신체는 양가적인 존재로서, 주권 권력에 대한 예속의 대상이자 개인적 자유의 담지자이다.[22] 이 양가성과 폭력적 구조가 작품 내에서 수련, 민규, 원호의 관계를 통하여 복잡하게 나타난다.

이때 문제적인 것은 수련의 반응이다. 오직 남편에 대한 사랑만으로

21) 김유경, 『인간모독소』, 카멜북스, 2016, 116면.
22) 조르조 아감벤, 김항 역, 『예외상태』, 새물결, 2009, 245면.

수용소행까지 같이 한 그녀이지만, 정작 수용소에 와서 그녀의 가족들을 먹여 살리다시피 하는 민규의 존재를 거부할 수 없다. 민규의 호의든 강압이든 그 어느 것도 거부할 수 없는 입장인 동시에, 그것을 거부하면 자신의 가족과 사랑도 더욱 무너지게 될 뿐인 것이 현실이다. 나아가, 자신에 대한 민규의 감정이 억압보다 호의에 가까운 것으로 여겨지는 순간, 철저히 정치범과 보위원으로만 얽혀 있던 그들의 관계는 일종의 역전 양상까지 보이게 된다. 일방적인 정치적 구속 관계를 넘어설 수 있는 새로운 관계 형성에, 사랑과 욕망이 개입할 수 있음을 이 작품에서는 드러내고 있는 것이다.

3. 구조적 폭력의 재생산 비판

『인간모독소』는 수련과 원호 부부가 갑자기 정치범 수용소에 끌려가게 되면서 시작되는데, 이때 문제적인 것은 이들이 매우 충성심 강한 당원인 동시에 북한 체제 내부의 최상위 계급에 속해 있었다는 사실이다. 북한 사회 내부에서 누구나 부러워하는 신분과 지위를 누리고 있던 이들이 갑자기 사회의 최하층인 정치범으로 전락하고 있는 상황인 것이다. “아무리 머리를 쥐어짜보아도 보위부에 끌려갈 만한 죄는 고사하고 체제나 당에 반하는 말 한 마디 한 적 없다. 오히려 일을 잘 하여 입당도 하고 발전하려는 욕망과 충성심이 가득했을 뿐.”[23]인 그들이지만, 갑자기 들이닥친 사내들에게 끌려 나가야 하는 이유를 설명해주는 이는 아무도 없다.

23) 김유경, 앞의 책, 8-9면.

이후 원호는 막연히 자신들의 수감이 아버지의 영향일 것이라는 짐작만을 할 뿐인데, 사실 당사자인 그들에게 관련 정보가 전혀 주어지지 않기 때문에 진상은 명확히 모르고 있는 상태에서 무작정 수인의 신세가 된다. 다시 말해, 본인들의 죄가 아닌 '연좌제'에 의해 정치범의 입장이 된 것이다. 그럼에도 불구하고 그들은 다시는 북한 사회에 재진입할 수 없는 나락으로 떨어져버리고 만다.[24] 열성당원이자 지식인인 이들이 북한 내부에서 영원히 추방되는 과정은 누구도 예상하지 못한 급작스러운 사건으로 처리된다. 그만큼 북한 현실에서 그 누구도 신분의 완전한 보장을 받을 수 없다는 것을 의미하는 동시에, 아무리 열성당원이라도 즉시 체제의 적으로 몰아세울 수 있는 시스템을 구축함으로서 정치적 공포 상황을 최대화하고 있음을 보여준다. 개인들을 얼마든지 질서 구축의 외부로 몰아낼 수 있다는 사실, 즉 "혁명의 적"[25]으로 간주되는 정치범으로 규정해 비타협적 투쟁의 대상으로 격하시킬 수 있다는 가능성은 구성원들을 순종시키기 위한 극단적 수단이 된다.

이러한 정치범과 정치범 수용소의 존재는, 공포 정치의 확립을 통해 북한 사회 전반에 대한 지배를 강화하려는 정권 목적에 충실히 따른 것이다. 공포 정치가 시행되려면 쉽게 흔들리지 않는 안정된 사회 환경이 반드시 필요하다. 자신이 속한 사회 환경이 쉽게 변하기 어려울

24) 북한 형법상 정치범의 개념은 반국가적 범죄 또는 국가주권의 적대에 관한 범죄를 저지른 사람들을 의미한다. 그러나 북한 사회에서의 실제 정치범들의 현실은 형법 규정과는 상당한 차이가 있다. 정치범 수용소 수감자들의 수감 이유에 대한 조사결과에 따르면 실제로 약 60% 정도는 아무런 죄를 범하지 않은, 정치범들의 가족이나 친지들로서 연좌제를 적용받고 수감된 사람들이다. (오경섭, 「북한인권 침해의 구조적 실태에 대한 연구–정치범수용소를 중심으로」, 고려대학교 석사학위논문, 2005, 66–67면.)

25) 위의 글, 68면.

때 국민은 상황과 국가에 순응하게 된다.[26] 따라서 정치범 수용소의 악명이 높을수록, 폭력이 제도적으로 공고하게 수용소의 수인들에게 작동할수록, 북한 사회 내부의 구성원들에게는 더욱 강력한 영향력을 미칠 수밖에 없게 된다.

북한 정치범 수용소 내의 중요한 문제 중 하나는 수감된 정치범들에게 행해진 무자비한 폭력과 인권 유린에 관한 부분이다. 특히 여성의 신체에 가해지는 성적 폭력의 문제는 매우 심각한 것으로 알려져 있으며, 실제로 정치범 수용소 내의 여성들에 대한 성적 학대와 살해 등이 빈번히 발생하고 있다는 증언이 여러 차례 나오고 있다.[27] 이때, 원칙적으로 정치범 수용소 내에서의 여성 정치범과의 성적 관계는 명백한 계급적 탈선이자 위법행위이다. 그렇지만 실제 보위원 등의 상위 계급이 수용소의 여성 정치범에게 다양한 종류의 성적 폭력을 가하고 있는 현실을 상기해 볼 때, 여성의 신체에 대한 정치범 수용소 내부의 폭력은 양가적 문제점을 도정하고 있다는 것을 알 수 있다. 상위 계급자들, 즉 보위원이나 경비병들에 의해 성적 폭력의 대상으로 떨어질 가능성이 높은 여성 수인들에 대해, 그러한 폭력의 사실이 알려지거나 혹은 임신을 하게 될 경우 피해자인 여성 수감자들이 오히려 더욱 강력한 처벌을 받게 되기 때문이다. 그러나 절대적 약자의 입장인 여성 수감자들이 자신들의 생존을 위해서는 어떠한 저항도 할 수 없는 것이 현실이기 때문에 선택의 여지라는 것조차 존재하지 않는다.

그러한 정치범 수용소 수감 여성의 신체와 폭력에 관한 문제점은 『인간모독소』를 통해 두 가지 양상으로 드러난다. 첫째는, 여성 수감자에

26) 스탠리 코언, 조효제 역, 『잔인한 국가, 외면하는 대중』, 창비, 2009, 278면.
27) 허만호, 「국제인권법을 기준으로 바라본 북한의 정치범 수용소」, 『사회과학 담론과 정책』 4-1, 2011, 121면.

대한 성적 폭력과 신체적 학대가 전형적으로 이루어지는 양상이다. 최민규의 동료 조 대위는 여성 정치범과의 관계 끝에 그녀를 살해하기에 이르는데, 위압에 의한 관계 끝에 임신이라는 결과가 발생되자 자신에게 책임을 물을까 두려워 살인을 선택하는 조 대위의 모습에서 죄책감이나 뉘우침은 전혀 찾아볼 수 없다. 보위원이라는 직책을 갖고 있는 이들은 자신의 계급 아래 종속된 여성 수감자에 대해서 철저한 폭력과 학대로 일관하는 모습을 보인다. 둘째는, 최민규 대위의 경우에서 나타나는 폭력과 욕망의 결합 양상이다. 민규가 수련과의 관계를 통해 드러내는 것은 결국 계급적 당위성이라는 사회 체제의 요구를 뛰어넘는 욕망과 사랑이다. 스스로를 위험에 몰아넣을 수 있음을 충분히 인지한 상황에서도, 수련에 대한 인간적 연모의 감정에 더욱 큰 가치를 부여하고 있는 것은 정치범 수용소라는 엄격한 공간 안에서 매우 특별한 사례라고 할 수 있다.

이렇듯 엄혹한 현실에서, 『인간모독소』의 수련은 수용소 내의 임신과 출산을 경험하게 됨으로써 특수한 상황에 처한다. 임신과 출산 자체가 금기시되는 수용소 내에서, 그녀가 아들 선풍을 낳을 수 있는 것은 공식적으로 남편 원호의 존재가 있기 때문이다. 그러나 남편 원호는 그녀와 민규의 관계를 눈치 채고 뱃속의 아이가 자신의 아들이 아니라고 오해하여 수련의 임신과 출산 과정을 철저히 외면한다.

그럼에도 불구하고 수련은 새로운 생명의 탄생이 무언가 또 다른 삶의 희망이 될 수 있으리라는 기대감과 모성애를 동시에 느낀다. 도망치고 싶은 현실이지만 숨을 곳조차 없는 그녀는, “남편의 버림을 받는다 해도 아이의 엄마로서 살아간다면 견딜 수 있을 것 같다. 아이만 이 골짜기에서 벗어나게 할 수 있다면 최 대위가 아니라 악마의 도움이라도 받을 것이다."[28]라고 다짐하며 단호하게 마음먹는다. 이렇듯 수용소에서 출생한 아이 '선풍'의 존재는 이 작품의 모든 인물들의 의식 변화와 성장에 매우 중요한 의미를 지닌다. 새로운 생명의 탄생이 추락한 그들의 삶에 희망이 되어줄 것이라는 기대로 이어지면서 그들을 변화하게 할 것으로 여겨졌기 때문이다. 그러나 희망의 존재로 기다려진 아이는 어른들의 기대와는 다른 방향으로 자라나기 시작한다.

천신만고 끝에 어렵게 태어난 선풍이지만, 수용소의 열악한 환경을 세상의 전부로 알고 있는 아이는 수련의 기대와는 다르게 비굴하고 야비한 인간으로 성장해간다. 태어난 후부터 오로지 수용소 내부에서만 생활해 왔고 수용소의 삶밖에 알지 못하는 어린 선풍에게는 수용소 바깥의 삶은 전혀 상상할 수조차 없는 것이다. 따라서 철저히 수용소형 인간이 되어버리는 선풍의 모습을 수련이나 원호도 어찌할 수 없는 것이 현실이다.

> 수용소 외에 다른 세상이 어떻게 생겼는지 구경도 못 한 선풍은 세상은 원래 수용소처럼 돼먹은 것으로 알고 있는 애다. 보위원 선생님과 정치범으로 분리된 수용소의 혹독한 서열을 아주 당연한 것으로 알고 이의를 제기할 줄도 모른다. 학교에서 매를 맞고 와서도 자기를 때린 감독보다 감독을 감쪽같이 속여 먹지 못한 자신의 무능함을 탓한다. 고자질한 친구만을 증오한다. 감독은 당연히 때려야 하는 사람이고 자기는 재간껏 그 매를 피하며 살아야 하는 것으로 인식하고 있다.
>
> 그 애를 알아 갈수록 원호는 벙어리 냉가슴만 앓을 뿐 어떤 설명을 해야 할지 갈피를 잡지 못한다. 이 골짜기는 사람의 세상이 아닌 생지옥이라는 것을, 광활한 바깥세상은 어떻게 생겼으며, 음식도 얼마나 다양한 것이 있는지를 설명할 자신이 없다. 언어가 전혀 통하지 않는

28) 김유경, 앞의 책, 148면.

> 다른 생명체처럼 그 애가 낯설게 느껴지기도 한다. 원호는 절망을 느끼며 더럭 겁이 났다.[29]

이러한 선풍의 모습은 여성의 임신과 출산이 사실상 불가능한 정치범 수용소의 여성 폭력 현실 뿐 아니라, 설령 임신이 출산으로 이어진다고 하더라도 새로운 생명이 희망의 근거가 되기는커녕 오히려 폭력의 재생산을 부추겨 더욱 더 상황을 악화시킬 소지가 있음을 드러낸다. 이는 선풍이 수용소 내의 화재 사고로 목숨을 잃는 사건에서 극에 달한다. 한밤중 갑자기 일어난 화재는 사고였지만, 건물 안에 불타고 있는 김일성 초상화를 꺼내오는 자에게는 누구라도 '감독'을 시켜주겠다는 민규의 말을 들은 일곱 살 어린 선풍은, 평소 억압받아 오던 자신도 누군가에게 힘을 휘두르고 권력을 행사할 수 있는 자리에 서고 싶다는 강렬한 소망을 상기하며 작은 몸으로 주저 없이 불길에 뛰어든다. 결국 온몸에 화상을 입고 병상에 실려 가서도, 어머니 수련에게 곧 자신도 감독이 될 수 있다며 기뻐하던 선풍은 3일 만에 죽음을 맞는다. 어린 아이의 시각에서조차도, 수용소의 삶이란 누군가에게 끊임없이 권력의 힘을 업은 폭력을 행사하는 것의 반복으로 인식되었던 것이며 그로 인해 자신도 피지배자의 위치가 아닌 지배자의 입장에서 누군가에게 마음껏 힘을 휘둘러보고 싶다는 강렬한 욕망을 가진 채로 성장해나갔던 것이다.

선풍의 죽음을 통하여 수용소 내 재생산 되는 폭력의 구조와 그로 인한 암담한 현실의 모습이 드러남과 동시에, 그 어떤 욕망도 절망으로 변화시키는 수용소 내 인간들의 비참한 생래적 요인 또한 여실히

---

29) 김유경, 앞의 책, 222면.

나타나게 된다. 그러나 이 어린 죽음은 한 생명을 지키지 못한 어른들의 의식을 변화시키는 결정적인 계기로 작용한다는 점에서 의미가 있다.

동시에 이는 수용소 내부의 삶만을 체득할 수밖에 없었던 수용소형 인간이 결국 죽음이라는 결과를 얻게 됨으로써, 수용소적 삶이라는 것이 애초에 불가능한 것이라는 상징적 의미와 함께 수용소에 갇힌 인물들이 처음으로 순응과 복종이 아닌 그 밖의 길로서 탈출을 꿈꾸게 되는 계기로 기능하게 된다. 이 수용소는 궁극적으로 북한이라는 사회를 표상하면서 그 내부의 폭력 재생산 구조 및 그것을 더욱 공고화하는 폐쇄적 구조를 비판하기 위해 성찰되었다고 할 수 있다.

선풍의 죽음 이후 원호와 민규가 보이는 삶의 방향과 선택도 문제적인 지점이다. 수련, 원호, 민규 세 사람 모두 선풍의 죽음을 계기로 수용소에서의 탈출과 탈북을 선택하는데, 작가는 이들 셋을 재회하게 함으로써 그들이 서로에 대해 어떠한 입장을 취할 것인가를 필연적으로 선택할 수밖에 없도록 만든다. 선풍의 죽음 및 수용소에서의 폭력 등을 고려할 때 원호가 민규에게 가진 원한은 당연한 것이라고도 할 수 있겠으나, 결국 원호가 민규에 대한 보복을 포기하는 것은 중요한 의미를 지닌다. 죄에 대한 반동으로서의 보복과 달리, 그것을 포기하는 행위, 용서는 단순한 반동이 아니라, 반동을 유발시키는 행위에 의해 제한받지 않는 새로운 선택이라 할 수 있다.[30] 그것은 서로를 자유롭게 해주는 동시에 과거의 반복적 고통으로부터 벗어날 수 있는 가능성을 제시해준다. 그리고 선풍의 죽음 이후 민규의 아들을 낳아 기르는 수련의 모습도 이러한 새로운 가능성을 뒷받침해준다. 천진한 아이의 모습을 통하여 과거의 고통과 폭력이 미치는 긴 자장에서 빠져

30) 한나 아렌트, 이진우·태정호 역, 『인간의 조건』, 한길사, 2005, 305-306면.

나와야 할 때가 되었음을 암시적으로 그려내고 있는 것이다.

4. 무책임한 권력에 대한 문제제기와 성찰의 가능성

『인간모독소』에서 중요한 배경적 요소이자 인물들의 의식을 성장시키는 계기적 요인으로 기능하고 있는 정치범 수용소는 소위 '집단사고'라고 부를 수 있는 논리에 따라 움직인다. 이는 자기 집단 스스로의 유대감을 강화시키기 위하여 외부의 불편한 진실이나 정보들을 차단하고 해당 집단만의 환상을 유지하려는 경향으로 이어지는 것을 말한다. 이때 자신들의 조직적 행위에 대하여 무엇이든 정당화할 수 있다는 생각의 유포와 주입은 집단 내부의 개인들이 스스로 책임을 느끼지 않고 다른 구성원들에 대한 배려와 관심도 갖지 못한 채, 오로지 조직의 이상과 목표만이 최선의 것이라는 생각을 갖게 만든다.[31] 즉 집단의 명령이자 상부의 명령이라는 키워드는 조직 내의 구성원들에게 폭력을 일상화하면서 집단의 유지와 목표를 위해서는 세부적 문제나 범죄들을 무시할 수 있다는 잘못된 환상을 심어준다는 것이다.

정치범 수용소 내의 폭력은 그 가해자와 피해자 모두를 기계적 인간으로 격하시킨다. 충성심이라는 이름 아래 인간 자체에 대한 존중은 무시되는 상황에서, 이미 사회의 이질적 존재로 규정된 수용소 수감자들에 대한 조직의 철저한 배타성은 전형적인 폭력과 압제로 이어질 뿐이다. 그것은 사회의 구성원들을 권력에 대한 무비판적 수용자로 만드는 결과를 낳는다. 권력과 체제에 오로지 복종의 태도로만 일관하는

31) 스탠리 코언, 앞의 책, 168면.

구성원들의 모습은, 스스로의 가치와 정신, 판단 등에 대한 철저한 무책임의 자세를 취하게 한다. 권위에 대한 복종이라는 명목으로 무비판적 가치를 절대적인 것으로 추앙하게 되는 것이다. 그 과정에서 발생하는 폭력과 인권 침해에 눈감게 되는 무비판적 동조자들의 모습은, 이 작품 곳곳에서 여실히 드러난다. 그리고 이는 북한 사회 전반에 관한 상징적 비유로 읽힌다.

북한과 같은 사회에서, 특히 정치범 수용소와 같은 극한 상황에서 폭력의 제도적 기능에 대하여 진지하게 고려해 볼 필요가 있다. 전체주의는 대중동원에 기초하며, 대중으로부터 정당성을 획득하는 방식으로 자신을 정당화한다. 전체주의 하에서 합리적-법적 지배의 자리를 대신한 것은 자의적 통치가 아니라, 개인들의 삶과 인간관계의 가장 세밀한 영역까지 스스로를 관철시키려 하는 전체주의적 법칙성이라는 것이다.[32] 이는 정치범 수용소의 본질적 존재 이유와 연관해 생각해 볼 때, 내부 구성원들에 대한 그 모든 폭력의 구조를 해명하기 위한 중요한 시사점이 될 수 있다. 이렇듯 개인들의 세밀한 영역까지 지배하려는 전체주의의 구조 속에서 그럼에도 불구하고 수용소 구성원들이 한 '인간'으로서 끝까지 담지하고 있는 욕망 자체에 대하여 김유경은 논의하고 있는 것이다.

아감벤은 아우슈비츠는 예외상태가 상시(常時)와 완벽하게 일치하고, 극한 상황이 바로 일상생활의 범례가 되는 장소라고 말한다.[33] 북한 정치범 수용소의 현실도 그와 다르지 않다. 항시적 예외 상태에 놓이게 된 인간 군상이 보여주는 권력 관계 구조는 철저히 탈인간적인 데

32) 신진욱, 「근대와 폭력-다원적 복합성과 역사적 불확정성의 사회이론」, 『한국사회학』 38-4, 한국사회학회, 2004, 18면.
33) 조르조 아감벤, 정문영 역, 『아우슈비츠의 남은 자들』, 새물결, 2012, 73면.

에서 출발하였기 때문에, 수련, 원호, 민규 등의 주요 등장인물들이 거기에서 벗어나는 것은 굉장히 어렵고 고통스러운 일이다.

엄혹한 정치범 수용소에 끌려온 공포 속에서도 원호라는 인물은 폭력적, 억압적 제도나 정권자들을 탓하는 것이 아니라, 자신의 삶을 추락시킨 아버지를 원망한다. 대남 공작요원으로 복무했던 아버지의 존재는 얼굴조차 보기 힘든 것이었음에도 불구하고 본래는 한없이 자랑스러운 대상이었다. 그러나 그런 아버지가 공화국에 더욱 충성했어야 하는데 그렇게 하지 못하였기 때문에 자신과 가족들을 위험에 빠뜨렸다는 생각을 원호는 갖고 있는 것이다. 스스로가 체제에서 밀려나게 된 원인과 그 정당성의 유무에 대해 생각하려 하기보다 그저 '억울함'으로 자신의 감정을 몰아넣을 뿐인데, 자신들을 배제시킴으로써 체제의 질서를 공고히 하는 정치권력의 본질까지 인식하기에는 정권이 주입한 이념이 여전히 너무도 뿌리 깊기 때문이다.

그것은 사실 민규의 경우도 마찬가지이다. 정치범 수용소 보위원의 입장에서, 민규는 정치범들이 자신의 눈앞에서 죽어나가도 눈 하나 깜빡하지 않는 인물이다. 그에게는 정치범이란 그저 계급의 적이자 원수에 불과하기 때문이다. 그런데 이들의 사상과 감정에 균열을 일으키는 것이 바로 수련과의 관계이다. 수련과의 관계를 통하여 민규는 자신을 얽매고 있던 제도 이상의 가치에 대하여 처음으로 생각해 볼 수 있게 되었으며, 스스로의 힘으로 저항해 나가는 과정을 거친다고도 할 수 있다. 그것은 궁극적으로 세 사람 모두 탈출과 탈북으로 이어지는 결과를 낳는다.

계급적 신념의 철저성으로 인해 수용소 수인의 신세에서도 오히려 당과 정권에 대해 뼛속 깊이 충성의 심리를 갖고 있던 원호도, 수련과 민규, 선풍과의 관계를 통해 얻게 된 의식・감정의 변화 및 수용소에서 다시 만난 사회인 시절 친구 '강 형'의 존재에게서 들은 세상 이야기 등을 더해 본격적으로 정치의식 성장의 계기를 갖게 된다. 모든 것을 자신의 아버지의 탓으로 돌리며, 즉 개인적 무능과 불충이 모든 현실적 문제의 연원이라고만 생각했던 시기에는, 원호로서는 아무런 죄과가 없는 자신들이 겪어야 하는 정당하지 않은 일들에 대한 문제제기와 권력의 부조리에 대한 비판을 꿈꿀 수조차 없었다. "심지어 수용소에 들어와서도 사회주의는 여전히 우월한 제도이고, 자신은 그 대오에서 밀려난 낙오자일 뿐이라는 생각을 했"[34]기 때문이다. 최 대위와의 관계도 오로지 개인적 원한으로만 생각했을 뿐, 최민규라는 개인은 제도의 하수인일 뿐이라는 것을 인식하지 못했음을 고백하는 것도 같은 맥락이다. 그러나 수용소 체험의 과정에서 비로소 스스로의 운명에 영향을 미치고 있는 것은 자신들 개인과는 무관한 외부 체제 자체에 있었음을 짐작할 수 있게 된다. 그리고 그러한 체제와 권력은 이성적이거나 합리적인 목적을 위하여 기능하는 것이 아니라, 권력 자체의 맹목적 유지만을 도모하는 무책임한 모습이었기 때문에 자신들의 고통이 뚜렷한 목적의식에 기반하지 않는 것이라는 서글픈 진실도 비로소 알게 된다. 누구든 수용소 내부의 존재는 내부와 외부, 예외와 규칙, 합법과 불법이 구별되지 않는 세계, 즉 예외상태로 들어가는 것이며, 거기서 개인의 권리나 법적 보호라는 개념들은 아무런 의미가 없는 것이다.[35] 이러한 박탈당한 존재들, 즉 벌거벗은 생명으로 축소된 존재들이 생존을 위해 투쟁하면서도 본래의 자기 욕망을 관계 속에서

34) 김유경, 앞의 책, 287면.
35) 조르조 아감벤, 김항 역, 『예외상태』, 새물결, 2009, 319-327면.

재발견해내는 과정이 이 작품에서는 중요하게 다루어진다.

작품의 말미에서 밝혀지는 원호 아버지의 전향과 관련한 진실도, 권력의 무책임성에 대한 비판에 일조하고 있다. 대남공작원으로 일했던 원호 아버지가 남한에 전향했기 때문에, 연좌제로 원호의 가족까지 정치범 수용소에 갇히게 되었다는 것이었으나, 사실은 원호 아버지는 끝까지 전향하지 않았으며 대남 침투 과정에서 사망했다는 사실이 밝혀진다. "결국 원호의 아버지는 북한 체제를 위해 목숨을 바쳤다는 소리다. 그렇다면 원호네는 정치범수용소에 끌려갈 것이 아니라 영웅 가족의 대접을 받아야 했다. 원호는 맥주 한 컵을 벌컥벌컥 다 들이켰지만 속에서 부글거리는 열기가 식혀지지 않는다.[36]"라는 몇 줄의 간략한 설명이, 원호의 10년 동안의 수용소 생활의 어이없는 진실의 전말이었던 것이다. 이러한 허망한 진실이 밝혀지는 순간을 통하여, 충성과 복종이라는 무비판적 태도가 가진 위험성이 가장 역설적인 방식으로 드러난다.

북한이라는 닫힌 사회의 기계적 일원으로서의 삶에 만족하고 생활하던 인물들이, 극단적인 계기를 통해 그 사회에서 탈출하고 다시 새로운 삶을 찾아가는 과정에서 가장 주목해 보아야 하는 것도 바로 이러한 지점이다. 정치의식의 소거 상태에서 평생 주입받아온 사상과 이념을 떠받들고 있던 입장에서, 그것의 허위를 인식할 수 있을 때 바로 인간으로 행위할 수 있는 가능성도 열리게 된다. 그것은 아렌트가 말한 바 있는 인간 삶의 다원성의 조건[37]에 가장 필연적인 지점을 찾을 수 있는 새로운 삶에 대한 꿈이기도 하다. 이를 통해 정권 강화의 수

36) 김유경, 앞의 책, 367-368면.
37) 한나 아렌트(2005), 앞의 책, 35면.

단이나 도구에 불과한 것이 아니라 살아 있는 인간이자 욕망을 지닌 존재로 스스로를 인식하고 그 과정에서의 사랑과 갈등, 저항 등을 표출해주는 점에서도 탈북 작가가 담당한 중요한 기능의 하나를 이해해 볼 수 있을 것이다.

5. 결론

본고에서는 김유경의 장편소설들을 중심으로 하여 탈북자들의 디아스포라 인식과 정치의식에 대한 본격적 탐구를 진행하였다. 이를 통해 탈북 작가들의 문학적 형상화 과정에서 중요한 지점이 될 수 있는 정치적 소명 의식과 폭력적 제도의 상충 문제 및 사랑과 욕망 등의 내적 사유들에 대하여 연구하였다. 탈북 과정에서의 고통이나 북한 체제 고발 등의 사실을 이야기하는 것을 넘어 그것이 탈북자 스스로를 어떻게 성찰시키고 있는가를 고민하는 것은 의미가 있으며, 탈북 작가들의 새로운 가능성을 그 지점에서 찾아볼 수 있을 것이다.

탈북 작가들의 소설은 분단현실의 이해 뿐 아니라 탈경계적 현실의 문제와 상상력을 동시에 보여주며 한국 사회의 특수성과 보편성을 함께 드러내는 기능을 할 수 있다. 이러한 탈북 문학은 분단의 현실에서 한국 문학사의 폭을 넓혀줄 수 있는 지점이기도 하다. 따라서 탈북 문학의 핵심적인 한 축으로 기능하는 탈북 작가들의 작품을 이해하고 그 몫을 온전히 파악해주는 작업은 반드시 필요하다. 김유경의 작품은 그 중요한 한 지점에 놓여 있다. 김유경은 인신매매의 현장이나 정치범 수용소라는 극한의 공간에서도 인간으로서의 욕망과 사랑이 꿈틀거리고 있었음을, 그리하여 그것이 무책임하고 비합리적인 권력과 제도의 틈을 발견할 수 있는 계기로 작동할 수 있었음을 형상화해낸다. 그것은 폭로와 고발의 수단이나 도구가 아니라, 탈북자들도 살아있는 인간이자 욕망의 주체로서 오롯이 그들의 사랑과 저항, 욕망의 서사를 완성해나갈 수 있는 힘을 지니고 있음을 나타내는 것이다. 이는 정권 문제의 중요한 증언자의 역할과 서사적 가능성의 담지자 역할을 탈북 작가들에게 동시에 기대해 볼 수 있음을 의미한다.

탈북 작가 도명학과 이지명의 단편소설에 나타난 '인간'의 조건*

정하늬

1. 탈북 문학, 탈북 작가, 문학

'탈북(脫北)'. '북한에서 탈출', '북한에서 벗어남'이라는 의미를 가지고 있는 단어이다. 아직 표준국어대사전에 표제어로 등록되어 있지는 않지만, 1990년대 이후 '탈북'이라는 용어는 매우 빈번하게 사용되는 단어이다. 즉, 북한에서 살던 사람들이 자발적이든 어쩔 수 없는 이유가 있어서든 북한에서 살기를 포기하고 '위법적'으로 북한에서 벗어나 다른 나라에 정착하는 것을 '탈북'이라 통칭한다. 이 단어가 '빈번하

---

* 이 논문은 2016년 12월 23일 서울대학교 한국어문학연구소 주관으로 열린 학술대회 '탈북문학을 읽는다-그 현황과 전망'에서 발표했던 원고를 수정, 보완하여 『통일인문학』 69(건국대학교 인문학연구원, 2017)에 게재한 글이다.

게' 사용되었다는 것은 이전에는 '귀순'이라 불리던, 북한 체제로부터 이탈한 사람들의 수가 크게 증가하였다는 것을 의미할 터이다. 1990년대 중후반, 북한이 국제적으로 고립된 데다가 심각한 자연재해로 인해 극심한 식량난을 겪으면서 북한 당국은 '고난의 행군'이라는 구호를 내세워 이를 극복하려 애썼지만, 결국 식량난을 극복하지 못하면서 체제적으로도 많이 흔들리게 되었는데, 일반적으로는 이 시기부터 탈북이 대량화되고 형태도 다양화되었다고 본다.[1)] 즉 고난의 행군 이전의 탈북이 체제에 대한 반발에서 오는 '정치적 탈북'이었다면, 고난의 행군 이후의 탈북은 생존 그 자체를 위한 탈북이고, 2000년대의 '탈북민' 즉 '경제적 디아스포라'들도 이전의 '생계형 탈북'에서 좀 더 나은 삶을 위한 일종의 '노동형 디아스포라'로 다변화되는 추세라고 한다.[2)] 이렇게 탈북 문제는 국제사적 안목에서 볼 때 '디아스포라의 현대적 사례'로 볼 수 있으며 '탈북'과 관련된 문학작품에 대해 깊이 있는 통찰이 요구된다는 점은 많은 논자들이 동감하는 지점이다.

많은 논자들이 지적하는 것처럼 '분단문학'이라는 명칭은 냉전이 종식된 1990년대 이후로는 더 이상 효력을 갖기 힘들다. 게다가 앞서 언급한 것처럼 탈북자가 급증하면서 분단에 대한 관점이 달라지고, '분단문학'이라는 틀로 사유되었던 한국문학의 장에도 변화가 요구되었다. 1990년대 후반 이후, 문학작품에서도 탈북 문제가 부각되었는데 2000년대 이후 한국 소설에서는 탈북자가 주인공으로 등장하는 등, 다양한 방식으로 탈북자에 대한 관심과 소설화가 이루어졌다. 일반적으로 '탈북 문학'이라고 하면, 탈북을 소재로 한 문학이나 탈북자의 체험

1) 박덕규 · 이성희 대담, 「민족의 특수한 경험에서 전지구의 미래를 위한 포용으로」, 박덕규 외, 『탈북 디아스포라』, 푸른사상, 2012, 14-15면.

2) 위의 대담, 16면.

을 다룬 문학을 말한다. 탈북 문학을 연구해 온 박덕규는 '탈북'이 "21세기 초반 문학의 특징을 드러내는 대표적인 '키워드'가" 되었으며, 문학 내에서 탈북 소재를 사용하는 장르의 확산도 이루어졌으며, 이 시기부터는 수기나 정치고발 정도였던 탈북자의 글쓰기가 시와 단편소설로 확대되면서 문학적 평가의 대상이 되었다고 했다.[3] 탈북이 유일한 분단국가라는 한국의 국가적 정황을 보여주는 동시에 세계적인 문제, 즉 "글로벌화된 자본주의의 발전과 병폐가 소용돌이치고 있는 아주 표본적인 현장인 한국의 삶을, 자본주의와는 가장 먼 곳에서 살아온 탈북자가 맞부딪치는 상황"에서 "비자본주의 체제의 눈으로 자본주의 체제의 삶을 보게 만"드는 역할을 하게 만들기 때문이다.[4]

그러므로 '탈북 문학'의 범위에 대해 다시 생각해봐야 한다. 일반적으로 '탈북 문학'은 '탈북을 소재로 한 문학'을 가리키는데, 박덕규와 이성희의 대담에서도 '탈북 문학'을 '본격적인 탈북 소재 소설'을 중심에 놓고 논의한다. 여기에서 박덕규는 탈북자 소설을 탈북의 진행 상황과 관련해 크게 두 가지 내용-유랑 상태를 그리는 소설과 정착 이후의 삶을 그리는 소설-으로 나눌 수 있다고 했다. 이성희는 탈북 소설을 탈북 경험을 통해 자본주의 체제의 모순을 부각시키는 것과 탈북 과정에서의 인권 유린 문제를 다루는 것 두 가지로 나눈다.[5] 잘 알려진 탈북 문학 『바리데기』(황석영), 『리나』(강영숙), 『찔레꽃』(정도상), 『로기완을 만났다』(조해진) 등도 탈북-유랑과 관련된 서사이다. 그렇다면, 탈북 소재가 아니라 탈북 '작가'가 쓴 소설은 탈북 문학에 포함되

3) 박덕규, 「탈북문학의 형성과 전개 양상」, 『한국문예창작』 14-3, 한국문예창작학회, 2015, 3면.

4) 박덕규・이성희 대담, 앞의 글, 20면.

5) 위의 대담, 25-26면.

는 것으로 봐야 할까? 만약 탈북자의 글쓰기가 문학적 평가의 대상이 된다면 이들의 문학을 어디에 놓아야 할 것인가. 박덕규는 「탈북문학의 형성과 전개 양상」에서, "'탈북문학'은 한국 작가들의 탈북자 문학을 그대로 포함하되 장르적으로 시・동화 등의 범주를 포괄하고 나아가 탈북자 자신이 체험적으로 창작하는 수기・소설・시 등을 모두 포괄하는 용어로 사용한다"[6]고 했다. 탈북자 중에서도 북한에서 작가로 활동하던 사람 혹은 한국에 정착하여 작가가 된 이들이 있다. 탈북 문학인들은 2012년 '국제PEN망명북한작가센터'를 결성했고, 『망명북한작가 PEN문학』을 창간해 2013년부터 매해 한 권씩 발간했다. 여기에는 고발과 증언으로서의 문학에서 본격소설까지 다양한 소설이 실려 있다. 즉 그 동안의 탈북자의 글쓰기 주제가 탈북, 수기, 정치고발과 관련된 것이었다면, 이제 탈북 작가들의 글쓰기는 고발이나 증언, 기록으로서의 소명에서 벗어나 북한에서의 경험을 소설적으로 재현하는 일에 충실한 것으로 변모해 왔다. 그러므로 탈북 소재의 문학작품뿐 아니라, 탈북 작가가 탈북을 소재로 창작을 하는 경우, 또 탈북 작가의 문학작품 또한 분단문학의 현재적 대안으로서의 '탈북 문학'의 범주에 넣고 보아야만 한다.[7]

그러므로 이제는 탈북자들의 글쓰기를 '한국문학'의 범주에서 논의해야 한다. 현재까지 탈북 작가들의 문학에 대한 연구는 매우 적다. 고

6) 박덕규, 앞의 글, 3면 각주 3번.

7) 본고의 범위를 벗어나기는 하지만, 탈북 문학의 범위에 대해 다시 생각해 볼 수 있는 작품이 화제가 되고 있다. 북한에 거주하고 있으면서도 작품만 먼저 '탈북'시킨, 작가 '반디'의 소설집 『고발』이 그것이다. 북한의 인권과 생활 문제를 '고발'하는 내용의 이 작품은 한국에서도 재출간되었고, 번역되어 외국에서도 많이 읽히는 북한 관련 문학 작품이 되었다. '탈북'의 범위를 작가가 아닌 '작품'까지 넓힌다면, 탈북 문학의 외양은 지금보다 더 크게 확대될 수 있다.

난의 행군 시기 이후 탈북자가 늘어나면서 탈북자들의 장편소설이 많이 발간되었고, 탈북 작가들의 문학에 대한 연구 역시 장편소설에 초점이 맞추어진 경우가 대부분이었다.[8] 반면 탈북 작가의 단편소설에 대한 연구는 전무하다. 탈북의 과정이나 유랑 및 정착 과정은 비교적 짧은 서사 시간을 다루는 단편소설이라는 양식에 적합하지 않다. 인간의 삶의 어떤 특정한 한 단면을 보여주는 것, 하나의 중요한 사건을 제시하는 단편소설의 특성을 감안하면 긴 시간과 장소 이동, 여러 사건이 등장할 수밖에 없는 탈북 및 정착 과정에 관한 소재는 소설적 형상화가 어려울 수 있다. 또 이러한 단편소설의 서사전략상 단편소설에서는 탈북에까지 이르게 만드는 북한의 현실과 북한인들의 생활에 초점을 맞추는 것이 더 나을 수도 있다. 박덕규는 고난의 행군 이후 탈북 작가들의 문학에는 "창작자 자신의 내면적 구체성이 강화"되면서, "북한 체제에 대한 고발과 폭로를 바탕으로 인권 문제라는 주제를 부각"하거나 "고향과 가족을 두고 탈북자로서 살아가는 슬픔이나 소외 상황 등을 심화"하는 두 측면에서 특별한 의미를 확보하는 측면이 있는 동시에, '세련된 리얼리즘'이라는 한국 문학사의 서사적 전통도 보여준다고 했다.[9] 분단문학이 '탈북 문학'이라는 범주로 확대된다면, 탈북 작가들의 단편소설 또한 크게는 한국문학이라는 장 안에서 다루어져야 한다. 어떤 면에서 보면, 이들의 작품은 일제 강점기의 소설에서 많이 다루었던 주제들, 그리고 그것을 구현하는 방식과 비슷한 서사 전략을 사용하고 있는 것으로도 보인다.[10] 고난의 행군 이후의 '북

8) 권세영의 「탈북작가의 장편소설 연구」(아주대학교 박사학위논문, 2015)는 수기에서 장편소설로 전이된 탈북자의 글쓰기 과정과, 탈북 작가들의 장편소설 분석이 자세하게 논의되어 있다.

9) 박덕규, 앞의 글, 19면.

한에서의 삶'이라는 사회적 경제적 환경은 제국의 압제 하에서 궁핍한 생활을 했던 일제 강점기와 비슷한 점이 많고, 소재적인 측면에서도 겹칠 수 있다.

주제적인 측면에서 좀 더 생각해 보자면, 탈북 작가들의 단편소설은 대부분 한국 사회가 외면하고 있는 북한 인권 문제를 제기한다.[11] 대부분의 탈북의 이유가 북한 체제와 경제 사정에 대한 문제 때문이라는 점을 감안한다면, 탈북 작가들이 형상화하는 북한에서의 삶 역시 주목해야 한다. 이 단편소설들은 '탈북'의 원인을 '경제적 정치적 문제'라는 정리된 키워드로만 보여주는 것이 아니라, 북한인들의 삶에서 탈북의 이유를 면밀하게 보여준다. 탈북 작가들의 단편소설은 북한 체제가 일반인들의 삶에 어떠한 영향을 미치고 있는지, 이념이 우선시되는 북한 현실에서 사람들이 가장 우선하게 되는 인간으로서의 가치는 무엇인지 등을 소설적으로 형상화했다. 특히 본고에서 살펴 볼 도명학, 이지명의 단편소설에는 북한에서 사는 사람들의 생활과, '인간을 인간이게 하는 것이 무엇인가'에 관련된 문제에 깊이 천착하고 있다. 본고에서는 도명학의 「재수 없는 날」(『망명북한작가 PEN문학』 창간호, 2013), 「책도둑」(『국경을 넘는 그림자』, 예옥, 2015)과 이지명의 「복귀」(『망명북한작가 PEN문학』 창간호, 2013), 「불륜의 향기」(『국경을 넘는 그림자』, 예옥, 2015)의 네 편을 중심으로 살펴보고자 한다. 대상작품 네 편 중 두 편이 실린 『국경을 넘는 그림자』는 '북한의 인권을 말하는 남북한 작가의 공동 소설집'으로, 북한의 '인권' 문제를 다루겠다는 의도가 보이는 소

10) 일례로 본고에서는 다루지 않지만, 육체를 장사를 위한 한 개의 수단으로 이용하는 장마당의 여성 장사꾼을 그린 설송아의 「진옥이」라는 소설은 김유정의 들병이들이 등장하는 소설들이나 김동인의 '복녀'(「감자」)를 연상시킨다.

11) 위의 글, 18면.

설집이고, 『망명북한작가 PEN문학』 창간호에 실린 도명학과 이지명의 단편 역시 그 틀을 벗어나지 않는 것으로 보인다. 물론 단 네 편의 작품으로 이 작가들이나 작품들의 전체 경향을 설명하기에는 무리가 있지만, 이 네 편의 소설은 분명 북한에서 살고 있는 이들의 ‘인권’ 문제를 이야기한다고 할 수 있다. 조금 더 구체적으로는 북한과 같은 전체주의적 체제 하에서 인간이 인간답게 살아갈 수 있는 조건이 무엇인가에 대한 탐구라고도 볼 수 있을 것이다.

전체주의의 총체적 지배라는 근본악은 이해될 수도 없고, 설명될 수도 없고, 용서할 수도 없으며 벌할 수도 없다.[12] 전체주의적 지배는 인간의 인간성을 박탈하고 인간을 무용한 존재로 만들어 완전히 지배하려 하기 때문이다. 북한의 현실은 한나 아렌트가 말한 이러한 전체주의적 속성을 여실히 보여준다. 본고에서 살펴볼 소설들은 ‘먹고 사는 것’이 생활의 다른 모든 요소들보다 우선시되는 극한의 상황에서도 ‘인간’으로 살고 싶은 사람들의 심리를 그리고 있다. 이 소설들은 의심해 본 적 없는 체제의 모순과 부조리함이 현현(顯現)되는 순간을 형상화함으로써 북한 사람들의 ‘인권’이 유린되는 지점을 보여준다. 이런 지점들은 탈북 작가들이기 때문에 더욱 여실하게 보여줄 수 있는 것이며, 단편소설이라는 형식상의 특성 때문에 생존 욕구 혹은 체제와 현실의 괴리감 등을 강조하여 보여줄 수 있다. 본고에서 다룰 단편소설은 ‘사람답게’ 사는 삶에 대해 이야기하면서 역설적으로 북한의 현실을 환기시킨다. 이러한 핵심은 같지만, 이 두 작가는 크게 대별되는 두 가지 문제를 이야기하고 있다. 도명학의 소설은 북한의 경제적 문제를 제시하는데, ‘먹고 사는 것’만이 문제가 되고 다른 지적 활동은

12) 한나 아렌트, 이진우・박미애 역, 『전체주의의 기원』, 한길사, 2017.

그것에 부차적인 것이 되어버린 경제적 현실을 비판적으로 보여준다. 도명학의 소설이 경제적으로 중산층 혹은 서민에 초점을 맞춘다면, 이지명의 소설은 당원 이상인 사람들을 주요 인물로 삼고 있다. 이들에게는 경제적인 문제도 중요하지만 그것보다도 체제의 모순에 직면하게 되는 상황이 더욱 문제시된다. 사상적 구심점이 흔들린 상황에서 직면하게 되는 '인간의 조건'에 대한 물음이 이지명 소설의 핵심이라 할 수 있다.

본고는 아직 연구의 대상으로 다루어지지 않은 탈북 작가의 단편소설에 대한 시론 격인 글로, 탈북 작가들이 단편소설에서 형상화하고 있는 주제가 무엇인지 살펴보는 것을 목적으로 한다. 다음 장에서부터는 각각의 소설이 어떤 문제를 어떻게 형상화하는지 구체적으로 살펴보겠다.

2. 노동과 '생활'의 문제

한나 아렌트는 『인간의 조건』의 첫 부분에서 '인간'이 '인간'이기 위한 조건으로 노동(labor), 작업(work), 행위(action)의 세 가지를 제시한다. '노동'은 인간의 생물학적인 면과 관련된 것으로, 생명을 유지하고 살아가기 위해 필요한 것을 만들어내는 과정을 의미하며, '작업'은 세계 속에서 인공적 세계를 만들어내는 것을, '행위'는 인간에게서만 찾을 수 있는 것으로, 세계에 관해 논의하는 활동을 의미한다. "사물이나 물질의 매개 없이 인간 사이에 직접적으로 수행되는 유일한 활동" 말이다.[13] 그리고 이러한 조건은 모두 '생존'하는 인간에게 적용되는 문제일 것이다. 인간에게 '생존'은 매우 중요한 문제이다. 한나 아렌트의 정치철학이 전체주의 사회의 '근본악'을 목도한 경험에서 등장했던 것처럼, 탈북 작가 도명학의 단편소설은 전체주의 사회 북한이 인간의 '실존'이라는 존재의 기본이 위협받는 상황에서 한나 아렌트 식의 일종의 '행위'로 기능하는 것이다. 본고에서 시론 격으로 논의할 도명학의 두 편의 단편소설은 아직 끝나지 않은 '고난의 행군' 시대의 북한의 생활상을 여실히 그려내고 있다. 특히 도명학의 소설은 '아이러니'를 통해 인간의 조건이 충족되지 않는 현실을 보여준다는 점에서 특징적이다.

2.1. 장마당 경제와 생활의 아이러니

「재수 없는 날」은 현진건의 소설 「운수 좋은 날」의 제목을 패러디한 것으로 보이는데, 소설의 구성도 「운수 좋은 날」을 어느 정도 따라가고 있는 것으로 보인다. 박덕규는 이 소설의 주인공 '창수'가 「운수 좋은 날」의 '김첨지'를 연상시킨다고 보았는데[14] 이는 패러디한 제목, 인력거꾼-수레꾼('구루마꾼')이라는 직업적 공통점, 그리고 결말에서 보여주는 아이러니 때문일 것이다. 주인공 창수는 가진 것이라고는 힘밖에 없는, 몸도 크고 실한, '틀림없는 쇠새끼'를 연상시키는 인물이다. 그는 힘이 좋은데다 순박한 면도 있어서 동네의 힘쓸 일에는 늘 불려간다. 창수의 아내는 동네가 남편을 쇠새끼로 여기는 것에 늘 불만을 표하지만, 창수는 "커다란 배에 사료를 채울 수 있"으면 "외양간에서 끌어내면 달구지 채에 스스로 머리를 들이미는 소처럼" 나간다. 그는

13) 한나 아렌트, 이진우 · 태정호 역, 『인간의 조건』, 한길사, 2005, 56면.
14) 박덕규, 앞의 글, 19-20면.

가계를 위한 경제활동을 하기보다는 그저 배를 채우는 것에만 집중하는, 먹는 욕구만 강한 인물로 묘사된다. 창수의 아내에게는 인간의 존엄성을 어느 정도 지키는 것, 자신의 가치를 올리는 것도 먹고 사는 것만큼 중요하지만 창수에게는 자신의 배를 채우는 것이 가장 중요할 뿐이다. 창수는 어떤 정신적 활동보다도 생명 유지가 최우선인 신체적 활동만을 삶의 목적으로 삼고 있다고 할 수 있다. 구루마꾼이 된 창수가 "벌어들인다는 유세로 아내와 아들 둘이 먹는 양의 곱절이나 배에 집어넣는" 것을 당연하게 여기는 것을 보아도, 그는 '먹는 것=자기 존재의 조건'으로 생각하는 인물임을 알 수 있다.

창수는 이웃집 과부 금옥이와 함께 구루마꾼이 되었다. 이들이 사는 북중국경도시의 혜산역은 보따리장수들이 많아 구루마꾼들의 경쟁이 치열한 곳이다. 금옥은 엘리트 교육을 받았기 때문에 오히려 경직된 제도 하에서도 부를 창출할 수 있는 경제적 활동을 계획할 수 있다. 금옥은 여자여서 짐꾼들이 늘 피했으나 돈이 없어 구루마를 사지 못하는 창수는 힘이 좋으니, 금옥의 자본과 창수의 힘을 합쳐 동업을 하자는 것이다. 이들의 경제적 활동은 사회주의 국가라고 하는 북한에서는 사실 금기시된 '장마당 경제'를 여실히 보여주고 있다. '장마당'은 북한 내에 자리 잡은 생계를 위한 자본주의의 틈입을 보여주는 공간이다. 탈북 작가들의 소설에 자주 등장하는 '장마당'은 일종의 '광장'으로, 인간들의 다양한 '행위'가 가능한 장소이다. 사회는 '행위'의 가능성을 배제하는 대신, "각 구성원으로부터 일정의 행동을 기대하며, 수많은 다양한 규칙들을 부과"하여 "구성원들을 '표준화'시켜 행동"하도록 하여 자발적인 행위나 탁월한 업적을 갖지 못하게 한다.[15] 특히

15) 한나 아렌트(2005), 앞의 책, 93면.

'사회주의' 체제인 북한은 자본주의적 경제 활동 공간인 '장마당'이 금지되는 것이 원칙이었을 것인데 극심한 식량난은 '행위'의 가능성에도 불구하고 장마당을 묵인할 수밖에 없는 현실이다. 소설 속 배경인 혜산역 지역은 북중국경지역이라는 지역적인 특성 때문에 구루마꾼의 수요도 많고, 수요에 따른 공급도 필요한 곳이므로 다른 구루마꾼들과 차별이 있어야만 돈을 벌 수 있다. 금옥과 창수의 구루마는 다른 구루마와 차별되는, '역할 분담'과 그에 따른 수입의 차이-'금옥 7 대 창수 3'-가 있는 명백하게 자본주의적인 구루마이다. 이 '불평등조약'으로 금옥은 악덕 지주처럼 불리고 창수는 부림소처럼 여겨지지만, 좋은 구루마에 힘이 좋은 구루마꾼은 확실히 다른 구루마와는 차별되는 장사가 되는 아이템이다. 이 동업 덕분에 밥도 먹고 가족들의 생계를 챙길 수 있게 되자, 창수는 그 "'피착취계급의 삶'에 길들여지기 시작"했고 금옥이도 "자기의 '노동력착취'를 당연한 이치로 여기기 시작했다." 분명 사회주의 국가이지만 북한도 자본주의의 가장 큰 폐해로 여겨지던 요소 즉 "대학시절 자본주의 정치경제학에서 이론으로만 배웠던 '잉여가치법칙'"이 작동하는 사회가 된 것이다. 장마당 경제를 체험한 금옥이 "사회주의가 다시 돌아오지 않을 만큼 멀리 지나간 것만 같다"고 생각할 수밖에 없는 것도 당연한 것이, 고난의 행군 시기를 지나면서 배급만으로는 절대로 목숨을 부지할 수 없게 되었고 '자급'이 불가능하니 사회주의가 비판했던 자본주의의 모순이 그대로 수용될 수밖에 없는 것이다. 장마당은 "노동의 필연성과 작업의 도구성 어느것도 절대화되지 않도록 하고 동시에 서로 유기적 관계를 맺도록 만드는 인간의 기초적 활동"[16]이라는 인간의 '행위'보다도 생존의 유지를 위

16) 이진우, 「근본악과 세계애의 사상 - 한나 아렌트의 『인간의 조건』」, 위의 책, 35면.

한 '노동'이 주가 되는 공간이 된 것이다.

장마당에서 동종업계의 경쟁이 치열한 것도 자본주의 사회와 다르지 않다. 금옥은 구루마꾼 중에서도 제일 성질이 나쁜 백가와 싸움이 붙어 얻어맞고 눈에 피멍이 들어 장사를 나갈 수가 없게 된 것이다. 금옥이 '7대3'이라는 불평등조약을 맺을 수 있었던 것은 금옥이 돈을 대 산 새 구루마가 좋은 것인데다가, 금옥의 영업 수완-외모와 언변-이 좋았기 때문이다. 이 구루마 사업에서 창수는 아무 생각도 하지 않고 수레만 끌면 되는, 마치 컨베이어 벨트같은 단순 업무만을 담당했으므로 금옥이 없으면 돈을 벌 수 없다.[17] 불안감을 느꼈을 때, 창수는 열심히 구루마를 끌기만 했을 때는 몰랐던 '불평등' 구조를 자각한다.

> 창수는 노동신문 종이로 잎담배를 말아 연기를 피워 올렸다. 돈맛을 보기 시작한 둔한 머리가 천천히 돌기 시작했다. 생각해보면 7대3이 너무 억울하다. 저년이 나를 쇠새끼로 아는구나, 저렇게 흑심이 많은 게 왜 지금까지 그 꼴로 살아, 그래도 한 때는 연구소에 다녔다는 게 저 꼴이다. 중학교밖에 못나온 나보다 나은 게 뭐야, 구루마 좋은 거 빼면 뭐가 있나, 계집이 공부하면 입방아만 자동화 된다더니, 그러니 저렇게 얻어맞지, 눈깔이 빠지지 않은 게 다행이지, 창수는 생각할수록 점점 '상전'에 대한 불만이 움찔움찔 치솟았다.[18]

도명학의 소설에서는 중심 서사 외의 곁가지 서사나 묘사가 중요한 역할을 한다. 주요 서사에 동반되는 곁가지로 뻗어 있는 자료들은 전체 서사에 영향을 미치지 않는 경우도 많지만, 때로 미묘하게 때로 심

17) 금옥과 창수의 관계는 이들의 관계는 마치 실제로 북한의 고위층과 주민들의 노동에 따른 소득의 분배 구조를 보여주는 듯하다.

18) 도명학, 「재수 없는 날」, 『망명북한작가PEN문학』 창간호, 국제PEN망명북한작가센터, 2013, 183면.

각하게 전체 이야기에 영향을 미칠 수 있다.[19] 「재수 없는 날」에서 특히 금옥이와 관련된 곁텍스트(paratext)는 북한 사회에서 인텔리들의 삶을 보여주는 역할을 한다. 금옥이와 관련된 이야기를 종합해 보면, 그는 대학에서 정치경제학을 배울 정도의 수재였고 연구소에서도 일할 정도로 능력을 인정받던 인텔리였으나 결혼 이후에는 그 지적 능력을 발휘하지 못하다가, '구루마' 사업을 할 때 그 지식을 사용하여 동업 관계에서도 우위를 점했다. 평상시에는 보이지 않던 '자본가'이자 인텔리인 금옥이 만들어 놓은 이 불합리함이 장사를 하지 못하게 되자 창수의 눈에도 보이게 된 것이다. 그러나 '인텔리' 금옥은 "나가면 짐 붙잡기 힘들겠지만 그래도 한 푼이라도 벌어야" 한다며 창수 혼자서라도 나가라고 부추긴다. 폭동이 일 것 같은 분위기에서 아랫사람을 회유하듯, 금옥이는 "광철이 아버지만 하겠다면 버는 거 상관없이 구루마 빌려준 값인 셈치고 저녁에 강냉이 국수 한 사리만 주시오"라고까지 한다. 이때까지의 불평등조약과 갑-을 관계에서, 어쨌든 이날 하루는 관계가 역전될 수 있는 것이다.

이 소설의 아이러니는 바로 여기, 창수 혼자 역에 나가면서부터 나타난다.

> 창수는 사람들 틈에 커다란 몸뚱이를 비비적거리며 짐이 많은 손님을 찾았다. 다른 구루마꾼들도 극성을 부렸지만 창수가 제일 많은 짐을 붙잡았다.
>
> 창수는 신바람이 났다. 이거 한탕만 해도 하루벌이 절반은 한 셈이다. 흥이 저저롤 났다. 금옥이 제발 낫지 말고 오래오래 앓아라. 어쨌

19) H. 포터 애벗, 우찬제 · 이소연 · 박상익 · 공성수 역, 『서사학 강의』, 문학과지성사, 2010, 70면.

건 재수 좋은 날이다. 창수는 구루마 채가 부러지도록 잔뜩 싣고 밧줄로 단단히 묶었다. 운반거리도 4kg미터 남짓 가야 해 짭짤하게 벌게 되었다.

창수는 개선장군인양 의기양양해 도로에 들어섰다. 500kg도 넘는 짐을 실은 구루마를 행인들이 쳐다본다. 사람이 아니라 황소다. 힘이 세다고 감탄하는 소리도 들리고 사람보다 구루마가 더 좋다고 빈정대는 소리도 들린다.

돈 받으면 장마당에 들려 점심부터 먹어야지. 술은 적당히 한 병만 마시고 안주는 두부 한모, 그리고 값싼 강냉이국수 두 그릇 먹어야지, 이때까지 돈이 아까워 술도 주지 않고 강냉이 국수만 먹게 한 금옥이 년이 괘씸했다. 내가 부림소냐? 사료만 먹고 짐만 끌면 된다는 거지, 그러고도 나 몰래 월병(중국빵)을 처먹는 걸 내가 몇 번이나 봤는데, 공부한 것들이 돈맛 들면 더 악착같다니까.[20]

그 전까지는 '부림소'냐는 소리를 들어도 일을 하고 밥을 먹을 수 있다면 그것으로 만족했던 창수였지만, 혼자 손님을 잡고 구루마를 끄는 창수는 '부림소'가 아니라 주체적인 인간으로 각성을 한다. 하라고 하는 일을 하고 먹으라고 하는 것을 먹는 것이 아니라, 스스로 일을 하고 번 돈으로 어떻게 할지 계획을 세우는 주체적이고 능동적인 인간의 모습을 보여주는 것이다.

그렇지만 창수의 이러한 각성 상태는 오래 가지 못한다. "폭정 아래서는, 생각하는 일보다(생각하지 않고) 행동하는 일이 훨씬 쉽다"는 한나 아렌트의 말처럼, 창수가 있는 북한의 현실에서는 제도적으로 그것-'작업', 생각하는 것 혹은, 나아가 '행위'-이 불가능하기 때문이다. 능력과 자본을 가지고 자본을 창출하는 행위는 바로 '완장을 두른 보안

20) 도명학, 「재수 없는 날」, 앞의 글, 185면.

원'에 의해 중지된다. 보안원들은 가끔 이들을 단속하고 경제적 행위를 차단하는데 그치지 않고 오히려 수레를 몰수하여 국가가 필요로 하는 곳에 보냈는데, 이 때문에 굶어 죽은 사람들도 있었다. 창수가 끌려간 '시보안서(경찰서)'에는 다른 구루마와 구루마꾼들도 여럿 잡혀 있었다.

> 순간, 모두 눈앞의 광경에 몸서리를 쳤다. 수십 구의 시신이 한데 쌓여 있었다. 뼈만 앙상한 시체들이었다. 매일 역전에서 굶어죽어 나가는 시체들을 운송 수단이 없어 처리하지 못해 모아놓은 것이었다. 아, 이제야 알 것 같았다. 구루마꾼들을 시체운반에 동원하려고 짐 단속을 핑계로 끌고 온 것이었다.
> 더럽게 재수 없다. 시작은 좋았는데 맛있게 먹던 밥에 재가 뿌려진 격이다. 팔자가 왜 이런가? 어쩌다 하루 짭짤하게 벌게 됐다 했더니 돈이 아니라 시체를 벌었다.[21]

구루마를 빼앗기면 구루마꾼들도 저 시체들과 같은 처지에 처하게 될 수도 있다. 이 아이러니는 인간의 기본적인 생존 욕구 때문에 발생한다. 창수는 단지 저 시체들과 같이 되지 않으려고 먹을 것에 집착했던 것뿐이다. 시체를 운반하고 대가로 받은 것은 누군가에게서 몰수한 담배 두 갑이었다. 내가 살기 위해 누군가의 것을 가져와야만 하는 가혹한 자본의 논리가 아이러니하게도 사회주의 체제에 의해 행해진 것이다. 더 아이러니 한 것은, 주체로서의 각성 상태에서 돌아온 창수는 결국 술에 취한 채 돈도 수레도 도둑맞고 완전한 빈털터리가 되었다는 것이다. 제목처럼 '재수 없는 날'이다. 어쩌다가 먹고 사는 생존의 문제에만 집중하지 않고 자신의 역할에 대해 고민해볼 수 있었던 그

21) 위의 글, 187면.

날은, 결국 모든 것을 잃게 된 '재수 없는 날'이라는 아이러니가 북한의 현실을 더욱 극적으로 보여준 것이다.

2.2. 먹고 사는 것의 문제

도명학의 「책도둑」은 지식인에 초점이 맞추어진 소설이다. 이 소설은 화자인 '나'가 초점화자인 '도작가동맹위원장'의 책을 도둑맞은 사건을 파헤치는 형식으로 구성되어 있다. 도작가동맹위원장이 평양에서 가져온 '백부도서'-중앙에서 100부만 찍어 작가들에게 돌리는 비공개 도서-를 받아보기로 한 '나'는 책을 가져오지 않는 친구를 기다리는데, 그 친구로부터 큰일이 났다는 소리를 들었다. 위원장 집이 도둑을 맞아 그가 애지중지하던 책들이 몽땅 사라졌다는 것이다.

위원장은 책에 매우 집착하는 사람으로 "도서관에도 없는 귀한 책들", "오래 전에 회수도서로 취급돼 사라진 책"뿐 아니라 그림, 사진에 해방 직후 처음 사용했던 우표까지 모아 귀하게 다루던 사람이었다. 책을 팔면 돈이 될 것을 알면서도 그렇게 하지 않고 생계를 위해서는 가방에 토끼를 넣어와 작가동맹 건물 앞 풀밭에 토끼를 매어 놓고 길렀다. 그 책들을 한꺼번에 도둑맞은 것이다. 그런데 '책이 없다'는 상태는 위원장뿐 아니라 작가인 '나'(박동무)에게도 해당된다. 위원장은 자기 소유의 책이 물리적으로 눈앞에서 사라졌지만, '나'(박동무)에게는 '읽을 책'이 없다. '백부도서'는 순서를 정해 돌려보는 책일 뿐, 원할 때 언제든 지적 활동을 할 수 있는 자기 소유의 책, 읽을 수 있는 책은 김정일의 『주체문학론』뿐이기 때문이다. '나'는 '책'이 없는 현실을 "몽땅 우물 안 개구릴 만들어놓곤 세계적 추세? 혼자만 세계 각국 영화며 책들을 맘대로 보면서 허락해준 책이 다해서 몇 갠데. 그래갖곤 세계에 대한 해박한 식견을 가지라"[22]는 비현실적인 말만 쓰여 있는 책에 대한 비판으로 돌려 말한다.

위원장이 책에 대한 이상주의자라면, '나'나 도둑 찾기를 돕는 학생은 좀 더 현실적이다. 그리고 책과는 상관없이 지극히 현실적인 인물이 바로 위원장의 아내이다. 그는 멀건 풀죽 한 그릇도 못 먹고 담배만 피워대는 남편에게 "요즘 세월에 책에서 밥이 나와요 떡이 나와요? 굶어죽는 사람이 지천에 널렸는데, 책 잃은 거 갖고 그 정도면, 마누라 죽었다면 어쩌겠어요?"라고 푸념을 한다. 아내에게 남편은 "맹물단지", 팔리지도 않을 "작가 감투"만 갖고 있는 무능한 인물일 뿐이다.

> 글쟁이가 우습게 취급되는 세월이다. 사람들이 굶어죽고 있는데 현실을 미화해 찬양하고, 불평불만이 가득한 데 충성분자의 전형을 창조하느라 꼴불견이다. '당사상전선 전초병'이니 '최고사령부 종군작가'니 뭐니 하는 거추장스러운 감투 때문에 자본주의 방식인 장사도 하지 못해, '토지법'을 어긴다고 뙈기밭 개간도 못해, 정말 아무짝에도 쓸모없는 존재다. 사람들은 작가를 돈키호테라고 비웃었다. 그나마 아내라도 수완이 좋으면 그 덕에 밥술이나 뜨지만, 가만 보면 대개 작가의 아내들도 멍청했다. 다른 여자들 같으면 구실 못하는 남편에게 고함이라도 치겠는데 눈물만 질질 짜면 그만이다. 그래서 밥이 나오나, 돈이 생기나. 그러니 시인이니 소설가니 하는 낭만에 홀려 글쟁이와 결혼하고 그 값을 톡톡히 치를 수밖에.[23]

이 소설은 지식인의 무능함을 비판하고 지식인을 무능하게 만든 체

22) 도명학, 「책도둑」, 윤후명 외, 『국경을 넘는 그림자』, 예옥, 2015, 160-161면.
23) 위의 글, 167면.

제를 비판한다. 특히 '고난의 행군' 이후 사람들은 살기 위해 장마당으로 나가고 뙈기밭을 만들어도 속수무책으로 굶을 수밖에 없는 작가들의 모습을 사실적으로 묘사했다. 이는 위원장이 평양으로 출장가는 곁텍스트에서 더욱 잘 드러난다. 급행열차에 전용침대 이용권을 가졌지만 그는 변변한 도시락도 마련할 수 없다. 진수성찬을 풀어놓고 음식이 많다고 하는 당 간부들과 같은 칸에 탈 수 없어 이용권을 팔아 도시락을 사먹어야 하는 "한쪽에선 사람들이 굶어죽는데 높은 간부들은 딴판"인 현실이다.

이 소설에서 가장 씁쓸한 부분은 바로 '책도둑'의 정체이다. 평소 '나'에게 시를 써오는 사범대학 국문과에 다니는 청년의 도움을 받아 장마당에 풀린 위원장의 책을 추적하는 장면은 마치 추리소설의 서사 같지만, 여기에서 주목해야 할 것은 두 청년들을 통해 보여주는 북한의 현실이다. 남조선의 물건들이 아무렇지도 않게 장마당에 풀리는 현실을 모르고 "사회주의가 어떻게 당이 어떻고 하며 글을 쓰"고 있다는 '나'의 자조적인 반응이나, "지금은 좀 아니라는 생각이 들어서" 작가보다는 "당 기관이나 보안기관 쪽"에 취직할 것이라는 지극히 현실적인 판단을 하는 사범학교 청년의 발언은 북한에서의 지적 활동이라는 것이 얼마나 현실과 유리된 탁상공론인 것인지를 여실히 보여준다.

이 소설 역시 「재수 없는 날」처럼 아이러니를 사용하여 지식인의 현실에 대한 무력감이나 북한의 비극적 현실을 극대화한다. 위원장의 책 도둑을 찾아내는 과정을 따라 전개되는 「책도둑」의 아이러니는 바로 도둑의 정체이다. '나'의 끈질긴 추적으로 장마당에서 책을 파는 사람까지 확인했으나, 위원장은 도둑 색출을 없는 것으로 하자고 한다. 그는 책을 도둑맞은 것도 "다 내 탓이요. 내가 못난 탓"이라고 하는데,

그것은 범인이 바로 위원장의 아내였기 때문이다. 돈이 될 책이 많다는 것도 알고, 백부도서를 도둑맞으면 목숨이 위험할 수 있다는 것도 아는 존재, 그러나 당장 남편이 아끼는 책이라도 팔지 않으면 그 전에 굶어 죽고 말 것이라는 것을 아는 것도 위원장의 아내였다. "헐! 이걸 웃어야 하나, 울어야 하나. 별안간 둘의 입에서 정체를 알 수 없는 너털웃음이 터져 나왔다. 눈물이 찔끔 나오고 입귀가 별나게 찌그러졌다."라고 끝을 맺는 이 소설은, 울 수도 웃을 수도 없는 현실을 지식인의 자조적인 시선으로 보여준다.

위의 두 소설에서 볼 수 있었던 것처럼, 도명학의 소설은 인간의 어떤 주체적인 행동들이나 지적 작업들이 가장 기본적인 인간의 문제인 '생명'-생존의 유지- 앞에서는 불필요한 것이 되는 전체주의 사회의 근본악의 일면이 문제라는 점을 위트와 아이러니를 이용해 보여준다. '먹고 사는 것'의 문제가 인간의 존엄이나 자신의 가치보다도 더욱 중요하게 여겨질 수밖에 없는, 생존의 최전선까지 내몰린 사람들의 이야기를 치밀하게 묘사하여 오히려 인간의 조건에 대해 반문하고 있다고 할 수 있다.

3. 존재의 의미로서의 신의(信義)와 사랑

이지명의 단편소설은 '사람은 무엇으로 사는가'에 대한 답을 찾아가는 과정을 잘 보여주는 소설이다. 이지명의 소설은 인간 존재의 '의미'를 찾아가는 사건과 그 과정을 보여주는데, 이를 통해 극한 상황에서도 인간을 인간답게 살아가게 하는 것이 무엇인지에 대한 물음과 답을 소설적 형상화를 통해 보여주고 있다고 할 수 있다. 이런 점에서,

이지명의 단편소설 속 인물들은 빅터 프랭클의 '로고테라피(logotherapy)'적 관점에서 살펴볼 수 있다. 로고테라피는 아우슈비츠에서 살아남은 정신과 의사 빅터 프랭클이 자신의 강제 수용소에서의 경험과 이를 바탕으로 제창한 정신치료법을 말한다. 로고테라피는 환자의 미래에 초점을 맞추는데, "미래에 환자가 이루어야 할 과제가 갖고 있는 의미에 초점을 맞"추는 것으로, "환자가 삶의 의미와 직접 대면하게 하고, 그것을 향해 나아갈 수 있도록 도와"주는 치료법을 말한다.[24] 인간 존재의 의미뿐 아니라 그 의미를 찾아나가는 인간의 의지 자체에 초점을 맞추고 있기 때문에 미래에 초점을 맞춘다는 것이다. 빅터 프랭클에 따르면 '인간이 의미를 찾고자 하는 마음'은 한 개인의 삶에서 근본적으로 나오는 것으로, 유일하고 개별적인 것이어서 반드시 그 사람이 또 그 사람만이 실현할 수 있는 것이며, 심지어 그것을 위해 인간은 죽을 수도 있다.[25] 본고에서 살펴 볼 이지명의 단편소설에서는 참혹한 정치범수용소의 현실이나 아사 직전의 생활의 문제는 찾아보기 힘들다. 이지명 소설의 인물들은 어느 정도 인간으로서의 '행위'가 보장된 고위층 인물들조차 그 행위의 작은 한계에 직면하고 인간으로서의 가치를 찾으려는 과정이 치밀하게 묘사된다는 점에서 앞 장에서 다룬 도명학의 소설과 차별점이 있다.

3.1. 체제의 도구에서 '인간'으로의 복귀

이지명의 단편소설에서 나타나는 사람을 가장 사람답게 만드는 것

24) 빅터 프랭클, 이시형 역, 『죽음의 수용소에서』, 청아출판사, 2005, 167면.
25) 위의 책, 168-169면.

은 인간과 인간 사이의 '신의(信義)', 사랑을 기반으로 한 믿음이다. 이런 문제는 『망명북한작가 PEN문학』 창간호(2013)에 실린 그의 단편 「복귀」에서 가장 잘 드러난다. 이 소설은 '인간'이 아닌 '당'을 위한 존재로 살던 사람이 '가족의 안녕'이라는 삶의 의미를 찾고 '인간'으로 '복귀'하는 과정을 보여준다.

「복귀」는 평양 대성무역상사에서 외화 벌이에 열심이었던 서장우가 남조선 사람과 접촉했다는 것 때문에 아내와 딸과 함께 정치범 관리소로 끌려온 것에서부터 시작된다. 서장우는 일반 정치범들과는 다른 인물이다. 무역 일을 했다고 하는데도 그는 경비병 다섯이 한꺼번에 달려들어도 한 번에 그들을 제압할 수 있는 힘과 무술 실력을 갖고 있으며, '간부급 입소자'로 분류되는, 일반적인 정치범과는 다른 면을 보여준다. 그러나 수용소에 들어오자마자 마주하게 되는 가학적이고 인간답지 못한 삶에 그는 좌절한다. 아내와 딸의 신상이 걱정되는 환경이기 때문이다. 장우가 후환을 알면서도 경비병들을 제압한 것도, 그리고 그 이후가 걱정되어 마지막 카드로 쓰려던 일을 시작하는 것도 다 '가족' 때문이다. 그는 가족을 매우 사랑하고 아끼는 인물이다. "자기가 당하는 것은 얼마든지 참을 수 있"으나 "아내가 당하는 모욕은 참아낼 수 없을 것 같"고, 자기는 죽어도 괜찮으나 "아내와 딸만은 죽어서는 아니" 된다는 것, 그래서 "당신을 어떻게든 구해 주겠"다는 것이 정치범 수용소로 옮겨와서 그가 갖게 된 유일한 신념인 것이다.

서장우가 책임자로 일한 대성무역상사는 러시아 원동지방의 현지 토산물을 중국에 들여다 파는 일을 하여 당의 과제인 외화를 벌어들이는 사람이었다. 그런데 중국인들은 중개를 원치 않았고, 원동 지방의 석청은 한국에서는 잘 팔릴 물건이었기 때문에 애국한다는 마음으로 "적대국이라는 명목으로 거래 자체를 정치적인 문제로 둔갑시"키는 위험한 상황이 닥칠 것을 알면서도 사업을 추진했던 것이다. 그가 위험을 무릅쓰고 한국인들과 거래를 한 것은 실상은 '애국' 혹은 사회주의 신념 때문이라기보다도, "당적 외화 과제" 때문이다. 당에서 지시한 과제도 모두 당과 국가를 위한 것이라고 생각했지만, 결국 그 충성심 때문에 서장우는 정치범 수용소에 가게 된 것이다. 무역 업무 때문에 자본주의의 속성도 돈의 힘도 알고 있던 정우는 만일을 위해 숨겨둔 30만 달러를 협상 카드로 이용해 가족을 안전한 곳으로 옮기기로 결심하였다. 30만 달러면 당에도 큰 도움이 되고 자신도 공을 세울 수 있다는 것을 아는 본부의 박일천은 서장우의 협상에 응할 수밖에 없었다. 탈북 작가들의 단편소설에서는 폐쇄적인 사회주의 체제가 오히려 돈의 힘 앞에서는 이념도 체제도 뒷전이 되는 아이러니한 상황이 빈번하게 등장하는데, 여기에서도 마찬가지이다. 서장우의 만일을 대비했던 30만 달러는 실체도 확인되기 전에 그의 가족을 신의주로 이주시키고 집도 배정받을 수 있게 만들었다.

이 '30만 달러'는 장우가 친구 용삼과 함께 평양시 상하수도관리사업소 모란봉구역에 숨겨두었던 것이다. 북한 이외의 국가들과 무역을 하는 서장우는 북한 체제의 허상을 국내의 누구보다 쉽게 파악할 수 있는 위치에 있는 사람이었다. 그런 점에서 그는 위험인물이었기 때문에 그가 세운 공적이 무색하게 '정치범'이 될 수밖에 없었던 것이다. 결국 서장우는 '당을 위해' 노력한다는 그의 신념과는 달리 쓰고 버려질 당의 도구였을 뿐이다. 장우가 만일을 위해 돈을 숨겨둔 그곳은 장우와 박일천 모두에게 중요한 장소이다. 그곳의 돈이 사라졌다는 것은 국가의 도구로 사용되었던 자신의 과거가 부정당하는 것인 동시에 가족의 안녕을 의미하는 것이며, 박일천에게는 엄청난 공을 세울 기회를 잃었다는 것이기 때문이다. 당과 이념의 허상에서 빠져나온 장우와 아직까지 당의 도구인 일천은 한 장소를 두고도 바라는 것이 다르다.

또한 이곳은 서장우에게도 박일천에게도 불안한 장소이다. 만약 용삼이 먼저 돈을 가져가지 않았다면 가족을 살리려는 장우의 시도는 헛된 것이 되기 때문에 불안하고, 혹시 장우의 예사롭지 않은 행동이 사실 돈이 없기 때문이라면 일천의 앞날도 보장할 수 없기 때문이다. 하지만 예상대로 용삼이는 먼저 30만 달러를 빼내고 장우의 가족도 무사히 피신시킨 후였다. 장우의 계획대로 된 것이다. 여기에서, 장우가 가장 중요하게 생각했던 것이 무엇인지가 드러난다.

> ① "왜? 정작 큰돈을 내 놓으려니 아까워서 그러는 건가?" (...)
> "돈이 그렇게 중요합니까? 난 10여 년 동안 내화가 아닌 외화를 주무르면서도 돈에 대한 애착을 별로 가져본 적이 없소."
> "그런데 왜 이렇게 허둥거리는 거요? 그것 말고 다른 이유가 있는 거요?"
> "있소. 내가 목숨처럼 소중히 여기던 것이, 그런데 그 소중한 것이 왜 나를 떠나려 하는지 모르겠소."[26]
> ② "왜 그랬는데, 그리되면 다시 복귀된다고 분명이 약속했잖소?"
> 서장우는 잠시 숨을 고른다. 바라보는 눈길엔 모든 것을 체념한 온화함만이 흐른다.
> "난 그런 복귀를 원하지 않소," / "뭐요?"
> "지나온 뒤를 돌아보면 참으로 허무하오. 타국을 메주 밟듯 다니며 난 당을 위해 모든 걸 바쳤소. 남보다 더 많은 외화를 벌어 늘 자랑스러운 마음으로 수금하군 했지. 잠도 못자며 아내와 딸에게 색다른 음

26) 이지명, 「복귀」, 『망명북한작가 PEN문학』 창간호, 앞의 책, 235면.

> 식과 좋은 옷도 못 입히면서 한 푼이라도 더 벌어 당에 바치는 것을 영광으로 생각했었소. (...) 그런데 어느 날 내게 차례진 것은 차디찬 수갑뿐이었소. 이국의 하늘 아래 휘 뿌려진 내 충성스런 땀이 결국 반역이라는 철퇴로 변해 나를 사정없이 쳐 갈겼단 말이요. 배신은 한 번이면 족하오."

인용 ①은 지하도 안이 어두워서 매몰 장소가 파헤쳐진 것을 몰랐을 때의 대화이고, 인용 ②는 모든 것이 밝혀진 후의 대화이다. 박일천과 서장우의 이 대화는 서장우가 가지고 있는 가장 중요한 가치가 무엇인지를 보여준다. 박일천이 생각한 장우가 '목숨처럼 소중히 여기던 것'은 '돈' 혹은 직책이었을 것이다. 장우도 당에 대한 충성은 중요한 것이었지만 그것은 열심히 할수록 자신을 '인간'보다는 '도구'로 만드는 것이었다. 당에 충성하는 것과 공로를 세워 출세하는 것만 보는 박일천에게 가족을 위해 모든 것을 버리는 서장우는 이해할 수 없는 사람이다. 당의 도구인 스스로를 자각하지 못한 박일천에게 '복귀'란 당이라는 체제 내로의 '복귀', 즉 다시 당의 도구가 되는 것을 의미한다. '당적'이, 거기서 오는 풍요로운 삶이 가장 큰 회심의 요소라고 생각했을 것이기 때문이다. 그러나 서장우가 말하던 '목숨처럼 소중히 여기던 것'은 '신의(信義)'였다. 그는 가족을 사랑했고 신념을 따라 당을 위해 헌신했다. 당을 위해 살면 당이 자신과 가족의 삶을 보호해 줄 것이라는 믿음이 그의 삶의 의미이자 실존의 이유였던 것이다. 그러나 당에게 충성하는 것을 가족보다 우선한 결과는 이데올로기의 배신이었다. 자신이 '인간'이 아닌 '당의 도구'였음을 깨닫는 그 순간, 서장우는 '반역자'라는 이름표를 붙였으나 그 순간 그는 다시 '인간'으로 돌아갈 수 있었다. 물론, '인간'으로서의 자각, 삶의 의미를 깨닫지 못했다면 서장우 역시 박일천이 생각하는 것처럼 일반적인 '복귀'를 할 수 있었을 테고, 여전히 생각 없이 노동하는 삶을 계속했을 것이다. 중요한 것은 박일천이라고 서장우 같은 일을 당하지 않을 것이란 보장이 없다는 것이다. 누구보다 당의 명령을 열심히 좇았던 서장우가 내린 결론은 박일천 역시 버려질 수 있는 당의 도구라는 점이다. 그는 자신이 인간이 아니라 '당의 도구'로 사용되었다는 것을 아이러니하게도 정치범 관리소에 잡혀가면서 깨닫게 되었다. 자각의 순간이었으므로 "억울한 죄를 뒤집어쓴 것에 대한 반항"도 남아있지 않았던 것이다.

> "그런 복귀는 원하지 않는다고 했는데 그럼 어떤 복귀를 원했던 거요?"
> "부디 복귀를 원했다면 그건 아마 인간 복귀겠지요." / 서장우는 빙그레 웃었다.
> "인간이라 자부했지만 내 가족을 정치범 관리소에 넣는 순간 나는 이미 인간이 아니었소, 죄 없는 아내와 딸을 아무런 보호도 없는 죽음의 수용소에 넣고 어찌 나를 인간이라 말 할 수 있었겠소."[27]

서장우는 북한의 당이 가지고 있는 "나뿐이 아닌 가족까지 죽음으로 몰아"가는 규칙이란 것은 "인간 사회가 수용해선 안 되는 일"이라고 단언한다. 서장우의 행동이 박일천에게는 또 다른 폭력이 될 수 있는 상황이지만, 인간으로의 복귀를 염원하는 서장우에게 이러한 폭력은 자유로운 삶, '행복한 삶'을 위한 일종의 "전정치적 행위"가 된다.[28] 서장우는 '당의 도구'로의 복귀가 아닌 "인간 복귀"를 염원하였

27) 위의 글, 239면.
28) 한나 아렌트(2005), 앞의 책, 83면.

고, '인간'으로의 복귀는 자신을 희생해 사랑하는 가족을 안전한 곳으로 탈북시킨 것이다. 친구를 믿는 '신의'와 가족에 대한 사랑이 바탕이 된 '희생'이라는 그의 숭고한 행위는 스스로를 당의 도구에서 인간으로 복귀시켰다. 더불어 자신의 실존의 의미인 가족도 북한 체제 밖으로 보내 당의 소유에서 인간으로 복귀시켰다.

3.2. 지켜보는 눈과 살펴주는 손길

이지명은 이렇게 사람의 마음을 움직이고 행동하게 하는 것은 자신이 아닌 누군가에 대한 사랑임을 강조한다. 도지명의 소설이나 소설집 『국경을 넘는 그림자』의 다른 소설에서 그려지는 북한은 나 하나가 살아남기도 힘든 곳이다. 그러나 그 가운데에서도 이지명은 '사랑'에 기반한 '희생'이 인간을 인간답게 만들어줄 수 있다는 점을 강조한다. 먹고 사는 것의 문제를 넘어서 인간을 인간으로 존재하게 하는 것, 그것을 이지명은 '사랑'과 '신의'의 문제에서 찾는다.[29] 이는 이지명의 다른 단편소설 「불륜의 향기」에서도 마찬가지이다.

「불륜의 향기」는 탈북자 출신인 '나'가 역시 탈북자인 입국 3년차 '김문성'씨와 함께 서울숲 전망대에 올라 나누었던 이야기를 서술하는

29) 본고에서 논의하지는 않았지만, 이지명의 「안개」(『망명북한작가 PEN문학』 제2호, 국제PEN망명북한작가센터, 2014)도, 간부였던 아버지의 뜻에 따라 결혼을 했으나 아내의 과거(당의 무용수)를 알게 된 후 번민하는 남자와 그런 그를 끝까지 믿고 따른 아내의 사랑과 믿음에 관한 이야기를 다루고 있다. 아내의 순결(정조)에 대한 불편한 마음과 결혼생활에까지 뻗치는 당의 손길, 그런 가운데에서도 진심으로 서로를 사랑했던 젊은 부부의 '믿음'의 문제가 전면에 부각되는 이 소설에서는, 당의 그림자가 부부 사이의 믿음도 무화시키고 결국 사랑을 증명하기 위해 자살을 시도하는 아내의 이야기를 통해 '사랑'과 그것을 지키는 '신의'가 인간 실존의 조건임을 다시 한 번 강조하고 있다.

식의 구성으로, 둘의 대화 안에 김문성의 북한에서의 삶이 드러나는, 일종의 액자식 구성이라고 할 수 있다. 첫 만남에서 들었던 탈북 전 이북에서의 김문성의 생활과 탈북 경위가 '나'의 서술로 구성된 내화이고, 두 번째 만남이 외화의 역할을 한다.

북한인민보안성 정치대학졸업생으로 S시 보안서 감찰과의 김문성은 연인이었던 영옥과 결혼해 아들까지 두고 대위로 승진하는 등 승승장구하였으나, 영옥이 아들을 낳고 탈모증에 걸리고 둘째를 임신하자 불행이 시작되었다. 우울증에 걸린 아내와 아이를 돌보는 6년 동안, 집안 상황은 변하지 않았으나 세상은 너무도 달라져 있었다. "직업이 뭐든 시장에 나가 어떤 수단을 쓰던지 이윤을 만들어 자체로 식량을 해결해야 살아남는 세상"이 되었는데 자신의 외모에만 갇혀 있던 아내는 세상에 적응할 수 없는 '거추장스러운 존재'가 되어 있었다. 그런데 가정과 직무에 충실했던 김문성은 '한유진'이라는 금 밀수범을 만나면서 변하기 시작했다.

> 그 여자는 등이 살짝 휜 곱사등이었다. 병색이 짙은 파리한 피부, 가는 다리, 가슴은 큰 바가지 하나를 엎어놓은 듯 흉하게 두드러졌다. 핏줄이 불거진 팔과 손은 앙상하기 그지없었다.
>
> 이목구비만은 단정했다. 정면으로 익히 마주볼 수 없으리만치 강렬한 그리고 사연 많은 눈빛을 가진 여인이었다. (...) 문성은 그것이 안쓰러웠다. 범죄자 앞에서 자비를 몰랐던 손이 왠지 떨리기 시작했고 곧이곧대로 조서를 내려 쓸 수가 없었다. (...) 하 많은 사연을 호소하는 그 눈빛에 문성은 가슴이 울렁거렸다.[30]

아이를 낳기 전 문성의 아내는 절색이 따로 없을 만큼 미녀였다. 그

30) 이지명, 「불륜의 향기」, 윤후명 외, 앞의 책, 111면.

러나 머리카락을 잃은 후 그녀는 자신을 놓았고 가족을 버렸다. 그러나 한유진은 불편한 몸이었으나 외모에 신경쓰지 않고 생존을 위해 궂은일도 마다 않는 강인한 여성이었다. 문성의 가슴이 울렁거린 것도 '현실'을 대하는 두 여인의 극명한 대비 때문이었을 것이다. 정갈하게 정돈된 한유진의 집에서 문성은 결혼 후 아내와 오순도순 살던 때를 떠올렸다. "못 견디게 가지고 싶은 생활"이지만 "다시 가져 볼 확률은 거의 없는 생활"이었다. '티가 없는 미소'를 가진 한유진은 문성이 잃어버렸던 사랑을 갖고 있었고, 그를 위해 문성은 엉터리 조서를 써서 한유진을 무죄로 풀어줬다.

한유진 역시 자신을 지켜준 문성을 물심양면 도왔다. 평양에서 재강습 받는 동안 지낼 돈뿐 아니라 가족들의 생활도 책임진 것이다. 옛집에 대한 향수나 한유진과의 '불륜'은 가부장적인 것으로 읽힌다. 바깥일을 하는 남편과 집안을 담당하는 아내라는 가부장제에서의 성역할이 그대로 답습되고 있기 때문이다. 그런 점에서 한유진으로 대표되는 인간적인 사회의 속성이 모성성으로 은유된다는 것은 구시대적 발상으로도 읽힌다. 이혼을 했다고는 하지만, 유진이 '본처'의 자리에 욕심내지 않고 오히려 그들을 도왔다는 것 역시 매우 전근대적인 가정상, 여성상을 답습하는 것으로도 보인다.

북한에서의 삶은 '지켜보는 눈'이 작동하는 사회이다. 밀수범 한 명을 무죄방면하는 것은 쉬운 일이어도, 그 일은 수많은 '지켜보는 눈'에 의해 금방 밝혀지기 때문에 일부러라도 재강습을 핑계로 한동안 몸을 피해야 하는 사회가 바로 북한 사회이다. 외모에 대한 비관으로 가족을 힘들게 하는 문성의 아내 역시 문성을 '지켜보는 눈'의 하나일 뿐이다. 그러나 자신의 죄를 덮어준 문성에게 보인 한유진의 행동은 물론 '불륜'이고 전근대적인 모성성이기는 해도 사랑하는 사람을 '살펴주는 손길'이다. 문성이 '불륜'에 빠져 군복을 벗어야 함에도 미련 없이 이혼을 한 것 역시 유진에게서 느낀 "살펴주는 손길이 있다는 것"에서 느끼는 향수 때문이다. 확연한 외모 차이를 보이는 영옥과 유진은, 내면에서도 확연한 차이를 보인다. 김문성을 통해 강조되는 사랑의 모습은 바로 '살펴주는 손'이다. 북한 사회의 '눈' 혹은 '손'은 감시하는 눈, 제지하는 손이었기 때문에 모두 어려운 상황에서도 자신과 자신의 가족까지 살펴주는 한유진의 손길은 김문성에게 '사랑받는 사람'이라는 존재의 이유를 명확하게 인지시키는 것이었다. 김문성은 한유진이 자신을 탈북시킨 것 역시 그의 '살펴주는 손길'이라는 것을 안다. 남한에서 본 '피서객이 많아 혹 사고가 없나 살펴보는 헬기'에서 느낀 '인간사회의 구수한 모습', 즉 "북에선 느껴볼 수 없는" "살펴주는 손길"은 자신에게 베푼 한유진의 사랑, '살펴주는 손길'과 동격이다.

소설의 제목이 '불륜의 향기'이지만, 한유진이 김문성에게 보여주었던 것은 '불륜'이 아닌, 사랑과 희생의 삶이었다. 김문성이 탈북하면서 챙겨 온 한유진의 일기는 그가 얼마나 김문성을 깊이 생각하고 있는가를 보여주는 것이었다. "나를 죽음에서 구원해 준 남자"가 "잊어버렸던 사랑까지 되찾아주려 하"니 그를 위해 남은 생을 바치겠다는 것이다. 그래서 유진은 "한순간의 사랑을 위해 기꺼이 목숨을 버려도 좋다"고까지 생각했다. 그리고 그 일기는 탈북의 힘든 과정을 겪고 남쪽에 정착한 문성에게 고비고비 힘이 되는 것이었다. 서로를 진심으로 사랑하고 아껴주는 마음, 그 '살펴주는' 마음이 서로에게 힘이 되어주었다는 것이다.

> "그런데 선생님 난 어쩌면 좋습니까? 예?"
> 문성은 섰던 자리에 풀썩 꼬꾸라졌다. 그리고는 엉엉 목 놓아 울기 시작했다. 나 역시 당황했다. 왜서일까? 그 여자가 잡혀 구속되었는가? 충분히 그럴 수 있었다. 첫 번째는 문성의 도움으로 위기를 모면할 수 있었지만 불륜으로 이룬 남편의 탈북에는 결코 무사할 수 없는 여인이었다. (...) 그러나 다음 순간 나를 향해 던진 김문성의 말에 난 그만 입을 하, 벌리고 다물 줄 몰랐다. 내가 짐작했던 것과는 전혀 다른 말이 그의 입에서 튀어나왔다. 나직한 음성이었지만 내게는 유람선에서 울린 함성보다 곱절 큰 소리로 들렸다.
> "이제 며칠 후면 저의 본처와 두 아들이 한국으로 입국합니다. 아…… 선생님 그 여자는 끝내……한유진은 끝내." (중략)
> "그 여자가 선뜻 나를 따라 강에 들어서지 않은 이유가 바로 그거였습니다. 이제야 알게 됐어요. 한국에 입국한 후 제가 브로커를 통해 제일 먼저 알아본 것이 두고 온 내 아이들이었습니다. 어쩔 수 없이 본처와 통화를 했는데 그때마다 그 여자는 울먹이며 당신이 그렇게 떠나갔어도 잊지 않고 매달 돈을 보내주어 진정 고맙다고 말했습니다. 사실 난 아무것도 보내준 것이 없는데 말입니다." (...)
> "한유진은 내가 없는 그 땅에서 나를 대신해 내 아이들을 돌보았습니다. 이제 와서 또 본처와 아이들의 탈북비용까지 모두 부담하며 강을 넘겨 보냈고요."[31]

한유진의 '사랑'은 자신이 사랑하는 사람의 모든 것을 끌어안는 것이었고, 그는 자신을 희생해 김문성의 가족까지도 살펴주고 그들까지 탈북시켰다. 신의가 바탕이 된 이타적인 사랑이 한유진 스스로를 인간으로 존재할 수 있게 했고, 그 사랑을 받는 김문성 역시 인간으로 존재하게 만든 것이다. 그리고 그것이 바로 오래된 '향기', 인간이 내뿜

---

31) 위의 글, 122-124면.

는 향기였다. 가족을 위해 희생하는 사랑, 희생 그 자체가 바로 북한의 현실에서는 쉽게 찾을 수 없었던 것이고, 그것이 문성이 가장 바라던 것이었다. '불륜' 관계라고 했지만 그들 사이에는 "사람을 위한 진심과 헌신"에 바탕을 둔 숭고함이 있다.

'살펴주는 손길'을 모성성으로 은유하는 것은 앞서 살펴본 도명학 소설 속 여성들보다는 보수적인 면을 보여준다. 그러나 이지명의 단편소설들을 관통하고 있는 '사랑'이라는 키워드는 체제와 '고난의 행군'이라는 가혹한 현실에 가려 찾아볼 수 없는 인간성의 가장 기본에 대한 강한 향수가 반영된 것이라고도 읽을 수 있다. 그래서 이지명의 소설에는 당의 배신 혹은 체제에 반(反)하는 다소 추상적으로 보일 수 있는 '사랑', '신의' '희생' 등의 가치가 더 강조되고 있다고도 볼 수 있을 것이다.

4. 결론

탈북 작가의 단편 소설은 탈북 문학에 대한 연구에서도 논의의 대상이 되지 못했다. 본고 역시 본격적인 연구라기보다는 대상작품들의 특징을 통해 탈북 작가들의 단편소설의 일면을 살펴보는 시론에 지나지 않았으나, 이를 통해 탈북 작가들이 천착하고 있는 문제와 그것의 소설적 성취에 대해 확인할 수 있었다. '탈북'이라는 단어가 붙는 문학 영역 내의 모든 것이 '탈북' 자체에만 초점이 맞추어져 있거나, 북한의 생활이나 자신의 경험에 대한 고발이나 증언으로서의 기록만 강조된다면 르포문학과 별반 차이가 없을 것이다. 물론 기록과 고발, 증언 문학으로서의 가치도 상당히 중요하다. 그러나 단편 소설이 가지는 미학인, 삶의 한 단면에 대한 진중한 고찰과 소설적 형상화를 통해 탈북 작가들이 강조하는 문제를 다른 방식으로 접근해볼 수도 있다. 특히 도명학과 이지명의 단편소설에서는 북한의 삶과 현실에 대한 비판적인 관점이 문학적으로 잘 형상화되어 있다. 작가들의 체험, 삶에 대한 진정성, 그리고 인간 존재의 다양한 문제들을 깊이 있게 사유하는 작가의식이 결합되어 이러한 성과를 만들어낸 것이다.

도명학과 이지명의 단편소설에서는 '인간'으로서 인간의 조건을 영위하지 못하는 북한인들의 삶을 보여줌으로써 역설적으로 인간의 조건에 대해 깊이 생각해 보게 한다. 단지 '삶을 산다'는 것이 인간의 전부가 아님을 이 소설들은 강조하여 보여준다. 생존을 위해 생명을 유지하는 것 외에 인간을 인간으로 서게 하는 것이 무엇인지를 탐구하고 있는 것이다. 도명학은 생존의 문제만 전면화되어 당의 이데올로기 이외에는 모든 것이 먹고 사는 것으로 수렴되는 현실에서도 인간을 인간답게 만들어주는 다른 정신적 영역에 대한 고민을 장마당의 구루마꾼의 하루와 자기 집의 책을 도둑질할 수밖에 없는 생활을 통해 보여준다. 도명학의 단편소설이 '생존' 혹은 '생활'의 문제와 인간의 가치, 그와 결부된 행위들을 통해 인간의 조건을 탐색한다면, 이지명의 단편소설은 인간 존재의 '의미'에 초점을 맞추었다. 이지명의 소설은 특히 인간의 실존의 이유로 신의(信義)와 사랑을 제시한다. 자신을 희생하면서도 상대방을 살리는 이타심을 바탕으로 한, 살펴주는 손길과 사랑이 한계에 봉착한 인간에게 존재의 의미를 준다는 것이다. 인간을 가장 인간답게 만드는 것, 도구에서 인간으로 복귀하게 만드는 행위의 바탕을 믿음과 사랑에서 찾는다는 점이 이지명 소설의 특징이라 할 수 있다.

이상에서 살펴본 것처럼 탈북 작가들의 단편소설을 서사주제학의 관점에서 본다면 '생활', '실존', '사랑'의 문제로 나누어 살펴볼 수 있을 것이다. 도명학, 이지명 두 작가 외에도 다른 다양한 탈북 작가들의 단편소설까지 확대하여 살펴본다면, 그동안 논의에서 제외되었던 탈북 작가들의 북한에서의 삶에 대한 영역으로 탈북 문학의 외연과 그 깊이 또한 확대될 수 있을 것이라고 본다.

탈북자를 바라보는 새로운 시각*

– 조해진의 『로기완을 만났다』를 중심으로 –

김영미

1. 서론

최근 북한 고위급 인사의 탈북이 화제에 오르기도 하였지만, 탈북 자체가 특수한 사건이었던 시대는 이미 지났다고 할 수 있을 정도로 다양한 매체를 통해 탈북자를 쉽게 접할 수 있다. 이는 통일부에서 발표한 수치상으로도 확인할 수 있는데, 탈북하여 남한에 정착한 이들의 숫자는 2000년 들어 1000명을 넘어선 후 2006년부터 2011년까지 매해 2000명 이상으로 급증하였다.[1] 이러한 변화를 설명하기 위해서는 1997

* 이 글은 2016년 12월 23일 서울대학교 한국어문학연구소 주관으로 열린 학술대회 '탈북문학을 읽는다–그 현황과 전망'에서 발표했던 원고를 수정, 보완하여 『통일인문학』 69(건국대학교 인문학연구원, 2017)에 게재한 것이다.

1) 박덕규, 「탈북문학의 형성과 전개 양상」, 『한국문예창작』 14-3, 한국문예창작학회, 2015, 95면 표3 참고.

년 일어난 일명 '핑퐁난민사건'을 주목할 필요가 있다. 열세 명의 탈북자들이 제3국으로 넘어가 한국대사관에 망명을 신청했으나 정부가 거부함으로써 중국과 베트남 국경을 오가며 생명의 위협을 당했던 사건이었다. 저널리스트 윤정은은 자신의 첫 번째 소설 『오래된 약속』(2012)에서 이 사건을 소재로 삼았는데, '귀순자'라는 명명 속에 포함된 정치적 색채가 소거된 최초의 북한식량난민 집단망명신청이라는 점에서 의미가 있다고 보았다.[2] 세계적 탈사회주의 변화가 시작된 1989년 이후 20여 년 간의 탈북 이주의 역사는 다섯 시기로 구분할 수 있는데, 그 중에서도 극심한 식량난에 시달린 이른바 '고난의 행군' 시기 일어난 생계 목적의 대규모 탈북 행렬을 보여주는 대표적 사례인 것이다.[3]

소위 '정치적 탈북'에서 '경제적 탈북'으로 바뀌며 탈북자의 수가 급증한 1990년대 중반 이후를 분수령으로 탈북자를 다룬 문학의 양상 역시 새롭게 전개되었다. 박덕규는 한국 작가들이 쓴 탈북자 문학을 그대로 포함하되 장르적으로 시·동화 등을 포괄하는 동시에 탈북자가 직접 창작자로 나선 경우까지 포괄하는 '탈북 문학'이라는 개념을 제시하면서, 이 시기를 두고 기존의 분단문학과 전혀 다른 시각이 반영된 탈북 문학의 시발점이라고 평가하였다.[4] 그에 따르면, 탈북자들

---

2) 윤정은, 「작가의 말: 분단에서 살아남기」, 『오래된 약속』, 양철북, 2012, 315-316면.

3) ① 탈북 제1기(1989-1994): 탈사회주의 국제정세 속에 구소련과 동유럽에 진출해 있던 북한의 벌목노동자들과 유학생들이 체제를 이탈함 ② 탈북 제2기(1995-1999): 식량난 이후 가장 많은 탈북 이주가 이루어졌으며 주로 생계 목적의 탈북이 진행됨 ③ 탈북 제3기(2000-2003): 정보접촉이 늘어나면서 보다 나은 삶을 위한 경제적 탈북이 진행됨 ④ 탈북 제4기(2004-2008): 미국의 '북한인권법' 제정과 서방세계의 탈북자 망명이 공식 허용된 이후, 탈북의 국제적 확산이 적극적으로 진행됨 ⑤ 탈북 제5기(2009-현재): 국제적으로 정치적 목적의 탈북이주에 대한 경계심이 높아진 가운데 북한체제의 경제사회 불안정성 증대와 정보유통의 증가로 경제적 목적의 탈북이 다시 진행되는 등 다양한 형태의 탈북이주가 이루어짐.
박명규 외, 『노스 코리안 디아스포라』, 서울대학교 통일평화연구원, 2011, 40-53면.

의 글쓰기와 문학 활동은 북한 체제에 대한 고발이나 자기 체험 고백 등을 내용으로 하는 수기와 체험소설이 주종을 이루는 시기를 거쳐 2000년대 들어 다양화되었다. 특히 창작자 자신의 내면적 구체성이 강화되면서 북한 체제에 대한 고발과 폭로를 바탕으로 인권 문제를 부각하고 있다는 점과 탈북자로서 살아가는 슬픔이나 소외 상황 등을 심화하고 있다는 점을 특징으로 꼽으면서, 북한에서 실제 작가 활동을 하다 탈북한 작가들의 활약에 대한 기대를 표하기도 하였다.[5] 박덕규는 같은 시기 탈북자를 다루는 한국 작가들의 탈북 문학 역시 본격적으로 전개되었다고 지적하며 공간적 배경을 기준으로 크게 두 가지 양상으로 분류하였다. 첫째는 탈북 이후 제3국을 표류하는 탈북자의 문제를 다룬 것으로, 강영숙의 『리나』(2006), 황석영의 『바리데기』(2007), 정도상의 『찔레꽃』(2008) 등을 대표작으로 꼽을 수 있다. 둘째는 한국에 정착했으나 제대로 적응하지 못하는 탈북자의 문제를 다룬 것으로, 권리의 『왼손잡이 미스터 리』(2007), 강희진의 『유령』(2011), 전수찬의 『수치』(2014) 등을 예로 들 수 있다.[6]

탈북자 자신이 창작자로 나서는 경우가 증가하는 한편 내용과 형식 면에서 다양화되는 추세 속에 한국 작가들의 탈북자 형상화는 타자화 혹은 대상화의 우려 속에 신중하게 접근할 필요성이 제기된다. 그러한 고민이 반영된 결과로 나타난 것이 디아스포라로서 탈북자의 형상화라 할 수 있다. 탈북자의 한국 정착이라는 문제는 탈북자의 수가 급증한 1990년대 중반부터 지속적으로 제기되었던 것과 달리 제3국을 유

4) 박덕규, 앞의 글, 91-97면.
5) 위의 글, 105-108면.
6) 위의 글, 97-102면.

랑 중이거나 그곳에 정착하는 탈북자에 대한 논의는 2000년대 들어서야 본격적으로 논의되기 시작했다는 점에서 특징적이다. 물론 제3국을 배경으로 삼아 탈북자를 그린 텍스트가 전무했던 것은 아니다. 예를 들어 최윤의 「아버지 감시」(1990)는 탈북하여 중국에 살고 있었던 아버지를 프랑스에서 만난 아들의 이야기를 다루고 있다. 그러나 여기에서 프랑스라는 제3국은 부자 간의 상봉을 가능하게 만든 장소이긴 하지만 "제나 내나 생판 타향인 제3국의 한 귀퉁이"[7]이기 때문에 이산가족 사이의 어색함과 단절감을 부각시키는 장치라는 측면이 강하다. 정작 탈북자 아버지가 정착한 중국이라는 배경은 자세히 언급되지 않는다.

이와 달리 2000년대 이후 발표된 제3국을 표류하는 탈북자를 다룬 소설들은 주요 쟁점으로 떠오른 디아스포라의 관점에서 전지구적 감각으로 탈북의 문제를 논의하고자 한다는 점에서 문제적이다. 그런데 탈북 후 제3국에서의 표류와 정착 과정을 형상화한 대부분의 소설은 여성 인물을 주인공으로 삼아 탈북자 인권의 문제를 제기한다는 특징을 공유하고 있다. 『리나』, 『바리데기』, 『찔레꽃』 등이 모두 그러한 특징을 가지고 있다. 강영숙의 『리나』를 예로 들면, 남한으로 짐작되는 P국을 도착지로 설정하고 있지만 실제 도착 여부보다 '리나'라는 여성 인물이 난민으로서 제3국을 떠돌며 성적 폭력과 노동 착취 등 온갖 반인간적 폭력의 위험에 노출된 상황을 폭로하는 것에 초점을 맞추고 있다. 탈북 여성을 중심으로 하여 노동과 자본, 성의 전지구적인 디아스포라의 문제를 복합적으로 보여주고자 하는 것이다.[8] 그러나 이러

7) 최윤, 「아버지 감시」, 『저기 소리 없이 한 점 꽃잎이 지고』, 문학과지성사, 2011, 128면.
8) 김세령, 「탈북자 소재 한국 소설 연구」, 『현대소설연구』 53, 한국현대소설학회, 2013, 57면.

한 시도는 자칫 탈북 여성을 "특별히 기괴하고 낯선 혐오대상으로 전시"하거나 그들이 겪는 인권 문제를 "섹슈얼리티화하는 등 가부장적 상상력에 갇혀" 있다는 비판을 받기도 한다.[9]

이러한 맥락에서 볼 때 여타의 제3국에 거주하는 탈북자를 다룬 소설과 탈북자 형상화의 양상과 탈북자와의 관계 설정 측면에서 변별점이 두드러지는 소설로 조해진의 『로기완을 만났다』를 주목할 수 있다. 『로기완을 만났다』는 두 가지 서사가 교직된 형태로 전개된다. 하나는 북한을 떠나 중국에 머물다 벨기에로 이동한 청년 '로기완'의 서사, 또 다른 하나는 한국에서 벨기에로 찾아와 '로기완'의 흔적을 더듬으며 그에 대한 이야기를 기록하는 여성 작가 '나'의 서사라 요약할 수 있다. 기존의 연구는 이러한 교차 서술의 방식에 주목하면서 이를 통해 '로기완'이라는 탈북자가 겪는 고통과 소외에 대한 보편적 공감을 유도했다는 점에 대체로 동의하고 있다. 다만 이로 인해 오히려 '로기완'의 고유성과 절대성이 약화됨으로써 탈북자를 추상화시키는 한계를 보였다는 의견[10]도 제기되고 있다. 반대로 이러한 교차 서술 방식에 주목하여 고통과 치유의 과정이 효과적으로 드러났다는 평가도 존재한다. 이미림의 경우 '로'와 '나'의 서사를 각각 이주자와 여행자의 서사로 규정하면서, 여행자가 이주자의 고통에 공감하고 동일시되면서 자신의 상처를 치유하고 작가라는 입사의례를 통과하는 여정을 그렸다고 보았다.[11] 한편 허정은 라깡의 이론을 적용하여 이 소설에 나타

9) 김은하, 「탈북여성과 공감/혐오의 문화정치학」, 『여성문학연구』 38, 한국여성문학학회, 2016, 299면.

10) 황정아, 「탈북자 소설에 나타난 '미리 온 통일'」, 『순천향 인문과학논총』 34-2, 순천향대학교 인문과학연구소, 2015, 47-69면.

11) 이미림, 「유동하는 시대의 이방인들, 이주자와 여행자」, 『한국문학논총』 65, 한국문학회, 2013, 643-664면.

난 타인의 고통에 접근하기 위한, 그리고 고통의 치유를 위한 자세를 설명하며, 바람직한 방향으로 증상과의 동일시를 주장하였다.[12)]

이 글에서는 고통에 대한 공감, 혹은 동일시의 과정을 거쳐 치유에 이르는 과정에 주목한 선행 연구의 성과를 수용하는 한편, 특히 '공감'의 측면에 집중하여 『로기완을 만났다』의 서사를 분석하고자 한다. 기존의 논의 가운데 증상과의 동일시를 궁극적 목표로 삼고 있는 허정의 경우 이러한 목표에 도달할 수 있는 전제를 '공통성' 인식이라 보았으며, 소설에서는 무적성을 인간 보편의 공통성으로 제시하고 있다고 주장한다.[13)] 이미림의 경우 '나'의 서사에 대해 '로'의 고통을 추적하고 추체험하는 과정을 통해 동질감을 느끼고 완벽하지 않더라도 "어느 정도 공감하게 됨으로써 자신의 문제도 해결해 나"[14)]가는 것으로 정리하며, 이러한 치유와 성장을 가져오는 소수적 연대를 중요한 전제로 지적하였다. 이처럼 선행 연구에서는 공감에 이르는 필수 요소로 공통성이나 동질감 등을 강조하고 있음을 알 수 있다. 그러나 진정한 공감이 반드시 그러한 동일시의 과정을 거쳐야 하는가에 대한 의문이 생긴다.

막스 셸러에 따르면 공감(sympathie, fellow-feeling)이란 타자의 체험에 참여하려는 나의 의식적 태도이며, 타자와 나 사이의 거리, 분리를 전제하고 타자를 나와 똑같은 실제적 존재로 인정한다는 사실이다. 셸러는 공감의 유형을 네 가지로 분류하면서 감정 전염이나 감정 이입은 진정한 공감이 아니라고 주장하기도 하였다.[15)] 샌드라 리 바트키는 셸러

---

12) 허정, 「타인의 고통과 증상과의 동일시」, 『코기토』 76, 부산대학교 인문학연구소, 2014, 160-195면.

13) 위의 글, 183-186면.

14) 이미림, 앞의 글, 656면.

가 분명하게 밝히지 않았던 '대리 시각화(vicarious visualization)'의 의미를 설명하기 위해 상상(imagination)을 강조한다. '대리'의 정의 가운데 다른 사람의 자리에서 수행되는 것으로서가 아니라 '타인의 경험에 참여하기 위해 스스로의 상상으로 느끼거나 즐기는' 것이라는 의미를 선택한 것이다.[16] 바트키는 사건의 상황을 구체적으로 열거할 수 있을 정도라고 하더라도 단순히 지식으로 알고 있는 것과 그 상황을 생생하게 재현할 수 있는 '대리 시각화' 사이에는 차이가 있다고 보았다. 이때 중요하게 제시한 것은 상황 자체만을 상상하는 데 그치지 않고, 그러한 상황에서 타인이 느끼는 것을 상상하려고 노력해야 한다는 것이다.[17] 바트키는 이처럼 상상의 중요성을 강조하는 한편 공감의 현상학을 구성하는 나머지 요소로 인지(cognition)와 사랑(love)을 함께 제시하였다.[18] 즉, 타인의 상황에 대한 인지와 그러한 상황에 놓인 타인의 감정에 대한 상상, 그리고 사랑이라는 정서적 유대를 바탕으로 할 때 진정한 공감이 가능해진다는 것이다. 또한 셸러의 공감이 개인 간의 일대일 관계만을 대상으로 삼았던 것과 달리 바트키는 사랑을 '연대(solidarity)'라는 정서적 유대로 대체하여 설명하면서 이것이 개인을 넘어 집단적 또는 정치적 공감으로 발전할 가능성을 열어두기도 하였다.[19]

---

15) 셸러가 분류한 네 가지 유형 중 공감을 제외한 나머지 유형은 동감(동일한 하나의 고통을 같이 느끼는 것과 같이 직접적으로 같이 체험함), 감정 전염(군중심리와 같이 비자의적으로 타인의 감정을 공유함), 감정 이입(전염이 극한에 이르러 자아 또는 타자를 삭제시킴)이다.
막스 셸러, 이을상 역, 『공감의 본질과 형식』, 지식을만드는지식, 2013, 42-46면.

16) Sandra lee Bartky, "Sympathy and Solidarity", "*Sympathy and solidarity*" *and other essays*, Rowman&Littlefield Publicers, 2002, p.83.

17) *Ibid*., p.85.

18) *Ibid*., p.83.

19) *Ibid*., pp.85-86.

이 글에서는 셸러와 바트키의 논의를 바탕으로 '로기완'의 서사와 '나'의 서사 각각에 주목하여 그 의미를 탐색하고자 한다. 2장에서는 '로기완'의 서사를 중심으로 제3국에서 증인이자 이방인으로 존재하는 탈북자를 어떻게 그려내는지 기존의 탈북자 형상화 양상과 비교를 통해 살펴볼 것이다. 3장에서는 '나'의 서사를 중심으로 탈북자에 대한 공감을 통해 새로운 연대의 가능성을 발견하는 과정을 추적할 것이다. 이러한 검토를 통해 새로운 탈북자 모델이 어떠한 형식으로 제시되는지 확인하는 한편 탈북자와의 관계 모색의 새로운 방향을 타진해볼 수 있을 것이다.

2. 새로운 탈북자 모델을 제시하는 '로'의 서사

탈북자가 되기까지 '로기완'의 삶의 궤적은 그가 남긴 자술서를 바탕으로 확인할 수 있다. 그는 1987년 5월 18일 조선민주주의인민공화국 함경북도 온성군 세선리 제7작업반에서 태어났다. 다섯 살 때 아버지를 잃은 후 '로'는 어머니와 단둘이 지냈다. 1995년의 대홍수를 시작으로 계속된 천재지변과 "쏘비에트 연방과 중국의 지원 감소, 동유럽 공산주의의 붕괴로 인한 무역량 감축, 무분별한 비료 사용에 의한 토지 황폐화와 연료 부족이 가져온 농업 기계화의 실패, 그리고 오랜 기간 지속된 미국의 경제제재와 무역적자"[20] 등 외부적 상황이 맞물리며 '고난의 행군' 시기가 찾아왔고, '로'는 4년 과정의 인민학교도 3학년까지밖에 다니지 못하는 유년 시절을 보냈다. '로'는 외가 쪽 친척의

20) 조해진, 『로기완을 만났다』, 창비, 2011, 100면.

도움으로 어머니와 함께 연길로 이주하지만, 공안의 눈을 피해 일자리를 구하기 쉽지 않아 골방에 숨어 지낼 수밖에 없었다. "배가 고프다는 감각이 실질적인 고통으로 이어지는 과정이 이미 학습"되어 있었기에 "열다섯살 이후로, 키가 크지 않"[21]아 왜소한 체격이었기 때문이다. 그러나 낮에는 목욕탕으로 저녁엔 노래방으로 출근하며 생계를 도맡던 어머니가 2007년 9월 11일 교통사고로 세상을 떠난다. 공안의 감시 때문에 병원에도 가보지 못한 '로'는 친척과 남쪽 선교사들의 제안을 따라 어머니의 시신을 판 돈으로 브로커 비용을 지불하고 유럽행을 결정한다.

"탈북문학은 지금까지 고발과 증언의 문학"[22]이었다는 기존의 평가에서 확인할 수 있듯이 탈북자가 '증인'으로 나서 자신의 탈북 과정을 증언하고 이주 과정에서의 부조리를 고발하는 형식이 대부분이었다. 특히 북한의 지정학적인 특성 상 최초의 탈북은 강을 건너 중국으로 가는 것이기에, 험난한 도강 과정과 중국에서의 생활, 그로부터 느끼는 공포 등이 중요한 제재로 등장한다.[23] 탈북자의 이야기를 생생한 현장감으로 풀어냈다는 평가를 받는 전성태의 「강을 건너는 사람들」(2005)과 같은 경우 제목에서부터 알 수 있듯이 굶주림을 견디다 못해 탈북을 감행하는 사람들을 다루고 있다. 앞서 언급한 『오래된 약속』의 경우에도 1997년에 이루어진 탈북을 다루고 있기에 도강하여 중국으로 건너가기까지 험난한 여정이 생생하게 묘사된다.

---

21) 위의 책, 103면.

22) 박덕규·이성희, 「민족의 특수한 경험에서 전지구의 미래를 위한 포용으로」, 박덕규 외, 『탈북 디아스포라』, 푸른사상, 2012, 37면.

23) 최병우, 「탈북이주민에 관한 소설적 대응 양상」, 『현대소설연구』 61, 한국현대소설학회, 2016, 331면.

반면 '로'의 탈북, 즉 도강하여 연길로 이동하는 과정은 "한밤중 강을 건너 그곳이 중국이라는 것 외엔 아무것도 알지 못했던 낯선 숲속에서 아침을 기다렸다가, 광포한 바람과 싸우면서 열다섯 시간을 걸은 다음에야 외가 쪽 친척을 만나 버스를 타고 도착"[24]했다는 한 문장으로 설명된다. 1990년대 중반 이후 중국에 친척을 둔 북한 주민들의 연고 위주 탈북이 비연고 주민들의 탈북으로까지 확산되는 과정에서 생존을 위한 일시적 탈북은 이미 비일비재한 현상이 되었다.[25] 불법으로 국경을 넘는 행위 자체가 '정치범죄'로 인식되어 본인 뿐 아니라 가족까지 처벌했던 것과 달리, 탈북자가 급증한 이후에는 처벌이 현저히 약화되었기 때문이다. 특히 '로'의 탈북 시기에 해당하는 2000년 이후에는 정치범수용소로 이관하는 대신 대부분 노동단련형을 선고받는 등 생계 목적의 일반적인 도강 행위에 대한 정치적 처벌은 크게 완화되었다.[26] 따라서 문자 그대로의 탈북, 즉 북한으로부터의 탈출 자체보다 탈북 이후 어디에, 그리고 어떻게 정착할 것인가의 문제에 보다 관심을 기울이게 된 것이다. 『로기완을 만났다』 또한 탈북하기까지의 고통스러운 생활이나 국경을 넘는 과정의 사투를 증언하는 대신 탈북 이후 행적과 그에 따른 고뇌에 초점을 맞추고 있다.

브로커의 조언을 따라 2007년 12월 4일 벨기에의 브뤼셀에 도착한 '로'는 망설임 끝에 12월 15일 주 벨기에 한국 대사관을 찾아가지만, 북한에서 온 증거가 없다는 이유로 거절당한다. 북한 사투리에 능통한 조선족이 북한 국적을 가장하여 위장 신청을 하는 일이 흔했기 때문

24) 조해진, 앞의 책, 42-42면.
25) 박명규 외, 앞의 책, 46면.
26) 위의 책, 122-123면.

이다. 신변을 위협할까 두려워 버린 공민증과 출생증 등 저버린 나라의 신분증이 자신을 증명하는 서류로 다시 필요하게 된 예상치 못한 상황에 처한 것이다. 절망과 가난 속에 일주일을 보낸 '로'는 159센티미터, 47킬로그램의 왜소한 체격으로 인해 길을 잃은 아이로 오해를 사 고아원으로 보내지고, 우연한 기회로 '노스 코리아'에서 왔다는 것을 알게 된 고아원 원장 '엘렌'의 도움으로 벨기에 내무부를 통해 난민 신청을 하게 된다.

흥미로운 것은 탈북 이후 중국을 떠나 베를린 공항을 거쳐 벨기에에 도착하는 과정은 실질적으로 '로'의 첫 번째 국경 넘기의 과정임에도 불구하고, 자신의 의도에 따라 선택되었다기보다 타인의 의견을 그대로 수용한 결과라는 점이다. '로'가 벨기에에 도착한 것은 그야말로 즉흥적이고 우연적인, 그러나 다른 의미로는 필연적인 선택의 결과물이다. 어머니와 단둘이 살던 '로'는 어머니의 갑작스러운 교통사고로 혼자 남게 되었고, 살아남기 위해 이주를 결심할 수밖에 없었다. 갑자기 닥친 일이기에 아무런 준비도 되어 있지 않았고, 타인의 도움에 기댈 수밖에 없었다.

> 벨기에? 로가 그렇게 되묻자 브로커는 벨기에는 작은 나라지만 국제조직이 많이 들어와 있어서 사람을 함부로 잡아가진 않을 거라고, 또한 복지가 잘되어 있는 국가이기 때문에 난민 신청도 수월할 거라고 일러준다. (……) 로가 몇 번이나 감사의 뜻으로 허리를 굽혀 인사를 하자 브로커는 덤덤하게 말한다.
> —살아남으시오.
> 브로커는 이어 말한다.
> —살아남으면 언젠가는 보지 않겠소.

> 그 말을 들은 순간 로는 다시 정신을 차렸다. 살아남는 것, 그것은 연길을 떠나올 때 이미 로에게 각인된 삶의 유일한 이유였고 어머니의 말없는 유언이었다.[27]

수동적으로 끌려가던 '로'는 어머니의 죽음으로 각인된 '살아남아야 한다'는 명제를 정언 명령처럼 간직하고 실천하려는 의지를 보인다. 소년으로 오해받아 고아원으로 보내진 '로'는 자신이 스무 살의 성인이라는 것을 표현할 언어적 능력을 갖추지 못한 것도 사실이지만, 추위와 배고픔에서 벗어날 수 있었기 때문에 기존의 아이들에게 집단적인 무시와 폭력을 당하면서도 저항하는 대신 견뎌주기로 한다. 그는 자신이 당하는 고통의 원인을 외부로 돌려 저주하지 않는다. 오히려 "어머니의 시신을 판 돈으로 살아남기 위해서 유럽까지 온 것에 대해 자신이 그때껏 단 한번도 단죄다운 단죄를 받은 적이 없다"[28]고 생각하며 고통 그 자체를 직시하고 견디고자 한다. 고통을 삶의 끝이라 생각하는 대신 삶을 지속해야 하는 근거로 삼는 '로'는 많은 조력자를 만나고 그들의 선의로 난민의 지위를 얻게 된다.

'로'의 조력자로서 대표적인 인물이 바로 '박'이다. 평양 출생의 월남인으로 벨기에에서 의사로 일하다 은퇴한 '박'은 난민 신청을 한 탈북자와 조선족을 판별하는 일을 돕고 있었다. 2008년 1월 11일 벨기에의 난민 신청국 심문실의 첫 번째 면담에서 '로'는 '박'을 처음 만나고, 그의 적극적인 도움으로 수용소에서 머문 지 한 달 여 만에 임시 체류허가증을 받고 '푸아예 쎌라'(Foyer Selah)라는 난민보호소에 6개월을 머문 뒤 난민 지위를 얻게 된다. 이후 '로'가 베트남인, 파키스탄인 등과

27) 조해진, 앞의 책, 85면.
28) 위의 책, 140면.

함께 아파트를 빌려 생활하는 동안에도 '로'와 '박'의 유대는 계속되었다. '로'가 벨기에에서 난민으로 인정받기까지의 이야기는 우연적인 행운과 조력자들에 의해 진행된다는 점에서 언뜻 전형적인 탈북자의 정착 과정으로 읽히기도 한다. 그러나 '로'의 비전형성은 그가 법적 지위를 획득하여 새로운 사회에 정착할 자격을 얻은 이후에 다시 감행하는 두 번째 이주에서 발견할 수 있다.

2009년 2월 스물두 살이 된 '로'는 중국 식당 '진샨화(金山花)'에 일자리를 구하면서 홀써빙을 하던 스물한 살의 필리핀 여성 '라이카'를 만나 사랑에 빠진다. 그러나 만료기간이 지난 여행비자로 불법 취업한 상태였던 '라이카'는 단속에 걸려 강제 출국당할 위기에 처한다. '로'는 기적적으로 외국인 수용소에서 도주한 '라이카'를 화물트럭 짐칸에 숨겨 영국으로 보내고, 석 달 후 자신 또한 그녀를 따라 영국으로 이주한다. 그리하여 2010년 12월 30일 현재, '로'는 퀸스웨이 42번지의 중국 식당 취안팅쥐(泉亭居)에서 주방 보조로 '라이카'와 함께 일하고 있다.

> 라이카를 보내고 석 달 후 로도 영국으로 떠났다. 해당 기관에 신고도 하지 않았고, 심지어 같은 유럽연합에 속하는 국가라도 체류기간이 6개월을 초과할 때는 반드시 소지해야 하는 여행비자도 발급받지 않은 채였다. 당연하다. 로가 영국으로 간 건 여행을 하기 위해서도, 지인을 방문하기 위해서도 아니었으므로. 살기 위하여, 외롭지 않으려고 그는 떠났으므로. 그에게 영국행은 벨기에 정부로부터 받은 난민 지위를 포기한다는 의미였으며 그건 곧 벨기에에서 누릴 수 있는 여러 사회적 혜택과 정착민으로서의 안정감을 저버린 채 또다시 불법 이민자가 되겠다는, 그토록 불안한 삶까지 감수하겠다는 희생을 내포하는 것이었다.[29]

중국에서 벨기에로 이동한 첫 번째 여정이 철저하게 수동적으로 이루어진 것과 달리 '로'의 두 번째 여정, 곧 벨기에에서 영국으로 이주를 감행하는 과정에서는 그의 자발적 선택과 의지가 돋보인다. 첫 번째 여정과 두 번째 여정에서 '로'의 선택이 이루어진 근거는 마찬가지로 '살아남는 것'이다. 그러나 두 번째는 '혼자'가 아니라 '라이카'와 '함께' 살아남기 위해 힘겹게 얻은 안정적 지위마저 버리고 떠났다는 점 때문에 첫 번째 이주보다 위험한 선택이라 할 수 있다. 이들의 행선지가 영국이라는 점 또한 '로'가 '라이카'와 함께 하는 삶을 가장 중요하게 생각하고 있음을 확인할 수 있는 부분이다. 영국은 유럽의 다른 나라들보다 불법 이민자를 받아들이는 데 관대하고 일자리도 비교적 쉽게 구할 수 있다는 장점이 있으며, 영어를 구사할 수 있는 '라이카'를 배려한 곳이기 때문이다.

'로'는 이제 더 이상 아무 것도 모른 채 생존을 위해서 떠날 수밖에 없었던 첫 번째 이주 때와 같은 상태가 아니다. 생존을 위해 탈북한 후 유효한 신분증이 없다는 이유로 자신을 증명하지 못하는 시련을 겪으며 "우리의 삶과 정체성을 증명할 수 있는 단서들이란 어쩌면 생각보다 지나치게 허술하거나 혹은 실재하지 않을지도 모른다"[30]는 합리적 의심을 거쳤던 그이다. "존재 자체가 불법인 사람에게 미래는 선택할 수 있는 패가 아니"며, "선택하지 않았는데도 선택되어버린 길을 가야 한다는 단순한 의무만이 있을 뿐"[31]이라는 것을 알고 있으면서도 자신이 가진 안정적 지위를 포기하고 불확실성의 세계로 뛰어들었

29) 위의 책, 175면.
30) 위의 책, 9면.
31) 위의 책, 166면.

다는 점에서 '로'의 선택은 빛난다. 그에게 개인의 절대적인 존재감을 증명할 수 있는 길은 법적 지위로 보장 받은 안정적 신분이 아니라 순간의 충만함을 나눌 수 있는 '사랑'의 대상이라는 믿음이 자리 잡은 것이다.

제3국을 배경으로 탈북의 문제를 디아스포라라는 전지구적 관점에서 다루려는 일련의 작업들은 탈국경, 탈민족적 차원을 향해 나아가는 세계 자본주의의 흐름을 보여준다. 동시에 『바리데기』에서 시도된 것처럼 다양한 인종과 국가를 넘어서는 탈북자와 다른 소수자 사이의 연대 양상을 새로운 가능성으로 제시하기도 한다. 한때 호의적인 조력자를 기다리는 수동적 존재였던 '로'는 매우 적극적으로 다른 소수자와 새로운 연대를 꾸리기 위해 손을 내미는 능동적 인물로 탈바꿈한다.

이러한 '로'의 서사를 통해 기존의 문법을 넘어선 새로운 탈북자의 모델이 제시되고 있음을 확인할 수 있다. 이와 같은 탈북자의 형상화는 그동안 '증인' 혹은 '이방인'으로 고정된 탈북자의 전형성을 탈피하려는 새로운 시도라는 점에서 의미가 있다. 그런데 이러한 '로'의 서사는 '나'가 그의 자술서와 일기를 바탕으로 브뤼셀 곳곳을 답사하며 '이니셜 L'이 아닌 '로기완'의 이야기로 구성해낸 것이라는 점이 주목할 만하다.

> 처음에 그는, 그저 이니셜 L에 지나지 않았다.
>
> 종종 무국적자 혹은 난민으로 명명되었으며, 신분증 하나 없는 미등록자나 합법적인 절차 없이 유입된 불법체류자로 표현될 때도 있었다. 그는 또한 그 누구와도 현실적인 교신을 할 수 없는 유령 같은 존재이기도 했고, 인생과 세계 앞에서 무엇 하나 보장되는 것이 없는 다른 땅에서 온 다른 부류의 사람, 곧 이방인이기도 했다.[32]

"무국적자", "난민", "미등록자", "불법체류자", "유령 같은 존재", "이방인" 등 흔히 탈북자에 대해 가지게 되는 고정적인 이미지로만 설명되었던 보편적 탈북자 이니셜 L을 '로기완'이라는 고유한 개인으로 살려내기 위해 『로기완을 만났다』에서는 탈북자를 화자로 내세워 증언을 그대로 옮기는 대신 관찰자 '나'의 시선을 통해 그의 기록을 읽고 재구성하는 방식을 택했다. 증인은 "서로 경합하는 두 당사자들 간의 재판이나 소송에서 제삼자의 위치에 있는 사람"을 가리키기도 하고, "어떤 일을 끝까지 겪어낸 사람, 어떤 사건을 처음부터 끝까지 경험했고 그래서 그 일에 대해 증언할 수 있는 사람"[33]을 가리키기도 한다. 탈북자를 그린 기존의 문학에서 주목한 것은 후자의 의미인 '증인'으로서의 역할이었다. 그러나 『로기완을 만났다』에서는 '로기완' 대신 '나'를 화자로 내세우면서 탈북자에 대해 제삼자적 위치에서 거리를 두고 이야기할 수 있는 가능성을 시험한다. 이는 탈북자를 증인의 역할에 한정시키면서 대상화하는 대신 개인의 고유성을 되살리면서 보다 복합적인 양상을 보여주려는 시도로 읽힌다.

3. 공감과 연대의 가능성을 확인하는 '나'의 서사

'로기완'을 고유한 개인으로 되살려내는 역할을 하고 있는 '나'는 우연히 시사주간지 『H』에서 벨기에에서 유령처럼 떠도는 탈북자들에 관한 특별기사를 읽고 브뤼셀까지 가게 되었다. 그리고 "처음에 그는, 그저 이니셜 L에 지나지 않았다"라는 문장에서 시작해 "로, 이것이 바

32) 위의 책, 7면.
33) 조르조 아감벤, 정문영 역, 『아우슈비츠의 남은 자들』, 새물결, 2012, 22면.

로 내가 들려주고 싶은 나의 이야기이다"[34]로 끝나는 한 권의 노트를 완성한다. 그리고 '노트에 적지 못한 남은 이야기'라는 소제목이 붙은 마지막 장에서, 완성된 노트를 들고 '로'를 만나러 간 '나'는 그에게 "이니셜 K에 대해 해줄 이야기가 아주 많다"[35]고 말하며 이야기를 끝맺는다. '나'가 '로'에게 털어놓을 '이니셜 K'의 이야기는 아마도 다음과 같은 내용들이 포함될 것이다.

'로'가 대홍수를 겪었던 1995년, '나'는 대학 신입생이었다. 처음으로 방송국 서브 작가에서 벗어나 메인 작가가 된 후에는 5년 동안 형편이 안 좋은 사람들의 사연을 내보내고 ARS 후원을 받는 프로그램을 만들어왔다. 프로그램의 기획자인 '재이'와는 연인 사이이기도 하다. 프로그램의 목적은 최대한 많은 시청자들이 기부를 하도록 유도하는 것이고 그러기 위해 과장된 감상이 요구되기도 한다.

> 재이는 연민이란 자신의 현재를 위로받기 위해 타인의 불행을 대상화하는, 철저하게 자기만족적인 감정에 지나지 않는다고 믿는 것 같았다. 시청자들은 전화를 걸어 천원을 지불하며 자신의 나쁘지 않은 현실을 새삼 깨닫고 일주일 분의 상대적인 만족감을 사는 거라고, 언젠가 술에 취해 비꼬듯 말한 적도 있었다. 나는 동의할 수 없었다. 타인을 관조하는 차원에서 아파하는 차원으로, 아파하는 차원에서 공감하는 차원으로 넘어갈 때 연민은 필요하다.[36]

연민에 대해 부정적인 '재이'의 생각에 반대하며 '나'는 공감의 차원으로 넘어가기 위해 연민이 필요하다고 생각한다. 이러한 '나'의 생

34) 조해진, 앞의 책, 191면.
35) 위의 책, 194면.
36) 위의 책, 52-53면.

각에 변화를 가져온 계기는 '윤주'와의 만남이다. 어머니는 가출하고 아버지는 사망하고 여동생은 행방불명 상태로 반지하 원룸에 혼자 살고 있는 열일곱살 여고생 '윤주'는 오른쪽 뺨과 턱을 감싸는 얼굴만큼 커다란 혹을 가지고 있다. '나'는 선의로 방송 날짜를 평소보다 모금의 성과가 좋은 추석 연휴로 옮기기로 하고 '윤주'의 수술은 석 달 뒤로 연기됐다. 그런데 그 사이 신경섬유종이 암으로 바뀌어 버린 뜻밖의 결과가 발생한다. '나'는 죄책감에 사로잡혀 도망치듯 회사를 그만두고 2010년 12월 7일 브뤼셀로 날아온 것이다.

> 그러나 내가 지금 알 수 있는 것은 없다. 타인의 고통이란 실체를 모르기에 짐작만 할 수 있는, 늘 결핍된 대상이다. 누군가 나를 가장 필요로 할 때 나는 무력했고 아무것도 몰랐으며 항상 너무 늦게 현장에 도착했다. 그들의 고통이 어디에서 시작되고 어느 지점에서 고조되어 어디로 흘러가는지, 어떤 과정을 거쳐 삶 속으로 유입되어 그들의 깨어 있는 시간을 아프게 점령하는 것인지, 나는 영원히 정확하게 알아내지 못할 것이다.[37]

연민에 대한 '재이'의 생각이 틀렸다는 생각은 변함없으면서도 연민이 공감의 전제 조건 혹은 선행 과정이라 여겼던 자신의 판단 또한 틀렸다는 고통으로 '나'는 괴로워한다. 그러면서도 "누군가 나 때문에 죽거나 죽을 만큼 불행해졌을 때 내가 할 수 있는 일이란 게 고작 사는 것, 그것뿐인 상황을 어떻게 받아들여야 할지 모르겠"[38]어서 살아야 한다는 절대적인 명제를 수긍하고 살아온 '로'의 이야기를 쫓게 된

37) 위의 책, 124면.
38) 위의 책, 125면.

것이다. 이미 '윤주'와 관계를 통해 연민의 위험을 경계하게 된 '나'는 '로'가 직접 쓴 글을 읽으면서 타자의 체험에 참여하려는 의식적 태도에서부터 시작하여 공감의 단계에 이르고자 한다.

바트키는 셸러가 사용한 공감이라는 뜻의 독일어 'sympathie'는 영어 'sympathy'와 동의어가 아니라고 주장하면서, 그 이유로 'sympathy'에는 연민(pity)의 태도가 있기 때문이라고 설명한다. 연민이라는 용어는 상위의 권력이나 권위를 가진 사람이 시혜를 베푸는 것과 같이 생색내는 듯한 뉘앙스가 있다는 것이다.[39] 기존에 그려진 탈북자는 주로 사회빈곤층이면서 도움이 필요한 열등한 타자로 재현되고 있기 때문에 탈북자와 관찰자, 혹은 독자 간에 일종의 시혜적 관계가 전제된 듯한 인상을 준다.[40] 2장에서 살펴본 것처럼 『로기완을 만났다』에서도 '박'과 같은 여러 조력자들이 등장하고 그들의 선의로 '로'가 난민의 지위를 얻는 것으로 그려진다. 그러나 '나'는 탈북자를 두고 자신이 도움을 베풀어야 할 대상으로 바라보지 않으며, 오히려 자신의 문제를 해결하는 데 도움을 줄 수 있는 대상으로 설정하고 있다. '윤주'를 바라보는 시선이 연민의 감정에서 시작된 비대칭적 관계를 전제로 했던 것과 달리 '로'에 대한 '나'의 시선은 타자를 나와 똑같은 실제적 존재로 인정하는 것에서부터 시작되었기에 의미가 다르다.

'로'와 공감하고자 하는 '나'의 노력은 먼저 '로'가 벨기에에서 겪은

39) Sandra lee Bartky, *op. cit.*, p.73.

40) 『리나』, 『바리데기』, 『찔레꽃』 등이 타자로서의 탈북자를 자본주의적 환경 속에서 하나의 존재자로서 인식(배려)하고 재규정하는 문학적 상상력을 잘 보여주었으나, 여전히 민족적 시혜의식이나 동족의식이 서술자의 목소리 이면에 전제되어 있다는 점은 아쉽다고 평가한 오윤호의 논의를 참고할 수 있다.
오윤호, 「탈북 디아스포라의 타자정체성과 자본주의 생태의 비극성」, 박덕규 외, 앞의 책, 152-153면.

고초를 자신의 신체로 경험하는 것으로 실행된다. 그러나 '로'의 흔적을 치열하게 추적하는 과정에서 '나'는 그와 같은 경험을 겪는 것이 곧 그와의 동일시로 이어지지 않는다는 것을 깨닫는다. 셸러가 말했던 것처럼 공감이란 타인의 고통과 그것을 느끼는 자아 사이의 거리 인식을 전제로 하기 때문이다.[41] 공감을 통해 자신의 경험으로부터 타자의 감정적 삶에 대한 직관적인 이해로 도약할 수 있지만, 이러한 도약은 타자와의 합병이나, 비교가 아니다.[42] 이제 '나'는 다른 방식으로 '로'와 공감하기를 시도한다. 그것은 타자와 거리를 유지하면서도 그의 체험을 함께하기 위해 상상을 동원하는 것이다. 이때 상상은 바트키의 설명처럼 단순히 상황 자체를 인지하는 수준이 아니라 그러한 상황을 생생하게 재현하는 '대리 시각화'의 차원으로, 이를 통해 타인이 느끼는 감정을 상상하는 단계에까지 이르고자 하는 것이다.[43] '나'는 '대리 시각화'의 차원에서 '로'의 고통을 상상하고자 애쓰지만, 그럼에도 불구하고 '로'의 고통이 나의 것으로 전이되는 것은 아니다. 『로기완을 만났다』에서 '나'는 줄곧 '상상'을 통해 '로'에게 접근하면서도 그와의 거리 인식을 반복하는 모습을 보인다. "그의 모습을 나는 상상의 영역에서만 완성할 수 있다"[44]거나, "내가 상상할 수 있는 범위는 여기까지"[45]라거나 "상상 속 로의 눈물은 닿을 듯 닿지 않는다"[46]는 표현들에서 그러한 태도를 확인할 수 있다. 타인인 이상 오해와 오차 없이 감정을 공유할 수는 없다는 진리로 인해 '나'는 고통과 함께 위

41) Sandra lee Bartky, *op. cit.*, p.77.
42) *Ibid.*, p.83.
43) *Ibid.*, p.85.
44) 조해진, 앞의 책, 9면.
45) 위의 책, 87면.
46) 위의 책, 113-114면.

안을 얻게 된다.

이러한 공감의 자세는 '나'가 도망치듯 떠났던 '윤주'와의 관계를 돌아볼 계기를 제공한다. '나'는 그녀의 불행에 압도되었기에 그 고통을 돌볼 여력이 없어진 상태로 브뤼셀로 도피했다. '로'의 행적을 그대로 밟아가면서도 '나'는 '윤주'의 수술일인 2010년 12월 18일, '재이'에게 전화를 걸어 결과를 물었는데, 수술은 차질 없이 끝났지만 '윤주'의 오른쪽 귀는 남길 수 없었다는 또 다른 고통을 전해 듣는다. 이후 '나'는 '윤주'의 고통이 시각화된 '그것', 즉 '윤주'가 잃은 오른쪽 귀의 환각을 본다. 2010년 12월 30일, '로'를 만나기 위해 런던으로 떠나기 전 '나'는 자신을 배려하여 오른쪽 얼굴을 가리고 찍은 사진을 보낸 '윤주'의 메일을 받고 전화를 건다. '나'는 '윤주'와 통화를 하며 자신을 찾아온 그녀의 오른쪽 귀를 영원히 안전하게 보관하겠다고 다짐하고, 서로 웃으며 전화를 끊는다. '나'가 '윤주'의 고통 앞에 의연한 자세를 가질 수 있었던 것은, 셸러가 말한 '진정한' 공감에서 주장하듯 더 이상 타인의 고통 속으로 빠져들 것을 두려워하지 않아도 되었기 때문이다.[47)]

또한 '나'와 '로'의 관계는 '나'와 '로'를 연결시켜주었던 매개적 인물인 '박'과의 관계에도 연쇄적인 영향력을 발휘한다. '로'를 적극적으로 도왔던 '박'은 '나'에게도 브뤼셀에서 머물 공간을 제공해주는 한편, '로'가 자신에게 남긴 글을 건네주며 호의를 베푸는 인물이다. '박'은 5년 전 간암에 걸린 환자의 안락사를 도왔고 그 일을 계기로 의사 생활을 그만두었다고 '나'에게 고백하는데, '나'는 그 환자가 사실 '박'의 아내라는 것을 눈치채고서도 죄책감에 사로잡힌 '박'을 오히려 더

47) Sandra lee Bartky, *op. cit.*, p.81.

욱 몰아세웠다. 마침내 '로'가 임시 체류허가증을 받고 '라이카'를 따라 영국으로 떠나기 전까지 행적에 다다른 '나'는 모친의 임종을 지키지 못한 회한과 아내의 죽음을 도울 수밖에 없었던 죄의식이야말로 '로'와 '박'을 이어주는 공통의 상처였다는 것을 깨닫게 된다. 런던으로 떠나기 전 공항에서 커피를 마시며 '나'는 '박'에게 '윤주' 이야기를 처음으로 꺼내고, 떠나기 전 그의 부탁대로 '박'을 포옹하며 위로하고 그를 '박윤철'로 느끼기에 이른다.

여기까지가 벨기에를 거쳐 마침내 런던의 중국 식당에서 '로'를 만난 '나'가 그에게 들려주고 싶은 '이니셜 K'의 이야기이다. '나'가 '로'의 인생에서 브뤼셀에서 보낸 2년 여 세월에 대해 "국적이나 신분증이 없었어도, 그 나라의 언어를 알지 못했어도, 단 한번도 그 자신이 유령인 적이 없었다는 것"[48]을 증명하고자 하는 이유, 즉 '이니셜 L'이 '로기완'이 되는, 그리고 '박'이 '박윤철'이 되는, 그 모든 과정 자체가 바로 '이니셜 K'의 이야기를 통해 '나'의 고유성을 만들어가는 과정인 것이다. 이처럼 '나'라는 인물은 탈북자에 대한 기록을 추적하며 그를 고유한 인격체로 완성하는 관찰자로서 의미를 가지는 동시에 그러한 과정을 통해 공감의 의미를 깨닫고 고통을 치유함으로써 주변과 화해에 이른다는 점에서 특징적이다.

2장에서 언급한 '로기완'과 '라이카'의 관계는 탈북자와 다른 소수자 사이의 연대 양상을 보여준다. 또한 그러한 양상이 탈북 문제를 전지구적 디아스포라의 관점에서 조명하려는 다른 작업들에서도 유사하게 나타난다는 것 또한 지적하였다. 그러나 '나'와 '로' 사이의 공감의 양상은 반드시 소수자로서 공통된 인식을 가져야만 발현될 수 있는

48) 조해진, 앞의 책, 191면.

차원의 소수적 연대와 다른 성격이라 볼 수 있다. '나'와 '로'는 나이와 성별은 물론 자라온 환경과 현재 상황 등 모든 면에서 공통점을 찾기 힘들다. 벨기에에 도착한 '나'는 오히려 심정적으로 자신이 "굶주림이란 역사책이나 영화 같은 데서만 간접적으로 경험해봤고, 목숨을 걸고 국경을 넘는 건 컴퓨터게임 속에서나 일어나는 가상의 일이라고 여겨왔으며, 국적을 잃은 자의 병적인 불안감은 상상도 하지 못하는"[49] 브뤼셀 시민들과 더욱 닮았다고 여긴다.

> 타인과의 만남이 의미가 있으려면 어떤 식으로든 서로의 삶 속으로 개입되는 순간이 있어야 할 것이다. 브뤼쎌에 와서 로의 자술서와 일기를 읽고 그가 머물거나 스쳐갔던 곳을 찾아다니는 동안, 로기완은 이미 내 삶 속으로 들어왔다. 그러니 이제 나는 로에게도 나를, 그 자신이 개입된 내 인생을 보여줘야 한다. 로기완이 내 삶으로 걸어들어온 거리만큼 나 역시 그에게 다가가야 하는 것이다.[50]

그럼에도 불구하고 '나'는 "상상도 하지 못하는" 사람들과 달리 '로'와 공감하기 위해 그의 체험에 참여하려는 의식적 태도, 즉 상상하려는 의지를 보여준다. 그리고 바트키가 언급한 세 가지 요소, 즉, 타인의 상황에 대한 인지와 그러한 상황에 놓인 타인의 감정에 대한 상상, 그리고 사랑이라는 정서적 유대를 바탕으로 진정한 공감에 도달하고자 노력한다. '나'는 '로'의 행적을 좇으며 그의 상황을 인지한다. 그의 감정을 상상하며 그와의 거리를 전제하면서도 애정을 가지고 그를 나와 같은 실제적 존재로 인정함으로써 공감의 단계에 이르는 것이다.

---

49) 위의 책, 41면.
50) 위의 책, 172면.

이러한 자세를 통해 탈북자 '로기완'은 나의 삶에 '개입'되었다. 또한 그러한 개입이 일방적 커뮤니케이션의 형태에 머무는 것이 아니라 쌍방의 소통으로 발전할 여지를 남긴다는 것 역시 의미심장하다. '나'는 서울로 돌아가기 전 '이니셜 K'의 이야기를 들려주기 위해 '로'가 있는 런던으로 향하기 때문이다.

그런데 '나'와 '로'의 문제는 일대일 관계에서 그치는 것이 아니라 다양한 관계에 영향을 미치며 확장되는 양상을 보인다. 『로기완을 만났다』에 등장하는 다양한 관계, 예를 들면 '나'와 '로', '로'와 '박', '나'와 '박', '나'와 '윤주' 등의 관계는 언뜻 보기에는 각각 분리된 것 같으나 실상 서로에게 영향을 미치며 적극적으로 개입하고 있다. 앞서 언급한 것처럼 '나'는 '로'에 대한 공감을 바탕으로 '로'와 '박'의 관계를 이해하고, '나'와 '박'의 관계, 그리고 '나'와 '윤주'의 관계 역시 공감에 대한 자세를 바탕으로 변화한다. 이처럼 개인 간의 관계가 공명하며 발전되는 양상은, 바트키가 언급한 것처럼 개인적 공감이 연대를 통해 집단적 또는 정치적 공감으로 확장될 가능성을 보여주는 것이라 할 수 있다.[51] 다시 한번 유의할 것은 이러한 과정에서 타인의 고통 속에 침잠할 것을 두려워할 필요가 없다는 것이다. 우리는 연대를 유지하고자 하는 사람들의 고통을 공유하는 것이 아니다. 타인의 고통이나 즐거움을 공감하는 것과 그것을 직접 경험하는 것은 다른 차원인 것이다.[52] 이러한 차원에서 공감과 연대의 가능성은 그동안 탈북자의 문제를 '그들만의 문제'로 치부했던 한국 사회의 시각에 새로운 방향을 제시하는 근거가 될 것이다.

---

51) Sandra lee Bartky, *op. cit.*, p.86.

52) *Ibid.*, p.81.

4. 결론

생계를 위한 탈북자의 수가 급증한 1990년대 중반 이후 탈북 문학은 기존의 분단문학과 다른 관점에서 새롭게 전개되기 시작하였다. 특히 한국 작가들이 탈북 그리고 탈북자의 문제를 본격적으로 다루기 시작한 것은 2000년대 이후로, 탈북자를 다룬 문학의 역사가 그리 길지 않다는 것을 짐작할 수 있다. 이러한 점을 감안할 때, 최근 들어 '고발과 증언의 문학'이라는 고정된 이미지를 탈피할 수 있도록 다양한 방면으로 확장된 인식의 지평을 보여주는 작품들이 등장하고 있다는 점은 고무적인 현상이라 할 수 있다. 그 중에서도 특히 제3국을 표류하는 탈북자를 디아스포라의 관점에서 다루는 작업들은 탈국경, 탈민족적 차원의 세계 자본주의의 흐름에 부합하는 의미 있는 작업이다. 이러한 시도를 통해 우리는 탈북자의 문제를 보다 넓은 시야로 바라볼 수 있게 되었다.

사실 탈북이라는 사건, 그리고 그러한 사건을 경험한 증인으로서 탈북자라는 존재를 두고 우리는 예외적인 상황에서 벌어진, 그들만의 문제로 여기는 경향이 강하다. 탈북 혹은 탈북자를 다룬 문학 역시 그러한 경험에 대해 비일상적으로 인식한다는 것을 전제한 경우가 대부분이다. 탈북자가 자신이 겪은 탈북 과정을 증언하고 이주 과정에서의 부조리를 고발하는 형식이 주를 이뤘던 것은 이러한 이유 때문이다. 물론 탈북이라는 경험이 예외적 사건인 것은 분명한 사실이다. 그러나 그러한 이유로 탈북자의 이야기를 타인의 문제로 치부하고 방관자 혹은 관찰자로만 남아 있는 것 또한 옳다고 볼 수 없다. 사건의 비일상성과 예외성을 극복하고 독자의 공감을 이끌어 내는 것이 문학의 역할이라 볼 때, 조해진의 소설 『로기완을 만났다』는 새로운 시도로서 주목할 수 있다.

『로기완을 만났다』에서 '나'는 '이니셜 L'의 행적을 추적하며 진정한 공감을 통해 '로기완'을 발견한다. 탈북자 '로기완'은 기존의 증인이나 이방인 등의 고정적 이미지를 탈피하여, 삶의 가치에 대해 고민하며 능동적으로 연대를 제시하는 고유성을 보여준다. 이러한 형상화는 '로기완'의 삶을 관찰하고 재구성하는 '나'라는 화자의 존재로 인해 가능하다. '나'는 탈북자를 시혜적 관계가 아닌 동등한 실제적 존재로 바라보며, 연민이 아닌 공감에 이르는 인물이다. '나'는 그와의 관계를 통해 자신과 연결된 또 다른 관계를 회복할 단서를 발견하고, 이러한 공감이 확장되어 새로운 연대의 가능성을 보여준다.

이때 중요한 것은 '로기완'과 '나', 즉 탈북자와 그를 바라보는 관찰자 사이를 연결해주는 '공감'이라는 개념 자체의 속성이다. 공감은 감정 전염이나 감정 이입과 달리, 타자와 자아 사이의 거리를 유지하고 분리를 전제하고 있다. 타인의 상황에 대한 인지와 그러한 상황에 놓인 타인의 감정에 대한 상상, 그리고 사랑이라는 정서적 유대를 바탕으로 진정한 공감이 가능해질 수 있다. 이러한 공감의 자세를 통해 탈북자를 비롯한 타인에 대한 공감이 이루어지고, 개인적 공감이 확장된 형태로서 '연대'의 가능성도 드러난다. 연대를 유지하려는 대상과 고통을 공유하는 차원이 아니라는 점에서 새로운 가능성이 제기되는 것이다. 이처럼 『로기완을 만났다』는 탈북이라는 사건의 예외성을 극복하려는 새로운 시각을 통해 탈북자의 문제를 타인의 문제로 치부했던 한국 사회에 새로운 방향성을 제시하고 있다는 점에서 그 의미를 발견할 수 있다. 이와 같이 탈북, 그리고 탈북자를 바라보는 새로운 시각이 지속적으로 켜켜이 쌓임으로써 다성적 울림을 전달할 수 있을 때 탈북을 다루는 문학의 외연 역시 확장되리라 기대한다.

脫北文學
實戰挑驗

4부

탈북 문학의 다양한 주제들

탈북자 수기에 나타난 감정과 도덕*

서세림

1. 서론

이 글은 2000년대에 발표된 탈북자들의 정치범 수용소 체험 수기에 나타나는 감정과 도덕의 양상을 분석하는 것을 목적으로 한다. 탈북자들의 수기에는 북한에서의 삶과 탈북 과정, 탈북 이후 남한이나 타국에서 정착하는 과정이 구체적으로 서술된다. 이 과정에서 탈북자들의 감정과 도덕의 형태는 다중성을 지니며, 수기의 서술자가 처한 상황의 보편성과 특수성을 함께 드러낸다.

수기는 탈북자들의 주요 집필 유형 중 가장 많은 비중을 차지한다. 최초의 탈북 수기는 1967년 김호영의 『北에서 왔수다』(춘조사)로 꼽힌다.[1] 이후 1990년대를 거쳐 2000년대에 이르기까지 수기 출판은 꾸준

* 이 글은 『이화어문논집』 45호(이화어문학회, 2018)에 게재된 것이다.

히 이어지고 있다. 탈북자들이 북한에서의 삶과 탈출 과정 등을 이야기하는 수기는 특히 1990년대에 들어서면서 출판이 매우 활발해졌다. 1990년대 당시 귀순자로 불렸던 북한이탈주민들의 이야기는 김현희의 『이제 여자가 되고 싶어요』(1990)를 기점으로 남한에서도 많은 관심을 받게 되어 방송인으로도 활발히 활동한 김용, 전철우 등의 유명인들의 책이 베스트셀러 목록에 이름을 올리기도 했다.[2] 이 시기 유행한 수기들은 주로 북한에서의 생활과 남한의 새로운 일상을 비교하는 과정에서 문화와 생활의 차이 등에 대한 흥미를 유도하는 성격을 띠었다. 귀순자 10명의 북한에서의 군대생활 이야기를 담은 『안경없는 군대 이야기』와 같은 수기는 "(북한에) 오히려 각박하게 살아가는 이쪽(=남한) 사람들이 배워야 할 좋은 정서도 많다"며 남한사람들에게 '귀기울일 충고'를 던지기도 했다. 이 시기 수기에서의 남북 비교는 문화와 흥미의 차원에서 제시된 것이다.

그러나 1990년대 중후반 북한 사회 '고난의 행군' 시기를 거치며, 탈북자가 폭발적으로 증가하였을 뿐 아니라 탈북 수기의 성격과 방향 자체도 큰 변환을 맞게 된다. 사회적으로는 이제 그들이 특수하고 흥미로운 대상이라기보다, 동화와 경계 사이에 놓인 우리사회 새로운 구성원으로 인식되고 있다. 문학적인 측면에서도 탈북 행위와 탈북자들을 주요 대상, 주제로 하는 한국 작가들의 작품들이 여러 차례 생산되었다. 탈북자 출신 작가들도 소설, 수기, 자서전, 시집 등 다양한 장르의 출판물을 발표하며 자신들의 목소리를 내고 있다. 이 과정에서 탈

1) 권세영, 「소수집단 문학으로서의 북한이탈주민 창작 소설 연구」, 『한중인문학연구』 35, 한중인문학회, 2012, 295면.
2) 정혜옥, 「북한출신 전향자 수기 독자들 관심끈다」, 『출판저널』 137, 대한출판문화협회, 1993, 18면.

북 작가들은 북한 인권 문제 및 정권 상황 고발, 탈북 과정에서의 고통 등을 주요 주제로 표현하고 있다.[3)]

2000년대 이후 탈북자들의 발표 작품 양식이 다양화되고 있음에도 불구하고, 수기는 여전히 가장 많이 선택되는 장르이다.[4)] 강렬한 체험과 탈북 과정의 고통, 북한 정권 및 현실에 대한 충격적 고발 등은 탈북 작가들에게 가장 중요한 의미를 지니는 제재이기 때문이다.

탈북자들의 수기는 그 내용과 주제의 유사성, 반복적 문제제기 등으로 독자의 피로감과 외면을 유발하기도 한다. 이에 따라 오히려 한국이 아닌 미국이나 유럽 등에서 이들 탈북자 수기가 더 관심과 주목의 대상이 되는 경우가 발생한다. 그런데 이러한 외국에서의 관심과 탈북자의 이야기가 겹쳐지는 지점에 대해서도 보다 깊이 있는 이해가 필요하다. 수기에 나타난 탈북자들의 목소리와 해외 독자들이 받아들이는 지점, 혹은 저자의 정치적 입장과 출판되기까지의 과정에서의 상업적 판단 사이에는 복합적인 층위가 존재한다.

본고에서는 2000년대 이후 탈북자들의 수기 출판물 중 강철환의 『수용소의 노래』(2005), 신동혁의 『세상 밖으로 나오다』(2007), 안명철의 『완전통제구역』(2007)을 중심으로, 탈북자가 창작한 정치범 수용소 체험 수기에 드러나는 감정과 도덕의 문제들을 탐색해보고자 한다. 세 편의

3) 서세림, 「탈북 작가 김유경 소설 연구-탈북자의 디아스포라 인식과 정치의식의 변화를 중심으로」, 『인문과학연구』 52, 강원대학교 인문과학연구소, 2017, 83면.

4) 현재 탈북자 수기는 크게 세 가지 유형으로 발표되고 있다. 첫째는 단행본 형태의 출판물로, 상당수의 탈북자 수기들이 국내외 출판사들에 의해 책으로 만들어졌다. 둘째는 각종 공공기관이나 단체들의 공모전에 의한 것이다. 현재까지 여러 기관과 단체에서 탈북자 수기 공모전을 실시하고 있으며, 그 결과물을 자료집으로 묶기도 한다. 셋째는 잡지에 수록되거나 관련 인터넷 사이트에 실리는 수기들이다. 단독 출판물이나 자료집으로 발간되지 않더라도 북한, 탈북 관련 잡지나 인터넷 사이트의 여러 게시판에서 탈북자 수기를 다수 찾아볼 수 있다.

수기는 북한의 엄혹한 정치범 수용소의 실상을 직접 '경험'한 입장을 대표적으로 보여준다. 위의 세 저자들은 탈북 이후 지속적으로 북한 인권 문제 등에 대한 관심을 촉구하며 출판, 언론 등을 통해 다양한 사회적·정치적 활동을 진행해오고 있다. 강철환과 신동혁의 수기에서는 수감자로서의 정치범 수용소 체험을 바탕으로 북한의 정치범 수용소(관리소)에 대한 고발과 고백이 진행된다. 그들은 특히 미국에서 활발히 활동하며 탈북자들이 처한 특수한 상황과 북한 인권 문제의 심각성을 세계에 알리고 있다. 안명철의 수기는 강철환, 신동혁과는 반대로 정치범 수용소의 경비원, 즉 관리자로 근무하며 그곳의 실태를 관찰, 체험한 내용을 증언하고 있다. 그는 탈북 후 한국에서 NK워치의 대표이자 북한민주화위원회의 사무총장으로 활동하고 있다. 이처럼 이들 세 저자는 한국과 미국 등지에서 각자 탈북자 관련 문제를 증언하기 위해 지속적으로 시도하고 있다. 또한 이들의 수기는 정치범 수용소 문제와 탈출(탈북) 과정에서의 경계 넘기, 인권 문제 등 탈북자들의 목소리를 통해 제기되는 주요 문제들에 대해 대표성을 지니는 동시에, 사회적으로도 지속적인 활동을 하며 주장을 펼치는 저자들이 보이는 탈북자로서의 시각과 진실성 문제들도 함께 생각해 볼 수 있는 대상이 된다. 그들이 자기에 대해 말하기라는 방식을 통해 드러내고자 한 부분 및 그것을 받아들이는 수용자들과의 관계, 사회적 의미들을 생각해보며 탈북자들의 이야기 속에 드러나는 감정과 도덕의 다양한 양상을 고찰하고자 한다.

또한 탈북 전후의 과정에서 이들이 드러낸 자본에 대한 감응과 도덕의식의 변용 과정을 살펴보았다. 일반적으로 탈북자 문제는 인권이나 윤리 문제 등으로 환원되어 왔다. 이에 그동안 탈북자 개인들의 인간으로서의 상황이나 선택 자체에 대해서는 많이 주목하지 못하였던 점에 대해 고찰하였다. 탈북자들의 수기에 나타나는 고통의 형상화와 감정, 도덕, 자본의 다중적 속성은, 그것이 단 하나의 시각으로만 환원될 수 없다는 것을 보여준다. 탈북자 개인의 인간적 상황이나 선택 자체에 대해 주목해볼 때, 그들이 드러내는 감정과 도덕의 형태는 결국 스스로의 목소리를 내기 위한 다양한 귀결점을 보여준다. 본고의 대상이 되는 세 편의 수기의 저자들은 극한의 공간인 정치범 수용소를 중심으로 북한 정권의 현실과 탈북 과정에서의 고통에 대해 각기 다른 관점을 드러내고 있다. 이에 따라 본고에서는 정치적 피해자인 동시에 새로운 이주자로서의 특수한 정체성과 관련해, 탈북자 수기의 다중적 의미를 해석하고자 하였다.

2. 자기에 대해 말하기, 혹은 선택된 말하기

탈북자 소설에 대한 연구에서 같이 논의되는 것을 제외하면, 탈북자 수기에 대한 본격적 연구가 많지는 않다. 최근 강철환과 신동혁의 수기의 인권 문제를 중심으로 한 정치적 독해를 통해 탈북난민 수기의 가치를 분석한 학위논문이 발표되었다.[5] 억압적 폐쇄국가에서의 평면적 탈주 기억으로서만이 아니라, 정치적 존재로서의 개성과 목소리를 내기 위한 시도로 탈북자의 수기를 볼 수 있다는 것이다. 그런데 이때에도 탈북난민들의 서술에서 특히 주목되는 것은 인권과 스스로의 경험을 연결하는 지점이라는 사실이 전제된다.[6] 즉 특수한 정치적 체험

5) 강민주, 「Writing as righting-human rights, Arendtian action and North Korean refugee life writings」, 서울대학교 석사학위논문, 2015.

자체가 인권 문제와 연관해 북한 바깥의 사회에서 주목하는 의미망의 핵심적 영역인 것이다. 따라서 탈북자들은 지속적으로 수기라는 형식을 통해 자신의 삶과 체험을 바탕으로 한 북한 안팎의 고난사를 이야기하게 된다.

일반적으로 수기는 필자의 경험을 그대로 옮긴 실기(實記)일 것이라고 기대된다. 일기, 편지, 인터뷰, 전문(轉聞) 등 다양한 형식으로 발표될 수는 있어도 수기는 경험적 직접성을 담는 형식을 취한다는 점에서는 공통적이기 때문이다. 따라서 수기는 자기반영적 구성물이라 할 수 있다.[7] 이와 같은 저자와 화자의 동일성의 규약은[8] 특히 탈북자 수기에서 중요한 의미를 지니고 있다. 이들의 육성을 전해 듣는 독자들에게 남다른 감화를 유도하는 측면이 강렬하기 때문이다. 모든 이야기는 읽는 사람들이 그 태도나 내용에 대해 어떤 위치에 설 것을 선택하게 한다. 이야기가 의미하는 관계 안에 어떻게 위치하느냐에 따라 이야기 정체성(narrative identity)이 형성되는 것이다. 이야기는 대중의 이목을 모아 그 내용을 믿고 따르며 어떤 대의를 위해 헌신하게 하는 힘을 지닐 수도 있다.[9] 탈북자 저자들이 자신들의 수기를 통해 내세우는 목적도 이와 유사하다. 자신들의 글을 통해 북한 이외의 세계에 북한에 '남겨두고 온' 동포들의 처참한 현실을 이해시키고자 한다는 것이다. 이들은 수기 출판의 과정에서 이러한 정치적 목적을 다음과 같이 분명히 밝히고 있다.

---

6) 위의 글, 12면.

7) 신형기, 「6·25와 이야기 경험-전쟁 수기들을 중심으로」, 『상허학보』 31, 상허학회, 2011, 212-213면.

8) 필립 르죈, 윤진 역, 『자서전의 규약』, 문학과지성사, 1998, 53면.

9) 신형기, 『시대의 이야기, 이야기의 시대』, 삼인, 2015, 16-17면.

1) 이 땅에 올 때 품고 왔던 단 하나의 소망은 바로 함께 했던 친구들과 지금도 수용소에 갇혀 죽을 날만 기다리는 많은 사람들을 위해 그곳의 실상을 폭로하고 국제사회로 하여금 더 이상 북한 땅에 수용소라는 것이 존재할 수 없게 만드는 것이었습니다.[10)]

2) 그러니 지금 좋은 책상 앞에서 좋은 컴퓨터를 놓고 좋은 음식을 먹으며 편안한 잠자리에서 잠을 자는 것이 불안하고 죄스러울 때가 한 두 번이 아니다.
지금 이 시각에도 14호 관리소에서 배고픔을 참아가며 죄수로서 온갖 멸시를 받아가면서도 꿋꿋이 버텨내고 있는 그들이 나의 마음을 아프게 하기 때문이다.[11)]

3) 수용소에서 무수히 죽은 죄 없는 정치범들, 또 지금도 자신들이 지은 죄가 무엇인지도 모른 채 그저 팔자려니 하고 죽는 날까지 모진 강제노동에 동원되어 죽어가는 정치범들을 생각하니 밥을 먹어도 먹는 것 같지 않았다. 그리고 그들에게 하루빨리 자유를 줄 수 없다는 생각에, 또 두고 온 친척들과 어머니, 동생들에 대한 미안한 마음에 잠을 설치는 날이 며칠인지를 모른다.[12)]

그런데 과거 귀순용사들이 냉전적 대결 구조 하에서 선명한 정치성을 부여받고 있었다면, '고난의 행군' 시기 이후의 탈북자들은 그 사정이 다르다. 그들에게는 정치적 측면뿐만 아니라 일상인으로서의 현실도 중요하다. 따라서 현재의 탈북자들은 귀순용사에 비해 균질적으로 타자화하기 어려운 맥락을 지닌다. 그러면서도 이들에게는 특수한 역

10) 강철환, 『수용소의 노래』, 시대정신, 2005, 7면.
11) 신동혁, 『세상 밖으로 나오다』, 북한인권정보센터, 2007, 10면.
12) 안명철, 『완전통제구역』, 시대정신, 2007, 285면.

사적·정치적 성격이 연관되어 있으므로, 이들은 개인적 경험임에도 불구하고 공적 측면이 전면화되는 의도적 왜곡을 겪게 될 수 있다.[13] 탈북을 통해 남한 등으로 이주하는 순간 이들은 북한에서의 개인성뿐만 아니라 탈북자, 북한이탈주민으로서의 집단적 속성을 강하게 대표하게 된다.

그 과정에서 상업 출판의 메커니즘이나 낯선 존재들에 대한 상업적 호기심에 부응하는 정도를 다양한 방식으로 찾아볼 수 있을 것이라는 비판적 시선도 존재한다. 이와 관련해, 외국에서 인기를 얻은 김은주의 『열한 살의 유서(Coree du Nord: 9 ans pour fuir l'enfer)』(2012)를 비롯한 여러 수기 작품들이 자발적으로 남한에서 출판된 내용이 아니라, 북한을 탈출한 이들의 경험이 북한 문제와 관련되어 전세계적으로 관심을 얻어가는 과정에서 나타난 결과물이라는 점이 주목되기도 했다.[14] 즉 외국의 출판사가 기획한 내용을 탈북자가 증언하고 외국 작가가 집필하는 방식으로 수기 출판이 진행되었으며, 그 과정에서 대다수의 탈북자는 증언을 꺼렸지만 책의 집필에 참여한 탈북자 저자들은 다른 탈북자들과 달리 스스로를 외부 세계에 노출시키고자 자발적으로 나섰던 매우 희귀한 존재들이었다는 것이다. 미국에서 가장 유명한 탈북자 중 하나인 신동혁의 경우도 마찬가지이다. 그의 구술을 바탕으로 미국 기자 블레인 하든이 집필하여 2012년 출판한 『Escape from Camp 14(14호 수용소 탈출)』은 서구권에서 엄청난 베스트셀러가 되었다. 따라서 이들

---

13) 최강미, 「북한이탈주민의 자기규정 양상에 대한 소고-자기민족지(autoethnography)적 텍스트로서의 『금희의 여행』 분석을 중심으로」, 『민족문학사연구』 52, 민족문학사학회, 2013, 323-324면.

14) 이영미, 「탈북자 소설에 나타난 북한의 문학정체성 연구」, 『현대문학이론연구』 64, 현대문학이론학회, 2016, 228면.

탈북자 저자들의 수기는 자기에 대한 말하기인 동시에 독자의 수요를 예측한 기획자에 의해 선택된 말하기이기도 하다는 점에서 그 층위가 단순하지 않다.[15)]

실제로 앞서 언급한 신동혁 구술의 『Escape from Camp 14』의 경우 악명 높은 14호 수용소, 즉 개천관리소 출생으로 그곳에서 성장해 오로지 수용소에서만 살아왔으며, 완전통제구역[16)] 출신으로는 유일한 탈출자로 알려진 신동혁의 삶을 통해 절대악으로서의 파시즘 정권이라는 북한의 모습을 서구에 고발하는 데에 큰 영향을 미쳤다. 이 책을 통해 신동혁은 미국에서 상당한 유명세를 얻으며 활발히 활동하였다. 부시 전 대통령과 직접 교류하고, 국제인권단체 휴먼라이츠워치 인권상을 받았으며, 다수의 강연에 서서 북한과 북한 정치범 수용소의 처참한 실상을 고발하였다. 특히 이를 바탕으로 UN 북한인권결의안의 중요한 배경과 논리를 제공한 것으로 알려졌다. 이는 서구 출판계와 독자들이 북한에 대해 품고 있던 두려움과 궁금증에 동시에 답한 것이라고 할 수 있다.

이러한 양상에 대해 탈북자로서 그가 자본주의 체제가 요구하는 시장성을 누구보다 명민하게 인지함으로써 그 상업성에 자신의 삶을 밀어 넣게 된 것이라고 평가되기도 한다.[17)] 실제로 2015년 신동혁은 자

15) 서세림, 「탈북 작가의 글쓰기와 자본의 문제」, 『현대소설연구』 68, 한국현대소설학회, 2017, 88-89면.

16) 북한의 관리소(수용소)는 '혁명화구역'과 '완전통제구역'으로 나뉜다고 알려져 있다. 혁명화구역은 일반 형사범 수용소에 해당하며 사면, 출소될 수 있는 곳이다. 반면 완전통제구역은 극한의 정치범 수용소로 다시는 나올 수 없는, 절대 출소 불가의 곳이다.

17) "북조선은 적국이고 이미 "지옥"으로 구미권 시민들의 머리에 찍혀 있습니다. 북조선에 대한 고발의 시장성은…어마어마합니다. 세계적 베스트셀러급이 바로바로 됩니다. (…) 바로 이와 같은 시장성의 논리가 결국 탈북자 분들의 입을 좌우하는 게 아닌가 싶습니다. 인간 각자가 다 자기를 상품화시켜 팔아야 하는 자본주의 세계로 맨

신이 수기에서 밝혔던 사실들 중 오류가 있었다고 스스로 시인함으로써 이러한 시장성과 진실성 사이의 문제제기에 직면하게 된다. 가장 극한의 정치범 수용소로 알려진 14호 수용소에 감금되었다고 집필했으나, 사실 14호가 아닌 18호 수용소, 즉 일반 형사범 수용소 출신이라고 고백한 것이다.[18] 이로 인해 완전통제구역에서 탈출한 유일한 수감자라는 희소성은 더 이상 진실이 아닌 것이 되었다.[19] 또한 자신의 수기를 바탕으로 국제사회에서 북한인권운동을 활발히 진행해 왔으나, 오히려 이러한 진실성 문제의 대두로 인해 북한이 UN 북한인권결의안을 거짓이라 비난하고 국제사회의 대북 인권 운동을 강하게 부인하게 하는 요인이 되었다.

한국전쟁 시기의 수기 생산 과정에서, 유사한 반공 이야기가 반복 서술됨으로써, 그와는 다른 방향의 접근이나 비판적 사유는 억지(抑止)되는 경향이 있다. 기대된 내용 이상을 말할 수 없었기 때문에 이러한 현상에 대해 "읽히기 전에 이미 읽힌 것"이었다고 말해지기도 한다.[20]

몸으로 나오신 걸 생각하면…역시 인지상정으로 이해하죠. 자기를 부단히 팔지 않으면 안될 세상에서 나의 과거를 다소 과장시켜 팔아야 한다면…인간이 입에 풀질하기 위해 그렇게라도 할 수도 있겠죠. 이게 탈북자 개개인의 문제라기보다는 그들에게 자기 상품화를 요구하는 우리 미친 사회의 문제가 아닐까요?" (박노자, "수용소 출신 탈북자 신동혁, 그리고 시장성에 대한 생각," ≪레디앙≫, 2014년 10월 6일 ; <http://www.redian.org/archive/78357>.)

18) 저자는 자신이 본래 감금되었던 14호 수용소에서 6세 때 18호로 옮겨진 것이며, 의도적인 거짓말은 아니라고 주장하였다.

19) "북창 18호 관리소 출신 탈북자 김혜숙 씨는 "북창 18호 관리소는 국가안전보위부가 관리하는 정치범수용소와 달리 인민보안성(현 인민보안부)이라 하는 경찰이 관할하는 수용소"라며 "뇌물수수 등의 경제사범을 주로 관리한다"고 확인했다. 따라서 신동혁 씨가 진술한 자서전 <14호 수용소의 탈출>은 정치범수용소의 실상을 묘사한 것이 아니라 일반 형사범수용소에 관한 진술이기 때문에 그의 주장 기본 전제가 거짓이 돼버렸다." 또한 13세 때 탈출하였다가 잡혀와 모진 고문을 당했다고 했지만, 실제로는 20세 때의 일이라는 것도 밝혔다. (디지털뉴스팀, 「북한, 탈북자 신동혁씨 증언 번복에 국제사회 인권 공세 반격」, ≪경향신문≫, 2015.1.23.)

이와 같을 때 타자의 목소리를 제대로 듣지 못하게 되는 결과를 낳게 된다. 수기의 창작 동기를 생각해보면 이러한 의도와 수용의 관계에 대해 더 체계적인 접근이 필요하다. 소설과 비교해 수기는 무엇보다 서술자로서의 경험자가 중요한 의미를 지닌다. 현장의 세부를 제시하고 사건을 핍진하게 서술하는 과정에서 빠른 몰입을 추동할 수 있기 때문에 텍스트는 세계를 선택적으로 구성해낸 것임에도, 독자에게 그것은 실제의 보고(report)로 읽히게 된다. 반공 수기들이 생생한 체험의 증언으로 제시되었던 것처럼 말이다.[21] 따라서 이러한 수기의 이야기적 속성을 충분히 고려할 때, 탈북자들의 발화 내 행간의 의미를 한국 사회의 구성원들이 어떻게 받아들일 것인가에 대해 더욱 진지한 고민이 필요하다. 서구 사회에서 기획되는 탈북자 수기들과 시장성의 관계 및 북한 바깥에서 북한을 바라보는 시각에 대해 탈북자들의 수기 독해를 통해 재고해볼 수 있을 것이다.

탈북자 최진이는 탈북자 수기의 상당수가 '고난의 시기와 정치범 수용소, 최고 권력층 문제'에 주제가 집중되어 있으며, 그 '고통'을 증언해줌으로써 탈북자의 소명을 다하기를 외부적 시각에서 기대하고 있는 것이 현실이라는 점을 지적한다.[22] 그러면서 자신들의 이야기를 통해 재구성되는 북한에 대한 시각을 신중히 고려하고 있음을 밝힌다. 이 과정에서 탈북자의 인간으로서의 '목소리'를 과연 어떻게 찾을 수 있을 것인가를 더 고민해보아야 할 것이다.

탈북자가 자신의 존재 의미를 생각하는 과정은 "나는 왜 탈북을 하

20) 신형기, 「6·25와 이야기 경험-전쟁 수기들을 중심으로」, 『상허학보』 31, 상허학회, 2011, 216면.
21) 위의 글, 219면.
22) 최진이, 『국경을 세 번 건넌 여자 최진이』, 북하우스, 2005, 349면.

였는가"와 "탈북은 왜 의미있는가"라는 두 개의 질문에 대해 동시에 해답을 모색하는 행위와 깊이 관련된다.[23] 한국 사회에 정착해야 하는 탈북자들이, 출판 시장에서 기대되는 북한 고발 이야기뿐만 아니라 개인으로서의 자신의 삶의 의미 자체에 대해서도 서술할 수 있을 때, 수기 형식의 존재 의의를 더욱 확실히 할 수 있을 것이다.

또한 탈북자들의 이야기가 인권이나 윤리 문제 등과 관련해 일정한 전형성으로만 설명되지 않는 부분도 분명 존재한다. 예측 가능한 천편일률적인 이야기가 전개될 것이라는 독자의 피로감을 덜어내고, 탈북자들의 본질적 목소리가 제대로 전달되기 위해서는 이러한 전형성 너머의, 탈북 현실과 탈북자들만의 다양성을 살피기 위한 서술의 의지와 분석적 독해가 반드시 필요하다.

3. 수감자와 감시자-권력 구조 인식과 연대의 소멸

북한 사회 정치범 수용소의 존재는 탈북자 출신 작가들의 수기나 소설에서 빈번히 등장하며 창작의 계기로 기능한다. 정치범 수용소는 북한체제 내부에서 배제된 개인이 겪은 사회적 추락 및 고난의 현실을 상징적으로 보여준다. 그 과정에서 중요한 것은 탈북자들이 묘사하는 인간적 고민과 성찰의 가능성에 대한 부분이다. 이를 바탕으로 한국의 기성작가들이 내는 목소리와 다른 지점에서 탈북 문제를 형상화하는 탈북 작가들의 시각을 이해해볼 수 있다.[24]

23) 김성경 · 오영숙, 『탈북의 경험과 영화 표상』, 문화과학사, 2013, 201면.
24) 서세림, 「탈북 작가 김유경 소설 연구-탈북자의 디아스포라 인식과 정치의식의 변화를 중심으로」, 『인문과학연구』 52, 강원대학교 인문과학연구소, 2017, 90면.

물론 대다수의 탈북자 수기에서 수용소(관리소)의 존재는 절대적 억압과 공포, 극한의 고통의 기억으로 남겨진 끔찍한 체험으로서 이야기된다. 강철환은 그 끔찍함을 "600만명의 유태인들이 독가스실에서 무참히 죽어가면서도 나치독일에 반항하지 못했던 이치와 오늘의 북한 현실은 너무나 똑같습니다."[25]라며 아우슈비츠에 비유한다. 이와 같은 정치범 수용소의 현실과 수감자들의 고통스러운 삶은 탈북자들의 수기에서 구체적으로 서술되고 있다.

북한 형법상 정치범의 개념은 원래는 '반국가적 범죄 또는 국가주권의 적대에 관한 범죄를 저지른 사람들'로 규정된다. 그러나 북한 사회에서 실제 정치범들의 현실은 형법 규정과는 상당히 차이가 있다. 정치범 수용소 수감자들의 수감 이유에 대한 조사결과에 따르면 실제로 약 60% 정도는 죄를 범하지 않은, 정치범들의 가족이나 친지들로서 연좌제를 적용받고 수감된 사람들이다. 즉, 북한 사회에서 받아들여지는 실제 정치범의 개념은 '반당, 반혁명 행위를 한 자, 김일성, 김정일 정권에 대한 잠재적 도전세력으로 간주된 자, 김일성 부자 권위를 훼손하는 행위를 한 자, 국외탈출 행위를 한 자, 사상 불순자와 그들의 가족과 친지들'로 규정할 수 있다. 북한은 형법에 규정되지 않은 연좌제를 가족들에게 적용하면서 정치범 당사자와 동일한 처벌을 가하고 있는 것이다.[26]

실제로 수감자로서의 수용소 체험을 수기에서 밝히고 있는 강철환, 신동혁의 경우도 그들 가족이 수용소에 갇히게 된 원인을 그러한 연좌제의 적용에 의한 것으로 파악한다. 강철환은 북송(귀국) 재일조선인

25) 강철환, 앞의 책, 4-5면.

26) 오경섭, 「북한인권 침해의 구조적 실태에 대한 연구-정치범수용소를 중심으로」, 고려대학교 석사학위논문, 2005, 66-67면.

인 그들 가족이 권력 다툼에서 밀려 불이익을 받게 된 것이라 주장한다. 특히 가장 적극적으로 조총련 활동에 앞장서며 1961년 북한행을 결행했던 할머니가 조총련 의장 한덕수와 갈등을 빚으며 수용소로 몰렸다는 것이다. 신동환은 6·25전쟁 때 아버지 형제들이 월남했던 것이 수감의 이유였다고 밝힌다. 따라서 그들은 자신들이 죄 없는 수인이라는 생각으로 수감생활을 이어갔음을 토로한다. 일본에서 북송선을 탄 것도 자신의 선택이 아니었으며, 얼굴도 모르는 아버지의 옛 형제 때문에 자신이 고초를 겪어야 한다는 것도 납득하기 어렵다는 것이다. 즉 그들은 죄수됨을 스스로 결코 납득할 수 없는 수감자임을 강조하며, 그것은 그들이 수용소라는 극한의 공간에서 자신의 감정을 관리하는 데에 상당한 영향을 미친다.

> 이곳에서는 스스로 죄가 있다고 생각하건 말건, 일단 이곳에 들어온 사람은 '죄인'이라고 불렀다. 그러나 나는 이 사실을 인정할 수가 없었다. 내가 지은 죄가 없으니까.[27]

그럼에도 불구하고, 즉 '나' 자신의 죄과가 아님에도 불구하고 무언가 형벌을 받고 책임을 져야한다는 상황은 계속해서 반복적으로 묘사된다. 수용소에서의 모든 통제는 사실상 그러한 연대적 책임을 기본으로 수용자를 압박하는 과정으로 진행되기 때문이다.

> 이와 같은 소위 '연대처벌'이 가해지면 억울하게 당하는 다른 사람들이 "너 한 사람의 잘못 때문에 우리까지도 이런 곤욕을 치른다"며 불평을 할 뿐 아니라 증오의 대상이 됨은 물론이다. 한 사람 때문에

27) 강철환, 앞의 책, 65면.

> 이런 일이 몇 번 반복되고 나면 모두 그 사람을 비판하며 증오심을 갖게 된다. 이처럼 그들끼리 서로 투쟁하게 함으로써 수용자끼리 서로를 감시하게 하거나 작업의 능률을 올리려는 데에 연대처벌의 목적이 있는 것이다. 이렇게 하루종일 혹사를 당하며 있는 힘을 노동에 다 쏟고 나면 집에 돌아올 때는 기진맥진하여 걸음을 제대로 옮길 수조차 없게 된다.[28)]

수용소의 고통스러운 삶을 겪게 되면서 수감자들은 서서히 '공감'의 감정을 자신의 내부에서 원초적으로 말살시켜 가는 과정을 겪게 된다. 지쳐 쓰러진 동료가 누워 있으면 걱정하거나 연민하는 것이 아니라 발길질을 하며 욕설을 하게 된다. 그가 쓰러지면 내 작업량이 더 늘어나기 때문이다. 약자에 대한 동정이나 연민과 같은 감정들은 사치스럽게 여겨지고, 당장 내 앞의 생활에 오히려 방해가 되는 것으로 인식하게 된다. 이것은 애초에 수감자 사이의 모든 연대를 부정하고 감시하는 정치범 수용소 관리자, 나아가 북한 체제의 의도에서 기인하는 것이다. 이러한 경험들이 누적되면서, 수감자들은 자신이 처한 상황을 조작하고 관리하는 체제 자체에 대해 원망하거나 비판하는 행위조차 어려워지게 된다. 대신 지금 내 삶을 같이하는 동료들 및 나를 연좌제의 늪에 빠지게 한 가족들에게 원망과 경멸이 향하는 것으로 그려진다. 신체에 처한 고통이 너무나 압도적이고 이성적인 비판은 매우 어려운 여건이기 때문이다.

> '도대체 아무런 죄도 없는 내가 여기서 왜 이런 고생을 해야 하는 건가?'

28) 위의 책, 67면.

어린 마음에도 너무나 억울하고 분해서 생각할수록 약이 올랐다.
'도대체 할아버지는 무슨 큰 죄를 지었기에 어린 손주에게 이 고생을 시키는가?'
할아버지가 원망스러웠다. 그러다가도 할아버지가 죄를 지었다고 해서 어린 나까지 죄인 취급을 받아야 한다는 것이 도저히 납득이 가질 않았다. (중략)
지옥의 형국과 같은 이곳 생활에 지칠 대로 지치고, 멍들 대로 멍든 몸과 마음은 선량한 사람들도 마음에 독을 품게 만들었다.[29]

이러한 감정의 말살 과정은 아우슈비츠 생존자였던 빅터 프랭클이 자신의 책에서 지적했던 죽음의 존엄 상실을 연상시킨다. 생명의 존엄에 대한 일말의 가치도 없이 오로지 '번호'로만 취급되는 수용소의 현실에서는, 죽음에 대한 슬픔이나 애도와 같은 감정이 철저히 무시되는 것이다.[30]

그처럼 죽은 사람을 내다 묻은 사람에게는 특별히 강냉이 국수 한 끼분이 배급되었다. 먹을 것이 귀한 수용소 안에서 강냉이 국수는 특식 중의 특식이다. 그래서 사람들은 강냉이 국수 때문에 '장례식조'에 서로 들려고 애를 쓴다. 사람이 죽으면 강냉이 국수가 또 한 그릇 생겼다고 오히려 좋아한다. 사람이 죽었는데 너무 좋아한 것 같아서 미안한 마음이 불현듯 들 때에는 "죽는 게 편하지. 암 백 번 편하고 말고" 하면서 변명처럼 말하는 사람도 있었다.

인간의 존엄성이나 생명의 소중함 따위는 수용소에선 개똥만도 못한 것이다. 죽음에 대한 무감각은 인간의 감정이 최악의 상태에 달했

29) 위의 책, 94-97면.
30) 빅터 프랭클, 이시형 역, 『죽음의 수용소에서』, 청아출판사, 2016, 100-101면.

> 다는 증거였다. 슬픔도 기쁨도 즐거움도 전혀 존재하지 않았다. 다만 고통과 괴로움과 증오심과 절망만이 있을 뿐이었다.[31]

위의 인용에서와 같이 강냉이 국수 한 그릇을 먹기 위해 누군가의 죽음이 '기쁘게' 여겨지는 순간, 수감자들은 스스로 인간의 감정이 소거 단계에 접어든 끝에 마침내 죽음에 대해서도 무감각해짐을 느낀다는 것이다.

수용소 관리자의 입장인 경비원 출신 안명철의 수기에서도, 수용소 생활을 통해 점차 달라져가는 자신의 감정 구조에 대한 서술이 나타난다. 그의 수기에서는 고통을 직접적으로 겪어야 하는 수감자의 입장이 아닌, 그것을 유도하고 고통을 가하는 자들의 입장에 선 감시자의 감정에 주목한다.

> 나도 5년 이상 근무를 하고 나서는 한 사람 죽는다는 게 그리 뜨끔하지 않았다. 그저 또 누가 죽었겠거니 했다. 내 감정도 차츰 변해 사람 죽는 걸 대수롭지 않게 여기는 만성병에 걸린 것이다.[32]

수감자들의 고통과 죽음을 목도하는 것이 일상적 현실이 되어 버릴 때, 그것이 더 이상 충격적인 일이 아니라 대수롭지 않은 일이 되어간다는 것이다. 정치범들을 무자비하게 죽이는 이야기를 수용소 경비대에 근무하는 8년간 매일같이 들어오며, 처음에는 가슴이 섬뜩하였으나 차츰 예삿일로 여겨졌다는 그의 고백도 같은 맥락이다.[33] 즉, 수감

31) 강철환, 앞의 책, 153면.
32) 안명철, 앞의 책, 170면.
33) 위의 책, 190면.

자와 감시자 모두에게 있어 죽음과 고통의 일상화가 반복적으로 이루어지면서, 그들의 도덕 의식이 점차 무감각해지는 변용 과정이 나타난 것이다.

문제는 그러한 현실에 대해 수기의 화자가 취하는 태도이다. 인간으로서 그들은 자신의 감정을 다양한 방식으로 표출한다. 강철환은 그 단계에서 스스로 '고통'을 느낀다고 생각한다. 또한 교수형을 당한 수감자의 시체에 돌을 던지라는 감독의 명령에 따라 힘차게 돌을 던지는 동료 수인들을 보며 그는 '며칠 밤을 뜬눈으로 새우고 일도 손에 잡히지 않는' 상태로 고민했다고 말한다. 타인의 죽음 앞에 나의 생존이 그처럼 비참한 인간성 말살의 모습을 보일 때 "사는 것이 무엇인가에 대한 생각"이 들게 되었다는 것이다. "분명 마지못해 목숨만 부지하는 일이 아닐" 것이라는 고민을 하게 되었음을 토로하며 그것이 탈출의 계기가 되었다고 주장한다.

강철환과 상반되는 입장에 놓여 있었던 안명철의 경우에도 수기의 후반부에서 유사한 입장을 노출한다. 그는 오물통에 빠진 국수를 건져 먹으려다가 보위원에게 발길질을 당해 오물통에 빠진 여자 정치범들의 비참한 모습을 보며 스스로 다음과 같이 다짐했다고 말한다.

> 그것을 보고 있던 나는 이를 갈았다.
> '저들을 구원하자. 내가 죽지 않고 꼭 살아서 저들을 지옥에서 구원해주자. 꼭 성공하리라.'
> 그때는 이미 탈출결심을 굳힌 뒤였다.[34)]

정치범들을 동정하는 것은 경비대나 보위원의 최악의 과오이며 큰

34) 위의 책, 252면.

처벌을 받게 되는 일이라는 것을 알면서도, 그는 인간적 연민과 동정이 그 두려움을 넘어선 것이었다고 주장하는 것이다. 또한 여기에는 스스로의 집안 내력도 영향을 미쳤음을 밝힌다. 이웃들을 도와주려던 아버지가 절도범의 누명을 쓰고 자살을 한 이후, 어머니는 아버지를 독살한 것으로 몰려 역시 억울하게 감옥에 갇힌다. 뒤늦게 아버지의 사망 소식을 듣고 고향에 간 그는 처참한 폐허가 된 빈 집에 눈이 멀어가는 막내동생 순희만 혼자 남아있는 것을 보게 된다. 어머니와 막내동생은 그가 장기 복무하기를 바랐으나, 그도 어느새 감시대상으로 낙인찍힌 상태이다. 즉, 당의 의심을 받는 집안 사정으로 인해 정상적인 경비대원으로서의 복무가 어려워지고 있는 상황이 그의 의식 전환에 영향을 미치고 있는 것이다. 이에 대해 그는 자신의 어려움을 수감자들의 상황에 투영해보면서 비로소 도덕적 반성으로 이어지고 있음을 강조하고 있다.

필립 르죈은 고백이라는 행위 자체는 자기의 잘못을 인정하는 데 궁극적인 목적이 있는 것이 아니라, 결국 자신의 욕망의 우회적인 표현인 것이라고 말한다.[35] 특수한 정치적 환경에 놓여 있었기 때문에 당해야만 했던 고통 속에서, 이 수기의 화자들이 행하는 고백이 강조하는 것은 그러한 환경 안에서 자신이 끝까지 담지하고자 애썼던 인간적 요소의 차별적 가치이다. 그럼으로써 일상성과 정치성을 동시에 담보한 자신들의 특별한 위치를 감정적, 도덕적 요인에까지 자연스럽게 연결지을 수 있게 하려는 것이다.

반면 신동혁의 수기는 다른 관점을 드러낸다. 열 살에 수용소에 감금된 강철환은 가족에 대한 애정을 지속적으로 강하게 피력한 바 있

35) 필립 르죈, 앞의 책, 9면.

다. 그러나 수용소에 감금된 수인들의 표창결혼으로 부모가 결합하고 자신도 수용소에서 태어나 한 번도 외부 세계를 접한 적이 없다고 주장한 신동혁은 가족에 대해 별다른 감정이 존재하지 않았음을 계속해서 드러낸다.

> 나는 부자지간의 애틋한 정을 느끼지 못하였다. 단지 저 분이 우리 아버지라는 생각만 들 뿐 아버지께 찾아가고 싶거나 보고 싶다는 그런 생각은 들지 않았다.
> 어머니께도 특별한 정을 느낀 적이 없어서, 매달리거나 하는 건 생각해 보지도 못했다. 관리소 분위기 자체가 그렇기 때문에 어머니를 떠올려도 애틋하거나 더 보고 싶거나 하지 않았다.
> 아마 관리소에 있는 사람의 80% 정도는 부모에 대해서 나처럼 느낄 것이다. 특히 나는 '어머니'라고 했을 때, 나를 낳아 준 엄마에 대한 감정이 아픈 상처로만 남아있다.[36]

그러면서 위와 같이 가족에 대한 이러한 무감정의 상태가 자신만의 사연이 아니라는 것을 강조한다. 수용소 내 대부분의 사람들이 마찬가지라는 것으로, 그것은 생존 앞에 감정의 관리는 무용한 것이 되어버리며 부끄러움을 느끼지 않아도 상관없는 곳이 수용소라는 것을 그들이 '체득'한 결과이기 때문이라는 시각을 드러낸다. 따라서 그는 보위지도원과 그의 어머니가 육체관계를 맺는 장면을 직접 목격하고도 "이것은 그녀들의 평범한 삶"[37]이라고 단정하며 외면해버린다. 또한 애초에 그들에게는 수용소의 삶에 아무런 불만도 없으며 비판이나 저항의식 자체가 존재하지 않아 "그 누구도 이곳에서 나간다고 생각하

36) 신동혁, 앞의 책, 24-25면.
37) 위의 책, 28면.

지 않았다”고 말한다. 지속적으로 이러한 의식을 묘사함으로써 그는 어머니와 형의 처형이라는 충격적인 사건에 대해서도 별다른 죄의식을 (당시에는) 갖지 않을 수 있었다는 태도를 취한다. 『세상 밖으로 나오다』의 내용을 참고로 새로운 자료를 추가하여 미국에서 『Escape from Camp 14』을 출판하면서 그는 여기에 심지어 자신이 어머니와 형의 탈출 계획을 엿듣고 밀고했기 때문에 그들이 처형당하게 되었다는 놀라운 이야기를 추가로 밝혔다. 그럼에도 그는 그러한 결정과 행동들이 공식적으로 부끄러움을 포기해도 되는 곳에서의 삶이기 때문이라는 태도를 보인다. 수용소의 삶을 살게 되었기 때문에, 주체적 판단 의지를 상실하고 기계적 인간으로 떨어져 도덕적 진공 상태에 놓이게 된 것[38]이라는 논리로 방관자적 태도를 합리화하는 것이다. 이러한 신동혁의 인식은, 앞선 강철환과는 달리, 자신의 인간성 상실 상태를 철저히 북한 정권의 탓으로 돌리며 정권의 폭력성을 강하게 비난하는 계기로 기능한다.

도덕(morality)은 사회질서를 유지하게 하는 행위의 원리・가치・선악 등에 대한 판단준거이다.[39] 도덕적인 것은 객관적, 실증적으로 확인, 기술할 수 있는 사실적인 것과 구별되어 인간의 가치 판단, 규범 속성과 관련되므로 스스로의 판단과 결정에 달려있는 문제가 된다.[40] 탈북자들의 수기를 독해하는 과정에서도 생존이 우선이기 때문에, 사회의 외부로 밀려났기 때문에, 정당하지 않은 곳 혹은 경계의 공간에 놓여 있기 때문에 모든 폭력을 타자화하고 스스로의 결정을 피해자의 그것

38) 스탠리 코언, 조효제 역, 『잔인한 국가, 외면하는 대중』, 창비, 2009, 232면.
39) 장인성, 『근대한국의 국제관념에 나타난 도덕과 권력』, 서울대학교출판부, 2006, 23면.
40) 제임스 레이첼스, 노혜련・김기덕・박소영 역, 『도덕철학의 기초』, 나눔의집, 2016, 48-51면.

으로 전부 치환시킬 수 있는가에 대해서 고민하게 된다.

아우슈비츠의 생존자도 "수감자들에게는 도덕적이고 윤리적인 문제에 대해 관심을 기울일 여유도 없고 또 그러고 싶은 생각도 없다."고 말하며 오로지 생존 그 자체만이 목적일 뿐이라고 말한다. 그러나 동시에 미래에 대한 믿음을 잃어버리면 결국 정신력도 상실하게 되며, 그것은 육체와 정신 모두를 퇴락시키는 것임을, 그렇기 때문에 인간에게 모든 것을 빼앗아갈 수 있어도 단 한 가지, 주어진 환경에서 자신의 태도를 결정하고, 자기 자신의 길을 선택할 수 있는 자유만은 빼앗아갈 수 없다는 것으로 삶의 목적을 찾는다는 결론을 내린다.[41] 아우슈비츠에서도 결국 그러한 극한 상황에서 내면적 결정권을 내려놓은 이들이 인간으로 남기를 포기한 존재, 도덕적 양심과 감수성을 결여한 '생물'이 되었다고 이야기된다.[42] 그러한 '무젤만(Muselman)'[43]들은 인간됨이란 무엇인가에 대해 가장 극한의 질문을 던지는 존재들이기도 한 것이다. 앞서 언급했던 충격적인 사건들에도 불구하고 신동혁은 '그곳'에서는 부끄러움을 느끼지 못했지만 탈북 이후 남한에 와서 비로소 부끄러움을 느꼈다고 고백한다. 그는 그곳에서 빠져나왔고 살아남았기 때문이다. 외부의 세계에서 그곳을 탈주한 자들의 수기를 읽는 입장에서 궁극적으로 관심을 기울이게 되는 것도 바로 그 지점이다. 고통을 통한 탈주의 끝에 그 과정의 고백과 기록은 결국 인간됨에 대

41) 빅터 프랭클, 앞의 책, 28-133면.

42) 조르조 아감벤, 정문영 역, 『아우슈비츠의 남은 자들』, 새물결, 2012, 84-86면.

43) 독일어로 '이슬람교도'를 의미하며, 수용소의 수인들 중 가스실로 들어가기 직전 마치 좀비와 같은 상태가 되어버린 사람들을 가리키는 은어(隱語)였다. 동료 수인들조차 외면한 그들은 "걸어다니는 시체"로 불리는 비인간적 형상의 상징이었다. 그들은 인간으로서의 선악이나 존엄, 부끄러움 등 모든 것을 상실한 존재였다. (위의 책, 79-87면.)

하여 생각하게 하는 계기로 기능하는 것이다.

4. 배제의 메커니즘과 개인의 감정, 도덕

정치범 수용소를 비롯한 북한 사회 내의 폭력과 억압은 그 가해자와 피해자 모두를 무비판적 수용자로 만드는 요인이 된다. 권력과 체제에 대한 복종의 태도만이 강요되는 상황에서 구성원들 스스로의 가치 판단보다는 무비판과 무책임의 태도를 드러내기 쉬운 것이다. 탈북자들의 서술에서도 이는 중요한 지점이다. 그것이 북한 사회 전체의 고통이기도 하기 때문이다.[44] 북한 내부의 고통스러운 삶의 과정을 핍진하게 서술하는 탈북자 수기의 내용들에서는 특히 피해자의 입장이 강조되는 측면이 있다. 물론 완전통제구역의 경비원 입장에서 탈출기를 기록하는 것과 수감자 입장으로 기록을 남기는 것은 차이가 있겠으나, 대부분의 탈북의 기록은 가해자보다 피해자의 입장이 훨씬 두드러지는 것이 사실이다. 그런 점에서 볼 때, 안명철의 수기는 다른 대부분의 수기들과 정반대로 정치범 수용소의 관리자 측의 입장에서 서술되었다는 점에서 주목을 요한다.

앞서 언급했던 정치범과 정치범 수용소의 존재는, 공포 정치의 확립을 통해 북한 사회 전반에 대한 지배를 강화하려는 정권 목적에 충실히 따른 것이다. 공포 정치가 시행되려면 쉽게 흔들리지 않는 안정된 사회 환경이 반드시 필요하다. 자신이 속한 사회 환경이 쉽게 변하기 어려운 때에 국민은 상황과 국가에 순응할 수밖에 없다.[45] 따라서 악

44) 서세림, 「탈북 작가의 글쓰기와 자본의 문제」, 『현대소설연구』 68, 한국현대소설학회, 2017, 83면.

명 높은 정치범 수용소의 인권 유린과 제도적 폭력의 공고화는, 결국 수용소의 수인들을 대상으로 하는 것일 뿐만 아니라 궁극적으로는 북한 사회의 전 구성원들에게 그러한 정권의 강력함을 과시하는 힘의 논리로 기능하는 것이다. 폭력의 일상화를 조직 내부에 확산하여 집단의 명령이 곧 상부의 명령이며 그것이 곧 정권의 힘이자 의지라는 것을 주민들에게 알리는 것이다.

이는 정치범 수용소의 본질적 존재 이유와도 관련된다. 수감자들에게 가해지는 지속적인 폭력의 구조는 결국 전체주의적 관계망 속에서 그 구성원들을 더욱 강력하게 지배할 수 있는 수단으로 기능한다. 이러한 전체주의의 구조 속에서 중요하게 살펴보아야 할 것은 수용소 구성원들이 한 '인간'으로서 어떠한 모습을 보이는가의 문제일 것이다. 아우슈비츠는 예외상태가 상시(常時)와 완벽하게 일치하고, 극한 상황이 바로 일상생활의 범례가 되는 장소라는 아감벤의 말을 상기해 볼 때[46] 북한 정치범 수용소의 현실도 그와 다르지 않다. 항시적 예외상태에 놓이게 된 인간 군상이 보여주는 권력 관계 구조는 철저히 탈인간적인 데에서 출발하는 것이며 거기에서 벗어난다는 것은 극히 요원한 일인 것이 사실이다.[47] 탈북자 수기에 빈번하게 묘사되는 정치범 수용소의 현실이라는 것도, 기본적으로 이러한 상황을 상정하고 있는 것이다.

그럼에도 불구하고 수용소 이야기가 재생산되는 과정에서 주목할 것은 그 처참한 삶의 조건이 그들을 피해자로 몰아가는 과정에서 그

45) 스탠리 코언, 앞의 책, 278면.
46) 조르조 아감벤, 앞의 책, 73면.
47) 서세림, 앞의 글, 98면.

들이 자신의 삶 외부의 조건들을 인식하는 태도이다. 그들의 이야기를 읽고 들으며 우리 자신의 실존을 생각하게 되는 지점을 발견하게 되기 때문이다. 그리고 정의와 진실의 이름으로 증언하기를 기대 받는 증인으로 '말'을 전하는[48] 이들의 가치가 어디에서 유래할 것인가를 기록자 스스로도 고민해보아야 한다. 특히 앞서도 언급했듯 스스로 밝히고 있던 목적, 즉 '두고 온' 동포를 대신하는, 증언할 수 없는 위치에 있는 자들을 대신하는 목소리라는 점에 대해서도 늘 의식해야 할 필요가 있다.

그런 점에서 볼 때 탈북자들의 수기에 나타나는 고통의 형상화와 감정, 도덕, 자본의 다중적 속성은, 그것이 인권이나 윤리 문제와 관련하여 단 하나의 시각으로만 환원될 수 없다는 것을 보여준다. 탈북자 개인들의 인간으로서의 상황이나 선택 자체에 대해 주목해볼 때, 그들이 드러내는 감정과 도덕의 형태는 결국 스스로의 목소리를 내기 위한 다양한 귀결점을 보여주게 된다. 북한을 탈출해 남한이나 타국에 정착하였다고 해서 그들의 탈북 행위가 완전히 끝난 것은 아니다. 탈북 디아스포라로서 새로운 사회에 적응하는 과정에서, 현실적 상황과 수기에 발현되는 목소리의 진실성이 맺는 관계에 대해서도 여러 변수가 발생할 수 있다. 그것은 독재체제의 정치적 피해자이자, 새로운 이주자로서의 특수한 정체성과 연관되며 다중적 의미를 지니는 것으로 해석되어야 한다.

야스퍼스에 따르면, 서로 소통하는 길을 찾아야만 우리는 제자리를 회복할 수 있다. 서로의 사이에 존재하는 차이를 인식한 후에야 비로소 진실로 대화하는 법을 터득할 수 있기 때문이다.[49] 한반도의 분단

48) 조르조 아감벤, 앞의 책, 51면.

현실 문제를 타개하기 위하여, 그리고 거시적으로는 인간 상호간의 연대와 공동책임을 인식하기 위하여 한국 사회의 새로운 구성원인 탈북자들의 목소리를 제대로 들어보는 것이 도움이 될 것이다. 탈북자 수기에 드러난 북한 사회 폭력의 구조와 그에 대한 인간적 대처를 이해하고 그것이 한국 사회와 맺는 관련성에 대해 생각하는 계기가 될 수 있다.

5. 결론

본고에서는 정치범 수용소 체험 탈북자 수기에 나타난 감정과 도덕의 양상을 구체적으로 분석하였다. 본고에서 다루고 있는 수기는 정치범 수용소 문제와 탈북 과정에서의 경계 넘기, 인권 문제 등 탈북자들의 목소리를 통해 제기되는 주요 문제들에 대해 대표성을 지닌다. 본고에서 분석한 저자들은 지속적으로 언론, 출판 등을 통해 활발한 사회적 활동을 하고 있는데, 이들이 보이는 탈북자로서의 시각과 진실성 문제도 함께 생각해 볼 필요가 있다. 자기에 대해 말하기라는 방식을 통해 드러내고자 한 부분과 그것을 받아들이는 수용자들과의 관계, 사회적 의미들을 생각해보며 탈북자들의 이야기 속에 드러나는 감정과 도덕의 다양한 양상을 고찰하였다.

1990년대 중후반 북한 사회 '고난의 행군' 시기를 거치며, 탈북자 수가 급격히 증가했을 뿐 아니라 탈북 수기의 성격과 방향 자체도 큰 변화를 맞게 되었다. 탈북자들은 과거 귀순자들과는 달리 이제 지속적

49) 카를 야스퍼스, 이재승 역, 『죄의 문제』, 앨피, 2014, 72면.

으로 동화와 경계사이에 놓인, 우리 사회 새로운 구성원 중 하나로 인식되고 있다. 그러나 강렬한 체험과 탈북 과정의 고통, 북한 정권 및 현실에 대한 충격적 고발 등은 탈북 작가들에게 여전히 중요한 의미를 지닌다. 이때 탈북자 저자들이 가장 많이 선택하는 장르인 수기는 자기반영적 글쓰기이므로, 탈북자들의 북한에서의 생애에 대한 고백 혹은 탈출 과정이나 탈북 이후의 삶에서의 인식 등을 드러내는 것은 다각적인 시각에서 분석될 필요가 있다.

본고에서는 수기의 저자들이 정치범 수용소의 수감자나 관리자의 입장에서 겪은 고통과 관찰의 기록 및 탈북에 이르기까지의 과정에서 이들이 각기 드러낸 감정, 도덕의식의 변용 과정에 대해 주목하였다. 탈북자들의 수기는 수용소 문제와 탈북 과정에서의 경계 넘기, 인권, 여성 문제 등을 주요 주제로 다루고 있다. 특히 정치범 수용소에 수감되었거나 근무하였던 탈북자들의 수기는 북한 인권 문제 및 체제와 권력의 구조, 북한 주민과 탈북자들의 정치 인식 등을 살펴볼 수 있는 자료이다. 이때 일반적으로 인권이나 윤리 문제 등으로 환원되는 탈북자 문제와 관련해, 그 동안 탈북자 개인들의 인간으로서의 상황이나 선택 자체에 대해서는 많이 주목하지 못하였던 점에 대해 살펴보고자 하였다.

이를 바탕으로 정치범 수용소에서 탈북에 이르는 과정에서 이들이 각기 드러낸 자본에 대한 감응과 감정, 도덕의식의 변용 과정에 대해 고찰하였다. 탈북자들의 수기에 나타나는 고통의 형상화와 감정, 도덕, 자본의 다중적 속성은 그것이 인권이나 윤리 문제와 관련하여 단 하나의 시각으로만 환원될 수 없다는 것을 보여준다. 이들의 수기는 정치범 수용소 문제를 중심으로, 탈북 디아스포라와 경계 문제, 인권 문제 등 탈북자들의 목소리를 통해 제기되는 주요 문제들에 대해 대표성을 지닌다. 자기에 대해 말하기라는 방식을 통해 드러내고자 한 부분과 수기 출판물 수용자들과의 관계, 사회적 의미들을 생각해보며, 정치범 수용소라는 극한 상황을 중심으로 한 탈북자들의 이야기 속에 드러나는 감정과 도덕의 다양한 양상을 고찰하였다.

고난의 행군 시기 이후의 혼란스러운 북한 경제, 사회적 현실이나 정치범 관리소에서의 고통스러운 경험 등을 토대로 하여 이들 탈북자들이 드러내는 감정과 도덕의 형태는 결국 인간으로서의 목소리를 내기 위한 다양한 귀결점을 보여준다. 한국을 비롯한 북한 이외의 지역에서 이들을 바라보는 독자들은 정치적 피해자이자 새로운 이주자로서의 탈북자의 특수한 정체성과 연관된 다중적 의미를 발견할 수 있다. 또한 한국 사회 새로운 구성원인 탈북자들의 목소리 듣기를 통해 한반도 분단 문제 및 인간 상호간의 연대와 공동책임 인식에도 도움이 될 것이다.

탈북의 서사화와 문학적 저널리즘*

-장진성과 지현아의 탈북 수기를 중심으로

배개화

1. 서론: 문학적 저널리즘으로서의 탈북자 수기

1990년 초부터 대기근으로 인해서 북한 주민들이 북한을 이탈하여 중국으로 유입되었고, 그들 중 일부분은 대한민국으로 입국하였다. 지금 대한민국에는 3만 명가량의 탈북자들이 거주하고 있으며,[1] 중국에도 약 5-10만 명가량의 탈북자들이 있다.[2] 이외에도 영국, 캐나다, 미

---

* 이 글은 『구보학보』 17호(구보학회, 2017)에 게재된 것이다.

1) 통일부의 조사에 따르면 1998년까지 남한에 입국한 탈북자는 947명 정도였으나 이후 3년간 1,043명이 입국하였고, 2016년 3월까지 2만 9137명이 입국하였다. (통일부, 「북한 이탈주민 입국 현황」, 통일부 홈페이지 자료 참조. <http://www.index.go.kr/potal/main/EachDtlPageDetail.do?idx_cd=1694>)

2) 김석우, 「재중 탈북자 문제와 중국의 책임」, 『신아세아』 19-1, 신아시아연구소, 2012, 55면.

국 등 제3국을 선택한 탈북자들도 많은 것으로 알려져 있다.

1990년대 후반부터 탈북자의 남한 입국이 급증하면서 탈북자 관련 문학의 출판도 점점 늘어났다. 탈북 문학은 크게 탈북 작가들이 쓴 탈북자 창작 문학과 남한 작가들이 쓴 탈북자 소재 문학으로 분류할 수 있다.[3] 현재 학계에서 '탈북 문학'은 '탈북을 소재로 한 문학'을 가리키는데, 박덕규와 이성희가 편한 『탈북 디아스포라』는 이런 관점을 취한 대표적인 연구서이다.[4] 최근에는 북한에서 전문 작가로 활동하다 탈북한 사람들이 창작한 장편 소설이나 단편 소설을 대상으로 한 연구도 조금씩 나오고 있다.[5]

반면에 탈북자들의 수기(memoirs)에 관한 연구는 거의 없다. 탈북자들의 수기는 수기, 탈출기, 실화, 체험기, 증언, 에세이 등 다양한 장르명으로 90편 이상이 출판되었다. 탈북자 수기는 양적으로는 많으나 허구(픽션)가 아니라는 이유로 문학 연구자들의 관심을 많이 끌지 못했다. 이와 달리, 본 연구는 탈북자 수기의 문학적 성격을 조명함으로써 이런 글쓰기가 문학 연구의 범위 안으로 들어올 가능성을 탐색하겠다.

고난의 행군 기간 중 발생한 탈북자들은 대체로 경제적 이유로 탈

---

3) 이영미, 「탈북자 소설에 나타난 북한의 문학정체성 연구」, 『현대문학이론연구』 64, 현대문학이론학회, 2016, 218면.

4) 박덕규 외, 『탈북 디아스포라』, 푸른사상, 2012.

5) 권세영, 「탈북 작가 장편소설 연구」, 아주대학교 대학원 박사, 2015; 고인환, 「코리아 디아스포라 문학의 한 양상-정철훈의 『인간의 악보』를 중심으로」, 『비평문학』, 한국비평문학회, 2010; 김효석, 「탈북 디아스포라 소설의 현황과 가능성 고찰-김유경의 『청춘연가』를 중심으로」, 『어문론집』 57, 중앙어문학회, 2014; 이성희, 「탈북자의 고통과 그 치유적 가능성」, 『인문사회과학연구』 16-4, 부경대학교 인문사회과학연구소, 2015; 정하늬, 「탈북 작가 도명학과 이지명의 단편 소설에 나타난 '인간'의 조건」, 『통일인문학』 69, 건국대학교 인문학연구원, 2017; 서세림, 「탈북 작가 김유경 소설 연구」, 『인문과학연구』 52, 강원대학교 인문과학연구소, 2017; 이지은, 「교환되는 여성의 몸과 불가능한 정착기」, 『구보학보』 16, 구보학회, 2017.

북한 경우가 많고, 남한 입국이 목적이 아니기에 중국에서 장기간 체류한다. 이런 유형의 탈북자 수기는 자서전의 형식을 취하며 대체로 출생, 성장 과정, 고난의 행군 동안의 기아 경험, 그리고 기아 문제에 대한 즉자적 해결로서의 탈북, 그리고 이차적, 의도된 해결로서의 한국 입국이라는 줄거리를 갖고 있다.

현재 영미권 연구자들은 불법 이민이나 분쟁 지역의 삶에 대한 수기나 전문 작가의 르포르타주를 문학과 저널리즘의 중간에 존재한다는 의미에서 '문학적 저널리즘'(literary journalism)이라고 부른다.[6] 문학적 저널리즘은 시간의 흐름이 있는 서사적 형식을 취하며, 자신이 직접 보고 듣고 경험한 것을 증언하는 논픽션의 성격을 갖고 있다. 탈북자의 수기 역시 서사라는 문학적 성격과 사실에 대한 증언이라는 저널리즘적 성격을 갖고 있기에 문학적 저널리즘에 속한다.

이 논문은 탈북 수기 중에서 장진성의 『詩를 품고 江을 넘다』(2011)와 *Dear Leader*(2014)의 번역인 『경애하는 지도자에게』(2014)와 지현아의 『자유 찾아 천만리』(2011, 2017 재출판)를 대상으로 이들 수기의 문학적 성격을 밝히고, 서사적 저널리즘의 특성을 논하고자 한다.

많은 수기 중에서 이 둘의 수기를 선택한 이유는 다음과 같다; 첫째,

6) Sonja Merljak Zdovc argued that "literary journalism is a genre that lies between literature and journalism and combines the best of both fields: the writing style of literature and the veracity of journalism."(Sonja Merljak Zdovc, "Literary Journalism: the Intersection of Literature and Journalism," *Acta Neophilologica*, Vol.37, No.1/2, 2004, p.17); Pawel Urbaniak argued that "the formal closeness of journalism and literature present in reportage seems to be unquestioned in many realization. (…) These both types of communications have characteristic ways of building narration and they sometimes borrow them from each other. Therefore, the reporters use in their texts the tools traditionally connected with literature."(Pawel Urbaniak, "The Features of Contemporary Polish Reportage as a Literary Jouranlistic Genre," *Sphera Publica*, Vol.2, No.14, p.6).

장진성의 수기와 지현아의 수기가 다른 수기에는 없는 내용을 담고 있기 때문이다. 장진성은 고난의 행군 기간에 정치적 탈북을 했을 뿐 아니라 김정일을 접견한 경험을 가진 드문 경우이고, 지현아는 악명 높은 탈북자 교양소인 증산11호 교양소(현재는 교화소로 개명)의 경험을 거의 유일하게 증언한 경우이다. 또한, 두 수기는 서사 구성적인 면에서도 다른 수기들과는 다르다. 다른 수기들은 시간의 흐름에 따라 사실을 배열하는 수준에 머무르고 있다면, 장진성과 지현아의 수기는 특정 사건을 중심으로 한 극적인 구성, 즉 플롯을 갖고 있다.

문학적 저널리즘에 대한 논의에서 연구자들은 기사나 르포 등의 문학적 성격으로 중시하는 것은 "문제와 그 해결"이 유무이다. 노오먼 프리이드만은 '인물(주인공)' 그리고 '문제와 그 해결'을 플롯의 가장 중요한 구성요소이며, 플롯은 어디서나 발견될 수 있다고 주장하였다.[7] '탈북'이라는 사건을 중심으로 장진성의 수기는 중국 공안과 북한 추적조의 추적을 피해서 망명에 성공하는 '액션 플롯(action plot)' 형식을, 그리고 지현아는 체제에 관한 생각이 바뀌는 '교육 플롯'(education plot)을 갖고 있다.[8]

독자들이 장진성과 지현아의 수기에서 플롯을 발견할 수 있는 것은 경험된 사실들을 사건화하고 그것들 사이에 인과성을 만들어내는 작

---

7) 노오먼 프리이드먼, 「플롯의 제 형식」, 김병욱 편, 『현대소설의 이론』, 대방문화사, 1983, 173-176면.

8) 노오먼 프리이드먼은 액션 플롯은 "다음에 무슨 일이 일어날 것인가"를 중심으로 하며, 인물의 성격과 사고는 줄거리를 진행할 필요에 따라 최소한으로만 그려진다고 설명한다. 여기서 플롯은 기본적 수수께끼의 제시와 그 해결이라는 순환을 중심으로 짜져 있으며, 독자는 서스펜스, 다음 사건의 예상 혹은 의외의 결말 등을 통해서 미학적 즐거움을 얻는다. 교육의 플롯은 처음에는 잘못된 사고를 했던 주인공이 올바른 사고에 도달하는 과정을 중심으로 하며, 주인공은 여러 차례의 시행착오를 통해서 생각의 변화를 일으켜 보다 더 포괄적인 견해를 갖게 된다. (위의 책, 177, 184-185면.)

가의 주관성이 개입하였기 때문이다. 장진성은 자신의 망명에 관한 첫 번째 수기에서는 '도망자' 모티브를 채택하여 중국공안과 북한 추적조의 추적을 피해서 망명에 성공하는 탈출 과정 자체를, 그리고 영어로 출판된 두 번째 수기에서는 김정일에 대한 탈신비화와 북한 체제에 대한 비판을 추가하여 '체제 비판자'의 탈출이라는 의미를 부여하였다. 지현아는 전형적인 탈북 이주자이지만, 세 번의 북송 과정과 증산교양소에서 경험한 국가폭력이 그녀를 북한 체제에 대한 맹목적 신봉자에서 비판자가 되게 하였으며, 탈북을 국가폭력을 국제사회에 폭로하기 위한 것으로 재의미화 하였다.

서사는 시간의 흐름 속에서 벌어지는 사건들의 인과 관계를 재구성함-플롯을 만듦-으로써 실제 일어난 것에 새로운 의미를 덧붙인다. 장진성과 지현아는 고난의 행군 기간에 북한 주민이 겪은 비참한 생활을 증언하는 동시에, 그러한 경험의 재의미화를 통해서 저자 개인의 탈북을 특별한 것으로 만들고 자기 자신에게 특별한 실존-북한 체제에 대한 비판자, 국가폭력으로부터의 생존자-을 부여한다. 이 논문은 두 명의 탈북자 수기에 나타난 탈북의 서사화 및 재의미화 양상 등에 대해서 살펴보고, 탈북에 대한 증언이라는 저널리즘적 성격이 서사화에 의해서 어떻게 문학적인 색채를 갖게 되는지를 살펴보겠다.

2. 장진성: 액션 플롯과 망명에 대한 두 개의 서사화

장진성은 대한민국 입국 이후 『詩를 품고 江을 넘다』(2011)는 수기를 발표했고, 이것을 개정하여 *Dear Leader*(2014)라는 영문 수기를 발표하였다. 영문 수기는 100만 권이 팔리는 등 영미권 독자들의 관심을 끌었

으며, 한글판 『경애하는 지도자에게』(2014)도 출판되었다.[9]

장진성은 남한으로의 정치적 망명을 위해서 탈북 한 경우이다. 수기에 따르면 그는 김정일을 직접 만날 정도로 북한에서 특권 계층에 속했으며, 고난의 행군 시기 동안에도 배고픔과는 매우 거리가 먼 위치에 있었다. 그런데 그가 탈북하게 된 것은 통일 선전부의 내부 규정을 어긴 것이 발각되어 처벌의 위기에 처했기 때문이다.[10] 이를 피하고자 그는 남한으로의 망명을 목적으로 탈북하였다.

장진성의 탈북 수기들은 중국공안과 북한 추적조를 추적을 피해서 탈북에 성공한다는 '액션' 중심의 플롯을 갖고 있다. 첫 번째 수기는 '도망자' 모티브의 액션 플롯을 갖고 있다면, 두 번째 수기는 액션 플롯을 취하면서도 부분의 확장을 통해서 북한 체제에 대한 비판적 내용을 추가하여 인물의 성격을 도망자가 아니라 체제 비판자로 바꿨다. 필자가 보기에는 첫 번째 수기가 훨씬 더 서사적 완결성을 갖고 있으며, 두 번째 수기는 서사적 완결성을 희생하고 김정일의 실체 폭로와 체제에 대한 비판이라는 정치적 성격을 강화하였다.

1) 첫 번째 탈북 수기: 도망자

정진성의 첫 번째 탈북 수기 『詩를 품고 江을 넘다』(2011)는 '도망자' 모티브를 채택하여, 북한 보위부와 중국 공안의 추적을 피해서 도망치는 과정을 중심으로 서술되어 있다. 『詩를 품고 江을 넘다』는 화자-주

9) 장진성, 『詩를 품고 江을 넘다』, 조갑제닷컴, 2011; Jang Jin-sung, *Dear Leader: Poet, Spy, Escape -A Look Inside North Korea*, trans. by Shirley Lee, New York: 37 Ink/Artia, 2014. 후자는 『경애하는 지도자에게』(조갑제닷컴, 2014)로 번역 출판됨.

10) 장진성, 『경애하는 지도자에게』, 조갑제닷컴, 2014, 88-91면.

인공인 “나”가 친구 황영민과 함께 북한의 국경선 주위 무산 역에 도착하는 것으로부터 시작한다. 이러한 시작은 이 수기가 평양에서 북·중 국경선을 넘어서 연변, 심양 그리고 북경으로 이어지는 ‘탈주’라는 액션(action)을 중심으로 하기 때문이다.

이 수기는 첫 장면에서부터 높은 신분의 인물들이 북한 체제로부터 도망하고 있음을 선명하게 드러낸다. 그리고 이것은 액션 플롯이 공통으로 가진 긴장감을 만들어낸다:

> 창백해진 나의 손에서 당 마크가 새겨진 신분증을 받아 쥔 중대장은 용수철처럼 자리에서 튕겨 일어섰다. 국경 연선에서 오랜 중대장 경험을 가진 그 군관도 아마 당 마크와 빨간 색깔의 조선노동당 중앙위원회 도장이 박힌 신분증은 처음 보는 듯싶었다. 북한의 최고위 신분증은 금박으로 당 마크가 새겨진 ‘당 신분증’과 국장이 새겨진 ‘내각 신분증’이 있다. 그중에서도 당 마크는 북한의 절대권력 기관인 ‘조선노동당 중앙위원회’를 의미하기 때문에 무소불위의 총구도 공손해지게 마련이다. 더욱이 당 대남 공작부서인 ‘통일선전사업부’란 파란 기관 도장이 발산하는 특수성은 적화통일의 무기를 쥔 병사들에겐 신비감을 조성한다.[11)]

장진성은 자신의 가치를 북한에서 자신이 특권 계층에 속한다는 것에 두고 있다. 우선, 장진성은 북한의 일반인은 좀처럼 만날 수 없는 조선로동당 중앙당의 당원이자, 통일선전사업부 부원이다. 무엇보다 그는 김정일을 두 번이나 만난 ‘접견자’이다. 이는 그가 직장을 무단이탈하여 국경으로 이동하는 동안 그를 보호하는 수단이 되었다. 장진성에 따르면, “북한은 김정일 신격화 차원에서 20분 이상 단독으로 면담

11) 위의 책, 21-22면.

하거나 직접 불러 만나 사람은 '접견자'로 분류하고 당 조직부가 따로 관리한다. '접견자'들은 우선 승진이나 배급에서 우대해줄 뿐만 아니라 범죄를 저지른 경우에도 법에 따른 처벌을 면제하거나 경감시켜주는 특혜 공민권이 있다."[12] 이 덕분에 접견자들은 범죄혐의가 입증돼도 김정일 사인이 있기 전엔 체포하거나 재판을 할 수 없다고 한다.

그런데 장진성이 이런 특권을 버리고 북한을 탈출할 수밖에 없었던 이유는 무엇일까? 그것은 한국 도서 반출 및 반체제 혐의이다. 장진성은 통일 선전부의 '현지화' 정책에 의해 한국의 신문들이나 TV, 도서들을 실시간으로 볼 수 있다. 그는 남한 도서 중 『월간조선』이나 『신동아』의 신간이 나올 때마다 뜻이 통하는 검증된 친구들에게 돌렸다. 그런데 2004년 1월 그의 친구 황영민이 『월간 조선』이 든 가방을 전철에 두고 내리는 실수를 하였다.[13] 결국, 장진성은 당국의 처벌을 피하고자 황영민과 함께 한국으로 갈 것을 결심한다.

황영민도 장진성과 마찬가지로 높은 신분이지만 사상적 문제를 갖고 있었다. 그는 할아버지가 김일성의 혁명동지로 교과서에도 나올 정도로 명문가 출신이지만, 고난의 행군 때 아버지가 숙청 위기에 처하자 북한 체제에 의문을 가지게 되었다. 그래서 황영민은 장진성이 반출한 남한 서적을 함께 보았고, 남한으로의 망명 제안도 고민 없이 받아들인다.

그러나 이들의 특별한 신분은 중국으로 탈출 이후 북한 보위부와 중국 공안의 추적을 받게 되는 이유가 된다. 장진성은 무산에서 황영민과 도강한 후, 창용 아저씨라는 조선족을 만나는데 그를 통해서 자

12) 위의 책, 72면.
13) 위의 책, 73-74면.

신들이 '살인자'로 수배가 내려졌다는 것을 알게 된다. 다른 조력자인 신광호(탈북 부로커)도 "북한 국가보위부 해외 탐조반과 인민무력부 보위사령부도 연길에 급파"되었고, 중국공안과 변방부대뿐만 아니라 중국 최정예 정보기관인 중국국가안전국도 이들의 체포에 협조하고 있다고 그에게 알려 주었다.[14]

장진성과 황영민은 북한과 중국의 정보기관이 자신들을 살인자로 추적하고 있다는 소식에 죽음의 공포를 느낀다. 이들이 체포되어 북송되면 정치범 수용소로 가거나 사형을 당할 것이 분명했다. 생계형 탈북자들도 체포 및 북한 송환을 두려워하는 만큼, 이들의 체포에 대한 두려움은 더욱 클 수밖에 없다. 이처럼 북한 특권층이라는 의미소는 '도망자' 모티브를 토대로 한 이 수기의 서사적 긴장감을 더욱 고조시킨다.

망명을 받아 줄 남한의 에이전트-대사관이나 국정원 직원-와의 접촉 지연은 이들의 탈주에 긴장감을 더욱 고조시킨다. 장진성과 황영민은 연길에서 탈북 부로커(신광호)를 만나지만 그의 장담처럼 대한민국 국정원 직원과의 연결이 쉽게 되지 않자 그와 헤어진다. 이후 이들은 용정리에서 만난 조선족 노인으로부터 한국 교회에서 탈북자들을 한국으로 보내준다는 이야기를 듣는다. 하지만 이들은 교회의 입구에서 문전박대를 당한다. 처음으로 접촉한 한국인으로부터 받은 이 같은 박대는 그들에게 탈출구가 없다는 절망감을 주었다.[15]

> "그래, 나 돈 썼다. 너 몰래 칼을 샀다!"
> 그러면서 허리춤에서 정말로 손칼 하나를 꺼내 바닥에 내동댕이쳤

14) 위의 책, 91면.
15) 위의 책, 96-99면.

> 다. 나는 어안이 벙벙했다. 한 끼도 보태기 힘든 형편에 굳이 칼이 무슨 소용 있는가? 아니 친구에게 왜 나 몰래 칼이 필요했단 말인가? 고개를 쳐드는 그의 눈은 촉촉이 젖어있었다.
>
> "우리 한국 못가. 너무 사정을 모르고 왔어. 한국 사람만 만나면 다 될 줄 알았는데 아니잖아! 우리 지금 꽃제비야. 이러다 잡힐 건 뻔해. 잡히면 너나 나나 살 수 있을 것 같아? 그깟 목숨은 문제도 아니야. 우리 가족 친척까지 모두 3대 멸족이라고! 그래서 차라리 놈들에게 잡힐 바엔 내 손으로 죽으려고 샀다!"[16]

심지어 심양 주재 한국 총영사관은 "대한민국으로 망명신청을 합니다."라는 장진성의 전화를 받자 대답도 없이 끊어버린다. 그의 두 번째 전화에 영사관 측은 "북경 대사관을 찾아가라"라고 알려준 뒤 바로 전화를 끊었다. 장진성은 전화 신호에 응답 없는 수화기를 들고 자기의 존재가 "이국의 하늘 밑을 떠도는 작은 먼지 같다"라고 느꼈다.[17]

이후, 장진성은 국가정보원 해외 파견자와 만나기 위해서는 자신의 정보 가치를 강조해야 함을 깨달았다. 우선 그는 심양에서 한국 신문의 중국 특파원과 접촉하여, 북경의 특파원에게 연결할 것을 요청한다. 그는 심양의 한국 식당(경회루) 주인으로부터 빌린 돈으로 버스표를 사서, 버스를 타고 북경으로 간다. 그곳에서 북경 특파원의 도움으로 북경 대사관 측과 전화로 접촉하였다. 그리고 그의 안내에 따라 한 호텔에서 대사관 직원을 만나 함께 대사관으로 들어간다.

장진성은 중국공안과 북한 체포조의 추적을 받았지만, 원래 대한민국으로 망명을 목적으로 하였기에 35일 정도로 짧게 중국에 체류하였

16) 위의 책, 106면.
17) 위의 책, 125-127면.

다.[18] 그는 탈북 과정에 인연을 맺은 조선족들-탈북 브로커인 신광호와 조선족 여성 왕초린-그녀는 장진성에게 숨을 곳을 소개해주고 중국 공안이 그를 체포하려고 하는 것을 몸으로 막아준다-의 도움을 받았지만, 중국에서의 불법체류 기간이 짧았던 것은 그가 통일 선전부 직원이었기 때문이다.[19] 하지만 그의 수기가 다른 탈북자 수기에 없는 서사적 긴장감을 가진 이유는 평양을 떠나 북한-중국 국경을 넘고 심양 그리고 북경으로 가는 과정이 도망자 모티브의 액션 플롯에 따라 서술되고 있기 때문이다.

2) 두 번째 탈북 수기: 체제 비판자

첫 번째 탈북 수기는 친구 황영민이 '남한 서적'을 지하철에서 분실한 것을 알게 된 것에서 시작해서 대한민국의 주중대사관에 도착하는 것에서 끝난다. 하지만 『경애하는 지도자』는 장진성이 김정일을 접견하는 장면으로 시작하고 있다. 두 번째 수기의 전체적인 서사는 첫 번째 수기의 액션 플롯을 공유하면서도 부분의 확장을 통해서 북한 체제에 대해 비판하는 내용을 추가하였다. 이것은 『경애하는 지도자』를 체제 비판자의 북한 탈출기로 만들었다.

두 번째 수기에서 장진성은 자신이 김정일을 두 번이나 접견하게

18) 위의 책, 194면.

19) 이것은 평양 출신 탈북자들의 특징이기도 하다. 평양은 고난의 행군 기간에도 배급이 원활하였기 때문에, 경계지역 주민들처럼 배고픔 때문에 중국으로 이주할 필요가 없다. 이들은 주로 남한으로의 이주를 목적으로 탈북하며, 탈북에서 입국까지의 기간이 짧고, 남한에 있는 친척이 조력자인 경우가 많다(이화진, 「탈북 여성의 이성 관계를 통해 본 인권침해 구조와 대응-탈북 및 정착 과정을 중심으로」, 『평화연구』 19-2, 고려대학교 평화연구소, 2011, 226면).

된 이유를 구체적으로 밝혔다. 그 이유는, 1995년 김정일의 생일을 기념하는 그의 서사시가 김정일로부터 직접 친필로 '선군시대 모범작품'이라는 평가를 받았기 때문이다. 김정일의 친필평가는 곧 전국 배포의 명령이기도 하여, 1999년 5월 22일 그의 서사시 「영장의 총대 위에 봄이 있다」가 『로동신문』에 소개되었다. 서사시의 성공 덕분에 그는 김정일을 접견할 수 있었다.[20]

장진성은 수기를 김정일 접견으로 시작하여 김정일 체제 비판이라는 인상을 글 전체에 부여한다. 장진성이 김정일을 만나러 가는 길을 비밀첩보작전과도 유사했다. 그는 새벽에 비상소집 되어 평양 북쪽 교외의 용성역에서 특별 열차를 타고 강원도 갈마역에 도착하였다. 갈마역에서 버스로 알 수 없는 선착장으로 이동하여, 그곳에서 '어뢰정'을 탔다. 장진성은 어느 섬의 초대소에서 4시간 동안 기다린 끝에 김정일을 접견할 수 있었다.[21]

> 갑자기 새하얀 강아지 한 마리가 바닥으로 굴러들어왔다. 털이 꼬불꼬불한 몰티즈 종자의 흰둥이였다. 그 강아지의 뒤를 쫓기라고 하듯 허둥지둥 따라 들어서는 김정일, 우린 그런 지도자를 향해 목청껏 "만세!"를 불러야 했다. 역시 김정일의 개였다. 내 듣기에도 우리 7명의 합창은 엄청 요란한데 강아지는 익숙했는지 놀라는 기색이 전혀 없었다. 김정일도 자기 애완견의 당돌함에 만족한 듯 허리 숙을 털을 쓰다듬으며 뭐라고 계속 중얼거렸다.[22]

이러한 첫인상은 장진성을 실망하게 했다. TV에서 늘 봤던 미소 환

20) 장진성, 『경애하는 지도자에게』, 조갑제닷컴, 2014, 45-46면.
21) 위의 책, 19-24면.
22) 위의 책, 25면.

한 지도자가 아니라 자기보다 젊은 사람들을 보기 싫어하는 심술 많은 노인 같았기 때문이다. 몰티즈를 쫓아 허둥지둥 나오는 김정일의 모습은 절대 권력자라고 말하기에는 우스꽝스러워 보인다. 이런 광경의 묘사를 통해서 장진성은 김정일을 탈신비화한다. 동시에 이 접견은 북한 권력의 성격을 그대로 보여준다.

> 김용순은 내게 말할 때와 전혀 다른 웃는 얼굴을 쳐들고 김정일을 향해 발끝을 세워서 달려갔다. 자기 자리에 앉을 때도 치마 입은 여자처럼 두 손을 살짝 쓸어내렸다. 다른 간부들의 행동도 다를 바 없었다. 의자에 앉아 있는 것이 아니라 깎아 놓은 목석처럼 미동조차 없었다. 오직 김정일의 강아지만 살아있는 생명인 듯 주인의 주변을 맴돌며 낑낑대고 있었다. 그래선지 가끔 김정일이 "야, 임동옥!," "야, 채창국" 하고 이름을 부르면 선택된 그 사람들은 쏜살같이 달려가곤 했다. 김정일의 개가 간부들보다 더 신분이 높아 보이는 이상한 광경이었다.[23]

이런 광경은 김정일이 독재자임을 잘 보여준다. 이를 통해 장진성은 한 명의 절대 권력자를 제외한 나머지 사람들은 지위 고하를 막론하고 그의 애완견보다 못한 운명이라는 점을 보여주고자 했다.

장진성은 북한의 통치 방식을 "감성 독재"라고 규정하고, 김일성의 회고록 『세기와 더불어』는 4・15 문학 창작단의 1호 소설작가들이 공동 집필한 창작물이라고 폭로한다.[24] 장진성은 김정일의 권력은 후계 정치가 아닌 찬탈 정치의 결과이며, 1980년의 당 조직비서 유일지도체제의 완성으로 당 비서인 김정일이 실질적인 권력자가 되었고, 김일

---

23) 위의 책, 27면.
24) 위의 책, 33-35면.

성은 명목상의 지도자에 지나지 않았다고 주장한다.[25] 또한, 1994년 김일성이 심장마비로 사망할 때의 의심스러운 정황을 제시하면서, 그의 사망이 김영삼 대통령과의 남북정상회담을 둘러싼 김일성, 김정일의 의견 차이에서 비롯되었을 수도 있다고 추측한다.[26]

두 번째 수기는 고난의 행군 시기 북한 주민들의 비참한 삶과 주민과 국가와의 변화된 관계에 관해서도 서술하였다. 그는 친구의 신발을 사주기 위해서 방문한 시장에서 주민과 국가의 관계가 적대적으로 변했음을 인식한다. 시장 정문에 붙어있는 포고문은 "철도 질서 어기는 자 총살! 식량을 절도하는 자 총살! 전기를 낭비하는 자 총살! 군 통신선을 절단하는 자 총살! 국가재산을 절도하는 자 총살! 외국 문화 전파하는 자 총살! 유언비어 퍼뜨리는 자 총살!"이었다. 그는 마치 그 포고문들이 "우리의 모든 일상이 모두 범죄라고 말하는 것 같았다."라고 느꼈다.[27] 이러한 현실 인식은 남한 서적을 통해 형성된 그의 북한 체제에 대한 비판 의식을 더욱 강하게 만들었다.

첫 번째 수기는 장진성의 망명 성공기로서 액션 플롯을 취하고 있다. 이 수기는 망명 과정에서 느낀 체포에 대한 공포와 친구 황영민의 자살에 대한 슬픔 그리고 그를 죽음에 이르게 한 북한 정권에 대한 분노를 중요한 파토스로 하고 있다. 이것을 통해서 그의 수기는 대한민국의 외교기관이나 정보기관이 북한의 망명자에 대한 올바른 대응 절차를 마련할 것과 탈북자들을 '난민'으로 규정하고 국제법으로 보호할 것을 요구한다.

25) 위의 책, 162-167면.
26) 위의 책, 170-174면.
27) 위의 책, 80면.

두 번째 수기는 첫 번째 수기의 액션 플롯을 토대로 하면서도 부분의 확장을 통해서 북한 체제에 대한 비판의 내용을 보강하였다. 부분의 확장은 '김정일' 접견을 전경화 하고 서사 시간을 확장-유년기와 문학 수업 등을 포함-하는 것을 통해 가능했다. 서사에 김정일이라는 의미소가 추가됨으로써 두 번째 수기는 북한 혁명 역사의 허구성을 비판하고 김정일 정권의 형성을 둘러싼 비밀 등을 폭로하는 글로 성격이 바뀌었고, 더불어 장진성의 탈북은 체제 비판자의 필연적인 선택이 되었다.

이처럼 한 사람이 쓴 탈북 수기이지만, 저자가 어떤 메시지를 강조하려는 지에 따라 수기의 서사 구성이 달라졌다. 이런 점은 장진성의 탈북 수기들이 저널리즘에 속하면서도 서사 문학의 특징을 갖고 있음을 잘 보여준다.

3. 지현아: 교육의 플롯과 국가폭력의 사건화

『자유 찾아 천만리』(2017)[28]의 저자 지현아는 경제적 이유에서 탈북한 전형적인 경제적 탈북 이주자이다.[29] 지현아는 1979년 함경북도 청진에서 태어났다. 그녀는 1998년 2월 가족들을 동반한 첫 번째 탈북을

28) 지현아, 『자유찾아 천만리』, 샘콘텐츠, 2017. 이 책은 2011년 제이앤씨커뮤니티에서 출판된 『자유찾아 천만리』의 재 간행본이다.

29) 탈북자들은 대부분 함경북도와 양강도 거주자로서 탈북 이전에 친지 방문이나 장사 등의 이유로 두만강을 건너 중국을 경험한 적이 있고, 먹을 것이 풍부하고 생활이 나은 중국으로 이주하기 위해서 탈북한다. (김성경, 「경험되는 북·중 경계지역과 이동 경로」, 『공간과 사회』 22-2, 한국공간환경학회, 2012, 129면.) 지현아도 이런 유형의 탈북자이다. 그녀의 진술에 따르면, 그녀는 함경북도 청진 출신이고, 아버지가 연변 지역 출신으로 친척이 그곳에 있어 왕래가 있었으며, 어머니가 식량을 구하러 이전부터 여러 번 강을 건넜다.

포함하여 2002년 10월까지 모두 4차례의 탈북을 하였다. 지현아는 생계를 위해서 탈북하였으며, 두 번째 탈북 때는 매매혼으로 9개월 동안 중국인과 동거하고, 4번째 탈북 이후에는 중국에 5년 정도 체류했다.

하지만 지현아는 성장 과정이나 중국에서의 체류 경험 등은 기억상실을 이유로 모두 생략하고, 3번의 북송 체험과 증산교도소에 8개월간 갇혔던 경험을 중심으로 수기를 작성하였다. 이를 통해 그녀는 자신을 단순한 경제적 탈북자가 아니라 국가폭력의 희생자라는 점을 부각한다. 수기에서 그녀가 겪은 고난은 북한 체제의 폭력성을 깨닫는 과정으로 서술되며, 결과적으로 이 수기가 교육의 플롯을 갖는 것으로 읽히게 한다.

지현아는 19살 되던 1998년에 첫 번째 탈북을 하였다. 이 탈북은 고향이 연변인 아버지의 주도로 이뤄졌다. 처음에 지현아는 "죽어도 장군님과 조국을 배반하지 않겠다"라며 탈북을 반대했다. 하지만 아버지의 "여긴 앞날이 보이지 않아. 우리가 맨날 풀죽만 먹고 말도 제대로 못 하면서 살아야 할 이유가 뭐냐?"라는 설득에 지현아는 가족들과 같이 탈북하기로 했다.[30]

첫 번째 탈북으로 지현아는 가정의 해체를 경험한다. 탈북할 때 아버지와 어머니는 따로 두만강을 건넜으며, 지현아와 두 명의 동생은 어머니와 함께 갔다. 어머니와 지현아가 도강을 하여 중국 쪽의 약속 장소에 갔을 때 아버지는 이미 떠난 뒤였다. 이들은 조선족 지인의 안내로 조선족 선교사를 만나러 가던 중에 중국 공안의 버스 검문에 걸려 체포된다. 이들은 곧 북한의 무산 보안부에 인도되었다. 다행히 지현아와 어머니는 생계형 탈북인 데다가 어린 동생들이 있어서 풀려났

30) 위의 책, 27, 38면.

다.[31)]

첫 번째 송환 이후 지현아의 가족은 생활 기반의 완전한 붕괴와 지역 사회로부터의 고립을 경험하게 된다. 그녀의 가족은 첫 번째 탈북을 할 때 옷이나 돈이 되는 물건들은 모두 팔아버렸기 때문에 살림이 없는 상태였다. 또한, 아버지의 행방불명으로 직장에서 나오던 소량의 배급도 끊겨서 그녀의 가족은 아사의 위기에 처하게 되었다. 무엇보다 도강 사실이 알려지면서 지현아와 가족은 조국 반역자로 낙인찍혔다. 어머니는 여맹회의, 그리고 지현아는 기업 청년조직의 방문을 받았고, 동생들은 전교 학생들 앞에서 사상 비판을 받았다.[32)]

탈북자들에 관한 사회학적 연구에 따르면, 고난의 행군 기간에 여성의 탈북이 많은 이유는 북한의 가부장적 배급제와 연관이 있다. 북한의 배급은 직장이 있는 남성 가장을 기준으로 배급된다. 따라서 남성 가장의 사망, 수감 혹은 행방불명 등의 이유로 배급이 중단되면 여성들이 가족의 생계를 책임질 수밖에 없다.[33)] 여성들은 주로 장사를 해서 가족을 부양하려고 하지만 곧 자본이 고갈하게 되고, 결국 "살기 위해서 탈북"을 하게 된다.

지현아의 가족도 같은 과정을 경험하게 된다. 생계 수단이 완전히 사라진 그녀와 가족들, 즉 어머니, 여동생, 남동생은 굶주려 죽지 않기 위해서 다시금 탈북을 시도한다. 먼저 그녀의 어머니가 중국에서 식량을 구하기 위해서 도강을 하였다. 얼마 후 어머니는 쌀을 구해 돌아오지만, 이번에는 중국으로의 이주를 목적으로 여동생 한 명을 데리고

31) 위의 책, 45-51면.
32) 위의 책, 66면.
33) 이화진, 앞의 글, 375-378면.

도강을 했다.[34] 이후 지현아는 남동생과 둘이 추운 겨울 동안 언 감자를 캐 먹으며 간신히 연명했다. 지현아의 두 번째 탈북도 생계 문제 때문이었으며, 중국에서 우여곡절 끝에 9개월 동안 중국인과 매매혼 생활을 했다. 그녀는 '만수'라는 이웃 사람이 돈을 벌게 해주겠다는 말에 다시 탈북하지만, 중국에서 그녀를 기다리는 것은 인신매매단이었다. 그리고 그녀는 중국에 남기 위해서 자발적으로 매매혼을 선택했다.[35] 다행히 지현아는 인신매매단과 함께 있다가 중국 공안의 단속에 잡혔고, 한 선량한 공안의 방조로 도주하였다. 연변 시내에서 그녀는 자신을 납치해서 팔려는 인신 매매업자들이 길거리 곳곳에 있는 것을 알게 되었다.[36] 이를 알려준 조선족-공중전화 판매상-은 지현아에게 다른 조선족 가정을 소개한다. 이 조선족의 소개로 그녀는 요녕성의 중국인에게 팔려가서 그의 어머니와 약 9개월 동안 동거하였다.[37]

정도의 차이는 있지만, 지현아가 만난 사람들은 모두 그녀를 돈벌이의 수단-상품으로 생각하였다. 지현아의 세 번째 탈북도 인신매매범에 의한 것이었다. 어머니의 친구가, 중국에서 인신매매하는 탈북 남성에게 그녀를 팔아넘긴 것이다. 그러나 탈북 과정에서 연정을 느낀 이 남성은 지현아를 팔지 않고, 자신이 은신하고 있는 조선족 교회에 그녀를 숨겨주었다. 하지만, 얼마 지나지 않아 교회의 집사가 그녀에게 매매혼을 제안했다.[38]

---

34) 지현아, 앞의 책, 66-68면.

35) 위의 책, 87-89면.

36) "제네 주의하오…. 벌써 사람들이 우리 쪽에 눈이 쏠렸소. 지금 연변은 사람 장사꾼으로 꽉 찼고, 그게 돈을 제일 많이 번다고 하여 지금 난리가 났소. 북한 여자라면 저 사람들이 끝까지 쫓아가서 잡아서는 저기 안쪽에 팔아버리오. 그러니 여기 계속 있는 것도 불안하오. 주의해야지!"(위의 책, 94면)

37) 위의 책, 105면.

이런 이야기들은 다른 탈북 여성들의 이야기와 크게 다르지 않다.[39] 하지만 이것은 수기의 서사적 진행을 위한 하위 스토리일 뿐이며, 서사의 중심은 3번의 송환 과정과 그 과정에서 체험한 국가폭력이다. 탈북 여성들이 중국에서 인신매매로 결혼하거나 윤락업소에서 일하는 경우가 많기에, 북한 측은 송환된 여성들을 성병에 걸린 창녀 취급을 하며 모욕적인 신체검사를 한다:

> 나도 예외는 아니었다. 실오라기 하나 걸치지 못하게 한 후 나이가 거의 비슷한 사람들끼리 모아 놓고는 책상 위에 누우라고 했다. 남자 보위부 지도원들 앞이라 쑥스러워 주춤거렸더니 소리를 지르며 빨리 올라가 누우라고 했다. 하는 수 없이 내 또래 애들이 몇몇이 올라가 누웠다. 눕자마자 보위부 여자들은 인정사정없이 달려들었다. 심지어 자궁을 들여다보며 나무 꼬챙이로 쑤셔대는데 너무도 아팠다.[40]

심지어 북한의 보위부원들은 탈북 여성이 임신한 경우, 임산부에게 가혹한 노동이나 뜀뛰기 등을 시켜 아이를 유산을 시키며, 운 좋게 태어난 아기도 살해했다.

> 아기를 소래[대야-인용자]에 넣은 엄마의 손이 부들부들 떨렸다. 아기의 얼굴이 소래의 물에 잠겼다. 소래에 담겨진 물에서 공기 방울

38) 위의 책, 311-312면.

39) 탈북자의 70%인 여성들은 인신매매범을 통해 탈북한 사례가 많았다. 혹은 중국에 도착한 이후 은신처를 찾는 과정에서 만난 조선족의 제안으로 인신매매를 받아들인 사례도 있다. 이들은 주로 농촌 지역에 거주하는 조선족이나 한족과 결혼한다. 이화진은 2003년 이후 대한민국에 입국한 11명의 탈북 여성을 대상으로 인터뷰를 하였는데, 그들은 모두 탈북 이후 한 번 이상의 동거와 혼인을 경험하였다 (이화진, 앞의 글, 371-372면).

40) 지현아, 앞의 책, 133면.

이 주르르 올라오더니 순간 아기의 울음소리가 딱 그치고 조용해졌다. 나는 눈을 감았다. 내 앞에 벌어진 모든 일이 꿈만 같았다. 아니, 꿈이었으면 좋겠다. 어찌 인간들이 이럴 수가 있을까?

"똥떼 놈의 종자를 몸에 밴 간나들은 다 이렇게 될 줄 알아라…… 다들 들었어?"[41]

지현아는 탈북 여성에 대한 북한 정부의 처우를 중국에서 인신매매단에 팔리거나 매매혼을 하는 것보다 더욱 폭력적이고 비인도적인 것으로 보았다. 최소한 중국에서는 먹는 문제를 해결할 수 있고 살아남을 수 있기 때문이다.

이 수기의 하이라이트는 증산교양소에서의 수감 생활이다. 두 번째 탈북 때 지현아는 요녕성에서 중국 공안에 체포되어 북한으로 강제송환되었다. 그녀는 국경의 보위부 →길주 단련대 → 함경북도의 청진 집결소 → 평안남도의 증산교양소로 이동했다. 이동 단계마다 그녀는 수치스러운 신체검사와 육체적 학대 그리고 고된 노동에 시달렸다. 그녀는 상습 탈북자로 낙인찍혀 증산교양소 2년 형을 선고받았는데, 이곳은 '차라리 요덕[정치 수용소]에 끌려가는 것이 낫다'라는 얘기가 나올 정도로 인권이 없는 장소였다.[42] 무엇보다 이 교양소는 중국에서 강제 압송된 탈북(脫北) 여성들의 '무덤'으로 불리는 곳이다.[43] 지현아에 따르면, 증산교양소는 "살아서 들어갔다가 죽어서 나온다는 무서운

41) 위의 책, 173면.

42) 2004년 형법 개정으로 증산교양소는 '교화소'로 바뀌었다. 북한에서 형법이 개정되기 전 구금(拘禁)시설은 네 종류, 즉 교화소, 교양소, 집결소, 노동 단련대가 있었다. 교화소는 3년 이상, 교양소는 2년 이하, 집결소와 노동 단련대는 1년 미만의 형을 받은 죄수들이 수감 되어 왔다. (강철환, 「[강철환의 북한 왓치] 요덕보다 더 무섭다는 北 증산교화소는?」, 《조선일보》, 2010.03.19.)

43) 위의 글.

죽음의 계곡"으로 알려져 있는데, 그 이유는 수용자의 10%만 살아서 나올 수 있기 때문이다.

교양소에서의 생존은 굶주림과 이로 인한 질병들과 싸워서 이기는 것에 달렸다고 해도 지나친 말이 아니다. 교양생들은 매일 옥수수 껍질과 옥수수 눈으로 만든 밥을 먹고 중노동에 시달린다. 이들은 늘 배고픈 상태였기 때문에, 일하는 중에도 경비 선생(?)의 눈을 피해서 채소를 훔쳐 먹기도 하고 메뚜기나 개구리 같은 것을 잡아먹기도 하였다. 지현아는 모내기 도중에 배가 고파서 냉이를 뜯어 먹었는데, 그것이 경비 선생에게 걸려 생흙이 묻은 냉이를 먹어야 했다.[44] 또한, 추수철에 지현아는 벼를 탈곡하는 중에 쌀을 몰래 먹다가 경비 선생에게 걸려서 그의 손에 거의 맞아 죽을 뻔했다. 이때의 후유증으로 지현아는 기억상실과 함께 어지럼증(간질?)을 병으로 얻게 되었다.[45]

> '탁!–' 하는 소리와 함께 순간 내 눈에 불이 번쩍했다. 선생이 구둣발과 나무 각자로 내 머리를 내리친 것이다. 차가운 것이 얼굴을 타고 흘러내렸다. 머리가 터진 것이었다. 사정없이 와 닿는 구둣발과 나무 각자, 끊임없이 흘러내리는 차가운 붉은 피, 나는 그만 의식을 잃고 말았다. (…)
> "언니, 아무 말 하지마 …. 흑흑!"
> 계속 울며 말을 못하는 영희를 달래 얼마 전 나에게 벌어진 사정 이야기를 조목조목 들었다. 머리에서 피가 난 것도 성이 차지 않았는지, 넋을 잃고 쓰러진 나에게 다가와 입에 손을 넣어 찢더란다. 그런 다음 또 구둣발로 배를 마구 때렸다고 했다.[46]

44) 지현아, 앞의 책, 215면.
45) 위의 책, 271면.
46) 위의 책, 221-222면.

지현아는 교양소에서 선생이라 불리는 감시원들이 인간이 해서는 안 되는 온갖 만행을 저지르고, 교양생을 아무 조건도 없이 죽이면서도 아무도 죄인으로 불리지 않는 것에 극심한 부조리를 느낀다. 그녀는 "증산교양소는 온통 죽음뿐인 곳이고 모순투성이인 곳"이라고 생각했다.[47] 이러한 반감은 의형제 영희가 그녀와 함께 흙 묻은 냉이를 먹었다가 설사병에 걸려 죽은 이후 더욱 커졌다. "영희의 죽음을 목도하면서 교양소가, 말로는 내 조국이라는 이 나라가 점점 전보다 훨씬 더 무섭게 느껴졌다. 영희를 죽음으로 내몬 북한의 교양소와 그 안의 선생으로 불리는 모든 악마와 악당들을 나는 용서치 못한다. 절.대.로."[48]

지현아가 묘사하는 증산교양소는 『수용소의 노래』에서 묘사된 요덕 수용소와 비슷한 모습이다. 북한 정권은 요덕 수용소와 같은 내적 경계지역을 구축하고 국가의 적으로 판단되는 사람들을 사회로부터 격리, 제거한다. 이곳은 북한 주민에게 부여되는 공민권이 적용되지 않으며, 인간으로서 최소한 누려야 할 생활을 누릴 수가 없다. 증산 교화소 역시 북한 정권이 만든 내적 경계지역이라고 할 수 있다. 이곳에서 탈북 송환자들은 굶주림과 가혹 행위로 인한 죽음의 위협에 내몰린다. 이는 지현아가 8개월만 복역하고 조기 퇴소하였을 때 같이 입소한 사람들의 90%는 굶주림과 질병, 가혹 행위 등으로 사망한 것에서 잘 드러난다.[49]

---

47) 위의 책, 223-224면.

48) 위의 책, 230면.

49) 정치범 수용소는 UN이나 미국 등이 북한의 인권 문제를 제기할 때마다 근거로 활용되고 있다 (임상순, 「유엔 인권 메커니즘의 관여전략과 북한 김정은 정권의 대응전략」, 『북한연구학회보』 19-1, 북한연구학회, 2015, 151-191면).

지현아는 증산교화소에서 겪은 개인적 체험을 탈북에 실패한 여성들이라면 누구든지 겪을 수 있는 집합적 체험으로 만든다. 이것은 자신과 주요 등장인물들을 탈-개성화하는 것을 통해서 실현된다. 화자-주인공은 자신을 나라고 부르지 않고 '순이'로, 그리고 그녀와 의자매를 맺었던 탈북 여성을 '영희'로 부른다. 순이와 영희는 평범한 여성을 상징하는 이름이다. 영희는 순이와 함께 흙 묻은 냉이를 먹은 후 설사병이 났고, 추운 겨울을 견디지 못하고 영양실조로 죽었다. 영희는 교양소의 무덤에 묻혔고, 죽어서도 개에게 시체가 뜯기는 등 수모를 당해야 했다.[50] 영희처럼 교양생의 90%는 설사병, 영양실조, 그리고 과로 때문에 2년을 채우지 못하고 죽는다. 이처럼 저자는 자신이나 다른 탈북 여성을 탈-개성화함으로써 자신의 체험/기억을 '지현아'라는 개인의 체험/기억이 아닌, 탈북 여성의 집합적인 체험/기억으로 만들고자 하였다.[51]

이 수기의 교양의 플롯은 증산교양소에서 살아남은 지현아가 "개보다 못한 인생을 살다가 개에게 뜯겨 먹히는 것이 자유와 인권이 없는 북한 땅의 처참한 현실"을 세상에 알리는 것이 자신이 "살아가야 할 이유"라고 깨닫는 것으로 완성된다.[52] 그녀는 이러한 의무의 이행자로서의 자신의 도덕적, 정신적 순결함을 강조하기 위해서 매매혼을 하였음에도 상대 남성의 부재-일본에서 노동-로 성적 순결을 지킨 것으로 서술하고, 네 번째 탈북 이후 중국에서 5년간의 생활한 것-딸을 낳음-에 대해서는 기억상실을 이유로 서술하지 않는다.

50) 지현아, 앞의 책, 235-236면.
51) 이진경, 「집합적 기억과 역사의 문제」, 『문화정치학의 영토들』, 그린비, 2007, 269면.
52) 위의 책, 236면.

4. 서사를 통해서 재의미화 되는 탈북

탈북자 수기에서 탈북자들은 대부분 경제적 이유로 탈북했음에도 자신의 탈북을 정치적인 것으로 재의미화 하는 경향이 있다. 이러한 재의미화에 서사는 매우 중요한 역할을 한다.

장진성의 탈북은 대한민국으로의 망명을 목적으로 했지만, 그 동기는 매우 우연한 것이었다. 그가 탈북한 직접적 이유는 통일 선전부 내부에서만 열람이 허용된 남한 출판물, 더구나 김일성 일가의 개인 비리에 대한 글이 실린 『월간조선』을 외부로 유출한 것이 북한 보위부에 들켰기 때문이다.[53] 장진성에 따르면 남한 출판물 유출자는 조국 배반자로 최악의 경우 사형을 받게 된다고 한다. 그는 이러한 처벌을 피하려고 남한으로 정치적 망명을 한 것이다.

하지만, 탈북 이후 장진성은 두 편의 수기를 통해서 자신의 탈북을 재의미화 한다. 『詩를 품고 江을 넘다』에서는 고난의 행군 동안 북한 사람들이 겪은 기아의 고통과 인권 유린의 상황을 고발하기 위해서 탈북하였다고 주장한다. 『경애하는 지도자에게』에서 그는 '남한을 알게 된 죄', 즉 남한 출판물을 접하면서 생긴 사상적 혼란과 김정일 체제에 대한 반발이라는 정치적 이유가 탈북의 이유라고 강조한다. 그리고 이를 뒷받침하기 위해 그는 수기에서 김정일을 탈신비화하고, 북한 체제를 비판하는 내용을 많이 보충했다.

또한, 장진성은 어릴 때부터 특별한 예술 교육을 받아 '개성' 혹은 자기 세계를 가진 교양인이 되었다고 자신에 대해 묘사했다.[54] 그는

53) 장진성, 『경애하는 지도자에게』, 82면.

54) 장진성, 『경애하는 지도자에게』, 57, 58-60면.

어린 시절 '드보르작의 신세계 교향곡'과 '바이런의 시집'을 탐닉하였으며, 유명한 음악가와 시인으로부터 예술 교육을 받아 보편적 교양을 갖추게 되었다. 이러한 교양은, 그가 북한에 대한 비판 의식과 남한에 대한 호기심을 갖게 했고, 남한으로 망명하는 것을 선택하게 이끌었다. 이를 통해 장진성은, 남한으로의 망명이 실존적이자 필연적인 결과로 읽히는 서사를 만들었다.

지현아는 첫 번째 탈북은 단지 기아를 피하기 위해서였으며, 사상적인 문제가 아니었다. 그녀는 송환 이후, '반역자'로 낙인찍혀 고향에서 사상 비판을 당하고 주민들의 감시와 안전부 스파이의 감시 그리고 굶주림 등으로 고통을 당하면서도 북한에 대해서 비판적인 생각을 하지 않았다: "그렇게 힘들게 살면서 내가 사는 조선이 나쁘다는 생각을 하지 못했다. '공산주의 독재'라는 말도 한국에 와서 알게 되었다. 독재라는 단어의 뜻을 몰라서가 아니었다. 북한을 독재라고 부르는 것은 있을 수 없는 일이어서 꿈에도 생각하지 못했다."[55]

지현아는 두 번째, 세 번째 탈북도 자신의 의지가 아니라 "매번 누군가-인신매매범-의 이끌림에, 구슬림에 두만강을 건넜다"라고 말한다. 하지만 그녀는 성공적인 네 번째 탈북에 대해서는 "짓밟힌 인간으로서의 권리와 자유를 위해서" 한 것이라고 주장한다. 세 번의 강제송환 과정에서 그는 "탈북자라는 낙인이 찍히면서 북한 정권의 가혹한 처벌과 사회적 버림 속에서 북한 땅에서는 더 이상 살 수가 없었"고, "여러 차례의 탈북과 북송 경험을 통해 북한에는 집과 먹을 것만 없는 것이 아니라, 인권마저 없다는 사실을 뼈저리게 알게 되었"기 때문이다.[56]

55) 지현아, 앞의 책, 71면

하지만, 북한의 공산 독재와 인권 유린을 고발하기 위해서 네 번째로 탈북하였다는 지현아의 말은, 이후 그녀가 중국에서 5년 이상 머무른 것과 논리적으로 맞지 않는다. 지현아는 두 번째 탈북 도중에 접촉한 다른 탈북자들을 통해서 남한 정부의 탈북자 정책에 대해 알게 되었다. 그런데도 그녀가 중국에 5년 이상 머문 것은 네 번째 탈북 역시 생계형 탈북이라는 것을 뒷받침한다.

지현아는 탈북 그리고 송환의 경험을 중심으로 서술하고, 자신의 탈북에 정치적 의미를 덧붙인다. 그녀는 "독재국가인 북한에서 벌어지고 있는 인권 유린"을 고발하고자 하며, '증산교양소'에서의 자신의 경험을 서사의 클라이맥스에 배치함으로써 이러한 목적을 달성한다. 더불어 그녀는 북한 공산주의 독재의 비판자이자 탈북자 및 북한 주민의 인권을 옹호하는 국제적인 활동가로서 자신의 정체성을 재구성한다.[57]

장진성과 지현아는 모두 재의미화를 통해서 자신의 탈북에 정치적 의미를 덧붙이거나 강화한다. 또한, 저자들은 탈북 이후 중국에서 경험했던 중국 공안의 추적과 체포, 송환 과정에서의 인권 유린을 강조함으로써 탈북자들이 경제적 혹은 정치적 '난민'으로 묘사한다. 이를 통해서 저자들은 자신을 인권 운동자이자 북한 정권의 범죄행위를 고발하는 사람으로, 그리고 자신의 수기를 탈북자 및 북한 주민을 돕는 윤리적인 글쓰기로 만들었다.

결론적으로, 장진성과 지현아는 탈북 수기의 문학적 성격을 잘 보여주는 사례이다. 저자가 어떤 메시지를 전달하려는 지에 따라서 수기의

56) 위의 책, 352면.

57) 현재 지현아는 현재 국제PEN클럽 망명북한PEN센터, 자유통일문화연대 상임이사, 민주평화통일위원회 자문위원으로 역할을 하고 있다. 탈북 작가로서 미국과 유엔 등 국제사회에 북한 인권을 알리고 있다; 위의 책의 작가 소개.

서사 구성이 달라지며, 이로 인해서 독자들이 거기서 플롯-액션의 플롯, 교육의 플롯-을 발견하게 한다는 것을 보여준다. 이러한 주관성의 작용으로 인해 이들의 수기는 사실에 대한 증언임에도 불구하고 문학적인 성격을 갖게 된다.

근대 국민국가의 '비국민'들 : 우리가 어떻게 식민주의를 극복하는가?

-정도상의 『찔레꽃』과 우줘류의 『후쯔밍(胡志明)』을 중심으로

후이잉

1. 서론

근대 국민국가는 탄생 당초부터 대내적으로 '평등', '권리'를 내세웠던 반면, 대외적으로는 상당한 냉혹함을 보였다. 17세기부터 시작된 강대국들의 해외 식민 활동이 식민지인의 삶을 짓밟았다면 지금의 국민국가들은 '외국인', '난민', '비법체류자' 등을 당당하게 국민적 대우 대상자의 범위 바깥에 내버린다. 전자의 경우는 내부의 경제적 발전을 위해 바깥을 희생시켰는가 하면 후자의 경우는 바깥을 타자화함으로써 내부의 정체성을 확보한다. 내부와 바깥의 경계를 유지함으로써 내부의 이득을 확보하는 데 식민주의 시기부터 지금까지 일종의 연속성을 보인다.

니시카와 나가오(西川長夫)는 "국민국가의 지배 원리는 식민주의적이"며[1] "국민국가는 식민주의의 재생산 장치"라면서[2] 식민주의를 국민국가의 선천적 속성으로 주장한다. 국민국가는 계속하여 중심과 주변을 생산하고 차별과 착취의 구조를 만들기 때문이다. 글로벌시대의 전 지구적 자본주의 또한 "차별과 착취의 네트워크"를 가져왔기 때문에[3] 그는 "글로벌이라는 명목 아래 전에 없었던 강대한 식민주의가 강제적으로 주어졌다"고 하며[4] 글로벌화를 제2의 식민주의, 식민주의의 새로운 형태라고 부른다.

불편한 사실 중의 하나는 오늘날의 북한이탈주민 제재 소설이 식민지 작가들의 소설을 쉽게 상기하게 한다는 사실이다. 신체적인 불구, 실성, 발화 능력의 상실을 비롯한 상징적 장치들부터 집단따돌림을 당하고 출신을 숨긴다는 설정까지, 그리고 주인공이 드러낸 정체성 고민에서 양자의 공통성을 발견할 수 있다. 실제로 국민국가의 외부인——'법'의 적용대상이 아닌 사람——이라는 점에서 북한이탈주민이나 식민지인이나 다를 바 없다. 신분증 없이 국가 권력을 피하면서 국경들을 넘나드는 '비법월경자'는 헌법이나 국적법, 호적법의 보호 없이[5]

1) 西川長夫, 『植民地主義の時代を生きて』, 平凡社, 2013, p.229.

2) 西川長夫, 『<新>植民地主義論——グローバル時代の植民地主義を問う』, 平凡社, 2006, p.268.

3) 西川長夫, 「グローバリゼーションと多文化主義」, 『立命館言語文化研究』 18卷3号, 立命館大學國際言語文化研究所, 2007, p.4.

4) 西川長夫, 「全球化過程中的"新"殖民主義現象」, 王貽志・莫建備 主編, 『國外社會科學前沿(2006)第10輯』, 上海人民出版社, 2007, p.133.

5) 식민지 조선은 1945년 광복 때까지 제국의 헌법과 호적법, 국적법의 적용 대상에서 제외되고 식민지 대만은 1899년의 칙령 제289호에 의해 국적법이 적용되었지만 광복 때

'외지'에서 사는 식민지인과 모두 국민국가의 '비국민'이라고 할 수 있다. 남한에 도착한 '새터민' 또한 식민지인이 그랬듯이 '표준' 앞에서 온갖 편견을 겪고 동화의 요구에 부딪친다. 이 사실은 분단 문제가 어떤 의미에서 식민지 비극의 지속이라는 사실을 거듭 말해주는 한편, 전지구적 자본주의의 식민주의적 성격을 보여주고, 글로벌시대의 내부 식민주의를 경계하게 한다.

탈북자 소설에 대한 연구는 2010년 이후 활발하게 전개되다가 2012년에 연구 단행본 『탈북 디아스포라』(박덕규・이성희 편저, 푸른사상)의 출간을 맞이했다. 기존연구는 아동문학, 페미니즘을 비롯한 다양한 시각에서 진행되지만[6] 특히 디아스포라 문학의 시각에서 접근하거나[7] 분

까지 헌법과 호적법의 적용 대상에서 제외되었다. 林呈蓉, 『皇民化社會的時代』, 台灣書房, 2010, 91-93面; 윤건차 지음, 하종문・이애숙 역, 『日本――그 국가・민족・국민』, 일월서각, 1997, 156-162면.

6) 아동문학의 시각에서 진행된 연구로는 황선옥, 「탈북 소재 동화・청소년소설 연구」, 단국대 석사학위논문, 2015; 이향근, 「아동문학에 나타난 북한이탈학생 이미지의 기호학적 분석」, 『청람어문교육』 60, 청람어문교육학회, 2016; 안수연, 「'탈북' 소재 동화 연구」, 『아동청소년문학연구』 20, 한국아동청소년문학학회, 2017; 이정연, 「탈북 소재 동화 연구」, 대구교육대 석사학위논문, 2018.
페미니즘의 시각에서 진행된 연구로는 김자영, 「이대환의 『큰돈과 콘돔』으로 본 탈북여성 이주민의 주체화에 대한 고찰」, 『이화어문논집』 31, 이화여자대 한국어문학연구소, 2013; 연남경, 「탈북 여성 작가의 글쓰기 연구」, 『한국현대문학연구』 51, 한국현대문학회, 2017; 김소륜, 「탈북 여성을 향한 세 겹의 시선: 한국현대소설에 나타난 탈북 여성의 문학적 형상화에 관한 고찰」, 『여성문학연구』 41, 한국여성문학학회, 2017 등 참조.

7) 대표적인 논문으로는 고인환, 「탈북 디아스포라 문학의 새로운 양상 연구: 이응준의 『국가의 사생활』과 강희진의 『유령』을 중심으로」, 『한민족문화연구』 39, 한민족문화학회, 2012; 권세영의 「소수집단 문학으로서의 북한이탈주민 창작 소설 연구」, 『한중인문학연구』 35, 한중인문학회, 2012; 이덕화, 「탈북여성 이주 소설에 나타난 혼종적 정체성: 강영숙의 「리나」를 중심으로」, 『현대소설연구』 52, 한국현대소설학회, 2013; 김효석, 「탈북 디아스포라 소설의 현황과 가능성 고찰: 김유경의 『청춘연가』를 중심으로」, 『어문론집』 57, 중앙어문학회, 2014; 이미림, 「유동하는 시대의 여행과 이주 양상: 정도상의 연작소설집 『찔레꽃』을 중심으로」, 『한어문교육』 32, 한국언어문학교육학회, 2015; 최병우, 「탈북이주민에 관한 소설적 대응 양상」, 『현대소설연구』 61, 한국현대소설학회, 2016; 최종선, 「탈북 디아스포라 소설 연구」, 국민대 석사학위논문, 2018. 등이 있다.

단문학의 연장선에서 이루어진 연구[8]가 대부분이다. 탈북자 소설을 재조명하기 위해 이 논문은 식민지 대만 소설이라는 비교 대상을 도입하여 포스트식민주의의 시각에서 탈북자 소설을 고찰하고자 한다. 전지구적 자본주의 체제 아래의 북한이탈주민과 식민주의 시기의 식민지 대만인이 근대 국민국가의 '비국민'으로서 존재하는 양상의 유사성을 살펴봄으로써 글로벌시대의 새로운 식민주의와 그 전의 식민주의 사이의 내재적 연속성을 확인하고 국민국가의 식민주의적인 성격을 어떻게 극복하는가를 고민해보고자 한다. 정도상의 연작소설집 『찔레꽃』과 대만 소설가 우줘류[9]의 연작소설집 『후쯔밍』[10]을 연구대상

8) 대표적인 논문으로는 홍용희, 「통일시대를 향한 탈북자 문제의 소설적 인식 연구: 정도상, 『찔레꽃』, 이대환, 『큰돈과 콘돔』을 중심으로」, 『한국언어문화』 40, 한국언어문화학회, 2009; 이성희, 「탈북자 문제로 본 분단의식의 대비적 고찰: 김원일과 정도상 소설을 중심으로」, 『한국문학논총』 56, 한국문학회, 2010; 김인경, 「탈북자 소설에 나타난 분단현실의 재현과 갈등 양상의 모색」, 『현대소설연구』 57, 한국현대소설학회, 2014. 등이 있다.

9) 우줘류(吳濁流, 1900-1976), 본명은 우찌안티엔(吳建田). 1920년부터 공학교(公學校, 대만인을 대상으로 하는 초등학교)에서 교직을 맡다가 1940년에 대만인 교사가 일본인 독학(督學)에게 모욕을 당한 사건을 분하게 여겨 사직했다. 1941년에 중국 대륙에 건너가 난징(南京) ≪대륙신보≫의 기자로 활동하다가 1943년에 대만에 돌아가 ≪대만일일신보≫ 기자를 담당했다. 1964년 4월에 『대만문예』지를 창간하고 그 후 우줘류문학상을 설치했다. 저항문학 창작으로 인해 '철혈시인(鐵血詩人)'으로 높이 평가받는다.

10) 이 연작소설집은 비록 광복 이후에 간행되었지만 실제로 1943년부터 집필되다가 광복 이전에 탈고되었다. 후일에 『아시아의 고아(亞細亞的孤兒)』로 개제되고 널리 알려진다. 총 5편의 탈고, 발행 세항은 다음과 같다.

표제	탈고 시기	발행 시기	발행처
후쯔밍 제1편(胡志明第1篇)	1943.4.22	1946.10	臺北: 國華書局
후쯔밍 제2편・비련의 장 (胡志明第2篇·悲恋の巻)	1944.9.16	1946.10	臺北: 國華書局
후쯔밍 제3편・비련의 장・대륙편 (胡志明第3篇·悲恋の巻·大陸篇)	1944.12.1	1946.11	臺北: 國華書局
후쯔밍 제4편・질곡의 장 (胡志明第4篇·桎梏の巻)	1945.4.3	1946.12	臺北: 民報總社
후쯔밍 제5완결・발광의 장 (胡志明 第5完結·發狂の巻)	1945.6.22	1948.1	臺北: 學友書局

으로 삼겠다.

2. 경계를 넘으려는 여행, 경계를 수확한 여행

국민국가는 국경을 비롯한 일련의 경계들을 설치하여 내부의 균질성, 그리고 바깥과의 이질성을 강조한다.[11] 『찔레꽃』과 『후쯔밍』의 공통적인 특징 중의 하나는 주인공이 자의든 타의든 간에 국민국가의 수많은 경계들과 부딪치면서 그것을 자신의 일부로 받아들이는 것이다. 『찔레꽃』에서 북한 소녀 '충심'은 인신매매단의 꾀에 빠져 중국의 구석진 조선족 마을에 팔린 후, 천신만고 끝에 몽골을 거쳐 남한에 도착한다. 같은 탈북자들, 중국의 조선족과 한족들, 그리고 한국인들은 이 여정의 구성요소들이다. 『후쯔밍』에서 대만 청년 '후쯔밍'은 일본 유학을 마치고 중국 대륙으로 건너간다. 중일전쟁이 발발하기 직전에 대만에 돌아왔지만 '군속'으로서 다시 중국 전장으로 끌려간다. 일본군의 폭행과 대륙 애국지사의 용기를 목도한 쯔밍은 양심의 불안과 정신적 충격에 시달린 나머지 결국 쓰러져 대만으로 송환된다. 이 과정에서 중국 대륙의 사람들과 일본, 대만의 일본인들은 대만인과 함께 그의 일상적인 삶을 왕래한다. 쯔밍이 수많은 국경들을 넘으면서 많은 민족과 조우한 것이 식민주의가 초래한 국가・지역 간의 부딪침의 축도라면 충심의 그것은 냉전체제의 영향인 동시에, 전지구적 자본주의가 불러일으킨 국가들 간의 각축전을 배경으로 한다. 그들이 국가적, 민족적인 경계들을 부정적으로 여김에도 불구하고, 마침내 국민국가

11) 西川長夫, 「國民國家と異文化交流」, 『立命館経濟學』 46巻6号, 立命館大學経濟學會, 1998, p.704.

의 그런 식민주의적인 장치들을 받아들이기에 이른다는 패러독스는 매우 흥미롭다.

1) '식민지 대만인': 외면할 수 없는 신분적 구속

문학작품에서 여행의 진정한 목적이 자아의 발견에 있다고 토머스 C. 포스터가 지적했듯이[12] 대만 청년 '후쯔밍'의 기나긴 여행은 그로 하여금 '식민지 대만인'의 특수성에 대한 자각에 도달하게 한다. 그 지점에 도달하기 위해 노자(老子)와 장자(莊子), 도연명(陶淵明)을 본보기로 삼아 학문에 몰두함으로써 식민지 대만의 정치적 현실을 외면하려던 쯔밍은 4단계를 거친다.

첫 단계는 대만 시골의 초등학교에 재직하는 시기이다. 이 시기에는 쯔밍은 처음으로 식민지 대만인이 겪는 차별적 현실에 부딪쳤지만, 일에 대한 열정으로 그것을 극복하려고 한다. 취직하자마자 쯔밍은 대만인 교직원들과 일본인 교직원들 사이의 심각한 대립을 감지했지만 대만인 동료들의 민족의식을 "좀스러운 감정"[13]으로 부정적으로 인식하고 의식적으로 그들과 거리를 유지한다. 그러나 얼마 되지 않아 그는 또한 심각한 민족차별을 피부로 느끼게 된다. 특히 일본인 동료 나이토 히사코(內藤久子)에 대한 짝사랑은 그로 하여금 일본인의 철저한 민족차별이 남의 일이 아니라 바로 자신의 일상이라는 사실을 뼈저리게 절감하게 한다. 다른 한편, 일본에서 대학을 마치고 중국 대륙에서도 4, 5년 동안 거주했던 어떤 선배는 "대만인은 어디에 가든 대만인이야.

12) 托馬斯·福斯特 著, 王愛燕 譯, 『如何閱讀一本文學書』, 南海出版公司, 2016, p.10.

13) 吳濁流, 「胡志明第1篇」, 河原功 編, 『日本統治期台湾文學集成30·吳濁流作品集』, 綠蔭書房, 2007, p.41. (이하 글의 제목과 면수만 약식 표기)

미움 받고 경멸받는 존재야. 지금 중국 대륙에서는 반일 분위기가 한창이니 대만인까지 눈치를 보는 거지."[14]라고 '식민지 대만인'의 고아적인 처지를 분명하게 이야기해준다. 그럼에도 불구하고 쯔밍은 여전히 경계가 존재한다는 사실을 인정하지 않고 대만 바깥으로 유학 가는 꿈을 포기하지 않는다.

두 번째 단계는 일본 유학 시기이다. 이 시기에는 섬의 변계를 넘은 쯔밍은 처음으로 '식민지 대만인'이라는 신분적 구속에 봉착한다. 일본에 도착하자마자 '란(藍)'이라는 친구가 후쿠오카(福岡) 사람이나 구마모토(熊本) 사람이라고 위칭하는 게 좋다고 충고를 해 줬지만 그는 듣지 않는다. 대만인 유학생들의 민족운동에 참여하지 않고 공부에만 전념한다. 그가 예술, 철학, 과학, 실업 등이 정치운동보다 더 의미가 있다고 주장한 것은 사실상 보편적인 가치에 의해 '식민지 대만인'이라는 특수성을 극복하려고 하는 것이다. 그러나 중국동창회가 주최한 모임에서 그는 대만인 신분을 밝히자 심각한 사태가 벌어진다.

> (중략) 맞은편에서 어떤 체격이 큰 남자가 느릿느릿 다가와서 "와세다 출신의 천(陳)입니다. 꽝동(廣東) 판위(番禺) 사람이구요. 잘 부탁드립니다."라고 자기소개를 했다. 후쯔밍은 물리학교의 학생이며 대만에서 왔다고 솔직하게 대답했다. 방금까지 친절해 보이던 천은 안색이 확 변했다. 눈에 형언할 수 없는 모멸과 적의가 돌기 시작했다. "흥"라며 코웃음을 치고 "대만 사람?"라고 금방 가 버렸다. 뒤에서 "간첩인가"라고 소곤거리는 소리가 들려왔다. 순식간에 사람들이 긴장해졌다. 독살스러운 눈들이 모멸을 담고 일제히 날카로운 눈빛을 후쯔밍에게 보냈다.[15]

14) 위의 글, p.71.
15) 「胡志明第2篇・悲戀の巻」, p.103.

당시 식민지 대만인에 대한 중국 대륙의 경멸과 불신을 극명하게 보여주는 장면이다. 이 사건과 어머니가 일본인에게 따귀를 맞는 사건을 계기로 쯔밍은 '식민지 대만인'이라는 특수성이 학문에 의해 극복할 수 없다는 사실을 인식하게 된다.

대륙과 일본 양쪽에서 그어준 경계는 중일전쟁이 발발하기 직전에 점차 생존의 위기로 다가온다. 중국 대륙에 체류하는 동안 쯔밍은 대만인이라는 이유로 간첩 혐의가 씌워져 중국 당국에 의해 연금된다. 동시에 일본 헌병들은 조계에서 살고 있는 대만인들을 테러리스트라는 명목으로 체포하기 시작한다. 그뿐 아니라 쯔밍은 타이베이(臺北)에서 차에서 내리자마자 누군가가 뒤따르고 있는 것을 발견하고 고향에서도 계속 고급특무와 경찰들의 감시를 받는다. "대륙에 있는 대만 청년들이 잇따라 대만에 송환되고 모두 수감되어 버렸"[16]던 상황이다. 양쪽에서 동시에 전개된 공격 때문에 "대만인은 샌드위치 신세가 되고 말았다. 행방불명자가 날로 증가하고 있다고 들었다. (중략) 대만인의 운명은 심각한 위기에 봉착해 있었다."[17] 이런 상황 속에서 쯔밍은 부득이하게 "우리는 어디에 가도 의심받는 타고난 기형아"[18]라거나 "어느 쪽을 위해서도 아무것도 할 수 없겠네요. 비록 어떤 신념을 가지고 어느 쪽을 위해 힘을 쓰고 싶다고 하더라도 안 믿어주니까요. 자칫하면 간첩이라고 의심까지 받구요. 이렇게 보니 참말로 기형아이지요."[19]라거나 하는 식민지 대만인의 딜레마를 인정하게 된다.

마지막 단계는 전쟁이 발발한 이후이다. 중국 전장에 끌려간 쯔밍은

16) 「胡志明第4篇・桎梏の巻」, p.261.
17) 「胡志明第3篇・悲戀の巻・大陸篇」, p.244.
18) 위의 글, p.173.
19) 위의 글, p.245.

일본군의 폭행에 대한 혐오를 통해 일본과의 경계를 거듭 확인하고 대륙 애국지사들의 용기를 보면서 대륙과의 거리를 새삼스럽게 발견한다. '식민지 대만인'이라는 특수성은 중일전쟁이라는 극한 상황 속에서 더욱 분명하게 부상되고, 근대 국민국가의 '총력전' 체제 아래 노장과 도연명의 전근대적인 도피의 길마저 막힌다.[20] 쯔밍의 발광은 '아시아의 고아'라는 식민지 대만인의 벽으로 가득찬 현실에 압도당한 결과로 읽힌다.

2) '비법월경자': 경계의 피해자에서 공범자로

『후쯔밍』이 미시적인 시각에서 '식민지 대만인'의 넘어설 수 없는 신분적 울타리에 초점을 맞춘다면, 『찔레꽃』은 '비법월경자'가 부딪친 국적, 민족, 언어를 비롯한 국민국가의 일련의 경계들을 '비법체류자'로 확대하다가 다시 가족이산이라는 메타포를 통해 오늘날 근대 국민국가의 보편적인 현실로 극대화한다. 이 과정에서 국민국가의 식민주의의 피해자들이 마침내 그 공범자가 되어버린다는 사실은 주목을 요한다.

주인공 '충심'의 탈북은 북한의 이데올로기에서 벗어나기 위해 의식적으로 국경을 넘은 게 아니고 오히려 어디까지나 그녀가 경계를 의식하지 못하고 있다는 사실을 보여준다. 두만강을 건너려는 욕망은

20) 니시카와 나가오에 따르면 국민-외국인(우리-그들)이라는 이분법은 국민통합이 발전되어 감에 따라 강화되었다고 한다. 외국인이라는 용어는 고대부터 있었지만 근대적인 '국민(citoyen)'에서 배제된 '외국인'이라는 용어가 만들어짐에 따라 새로운 의미가 부여되었다. 今西一, 「ボナパルティズム論から國民國家論へ」, 『立命館言語文化研究』 12卷3号, 立命館大學國際言語文化研究所, 2000, p.148에서 재인용.

'돈'에 대한 보편적인 물질적 욕구에서 비롯되고 "강을 건너갔다가 싫으면 언제든지 데려다준다"[21]거나 "중국말을 몰라도 문제가 없다"거나 하는 사기꾼의 국가적 언어적 경계가 존재하지 않는다는 보증을 받고서야 비로소 어렴풋이 생겼다. 그런 의미에서 그녀의 '탈북'은 "어리석어서 그렇지 일부러 조국을 배신한 것은 아니거든요."[22]라는 고백이 그러듯이 정치적인 행위가 아니라 일상적인 성격을 지닌다. 경계에 대한 인식부족은 국적을 비롯한 국민국가의 모든 경계들을 극복하려는 강렬한 욕망으로 전환된다.

> 충심은 그저 기러기가 하늘 끝까지 꼬리에 꼬리를 물고 날아가는 것을 오래오래 지켜보았다. 국적도, 국경도, 민족도, 호구도 필요치 않은 기러기가 한없이 부러웠다. 그저 가족을 데리고 겨울에는 남쪽으로, 여름에는 북쪽으로 훨훨 날아가면 되는 것이니.[23]

'공안'으로 육화된 중국의 국가권력을 피하기 위해 이미 실성해 버린 이종사촌을 데리고 조선족 마을에서의 강요된 결혼 생활에서 탈출해 드디어 목단강역에 도착한 충심의 내적 풍경이다. "기러기"라는 원초적인 생명의 형태로 환원함으로써 "국적", "국경", "민족", "호구"를 비롯한 국민국가의 경계들을 무너뜨리려는 것이다. 그러나 「얼룩말」에서 어린이 화자의 시선으로 보여주듯이 원초적인 생명은 보호 바깥에 놓여 있는 '벌거벗은 생명'이기도 하다. '공안'의 눈을 피하며 살아야 하는 충심의 중국 생활은 결국 국가권력의 시선 바깥에 있기 때문

21) 정도상, 「함흥 · 2001 · 안개」, 『찔레꽃』, 창비, 2008, 62면. (이하 작품명과 면수만 약식 표기)
22) 「소소, 눈사람 되다」, 160면.
23) 「풍풍우우」, 135면.

에 중국 국가권력의 보호를 받지 못한다. 그녀는 순순히 자신을 물건처럼 매매하는 '춘구'를 따를 수밖에 없고, 지인에게 돈을 빼앗겨도 속수무책이다. 그녀의 눈에 비춰진 중국의 풍경은 한국식당, 노래방, 안마방들이 즐비하게 늘어선 조선족 상업거리밖에 없다는 사실이 시사하듯이 그녀는 끝까지 중국의 일상 바깥에 배제되어 있다. 국민국가에 편입되어야 한다는 필요성이 결국 '비국민'의 자기식민을 불러일으켜 충심은 국민국가의 경계들을 부정하면서, "호구" 또는 "신분증"이라는 경계에 대한 열망을 표출한다.

> (ㄱ) 호구만 가지게 된다면, 공안에 쫓겨다닐 일도 북조선으로 끌려갈 일도 없었다. 다행히 중국 백성으로 받아들여지게 된다면, 충심은 열심히 살아갈 작정이었다. 어쩌면 영출도 받아들일 수 있을 것 같았다.[24)]
>
> (ㄴ) 사랑이라니? 그런 어마어마한 사치를 꿈꾸진 않았다. 필요한 것은 사랑이 아니라 신분증이었다. 중국 공안에 끌려가지 않을 신분증만 있다면 평생 사랑 없이 살아도 좋았다. 신분증만 있다면 굳이 한국에 갈 필요가 없었다.[25)]

'호구'나 '신분증'은 국적, 민족, 종교를 비롯한 여러 면에서 자연인을 일련의 사회적인 틀 속으로 고정화시킴으로써 국민국가의 내부의 '국민'으로 만든다. 국민국가의 이런 식민주의적인 시스템은 "사랑"을 비롯한 인간적인 일상을 재구성하는 한편, "한국"으로 구체화된 민족적 아이덴티티까지 압도한다.

중국에서 충심이 식민주의의 대상이 된 것이 국민국가의 경계 바깥

24) 위의 글, 128면.
25) 「소소, 눈사람 되다」, 154면.

에 놓여 있기 때문에 발생했다면 한국에 건너가거나 북한에 돌아가서 그녀가 부딪치는 것은 국민국가의 보다 더 심층적인 식민주의적인 구조, 다시 말해 국민통합에 있어서의 식민주의적인 구조이다.[26] 근대 국민국가는 정주사회를 바탕으로 형성되었기 때문에[27] 일원성, 즉 안정적인 정체성을 요구한다. 그러나 탈북자가 남북한 사이의 이념적 국가적 경계인 군사분계선을 넘는 것은 한편으로 남북한 양쪽에 대한 도전이 되고 다른 한편으로 자신의 이념적 국가적 위치에서 벗어난다는 의미가 된다. 분단체제가 요구하는 뚜렷한 정체성을 잃어버렸기 때문에 탈북한 순간부터 탈북자는 국민국가의 규칙에 위반하여 남북한 공통의 '비국민'이 된다. 한국에 도착한 충심은 드디어 '신분증'을 획득했지만 "물에 섞이지 못하는 기름처럼 떠"돈다.[28] 하나원에서 교양을 받아야 하는 것은 물론이고 취직하거나 생활하는 데 받는 "외국인 노동자보다도" "더 심"한 차별도 "탈북자는 이방인에 불과하다는 사실"[29]을 말해준다. 북한에 돌아가는 경우는 "두 달 정도 교양을 받고" "고난의 행군을 함께하지 않고 조국을 배신했다는 따가운 눈초리와 따돌림 때문에 인간의 위신을 지킬 수가 없"[30]다.

충심은 일련의 경계들과 씨름하다가 국적, 민족을 비롯한 국민국가의 경계들에 대한 분명한 의식에 도달한다. 이는 '탈북자' 집단의식의

26) 니시카와 나가오는 국민통합은 실제로 식민주의적인 원리에 따라 실천된다고 주장한다. 西川長夫,「いまなぜ植民地主義が問われるのか」,『立命館言語文化研究』19巻1号, 立命館大學國際言語文化研究所, 2007, p.12.

27) 西川長夫,「グローバル化に伴う植民地主義とナショナリズム」,『立命館言語文化研究』20巻3号, 立命館大學國際言語文化研究所, 2009, p.50.

28)「찔레꽃」, 200면.

29) 위의 글, 202면.

30)「소소, 눈사람 되다」, 161-162면.

형성과 '조선족 남자'에 대한 거리낌을[31] 통해 집중적으로 나타난다. 경계를 부정하면서도 경계를 소망하고 그것을 자각하기에 이르는 경로는 경계의 피해자가 경계의 공범자로 변신한 경로이다. 흥미로운 점은 이런 현상은 탈북자 충심에게만 국한되지 않고 가해자로 등장한 조선족이나 우연히 해후한 한국인들에게도 발견할 수 있는 것이다.

> 최소 오만 위안 정도는 있어야 한국에 갈 비자를 살 수 있었다. 나머지는 비자 나오길 기다리면서 소비할 돈과 한국행 비행기 표값이었다. 한국에 도착하기만 하면, 멱을 따버릴 놈을 반드시 찾아내서……
>
> (중략)
>
> 문득 한국에 있는 어머니가 떠올랐다. 지난 두 해 동안 뼈 빠지게 일한 돈을 사기꾼한테 모두 털렸다는 소식을 듣고도 비자를 받지 못해 비행기를 타지 못했다. 북조선에서 넘어온 새가이와 남조선으로 간 어머니, 가슴이 꽉 막히는 기분이었다.[32]

한중국경에서 충심 자매를 끌어오고 다시 조선족 마을로 파는 조선족 남성 '춘구'에 대한 심리묘사이다. 이 묘사를 통해 충심이 어머니를 못 만나게 하는 중조국경과 춘구가 어머니를 못 만나게 하는 한중국경, 그리고 북한 여성에게 필요한 중국의 '신분증'과 조선족 남성에게 필요한 한국의 "비자" 사이의 공통성과 연대관계를 발견할 수 있다.

---

31) 충심의 가해자들(그녀를 매매한 사람이나 결혼을 강요한 사람, 그리고 돈을 빼앗은 사람)은 대부분 '조선족 남자'들이다. 그 결과 "하지만 조선족이라는 게 마음에 걸렸다. 한족이라면 혹시라도 좋아할 수 있겠지만 조선족만큼은 피하고 싶었다."(「소소, 눈사람 되다」, 139면)라거나 "하루종일 갑봉이 말한 돈의 액수와 가짜 결혼에 대해 생각했다. 가짜든 진짜든 그 상대가 조선족 남자인 것이 무조건 싫었다."(「찔레꽃」, 217면)라거나 하는 서술이 보여주듯이 충심은 '조선족 남자'에 대한 거리낌을 드러낸다.

32) 「늪지」, 77-90면.

국가적 경계가 가족과의 만남을 방해한다는 점은 공통적이고 '불법월경자'인 북한 여성이나 '불법체류자'인 조선족 여성이나 모두 피해자이지만 비극이 확산되는 과정에서 피해자가 가해자로 변신한다. 한중국경을 넘기 위해 춘구는 흉계를 꾸며 북한 여성이 중조국경을 넘도록 하고 "불법체류자라 고향으로 돌아올 수도 없"[33]는 어머니를 둔 '영출'은 공안에게 충심의 비법적인 신분을 고발해 충심을 유랑민으로 만든다. "한국으로 건너간 여자들은 오래지 않아 불법체류자가 되었고, 그녀들이 떠나간 자리를 비법월경자(非法越境者)인 북조선 여자들이 채웠다."[34]라는 문장은 그 인과관계를 암시한다. 글로벌시대에 전지구적으로 자본과 국가의 관계가 재편되고 월경자의 이동에 따라 새로운 차별과 억압, 수탈, 폭력, 분단이 일어났다.[35] 글로벌시대의 내부 식민주의의 연쇄고리라고 할 수 있다. 이처럼 국민국가에는 식민주의적인 구조가 내포되어 있을 뿐만 아니라 국가 간의 시스템 또한 착취와 차별의 시스템, 다시 말해 식민주의적인 시스템이다. 이런 시스템 속에서 사람은 자본이 많은 곳을 향해 흘러가고 피해는 자본을 덜 가지고 있는 소수자들에게 흘러간다.

작가의 분신격인 한국인 화자 '나'는 가족이산이라는 메타포를 통해 국민국가의 경계 문제를 보편화한다는 중요한 역할을 하고 있다. '겨울, 압록강'을 표제로 하는 첫 편은 아들을 잃은 고통을 품고 있는 '나'가 남북분단이 초래한 가족이산에 시달리는 탈북 여성과 같이 "그 여자"를 찾으러 다니는 이야기이다. "전화번호는커녕 심지어는 주소

33) 「풍풍우우」, 127면.

34) 위의 글, 114면.

35) 崔博憲, 「西川長夫の國民國家論と「移民」」, 『立命館言語文化硏究』 27卷1号, 立命館大學國際言語文化硏究所, 2015, pp.152-153.

도 모"[36]르고 "이름도 성도 모"[37]르는 "그 여자"는 상징적인 의미가 강하다. 즉 국가적 경계와 가족이산을 극복할 수 있는 자유로움이다. 각각 생과 사 사이의 경계와 남과 북 사이의 경계 때문에 혈육이산을 경험하고 있는 '나'와 충심이 "그 여자"를 꼭 찾아야 하는 것은 궁극적으로 경계를 넘으려는 것이다.

> 나는 혼자 상상했다.
>
> 고구려 시절, 강을 사이에 두고 두 마을이 있었으리라. 마을사람들은 서로 왕래하며 연애하고 혹은 연애에 실패하며, 상처받고 상처주며, 노동과 음식을 나누고, 어린것들을 결혼시켜 자손을 낳으며 살았을 터였다. 저 강은 국경이 아니라 함께 빨래를 하고, 고기를 잡고, 논에 물을 대는 공동의 재산이었으리라. 강 건너편의 농부 총각과 고구려왕이 살았던 국내성의 어느 고관집 하녀인 언청이 처녀가 만나 결혼을 했고, 앞니 빠진 총각은 남편이 되고 언청이는 아내가 되어 어여쁜 딸을 키우며 행복하게 웃었을 풍경이 기록영화의 낡은 필름처럼 머릿속에서 차르륵차르륵 소리를 내며 떠올랐다.
>
> 아니 고구려 시절까지 거슬러올라갈 필요도 없었다. 한국정부가 중국에 나와 있는 북조선 사람들 중에서 고위급으로 판단되는 인사를 골라 서울로 데려오면서 어마어마한 선전공세를 퍼붓던 그 순간부터 이 공동체는 깨지고 말았다. 그렇지 않았더라면 만포의 아낙네가 함지박 가득 콩을 머리에 이고 집안으로 건너와 옥수수며 양말 혹은 돼지고기 반 근으로 바꿔 다시 돌아가 식구들의 저녁을 해주었을 터였다. 혹은 집안의 총각이 만포의 처녀네 처마밑에서 강둑으로 나와달라고 수작의 휘파람을 불고 있을지도 모를 일이었다.
>
> 통행증이나 여권 혹은 비자가 필요한 국경이 아니었다면, 강을 사이

36) 「겨울, 압록강」, 8-9면.
37) 위의 글, 25면.

> 에 둔 두 마을 사람들은 삶과 운명을 함께 나누는 공동체로 살아가고 있을 터였다. 그러나 강은 국경이 되고 말았다. 국경이 되어 운명을 함께 나누던 발걸음을 막고 있는 것이다.[38)]

이념적 국가적 경계가 지워진 공동체의 일상적인 생활 풍경이다. 압록강은 더 이상 경계가 아니라 서로를 연결하는 유대가 된다. 그 결과 새로운 가정이 이루어져 서로의 피를 섞은 아이가 태어난다. 경계의 설치는 결국 가족이산을 불러일으키는 반면에 경계의 말소는 가족의 단란함을 의미한다. 따라서 앞니 빠진 남편이 언청이 아내와 어여쁜 딸과 헤어져야 하는 이산의 현실은 역사 속으로 치환되면 단란한 풍경이 된다. “한국정부”의 의식적인 “선전공세”에 대한 ‘나’의 부정적인 입장은 이념적 국가적 경계에 대한 비판적인 태도를 보다 분명하게 말해준다. 그러나 주목할 만한 것은 경계를 극복하려는 욕망을 강하게 표출함에도 불구하고 ‘나’가 충심이 탈북자라는 사실을 알게 되자 경계의 동참자로 변신한 것이다. “출장안마비를 지불”함으로써 충심의 탈북 이야기를 듣는 것은 ‘탈북’을 소비한다는 점에서 한 달 동안 동거한다는 조건으로 한국에 데려다준다는 “한국인 사업가”와 별반 차이가 없기 때문이다. 그리고 ‘가족’이라는 이미지의 보편성을 통해 피해자가 공범자로 변신한다는 패러독스는 극대화된다.

3. 혼종성이라는 원죄 및 가능성

국민의 단일성이 국가를 지탱하고 국가의 단일성이 국민의 아이덴

38) 위의 글, 24-25면.

티티를 보장하는 것은 국민국가의 논리이다.[39] 국민국가의 이런 단일성 원칙으로 인해 혼종성을 지니는 존재들은 '비국민'으로서 국민국가의 바깥에 배제되기가 쉽다. 그러나 다른 한편 근대 국민국가의 탄생에는 과학기술의 발전과 자본의 이동이 수반되어 전근대보다 훨씬 더 빈번한 이동과 부딪침을 야기하여 문화적 혼종성을 배가했다. 『후쯔밍』이 창작되었던 시기의 대만은 문화적 혼종성을 두드러지게 드러냈다. 한편으로 중국 대륙에서 건너간 한족을 총인구의 95%로 해서[40] 중국 대륙과 혈통적, 문화적 연대를 가지고 있고, 다른 한편으로 청일전쟁 이후 일본의 전리품이 되어 50년 동안 동화 정책을 경험했다. 1920년대 말에 대만에서 태어나 일제말기의 대만을 직접 경험했던 대만인 문학자 쭝짜오쩡(鍾肇政)은 광복 이후 다음과 같이 일제시기 대만인의 복합적인 정체성을 회고한 바 있다.

> 물론 그들은 자신이 한족의 후예임을 잘 알고 있었다. 그럼에도 불구하고 대일본제국의 신민으로서 살아갈 수밖에 없었다. 그들이 심리적인 만족감을 얻기 위해 몰래 '내지인'을 '개새끼(狗仔)', '네발 새끼(四脚仔)'라고 불렀던 것은 비열한 근성 때문이었던가? 아니었다. 저항할 수 없는 강권 앞에서 그들은 그런 식으로라도 약간의 위안을 얻으려고 했을 뿐이었다.
>
> 그들의 마음속에는 조국이 담겨 있었다. 그들은 조국을 '탕산(唐山)'

39) 西川長夫, 「多文化主義とアイデンティティ概念をめぐる二, 三の考察」, 『立命館言語文化研究』 12巻3号, 立命館大學國際言語文化硏究所, 2000, p.26.

40) 대규모의 한족 이민은 17세기 초부터 시작되고 1811년까지 1,901,833명에 이르러 대만 총인구의 95%를 차지했다. (劉登翰, 「論臺灣移民社會的形成對臺灣文學性格的影響」, 『福建論壇(文史哲版)』, 1991, pp.29-30.) 중국 대륙에서 건너간 한족을 제외하고는 '원주민(原住民)'이 있는데 이는 필리핀, 말레이시아, 인도네시아, 대양주 등 남부 지역의 민족들과 유전학적 언어학적으로 밀접한 관계를 가지고 있는 여러 민족들을 통틀어 일컫는 말이다. 2014년까지 공식적으로 인정된 원주민 민족은 16개였다.

> 또는 '창산(長山)'이라고 부르며 가끔씩 동경을 불태웠다. 하지만 조국이 무엇인가? 바다 건너편에 있다는 것밖에 아무것도 몰랐다. 하나의 개념에 불과하다고 해도 좋았다. 그뿐 아니라 몇 십 년 전의 전쟁에서 참패하여 대만을 양도했던 것은 바로 그 조국이었다. 조국에게 버림당한 사람들이라는 사실을 잘 알고 있었다. (중략)
>
> 그러면 아예 대일본제국의 신민이 되어 버릴까? 그러나 내지인은 내지인이고 대만인은 대만인인데 어쩔 수 있겠나? 일본인은 언제나 흙발로 머리위에 올라서 있는 족류이기 때문에 아무리 발돋움을 해도 그 높이에 닿지 못했을 것이었다. 비록 내지인이 입버릇처럼 툭하면 일시동인이라고 했지만 그들 누구도 그런 소리를 믿지 않았다는 것을 대만인은 누구보다도 잘 알고 있었다.[41]

쭝짜오쩡은 역사적 현실적 사실을 제시하면서 일제, 중국 대륙, 그리고 대만 자체를 인식하는 식민지 대만인의 복합적인 심리를 분석했다. 그러나 특히 전쟁체제 아래의 국민국가는 분명한 정체성을 요구했다. 중일전쟁의 배경 아래 대만인의 정체성이 복합적인 만큼 중일 어느 쪽에 의해도 받아들여지지 않았다.

『찔레꽃』의 경우는 앞서 지적한 바와 같이 탈북자는 국경을 넘은 순간부터 일련의 경계들을 혼란시켜 신분적 문화적 혼종성을 지닌다. 특수한 전쟁체제로 볼 수 있는 냉전체제는 명확한 경계를 강요하는데 혼종성을 허락하지 않는다. 그 결과 탈북자는 어느 사회에도 편입되지 못해 국민국가의 바깥에 맴돌게 되어 식민주의의 대상으로 전락된다.

이에 대한 대응으로 쯔밍은 소극적이고 도피적 자세를 취한다. 노자와 장자, 도연명을 본보기로 삼아 학문 또는 일에 전념함으로써 보다 보편적인 가치에 의해 식민주의를 극복하려고 한다. 소설이 그의 발광

---

41) 鍾肇政, 『鍾肇政全集 18・隨筆集(二)』, 桃園縣立文化中心, 1999, p.368.

으로 마무리된 것은 일상의 무너짐을 보여줌으로써 그런 대응안의 실패를 말해준다. 작가는 쯔밍의 입을 빌려 일본 제국의 비합리성을 비판하다가 근대 국민국가의 단일성 비판으로 나아간다.

> (ㄱ) 똑같이 사람을 죽이는데 한쪽은 극악이라고 미움을 받고, 한쪽은 선이라고 존경을 받는다. 모순적이지 않을 수가 없다. 그러나 일반 사람들이 그것이 이상하다고 생각하지 않는 것은 태어나서부터 국가생활을 해 왔기 때문이다. 국가라는 전제 아래 역사는 이미 왜곡되고 교과서는 국가의 권리를 옹호하기 위한 프로파간다가 되었다. 우리는 초등학교부터 대학교까지 국가의 선전물을 머릿속에 잔뜩 담고 생각할 여유가 없다. 그러므로 많은 사람들이 그냥 따라가고 있다. 요컨대 우리는 국가생활에 익숙해져 습관이 되었다. 습관은 인습이 되고 인습은 다시 제도가 되었다. 제도는 인간을 조형한다. 그 주형에 맞지 않는 사람들은 오히려 이단시된다.[42)]
>
> (ㄴ) 이 흐름에 휩쓸리지 않기 위해서는 옛날에는 노장식으로 해도 좋고 도연명식으로 해도 좋았지만 지금의 '총력전' 체제 아래는 개인은 아무것도 아니고 원하든 원하지 않든 간에 전장에 끌려나간다.[43)]

근대 국민국가는 학교를 비롯한 일련의 이데올로기적 기구들을[44)] 동원하여 국민통합을 한다. 특히 전쟁체제라는 극한상황 속에서 통합이 극대화되어 "총력전"이라는 일원화체제를 통해 "개인"을 해체시켰다. 일원화체제에 수렴되지 못한 부분을 안고 있던 식민지의 양심적인 지식인 '후쯔밍'은 "이단시된" '비국민'이 되고 그 혼종성은 발광이라

42) 「胡志明第5完結・發狂の巻」, pp.397-398.

43) 「胡志明第4篇・桎梏の巻」, p.275.

44) 프랑스 철학자 루이 알튀세르(Louis Pierre Althusser)의 '이데올로기적 국가기구'론을 참고할 수 있다.

는 극단적인 형태로 표출된다. "아, 후쯔밍은 드디어 실성해 버렸다. 마음이 있는 사람이라면 누가 안 실성할 수 있겠는가?"[45]라는 서문은 당시의 식민지 현실에 대한 작가 우줘류의 강렬한 비판으로 읽힌다.

『후쯔밍』이 비판으로 그치는가 하면 『찔레꽃』은 해결안의 제기를 시도한다. 『찔레꽃』의 결말은 상대적으로 명랑하다. 충심은 전화를 통해서나마 가족과의 연락을 회복하고 밥 먹기라는 기본적인 일상행위를 통해 일상성을 재구축한다. 주체성의 회복은 바람직한 미래를 암시한다. 특히 주목할 만한 것은 소설에서 혼종성을 역이용함으로써 식민주의를 극복할 가능성을 제시하는 점이다. 첫 편에서 혼종성에 의해 일련의 경계들을 자유롭게 넘나드는 "그 여자"를 등장시키는 것은 의미심장하다. "북조선 출신의 화교"이자 "중국 국적을 회복한 한족"으로서 "그 여자"는 신분적 문화적 혼종성을 지니고 있다. 그러나 오히려 그 혼종성 때문에 그녀는 혼인의 울타리를 넘을 수 있고 중조변경을 쉽게 왕래한다. 바로 그런 의미에서 "그 여자"가 "안내"가 되는 게 아닌가.

문화라는 것은 국민국가와 마찬가지로 내부의 통일과 균질성을 강조하기 때문에[46] 혼종성을 지니는 문화집단은 민족의 균질성과 국민의 균질성의 가능성을 내포한다. 다시 말해 글로벌시대에는 내부 식민주의가 발생하기가 쉽지만 식민주의를 극복할 가능성도 동시에 내포하고 있다. 니시카와가 '이민'의 경험 속에 다음 시대의 가능성이 내재되어 있다고 주장한 것과[47] '다문화주의'가 포스트 국민국가의 시대

45) 「胡志明第1篇」, p.8.
46) 西川長夫, 앞의 논문, p.31.
47) 西川長夫, 『[增補] 國境の越え方──國民國家論序說』, 平凡社, 2001, p.393.

의 지배적 이데올로기가 되리라 예측한 것도[48] 문화적 혼종성의 가능성을 의식해서 한 발언이 아닌가.

4. 결론

탈식민은 이미 지나간 과제가 아니라 글로벌시대에 새삼스럽게 재고해야 할 과제이다. 위에서 오늘날의 북한이탈주민 제재 연작소설집 『찔레꽃』과 제2차 세계대전 시기의 식민지 대만에서 나온 연작소설집 『후쯔밍』을 같이 살펴봄으로써 오늘날도 식민주의가 지속되어 있다는 사실을 확인했다. 식민지 청년 '후쯔밍'의 경로는 국민국가의 바깥에 배제된 '식민지 대만인'이 겪던 식민주의를 보여주는가 하면 탈북 여성 '충심'의 경로는 국민국가의 식민주의적인 시스템 속에서 자기식민의 발생과 글로벌시대의 내부 식민주의의 연쇄 고리도 함께 보여준다. 『후쯔밍』은 경계를 수확한 여정을 통해 식민지 대만의 가혹한 현실을 밝힌다면, 『찔레꽃』은 경계의 피해자가 공범자로 변신한 현상을 통해 전지구적 자본주의 시대의 보편적인 소외 문제를 겨냥한다. 식민주의를 극복하는 데 전자는 실패하지만 후자는 어렴풋이나마 문제를 해결할 희망을 제시한다. 즉 '비국민'들의 문화적 혼종성은 다른 한편으로 국민국가의 식민주의를 극복할 가능성도 지니고 있다는 것이다.

글로벌시대는 문화적 혼종성을 대량으로 생산하는 다문화시대이기도 하다. 글로벌 과정 속에서 이동이 더욱 빈번해져 이민, 난민을 비롯한 월경자들을 많이 생산했기 때문이다. 다문화시대는 내부 식민주의

48) 위의 글, p.25.

를 생산하게 마련이지만, 그 문화적 혼종성에는 식민주의를 극복할 가능성도 동시에 내포하고 있다. 혼종성에 대한 국민국가의 선천적인 거리낌을 극복해야 다문화시대를 공생의 시대로 만들 수 있는 게 아닌가.

물론 식민지 시기의 대만과 지금의 한반도를 같이 의논한 것은 다소 난폭한 수법이다. 그리고 분단 문제의 배후에는 식민지시대의 후유증이 강력하게 작동하고 있는데 양자의 내재적 연속성에 대해서 상론하지 못했다. 이는 후일의 과제로 남겨두겠다.

脫北文學
挑戰
實驗

부록

탈북 문학 작품 목록

[부록] 탈북 문학 작품 목록

I. 시

1. 연속간행물

연번	작가	작품명	서명	출판사	출판연도
1	홍사성	두만강의 봄(외 2편)	PEN문학	등대지기	2013
2	최형태	자유의 손(외 2편)	PEN문학	등대지기	2013
3	이상국	도라지 역에서(외 2편)	PEN문학	등대지기	2013
4	이길원	죽은 나비 때문에(외 5편)	PEN문학	등대지기	2013
5	도명학	결박된 자유(외 3편)	PEN문학	등대지기	2013
6	김성춘	나는 아직 무인도 앞에 서 있다(외 2편)	PEN문학	등대지기	2013
7	김성민	찬 겨울바람이 불 때마다 (외 7편)	PEN문학	등대지기	2013
8	백이무	꽃제비 아이(외 5편)	PEN문학	등대지기	2013
9	이현희	밀려오는 강물처럼	통일코리아	통일코리아	2014년 봄
10	배기찬	한걸음(외 1편)	통일코리아	통일코리아	2014년 봄
11	나하나	개미의 예배	통일코리아	통일코리아	2014년 봄
12	김성옥	얼음성	통일코리아	통일코리아	2014년 봄
13	김성보	압록강	통일코리아	통일코리아	2014년 봄
14	이상숙	달팽이	통일코리아	통일코리아	2014년 여름
15	오영필	철민이	통일코리아	통일코리아	2014년 여름
16	나하나	개미	통일코리아	통일코리아	2014년 여름
17	김성보	하늘 눈물	통일코리아	통일코리아	2014년 여름
18	David E. Ross	Silent Fire in North Korea	통일코리아	통일코리아	2014년 여름
19	오은정	고향길	통일코리아	통일코리아	2014년 겨울

20	홍사성	상사화	PEN문학	등대지기	2014
21	최금녀	너무 오래 바친 기도 (외 1편)	PEN문학	등대지기	2014
22	지현아	아버지(외 2편)	PEN문학	등대지기	2014
23	이희자	멀리서 온 사람들(외 1편)	PEN문학	등대지기	2014
24	이길원	춤(외 1편)	PEN문학	등대지기	2014
25	이가연	쌀독(외 4편)	PEN문학	등대지기	2014
26	박제천	영혼 변신술(외 1편)	PEN문학	등대지기	2014
27	박영애	엄마 생각(외 1편)	PEN문학	등대지기	2014
28	박복희	저금(외 2편)	PEN문학	등대지기	2014
29	도명학	철창 너머에(외 1편)	PEN문학	등대지기	2014
30	김후란	눈부신 해는 떠오르고 (외 1편)	PEN문학	등대지기	2014
31	김혜숙	아들이 왔다	PEN문학	등대지기	2014
32	김유선	북청 물장수 친전(외 1편)	PEN문학	등대지기	2014
33	김옥	생이별(외 5편)	PEN문학	등대지기	2014
34	김성민	부러진 나무(외 4편)	PEN문학	등대지기	2014
35	강우식	북해항로3(외1편)	PEN문학	등대지기	2014
36	이가연	핵 가족	문학에스프리	문학에스프리	2015년 봄
37	이가연	딱 친구	문학에스프리	문학에스프리	2015년 봄
38	오은정	어머니2	문학에스프리	문학에스프리	2015년 봄
39	송시연	치욕	문학에스프리	문학에스프리	2015년 봄
40	김성민	풀이 푸른 나의 무덤은…	문학에스프리	문학에스프리	2015년 봄
41	김성민	그곳에 가면, 너의 이름을 부르고 싶다	문학에스프리	문학에스프리	2015년 봄
42	오은정	벌거숭이 산	통일코리아	통일코리아	2015년 봄
43	주아현	소중	문학에스프리	문학에스프리	2015년 여름
44	박지영	원족 날	문학에스프리	문학에스프리	2015년 여름
45	박지영	9살	문학에스프리	문학에스프리	2015년 여름
46	오은정	한반도의 계절	통일코리아	통일코리아	2015년 여름
47	배기찬	전능하신 하나님	통일코리아	통일코리아	2015년 여름
48	김성보	꿈 속에 만난 친구	통일코리아	통일코리아	2015년 여름
49	김동환	제2자유로에서	통일코리아	통일코리아	2015년 여름

50	설송아	이사 가자요	문학에스프리	문학에스프리	2015년 가을
51	박영애	사랑	문학에스프리	문학에스프리	2015년 가을
52	박영애	숯덩이	문학에스프리	문학에스프리	2015년 가을
53	왕에녹	福韓	통일코리아	통일코리아	2015년 가을
54	김혁	가름도새기	통일코리아	통일코리아	2015년 겨울
55	최동호	철망에 걸린 노루의 눈동자 (외 1편)	PEN문학	등대지기	2015
56	최금녀	자유로(외1편)	PEN문학	등대지기	2015
57	지현아	정말 아무도 없나요(외 1편)	PEN문학	등대지기	2015
58	임어진	시치미 할머니와 케이블카를 타고	PEN문학	등대지기	2015
59	이길원	요덕 스토리(외1편)	PEN문학	등대지기	2015
60	유안진	DMZ(외1편)	PEN문학	등대지기	2015
61	송시연	진정 사람(외 1편)	PEN문학	등대지기	2015
62	설송아	말 없는 두만강아(외 1편)	PEN문학	등대지기	2015
63	박주희	보낼 수 없는 편지(외 1편)	PEN문학	등대지기	2015
64	문성휘	향토 애정(외 1편)	PEN문학	등대지기	2015
65	김후란	고향 산	PEN문학	등대지기	2015
66	김유진	당신을 용서 합니다(외 1편)	PEN문학	등대지기	2015
67	김성민	고백(외 1편)	PEN문학	등대지기	2015
68	김이한	부암 가는 길	통일코리아	통일코리아	2016년 봄
69	이지명	무궁화	펜문학	펜문학지	2016
70	이윤서	우리의 통일은 이런 통일이다	펜문학	펜문학지	2016
71	이룡하	저승길	펜문학	펜문학지	2016
72	엄덕산	추석날에	펜문학	펜문학지	2016
73	송시연	어머니, 부디	펜문학	펜문학지	2016
74	김은정	탈북민 외	펜문학	펜문학지	2016
75	김성민	온달 외	펜문학	펜문학지	2016
76	김지혜	떠나온 사람들의 이야기(연극무대에서)	통일코리아	통일코리아	2016년 여름
77	박향미	할아버지의 소원(외 1편)	문학에스프리	문학에스프리	2016년 겨울
78	남송	도라지 꽃	문학에스프리	문학에스프리	2016년 겨울

2. 단행본

연번	작가	서명	출판사	출판연도
1	김대호	가장 슬픈 날의 일기	동해	1997
2	김옥애	죽사발 소동	삼우사	2005
3	은해	홀아비 촌	별빛바다	2006
4	장진성	내 딸을 백원에 팝니다	조갑제닷컴	2008
5	김옥	눈물 없는 그 나라	서울문화출판부	2009
6	하종오	입국자들	산지니	2009
7	하종오	남북상징어사전	실천문학사	2011
8	이수빈	힐링 러브	북마크	2012
9	하종오	신북한학	책만드는집	2012
10	하종오	남북주민보고서	도서출판b	2013
11	하종오	세계의 시간	도서출판b	2013
12	백이무	꽃제비의 소원	글마당	2013
13	백이무	이 나라에도 이제 봄이 오려는가	글마당	2013
14	김덕규	살아만 있어다오	베드로서원	2013
15	이가연	밥이 그리운 저녁	마을	2014
16	전선용 외	제1회 북한인권문학상 수상작 작품집	망명북한작가 PEN	2014
17	이가연	엄마를 기다리며 밥을 짓는다	시산맥사	2015
18	김수진	꽃 같은 마음씨	조갑제닷컴	2016
19	김동원	깍지	그루	2016
20	반디	붉은 세월	조갑제닷컴	2018
21	김성민 외	엄마 발 내 발	예옥	2018
22	조성래	목단강 목단강	신생	2018

II. 소설

1. 연속간행물

연번	작가	작품명	서명	출판사	출판연도
1	정도상	봄 실상사	창작과 비평	창비	2002년 여름
2	김남일	중급 베트남어 회화	실천문학	실천문학사	2004년 여름
3	전성태	강을 건너는 사람들	문학수첩	문학수첩	2005년 가을
4	전성태	목란식당	창작과 비평	창비	2006년 겨울
5	문순태	탄피와 호미	문학들	문학들	2007년 가을
6	이정	별밤, 그 너머	계간문예	계간문예사	2010년 겨울
7	이정	유산	21세기 문학	21세기 문학사	2011년 겨울
8	이준운	평양의 약속 1, 2	북한	북한연구소	2012년 2월~2012년 3월 (483~484)
9	김미수	이방인	동리목월	동리목월 기념사업회	2012년 여름
10	이정	만리장성	21세기 문학	21세기 문학사	2012년 가을
11	정선화	사생아	PEN문학	등대지기	2013
12	장해성	단군릉과 노 교수	PEN문학	등대지기	2013
13	이지명	복귀	PEN문학	등대지기	2013
14	양윤	꽃망울	PEN문학	등대지기	2013
15	도명학	재수 없는 날	PEN문학	등대지기	2013
16	김미수	음모가 있을 수 있습니다	PEN문학	등대지기	2013
17	곽문안	코뿔 소년	PEN문학	등대지기	2013
18	호혜일	시베리아 1~12	북한	북한연구소	2013년 6월~2014년 5월 (498~509)
19	금희	옥화	창작과 비평	창비	2014년 봄
20	유영갑	두만강을 건너간 남자	문학iN	작은숲	2014년 봄

21	최모림	우짜데이	통일코리아	통일코리아	2014년 봄
22	박승일	할머니가 되었을 안황옥 여사	통일코리아	통일코리아	2014년 여름
23	박승일	三人同夢	통일코리아	통일코리아	2014년 겨울
24	장해성	32년 전과 후	PEN문학	등대지기	2014
25	이지명	안개	PEN문학	등대지기	2014
26	이정	붉은 댕기머리새	PEN문학	등대지기	2014
27	오대석	삼류작가의 장모 사랑	PEN문학	등대지기	2014
28	도명학	생일	PEN문학	등대지기	2014
29	김주성	영원한 순간	PEN문학	등대지기	2014
30	김정애	밥	PEN문학	등대지기	2014
31	곽문안	공주와 부마	PEN문학	등대지기	2014
32	이정	시인의 귀향	한국소설	한국소설가협회	2015년 2월
33	장해성	충신과 지도자	문학에스프리	문학에스프리	2015년 봄
34	조두진	황금의 도시	통일코리아	통일코리아	2015년 봄
35	류창혁	아버지의 일기	통일코리아	통일코리아	2015년 가을
36	이정	압록강	문예바다	문예바다	2015 겨울
37	정선화	수재	PEN문학	등대지기	2015
38	이지명	인간의 향기	PEN문학	등대지기	2015
39	송시연	이지러진 달	PEN문학	등대지기	2015
40	남정연	지영이	PEN문학	등대지기	2015
41	김주성	용서	PEN문학	등대지기	2015
42	곽문완	죄와 벌	PEN문학	등대지기	2015
43	이정	가족	동리목월	동리목월 기념사업회	2016년 봄
44	김정애	둥지	북한	북한연구소	2016년 6월~ 2018년 1월 (534~553)
45	박승일	思兄曲	통일코리아	통일코리아	2016년 여름
46	이정	종려나무 아래서	문학의 오늘	솔	2016년 겨울
47	이현석	부태복	황해문화	새얼문화재단	2018년 겨울

2. 단행본

연번	작가	서명	출판사	출판연도
1	조일환, 정성산	장백산 1, 2, 3	토지	1999
2	김정현	전야 1, 2	문이당	1999
3	차성주, 강현진	달아 달아	이지다	2000
4	정을병	꽃과 그늘	개미	2001
5	조수연	김정일의 유전자	무한	2001
6	김정현	길없는 사람들 1, 2, 3	문이당	2003
7	김제국	적명 1, 2, 3	인간과 자연	2003
8	김대호	영변 약산에는 진달래꽃이 피지 않는다 1, 2	북치는 마을	2004
9	이종학	눈 속으로 간 여자	백암	2004
10	리지명	장군님 죽갔시요 1, 2	글힘	2004
11	박덕규	고양이 살리기	청동거울	2004
12	조정제	북행열차	한강	2005
13	정철훈	인간의 악보	민음사	2006
14	강영숙	리나	랜덤하우스코리아	2006
15	권리	왼손잡이 미스터 리	문학수첩	2007
16	황석영	바리데기	창비	2007
17	이호림	이매, 길을 묻다	아이엘앤피	2008
18	정도상	찔레꽃	창비	2008
19	이대환	큰돈과 콘돔	실천문학사	2008
20	리지명	삶은 어디에	아이엘앤피	2008
21	이응준	국가의 사생활	민음사	2009
22	이건숙	남은 사람들	창조문예사	2009
23	정수인	탈북 여대생	새움	2009
24	조해진	로기완을 만났다	창비	2011
25	강희진	유령	은행나무	2011
26	윤정은	오래된 약속	양철북	2012
27	김유경	청춘연가	웅진닷컴	2012
28	김대호	동방의 독수리	북치는 마을	2012
29	한서화	레드 1, 2	시대정신	2012

30	이정	국경	책만드는집	2012
31	고금란	저기, 사람이 지나가네	여성신문사	2012
32	박덕규	함께 있어도 외로움에 떠는 당신들	사람풍경	2012
33	한민	소리 없는 아우성	북신	2013
34	장해성	두만강	나남출판	2013
35	이경자	세 번째 집	문학동네	2013
36	최정호	코리아스포라	청어	2013
37	김미수	신예작가	한국소설가 협회	2013
38	유영갑	강을 타는 사람들	북인	2014
39	리지명	포 플라워	문예바다	2014
40	전성태	두 번의 자화상	창비	2015
41	장영진	붉은 넥타이	물망초	2015
42	이근미	나의 아름다운 첫 학기	물망초	2015
43	강희진	포피	나무옆의자	2015
44	손석춘	뉴 리버티 호의 항해	들녘	2015
45	이성아	가마우지는 왜 바다로 갔을까	나무옆의자	2015
46	이주성	선희	책밭	2015
47	윤후명 외	국경을 넘는 그림자	예옥	2015
48	김문옥	행운아	맵씨터	2015
49	이병천	북쪽 녀자	다산책방	2016
50	김유경	인간모독소	카멜북스	2016
51	김승호	천군의 전쟁	달물	2016
52	이선영	못 찾겠다 꾀꼬리	물망초	2016
53	이하	모래의 나라	마카롱	2017
54	이경자 외	금덩이 이야기	예옥	2017
55	이정	압록강 블루	서울컬렉션	2018
56	김정애 외	서기골 로반	글도	2018
57	정영선	생각하는 사람들	산지니	2018
58	김명희	붉은 해변	소울박스	2018
59	도명학	잔혹한 선물	푸른사상	2018
60	정명선	얼음썰매	그린북아시아	2018
61	이정 외	꼬리 없는 소	예옥	2018
62	장해성 외	단군릉 이야기	예옥	2019

Ⅲ. 수기

1. 연속간행물

연번	작가	작품명	서명	출판사	출판연도
1	김호	남행길(1~7)	북한	북한연구소	1997년 11월~1998년 5월(311~317)
2	이민복	탈북과 끝없는 추적 그리고 송환(상)	북한	북한연구소	1997년 12월(312)
3	박강	나는 살기 위해 두만강을 넘었다	북한	북한연구소	1998년 8월(332)
4	김경택	의사동무 엑기스가 뭡네까?	북한	북한연구소	2000년 2월(338)
5	김원형	북한 이산가족의 삶과 그들의 탈북 (1, 2)	북한	북한연구소	2000년 7월~8월(343~344)
6	한화	꽃은 봄에 핀다	북한	북한연구소	2001년 3월(351)
7	박태용	공군 상위 출신 탈북자의 수기 (1, 2)	북한	북한연구소	2001년 5월~6월(353~354)
8	박상학	도라지꽃과 말거미	북한	북한연구소	2001년 7월(355)
9	김수희	열아홉에 성노리개가 된 탈북 여성의 수난기: "나도 여자예요, 내가 북한 여자란 걸 저주해요"	북한	북한연구소	2001년 8월(356)
10	이수련	귀순한 북송 재일동포 아내의 증언 (상, 하)	북한	북한연구소	2001년 11월~12월(359~360)
11	손억만	서울을 향한 대장정 (상, 하)	북한	북한연구소	2002년 5월~6월(365~366)
12	김순임	재중(在中) 탈북자의 설움	북한	북한연구소	2006년 1월(409)
13	김춘애	입당 위해 군대에 지원한 탈북 여성의 고백	북한	북한연구소	2006년 2월(410)
14	김아롱	북한과 중국에서 겪은 눈물나는 이야기-인권유린과 인신매매 속에 고통받는 탈북자 설움	북한	북한연구소	2006년 6월(414)
15	문용해	죽을 각오로 자유를 찾아 탈출	북한	북한연구소	2006년 7월(415)

16	서금순	자유를 찾아 가족을 이끌고 6천km	북한	북한연구소	2006년 8월(416)
17	김정옥	지울 수 없는 북한에서의 20년	북한	북한연구소	2008년 6월(438)
18	신동혁	나는 태어날 때부터 정치범이었다	북한	북한연구소	2008년 11월(443)
19	한기숙	인신매매에 팔려다니는 탈북자 운명	북한	북한연구소	2008년 12월(444)
20	장서연	희망을 가지고 헤쳐 온 수만리	북한	북한연구소	2009년 3월(447)
21	김양순	나도 인간답게 살 날이 왔으면	북한	북한연구소	2009년 8월(452)
22	취유이	역경을 이겨낸 '러브 스토리'	북한	북한연구소	2009년 11월(455)
23	이강성	나의 탈북 동기는 '도둑질'	북한	북한연구소	2013년 12월(504)
24	송시연	지옥에서 천국으로	PEN 문학	등대지기	2014
25	김지언	월남과 탈북	PEN 문학	등대지기	2014
26	리정순	눈물의 두만강	북한	북한연구소	2015년 5월(521)
27	리정순	그녀들에게는 돌아갈 길이 없었다	북한	북한연구소	2015년 6월(522)
28	리정순	죽지 말고, 꼭 다시 만나자	북한	북한연구소	2015년 7월(523)
29	김정아	강제 입양	북한	북한연구소	2015년 8월(524)
30	조향미	내가 미국엘 온 이유	통일 코리아	통일코리아	2015년 겨울
31	오테레사	2016년 봄맞이, '북향민'이라 불러주세요	통일 코리아	통일코리아	2016년 봄
32	김은주	해외노동자가 된 아버지	북한	북한연구소	2016년 4월(532)
33	허지유	죽기를 각오한 한국으로의 길	북한	북한연구소	2016년 6월(534)
34	허지유	우리는 '반역자'가 아니다	북한	북한연구소	2016년 8월(536)
35	박주희	이별 끝에 찾아 온 행복	북한	북한연구소	2016년 9월(537)
36	박주희	밀수의 시작과 생존을 위한 탈북	북한	북한연구소	2016년 10월(538)

2. 단행본

연번	작가	서명	출판사	출판연도
1	김형덕	아버지와 함께 살고 싶어요	창해	1997
2	장영철	당신들이 그렇게 잘났어요	사회평론	1997
3	김용	너무 외로워서 혼자 사는 남자	큰바위	1997
4	권혁	고난의 강행군	정토출판	1999
5	장길수	눈물로 그린 무지개	문학수첩	2000
6	김소연	죽을 문이 하나면 살 문은 아홉	정신세계사	2000
7	김승철	북한 동포들의 생활 문화 양식과 마지막 희망	자료원	2000
8	최주활	북조선 입구 1	지식공작소	2000
9	김대호	그러나 이제는 말할 수 있다 상, 하	리빙북스	2001
10	이재근	엽기공화국 30년 체험	월간조선사	2001
11	최민	두만강변의 십자가	한국문서선교회	2002
12	지해남	홍도야 우지마라	태일출판사	2004
13	정수반 외 23명	사랑의 날개	서울특별시	2004
14	주성일	DMZ의 봄	시대정신	2004
15	조영호	내 몸은 내 것이 아닙니다	태인문화사	2004
16	오영필	금지된 여행	가리온	2004
17	림일	평양으로 다시 갈까?	맑은소리	2005
18	최진이	국경을 세 번 건넌 여자 최진이	북하우스	2005
19	강철환	아! 요덕	시대정신	2006
20	찰스 R 젠킨스	고백	물푸레	2006
21	신동혁	세상 밖으로 나오다	북한인권정보센터	2007
22	한겨레 학교 아이들	달이 떴다	이매진	2008

23	이정민	공감	아름다운 사람들	2009
24	주순영	축복의 땅으로 1, 2	예찬사	2009
25	김혜숙	인간이고 싶다	에세이	2009
26	셋넷학교	꽃이 펴야 봄이 온다	민들레	2010
27	이정학	두 번의 탈출, 하나의 꿈	텍스트	2010
28	장진성	시를 품고 강을 넘다	조갑제닷컴	2011
29	오길남	잃어버린 딸들 오! 혜원 규원	세이지	2011
30	지현아	자유 찾아 천만리	제이앤씨커뮤니티	2011
31	김혁	소년, 자유를 훔치다	늘품	2013
32	이애란	사람 참 안 죽더라	모리슨	2013
33	세바스티앙 팔레티, 김은주	열한 살의 유서	씨앤아이북스	2013
34	이윤걸	통일한국에서 온 선물: 탈북민	비젼원	2014
35	장진성	경애하는 지도자에게	조갑제닷컴	2014
36	강지민	굿바이 평양	원고지와만년필	2015
37	김경주	틈만나면 살고 싶다	한겨레출판	2017
38	김수진	아오지에서 서울까지	세창출판사	2017
39	주승현	조난자들	생각의힘	2018

저자 소개(원고 게재순)

방민호

서울대학교 국어국문학과 교수
대표 논저: 『문학사의 비평적 탐구』(2018), 『서울문학기행』(2017), 『일제 말기 한국문학의 담론과 텍스트』(2011)

서세림

선문대학교 교양학부 조교수
대표 논저: 「탈북 문학에 표상된 지식인」(2018), 「이호철 소설과 일본-분단체제와 한일관계의 연속성」(2018), 「월남문학의 유형-'경계인'의 몇 가지 가능성」(2015)

이지은

서울대학교 강사
대표 논저: 「조선인 '위안부', 유동하는 표상」(2018), 『서울은 소설의 주인공이다』(2018, 공저), 「안전거리없음: 원시적 성실성과 武將SIREN의 진화-김훈론」(2015)

이상숙

가천대학교 리버럴아츠칼리지 자유전공학부 교수
대표 논저: 『북한의 시학연구』(2013), 『통일시대 남북의 시』(2016)

이경재

숭실대학교 국어국문학과 교수
대표 논저: 『재현의 현재』(2017), 『한국 현대문학의 공간과 장소』(2017)

배개화

단국대학교 천안캠퍼스 교양학부 부교수
대표 논저: 『한국문학의 탈식민적 주체성』(2009), 「죽음의 공동체로서의 국가: 총력전기 국민문학을 통해 본 일본 제국」(2018), 「북한 문학과 '맑스-레닌주의의 창조적 적용' 노선, 1953-1956」(2018), 「이태준, 최대다수의 행복을 꿈꾼 민주주의자: 해방 이후 이태준의 사상과 문학」(2015)

정하늬

한국과학기술원(KAIST) 대우교수
대표 논저: 「일제 말기 소설에 나타난 '청년' 표상 연구」(2014), 「식민지 아카데미즘과 조선의 지식인 청년들」(2018), 「박완서의 『목마른 계절』에 나타난 청년들의 전향과 신념의 문제」(2018), 「회개와 거듭남, 정결한 지도자 되기-이광수의 『再生』論」(2017)

김영미

서울대학교 국어국문학과 박사과정 수료
대표 논저: 「박완서 문학에 나타난 서울에서의 한국전쟁 체험의 의미」(2018), 「1970년대 박완서 소설에 나타난 은폐와 폭로의 문제」(2015), 「1930년대 여성작가의 문단 인식과 글쓰기 양상」(2009)

후이잉劉惠瑩

山東大學 東北亞學院 부교수
대표 논저: 「일제말 내선연애・결혼 소설 연구」(2018), 「식민지와 제국의 동상이몽」(2017), 「'양자'의 신분적 소속, 식민지 작가의 민족적 아이덴티티」(2017)

탈북 문학의 도전과 실험

초판 1쇄 발행 2019년 2월 27일
초판 2쇄 발행 2019년 12월 6일

지 은 이 방민호 서세림 이지은 이상숙 이경재 배개화 정하늬 김영미 후이잉劉惠瑩
펴 낸 이 이대현

책임편집 임애정
편 집 이태곤 권분옥 문선희 백초혜
디 자 인 안혜진 최선주 김주화
마 케 팅 박태훈 안현진

펴 낸 곳 도서출판 역락 / 서울시 서초구 동광로46길 6-6 문창빌딩 2층(우-06589)
전 화 02-3409-2058 FAX 02-3409-2059
이 메 일 youkrack@hanmail.net
홈페이지 www.youkrackbooks.com
등 록 1999년 4월 19일 제303-2002-000014호

ISBN 979-11-6244-363-7 93810

* 정가는 뒤표지에 있습니다.

* 이 도서의 국립중앙도서관 출판예정도서목록(CIP)은 서지정보유통지원시스템 홈페이지(http://seoji.nl.go.kr)와
국가자료공동목록시스템(http://www.nl.go.kr/kolisnet)에서 이용하실 수 있습니다.(CIP제어번호: CIP2019006028)